周木楠 著

之 名扬天下

中国广播影视出版社

- 第十一章·复仇天启 207
- 第十二章·少年闯城 230
- 第十三章·铩羽而归 253
- 第十四章·惊龙之枪 272
- 第十五章·天外之天 292
- 第十六章·王妃出城 318

- 第十七章·军侯之怒 344
- 第十八章·秋水不息 366
- 第十九章·三入天启 395
- 第二十章·巅峰之战 420
- 第二十一章·名扬天下 444
- 番外·英雄美人 458

# 目录

- 第一章 · 独闯皇宫 001
- 第二章 · 故友重逢 016
- 第三章 · 攻守之枪 041
- 第四章 · 名酒对决 057
- 第五章 · 暂别天启 073
- 第六章 · 南宫春水 089
- 第七章 · 双手刀剑 113
- 第八章 · 蜀中唐门 133
- 第九章 · 抬手神游 155
- 第十章 · 西去雪月 178

# 第一章・独闯皇宫

学堂李先生携叶鼎之堂而皇之地离开了天启城。

这条消息很快传到了各大府邸。

意料之中,各大府邸都保持了绝对的沉默。

大理寺依然照例进行着搜捕,京兆尹府也没有派人去学堂问话,唯有年轻的青王殿下,似乎在自己的王府里大发了一通雷霆。

景玉王府内。

萧若风正与自己的兄长在饮茶。

景玉王吹了吹茶水,缓缓道:"听说李先生带着那叶鼎之离开了?"

"是。"萧若风点头。

"叶将军是个好人。"这是句非常大逆不道的话,传出去的话说是杀头的罪也不为过,但是景玉王却很随意地说了出来。

"是啊。"萧若风答得更随意,"叶鼎之也是个好孩子,有他父亲的风范。"

"所以你说,先生这次出手……"景玉王没有再说下去,饮了一口茶。

萧若风却知道他心中所想,笑道:"皇兄不必多想,先生并没有想卷入朝堂之争的意思。"

景玉王放下了茶杯,没有再继续这个话题,笑了笑:"你这每日都住在学堂,自己的府邸,什么时候才打算搬进去?"

当今陛下三年封了四个小王爷,第一个封的既不是母亲身份尊贵的青王,也不是年纪稍长的落羽王,更不是正喝着茶的那位景玉王,而是……琅琊王。

西面有座大城叫琅琊,昔日琅琊城发动叛乱,一名年轻的殿下领军平乱,归国之后,陛下为赞赏其功绩,封其为琅琊王。而这位年轻的皇子就成了平辈皇子中第一个获封王爵的,可是三年了,他都没有正式入住自己的府邸,自称难副其名,陛下赞其谦逊,也从未催促过。以至于如今人们也都没有正式称他为琅琊王,而依旧称,七皇子。

七皇子,萧若风。

萧若风笑了笑,抬起头:"快了吧。"

学堂之外。

一队人马正匆匆而来,马车之上画着神鸟大风旗,是北离萧氏皇族的标志,应是宫里派来的人。

雷梦杀与洛轩出门迎候。

马车停了下来,穿着紫靴的年轻太监从马车上走了下来。

"李公公?"雷梦杀认了出来,此人是在御书房当差的太监,在宫里的地位仅次于五大监。

李公公挽了挽帽檐边的珠子,看了雷梦杀和洛轩一眼:"哟,好久不见灼墨公子与清歌公子了。"

雷梦杀和洛轩恭恭敬敬地行了一礼:"不知李公公此行因何而来?"

"陛下传祭酒先生入宫。"李公公缓声道。

雷梦杀和洛轩相视一眼。

学堂毕竟是北离皇朝所设,也算是朝中机构,自然也有官员监管,而这学堂主管者的官职被称作祭酒,很受世人尊敬,多称一声先生。而能做稷下学堂祭酒先生的,自然也只有一人了。

"师父好像出去了。"雷梦杀回道。

李先生身为祭酒,未上一次朝,就连年祭也未曾参加,摆明了是不想参与朝政,皇帝陛下一直通融以待,怎么今日忽然前来传召了？莫非是因为叶鼎之的事情？

李公公笑了笑："咱家可以等。"

"不用等了，李公公，我们去吧。"一个带着几分慵懒的声音响起，众人寻着声音的方向看去，只见李先生与那百里东君正缓缓走来。

"祭酒先生，许久不见了。"李公公恭敬地行了一礼，随即眼神瞥了一下百里东君，"这位就是……"

"多嘴了。"李先生幽幽地说了一句。

李公公急忙退了一步，伸手道："请。"

李先生一步跃到了马车上，笑道："皇宫，许久没去了。"

望着马车快速地离开，百里东君困惑地看了雷梦杀一眼："二师兄，师父怎么会被突然喊去宫里？"

"或许是因为叶鼎之吧。"雷梦杀喃喃道，可忽然又想起了什么，看了百里东君一眼，"又或者因为……"

御书房。

门口两根柱子上写着一副对联。

"谈笑风云涌，举目平苍生。"

字写得潦草霸气，仿佛要从柱子上飞起一般。

"啧啧啧。"李先生上下打量着这副对联，连连摇头，"字写得还行，有意思，但联写得太次了，装霸气。"

李公公在一旁听得心惊胆战，谁敢这么说天子御书房门口的对联！

可一身龙袍的皇帝从御书房里走了出来，却是满脸笑意："先生当年为我赐了这一联，我还炫耀了许久，可如今先生自己也看不上眼了？"

"人嘛，总是会对过去的自己嗤之以鼻。"李先生抬起头，微微一垂首，就算是行礼了，"参见陛下。"

"先生里边请。"皇帝搀过李先生的手，走进了御书房之中。

"陛下这次叫我来，可有什么事？"李先生开门见山，直截了当地问道。

皇帝陛下年纪也近六十了，身上没有帝王的威严之气，倒有几

分儒雅，给人一种莫名安详的感觉，正如他的称号——太安。太安帝叹了口气："孤年少时好诗书，不好武，在皇子之中不被看好，可偏偏身边有两个好兄弟，一个出自云溪叶氏，另一个来自西林百里家，都是难得一遇的将才。有他们二人辅佐，孤平了几次大乱，才有了后来坐上皇位的底牌。可许多年前孤犯了一个错，至今依然时常后悔。方才听了一个消息，所以想谢谢先生。"

李先生意味深长地"哦"了一下："陛下是感谢我救走了叶鼎之？"

太安帝长叹了一声："是。"

"既然错了，何不平案呢？"李先生反问道。

太安帝脸色一红，没有说话。

"罢了罢了，无非就是帝王颜面。"李先生摇了摇头，"可只是这么一句感激的话，需要特地召我入宫吗？陛下不说，我也明白。陛下难道忘了，当年你们三人为何能够平乱？"

太安帝瞳孔微微一缩，点头道："孤自然明白。此次叫先生来，其实还有一事。孤听说先生又收了一名弟子，那弟子……姓百里？"

"百里东君。"李先生回答道，"就是你的另一位结义兄弟百里洛陈的亲孙子。"

当年的雕楼小筑里，年轻的文弱皇子，遇上了蛮横凶狠的西林人百里洛陈和坚毅正直的军家后人叶羽，自此开始了问鼎天下的一生。

这在后世屡屡被写进说书人的小说话本中，并在茶楼里一次次被人们谈起。

但是兄弟结义，夺得天下之后的故事，却很少有人愿意再说。

比如叶羽将军被判谋逆，满门皆斩。

比如百里洛陈领兵镇西，忠心为国，却非重大时节，再不入天启城。

这样的故事重复了一朝又一朝，似乎只要坐上了帝王位，一切就开始改变了。

太安帝低声念了念"百里洛陈"的名字，随即笑了笑："他就这么一个孙子吧？"

"你们中叶羽最小,成婚也晚,百里洛陈成婚早,又只有一个孩子。以至于现在百里洛陈的孙子,都和叶羽的儿子一样大了。"李先生回答道,"不过陛下,忽然提起这个孩子来是做什么?"

"他是洛陈的孙子,来了天启城,我应该见一见。"太安帝缓缓道。

"不必了。"李先生摇头道。

太安帝自即位之后,应该很少再听到这个词了。如今忽然听到,他甚至都愣了一下,但最终还是没有生气,只不过脸色不再那么温和:"先生,不是说从来不过问朝政之事吗?"

"百里东君入天启,只为拜师,不为其他。陛下找他来,才是朝政之事。"李先生纠正道。

太安帝眉头紧皱:"可堂堂镇西侯的孙子入了天启,不来见孤,不成体统!"

"那你就去问镇西侯的罪,你已经杀了一个兄弟了,要不要杀第二个?"李先生冷笑道,"放心吧,百里东君不会一直待在天启城,马上就会随我离开天启城。几年之内,我们都不会回来。"

太安帝垂首微微一思索:"可先生你是祭酒……"太安帝的话没有说完,但意思却很明显了,你是朝廷命官,离京数年,不合规矩。

"放心吧,祭酒的位置自有人来做。"李先生转过身,"陛下若没有别的事,我便走了。"

太安帝叹了口气:"先生,你有时候会不会觉得自己……有点过强了?"

李先生笑了笑,耸了耸肩:"有吗?"

"在先生面前,孤觉得先生才像是君王。"太安帝苦笑道。

李先生摇了摇头:"我本是天上仙,人世君王,可别想折煞我。"他甩了甩长袖,不再理会太安帝,径直地走了出去。

李公公看着他走了出去,凑近站到了太安帝的身边,低声道:"学堂李先生……未免有些太过嚣张了。"

"你不懂。"太安帝轻轻叹了一声。

四十年前,他与百里洛陈、叶羽三人被围困在西楚和北离的边

境,当时就是这位白发翩飞的李先生救了他们。如今四十年过去了,当年的翩翩少年,如今也白发苍苍,可当年满头白发、面若中年的李先生,现在却容貌分毫未改,看起来反而要比自己更年轻了。

"可能真的是仙人吧。"太安帝又幽幽地说了一句。

李先生乘马车簇拥而来,离去时却无一人相陪,从御书房到宫门,漫长的一条路,只留他一人独行。李先生却走得悠然自得,似乎一个人走,要更舒坦些。

只是走到一半的时候,一顶紫色的轿子被几个侍卫抬着,从他身边路过。

轿子中,肤若凝脂的中年太监紧闭双眼,不停地摸着手中的玛瑙戒指。

四名侍从满头大汗,似乎抬着千斤之重。

李先生伸了个懒腰,与紫色轿子擦肩而过。

中年太监猛地睁开眼睛,手指上的玛瑙戒指瞬间碎成两半,轿子的两根长杆瞬间断裂,整个地摔了下来,侍从大惊,惊呼道:"大监!"

轿子里的中年太监用手捂着胸口,脸色苍白。

李先生冷笑了一下,头也没回,只是略带嘲讽地说道:"虚怀功?"

"报,大监那路,过了。"御书房内,一名金刀侍卫冲了进去。

太安帝脸色阴沉:"好。"

李先生又往前走了几步,迎面有一道人走来,道人手执白色拂尘,长发长须,微微泛白,一身仙风道骨之气。

"哦,小齐啊,今日也入宫啦。"李先生笑着打招呼。

一国之师被人称为小齐却一点也不气愤,国师大人只是甩了甩拂尘:"先生入宫,真是苦了我,要来此装模作样打一场。"

"你们那皇帝想杀我,你说是不是疯了?"李先生低头道。

国师叹道:"所以我来了,我怕你疯了,把皇帝杀了。"

"退下吧。"李先生随手一挥,将那一身仙气的国师给打了出去,国师拂尘一甩,却仍挡不住那股真气,被打飞了十几步,一口鲜血喷出。

"演得有点过了。"根本没用全力的李先生甩了甩手,继续往前走。

"报,国师那路,也过了!"又一道消息传到了御书房。

李先生走了几步,眼神中流露出几分不耐,终于足尖一点,冲着宫门的方向急掠而去。

所过之处,皆人仰马翻。

那些整军待发的虎贲禁卫军。

那些藏在暗处的绝世高手。

无一不避其锋芒!

李先生几乎在几个眨眼的工夫就已来到了宫门之处,他忽然一跃而起!

"报!李先生已至宫门!"

"然后呢?"太安帝问道。

"李先生一跃至宫门之上,然后,转身了。"

"转身?"

"转身望着这里!"

御书房之外,高手纷纷而落,将整个御书房一圈地包围了起来,刚刚退下阵来的大监和国师站在最外侧,神色凛然。

"大监,紧张了。"国师微微一笑。

大监惨然一笑:"就怕毕生修为,今日毁于一旦。"

今日本是一个杀人的局,尽北离大内高手之力,杀一个传说中的天下第一人。

局已经破了。

就看那天下第一人,还要不要再入一局。

可那李先生坐在宫门之上,只静静地望了御书房一炷香的时间,然后起身拍了拍身上的尘土,转身便离去了。

"算了,不吓你们了。"他淡淡地说道。

"二师兄,我如今算是正式拜师了对吗?"

"当然啊。仪式不都走完了吗?"

"那么请问,我的师父呢?"

学堂内院中,百里东君和雷梦杀相对而坐下了一下午棋之后,终于忍不住问道。

一连三日,他都没有见到自己的这位师父。

按说既然拜了师,那么师父自然就会每日来教一些武功,可是这位李先生,却压根儿没在学堂出现过。而且除了自己,其他的师兄们也是各忙各的,也没见师父前来指点,尹落霞倒是搬去了柳月公子的府邸,每日在那里练习功法。

雷梦杀笑了笑:"李先生从来不直接教弟子,都是让弟子自己学的。"

百里东君一愣:"那我拜这个师父有什么用?"

雷梦杀耸了耸肩:"你以后就知道了。"

在他们身边,谢宣正在静静地看书,百里东君与他相处了几日,发现谢宣除了吃饭睡觉,每日便是像尊雕塑一样地坐在那里看书。

"以前听人说世上有书痴,我本来是不信的,直到当年遇到了谢宣公子。"雷梦杀感慨道,"谢宣公子,今日看什么?"

谢宣拿起书,甚至懒得说话,直接让雷梦杀看。

"胧月剑法。"雷梦杀一惊,"你在看剑谱?"

"二师兄也懂剑吗?"百里东君问道。

雷梦杀摇了摇头:"我出生雷门,自小就不能碰刀剑。不过我妻子是心剑传人,所以我听过这胧月剑法,是一门已经失传了的高超剑术。只是谢宣公子,你只看书,不实练,能学会这剑法吗?"

"我在心中练。"谢宣翻了一页,淡淡地回答。

"心中练?"雷梦杀一愣。

"我在阅书,看一招,心中的自己便用一招,一本书看完,剑法也就学会了。"谢宣又翻了一页。

百里东君好奇道:"谢公子也是高手?"

谢宣摇了摇头:"没有打过架。我们师门向来以礼待人,门人几乎都不会武功。"

看一本书,学一套剑法。

师门以礼待人,几乎不会武功。

百里东君挠了挠头,只想说,天启城里,奇怪的人真是太多了,好多事情的逻辑他真是无法理解。倒是雷梦杀似乎已经习惯，半调侃地追问道："那么若是有人讲礼实在讲不通该怎么办？或者这个人就是不讲理，又该怎么办？"

"那就揍得他讲理。"谢宣淡淡地答道。

百里东君疑惑道："可你们不是几乎都不会武功吗？"

"几乎都不会，就证明有人会。我有个小师叔，学问很高，武功和学问一样高，在师门内司职打手，谁不讲理，打！谁讲理不听，打！打到听为止，打到服气为止！"谢宣看完了一册书，将书收了起来，竟没有拿下一本，而是喝了口茶，微微一笑，"许久未见，有些想小师叔了。"

"你的小师叔这么厉害？"百里东君愣了愣。

雷梦杀笑道："百里东君，你或许还不知道谢宣的师门。谢宣的师门叫山前书院。人称'山前无路，一步登天'，那可是不逊色于我们稷下学堂的地方。"

"至今为止，我们山前书院讲不通道理的，小师叔也打不通道理的，只有一个人。"谢宣叹了口气。

"谁？"百里东君好奇道。

谢宣破天荒地翻了个白眼："李先生。"

百里东君和雷梦杀相视一眼，同时叹了口气。

真是对谁都是个大麻烦……

"师父说不过李先生，小师叔打不过李先生，最后只能约定，帮李先生十六个小忙，一个大忙，然后李先生就别再来找山前书院的麻烦了。"谢宣抬头望了望天。

十六个小忙，算上此次自己入天启送书，算是忙完了。

还有一个大忙呢……


钦天监。

国师齐天尘正在院内打坐休息，忽然听闻有一个细微的声音响起，应是人踩在一片落叶的声音，眉毛微微一挑："谁？"

"听闻你前几日被李先生给揍了，当场吐血三升，到今天都没缓过来？"来客轻笑道。

齐天尘睁开眼睛,看了看来客。

来客是个中年儒生的打扮,神情温和,给人一种没来由的好感,正是那日百里东君在河畔遇到的中年人。

"山前书院,陈儒?"齐天尘缓缓道。

"国师不愧是一步仙人的高手,一眼就看穿了我的身份。"陈儒笑了笑,"国师演技不错,半分力气没出,反而还在这里休养了几日。"

齐天尘叹道:"不容易啊。不知陈儒先生来此所为何事?"

"来还旧债。还债之前有些人需要提前见见,打打招呼,书上说这叫拜山门。李先生天下无敌,自然不用管这些,我在山前书院那种偏僻地方还能撑门面,到了天启城,还得弯着腰走路。"陈儒笑道。

齐天尘一愣:"拜山门?"

"国师是同道中人,就来见一眼,告辞。"陈儒点足一掠,已从院中消失。

齐天尘微微一笑:"李先生,真是妙人啊。"

大理寺。

一个大汉正坐在那里啃着鸡腿,下面几个少卿正在通报着这几日案件的情况。

"奶奶的学堂李先生,扛着叶鼎之跑了。奶奶的多大的功劳,老子这辈子还能不能从这大理寺走出去了。"大汉无视少卿们的话语,嘴上骂骂咧咧的。

一位少卿有些犹豫:"那……是否要去一趟学堂?"

大汉咽下一口鸡腿肉,像是看着白痴一样看着面前的这位刚入大理寺不久的少卿:"是你疯了还是我疯了?"

少卿吓得一哆嗦,急忙退了下去。

"据说前几日李先生入了一趟宫,老子还指望着奶奶的这老家伙走不出来了。结果倒是听说大监和国师吃了点亏,奶奶的就是嚣张。哪一日,等他死了,看我不把学堂烧了!奶奶的不就是个读书的地方吗……"

"你要烧哪里?"

大汉一抬头，眼前那几位少卿都已经不见了，只剩下一个中年儒生，笑眯眯地望着他。

大理寺卿沈罗汉。

年轻时为少卿时，也曾追捕一名要犯几千里，追到了一处山前。

山上似乎有座书院。

可山前却没有上山的路。

他咬了咬牙，想要爬上去，却被人给打了下来，一路打回了几千里之外。

沈罗汉一把握住了身旁的斩罪刀，怒喝道："陈儒！"

沈罗汉脾气不太好，天启城人人皆知，人人畏之，人人避之。

他这一声吼，整个大理寺都震了一下。

他上次这么吼的时候，提刀夜闯皇城的大盗飞陆肋骨被震碎了三根，一条腿被彻底打折，两只胳膊也被废了！

可这一次，沈罗汉大吼一声后，什么也没做。面前的中年儒生轻轻地按住了他的斩罪刀，微微一笑："沈罗汉。"

微微一笑，若清风拂面。

沈罗汉长吁了一口气，松开了手，眉头依然紧皱："你跑天启城来干吗？"

陈儒收回了手："来见你这位老友啊。"

沈罗汉冷笑了一下："你我是朋友？我怎么不知道？"

陈儒耸了耸肩："不打不相识，损友也算朋友。"

沈罗汉拍了拍桌子："别和我咬文嚼字！说吧，来天启城干吗？你们山前书院不是最讨厌这浮华之地吗？"

陈儒笑道："我来学堂。"

沈罗汉点了点头："想来能把你请来天启城的只有李先生了，既然他请你来，那你来我这大理寺干吗？我可没空招待你。"

"以后要共事了，当然是来拜山头。毕竟他们说在这天启城，谁都可以得罪，但不能得罪沈罗汉。"陈儒幽幽地说道。

"共事？你要做官？"沈罗汉一惊，"什么官？"

"学堂祭酒先生。"陈儒淡淡地说道。

学堂内院。

雷梦杀和百里东君交谈间,忽然觉得身后传来一声声响,转身一看,发现李先生正躺在那树上,手上拿着酒壶,嘴上哼着小曲,一副悠然自得的模样。

雷梦杀见怪不怪:"师父今日心情似乎不错。"

"俗世已尽,一身轻松。"李先生仰头喝下一口酒,随后唤道,"东君。"

百里东君点了点头:"弟子在。"

李先生笑着问道:"那日送给你的《酒经》,可有看啊?"

百里东君愣了一下,回道:"弟子看了一些……那书上的酒……"

"正是你这些年喝过的酒,不过你师父都换了名字给你喝,你对其中哪些酒有兴趣?"李先生问道。

"有一道酒名孟婆汤,喝了就能忘记前尘往事,可那酒的酒引我却连看都看不懂……"百里东君挠了挠头。

"孟婆汤,忘忧酒,不是尘世应有。酒引在海外仙山,你想去吗?"李先生忽然问道。

"海外仙山?世上真有这样的地方吗?"百里东君疑惑道。

"有的,我有一个朋友,和他的弟子就住在那海外仙山之上。这么多年过去了,我在凡尘太久,怕是要输给他们了。不过人间也有奇景地,不比仙山差。"李先生微微有些醉意,不知是酒醉,还是因那想象中的风景醉了,"那一处,叫风花雪月。"

"风花雪月?"百里东君不解。

李先生仰头饮下一大口酒,点了点头:"风花雪月。"

百里东君还想再问,却发现李先生的酒壶摔在了地上,他头一歪,就这么躺在树上睡了过去。在百品阁里千杯不醉的李先生,却在这里只喝了小小的一壶酒就睡倒过去了?

"师父想醉,一口酒就能醉,师父不想醉,天启城里的酒被喝空了也不会醉。"雷梦杀走过去捡起那酒壶晃了晃,发现酒壶已经空了。

百里东君走了过去问："师父所说的风花雪月？"

雷梦杀一笑："师父提起过，但我们谁也没有去过。"

"那海外仙山？"百里东君又问道。

雷梦杀摇头："师父经常吹牛自己神游万里，和神仙下棋拼酒，你也信？"

大理寺。

沈罗汉和陈儒相对而坐，神色郑重："你是说，李先生要辞去祭酒的官职，由你来代替？"

陈儒点头，喝了一口茶："没错。"

"这可不是什么好差事。"沈罗汉幸灾乐祸地笑了一下，"学堂在朝堂之中，又在朝堂之外，聚集天下英才，早就是许多权贵眼红的地方。以前有李先生镇着，谁都不敢放肆，但李先生一走，很多人都会跳出来。"

"是说我的身份不够吗？"陈儒悠然道。

沈罗汉摇头："山前书院院监先生陈儒，那也是响当当的名字。"

"此事很难，所以在山前书院这里算是个大忙，不过既然是帮忙，自然要帮到位。我答应李先生的，就是学堂依然还是那个学堂，在朝堂之中，又独立在朝堂之外，天上地下，污秽漫天，也仍有此一片净地。"陈儒缓缓道。

沈罗汉不置可否地笑了笑："学堂口气很大，有多大？跟李先生的本事一样大！可李先生不在了，谁又能撑得住这么大的口气？"

"学堂内院高手如云，那几位公子亦是年轻一辈中的强者。再加上一个我，撑不撑得住？"陈儒微微笑道，"若撑不住的话，大理寺愿不愿意帮忙撑一撑？"

沈罗汉连连摇头："这可跟我没关系啊。"

"不愿撑一撑？那愿不愿意至少不来捣乱？"陈儒挑了挑眉。

"敢情你是来威胁我们的？"沈罗汉摸了摸身边的斩罪刀，"当年我追人追到山前书院，是你把我一脚踹下来的。现在来了天启城，还要我热情好客？"

"就说成不成!"陈儒喝道。

"没问题!"沈罗汉擦了擦额头上的汗,高声应道,"可以走了吗?"

"给我个建议吧,下一站我要去哪里?"陈儒恢复了那一脸笑意。

沈罗汉长出了一口气:"朝中应有一些大官是从你们山前书院出来的?"

"都见过了,虽然不能告诉你他们的名字。"陈儒笑道,"对了,今日我还去了钦天监,国师与我们院长是多年好友,和学堂李先生关系也不一般。"

"钦天监、大理寺,之后便是朝中六部。六部中读书人多,以你山前书院的关系,想必也不是问题。御史台不会找你们的麻烦,剩下的,就是那几个王爷,那几个将军……哦,宫里也是挺麻烦的。"沈罗汉不怀好意地笑了笑。

陈儒若有所思地摸了摸下巴:"那几个太监?"

天启五大监,即统管皇室祭祀事宜的掌香监,负责保管传国玉玺的掌印监,主管内廷守卫的掌剑监,看护重要典籍的掌册监,以及随侍在君王侧的大太监。他们虽然是太监,所处的官职也算不得太高,可因为处于整个北离权力的中心,而让人无法小觑。

很少有人敢不尊重他们,就算是在天启城,人人视之为阎王的沈罗汉见到其中的任何一个,都不敢表现出半分傲慢。

但陈儒却以"那几个太监"称之,言语中竟是傲慢。

沈罗汉低声道:"那几个太监……可不好对付啊。"

"我知道了。"陈儒转过身,朝着门外走去,"以后还请多多关照啊。"

"麻烦!"沈罗汉朝着地上吐了口痰。

待那陈儒快走出大理寺的时候,才有几个少卿敢凑上来,一个人低声道:"大人,这人是谁,这么嚣张?要不要晚上派兄弟们教训他一下?"

"教训你个头!"沈罗汉一巴掌把那人的脑袋打开,"这是我兄弟,以后他的事,就是我的事!听到了没?"

陈儒笑着走出了大理寺,沿着人道一路前行,他的步伐很慢,行进的速度却很快,小半个时辰之后,已经站在了北离皇宫的门口。

他在那里站了足足有一炷香的时间,直到有巡城的校尉上前骂道:"谁?干吗呢?"

陈儒这才转过身,摇了摇头:"算了算了,还是低调点好。"

那校尉见他自言自语,且不理会自己,顿时觉得失了颜面,几步追了过去就要抓陈儒的肩膀,可手一挥下,却落了空。那陈儒的身子竟在一瞬间,就飘到了几丈之外。

"大白天也能见鬼。"校尉骂了一句。

陈儒耸了耸肩,脚步迅速:"去喝杯酒吧。"

## 第二章 · 故友重逢

他往城西的方向走去，没多久之后吸了吸鼻子，仰起头："就是这儿了。"

边上是一座华美精致的酒肆，上面写着大大的四个字。

雕楼小筑。

字写得一笔一画，很是工整。

一般书法家到了一种境界，就很不喜欢写这种工工整整的字，每个字都是龙飞凤舞，恨不得最后能从那牌匾上飞起来，一眼望去莫说能念出四个字，能念出一个就算是有幸了。可那"雕楼小筑"四个字却除了工整之外，另有一层气质。

不是龙飞凤舞的豪迈。

而是文雅秀正的气态。

"这么多年过去了，这字看上去还是这么美。"陈儒赞叹了一句，随后走进了雕楼小筑。酒楼的生意很不错，只有角落里还有两张空桌，陈儒便走了过去，坐了下来。

一瞬间，雕楼小筑鸦雀无声。

像雕楼小筑这样天下闻名的酒楼，自然是日日爆满，但除了楼上只有贵人才能订的包间，楼下大厅之中还永远空着两张小桌，只为贵客而设。

何谓贵客？

不知道。

只知道不是贵客的坐上去，会被雕楼小

筑的武夫打出去。

然而陈儒气态端正，一看便看出其身份不同寻常，倒还真有可能是那贵客。

"先生，此座只为贵客而留，还请问先生尊姓大名。"有一名小二走了上来，神情恭敬，同时也放了一个茶壶在桌上。

陈儒也不说话，拿起茶壶，往桌上轻轻一倒，一摊水便洒在了桌上。

小二眉头微微一皱，神色中流露出了几分不满。

陈儒微微一笑，手指蘸了蘸水，在桌上一笔一画地写了起来，片刻之后，陈儒抬起头，小二凑了过去，打量了那几个字。

雕楼小筑。

和门口牌匾上写得一模一样。

"这……"小二猛地醒悟过来，急忙收回了那几分不满，换成十二分的恭敬，垂首道，"请问先生要喝点什么？"

"来一壶桑落吧。"陈儒淡淡地说道。

"吃食呢？"小二又问道。

"下酒的话，来一份炸虾球。"陈儒笑了笑。

小二微微一愣，炸虾球这样的食物一般是家常人家做给孩童吃的，像雕楼小筑这样天下一等的酒楼里，怎么会有这样的吃食？但他只是犹豫了一刹那，立刻点头道："稍等。"然后便退了下去。

陈儒等那小二退下去后，就饶有趣味地开始打量起酒楼。堂内均是贵客，光那一身衣衫就是平常人家几个月的开支了。他叹了口气，心中觉得有些遗憾。

酒，不该只是用来享乐和炫耀的东西。

直到有一人映入他的眼帘，那是一名浪客，穿着一身白衣，材质普通，还染上了旅途的尘埃，头发原本披散着，大概是路边随意捡了个稻草绑了一下，嘴里还叼着一根狗尾巴草，扛着一杆银白色的长枪，长枪上挂着一个小小的行囊。

江湖人。

堂内的宾客们都扭头望了过去，江湖人来雕楼小筑的确实不少，不过也都是大派子弟，一个个也都和世家弟子没啥两样，这

样的浪客……倒是许久未见了。

那浪客没理会众人的目光,四处看了看,最后发现了角落里的那个空位,径直地走了过去。

又是一名贵客?

但是在他走过陈儒身边的时候,陈儒却笑着伸手拦住了他,低声道:"那桌有人了,少侠不介意的话,便和我一桌吧。"

那正准备带着武夫上前赶人的小二立刻停住了身。

浪客看了看那空桌,又看了看陈儒:"闹鬼呢?哪里有人?"

陈儒有些哭笑不得:"是说那一桌被人订了。"

"那好吧。"浪客也不纠结,放下长枪,便在陈儒对面坐了下来。

"先生你的酒,桑落。"小二上前将桑落酒放了下来,同时也放了两个杯子。

"桑落酒?我一个朋友也会酿。"浪客忽然道。

"尝一尝?"陈儒挥了挥手,示意他先请。

浪客也不推辞,立刻就倒了一杯,一饮而尽,随后闭上眼睛品味了一番,随后摇头道:"我觉得不如我朋友酿的。"

陈儒笑道:"哦?少侠的朋友是位大师?"

"算个酒痴吧。这酒我不要,退了,给我来一壶别的。"浪客对那小二说道。

小二强压住愤怒,冷冰冰地问道:"要什么?"

"秋露白。"浪客嘴角微微一扬。

听到"秋露白"三个字,小二的神色变了变,更阴沉了些。

陈儒微微一笑,只是举起酒杯饮了一口。

堂内的其他客人则都露出了几分讥笑。

果然是乡下来的粗野小子啊。

小二清了清嗓子:"少侠,今日并无秋露白。"

浪客不解,疑惑道:"为何?"

小二抿了抿嘴,似乎懒得解释,倒是陈儒开口解释了:"秋露白一月只出一日,一日只出两个时辰。今日怕不是日子。"

"那明日呢?"浪客问道。

小二摇头："明日也不是，后日也不是，大后日也不是。本月十四供应，还有十三天，等着吧。"

"不行。"浪客拍了拍桌子，"我今日就要。"

小二愣了一下，随后想是自己没听清，歪了歪脖子："你说什么？"

浪客提高了声音："我今日就要。"

小二不怒反笑，问道："请问雕楼小筑是少侠开的吗？"

浪客摇头："那自然不是。"

"那今日没有！"小二冷哼道。

陈儒见状，问那浪客："还没问少侠尊姓大名？"

浪客撩了一下额前散落的头发："没做过侠义事，不敢称少侠。在下从小无父无母，所谓来也空空，去也空空，故名司空，也愿化作长风，一去不归，所以我叫——司空长风。"

陈儒笑道："这一串介绍倒是颇有文采，想了许久吧。"

司空长风被看穿了心思，脸微微一红："看破不说破，先生你不厚道。"

陈儒对司空长风似乎很有好感，继续问道："为什么一定要那秋露白？"

司空长风叹了口气："我此行来天启，要见一个朋友。我那朋友没别的爱好，就是好酒。他一直嚷着要喝天启城的秋露白，不知道他来了以后喝过没，我就想先买一壶当个见面礼。小二，你这酒真没有？"

小二摇头："没有。"

"谁说没有！"有好事者忽然开口了，顺便指了指屋顶，屋顶上挂着一个精美的小酒瓶，似是白玉所制，"上面不就有一瓶吗？"

"那是秋露白？"司空长风眼神一亮。

陈儒微微一笑，看了一眼那好事者，一向温和淡雅的他，身上忽然散出了剑一样的锋芒。那人手中的酒杯砰然而碎。

可司空长风却没有注意到这些变化，只是仰头看着那白玉酒瓶："多少钱？"

司空长风是个穷人，但是他的行囊里却藏着许多珍贵的草药，

他来时已经打听清楚了,随便掏出一株草药,拿到天启城的药铺里都能换上一大笔银子,一瓶秋露白,应该不成问题。

"不用钱。"小二的回答却是令人意外。

"不用钱?"司空长风一惊。

"只要你能拿得到!"小二退到一边。

陈儒瞳孔微微缩紧,很明显,这个小二也是因为刚才浪客的不敬,而故意陷害他。浪客不知道雕楼小筑的规矩,不清楚秋露白在何日才会供应,自然也不知道这楼中酒是如何能取下。

"这有何难?"司空长风纵身一跃,高高飞起,伸手便要拿那楼中酒,可手才刚刚触到的时候,却被身后掠起的两名武夫一人按住了一个肩膀,生生地给压了下来。

"干吗?"落地之后,司空长风一震身,将那两名武夫打开了去。

其中一名武夫微微皱眉:"你要取楼中酒?"

"既然伸了手,便只能取楼中酒。"另一名武夫开口说道。

司空长风一愣,猛地扭头看向小二:"你设套?"

小二摇头:"我并没有说谎啊。这的确是秋露白,还是十二年陈酿的秋露白,世间只此一壶。只是若想取,得凭本事取。取不到的,留下一件东西就行,东西是什么……"

"由我选。"一名高大的男子从后厨中走了出来,他肤色黝黑,浑身肌肉虬结。

"谢师。"小二退到了一边。

被称为谢师的男子看了司空长风一眼:"很久没人敢来抢酒了,小娃娃你闹什么闹?是不是被人哄骗的?一边儿凉快去,我不难为你,你走吧。"

司空长风抡起放在桌上的长枪,猛地往地上一顿:"十二年陈酿秋露白,我那朋友听到可不得乐开花。我不管,这酒我要了。不对,我抢了!"

谢师双手抱拳,冷眼望着司空长风:"你确定要抢?"

谢师,雕楼小筑如今的一品酿酒师,同时也是雕楼小筑武功最高的人,当年无数江湖公子都试图来抢过这壶酒,都被他一掌打了下来。他的要求也不高，不过是收下那些人的武器罢了，但对于江湖人来说，武器是伴随一生的东西，被人抢走，无疑是巨大的耻辱。但谢师的武功究竟高到什么程度，却也难以估摸，因为能位列宗师之位的高手，不会来做这抢酒的幼稚之事，赢了不过喝一瓶酒，输了可就是一辈子抬不起头。事到如今，愿意到此还抢到酒的，只有李先生一人而已。

天下爱酒之人，唯有李先生功夫通天盖地。

世间武功通天盖地之人，也只有李先生，这么闲。

但他只是摸了一下酒瓶，然后就走了。

于是这酒就一直空悬在这里，挂了许多年。

司空长风不知道这些事，当然，就算知道了，他也不会怕。

来也空空去也空空，也愿化作长风，一去不归。

"来吧！"司空长风长枪一顿。

"这枪不错。"谢师仰起头，"我要了。"

"银月枪啊。"陈儒喝了口酒，悠然道。

谢师听到他的话语，转头看了一眼，一惊："先生！这少年是先生的朋友？"

陈儒放下酒杯："不必管我。"

果然这中年书生不是寻常之人，司空长风心中早已猜到，可他也不指望着这萍水相逢之人来帮他，他一甩长枪，问道："我可取酒？"

谢师向前踏了一步："予取予求！"

司空长风一甩长枪，长枪若蛟龙般腾飞，依旧是那追墟枪林九所传的枪法，依旧不全，却远非当日在柴桑城那般可比，如今枪出，真的若游龙。

可却被谢师一手给握住了。

"是一柄好枪。"谢师赞扬了一句，这样的年轻人，这样的好枪，实在是难得。

"但可惜了。"之后便是一声轻叹，谢师手轻轻一转，就将司空长风连人带枪旋了起来。

司空长风一惊，他在药王谷中每日练枪，将那仅会的八枪，从

一打到八,再从八打到一,加上在乾东城一番境遇后的心境变化,如今的他,功力早已大增,可如今才一枪,就被制住了。

不行!

司空长风一咬牙,忽然松了枪,一脚踏在枪杆上,纵身一跃,一拳冲着谢师砸了过去。

"回去!"谢师伸手一拳把司空长风打了出去。

司空长风被一拳打至门口,他擦了擦额头上沁出的汗珠,重重地喘着粗气。

"一个枪客,不要轻易放弃自己的枪,除非你能把它拿回来。"谢师重拳一挥,将那柄长枪打了出去,司空长风点足一掠,将那长枪接住,随后落地,微微俯身望着谢师。

"谢师的金刚罩精进了不少。"陈儒笑着赞道。

谢师面向陈儒,神色恭敬:"先生谬赞了。若是先生出手,金刚罩怕是一指可破。"

"夸张了夸张了。"陈儒轻轻摇头。

谢师转回头,看向司空长风,神色凛然:"你还有一次机会,这一次,握好你的枪。"

司空长风没有回话,只是握紧长枪,目光冷峻,透着寒光。

"是鹰一样的少年啊。"陈儒喝了一口酒。

"来。"谢师用力地踏了一步,全身肌肉瞬间暴涨,一股真气在身体周围泛起,竟流淌着淡淡的金光。

这就是金刚罩了。

仅次于佛门金刚不坏神通的护体神通。

能破金刚罩的,只有最锋利的枪!

"枪出!"司空长风怒喝一声,连人带枪纵身跃出。

"好快!"堂内有人惊叹道。

一开始他们都以为这不过是一名没见过世面的浪客,可刚才那第一枪已经足够令人惊讶,而这一枪,则可称惊艳了。

就连谢师也不敢徒手去接了,而是暴喝一声,那层金光更加浓郁。

司空长风闪电般地掠到了谢师的面前,一枪刺出。

"铛"的一声,就像真的打在了一个罩子上。

但除了"铛"的一声外,还有一个细微的声音,堂内之人只有两个人听到。

一个是陈儒,他嘴角露出了一分赞赏的微笑。

另外一个是谢师,他的眉头微微一蹙。

就连司空长风都没有听到那个声音。

因为太过于细微了,就像是一个鸡蛋壳被轻轻磕碰时的那一点声响,只是轻轻磕碰,有了一道缝隙罢了。

然而破的是金刚罩。

转瞬之间。

司空长风整个人倒飞出去,谢师抬手一掌,将那银月枪整个地往上一挥,长枪插入楼阁之中,就在那装着秋露白的白玉酒瓶的边上!

"天启城果然是天启城啊。"司空长风气力已尽,无奈地闭上眼睛,只等着重重落地,好好地丢一番人了。可他的身后忽然有一个熟悉的声音响起。

"久别重逢,可别就这样行大礼啊。"

司空长风一惊,随后后背被人一掌托住,两个人落在地上,向后滑了几寸才停下来。

"好强的掌力,雕楼小筑不是卖酒的吗,天启城里一个卖酒的武功都这么高?"那人轻笑道。

司空长风扭头,便看到一脸笑意的百里东君站在那里看向自己,还有多言的灼墨公子也站在一旁,可谓是真正的久别重逢了。

"什么时候来的天启?"百里东君问道。

司空长风想也没想:"今日。"

"来雕楼小筑买酒?"百里东君又问道。

司空长风点了点头:"久别重逢,总得备份礼。"

"然后呢?"百里东君挑了挑眉。

"普通的酒没你酿的好喝,最好的酒今日又不卖,就只能动手来抢了,可惜技不如人,抢不过。"司空长风摇头。

百里东君拍了拍司空长风的肩膀,与他一起走进雕楼小筑:"一

个人抢不过,那么两个人,能不能抢过?"

谢师此刻已经压住了刚才翻涌的气息,这名叫司空长风的年轻人着实令人惊讶,刚刚那蓄力一枪,竟能生生地将金刚罩打出一丝缝隙来,他抬起头,看着进来的人中又多了一个百里东君,冷冷地一笑:"这么快就有帮手到了。"

百里东君仰起头:"那不是你的枪吗?"

司空长风叹了口气:"技不如人,枪给留下了。"

百里东君又看着上面的那壶酒,眉毛一挑:"那酒瓶里装的是秋露白?"

"十二年陈酿秋露白,天下绝品。"司空长风补充道。

"我要了!"百里东君纵身一跃,伸手先去抓那银月枪。

可谢师再度跃起,一掌劈下,百里东君立刻收手,便与那谢师在空中一连对了三掌。

两人同时重重落地。

谢师神色凝重,方才那位用枪的年轻人武功已经算是不错了,可这位刚刚进来的年轻人无论是内力还是招式,都已经颇有些大家风范了,明显胜出不少。

百里东君也是长吁了一口气,他笑了笑:"酿酒师中不止我一个人会武功吗?"

"不可无礼,这位是雕楼小筑一品酿酒师,天启城里人人都得尊称一声'谢师'。"雷梦杀踏了进来。

谢师看见雷梦杀,一惊:"灼墨公子。"

"谢师好,这位是我新入门的小师弟,不懂规矩,还请谅解。"雷梦杀抱拳道。

谢师看向百里东君,惊讶道:"李先生新收的弟子?难怪,难怪了。"

百里东君似乎并不喜欢彰显这个身份,只是伸出一根手指,指了指上面的长枪:"我朋友的枪。"

谢师犹豫了一下,还是说道:"抢酒失败留下一物,是规矩。"

百里东君点了点头:"那我赢了你,能否枪与酒一起拿走?"

谢师想了一下,回道:"可以。"他伸出一掌,示意百里东君出手。虽然刚才几下交手，面前这位少年却有一战之力，可要胜过自己，怕是也太小看这雕楼小筑了。

百里东君笑了笑："用武功来赢酒，未免有些奇怪。不比武功如何？"

"那比什么？"

"自然比酿酒。"

若以武功强抢这十二年陈酿秋露白，以学堂李先生弟子这样的身份，就算今日不成，苦练个一段时间，胜过谢师自然不是难事。

可若以酿酒术胜谢师，那么就怕是学堂李先生亲自来，也没有用。

谢师微微垂首，心里暗自怀疑自己是不是听错了。

可百里东君却自顾自地说了下去："就在本月十四吧。那日我带着我的酒来雕楼小筑，也请雕楼小筑备好你们最好的酒，以及这天启城最优秀的品酒师。最后，我将带走那瓶酒，也带走那柄枪。"

谢师脸色凝重，声音中透露出几分怒意："你知道自己在说什么吗？"虽然谢师长得颇为凶悍，但从方才开始，其实一直对面前两位少年很是容忍，但是百里东君拿酿酒之事开玩笑，无疑触中了他心中的逆鳞，整个态度就不一样了。

雷梦杀知道这位酒师的性格，急忙解释道："我们小师弟在入天启之前，学了将近十年的酿酒术。"

"我学了四十年了。"谢师沉声道。

"好酒品人生百味，少年的烈，中年的温，老年的醇，都不一样，也不见得谁就胜过了谁？你说是吗？"百里东君微微一笑。

谢师一甩袖，转身离去："那就恭候大驾了。"

本月十四。

学堂李先生的小弟子，问酒道于雕楼小筑。

消息一出，天启城哗然一片。

"到底是李先生看重的弟子，真是一个比一个特别。"

"走，我们去别处喝酒。"百里东君向前拍了拍司空长风的肩膀，他和雷梦杀此番出来，本来就是出来找酒喝的，所以才来了雕楼小筑，不过此番看来，雕楼小筑暂时是不能待下去了，只能

另寻别地。

司空长风看了一眼坐在那里默默喝酒的陈儒,抱拳道:"先生,多谢方才那杯酒了。"

"去吧。"陈儒微微一笑。

百里东君一愣,方才他一直没有注意到角落里的这个中年儒生,现在一看,正是那日在易水畔遇见的人:"你……"

陈儒笑着望向他:"我说过,我们很快就会再见面的。"

"你究竟是谁?"百里东君心生疑惑。

"你也很快就会知道的。"陈儒将壶中酒一饮而尽,往门外走去。

"喂,你还没有付钱呢!"百里东君提醒他。

陈儒一笑,没有说话,瞬间人就已经踏出了门槛。

雷梦杀望着他的背影若有所思,因为他们三人中只有他知道,坐在雕楼小筑里那两张座位上的人,是永远也不需要付酒钱的。

"这人是谁?"百里东君问雷梦杀。

雷梦杀摸了摸下巴:"或许你可以去问谢宣。"

司空长风从位置上拿回了自己的包裹,抬起头看了一眼直插在楼阁中的银月枪,叹了口气。

"司空,带你去喝酒。"百里东君唤他。

司空长风走出雕楼小筑道:"怎么忽然叫我司空,这个称呼不太习惯。"

"之前不是叫你酒鬼,就是叫你赔钱货,如今到了天启城,这两个称呼就不太合适了。"百里东君笑道,"二师兄,接下来带我们去什么地方?"

"你果然拜师李先生了,成为灼墨公子的师弟了。"司空长风语气中带着一丝难以察觉的羡慕。

雷梦杀皱着眉头想了一下:"既然不去雕楼小筑了,那我们接下来去哪里呢……百品阁上次被我们砸了,现在还没修缮好,流苏房的酒又不好喝,落月轩太过官豪,俗气……其实真的不是我想去啊,只不过小师弟好酒,又恰逢老友久别而归,不得已才去那个地方啊。真的非我所愿,非我所愿!"

"二师兄,到底去哪儿?"百里东君疑惑道。

雷梦杀转头,眼睛闪亮,笑容暧昧:"去那里!"

百花楼。

楼名俗艳,百花争艳。

阁中遍地都是鲜艳的花卉,雅乐奏起,花香四溢,穿着轻纱、身材曼妙的女子们举着轻扇,在阁内翩翩而过。

百里东君和司空长风有些眼花缭乱,司空长风咽了咽口水:"如果我没有猜错的话,这里是……青楼?"

"是百花楼,不一样的。"雷梦杀摇头道。

"哪里不一样?"司空长风感觉额头上已经沁出汗来了。

雷梦杀用手指指了指上方:"因为有她,所以不一样。"

上方雅阁之中,又琴声传来。

"还记得那一日,我和顾剑门第一次来到这里。那雅阁之中有琴声奏起,顾剑门原本已经大醉,闻得琴声兴致大起,举剑而舞。他的剑在花丛中穿梭,所有在场的人都无法说出他究竟舞出了怎样的动作,只能看到一个青色的影子在那里狂奔、飞荡。百花会上所有的花瓣被那剑气席起,五颜六色,姹紫嫣红,交叠飞舞着在空中飘荡了许久之后,最后被那剑气卷起,成了一座花桥,从这里通往楼阁之上。"雷梦杀抬头望着楼阁,眼神中透露出了某种怀念,"顾剑门说,闻琴声可知人,他听这琴声,就觉得楼上那女子是命定之人。于是他脚踩花桥,从这里走到了那里,推开了房门,见那女子。"

"然后呢?"百里东君记得当时见到的顾剑门身边并没有任何女子的陪伴,想必不是什么好的结局。

"然后,过了大概一个照面的工夫,顾剑门就下来了。他说不行。"雷梦杀笑道。

"为什么不行?"司空长风疑惑道。

"因为太小了。"雷梦杀摇头,"那姑娘,当年才十三岁啊,顾剑门虽然生性狂浪,但也好歹也是个人。哈哈哈哈哈。"

百里东君和司空长风相视一眼,一脸无奈。

"如今也过去了六年了,当年的小姑娘,如今可出落得貌美如花了,整个天启城都在传她的名字。不知道顾剑门那小子看到后,会不会后悔。"雷梦杀耸了耸肩。

楼上琴声乍止。

"雷公子许久没来了。"有人传音而至,温柔秀美。

"没有顾公子没来得久。"雷梦杀答道。

"没多久是有多久?"一个声音忽然响起。

"就不是很……久……"雷梦杀转过身,腿一软,浑身一哆嗦,差点摔在地上。

一身素衣,面目清秀,恍若一块美玉般的女子正站在他们面前。

百花楼中美女很多,但这女子身处其中,却毫不逊色。

她不艳,甚至看得出来未施粉黛,可就只靠着这毫无修饰的美,就将亭内那一众的莺莺燕燕给压了下去。

一个女子作为客人出现在这青楼之中,的确有些奇怪,但众人好像都认识她一般,没有过来驱赶,反而以她为中心,半径三丈的范围内,一个人都不敢靠过来。

女子手里拿着一柄剑。

这柄剑在剑谱上排第四。

剑心冢冢主传人才能佩带的名剑——心。

百里东君认出了女子,犹豫了一下,想了一个得体的称呼:"嫂嫂?"

剑心传人李心月笑着看了他一眼,可笑中却是刀锋:"小小年纪,不学好。"

百里东君挥手:"我是无辜……"

"啪"的一下,百里东君膝盖上被重重地踢了一脚,半跪在了地上,雷梦杀指着他破口大骂:"都怪你个小子不学好,硬要带我来这个地方!我都说了不来不来,你硬要我来!现在我把你带来了,你没什么不满足了吧?既然这样,那我就回去了。"

"啥?你还要不要脸了!"百里东君怒骂道。

"别说话!"雷梦杀一巴掌把百里东君的脑袋拍开,随后抬起头,望着李心月一脸谄媚地笑:"娘子,我们回家。"

"下次什么时候来啊？"李心月也笑着问道。

"这辈子都不可能来了。"雷梦杀大踏步朝着门口走去。

李心月一步追上，腰间长剑剑鞘一出，敲在了雷梦杀的小腿上。雷梦杀惨叫一声后摔倒在地，李心月上前一步，一把抓起雷梦杀的衣领，提起人高马大的雷梦杀就像提起一只小兔子一般轻而易举。她扭头，笑着看了一眼百里东君和司空长风："少年们岁月正好，就好好享受吧，好时光不多了。"

"嫂嫂，真不是你想的那样。"百里东君百口莫辩。

李心月冷笑一下，带着雷梦杀纵身一跃离开，只剩下声音回荡在百花楼中。

"美人如花隔云端，少年郎，羞什么？"

李心月和雷梦杀一同离去，只剩下百里东君和司空长风面面相觑。

"我们在哪？"司空长风问道。

"我们要干什么？"百里东君反问道。

正当两人一头雾水的时候，有一名身穿紫衫的美艳少妇走到了他们的身后，轻轻地拍了拍两个人的肩膀，柔声道："少年郎。"

百里东君和司空长风就像触了电一样地转过身，百里东君有些结巴："做……做什么……"

美艳少妇伸出一根手指，勾了勾百里东君的下巴，百里东君浑身僵硬，饶是武功再好，可此刻连躲一下都做不到，少妇盈盈一笑："少年郎羞涩了，你们雷大哥第一次来的时候，可比你们要胆大多了。"

百里东君咽了咽口水，使劲让眼神离开那少妇丰腴的胸口："我们……我们只是来喝酒的，喝……喝酒就可以。"

少妇手中花扇一挥，遮住了嘴轻轻一笑："只是喝酒就可以了吗？"

"对……没有酒的话，我们还是先走了。"百里东君往后退了一步。

"谁说没有酒，三十年陈酿桃花醉，可入得了公子的眼？"美艳少妇眼波流转，楚楚动人。

百里东君听到"桃花醉"三个字,眼睛一亮:"真有?"

"上楼来饮。"美艳少妇转过身,朝着楼上走去。百里东君艰难地迈动步子,司空长风跟在身后,低声道:"你不是堂堂镇西侯府小公子、乾东城内小霸王吗?怎么那么紧张,连青楼都没来过?"

"呸,我要敢去乾东城的青楼,别说我爹娘,我爷爷第一个也放不过我。"百里东君低声骂道,"你呢?你闯荡江湖这么多年,不也还是一句话也说不出来!"

"我……我没钱去青楼啊。"司空长风挠了挠头。

都是懵懂青葱的少年郎,谁路过那莺莺燕燕的青楼时,内心没有激荡过几次,只是各自有各自的苦啊。

美艳少妇领着二人上了楼,往着那悠扬琴声传来的方向走去。他们走进了一座暖阁,暖阁中有一座高台,高台周围垂着白纱,那琴声就从白纱之中传来。暖阁中摆着几张桌子,除了角落里还剩一张桌子外,其他地方都有人坐着,且一看这些人个个都身份不同寻常,因为他们两旁都有佩刀带剑的侍从跟着。

"哟,紫衣姐,今日有生客?"一名听客转过头,打量了进来的那二人一眼,一愣,"是你?"

百里东君也是一愣:"你?你在这里干吗?"

此人正是那日在千金台中,和自己赌过一场的天启最大赌场二当家屠二爷。

屠二爷丢了一颗花生在嘴里:"到了这里,自然是来听曲的啊。"

"你懂乐理?"似乎是碰到了熟人,百里东君心中的紧张感一下子就减去不少,他在那张空桌前坐了下来,"看不出来啊。"

"懂什么啊。"屠二爷喝下一口酒,"我是来看姑娘的。"

百里东君望着那高台上,白纱之下若隐若现的女子身影:"这也能看得到?"

屠二爷又喝了一口酒:"先喝醉了,剩下的,就看想象了。"说完后,他笑了笑,神色中透露出几分好色之意。

那被称为紫衣姐的美艳少妇冲着百里东君和司空长风微微一

笑："既然二位与屠公子认识，那么便不必我这姐姐照顾了。一会儿酒便上来，还请二位慢饮。"

"学堂李先生的弟子待遇果然不一样，竟是紫衣姐亲自招待。"屠二爷的眼神很不老实地在紫衣姐的胸口晃来晃去。

紫衣姐摇了摇头："什么学堂弟子、天启王公，在这百花楼我可不认。"

"那姐姐认什么？"司空长风问道。

紫衣姐用手勾了勾司空长风的下巴："自然只认好看的少年郎。"

司空长风的脸瞬间羞得通红，就像是一团火燃烧起来了一样。

屠二爷看到了，低头骂道："雏儿。"

此时，正是那白纱后的琴声稍止之时，所以堂内之人有人愿意同百里东君二人搭话，可那琴声再起时，就连屠二爷都转过头去，不再理会他们了。

所有人都正襟危坐，一本正经的样子。

原来有人来青楼，真的只为了听一支曲子。

国手风秋雨，虽然出生青楼，但一手古琴抚得极为动人，几年前曾被风雅绝世的洛轩公子称为"以区区十五女子之手，抚北离百年绝世之音"。当然关于她的琴音、她的容貌更是人们讨论的话题。

据说她的容貌比起百花楼里的花魁头牌都毫不逊色，可却从来只是卖艺不卖身，至今未有人能够一亲芳泽。

也据说她是前朝公主的后人，被迫寄于青楼屋檐之下，其实身份高贵，有绝世高手暗中保护。

更离谱的传说，就是她是凌云公子顾剑门看中的女人，只等十八岁那年，顾剑门从桑落城回来迎娶她，所以在此之前，谁也不能接近她。

当然这些传说此时的百里东君和司空长风是半点都不知道的，他们来此是为了喝酒，听曲儿不过是恰逢。两个人坐了下来，等着那三十年陈酿的桃花醉送了上来。百里东君打开酒壶，使劲用鼻子吸了一下，随后神色大喜，惊叹道："果然是好酒！雷梦杀没

骗我们，这里的酒不错。"

可司空长风却没有理会他。

百里东君也没有发现，自顾自地倒了两杯酒，转过头，才发现司空长风这个酒鬼对桃花醉兴趣不大，反而跟周围的人一样，听那琴曲听得入了迷。百里东君一愣，放下酒杯，也认真听了听。他自小生于侯府，大小豪门宴会参加了不少，这种乐律大师也是见怪不怪了，甚至于他的母亲自己就是个琴手，但现下仔细一听，还是能听出堂间之乐，已胜过他这十几年所闻之所有。

"哎，司空长风，你还通音律呢？"百里东君用胳膊肘撞了一下司空长风。

"我听过这曲子。"司空长风忽然道。

百里东君又竖起耳朵听了一下，随后摇了摇头："我没听过。"

"是江南月。"司空长风忽然道，"'戍鼓断人行，秋边一雁声。露从今夜白，月是故乡明。'这是思乡之曲。对了，一直忘了告诉你，其实我家在江南。"

百里东君微微挑眉："江南！好地方啊。"

"我也会吹这曲子。"司空长风又说道。

百里东君更是惊讶："你还会吹笛子？"

"不是。"司空长风从行囊里翻了翻，最后拿出一片叶子，对着百里东君挥了挥，"我会吹这个。"

"树叶？"百里东君一愣，"这也行？"

"我偶尔路上走累了，就会坐在路边吹上一曲，跟以前一个朋友学的，登不了大雅之堂。"司空长风拿着树叶，看了一眼，犹豫了一下后还是放到了嘴边，闭上眼睛，嘴轻轻一吹。

悠扬的曲音缓缓扬起，忽然插入了那古琴声中。有人颇是不满，转过头投来不满的目光，但白纱门口的琴声并没有停，那一片树叶吹出的曲子竟也慢慢地融入了琴声之中。众人闭上眼睛，仿佛真的看到了一幕思乡之景。

只不过一人是在那闺阁之中，打开窗户，遥遥望着故乡的方向，幽怨而感伤。

而另一人是牵着马走在古道之边，月色之下微微仰头，满是寂寥与落拓。

百里东君虽然没有听过这曲子，却也自己跟着轻轻地哼了起来。他给自己倒了一杯桃花醉，仰头喝下，随后闭上眼睛，细细品味了一番："好酒，好曲。"

一曲作罢，百里东君已经喝了三杯。

司空长风放下树叶，许久之后才回过神来，百里东君递过去一个酒杯："得遇知音了？"

司空长风接过酒杯，一饮而尽："我这江湖野路子，知音这个词，太折煞我了。"

"哈哈哈哈。"百里东君朗声笑道，"酒是好酒，曲也是好曲。"

"这位公子。"忽然有一名穿着绿衫的婢女走了过来，对着司空长风行了一个万福。

司空长风扭头道："怎么了？"

"我家小姐有请。"婢女微微垂首。

"你家小姐是谁？"百里东君问道。

婢女捂嘴一笑："公子说笑了，既然入了流音阁，小姐自然只有一位啦。"

"白纱之后的那位姑娘？"百里东君一挑眉。

"对，但小姐只邀请了这位公子。"婢女看着司空长风。

"去吧去吧。"百里东君如释重负，伸了个懒腰，"都说了是得遇知音，还不速速相见。"

"算……算了吧。"司空长风脸一红，连连摆手。

婢女忽然收了笑容，眼睛一瞪："你知道你是在拒绝谁吗？"

司空长风吓了一跳："我……我没有拒绝。"

"那你来不来？你知道向来只有别人求见我们小姐的份儿，我们小姐可几乎从不邀别人相见。你若不来，好，这辈子都别进百花楼，别想再听小姐的曲子！"婢女怒气冲冲地说道。

司空长风一头冷汗，只能立刻站了起来道："我随你便是，姑娘不要动怒。"

于是那绿衫婢女就这样带着司空长风，在众人目光的注视下，到了那高台旁。婢女与白纱之后的女子交谈了几句后，就往后走去，

推开了一扇门,带着司空长风直接走了进去。随即从白纱后走出一个一身白衣,脸上亦有白纱遮面的女子,也跟着走了进去。

随后门便缓缓合上。

"他是谁?凭什么风姑娘就见他?!"堂中有人大怒。

"我每日都来此听曲,银子也没少花,这小子今日可第一次来!"屠二爷站起来怒喝一声,起身就要跟着往里面闯。

平日里他花钱,风姑娘不见,他不怒,因为所有人都一样,王孙公子来,也一样。

可今日,有人不一样了!

跟着他一样愤怒的还有很多人,他们同时起身,便要往里面闯。

可没等百花楼的护院们赶来,他们就被一个猛烈的拳风给打了回去。

只见百里东君站在门边,仰头将那一壶桃花醉整个地倒入口中,随后垂首,打了个小小的酒嗝,微微一笑。

"没听到吗?姑娘只邀请了我朋友一人。"

八年前,江南未城。

未城曾经是整个江南最风雅的城市之一,一直是游吟的旅人们口中津津乐道的话题,在他们的叙述中,未城便代表着繁华、富饶与音乐。那里有最好的酒家、最快的烈马和最棒的乐师。而观月山庄却是未城中最格格不入的地方,未城很喧嚣,可那里却很安静。

据说庄主叶星辰只是在某次旅途中偶尔经过未城,却被这未城的月景所迷,竟不忍离去,于是在这里建了一座名为"观月"的山庄,便住了下来。

这是个很风雅的说法,可是风凌落却从来没有看到叶星辰赏过月亮,他只是每晚都会在月夜下舞剑,不发一言地在院子里发了疯似的舞剑。这种时候,风凌落都会很害怕,毫无来由的害怕。

她从小就没有父母,叶星辰教她读书练剑,却很少同她说话。她唤叶星辰师父,叶星辰却叫她小姐。

有一天,叶星辰突然离开了,毫无声息地就走了。一个月后,当风凌落认为他或许永远都不会回来的时候,他终于回来了,并且还带回了一个衣衫破旧的少年。

虽然衣衫破旧,可少年一双眸子却亮如星辰。

少年叫魏洛礼。

风凌落很少踏出自己的院子,魏洛礼也从来不会前来打扰。两个人就这样平静地度过了大半年的时光。

只是某一日,风凌落在奏琴的时候,发现窗外传来了一个乐音,与她同奏,她一开始以为是弟子,可后来推开窗往外看去,才发现那个少年已经换下了破旧的衣衫,一身白衣如雪,坐在屋檐之上,朝着南方悠然地吹着叶子,那目光,似乎在望着很远很远的地方。

"你在看什么?"风凌落第一次和少年说话。

"我在看我的家。"少年这样回答她。

风凌落一愣:"你的家也在南诀吗?"

"对,我的家在南诀。"少年收起了叶子,"我总一天会回去的。"

未城的月色其实真的很美丽。少年坐在屋檐之上,仰头望着这月色,只是没来由地想到了一句诗:露从今夜白,月是故乡明。

只是,他突然听到心中所想的这句诗被人看破了心思般地念了出来,他扭头有些惊讶地望去,却是风凌落已经从窗口跳了出来,站在了自己的身后。带着流水般盈盈的笑意,风凌落轻轻地在魏洛礼身边坐了下来。

"你的家人呢?"风凌落轻轻地问道。

"都死了。"少年语气平静。

风凌落沉默了许久,最后叹了口气,淡淡地说道:"我也是。"

"那我们以后就做家人吧。"

少年每日都勤学练剑,即便叶星辰出去的日子越来越多,往往一个月只回来两三次,可他却从来没有懈怠过。当然,每日除了习剑,他还得做饭,照顾这位突然冒出来的"妹妹"。而风凌落不喜欢练武,每日只练琴。

就这样平平淡淡地过了一整年,原以为这样的日子会一直下

去，风凌落也没觉得哪里有不好。可终于有一日，叶星辰回来了，他说最后的机会终于来了，他这一次有绝对的把握刺杀南诀的皇帝，一旦刺杀成功，国内就会发动政变，到时候就会有人来接走风凌落——南诀的前朝公主。

于是叶星辰再度提着剑离开了，与他一同离开的，还有魏洛礼。

可他们终究没有回来，也没有来自南诀的人来接走风凌落，只有一辆来自北离天启城的马车停在了观月山庄的门口，带走了风凌落。在路上风雨飘摇地走了一个月，风凌落便来到了百花楼。

那一日是秋天，下着小雨。

迎接她的紫衣姐姐说风凌落这个名字不能用了，便叫风秋雨吧。

那位少年与他们的师父消失了，而未城在经历了一场洪涝灾害后也不复当年声势，人们都逃难离开了，很快未城也被人遗忘了。

但是风秋雨却都记得。

她走进了暖阁之中，一双眸子中秋水流转，她仔仔细细地看了一下面前的这位少年，随后微微皱眉："你不是他。"

司空长风不解："是谁？"

风秋雨没有再纠缠这个话题，只是又问道："你来自未城？"

司空长风依旧一头雾水："未城？"

"你从哪里来？"风秋雨又问道。

司空长风想了想，随后摇了摇头："不记得了。"他说的是实话，他自小就在各个城池流浪，最开始是在哪座城，他的确不记得了。

风秋雨微微皱眉："你刚才的曲子是从哪里学的？"

"不记得了。"司空长风又是摇头。

"怎么说什么你都不记得了？你这人是记性不好，还是脑子有问题啊！"那风秋雨竟然一下子急了，恼怒地骂道。

司空长风也是愣了一下，随后苦笑了一下，努力回想了一下后说道："应该是当初哪个结伴而行的旅人教我的。我自小流荡在江南，这曲子听着像江南的曲子，所以很喜欢。我一路上经常会吹，方才听姑娘所奏之曲正好是这支曲子，便忍不住跟着吹了一番。若有得罪，还请姑娘不要见怪。"

风秋雨叹了口气，在椅子上坐了下来："我有个哥哥，也会用叶子吹这支曲子。我方才把你误以为是他了，是我想多了。"

司空长风听出了风秋雨声音中的伤感，挠了挠头："那个姑娘……"

风秋雨挥了挥手："你走吧。我方才一时气急，你可不许说出去，破坏了我在别人心里的形象。"

"姑娘……"司空长风又唤了一声。

风秋雨抬起头："你老叫我做什么？"

"其实我……"司空长风咧嘴一笑，"一直挺想要个妹妹的。"

风秋雨一双眸子再漂亮，也掩饰不住她此刻像看一个傻子似的眼神。

司空长风却自顾自地说了下去："我从小漂泊四方，不曾羡慕别人有爹娘，却常常羡慕别人有妹妹。因为有了妹妹，那么似乎就有了要守护的东西，我一直觉得这样就是一个很值得骄傲的事情。"

司空长风望向风秋雨，眼睛亮如星辰，一如当年的少年。

但是风秋雨的眼神只是微微犹豫了一下，随后果断地摇了摇头："我不要。"

司空长风长吸了一口气，随后正色道："你哥哥叫什么名字？"

风秋雨眉头一蹙："魏洛礼。"

司空长风点了点头："我就是魏洛礼。"

风秋雨一惊，随后神色中多了几分恼怒，抬腿踹了司空长风一脚："你这人好大的胆子，敢占我的便宜！"

司空长风好歹也算半个少年高手，也抬了抬腿，就把风秋雨那一脚躲了过去，他依然笑容满面："虽然我忘了自己有没有去过未城，但我也是江南人。姑娘曲子中满是思乡之意，你我两人相聚于天启城也算有缘。我说想有你这样的妹妹是真的。"

"但凭空让你多出一个大哥，你不愿意也是应当的。"见风秋雨不说话，司空长风便又接了一句。

风秋雨叹了口气："我不是江南人。我的家乡……"

"小姐。"婢女轻声唤她。

风秋雨又抬腿往司空长风身上踹去："你套我话？"

"我有个朋友曾说过,说话是可以骗人的,但是音律是骗不了人的,因为音律是世界上最干净、最纯粹的东西。"司空长风这一次没有躲,硬生生地挨了一脚,"所以不管姑娘的家乡在哪儿,最忆仍是江南。"

风秋雨听到这句话有所触动,抱着最后一点希望忍不住问道:"你的朋友叫什么名字?"

司空长风这句话当然是方才瞎编出来的,眼珠子一转,沉声道:"百里东君。"

"倒是个好名字。"风秋雨似是对这场对话感觉到疲惫了,打了个哈欠,挥了挥手,"玉儿,送客。"

婢女往前一步,挥手道:"请。"

司空长风心想既然告别,总要说点什么,幸好当年流荡时与一个穷酸秀才同行过一年多,腹中墨水不算多,但绝对够酸,他转过身,悠然道:"相识满天下,知心能几人。我相信世间有知音,姑娘的琴,我的一片绿叶,恰逢其会,我还会再来的。"

风秋雨眼神中闪过一丝笑意:"哦?这话说得倒像是个读书人。"

司空长风背对着风秋雨,将那随意束着的头发解了开来,傲然道:"我一看就是个浪客啊。"

司空长风径直往前走去,推门而出。

婢女看着眉眼难得舒展开来的风秋雨,有些好奇:"小姐,你好像喜欢……不,是不讨厌他。"

"他很有趣。"风秋雨不置可否。

司空长风推门而出后,只见百里东君一人一剑,立于暖阁之外,而他们面前,至少有十几个青壮男子对这边虎视眈眈。

百里东君见司空长风出来了,惊诧道:"这么快?"

司空长风点了点头:"对啊,要很久吗?"

百里东君低头沉吟,眼前那十几个青壮男子面容暧昧,尤其是屠二爷的脸上堆满了嘲讽和愤怒。

司空长风好像感觉到了什么,脸色一红,连连摆手:"不是各位想得那样……我与姑娘,不过是聊了聊……音律。"

"那你的头发为什么散了？"眼尖的屠二爷指着司空长风，怒喝道。

司空长风一愣，一下子百口莫辩。

"兄弟们，别废话了！给我打！"屠二爷一脚踏在了桌子上，举拳怒喝。

"往死里打！"其他人高声应道。

百里东君拉过司空长风，急道："跑！"

司空长风一脸茫然："跑什么？"

说话间，屠二爷已经一掌拍了过来，司空长风急忙挥掌去迎。

"好寒……"司空长风一愣，立刻将拳头收了回去。

"废话，老子练的就是寒冰掌！"屠二爷又是一掌拍来。

百里东君腰间不染尘瞬间出鞘，他左手挥掌一下打开了屠二爷的拳，右手持剑从屠二爷的脖子边堪堪擦过，他笑道："二爷，这个感觉寒不寒？"

屠二爷一个侧身摔倒在了地上。

司空长风惊道："你的武功什么时候变得这么厉害了？"

百里东君一手拉过司空长风，从众人头顶越过："不如你的桃花来得厉害！再不走，这些人就真的宰了我们了！"

果然，屠二爷的出师不利并没有让他们有所畏惧，反而一个个抽刀拔剑地冲了上来。司空长风这时方才醒悟过来："他们是不是以为我在里面和那位姑娘发生了什么？"

百里东君笑了笑："废话。"

司空长风愣了一下："那刚才你说的快……是指……"

百里东君清了清嗓子："我说的就是正常的快，不过是他们想得太多罢了！"

司空长风扭头，怒道："我不快！"

"你是长风，一去不回，最快了！"百里东君调侃道，随后拉着司空长风从百花楼的窗户中一跃而出。

两人一路狂奔，回头看那些人并没有从百花楼内追出来，只是在窗户口破口大骂。

百里东君笑道："畅快！"

司空长风无奈:"你不喝酒时就像读书人,一喝酒,比我还放浪。"

"没有你放浪,没有你放浪。"百里东君连连摇头。

"我都说了没有!"司空长风抬腿就是一脚。

百里东君轻功何其了得,一个纵身就逃过了,司空长风也不甘示弱,用起全力追了上去。

两个人就这样追逐了一炷香的时间,终于是追到了学堂。百里东君抬步就走了进来,可司空长风却站在门口,仰头看着那块招牌——稷下学堂。

一个被天下人仰视的地方。

曾经的司空长风也曾幻想过有朝一日,能够踏入这里,可那样的梦,就连他自己,也觉得太遥不可及,而现在学堂就在他眼前,他只要愿意,一步就能踏进去。这一切,仍然像一场梦。

"进来啊。"百里东君唤道。

司空长风却没有理会,依旧呆呆地看着那块牌匾。

一头白发的白衣人从里面走了出来,看了司空长风一眼,眼神中微微一亮,忽然道:"你以后能成为枪仙。"

司空长风收回目光,望向那忽然出现的白发人,疑惑道:"你是谁?"

白发人一笑:"我是李长生。"

## 第三章 · 攻守之枪

人在江湖，谁没有听过学堂李先生的名号？

天下偌大，又有多少人记得李先生本名叫李长生。

可偏偏司空长风记得，因为他这一生，都期盼着有一日能见到这座高山，远远地一见即可。可此刻高山就在他面前，甚至与他微笑，并且说，他以后能成为枪仙。

司空长风愣了许久，随后犹豫着问道："先生，我手中已无枪，您为何猜中我是用枪的呢？"

李长生看着他，面带笑容："因为你身上有枪意。"

百里东君听到李先生的话，却是有些惊讶。因为在他的印象中，师父还从来没有对任何一个人、任何一件事表示过半点赞赏，从来都是上天入地，本先生第一，除本先生外，世间之人皆凡人。

"所以，稷下学堂，小枪仙请进。"李先生往边上侧身站了站，让出了一条路。司空长风终于不再犹豫，与李先生擦肩而过，跨门而入，走到了百里东君的身边。

"少年郎不必有那么多的心思。你是江湖浪客，他是侯府公子，世间凡俗眼中，你们天差地别，但这里是学堂，学堂之中皆学子，学子之中不论身份，直言兄弟。"李先

生说完这话,转身而去。

百里东君终于在这一刻才感受到了学堂李先生的气派,惊讶得嘴巴都合不拢了。可司空长风却是满心赞叹,果然这就是气概胜于天下的李先生啊。

"师父,天色已晚,您去哪里啊!"百里东君想了起来,高喝道。

"去救我的徒弟,怕他死了。"李先生幽幽地说道。

天启城一处小院之中正响起阵阵哀号。在院外呼风唤雨的灼墨公子此刻正跪在院子中,半裸着上身,身上被一道道剑气划过,留下了一道道乌青。很明显,那剑气已经很克制了,不然灼墨公子此刻就是个血人了。

"北离八公子?风流倜傥,名震天下。以前你说是顾剑门带坏了你,现在顾剑门都几年没来天启城了,你这路不也认得挺顺吗?"李心月坐在凳子上,右手拿着剑,冷冷地笑着。

"真是那百里东君……"雷梦杀开口辩解。

"闭嘴!"李心月随手又挥出一剑,雷梦杀身上便又多了一道乌青,李心月皱眉道,"你没看到那俩小子的样子吗?脸都红成火烧云了,怕是这辈子第一次逛青楼。他们硬拉你去的?你怎么不说是百花楼的姑娘绑架了你呢?"

雷梦杀摇头:"那不就更假了?"

"更?"李心月又是一剑。

雷梦杀哀号道:"我招我招我招,我不过是想要去听风姑娘的曲子。风姑娘你也认识的……黄花大闺女啊。"

"那紫衣姐姐呢?"李心月微微一笑。

"紫衣姐姐?不存在的。"雷梦杀连连摇头。

李心月叹了口气:"还不说实话是吧?"

院落之外,有一个小女童正坐在台阶上吃着糖葫芦,里面的雷梦杀每叫一次,她便咬上一口,小半个时辰过去了,糖葫芦也快吃完了。"今天怕是要被打死喽。"女童咬下最后一颗糖葫芦,傻呵呵地笑了。

"你爹要被打死了,你就这么开心?"一个和善的声音响起。

女童抬头一看，发现一名白发仙人落在了她的面前，她笑了笑，唤道："先生，您来啦。"

李先生摇头："我不来，你爹爹不是要被打死了？"

"打死了才好，让他去那种地方。"李寒衣一脸鄙夷，"活该。"

李先生挠了挠她的头："你小小年纪，懂得还挺多。"

"先生，您什么时候教我武功呀？"李寒衣站起来，扑到了李先生的怀里。

李先生伸手把她抱了起来："你爹是雷门英才，你妈是心剑传人，为什么要和我学武功？"

李寒衣舔了舔手上残留的糖："因为您是天下第一啊！跟您学武功，以后才能教训我爹。"

"有志向。"李先生一脚踹开了院门，抱着李寒衣走了进去，朗声道，"别打啦！"

"滚！"李心月头也不回，一剑甩了过去，便真的甩了过去。手中心剑竟一时不受控制，噌的一下，在空中打了个圈，就落在了李先生的面前，"李先生。"李心月方才反应过来。

雷梦杀如蒙大赦，站了起来："先生救我！"

"跪下！"李心月转头斥道。

雷梦杀立刻又跪了下来。

"好啦好啦，又不是什么大事。虽然去了青楼，不也没犯下什么大错吗？雷梦杀这个弟子我是知道的，对夫人那是忠贞不贰，我想，他今日去百花楼，应是看到百里东君和那用枪的少年，想起了当年自己和剑门的往事，于是一时兴起，才去的百花楼。是不是啊？"李先生温和地问道。

雷梦杀连连点头："是是是。"

"是个屁！"李先生上前，一脚把雷梦杀踹翻在了地上，李心月见状"扑哧"一声笑了出来，"厚颜无耻。"李先生骂道。

"厚颜无耻！"被李先生抱在怀里的李寒衣学样骂道。

"以后还去不去了？"李先生问道。

雷梦杀心想我好歹也是北离八公子，江南霹雳堂本代弟子曾经的第一人，在江湖名字响当当，在朝堂与各个王爷相谈甚欢，怎

么着也是个人物,却这样被威胁?他猛吸了一口气,随后垂首:"不去了。"

"夫人,原谅他吧。"李长生转身道。

李心月叹了口气:"先生都来了,我还真能打死他不成。"

"那就有劳夫人先出门等候一下了,我有些事情要和这个不成器的弟子说。"李长生温和地说道。

李心月点了点头,李寒衣很乖巧地从李长生身上跳了下来,跑到了母亲身边,牵过她的手。母女二人同时瞪了雷梦杀一眼,然后走了出去。

雷梦杀长吁了一口气,终于站了起来,穿上了衣服,感慨道:"师父,还好您赶来了。"

李长生在院落里的石桌旁坐了下来:"本来不想来的,因为觉得你就算现在不死,没几年之后也早晚要死。"

雷梦杀一愣:"师父此言何意?"

十年前。

稷下学堂。

"你姓什么?"

"我姓雷。"

"雷门之人也能拜姓李的人为师父吗?你们的家规应该是整个江湖最严的。"

"一家固守,已经守不下我的志向了。"

"你的志向是什么?"

"志向在于天下。"

"果然还是个小孩子,说出的话真好笑。"

十年后。

天启雷苑。

学堂李先生坐在石凳上,周围真气缭绕,像是仙人临世。

雷梦杀坐在一旁,满头是汗,不敢抬头。

"那一年,你说志向在于天下,我笑你还是个孩子。如今你孩子都学会骂人了,也该不是个孩子了。你说说,天下是什么?"李先生神色凛然,沉声问道。

雷梦杀思考良久，终于缓缓答道："天下……当时我年轻气盛，以为是一个供少年们征伐的地方。"

"那现在呢？"李长生追问道。

"现在，我明白了。天下不是一个能够轻言的概念，因为天下是由很多活生生的人组成的，那些人中有你爱的人，有你恨的人，但更多的是和你素不相识的人。它不该是任何人征伐的地方。"雷梦杀擦了擦额头上的汗。

李长生笑了笑："那你的志向？"

"仍在天下。"雷梦杀正色道，"守护天下。"

"这么多年，你们似乎变了，又似乎没变。我不太教你们，都让你们自己成长，因为我觉得你们彼此都很优秀，优秀的你们聚在一起，自我就会成长起来。你和剑三最要好，剑三走后，你就和风七混在一起，风七身份特殊，他总有一天需要离开学堂，而你……"李长生叹道。

雷梦杀忽然半跪在地："师父，徒儿不想离开学堂！"

"说白了，学堂终究只是一个让大家读书的地方，学生读大了，书读完了，自然要从学堂离开了。而学生已然离去，老去的先生也不必留下了。只不过，梦杀，走出了这一步，你的雷门可就真的回不去了。"李先生笑道。

雷梦杀沉吟许久，摇了摇头："那便不回去了吧。"

"成大事者，要割绝过往。"李先生站了起来，"梦杀你还差得很远哦。你将女儿跟随母姓，无非是怕以后的自己，连累到女儿，而跟随母亲姓李，至少背后还有个剑心冢撑腰。只是你想错了，雷门门主年轻的时候和我喝过酒，雷门驱逐你，是因为门规，但雷门仍会支持你，是因为家族的气节。对了，等时机到了，就让李寒衣来找我，我教她剑术。"

雷梦杀一愣："师父，您此行莫不是不回来了？"

"真傻，现在才听出来。就你这样的人，还要守护天下呢？"李先生摇头苦笑，"守护天下不是人人都有资格的，你和风七要拿到这资格，势必要进行苦战。不要死了！"

雷梦杀半跪在地上，仰起头，握拳道："定当不负先生所望。"

"已经负啦。"李先生转身一跃而起,踏在屋檐之上,"我之所望,便是我的弟子们能够纵情江湖,肆意而活,天下什么的,太沉重了。你不负自己所望即可。"

"师父。"雷梦杀垂首低声喃喃道。等他再抬起头的时候,李长生的身影已经不见了。

此时已经夜落,李先生就这么负手而行,踏着月光在天启城的上方行走着。他的身影实在太快,就像是一抹移动的月光。巡街校尉们见到了,揉了揉眼睛,还以为自己是眼花了。

李先生一边行进着,一边嘴里低声唱着歌谣。

"海客谈瀛洲,烟涛微茫信难求。越人语天姥,云霞明灭或可睹。天姥连天向天横,势拔五岳掩赤城。天台四万八千丈,对此欲倒东南倾。我欲因之梦吴越,一夜飞渡镜湖月……青冥浩荡不见底,日月照耀金银台。霓为衣兮风为马,云之君兮纷纷而来下。"接着又道,"诗仙啊诗仙,你死之后,天下再无此绝世之诗啊。"

李先生的身影戛然而止。

一席灰袍落在了他的面前。

"李先生也会感慨世事?"灰袍儒生仰头笑道。

"哟,陈儒院监,你这几日一直避着我,今日终于愿意来见我了?"李先生笑道。

陈儒摇了摇头:"不到最后一刻,真的不想见到先生。我这一生运气不错,可只要遇到先生,必定心烦头痛。这一次与先生见面,更是要头痛许久,唉。"

"学堂祭酒,怎么着也是大官,光宗耀祖、光耀门楣,怎么就头痛了?"李先生笑骂道。

"我的门楣是山前书院,院中出读书人无数,读书人中做官者无数,官至天启者不少,官至一品者亦有不少,但书院有规定,当上了官便不能提自己来自山前书院,李先生知道为何?"陈儒反问道。

"自然怕是官场的浊气,脏了你山前书院的门牌。"李先生回道。

"然也,所以提什么光耀门楣啊!还好先生这官,似官,也非官,不然此行一遭,我还得被逐出书院。"陈儒叹道。

"不与你说了,你说再多也没用。"李先生提步一跃,穿过陈儒继续往前行着,"与我走走吧,天启城没你想得那么糟。"

陈儒转身跟了上去:"李先生今日是怎么了？"

"我今日不同吗？"李先生疑惑道。

"月下吟诗,感慨世事。纵步夜行,观览一城。这太像读书人的作风了。"陈儒摇头道。

"我不是读书人吗？我是天下最大的读书人啊！"李先生伸了个懒腰。

"别君去兮何时还,且放白鹿青崖间,须行即骑访名山。安能摧眉折腰事权贵,使我不得开心颜！"

李先生继续往前行进着,吟着那首诗仙留下的绝世之诗。

陈儒在一旁默默地跟随着。李先生从来不是一个看得透的人,他笑时不一定是开心的,他骂人时不一定是生气的,他喝醉后或许更清醒,他醒来后却又爱装糊涂。但此刻,陈儒从李先生身上看到了真实的情感。

是一种"遗憾"。

"少年们啊,一代一代,总是这么相似。"


次日清晨,稷下学堂。

百里东君将自己锁在了屋子之中,研究那本谢宣送来的《酒经》。毕竟与雕楼小筑立下了赌酒之约,赌上了自己最在意的酒道,以及司空长风的那杆银月枪,百里东君可不想输,所以除了他传信出来要酿酒的食材之外,这几日都让人不要打扰他。

于是空荡荡的院落里,只剩下了独自看书的谢宣和百无聊赖的司空长风。

"你很喜欢看书？"司空长风只能没话找话,和谢宣搭话。

谢宣没有抬头:"你想要练枪,可手中无枪？"

司空长风一惊:"你也能看出我是一个枪客？"

"当然。"谢宣瞥了他一眼。

"你也能看出我身上有枪意？"司空长风疑惑道,心想这天

启城怕不是人人都有异能？自己每见到一个人都能猜中自己是用枪的。

"我看手的。你身上有枪意这种话，怕是李先生和你说的吧。天子看相，望气寻龙。那是一门很玄乎的武功，我可不会。我只知道用刀、用剑、用枪、用弓箭的人，手掌上的茧都不一样。"谢宣举了举手中的书，"书上说的。"

司空长风点了点头："读书读得多就是厉害哈。"

"你不必和我没话找话。"谢宣又低下了头，开始看书，"你不是喜欢看书的人。"

"我不喜欢看书，不代表我不欣赏喜欢看书的人。我以前认识一个穷酸秀才，我的字是他教的，我就很欣赏他，虽然他身上一股穷酸味。"司空长风躺在长凳上，用手枕在脑海中，笑着说道。他忽然有点想念那个穷酸秀才了，当年穷酸秀才离开时说以后定要考取功名做那大官，不知道现在如何了。

"听着你似乎在骂我。"谢宣耸了耸肩，抬起头又说道，"对了，用枪的人，运气都不好。"

司空长风微微皱眉："这又是什么说法？"

"我看过一些小说话本，里面的枪客无论武功有多高、身世有多厉害，最后都难免惨遭非命。所以我说，枪客们运气不好。"谢宣微微一笑。

司空长风从长凳上跳了下来，在角落里找到了一根长棍，在手上掂了掂："你这说法就玄乎了，我不信。现今没有枪，用棍子也差不多吧。"他将长棍猛地一抡，旋即刺出，虽然只是一根普通的长棍，可刚才那一刺，却也是威势不凡。

司空长风原本流浪在江湖之上，只会些粗浅的拳术棍法，但是九岁那年，他曾救了一名将死的枪客，枪客教了他五天的枪法，这五天里，也只来得及教了他八招枪法，五天之后，那名枪客就死了，而那八招枪法则在后来的日子里，救了很多次司空长风的命。司空长风也是后来才知道，那名濒死的枪客是江湖上有名的高手林九，那套枪法叫追墟枪，那柄纯银色的枪叫银月枪，在江湖上都是说得上台面的。这么多年来，他就那么一直将那枪从一打到八，

再从八打到 ，直到在乾东城，他终于打出了第九枪。

追墟枪一共十三枪，他想，是不是有朝一日，自己能够将这十三枪通通打出来。

谢宣放下了书，饶有兴趣地看起了司空长风打枪，等司空长风一套打完，他幽幽地说道："前八招很普通，第九枪有点枪意。"

司空长风扭过头，擦了擦额头上的汗："这书上也有说？"

"一法通，万法通。"谢宣走到了司空长风的身边，"枪法、剑法、刀法都没什么难的，至少没有读书难。"

司空长风笑了笑："好吧，那你有什么能教我的？我没有师父，每日不过是自己练，总也练不出门道来。里面那家伙遇到我的时候，还是个一点武功不会的公子哥，现在已经在我之上了。"

谢宣看了看司空长风，微微有些惊讶："你很特别，你相信我？"谢宣遇到过很多人，表面上对他很尊敬，但心里对他那套"书中可观世间一切"的说法嗤之以鼻。尤其是习武之人，面对一个半点武功都不会的书生的意见，自然是从不在意的，脾气不好点的，更会破口大骂。谢宣对此早已习惯，不过看到想说的还是会说，别人愿意听就听，不愿意听便是他的愚蠢。可司空长风却不一样，他不仅听得很认真，而且欣然接受了他所说的话。

司空长风将长棍往地上一抢："因为你说得很对，前八枪是别人教我的，第九枪是我自己悟出来的，别人能看到我的枪，我也能感到我的枪意。当我挥出前八枪的时候，不过是重复那千百次的锤炼，只有用第九枪的时候，我能感觉到手中的银月枪，活过来了！"

"好！既然你愿意听我说，那么我便说给你。"谢宣将书本收入怀中，"你的枪很凶、很狠，气势很强，胜在一击制胜，可若一击没胜，你半点生机都没有。你的枪法不全，所以我明白你必须先发制敌，可你仍然需要一点防御。"

司空长风摇头："我试过的，若我在枪法中尝试防御，那么我的枪法连唯一的一点优势都失去了。遇到强敌，也不过是输得晚一点罢了，而遇到孤注一掷下能赢的对手，也赢不了了。"他之前遇到雕楼小筑那名酒师，就是强攻未成，直接被夺了手中的长枪。

"所以这个时候,你的左手如果还有一柄枪,就可以了。"谢宣说道,"这柄长枪是你的后手。"

司空长风一愣:"双枪术?"他听说过一种枪法,是用两杆枪的,但那种枪法极难练成,而且也是以进攻为主的枪法。

"对,但是你的这杆枪,"谢宣走到角落里,拿起一根长棍,随后往地上猛地一摔,将那长棍一下子摔成两半,他拾起一半,比画了一下,点了点头,"应该这么长。"

"长棍主攻,短棍主守?"司空长风恍然大悟。

"没有错的,我在书上看过,有人练成过的。这套枪法就叫攻守枪。"

"所谓攻守有道,这枪法的名字不错。"有一带着笑意的声音响起,司空长风和谢宣同时转头,只见一身灰袍的中年儒生从院外走了进来。

司空长风看了他一眼,一愣:"是你。"

正是那日在雕楼小筑中请他喝酒的中年书生。

"师叔。"谢宣轻声唤道。

"小宣儿,我看你对武学所知也颇多,不如就跟着师叔学武吧。毕竟接下来很长一段时间,师叔不待在山前书院了,总需要有人接替我的棍棒啊。"陈儒伸手便要挠谢宣的头。

"不要。"谢宣缩了缩脖子,躲开了,"习武好累。"

"罢了,你总有一天躲不过的。"陈儒转身望向司空长风,"小兄弟,我们又见面了。"

司空长风点了点头:"前辈好。"

"我这位小师侄说的枪法的确存在,也有人曾学会过,但大多数人都放弃了,你知道为什么吗?"陈儒温和地说道。

司空长风晃了一下手中的长棍,摇头表示不解。

"来。"陈儒一步踏出,一掌对着司空长风打了过去。

司空长风急退一步,避了开来,随后右手长棍一卷,猛地冲着陈儒刺去。

"来得好。"陈儒伸出一袖卷住那长棍,猛地往地上一摔,随后又伸出一指,冲着司空长风的心口点去。司空长风急忙运起短棍守护，可身子却猛地一斜。陈儒以指变掌，一把抓住司空长风的肩膀，身子一侧，将司空长风整个人摔在了地上。

"平衡。"谢宣淡淡地说出了这两个字。

陈儒往后退了几步，点了点头："对，平衡。"

司空长风被一把摔在地上，却也不生气，只是站起身后拍了拍身上的尘土："所以这枪法根本不可能。"

"平衡不是无法解决的问题，只是需要时间。不过大多数的人都不愿意耗费这样的时间，攻守兼备的枪法也有不少，除非你不愿意放弃如今那锋锐无比的枪势，不然，攻守枪，没有练的必要。"陈儒说道。

司空长风低头思考了一下，随后缓缓道："我想试试。"

三个人交谈间，屋门却被人一脚推开了，百里东君醉醺醺地从屋子里走了出来，他蓬头垢面，衣衫不整，一边走一边挠头："白日见星辰，七盏星夜酒。难成，难成啊。"

陈儒看见他出来了，神色微微一喜，说道："百里东君，我们又见面了。"

百里东君微微眯着眼睛，看了看他，认出了那在易水畔见过的中年儒生，懒洋洋地说了句："是你啊。"

"你在酿酒？"陈儒吸了吸鼻子。

"酒……"百里东君打了个哈欠，忽然脚下步伐一晃，整个人仰天倒了下去，司空长风急忙走过去扶住了他。

"白日见星辰啊，白日见星辰。"百里东君闭上了眼睛，砸吧着嘴。

"真是个酒痴。"陈儒笑了笑。

司空长风伸指探了探百里东君的鼻息，微微摇头。

谢宣耸了耸肩："别担心了，他不过是又醉又困，睡过去了。"

"没办法。"司空长风有些无奈。

"师叔，您来天启城做什么？"谢宣忽然想起了什么，转头问道，"而且您说，会有几年离开山前书院又是怎么回事？师父之前隐隐提起过，却没有说明白。"

"小宣儿，你觉得论学问，你我相比如何？"陈儒忽然道。

谢宣想了一下:"师叔的才学与我相比,其实是差了点,但在山前书院,前五仍是排得上。"

陈儒又好气又好笑:"你倒是一点也不谦虚。那么既然你的才学比我高,以后这稷下学堂的祭酒之位,你来做好不好?"

谢宣恍然大悟:"原来您是来做祭酒先生之位的,难怪。只是,李先生不坐这位置了吗?"

"先生说他要远行。"陈儒转头望着南面的方向,"远行去很远很远的地方,可能再也不回这天启城了,所以托我来照顾这稷下学堂。"

百花阁。

有一人躺着饮酒,一人坐着抚琴。

躺着的人白发披散,却面目仍是中年,姿势随意,神色潇洒。

坐着的人白巾遮面,一双眸子顾盼生辉,虽然看不清完整的面目,但那绝色之姿已经可见一角了。

"三十年了?"抚琴的女子轻声问道。

白发披散的学堂李先生将那酒倒入嘴中,咧嘴笑了笑:"是啊,三十年了。"

"所以来此道别?"抚琴的女子轻轻拨动着琴弦,"以你的性子,此去一别,再相见时,就算我没有死,也已经是个老太婆了。"

"我不喜欢你,你也不喜欢我,是老太婆还是绝世美女,都没有什么区别。"李先生将酒壶放下,"我去的地方也不远,你可以随时带着你的琴来,我备最好的酒给你喝。"

"爱喝酒的是你们,我可不爱喝。他的弟子,如今怎么样了?"抚琴的女子问道。

"怎么就是他的弟子了,现在也是我的弟子啊。"李先生打了个哈欠,"他天资太好,此行一路,他与我一起,等他重归天启时,必要天下前三。"

"怎么不是第一?"抚琴的女子故意抬高了语气。

"因为我有很多弟子啊,那个废话多的雷梦杀,可是雷门这一辈最出色的弟子,他偷偷跑来天启城拜我为师之后,雷门那门主可是奔了千里来找我，托我定要照顾好他的，只可惜啊，他要走的路，终归不是江湖路。还有那个小先生，他们萧家祖传的裂国剑法，真练到了最后一重，我见了也害怕啊。还有我最近又见了个用枪的小子……"李先生巴咂了一下嘴，"算了，以后的事，以后再说吧。"他从床上跳了下来，打开了窗户。

"走了？"抚琴女子的手停了下来。

"走啦。这几日总是在道别，其实我一直觉得自己是个绝情的人，因为我的一生太长，你们的一生太短。有缘再见吧。"李先生一脚踏在窗沿之上，"那个地方不远，四季如春，我备最好的酒。"

"知道啦。"抚琴的女子转头望去，李先生却已经消失不见。

谢宣带来的一箱书已经看完了一半。

稷下学堂里的长棍已经被司空长风打断了十二根。

学堂李先生许久没有出现了，据说是离城而去了，去往北面的小城与故友告别，谁也不知道为什么天下第一的李先生，在北面的小城会有所谓的朋友。大概又是信口胡说的吧，毕竟李先生最擅长的就是张嘴胡诌。

而百里东君把自己关在小屋子里，也整整过去十日了。这十日里，他偶尔跑出来，也是和当年一般醉醺醺的模样，按照司空长风的说法，就是神志不清，老说着什么白日星辰白日星辰，然后睡一觉，随便吃几口东西就又跑进那个屋子里了。

"白日星辰，是那酒的名字吗？"谢宣依然坐在院子中一边晒着太阳一边幽幽地看着书。

司空长风站在院中央，额头上已经满是汗水，他右手拿着一根长棍，左手握着一根短棍，模拟着和人的对决，只不过两杆枪还未用得十分熟练，时常碰撞在一起，偶尔身子不平衡，几次快要摔倒，他一边挥着枪一边回道："谁知道呢，雕楼小筑的秋露白这么难战胜吗？我那天喝了那酒楼里的酒，却也不过如此。"

"秋露白不一样的。我喝过不少美酒，但雕楼小筑秋露白，能列第一。"谢宣舔了舔嘴唇。

"今日练得如何了？"一声轻笑响起，灰袍的中年儒生落地。

司空长风苦笑:"陈先生,如果这枪法是十日就能练成的,那也就不值得我练了。"

"你书读得少,但话说得颇有水准。"陈儒伸出一掌,"出招吧。"

司空长风长棍一甩,直逼陈儒而去:"先生您这可不像在夸人啊。"

陈儒微微一抬手,喝道:"起手动苍山!"

谢宣一愣,猛地抬手,呼道:"师叔!"

起手动苍山!那是何等威势的武功,怎能在这样的对决中使用!只拿两根木棍的司空长风怕是连反抗的能力都没有,就会直接被击杀吧。

只见陈儒起手一抬,感觉院落都震了震,随后他轻轻放下,微微一笑:"开个玩笑。"

气势忽减,但即便如此,仍将司空长风的长棍一拳打断,随后左手伸出一指,直点司空长风的胸膛。

"来了!"司空长风左手一旋,身子几乎以一种不可能的姿势保持着平衡,那根短棍忽然就拦到了胸前,正好挡住了那一指。

司空长风连人带棍退出了五丈,陈儒收指,微微点了点头。

司空长风手中的短棍瞬间断成了三截。

"不错不错,这一棍已经有些那感觉了。"陈儒点头称赞。

谢宣收起了书本,从那书箱之中翻了半天找出一本有些破旧的书,走过去递给了司空长风:"别自己练了,看这个吧。"

司空长风看着书册上的名字,一愣:"攻守有道?"

"我不是说我在一本书上看过吗?这本书就在我的书箱里,借给你看,一年之后再还我吧。"谢宣淡淡地说道。

司空长风接过那本书,犹豫道:"这本书籍……很贵重吧。"

"这不是书籍,这叫秘籍。如果你把你手中有这本书的消息传出去,那么怕是有成百上千的枪客要来和你抢这本秘籍。我与谢宣说了,你若是自己练能练出门道,并且能够坚持到十日,就把此书赠予你。"陈儒缓缓道。

"是借。"谢宣强调了一遍。

"可此书既然这么贵重,你们就这么随意地借给我了?"司空长风问道。

谢宣拍了拍自己的书箱:"贵重吗?我这儿其实比这本还贵重的多得是呢。比如荀老夫子的《梦溪杂论》,曹官子的棋谱《仙人指路》……"谢宣的语气中难得地透露出几分得意。

司空长风一脸困惑:"这些都是什么?"

陈儒有些头疼地用手指敲了敲脑门:"我们山前书院对于书籍的价值和山下的人或许有些不太一样。司空长风,书你就收下吧,我们书院藏书无数,只赠……"

谢宣微微一侧首。

陈儒急忙改口:"只借给有缘人。"

司空长风犹豫了一下之后接下了书,郑重地点了点头:"此番恩情我记下了,以后定当还报。"

谢宣笑了笑:"口气不小。"

司空长风咧嘴笑了笑:"我们这些流荡江湖的,谁对我们一分好,我们都会百分奉还。至于别人对我们不好,那……就再正常不过了。"

谢宣和陈儒相视一眼,司空长风低头看着手中的书,他忽然觉得自己离心中的江湖似乎越来越近了。

曾经摸不到边的江湖,就在眼前了!

天启城北去百里之外。

小城暮春。

如今已经渐渐入冬了,但小城暮春却如名字一样还是郁郁葱葱的。

一间草屋上,一位白发的中年人正躺在屋顶晒着太阳。

旁边的烟囱飘起袅袅炊烟,一阵阵的饭菜香在小城里飘荡起来。

那白发人吸了吸鼻子,睁开了眼睛:"好香。"

楼上有个小童走了出来:"先生,下来吃饭啦。"

白发人爬了起来,纵身一跃从屋子上跳了下去,他挠了挠小孩的头:"今天做了什么?"

"今天有叫花鸡、糖醋鱼、土豆炖牛肉、红烧狮子头……"小

孩掰着手指算着。

　　白发人一愣："今天怎么这么多菜？"

　　小孩拍手笑了笑："母亲说她今天高兴。"

　　白发人也笑了，一把抱起小童："高兴就好。"

　　一桌子好菜，对于这普通的小城农户来说，可以说是都超过年夜饭的丰盛程度了。小孩吃得兴高采烈，甚至还偷偷地瞄着白发先生和自己的母亲。他的母亲穿着朴素，却难掩姿色，并且有着这个年纪独有的韵味。小城里许多男子都喜欢着他的母亲，但是小童心里能配得上母亲的，只有旁边的这位白发先生。当年母亲被城里的士绅要强行拉去当小妾，路过的白发先生几下就将他们制服了。从此之后白发先生便时不时就会来他们这里小住一段时间，可小童又哪里知道，这个总是懒洋洋的白发先生，其实是天下第一的学堂李先生呢。

## 第四章 · 名酒对决

一顿饭吃完,天色也彻底暗了下来,李先生坐在院落里,看着天上的月亮,幽幽地哼着小曲。小城就是小城,此刻便已经几乎听不到任何人声了,而此刻的天启城,才是贵族们生活开始的时候吧。

据说那座城,比这座暮春还要美一百倍呢。

有些期待了啊。

李先生微微笑了笑,低声道:"只是不知道,这一次能不能走到那里。"

貌美的妇人轻轻地合上了房门,走到了院落中,在李先生身边坐了下来:"先生。"

"今晚的菜做得很好吃。"李先生夸赞了一句。

妇人脸微微一红,轻声叹道:"先生此行,是来告别的吧。"

李先生点了点头,他此行已经几次故意流露出告别的意思了,这妇人虽然读书不多,但却算得上聪明,不可能看不出来。

"当年遇到先生,便知先生不是凡人,一直想着有分离的那一天,只不过这一天真的来了,心里还是不舍得。"妇人抹了抹眼角的泪水。

李先生摇头笑道:"不过是时常过来蹭顿饭吃,教你家小余儿点功课,有什么值得不舍的。"

妇人沉默了片刻,忽然起身,对着李先生就跪了下去:"先生!"

李先生苦笑:"这又是做什么?"

"先生把小余儿带走吧!就算不收他为徒,留在身边做个侍童也好!小余儿很听话,也很敬重先生。"妇人急切地说道。

李先生微微垂首:"你知道我的身份了?"

妇人猛地摇头:"我并没有特意去调查先生的身份,但是先生的气度、功夫我是见过的。小余儿能跟随先生这样神仙似的人物,是他几辈子才能修来的福气!还请先生收下他吧!"妇人心思聪慧,从第一眼见到这位先生,就知道他定不是普通人物,更不曾有过以身相许这样的痴心妄想,只是看到先生对待自己的孩子颇有几分赞赏,就想着若是能给孩子找这么一个大靠山,那么就算自己日子难过,以后至少孩子可以有几分出息,也算余生无憾了。

李先生叹了口气:"跟随我这样的人,才不是他的福气呢。听我的,你家小余儿只要像如今一样每日念书考学,等到十七岁时去天启城考取功名便是。以他的天赋,只要一颗心保持现在的纯粹,那么此生可保富贵平安。"

"真的?"妇人顿时笑了出来。

"你不是说我是神仙吗?那我说的,自然就是真的。"李先生长袖一挥,把仍旧跪在地上的妇人给抬了起来,他沉吟了片刻,最后从怀中掏出了一本书,递给了妇人,"虽然你们心地要始终纯粹,但难免世间有人作恶,这本拳谱你让小余儿每日念书回来后打一遍,七年之后,可有金刚体魄。"

"金刚体魄是什么意思?"妇人接过书,有些困惑。

李先生想了一下,忽然伸出一指,往地上轻轻一扣,就将地上的一块石子打得粉碎,他轻声道:"这就是金刚体魄了。"

天启城。

学堂之内。

一个带着红色恶鬼面具的人落在了百里东君的院落之内,他的脚步很轻,但仍然惊醒了坐在门边打瞌睡的司空长风,司空长风急忙拿起身边的长棍:"你是谁?"

"司空长风。"面具人望向他,轻声唤道。

司空长风一愣:"你认识我?"

面具人没有回答,只是望着屋内:"百里东君呢?"

司空长风微微有些警觉:"你到底谁啊你?"

面具人歪了歪脑袋:"有股酒味,他又在里面喝酒?"

"你再不回答我的问题,我可就不客气了。"司空长风微微俯身,手中长棍慢慢抬起。

"枪没了,用棍子?用棍子,怕还是我在行。"面具人手轻轻一挥,腰间长棍忽起,然后飞落,最后收棍。

司空长风手中的长棍就断成了五截。

面具人轻轻抚了抚自己的面具,没有说话。

司空长风低声咒骂道:"天启城真不是人待的地方。"

"对了,他怕是为了和雕楼小筑的约定,正在里面酿酒。我倒想看看,他要酿的是什么酒,能和秋露白一战高下。"面具人说完后便要往前走,司空长风咬着牙向后退了一步,仍然拦在房门口,面具人愣了一下,倒没有继续向前逼近。

"未得邀请,强行而入,倒不是客人应该做的事情。"

一个儒雅的声音传来,司空长风长舒了一口气,急忙唤道:"陈儒先生。"

面具人转过身:"山前书院,陈儒。"

"几天后就是稷下学堂陈儒了。"陈儒微微一笑,垂首试探着问道,"阁下是……江湖百晓?"

面具人笑了一下:"先生似乎知道的也不少。"

"既然以后要在天启城常住,自然便要懂得多一些。我一直想去百晓堂拜访,可无奈寻不到百晓堂在何处,今日你来了,便是正好。"陈儒恭敬地抱了抱拳,"以后还请多多指教了。"

面具人点足掠起:"指教就不必了,如果想要消息,带着足够多的银子来找我便是。"

司空长风走到了陈儒的身边问:"陈先生,此人来找百里东君做什么?"

陈儒意味深长地笑了笑:"醉翁之意不在酒啊。"

百晓堂。

六名铁面官快速地工作着,翻看着手中的纸条,又立刻丢了回去。铁面具挡住了他们焦虑的神色,但他们急速的动作仍然表达了他们的焦虑。

姬若风摘下了那一张恶鬼面具,从门外走了进来,声音略显疲倦:"还是查不到吗?"

铁面官停下了手中的行动,同时抬起头,整整齐齐地摇了一下。

"堂主,查不到的。天下百晓,终有一个人是我们无法查清楚的。"一名铁面官沉声道。

姬若风皱了皱眉:"可是这却关系着整个武林的波动,天启学堂祭酒先生李长生,突然离开天启城,可其中原因,百晓堂却一个字都查不到!天下百晓,这几个字可真是笑话了!"

这一日的天启城很热闹。

距离上次百里东君在雕楼小筑与谢师立下比酒之约已经过去了十三日。这十三日,足够让这个消息很快地传遍天启城的各个角落。

每一次学堂李先生收下的徒弟都不会让天启城的看客们失望,所以很快,好奇这一场比酒之战的人们就已经往雕楼小筑聚集了。

这些人中就有年纪轻轻就已经深受皇帝陛下器重的身份尊贵的青王殿下。上次他看中的叶鼎之没有顺利进入学堂,反而是这个百里东君夺得了魁首,因此他一直想要亲眼来看一下这个李先生的关门弟子。

青王在二楼包了一个雅座,他长得颇为斯文,衣服穿得整整齐齐,头发也梳得一丝不苟,整个人给人一种郑重而谨慎的感觉。他在这天下闻名的酒楼之中,点了一壶花茶,他一点也不喜欢喝酒,因为酒,容易让人不冷静,而他,讨厌任何的不冷静。当年把叶鼎之招入麾下就是一件很不冷静的事情。

"还没有叶鼎之的消息吗?"青王淡淡地问道。

周围的四名侍从却只觉一阵寒意:"他随剑仙雨生魔回了南诀,其后的消息,就探不到了。"

"只要他再踏入北离，杀！"青王喝了一口茶。

"是！"

"对了。"青王微微眯了眯眼睛，"百里东君的身份可以确认了吗？他真的是那镇西老侯爷的独孙？"

"可以确认。这位小公子在乾东城内非常有名，我把画像拿给人确认过，千真万确。"侍从急忙说道。

"那如果这位小公子再也走不出这天启城，想必父皇会很满意。"青王幽幽地笑了一下。

"可是镇西侯手中还握有重兵。"侍从小声道。

"因为府内桀骜不驯的公子哥在天启城斗殴而死，就发兵引起战乱，这样的军队，会获得胜利吗？"青王吹了吹茶水上的蒸气，低头看了一眼，眉头一皱，"他们来了。"

雕楼小筑中最大的雅座，很快就被进来的这批人坐满了。

北离八公子中的灼墨公子雷梦杀、柳月公子柳月、墨尘公子墨晓黑、清歌公子洛轩、风华公子萧若风，百里东君的这几位师兄也紧跟着走了进来。但除此之外，还有一名紫衣美人，正是这一次学堂大考被柳月公子收为徒弟的尹落霞。还有个背着书箱的少年读书郎，神色淡然，手中还捧着一本看了一半的书。

"这位是？"已经做好对决准备的谢师上前打招呼，瞥了一眼少年读书郎。

"卿相公子谢宣。"雷梦杀笑着答道。

"原来是卿相公子！久仰大名！"谢师一惊，急忙行礼。

谢宣收了书，恭恭敬敬地行了一礼："谢师好。"

"我们先去楼上坐着吧。"萧若风向前走去，眼角往楼上微微一瞥，与青王的目光交汇。

"下贱的东西。"青王神色中流露出了几分厌恶。

谢师急忙对萧若风说道："小先生，上次与你说的事？"

萧若风一笑："你不怕我徇私？"

谢师摇头："学堂小先生可比学堂李先生更值得信任啊！"

萧若风转头："一会儿喊我便是。"

紧跟着北离八公子，天启城内其他一些自负风流的世家公子们

也慢慢地涌入雕楼小筑,很快就将雕楼小筑挤得满满当当,只留下那两张桌子空着,供他们比试之用。而在两张比试桌之后,则还放着三把水曲柳木椅子,已经有两人坐在了那里。其中一人须发皆白,老态龙钟,乃是天启城辈分最老的酿酒师,姓荀,名字早已经被人遗忘,绰号"酒钟",如今已年过八旬,就连谢师在他面前,都得尊称一声荀师傅。而另一位,则是穿着一身白衣、秀美如画的年轻女子,她并不会酿酒,却很会品酒,最擅长以酒作诗,也是雕楼小筑此次特地请来评判的,女子名月牙,当她品到一味美酒时就会盈盈一笑,一双充满灵气的眼睛,会弯成月牙形状。而另一张凳子则还空着,不知何人才有资格坐在那里。

然而看客到了,品酒师到了,与百里东君对决的谢师更是早早就到了。

所以,百里东君呢?

雷梦杀转头问谢宣:"百里东君呢?"他已经很多日没有回学堂了,因为害怕百里东君和司空长风找他算账。

谢宣低头看着书:"我出来的时候,百里东君还在里面待着。我和司空长风说了,时间一到,就踹门而入,就算酒没有酿好,也要把他扛过来。大丈夫顶天立地,自己立下的对决,就算是认输也要亲自来认输。"

雷梦杀挠了挠头:"我喝过他的酒啊,他这次来天启城,自己就带了很多来,挑一壶最好的拿过来便是了。难道他要现酿?"

"看起来是的。"谢宣淡淡地回道。

"他要酿什么酒?"雷梦杀问道。

谢宣想了想,说道:"白日星辰。"

萧若风一笑:"有意思。"

九坛酒在此时被雕楼小筑的武夫们搬了上来,放在了一张长桌上。谢师走到旁边,朗声道:"本月雕楼小筑秋露白,已在此。"

"李先生那弟子是不是怕了,不敢来了?"旁边有人小声道。

"小声点,八公子就坐在楼上,可别被他们听到了。"有人提醒道。

谢师看了眼楼上众人,长吁了一口气:"传话到学堂,半个时辰后，人若未到，便算他认输了。"

学堂之中，司空长风在院落中来来回回地踱步走着，可百里东君的屋内依然悄无动静。他有些着急，却也不敢催促，生怕此刻的百里东君已经到了最关键的时刻。直到有人冲进院子中，大声喊道："雕楼小筑传话来了，半个时辰内不到，就算百里东君输了。"

"百里东君，还能成吗？不能成，你去认输啊，我可不去！"司空长风终于忍不住大喊道。

房门在瞬间被一脚踢开，一身青衣一尘不染，头发梳得整整齐齐的百里东君从里面走了出来，他整了整衣衫："我梳妆好了，走吧。"

此刻的百里东君哪里像是把自己关在房内十几日的模样，看上去神采奕奕，干净利落，比平时的他，还要更像一个世家公子。察觉到司空长风惊诧的目光，百里东君耐心解释道："今天好歹是我名扬天启城的日子，怎么着也要装扮得漂亮些。"

司空长风看了看他的身后，问道："酒呢？"

百里东君转身提起一个酒坛，用手指轻轻敲了敲："在这里。"

"走吧，再过半个时辰，我的枪拿不回来，你的名扬天启城也会变成贻笑天启了！"司空长风拉过百里东君的手，急忙往门口奔去。

学堂门口，有一辆马车正在等候着他们，白发白衣的李先生手握马鞭，笑着看向他们："可以出发了吗？"

司空长风愣了一下，可百里东君却已经一步跨出，毫不客气地钻进了马车中，同时也把司空长风一把拉了上来，他郑重地对李先生说道："不要太快，不能颠簸了我的酒；也不要太慢，耽搁了我的大事。"

李先生不仅没有生气，反而很开心地扬鞭一挥："遵命啊，我的小徒弟。"

雕楼小筑内。

谢师坐在那里闭目养神，旁边放着一炷香，眼看着香就要燃尽了。

青王的茶已经续了三杯，他反反复复地摸着手中的玛瑙戒指，

眼光总往门口瞥去。

相较而言,旁边的雅座之中,众人看上去倒是一个比一个淡定,看书的看书,打盹的打盹,闲聊的闲聊,似乎一点也不着急。

"到了。"忽然一个声音响起,本来等得有些疲倦的看客们立刻直起了身子。

司空长风一脚踏了进来:"我们已经来了。"

门外,百里东君提着那坛酒从马车上跳了下来,冲李先生挑了挑眉:"不进去看一看?"

李先生耸了耸:"我若是去了,谁还看你?赶紧的吧,今夜我们就要启程离开天启城。"

"这么快?"百里东君一愣。

李先生抬头看了看天:"其实有点晚了。"

司空长风站在雕楼小筑中有些尴尬,因为他一句"来了"以后,并没有人随着他一同踏入雕楼小筑。众人目光齐刷刷地望着他,片刻之后他终于按捺不住,扭头怒喝:"百里东君!"

"来啦!"百里东君提着酒从司空长风身边像是一阵风一般地掠过,直接在那长桌边上停下,将坛中酒一把扣在了桌上。

谢师睁开了眼睛:"这是你的酒?"

百里东君没有回答,只是看着对面的那几坛酒:"这就是秋露白?"

谢师从座位上站了起来:"没有必要浪费时间了,比试开始吧。荀先生,月牙姑娘,小先生。"

萧若风从二楼雅座上一跃而下,坐在了那最后一张评判椅上,他一笑:"那便先喝秋露白吧。这几年经常随军在外,也许久没喝到过了,颇为想念。"

众人恍然大悟,原来萧若风就是这第三名品酒师。虽然萧若风是百里东君的师兄,可他们并没有因此而觉得有失公允,因为学堂小先生,本来就代表着"公允"二字。

谢师点了点头,捧起一坛秋露白,手轻轻一抬,酒坛上的封纸被酒水戳破,一股浓郁的酒香在阁内流淌开来,他又一挥,澄澈清明的酒水从酒坛之中掠出,流入了萧若风等三人面前的酒碗中。

白里东君舔了舔嘴唇:"这就是秋露白。你拿了三坛来,却只用了三碗,剩下的等我赢了就送予我吧。"

谢师一挥手:"那等你赢了再说!三位,请喝。"

萧若风率先拿起酒杯:"秋露繁浓时水也,作盘以收之,以之造酒名'秋露白'。因为秋露难收,就算动用千百人收集,用于酿酒也是杯水车薪,所以一月只能品一次,遗憾了。"

说话间,荀先生和月牙姑娘已经将杯中酒一饮而尽,他们慢慢地闭上了眼睛,随后又缓缓睁开,口中轻轻吐出一口浊气,一双眸子瞬间变得澄澈透明。萧若风也立刻一饮而尽,与他们一般先是闭眼细品,再是睁眼吐气,他忍不住赞叹道:"比起一年前喝到的秋露白,似乎更加醇厚了。"

荀先生也点了点头:"小谢近几年酿酒之术精进不少,比起当年我喝到的那杯秋露白,已经差得没那么多了。"

谢师苦笑,抬头看了一眼挂在那里的玉瓶:"差得没那么多了……这算是夸赞吧。"

月牙眼睛已经笑起了一道月牙弯:"人生达命岂暇愁,且饮美酒登高楼。酒仍是好酒,谢师却比当年的谢师多了几分中年之愁。"

楼中众人只能看不能饮,听得几人说话,各个都口水直流,司空长风用手肘撞了撞百里东君:"小子,你今天也是来比试的,你的口水至少收一下吧。"

萧若风轻轻扣了扣长桌,问对面的百里东君:"世间好酒能品一味,雕楼小筑秋露白号称能品三味。酒暖心肠,品春;酒热人志,品夏;酒解人愁,品秋。那你的酒,能品几味?"

百里东君拍了拍自己的酒坛:"此酒乃天上酒,品不到人间味,能遨游仙宫,纵情千里,那算什么味?"

"夸张了。"荀先生微微有些不悦,"打开你的酒吧。"

"好!"百里东君伸出手掌,用力地往下一拍,将那酒坛子砸得粉碎。

"你做什么?!"众人大惊。

只见酒坛子粉碎之后并没有酒水流出,而是七个小酒瓶堆砌在其中,百里东君从怀中又丢出七个小酒杯,在桌子上一字排开,

之后长袖一挥,七个小酒瓶微微一侧又回归原位,正好流出了七个小酒杯的酒量。

"这是……酒?"萧若风微微一惊。

百里东君微微一笑,点头道:"对,这就是我的——七盏星夜酒。"

那竟然是一杯淡紫色的酒,酒水之中还隐隐闪着一道道白光,像是点点星光一般。这虽只是一杯酒,却像囊括了一整个星空。司空长风微微皱眉,原来这就是传说中的——白日星辰。

七盏星夜酒一字排开,众人仰着脖子看着那杯中酒,无一不发出惊叹之声。但是百里东君仔细看了一眼,却是摇了摇头:"似乎还差了点。"他想了想,长袖一挥,几个酒杯的形状忽然发生了一些变化。

从二楼俯瞰而下的雷梦杀略微惊讶地"哦"了一声:"这是……北斗七星。"

"七盏星夜酒,天枢、天璇、天玑、天权、玉衡、开阳、瑶光,请君饮之。"百里东君笑道。

荀先生看着这七盏酒,眼睛微微眯了起来:"七盏星夜酒……"

"老先生喝过这酒?"月牙姑娘问道。

荀先生摇头:"只是听过。"

"连荀先生都没有喝过的酒,还真勾起了我的几分兴致。"萧若风轻轻笑了笑,"只不过这里只是一份酒,百里东君,这未免有些太小气了吧?"

"三位自然都有。"百里东君笑了笑,噱头已经够多了,以后人们谈论起来,也足够说得天花乱坠了,他将包裹里的酒杯拿了出来,老老实实又倒了两份酒,"三位请饮。"

荀先生率先伸出了手,拿起了第一杯天枢酒,缓缓饮下,他真的是个老人了,一举一动都有些颤颤巍巍。可饮下第一杯后,荀先生忽然眼睛一亮,随机又拿起第二杯饮下,拿起第三杯、第四杯、第五杯,一次比一次的动作更快,拿起第七杯的时候,手中速度已经和一个年轻人无异了,他饮完七杯,目光灼灼,声如洪钟:"好酒!"

"多好的酒？"白里东君笑问道。

荀先生放下酒杯："像是回到了我少年的时候。"

"果真好酒？"萧若风紧接着拿起了属于他的酒杯，饮下一杯后眼睛一亮，浑身真气忽然一阵翻涌，惊骇道，"此酒……"

雷梦杀好奇道："萧若风头顶怎么在冒热气？"

"那不是热气，是真气。"谢宣淡淡地说道。

雷梦杀一愣，习武之人自然对真气无比熟悉，但真气即为气，实则虚无缥缈，从无见过成实体的真气，他疑惑道："这又是书上说的？"

"三昧上真气已全，百炼中凡心俱净。真气出现实体的情况很少，但也是有，一般发生在……破境之时。"谢宣淡淡地说道。

百里东君望着萧若风："师兄带我入的天启，让我真正见识到天下之大，我无以为报，师兄的酒味道与其他两份无差，只是却加了点师弟我的私心。"

"多谢了。"萧若风一口气饮尽七杯酒，腰间长剑忽然震鸣不已，他手微微按住长剑，只觉得那握剑之处，似有惊雷暗涌，他一双瞳孔也烧成了火红色，他抬起头望着百里东君，沉声道，"我已滞境很久，只是差那一线之隔，此酒助我。"

青王微微眯起了眼睛，将手中的茶杯随手丢在了地上。

身后的四名侍从中有两名悄悄退出了房内。

月牙姑娘见状也忍不住喝下了她的七盏星夜酒，每喝下一杯，她的月牙弯就越来越明显了，竟整个地闭上了眼睛，沉醉其中，许久都没有说话，之后她睁开眼睛笑道："能品人间百味又如何？不如仙宫遨游一瞬。"

谢师的脸色已经很不好看了。

百里东君察觉到了谢师的神色，倒了一杯天枢酒放在了他的面前："谢师，酒备得不多，抱歉了。"

谢师没有犹豫，拿起酒杯一饮而尽，随后放下，沉吟许久后，缓缓问道："公子的酿酒术，师承于谁？"

"家师姓古。"百里东君自知不必多说，对方既然如此问了，他说一个"古"字，对方自然便懂了。

谢师果然神色一变,随即点头:"原来如此。"

"三位前辈,心中可有结果?"百里东君朗声问道。

荀先生看了其他二人一眼,两个人都微微点头。荀先生用手指轻轻扣了扣长桌,原本议论纷纷的众人一下子安静了下来,他郑重地说道:"此场比试,百里公子得胜。"

全场鸦雀无声。虽然从刚才众人的表现来看,结果已经显而易见了,但一个少年赢了雕楼小筑第一酒师,这件事还是让人有些难以接受,他们同时望向了谢师。正巧百里东君也望着谢师,却还问了个问题:"这两坛半秋露白,我们可以带走吗?"

"可以。"谢师神色平静。

"豪气。"百里东君一步踏到桌上,拎起一坛秋露白,仰头灌下,喝了好几大口之后放下酒坛,抹了抹嘴角,"也是人间绝品,饮之大快。"

"喂。"司空长风喊了一声。

百里东君将那酒坛丢给了司空长风,说道:"准备登楼?"

司空长风拿起酒坛仰头猛喝几口,最后放下酒坛,一步跃起:"好!"

百里东君也随即跃起,两人一同跃至酒阁之上。司空长风一把拔出自己的银月枪,百里东君则取下了那白玉酒瓶,两人朗声长笑,转身又缓缓落下。

此时萧若风猛地抬头,怒喝一声:"哒!"

百里东君和司空长风眉头微微一皱,只见有两名黑衣人忽然出现在了他们身后,银光一闪,长刀已经出鞘。

只是瞬间的工夫,萧若风忽然出现在了两名黑衣人之后,剑柄之处一声惊雷乍起,长剑出鞘!

百里东君和司空长风稳稳落地。

两名黑衣人则倒在了他们的身后。

萧若风也随即落地,微微抬头,看着黑衣人的两柄断刀插在了二楼雅座之上。

青王大怒:"萧若风,你大胆!"

萧若风将剑收回鞘中,冷笑:"敢杀我学堂之人,才是真正的大胆!"

堂内众人皆静默不语。坐在那里可是朝中最位高权重的王爷之一,可知道学堂小先生就是琅琊王的人,却并不多。

只是百里东君和司空长风对这些事一概不知,司空长风抡了抡长枪:"看来我这功夫还得好好练练才是。天启城卧虎藏龙,此番可真开了眼界。"

"走了走了,这里的事交由几位师兄处理了。"百里东君耸了耸肩,将桌上所剩的七盏星夜酒同时倒进了一个小酒瓶中,最后连同着那装着陈酿秋露白的玉瓶收入怀中,又拎起一坛未开封的秋露白,将另一坛丢给了司空长风,"走了,师父还在外面等我们。"

青王闻言,忽然背后冒出一阵冷汗。

他忽然有些庆幸刚才的刺杀并没有成功了。

雕楼小筑之外,今日身份是车夫的李先生也在慢慢饮酒,身旁也是那七盏酒,星光璀璨。

司空长风和百里东君提着酒走了出来,李先生将那七盏酒杯收了起来,微微一笑:"赢了就赢了,怎么还顺人家几坛酒?"

"不是要远行吗?总得备点干粮啊。"百里东君心情很好,咧嘴大笑。

司空长风默默地将酒搬到了马车上:"你们真的今夜就要走了?"

百里东君叹了口气:"原本我以为会在天启城住上很多年,可没有想到,离开竟是这么快的事情。"

李先生拿起马鞭轻轻一甩:"天启城再大,大得过天下?而且世上从没有离开这件事,有的只是出发。驾!"马车起步,往前行去。

百里东君迫不及待地打开了那装着陈酿秋露白的玉瓶,猛吸了一口,神色一喜,与惊讶的司空长风对视了一眼,同时道:"桃花?"

与方前在雕楼小筑中喝到的秋露白不同,这一瓶,有着浓浓的桃花味。

不同于司空长风的惊讶,百里东君似乎早就预料到了,并且神色亢奋,他强忍着将玉瓶中的酒一饮而尽的冲动,颤颤巍巍地倒出了半瓶到那混合着七盏星夜酒的酒瓶之中。

司空长风不解:"你这是做什么?"

百里东君长吁了一口气:"酿更好的酒。"

"接下来去哪?"李先生问道。

"师父,天启城最高的地方在哪里?"百里东君问道。

李先生挥起马鞭指着远处:"教坊三十二阁,仙人指路台。"

"就去那儿。此行过去多久?"百里东君声音猛提。

"快马扬鞭,小半个时辰就到了。"李先生似乎对车夫这个角色很投入了。

百里东君摇头:"不行,太快了。师父你绕着天启城转一圈,两个时辰后到那里。"他一边说着一边封上了自己的酒瓶。

司空长风从来没有见过这样的百里东君,就算是饮酒后的狂热,酿酒时的专注,也比不上此刻的百里东君,他很亢奋、很认真,又很谨慎,眼神中闪着光,手甚至还微微颤抖。但司空长风没有问,只是等着,等着百里东君完成这在天启城的最后一件事。

李先生策马在前,朗声高歌:"天若不爱酒,酒星不在天。地若不爱酒,地应无酒泉。天地既爱酒,爱酒不愧天。已闻清比圣,复道浊如贤。贤圣既已饮,何必求神仙。三杯通大道,一斗合自然。但得酒中趣,勿为醒者传。"

三人一马,一夜观尽天启城。

这必是今日在天启城,比雕楼小筑斗酒之事更惊骇众人的场面了。

因为一头白发、恍若仙人的李先生正赶着马车,而马车之中探出两个年轻的脑袋,兴奋地观着天启城。

"这马好快。"司空长风赞叹道。

李先生笑道:"这可是烈风神驹。"

百里东君一惊:"我的烈风马?不可能啊!我的马是红色的,师父您这马是白色的。"

李先生摸了摸马毛,抹下一层白灰:"我给涂上去的。"

"师父!"百里东君无奈,难怪适才这匹马对他有几分亲近,又有几分怨愤,原来竟是这般缘故。

"白衣白马白发,才是仙人本相。"李先生一挥马鞭,"我本谪仙人，折腰侍凡尘！"

几十个黑影跟随着马车在天启城急速奔行着，大理寺、京兆尹府、钦天监、内监坊在半个时辰间，派出了所有的高手。

一身灰衣的山前书院陈儒也紧紧地跟随着，忍不住赞叹："先生之风采，还是如此令人神往。"

皇宫之内，国师齐天尘被急召入宫，五大监齐聚太安殿，大内高手将那太安殿一层又一层地围了起来。

这一切，纵马扬鞭的李先生没有看到，但察觉到身后的那几十道身影之后，却也能猜到了，他仰头叹了一声："我真的只想逛一逛天启城啊。"

两个时辰的时间李先生驾着马车逛了一圈天启城，司空长风也第一次真真正正地看了一圈天启城，眼神之中已满是惊骇。

原来这就是天启城！

这就是天下第一城！

极尽人间荣耀繁华的城市！

百里东君也连声赞叹："本来觉得不过是一座城，走了就走了，如今一看倒觉得还有好多地方没有尽兴玩一玩。"

"又不是不回来了，等你下次回来，我让皇帝都出城迎接你。"李长生朗声道，似乎是刻意说给藏在暗处的那几十名高手听的。

说话间，马车忽然行入了一片灯火辉煌的区域。

丝竹声声，暖阁留香。

这就是天启城最让少年公子们流连忘返的地方了。

天启城教坊三十二阁。

"到了，那里就是仙人指路台了，"李先生指着最高的那座楼阁。楼阁之上有一处空台，空台上支着一杆桅杆。重大的节日时，上面就会挂着萧氏皇族的神鸟大风旗，而现在的桅杆上，空空如也。

"等我一会儿。"百里东君一步踏出，带着那瓶混合着陈酿秋露白和七盏星夜酒的酒瓶直掠而上，几个纵身就到了高台之上。他打开了那个酒瓶，猛吸了一口，桃花之香溢满高台，随风飘散。

只是再看那酒，不再是星光璀璨，而是所有的星光都汇聚在了一起，流淌成了一道月光。

"东君，替师父去一趟天启城吧，酿一壶桃花月落，放在天启城最高的地方。"

百里东君耳边回荡着师父曾经说的那句话，看着手中的这瓶酒，他喃喃道："桃花月落，师父，我来了，也到走的时候了。你的心愿，徒儿并没有忘记。"

他将酒塞重新扣上，带着酒瓶一跃而起，伸手一挥，将那酒壶挂在了桅杆之上，随后转身，一跃而下，朝着马车而去，没有再回头。

此刻，天启城教坊三十二阁的主人就坐在毗邻的暖阁之中，白纱蒙面，轻抚长琴，一曲奏罢之后，伸手抹了抹眼角的泪水，沉默了许久，最后竟扑哧一声笑了出来，她摇了摇头："古尘啊古尘，你还记得呢。"

## 第五章·暂别天启

太安殿内，提着斩罪刀的大理寺卿沈罗汉走了进来。

皇帝坐在五大监和国师齐天尘的身后，静默不语。

"李先生带着镇西侯的独孙百里东君，离城而去了。"沈罗汉跪拜行礼，缓缓道。

齐天尘轻轻甩了下拂尘，叹了口气。

"还有呢？"皇帝陛下追问道。

"山前书院院监陈儒到访稷下学堂，称自己为新任祭酒。"沈罗汉身后冷汗淋漓。

官员任配，乃是朝廷重事，哪有自封为官的？

但皇帝陛下却似乎并不在意这些，神色不变，继续问道："还有呢？"

沈罗汉仔细想了半天，终归是摇了摇头："没有了。"

"走了，那便走了吧。"皇帝陛下的声音中有些疲倦。

"那……那个陈儒呢？"沈罗汉问道。

"大理寺卿也管官员任配的事情吗？"一个阴冷的声音忽然响起，沈罗汉不由得打了个哆嗦。

皇帝却不在意，平静地说道："下旨，封那人为学堂祭酒。"

"驾！"李先生用力一挥马鞭，驾着马

车驶出了天启城门。

百里东君拿着剩下的半瓶秋露白,有些不舍:"我刚刚酿好了我此生最好的酒,可惜却没有来得及喝上一口。"

"最好的酒?说得有点早了。"李先生笑道。

百里东君放下酒瓶,忽然道:"师父,我那人世儒仙的师父为什么要让我酿一瓶这样的酒,然后挂在天启城里最高的地方?我当时没来得及问。"

"因为风流债。"李先生幽幽地说道,"你师父年轻时喜欢过一个女子,后来散了,他欠了那女子一瓶桃花月落。"

"那我挂在那里,那女子就会看到吗?"百里东君疑惑道。

"会的,因为那女子就是天启城乐坊三十二阁的主人。你师父当年和那女子说,等到他酿好桃花月落,亲手提着来见她的时候,就是来娶她的时候。但若是他没来,那么就会有人帮他把那瓶桃花月落挂在天启城最高的地方,那就证明他已经死了,不必再等他了。"李先生说着这段曾经武林中的佳话,神色平静,"那女子等了很多年,想等到他亲手提着桃花月落来,可等了太久了,她后来求的就是不会有酒瓶出现在那长杆上。"

百里东君挠了挠头:"那我是伤了我师娘的心了。"

"你这声师娘,让她听到她会很开心的。"李先生说道。

两人交谈间,马车已经行到了易水畔,百里东君忽然想到了一个非常重要的问题:"师父,您还没说我们离开天启城去哪里呢?"

"世上有一座城,可称风花雪月,人间至美,我们去那里。在西面,此行过去有千里,正好可以一眼观尽天下。"李先生说道。

百里东君扭头看着司空长风道:"一眼观尽天下,听着似乎不错。"

司空长风忽然开口道:"百里东君,我不能再随你一起走了。"

百里东君一愣:"为何?"

司空长风想起了那个喜欢在月下磨药的中年人:"我与人还有约定,此行来天启也有要事在身,我便送你到这里吧。"

"吁。"李先生一拉马绳,在易水畔停了下来。

司空长风从马车上跳了下来,抱拳道:"后会有期。如果给我写信，还是寄到药王谷，要找我，便也来那药王谷找我。"

百里东君想了想，把手中的那半瓶陈酿秋露白丢了过去，他笑道："这酒便送给你了。第一次见你时，你在那枪首上挂了个酒葫芦，我看着顺眼才请你喝酒，以后就挂这个。你还要在药王谷待多久？"

"最多三年。"司空长风回道。

"好，到时候出了药王谷，记得来找我。我在何处不可知，但你一定能找到，因为到时我必定已经……名扬天下！"百里东君伸出一拳。

"我也不会输的。"司空长风挥出一拳，与他相撞，随后转身，大踏步地向着天启城的方向走去了。

李先生看着司空长风的背影，说道："小子，你老说着名扬天下，为什么那么想要名扬天下？"

百里东君咧嘴一笑："因为我心仪的女子，说等到有一日我名扬天下，她便会来找我。"

"这就是你想要名扬天下的理由？不愧是儒仙的弟子。"李先生挥了挥马鞭。

百里东君耸了耸肩："这个理由难道还不足够吗？所以师父啊，此行一定要认真教我些正经武功啊。"

"武功？那容易。你想做剑仙，还是做刀仙？"李先生语气轻松。

"我想做酒仙。"百里东君拍了拍身边的两个大酒坛。

"那就教你双手刀剑术吧。"李先生望着天上月亮，喃喃道。

马车慢悠悠地朝前又行了几步，忽然就停了下来。

百里东君感觉身上微微一寒，伸出一颗脑袋往外面探去。

一个戴着面具的人，手持长棍，站在十丈之外，身上冒出森森鬼气。

这个人，百里东君并不陌生。

"是你。"百里东君一惊，从马车上跳了下来。此人正是当日教了他内功秋水诀的神秘人，学堂大考之后他就再也没有出现，自己有尝试过找寻他的下落，但一直未有所得。

那人点了点头："是我，我来送行。"

"姬若风，"李先生叹了口气，"你比我想象中的要聪明，也要更执拗。"

姬若风扶了扶脸上的面具："我想知道一个答案，所以今日定要来这里弄个明白。或许先生可以直接告诉我这个答案。"

百里东君有些困惑，扭过头道："师父，这人是……"

"他是百晓堂的堂主，姬若风。"李先生依然坐在马车上，没有下去的打算，"你想知道答案自己去寻，我这里没有，你再废话，我就揍你。"

百里东君眉头一皱，往前踏了一步，手按在了腰间的长剑不染尘之上："虽然你曾教过我几日武功，但恩情归恩情，你若是来拦路的，就不要怪我不客气了。"

"谁敢来拦学堂李先生的路？"姬若风的手也按在了棍子上，"除非学堂李先生，此刻已不会武功！"

李先生并不惊讶，只是一笑："你真的比我想象中要聪明。"

不会武功？

百里东君微微侧首，瞥了一眼身后的李先生。若是这天下绝世的李先生不会武功，那么凭自己，能够打得赢这位百晓堂的堂主吗？

可李先生方才的回答，分别像是承认了？

"你的秋水诀是我教的，你有信心打赢我？"姬若风抡起了手中的棍子，指着百里东君。

百里东君舔了舔嘴唇，手按在剑柄之上："不试试怎么知道？毕竟我的西楚剑歌，可是儒仙教的。"

"好口气。"姬若风纵身一跃，一棍子横劈而下，气势惊人，旁边那平静流动的易水猛然间波动起来。

百里东君瞬间拔剑，剑光一闪，不染尘已经对上了那柄长棍。

姬若风的语气微微有些惊讶："哦？你的进步比我想象中要大。"

"你年纪和我也差不多，不要拿出这一副长辈对晚辈的语气来！"百里东君怒喝一声，往上一抬，转身一挥，剑气直逼姬若风而去。

姬若风右手拿棍，左手微微抬起，忽然猛地一划。

徒手一划，就将那道剑气生生泄去。

百里东君一惊："这也可以？"

姬若风后撤一步，稳稳落地，长棍一甩，长袍无风而起。

"这是境界上的绝对差距，没有办法的。"李先生轻声道。

虽然百里东君曾在绝境之中达到过自在地境的境界，但是在普通情况下，仍只是金刚凡境的巅峰，距离自在地境还有一线之隔。而那百晓堂的堂主姬若风，虽然年轻，却已是天下皆知的逍遥天境强者。

"以金刚对逍遥，不怕大好的前途就此毁去吗？"姬若风问道。

"堂主你说笑了，我大好的前途在我身后坐着呢。我让开了，才是毁去了。"百里东君抡出一朵剑花，准备使出压箱底的西楚剑歌了。只不过上次对那假冒的诸葛云，自己的西楚剑歌只在他重伤的时候才派上了点用场，这一次怕是不会那么好使了。

姬若风棍子忽然抬起，又猛地挥起。

三丈之外的百里东君离那棍子足够远了，却感觉背上被狠狠地打了一下，整个人趴倒在了地上，想要再爬起来，却感觉被一股强大的力量生生压着，怎么都动不了。

"刚刚说了，这是境界上的绝对差距，没有办法的。"李先生云淡风轻地说着，仿佛趴在地上的百里东君和他并没有关系。

"师父。"百里东君以剑抵地，想要努力站起来，可是拼尽全力，只能勉强做到单膝跪地。

"以后行走江湖，要记住了，一对一的对决，境界若是差了两境，便不要有任何的侥幸，赶紧跑就是了。若只有一境之差，那就找准机会，一击毙命。自在杀逍遥，我年轻时也做过。"李先生依然像是站在一个旁观者的角度。

百里东君已经累得满头大汗，他有些无奈："师父，我这么拼命，都是为了谁啊。"

"行走江湖，还有一点，那就是当自己能跑的时候，就跑，不要管别人。"李先生继续道。

百里东君苦笑："可现在也跑不了了。"

姬若风慢慢走上前，用棍子在百里东君背上轻轻一点，就让他整个人都趴倒在了地上，姬若风望向李先生："先生，可以告诉我答案了吗？"

李先生打了个哈欠，懒懒地躺靠在马车上："你还没有问问题啊。"

"好，先生。我想问的问题是，你是谁？"姬若风沉声道。

李先生笑了笑："我是天下第一的李长生啊。"

姬若风的棍子在百里东君的肩膀上轻轻点了三下，百里东君只感觉浑身上下似乎被蚂蚁爬过，痛不欲生，姬若风沉声道："李先生，请好好回答我的问题。"

"百晓堂所谓的天下百晓，竟然是这么来的吗？"一个冷冽的声音响起，姬若风收了棍，转过身来。

来人面目俊秀，眉宇之间带着一股贵气。

学堂小先生、天启琅琊王、萧氏七皇子。

萧若风。

"我还以为李先生此行，只带小弟子一人。"姬若风手掌握住长棍，手指轻轻地在上面敲打。

萧若风一笑："师父的确没有叫我来，是我自己特地来为师父送行的，只是没想到，会在这里遇到姬堂主。"

李先生打了个哈欠："不用寒暄了，拔剑的拔剑，甩棍的甩棍，打一架吧。"

萧若风无奈地摇了摇头："师父，有您这样对徒弟的吗？"

"小百里不是在雕楼小筑里帮你破了那层障碍，入了逍遥天境了吗？你和这个戴面具的小子打，以前只有一分胜算，现在至少有三分。打赢了你就让他在明年的武榜上给你写个名字，你想写什么就写什么，这买卖不亏！打输了他也不敢杀你，你可是琅琊王啊！"李先生大声说道。

萧若风拔出了那柄剑谱榜排行第十的名剑昊阙，指着姬若风："师父说得有道理，那就打吧。"

"昊阙剑？我能见到萧氏的传国剑法——裂国吗？"姬若风声音中竟有几分喜悦。

"怕是不会了。"回答他的却是李先生，李先生幽幽地说道，"裂国剑法他练得不好。我有一套剑法叫天下第二，是我很久以前创的，当时想的是我称第二，谁敢称第一。不过这套剑法他没学会，一怒之下就回去自己创了一套天下第三。"

"对，天下第三。"萧若风抬起剑，"所谓天下剑术，学堂李先生之后，便是我了，所以剑法名叫天下第三！"

长剑挥下，易水河畔一层大浪掀起。

百里东君只觉身上的束缚瞬间消失了，足尖一点，立刻退到了李先生的身边，他喘了喘气："师父，谁能赢？"

"他刚入逍遥天境，境界不稳，打不过百晓堂那小子的。"李先生耸了耸肩。

萧若风的剑气刚猛，如同泰山压顶而下，只一下就把姬若风逼得退出了十几丈之远。

百里东君一愣："这都打不赢？"

言语间，姬若风已经提着棍子回来了，也是一棍挥下。

"你叫天下第三？我这一棍，叫棍打天下！"

"啪"的一声，长棍打在了昊阙剑上，把萧若风连人带剑都打入了易水河中。

李先生长叹一声："不过是排名第十的剑，怎比得过无极棍呢。"

萧若风足尖一点，在易水河上划出一道长长的波浪，一直退到了河的对岸才稳稳地落了下来，他长剑一挥，扫去了身上的水珠，长吁了一口气，赞叹道："好棍法。"

"为天下式，常德不忒，复归于无极。我这棍名无极棍，天下第三口气虽大，在我面前，也算不了什么。"姬若风傲然道。

萧若风长剑一挥，引起一道大浪，抡起那道水浪，横劈而下，同时怒喝一声："百里东君！"

百里东君一步踏出，他的内功名曰秋水诀，自然遇水则强，手中不染尘轻轻一挥，引过那道大浪，冲着姬若风一压而下。

一个打不过，那就两个。

"这就是学堂风范？"姬若风冷笑一声，提棍把那大浪劈成两截，只见巨浪之后，两柄长剑已迎面而来。他一个转身，一脚踏

在不染尘之上,借力一点,一棍敲在了昊阙剑上,再次将萧若风打退了出去,接着又一个转身,恶鬼面具正好对上了百里东君。百里东君心中一寒,急忙也向后掠去。

"早听说百晓堂的堂主姬若风虽然年轻,但武功已经超出了上代堂主。今日一见,看来传言并没有错。"萧若风苦笑道。

百里东君落在了萧若风的身边,低声道:"怎么办?打不过啊。"

姬若风扭头望向李先生:"先生,此刻当如何?"

李先生手上把玩着那根马鞭道:"就你的实力来说,天下间三十岁以下者,你可称无敌,三十岁以上者,能胜你者,不过十人,能杀你者,最多三人。"

姬若风平静地说道:"我知道。"

"这三人中一定有我。"李先生继续道。

姬若风也没有否认,只是说道:"如果先生还能用武功的话!"

萧若风和百里东君慢慢地退到了李先生的身边,萧若风沉声道:"我虽然还打不赢他,但至少能拖住他。东君,你带着师父回天启城。"

"不回。"李先生直截了当地说道。

萧若风犹豫了一下:"那就往前面跑,跑得越快越好。"

"不跑。"李先生的回答还是简短。

萧若风擦了擦额头上的汗:"那就只能拼命了。"

"不拼。"李先生微微一笑。

萧若风心中却是安稳了一些:"看来师父有办法。"

自从萧若风认识李先生之后,凡是有李先生在,那么万事都可解。他敬仰李先生的威势,同时也努力学习着李先生,所以才有了后来的学堂小先生的叫法。那么既然今日李先生说了"不回""不跑""不拼",那么肯定就是有办法了。

姬若风长棍抵地:"你们何必如此,我不过要一个答案。"

"对,他不过要一个答案,我把答案告诉他,便可以走了,何须那么麻烦呢?"李先生终于从马车上走了下来,只不过顺手抽走了百里东君的不染尘,他用手轻轻地弹了一下剑刃,发出"铮"的一声,"不过想要知道答案,姬堂主得答应我一件事情。"

姬若风问道："什么事？"

"我身后这位学堂小先生的身份你怕是比我更清楚！天启琅琊王、北离七皇子，他以后要做的事，你得帮他。"李先生笑道。

萧若风一愣，他要做的事，如果真的有百晓堂的帮助，那么绝对可以说是如虎添翼。

"朝堂之事，百晓堂从不参与。"姬若风摇头道。

"那就没得谈了。"李先生长叹一声，举起不染尘，"还是要打吗？"

"先生这是在虚张……"姬若风冷笑道。

不染尘一剑挥下。

姬若风挥棍欲挡，整个人却被直接打飞了出去，他心中大骇。

李先生的武功仍在！

姬若风几次欲提气稳住身形，可李先生紧接着一剑又一剑地劈了过来，毫无章法，不讲道理，就像是随意地乱挥，可硬是把姬若风打得连连败退。

一直退到了河岸的另一边。

李先生持剑落地，侧首道："此刻，当如何？"

姬若风握着无极棍的手，都在微微颤抖："先生这几日都是故意的？"

"人在江湖，危险那么多，我总得留下那么一手。"李先生提步一跃，落在了易水河上，单脚踏在河浪之上，如履平地。

百里东君惊道："这是什么武功？"

"江湖上能踏浪的武功不少，但能像师父这样站在浪上一动不动的武功几乎没有。这需要做到与天地同气，与自然相应。"萧若风说道。

"刚刚我那徒弟一道大浪打不死你？那我引一河之水能不能打死你？"李先生笑问道。

姬若风一把握紧了无极棍，怒喝道："愿见先生神迹！"

"有胆气，不愧是姓姬的！"李先生举起长剑，怒喝一声，"大河之水——天上来！"

他纵身一跃，长剑一抬，只见整个易水河的河水都被他引在了

那柄剑上。

月光之下,易水河朝天而起,李先生一剑引起,若仙人而立。

李先生望着始终不退的姬若风,叹了口气,朗声道:"你要答案,好!那我就告诉你答案!"

"纵深江湖三十载,以学堂之名震慑天下者,是我!"

"六十年前冷暖双剑,一战胜名剑山庄魏长树,称昆仑剑仙者,是我!"

"九十年前一身布衣,一柄残剑斩断魔教东征之路者,亦是我!"

"而那一百二十年前,与诗仙同饮同眠同创诗剑诀者,还是我!"

"还有你最想知道的,一百五十年前靠着一己之力创下百晓堂的人,是最早的我!"

"仙人抚我顶,结发受长生。我今年已经一百八十岁了,我是你的老祖宗,你对你祖宗用棍?"

"放肆!"

萧若风和百里东君已经目瞪口呆,李先生不仅一次说过自己是长生仙人,可他们都以为是笑话罢了,可看此刻的李长生李先生,哪有半点说玩笑话的意思!

姬若风站在那大河之水的面前,长袍翻飞,他不畏惧,甚至有些兴奋:"竟然……竟然真的有如此之事!"

"何必一定要求这个答案呢。"李先生叹了口气,那河水忽然散了下去,李先生最后只不过是随手挥了一剑。

姬若风的面具被一劈为二,露出了下面年轻的面庞,与那李先生,竟真有几分相似。

易水河归于平静,李先生持剑缓缓落下,稳稳地踏在平静的水波之上。

姬若风望着眼前的李先生,喃喃道:"世上竟真有长生不老之术,直到此刻亲眼所见,我才敢真的相信。"

"世上哪有什么长生不老,只要在世间,就总有归去的那一天。只不过我被困在人间,无法登天。"李先生一步一步踏着水面,缓缓地冲着姬若风走去。

每一步踏下，李先生的面容就一点点地发生着变化，皮肤越来越细腻，眉眼越来越清秀。他一共踏出了三十步，于是就从一个四十余岁中年人的模样，变成了一个十几岁的少年，与那姬若风的面容，也从只有三分相似，变成了足足的八分。

站在河对岸的萧若风和百里东君虽然离得远，但习武之人本身眼神就不同常人，那边发生之事看得一清二楚，但即便是他们，此刻也依然表示难以置信。

"师兄，我……是不是花眼了，还是水雾太大？师父怎么变得……和我一样年轻了？"百里东君的声音微微有些颤抖。

萧若风苦笑："看来我们没有眼花，师父果然人如其名，长生……不老啊。"

"你想知道的答案已经知道了，我拜托的那件事不要忘了。"已经面若少年的李先生笑着说道，声音也变得年轻澄澈。

姬若风犹在惊骇中，半天才反应过来："百晓堂不参与朝堂之事，不是老祖宗留下的规矩吗？"

"我让你帮他，没让百晓堂帮他，更何况……老祖宗，不就是我吗？"李先生笑了笑，拍了拍姬若风的肩膀，"你要见的已经见到了，写入百晓堂，但不要让任何人知道。知道了吗？"

姬若风点了点头，抱拳道："我……不对，弟子……嗯……孩儿明白！"他斟酌了许久，才想到了一个合适的称呼。原本他对于学堂李先生还颇有微词，毕竟他是唯一一个不认武榜的人，可现在他终于知道了理由，百晓堂的开创者怎么会允许自己的后后后后辈来评判自己的武功！

"傻孩子，回去吧。"李先生转过身，朗声喝道，"萧若风！"

"弟子在！"萧若风闻言急忙飞掠过来。

姬若风与李先生抱拳告别："孩儿先走了，先生到时候若是回天启，定要回百晓堂看看。"

"我现在和你看着一般大，你就别自称孩儿了。"李先生有些无奈，"走吧。"

姬若风点了点头，没有犹豫，转身便离开了。

萧若风落在了李先生的身边,看着离去的姬若风,忽然道:"师父您原本叫姬长生?"

"笨!我当时哪知道自己会长生!我木名姬虎燹,在当时天下能入前五,后创下百晓堂,从此隐匿江湖。"李先生也看着姬若风的背影,"我的这位后辈不比我当年差,你有他的帮助,皇位一事,更多了几分把握。天启城里那个用枪的年轻人也不错,至于河后面的那位,身份特殊,你就别指望了。"

萧若风垂首道:"弟子明白。"

"你也回去吧,我要去一个地方,到了以后给你们寄信,若是愿意,可以一同来喝几杯水酒。"李先生一挥长袖,便是送别。

萧若风苦笑道:"师父您的话到底有几分是真,有几分是假?为什么徒儿觉得,此去一别,再也不会相见了!"

"白痴,我什么时候骗过你们,是你们总不相信!我一说我和诗仙喝过酒,你们就转身翻白眼,以为我不知道吗?"李先生冷笑一声。

"那就希望这一次,师父没有骗我们。"萧若风终于也转身离去。

百里东君站在河对岸,看着那两人陆续和李先生说了几句话就离开了,却一直没有听到李先生唤自己。一直等到萧若风和姬若风的身影都看不见了,李先生才大喊一声:"百里东君,过来!"

"来了!"百里东君一喜,立刻纵身一跃,赶了过来。

李先生举起不染尘,往百里东君的剑鞘上一插,滑过了,他眉头微微一皱,又错过了一分,他有些恼怒,连续插了几下,都没有瞬间把剑插回去。最后还是百里东君手微微一动,才把不染尘收入剑鞘之中,他困惑不解:"师父怎么了?"

李先生伸手扶住了百里东君的肩膀,有气无力地说道:"背我过河?"

百里东君一愣,背李先生过河?李先生行走河面如履平地,怎么忽然需要他来背了?他仔细看了李先生一眼,却发现李先生面色苍白,眼睛微微眯着,似乎一下子变得无比虚弱。他不再犹豫,立刻背起李先生,几个纵身跃到了马车边,将李先生放在马车上,伸出长袖抹了抹李先生额头上的汗，急道："师父这是怎么了？"

李先生气若游丝："姬若风猜得没有错，我的确快功力尽失了，只可惜他来得早了些，错过了这难得一见的场面。天下第一李先生，可现在就连你，一剑也能杀了我。"

"究竟是怎么回事？"百里东君急道，不知李先生这是受伤了，还是中毒了。

"不必担心，我这死不了，只是有些虚弱。接下来的日子，我会告诉你其中缘由，不过此刻，我只想睡一觉。"李先生靠在马车上，眼睛微微眯上。

百里东君急忙打了李先生一巴掌："师父不要睡着！"他在茶楼里听过不少故事，很多人就是这样睡过去，然后就一睡不醒了。

李先生突然被打了一巴掌，神志清醒了些，却有些恼怒："我真的只是睡一觉！"

"师父，不能睡！睡过去了就再也醒不过来了！"百里东君急道。

"我又不是第一次这样睡去。你相信我，驾着马车一路向西，等太阳升起的时候，我就醒……"李先生话没说完，头一扭，已经睡了过去。

百里东君急忙伸手探了探李先生的鼻息，发现他气息虽然虚弱，但还算平和稳定，一颗心才终于安定了下来。

次日清晨。

马车停靠在了一棵大树边，马绳拴着大树，百里东君靠在马车上沉沉地睡了过去。

太阳升起，李先生如同昨夜说得一般睁开了眼睛。他环顾了一下四周，发现无人，便起身掀起幕帘，发现百里东君靠着马车睡着，右手还握着剑，发出低低的鼾声。李先生笑了笑，绕开他，从马车上踏了下去。

他们此刻似乎正处于一个山谷之外，周围郁郁葱葱，很是漂亮，尤其是身边这棵大树最为繁茂，树上结着巨大的野果，看起来已经熟透了，定是非常香甜的。李先生伸手想要摘一颗，可挥了挥手，

却无奈地摇了摇头。

昨日是手可摘星辰的天下第一人,今天来摘个野果也做不到了。

已是少年人模样的李先生略带白嘲地想着,他在山谷附近徘徊了一圈后在大树之下盘腿坐了下来。他深吸了一口气,闭上了眼睛,忽然脑海里一片清明,思维已云游千里之外。

大约过去了一个时辰,一只从山谷里飞出来的小鸟落在了百里东君的头顶上,轻轻鸣叫了一声。百里东君微微睁开眼睛,伸手把那小鸟打飞,揉了揉眼睛,转头掀开帷幕:"师父,该醒了。"

马车内空无一人。

方才还睡眼惺忪的百里东君整个人立刻清醒了过来。他瞬间拔出了不染尘,转身落地,可定睛一看,却发现那李先生正盘腿坐在大树之下,整个人身边云雾缭绕,配上这山间秀景,若是旁人见到,怕真以为是仙人在此修炼呢。昨日毕竟已是黑夜,百里东君虽见得李先生返老还童的神迹,却不如此刻看得清晰。那李先生的皮肤神采真的与自己不相上下,甚至还要显得更年轻一些,唯一没变的是那一头白发,依然找不到半点黑色。百里东君一边惊叹,一边也不敢惊扰正在修行的李先生。他将剑插回鞘中,抬头看了看那大树,手指轻轻一弹,一颗硕大的野果掉了下来。他伸手接过,咬了一口,汁水横流。

"好甜啊。"百里东君笑了笑。

李先生眉头微皱,似乎看到了眼前的场景,舔了舔嘴巴。可百里东君凑过去仔细看了看,发现李先生仍旧双眼紧闭。他伸手挥了挥,对方也没有反应。百里东君觉得无聊,纵身一跃跳到了大树之上,背靠着树干又小憩起来。等到他再次醒来的时候已经是正午时分了,百里东君从树上跳了下来,看了一眼李先生,发现李先生也睁开了眼睛。

"师父。"百里东君急忙行礼。

"果子吃得挺香,不给师父也拿一个?"李先生问道。

百里东君一愣:"师父您看得到?"

"你可以问我一个问题,你确定你要问这个?"李先生依然盘腿坐着,没有站起来的打算。

百里东君急忙纵身一跃，摘下一颗硕大的野果，递给了李先生。李先生掂了掂野果，满意地点了点头："你可以提问题了。"

百里东君凑在李先生身边，也盘腿坐了下来："师父，您真的是神仙？"

"神仙，什么是神仙？"李先生笑道，"羽化登仙，遨游天地，那是世人心中的神仙。我轻功很好，但一跃高不过一座山；我内功虽强，一掌也就只能掀起一条河；我剑术虽好，杀一万个人剑刃也就折了。"

"师父您此时怎么就谦虚起来了呢？"百里东君大惑不解，"您明明返老还童，而且据您所说，今年您已经一百八十多岁了。人怎么能活一百八十多岁呢？"

"人怎么就不能活一百八十多岁呢？黄龙山有一位道人，修得长生之术，仙逝的时候也有一百七十岁了，仍面若少年。我不过比他还多了十几年而已。世间大道，修得长生而已，大惊小怪。"李先生一笑。

百里东君拍了拍大腿："师父您这就是装了啊！您说的那是神仙似的人物，我们只听过没见过，可您却活生生地站在我面前啊。您就那么走着走着，就变成了现在这个——比我还年轻的模样。"

"想知道我如何做到的？"李先生问道。

"师父愿意说？"百里东君喜道。

"不是什么大不了的事情。我年轻时师从黄龙山，学了一门武功，这门武功很难练成，那位一百七十岁仙逝的道人练成了，我也练成了。武功名字只有一个字，叫'椿'。"李先生缓缓道。

"叫春？"百里东君一惊。

李先生伸手挠了挠额头，似乎有些怀疑此行带着这个徒弟出来是不是对的了。

百里东君察觉不对，立刻正襟危坐："师父您继续说。"

"不是春天的春，是大椿的大椿。上古有大椿者，以八千岁为春，八千岁为秋。这就是'椿'的含义。练成此功后，以三十年为期，每三十年回返容颜一次。而在返老还童后的那一年，功力尽失，需要重新修炼此功才能恢复功力。所以若我此时身处天启

城中,此事一旦被暴露,那么姓萧的那个小子定会派出什么五大监、六大贼什么的来杀我,所以我从天启城中离开,所以……"李先生瞥了一眼百里东君。

百里东君一愣:"所以师父带上我,是为了这一路保护您?"

"聪明啊!"李先生拍了拍百里东君的肩膀。

百里东君无奈:"为什么是我?我的武功是最低的,阅历也是最浅的。"

"既然三十年为一期,那每三十年,我都要以新的身份活下去。我与他们相识太久,割舍不掉的东西太多,若他们在身边,那么我便仍旧是李长生。我不喜欢如此,所以我选了你。"李先生说道。

百里东君似懂非懂地"哦"了一声:"那师父,我们此行究竟去哪里?"

李先生从怀里掏出一张地图,横向铺展开来,他伸出一根手指,指了指地图上西面的一个点:"这里,雪月城。"

"雪月城?"

"对。下关风,上关花,苍山雪,洱海月。"

## 第六章 · 南宫春水

偌大神州，北离以北是北蛮，那里一片尽是浩瀚草原，冬日漫长寒冷，夏日黄沙漫天，据说平常幼儿能够活到成年的不足一半。在北蛮和北离西北处还有一块狭长的土地，那里是万丈冰原，更是人迹罕至。而北离以南的南诀则是一年无冬，气候湿热，许多人终此一生，都未曾见过一场雪。北离以西是西域三十二佛国，那里土地贫瘠，往往几十里内寸草不生，据说再往西还有一片大陆，但是从未有人走出过。而北离以东是漫漫离海，离海之上有零星岛国，岛民终年居海之上，不曾上过大陆，离海尽头便是仙人岛屿，跨过仙人岛屿，就能见到另一幅洞天。

所以神州大地之上，若想见四季风雪，山水盛景，唯有北离一国能够如愿。李先生展开了一幅地图，说是地图，更像是一幅画卷，因为上面标记的不是一座座重城，而是一个个北离的盛景之地。虽然百里东君自小生长在西面重城乾东城，却从来没有听说过这"雪月城"。

他驾着马车一路往西行着，忍不住问那坐在车厢中休息的李先生："师父，雪月城该不会是师父瞎诌出来的吧？我爷爷好歹也是镇西侯，却从未听说过这座雪月城。"

"大千世界，无奇不有。就连北离皇帝都不知道这天下间还有多少妙城，更何况是

你爷爷。而且去那雪月城需要过一座登天阁。登天阁外仍是凡城，过了登天阁，方能见雪月。"李先生的声音依旧有些虚弱，但也透露着些许欣喜。

"师父，前面有座庙，我们不妨先休息一下？"百里东君擦了擦满头汗水，他平日里纵马扬鞭是家常便饭，但赶马车倒是头一次，赶了半天顿觉疲惫。

"可以。"李先生点了点头，此刻他的身子虚弱，倒也的确不适合长时间的颠簸。

两人从马车中走了下来，百里东君扶着李先生走进了庙内。寺庙已经破败不堪，石像斑驳。百里东君清理了一小片干净的地方，让李先生坐下来之后，急忙拿起身边的酒囊，狠狠地灌了一口，酒囊之中自然灌得就是那坛从雕楼小筑里抢来的秋露白。他喝完后抹了抹嘴巴："师父，既然一路西行，要不要去乾东城坐坐？"

已是少年的李先生笑了笑："不要。乾东城有什么意思，我带你去个比乾东城有意思的地方，途中也会经过。"

"哪里？"百里东君疑惑道。

"那里的人号称武功第三，下毒第二，暗器第一。"李先生缓缓道。

百里东君一惊："唐门？"

宁惹阎罗，莫触唐门。

江湖上有三大世家。江南霹雳堂善使火器，性格豪放，在武林之中威望很高。老字号温家"毒步天下"，行事低调，在江湖上很少行走。这两家实力雄厚，江湖中人也对其极为敬重。而唐门则不一样，世人敬他，却也畏他。因为唐门之人行事狠，做事绝，且难防难躲，常人避之而不及，更何况是特地拜访。若是以前的李先生说这话，百里东君自然不会质疑，可现在的李先生，怕是会被唐门生吞活剥吧？

李先生看出了百里东君心里的想法，笑道："唐门没你想象中得那么可怕，你师父我现在也不像你想象中那么废物。不过我自然不能以李先生的身份出现，对了，你说我这一世，用什么名字好？"

"师父要换名？"百里东君挠了挠头。

"对啊，属于李先生的三十年已经结束了。你说我也取个复姓怎么样？不妨就姓南宫吧，李先生虽执掌天下第一书院，但行事狂傲，不那么像书生，之后我想做个儒雅的人，若春水般和煦温和，那就叫南宫春水吧。百里，这名字怎么样？"李先生忽然问道。

百里东君嘴角微微抽搐："这么随意？"

"取名就在于一个痛快，接下来的日子就别叫我师父了，叫我春水兄，或者南宫兄，以后我就是南宫春水了，是你游历江湖时认识的朋友。"正式改名为南宫春水的李先生朗声长笑，"便如此！"

"师……南宫兄。"百里东君好不容易变换了称呼，"所以我还是不明白，为什么我们要去唐门？"

南宫春水刚从改名的兴致中抽离出来，听到百里东君的问题，正色道："因为唐门有我需要的一味药，有那味药，我可以恢复得更快一些。既然顺路，何不去取一下呢？"

百里东君点头："唐门愿意给我们吗？"

"当然不愿意。"南宫春水笑道，"唐门是什么地方？杀人不眨眼，吃人不吐骨头，怎么会平白给我们那么珍贵的药。自然是拿。"

"拿？"百里东君意味深长地重复了一下这个字。

"读书人，不说抢，也不说偷。读书人的事，都是拿。"南宫春水语气平静。

百里东君喝了一口酒，大概是想壮一壮胆，毕竟在他小时候就被出自温家的母亲灌输过一个道理：如果以后在江湖上遇到姓唐的，能绕一条道走就绕一条道，绕一座城走就绕一座城。可他仍是没有信心："师父……哦不，南宫兄，我怎么拿？"

"现在的你当然拿不了，此行路上还有几百里，我教你武功。"南宫春水说道。

百里东君狐疑地看了他一眼："你要教我武功？可你……"

"我武功暂时废了，但是我脑海里的武功可还全部都在啊。"南宫春水轻甩长袖，"来，你说你擅长的武功是什么？"

百里东君想了一下："西楚剑歌和秋水诀？"

"没错！绝世的剑术，绝世的内功，还有一身药酒打造的药修

之体。可你为什么……这么弱呢?"南宫春水眼睛一瞪。

百里东君心中一寒,手下意识地就握住了手中的剑。

南宫春水随即一笑,原本凝结的气氛就如春水般舒缓开来,他摇了摇头:"你从未走过路,第二天就会飞了,可是又能飞多高,飞多久呢?"

"我和你讲几个故事吧。"现在名为南宫春水的少年郎抖了抖衣袖,清了清嗓子。

百里东君立刻正襟危坐,虽然改了名字,换了面貌,但师父毕竟还是师父。

"在我十六岁的时候,江湖上有个出了名的少年英才,人称乌衣郎。他喜欢穿一身乌衣,拿一把玉剑,出身昆仑派,被称为昆仑派百年来最有天赋的弟子。虽然他还未在江湖上现过身,但是声名已经广闻天下。然后那一年,他代表师门下山参加江湖大会,路上遇到一群悍匪正在烧杀抢掠,他自然拔剑相助,最后……被悍匪们乱剑砍死了。那年,他本是昆仑派的希望,打算在江湖大会上一举成名。"南宫春水说道。

百里东君想了想:"难道他的剑法名不副实?"

"不,乌衣郎剑法很好。我曾随我师父拜会过昆仑派,见过他的剑法,清逸秀美,得昆仑派剑法之神韵,假以时日,他能成为剑仙都说不定。"南宫春水轻叹一声,略表遗憾。

百里东君又想了一下:"悍匪之中有高手?"

南宫春水还是摇头:"悍匪就是悍匪,如果一个人的境界能到逍遥天境,他为何不去做一派之师,去做那悍匪呢?"

"南宫兄,这就恕我不懂了。"百里东君想不明白。

"那我就再与你说个故事。我当时有个朋友,叫彭虎,从小生于陋巷之中,世人欺辱他,他便以拳头还之,结果当然是打不过,但是也没被打死。后来他的家乡被邻国攻下,那些欺辱他的大家子弟们都死了,他却磕磕绊绊地活了下来,最后从尸体堆里找了一把剑,开始闯荡江湖。他没有师门,不知从何处捡来一本剑谱,对着剑谱一日一日地练。剑谱上一共十九式,他练了十九年。我和他遇到时,他已经四十岁了,还寂寂无名。后来江湖上出了个魔头叫卢摇花，见人杀人，见鬼杀鬼，各大宗门组织了几次围剿都失败了。彭虎被她撞上了，两人便大战了一场，最后彭虎受了重伤，卢摇花则被一剑穿心。那一天起，彭虎开始名扬天下。世人想知道彭虎用的什么方式杀了卢摇花，彭虎说是用剑招，他对拜访的人演示了一下自己的剑术，来客先是大惊，随后大怒，拂袖而去。彭虎不知缘由，我却知道，那是因为彭虎的那本剑谱在江湖上很有名，叫《绣剑十九式》，三文钱一本，地摊上随处可见，乃是平常百姓拿来强身健体用的。可就是这绣剑十九式，练了十九年，寒冬酷暑，白日黑夜，不停歇地练，练成了这一柄后来名扬天下的剑。"南宫春水伸出手指在空中比画了一下，随后摇头笑了笑，"有些想阿虎了啊，现在的人，哪有那么好的耐心呢。"

百里东君结合两个故事想了一下，恍然大悟："那个乌衣郎，之所以下山就被杀了，是因为挨揍挨少了？"

南宫春水听到这个答案，神色有些古怪，思索了一下，又说道："那我和你说最后一个故事。从前有个少年信心满满，提剑闯江湖，遇到一个年纪一样大的剑客，两人对决，少年输了。少年不服，与他订下再战之约。一连战了十二年，少年逢战必输，一次都没有赢过，江湖人称'不赢剑仙'。是不是很好笑？"

百里东君想了想："也没那么好笑吧。"

"的确没那么好笑。"南宫春水正色道，"因为他后来真的成了剑仙。你见过的，现在一剑引天雷，挥剑风雨至，谁人见到不低头？对，他就是南诀第一高手——雨生魔。"

"那……"百里东君微微一皱眉。

"没错，那个次次都赢他的人，是李长生。"南宫春水平静地说道，似乎李长生和自己并不是一个人。

百里东君又回想了之前的那三个故事，喝了一口酒囊中的酒，抹了抹嘴巴："我知道了，那是因为乌衣郎从小对决都是君子之斗，大家都是同门，点到即止，没有经历过真正的生死之战，所以他不如后面二人。同时他被赞誉得太高，就算他很厉害，但其实也并没有那么厉害，他高估自己了。"

"你说得对，估摸出几分道理了。江湖上怕的从来都不是败，

只要不死,一切就不算完。可惜李先生死了,雨生魔这辈子也没有机会赢了,哈哈哈哈。当然还有一点,乌衣郎被寄希望很高,学的是极高剑术——昆仑缥缈剑。"南宫春水顿了顿,继续说道,"但悍匪们不用剑术,用的仅是杀人取命的剑,乌衣郎的剑法太精妙了,反而一时之间找不到克制之法。同理,你的西楚剑歌也是一样。"

百里东君摸了一下腰间的不染尘,低头想了一下:"是这样吗?"

"你若不信,我们不妨试试。如今的我功力已散尽,这不骗你,但我依然能杀你。"南宫春水忽然抬头,眼神中闪过一丝锋锐。

百里东君也是有傲气的人,闻言微微皱眉:"南宫兄怕是小看我了,我与那乌衣郎不同,我是经历过生死的人,天启城学堂终试,我可差点死在别人手中。"

"是吗?"南宫春水忽然手一挥,一根长线飞出,一把卷住了百里东君的脚踝。百里东君急忙一剑挥去,将那长线斩断,他抬头。

"拿剑砍我!"南宫春水怒喝。

百里东君没有犹豫,一剑挥下,可才挥下,那剑却被猛地一扯往后飞了出去,一把钉在了柱子上。片刻间,南宫春水已经站了起来,拿出一把匕首抵在了百里东君的胸膛上。百里东君愤愤不平:"南宫兄使诈,那根线有古怪!"

南宫春水收起匕首,用手指敲了敲自己的脑袋:"我脑子里有这一百八十年记下来的杀人术,就算武功尽失,杀你仍然不过弹指间。要想保护我,先保护自己,这个拿去练。"

南宫春水丢下一本有点破旧的剑谱,百里东君低头一看,上面写着五个字:《绣剑十九式》。

少林寺外,武当山上,以及各大门派所驻地的附近,都会有大大小小的商铺,商铺里一般摆着各类秘籍,比如少林寺外就有不少《易经经》《易筋金》和《意筋经》,武当山上的商铺则卖《长生太极剑》《永生太极剑》《生生太极拳》等,这些无一例外都是假的,不过也有真的武谱卖,可卖得还不如假的那些好,比如《大罗汉拳》《五虎断山刀》以及《绣剑十九式》,因为他们实在太普通了。

山水之间，百里东君和南宫春水停车歇息。百里东君就在一旁演练着那本《绣剑十九式》，一边练一边抱怨："要不我自创一门剑法吧，我觉得也比这破剑法强。"

"你口中说的破剑法，可被某个人练出了剑仙风范。"南宫春水斜靠在马车上，仰头喝着那秋露白，比起日夜赶车闲暇时还要练剑的百里东君来说，南宫春水可以说是很是舒适了，每天都在车内闭目养息，美其名曰修炼内法，但分明有几次是坐着睡过去了，这也就算了，在百里东君练剑时，他还时不时冷嘲热讽几句。

"那人练了十九年才名扬天下，我可等不到那时候，那时候我都快四十了，这些都没有意义了。"百里东君虽然嘴上抱怨，但手上并没有停下来，一把长剑挥得虎虎生风，有模有样。

"你这么急着名扬天下？"南宫春水微微笑着，眼睛眯成一道缝。

"那是，我和人有约定的，等我名扬天下的时候，她就会回来寻我。"百里东君长剑一转，"所以，那时候我可不能老！"

"女人。"南宫春水依然眯眼笑着。

"那可不是普通的女人，是世间最美的女人。当然，我与她只见过一次，互相喜欢还谈不上，我只是觉得，等我名扬天下的那一天，我们重逢，那就是我们故事真正的开始。"百里东君纵身一跃，一剑劈落了一片叶子。

"如果你发现这个女人不是好人呢？"南宫春水晃了晃酒囊，没有再喝。

"好与坏，是世人定义的，比如南诀要打我们北离，对于我们，他们是坏，可对于他们，不过是为了开疆辟土，不算坏。世上很多事，是没有对错的，只有立场。"百里东君又一剑砍落一根树枝。

南宫春水笑道："你还挺会说这些大道理的，谁教你的？李长生可不喜欢和徒弟们说这些。"

"是我爷爷和我说的。我爷爷戎马一生，刀下亡魂无数，他说他这一生杀了很多人，很多都是无辜的人，但从大了说，他没有错，只是立场不同，不过从小了说，他罪恶滔天。"百里东君的剑停了一瞬，想起了那个别人畏惧如鬼神却对自己呵护有加的军侯，

忽然有些想家了。

"那若是你喜欢的这位姑娘,就是没有立场,就是喜欢滥杀无辜,是个无论怎么辩解都不是好人的魔头呢?江湖上这种魔头不少,长得好看的魔头也有几个,什么赤红仙子、朱砂夫人啦。"南宫春水不依不饶。

"那不会的。姑娘眼睛澄澈如水,眉眼秀美如画,书上说,相由心生,所以不会的。"百里东君一剑挥落,停留在了南宫春水的额头。《绣剑十九式》一共十九式,刚刚演练完了一遍。

"给你留了几口,喝吧。"南宫春水把酒囊递过去。

百里东君仰头一饮而尽,望着远处,喃喃道:"其实好几次我都感觉她似乎来找我了,但最后都没有如愿,我想,我还是不够强。师父……"

南宫春水轻轻咳嗽了一下。

百里东君立刻换了称呼:"南宫兄,我们总说名扬天下,名扬天下,可什么样才算是真正的名扬天下呢?"

南宫春水用手指敲了敲脑袋:"那自然是……被列入金榜啦。"

"百晓堂的那个榜?"百里东君一愣。

"对啊,列天下神兵的百兵榜,列江湖新俊的良玉榜,以及给天下一等一的高手排位次的冠绝榜。只要进了这个榜,天下江湖间,谁人不识君呢?若你还嫌名气不够大,你可以在拿到金榜的时候,一把把它撕了。"南宫春水咧嘴一笑。

百里东君自然知道南宫春水是在说自己身为李先生时的壮举,他笑了笑:"我没有那个本事。既然如此,我就先朝着良玉榜努力努力吧。什么样的成就可以入这个榜?"

"你的二师兄雷梦杀曾是良玉榜上常客,如今年纪大了,下榜了,所以若是你能把雷梦杀打趴下,良玉榜首甲,不是问题。"南宫春水语气轻松。

百里东君可是见识过雷梦杀武功的人,自然知道这有多不容易,他站了起来,继续开始练那平平无奇的《绣剑十九式》。他是侯府公子,也是乾东城小霸王,不少人眼中的纨绔子弟,但是此刻,山野之间,只留下了这一个辛勤练剑的身影。

"你比我想象中还要努力。"南宫春水淡淡地说道。

百里东君一笑，没有回话，只是轻轻挥剑。寒冬腊月，酷暑烈日，无人所知的院子里，一个少年的身影围绕着一个巨大的酒缸，无数次疲倦地昏睡过去。世上确有天赋之说，但是天赋之外，也有脚踏实地。

我决定做一件事情时，就一定会把它做得最好。

酿酒如是，练剑亦如是。

百里东君一剑挥出，剑气澎湃，震得林间落叶纷飞。

南宫春水也不说话，闭上了眼睛，盘腿运气，神游千里之外。

收了个好徒弟啊。

南宫春水心中有一个声音响起。

天启城内，持着长短枪的少年抬起头，擦了擦额头上的汗，呼吸沉重道："三招了。"

站在他面前的中年儒士微微俯身，面带微笑，缓缓推出一掌："不错，那就看看这第四掌如何？"

坐在一旁看书的少年放下书，轻轻晃了晃双腿，仰头看着远方，喃喃道："他们这会儿，该走到哪里了？"

乾东城。

镇西侯世子百里成风放下了手中的书信，先是眉头微皱，随后慢慢舒展开来，似乎是长出了一口气。旁边的世子妃温络玉看到后，不紧不慢地喝了一口茶："有什么好消息？"

"东君离开天启城了。"百里成风笑道。

温络玉也是微微一惊："这么快？这才去了多久？现在是要回乾东城了？怕不是连学堂也受不了这混世魔王，给赶回来了吧？"

百里成风连连摇头："我们这儿子只是表面顽劣罢了，不至于被学堂赶出来。七皇子在信上的这个意思，大概是李先生出门远游，随行弟子只带了东君一人，寄信的前一日就已经出发，按照日子算，已经走了很长一段路了。"

温络玉微微点头："远行啊……那会路过乾东城吗？"

虽然表面上装作对这个不成器的儿子漠不关心，但这几乎没

有离开过自己身边的儿子离家已有数月了,温络玉自然是无比想念了。

"信上说李先生此行往西走……但是七皇子似乎知道我们在想什么,特地多说了几句,他说按照李先生的个性,不会经过乾东城。因为李先生这人最怕麻烦,而见大名鼎鼎的镇西侯,是一个天大的麻烦。"百里成风叹了口气,"说得很有道理啊。"

温络玉又喝了一口茶:"不过李先生对于我们这个儿子看来还是比较看重的,难得远行,只带一个弟子,竟然就带了东君。"

"那当然,毕竟你父亲可是说过的,东君是天生武脉,绝佳的练武苗子。李先生武功冠绝天下,自然希望能有这样的传人。"百里成风笑道。

温络玉听到"天生武脉"四个字,脸色微微一变:"天生武脉,不仅是绝佳的练武苗子,也代表着世上很多禁忌的功法都可以修炼,所以你们怕东君走出乾东城,被天启城里的那些人惦记,可我担心的,却是被邪魔外道惦记。兄长说在柴桑城就遇到过一些不知来路的人,曾经想带走东君。"

"放心吧,有李先生在,东君能出什么意外?"百里成风安抚道,"若你实在不放心……"

温络玉立刻会意:"兄长以后好歹也是要接管温家的人,老折腾他是不是不好?"

"那就看兄长觉得什么才是真正的折腾了……"百里成风笑道。

老字号温家。

穿着白色长袍,身后写着大大的"毒死你"三个字的温家未来家主温壶酒躺在屋子的横梁上,猛地打了个喷嚏,他挠了挠鼻子,手指微微一转,一条小青龙在它手掌间徘徊。

"又想去外面晃悠了?"横梁下,一个面容敦厚的中年人正在摆弄着手中的草药。

温壶酒咂巴了一下嘴:"你说每日躲在这里研究毒药多无趣啊,我们温家现在做出来的毒,毒死小半个北离都够了。"

"我们温家'毒步天下',可是唐门号称'毒暗双绝',早已有争锋之心。这一次唐门邀我们去试毒大会,无非是要争雄,我们不能输了。"那中年人把草药放在鼻子边嗅了嗅，"我是温家本代炼毒第一，你是温家本代用毒第一。这次温家的荣耀，就在我们身上了。"

"老爷子觉得要去了？"温壶酒眉毛一挑，喜道。

那中年人憨厚地笑了一下："老爷子说了，温家用毒不用比，上下百年第一都只能是我们，但是也不怕比，谁想争雄，就把谁给打下去！他让我晚点告诉你，怕你太得意。"

温壶酒从横梁下跳了下来，喜道："太好了！早就想和唐门那个叫唐灵皇的人比画一下了，何日启程？"

"七日之后。"中年人拿起一根草药，忽然往上一丢，那原本徘徊在温壶酒手上的青蛇忽然一掠而出，一口吞下了那根草药。随后青蛇猛地弹起，撞到了屋檐之上，又重重落下，身子在瞬间大了一倍，通体发红，暴躁不安，在桌子上反复扑腾。

温壶酒伸手过去拿起了那条已经变成红色的青蛇，低声道："好烫，它吃了什么？"

"放心吧，你的小青不会有问题的。"中年人又递出去一根草，让那青蛇吞了下去。青蛇在温壶酒手上疯狂地扭动了许久，那红色才慢慢褪去，身子也终归恢复成了原样。

温壶酒笑了笑："刚吃的是冰心草？"

"对，一开始的是火蛇叶，后面的是冰心草，两者相生相克。我在想，能不能用它们做成一味毒药，让人既像烈火灼心，又像三尺冰冻？那样一定很痛苦吧。"中年人笑了笑，说起这种痛苦，仿佛让他有种快感。

"说起冰心草，你让我想起了一个人。这次试毒大会，不知道他会不会去。"温壶酒微微皱眉。

"药王谷的辛百草？"中年人疑惑道。

温壶酒点了点头："辛百草说，毒药也是药，能杀人也能救人。唐门想压过我们一头，就算自己不行，也希望别人能灭灭我们的威风，药王谷辛百草是个很好的选择。"

药王谷。

辛百草看着手中的请帖，微微挠头："试毒大会？邀我去做什

么,负责把被毒死的人救活吗?"

没有人回应他。药王谷谷口设有毒瘴,信也是靠鸿雁传来的。世上能传信到药王谷的门派不多,唐门恰好算一个。唐门那个叫唐灵皇的家伙,和自己也算半个朋友了,至少比那个老捉弄自己的温壶酒,更像一个朋友一点。

"不过听着挺有趣的,试毒大会,怕是能见到许多稀奇古怪的毒药?毒药之中必然也有救人之药,那便去吧。不过唐门在很西边的地方啊,真的有些远了,得快些出发才是。那小子应该快要踏上回程了,得让他也去唐门才行。"辛百草回到了屋内,拿起笔简短地写了一封书信,随后回到屋外,打了个呼哨,唤来一只信鸽,将那书信放入了竹管之中。

"唐门毕竟也是江湖上赫赫有名的地方,他也是愿意去的吧。"辛百草笑了笑。

天启城。

秋庐。

秋庐的招牌不大,但门面却很秀气,司空长风轻轻敲了敲门,半天之后才有一个药房掌柜模样的长须中年人来开门,他看了看司空长风,皱了皱眉头:"请问你找谁?"

青州沐家,天下的首富,而这间秋庐作为青州沐家最珍贵的药房之一,自然不是人人都能够进的。

"司空长风,从药王谷来。"司空长风淡淡地说道。

那药房掌柜看了一眼司空长风,恍然大悟,喜道:"原来是辛先生派来的人,还请进。"

司空长风一踏进秋庐就闻到了一股草药独有的芬芳,这个味道对于他来说是再熟悉不过了,在药王谷里就日日可以闻到,就连睡觉都是伴随着草药芬芳睡去的,离开这味道也算有一些时日了,倒还有些想念,也不知道那每天白日采药、夜晚捣药的药王如今有没有找到新的传人来接替自己。

"不知司空小兄弟这次来取哪几味药材?"药房掌柜笑着问道。

需要哪几味药材,青州沐家的人自然早就知会过秋庐了,药房掌柜这么做无非是想核实下自己的身份，司空长风倒也不介意，回道："三株百年灵芝，一株雪莲花，一份龙涎香，还有晒干的金钱白花蛇一条，七星龙魂一两。"

"知道了，我这就取。"药房掌柜点了点头，伸手在柜台上一按，身后的药柜忽然往边上移了开来。司空长风定睛望去，才发现药柜之后竟是另一番天地，看那模样，应该是一整个药园。药房掌柜走了进去，约莫一炷香的时间才从里面出来，并将那些珍贵的药材一一地包好后，又将一个大包裹包了起来，才小心翼翼地递给了司空长风："药材珍贵，还望司空公子好好保存。"

"放心吧，这关乎的不仅是你们沐家那病人的命，也关乎我的命。"司空长风自嘲般地笑了笑，拎起那包裹朝外面走去。

药房掌柜看着他离去的背影，瞳孔微微缩紧，捋了捋自己的长须："这就是药王的传人？看那气息，怎么是个武夫？"

司空长风拎着包裹回到了学堂。虽然百里东君走了，他也没有留在学堂的理由了，但新任学堂祭酒先生却以指导武学为由把他留了下来。很多人在私底下猜测，这位山前书院的院监，如今稷下学堂的祭酒先生，有打算收这个江湖浪客为徒的意思。

可司空长风却从来没有回答过别人对此的询问，只是每日在院中不停练枪。

陈儒对一些学堂内院师范们的询问也是一笑置之，每日总会有那么一个时辰到司空长风练枪的院子中来指导几句。

两人从未谈论过这个话题，一个练枪，一个过招，还有一个永远躺在一旁看书的儒生谢宣。日子一天天过去，谢宣那书箱里的书也一本本地看完了。司空长风带着装着药材的包裹走进院子的时候，谢宣正在翻着书箱里的书，口中喃喃道："书也快看完了，又到了该离去的时候了。"

司空长风闻言，微微一愣："谢公子也要走了吗？"

谢宣点了点头："恰逢其会，终有一别，你不是也要走了吗？"

司空长风晃了晃手中的药材包，笑了笑："谢兄弟果然聪慧，被谢兄看出来了。"说完后他将药材包放了下来，从怀里掏出了一个药瓶，倒出了一粒药丢入了嘴中。

两人谈话间,陈儒走进了院中,司空长风见状急忙去寻自己的长枪,原本此时他已经练完一轮了,不过今日去了趟秋庐,便给耽搁了。陈儒摆了摆手:"今日就不必练枪了,你的攻守枪已经练出了一点意思。今日我来是想与你聊一些事。"

司空长风却也不惊讶,只是一笑:"学堂的人都像是有某种神通,李先生也是,陈先生也是,都能未卜先知。"

陈儒找了张椅子坐了下来,语气温和:"想必这段时间你也已经听说了不少的传言,关于我要收你为徒一事。"

即便平时对此事表现得再不在意,此刻的司空长风仍是流露出了几分慌乱。被稷下学堂的先生收为座下弟子,这是多少人求之不得的事情,司空长风只是不求,但不代表他不在意。此刻的他不禁有些局促,因为他没想到陈儒竟率先提及了此事:"不过是些传言罢了,先生指导我武学,我已经很知足了,拜师一事,不敢奢求。"

"在谈论下面的事情之前,我忍不住想问一句。百里东君出生侯府,身份尊贵,父亲是侯府世子,母亲是温家千金,现在也是学堂李先生的弟子,他的命应该说是很好。而你,自小流浪,四海为家,应该与这样的纨绔公子最不对付才对,为何会成为朋友?"陈儒问道。

司空长风听完这段话,只是摇头笑了笑:"我与他成为朋友时,不知道他是侯府公子,只当是两个陌路相逢的朋友,一起经历江湖。后来知道他是侯府公子了,心里也只是觉得原来在侯府长大的人……也可以是这样的。我小时候见过不少世家子弟,面目光鲜,心里却肮脏得很,我年纪不大,却懂看人心,百里东君的心很澄澈,是少年心。"

陈儒点了点头,表示赞同:"这个回答很好。"

司空长风却还没有说完,继续道:"更何况,我觉得我们是一样的人。他的命好,我的命硬,都是能走到最后的人!"

陈儒拍手称赞:"这个答案更好!"

谢宣忽然放下了书,司空长风的表情微微地变了变,既然这个问题已经结束了,那么……便该讨论拜师那件事了。

"我不会收你为徒。"陈儒叹了口气。

谢宣面色不改,司空长风的神色终归是黯淡了几分。

"因为我没有资格!"陈儒忽然朗声道,"有一个比我厉害十倍、百倍的人,想要收你为徒,只是时机还未到,但那一天不会太晚了,他等着江湖山水,与你重逢!"

重逢,自然说明见过。

司空长风浑身一颤,如遭雷击!

谢宣将书本丢入了书箱之中,转身背起书箱,朗声吟道:"春梦秋云,聚散真容易。司空兄,也希望我们可以山水再重逢。"

司空长风疑惑道:"你现在就要走?"

"我这个小师侄就是这样,从书院里背上一箱书,行万里路,哪天书要看完了,就到回学院的时候了。"陈儒笑了笑,"一路小心。"

"师叔再会,李先生可曾与你立下时间?何时你可离学堂而去?"谢宣问道。

陈儒苦笑:"未曾。"

"师叔辛苦了。"谢宣略带同情地拍了拍陈儒的肩膀,冲着司空长风微微一点头,就朝着门外行去。

等谢宣踏出门之后,司空长风犹豫了一下,还是问出了口:"但之前,那位先生不是收了最后一名弟子吗?"

"你都猜到是那位先生了,还不明白吗?那位先生不是出了名的行事随性,难以捉摸吗?你只要记住我的话,山水重逢时,不要令他失望。"陈儒微微一笑,随后从怀里掏出一个竹简,丢给了司空长风,"对了,方才有药王谷的人传信来了,是给你的。"

司空长风接过竹管,打开了里面的书信,上面只写着寥寥几个字,但是意思却很明了。

"怎么?"陈儒问道。

"上面嘱咐我此行不要回药王谷,而是要去另一个地方找辛百草。"司空长风眉头微皱。

"哦?药王可是难得出谷。"陈儒也颇有些好奇,"此行去哪里?"

"唐门。"司空长风回道。

陈儒哑然失笑："唐门啊，那可是一个有趣的地方。"

"多有趣？"司空长风反问道。

陈儒想了想，说道："宁惹阎王，莫遇唐门！"

司空长风闻言竟然也长笑数声，朗声道："那可真是太有趣了。"

"何日动身？"陈儒问道。

"就在今日吧。"司空长风走回屋内，拿出了自己的包裹，将那药材放了进去，随后拿起长枪，长枪上挂着那白玉酒瓶，晃晃悠悠的。

"你也这么急？"

"山高海阔，先生，我们有缘再见。"司空长风大踏步地朝着门外走去。

陈儒看着他的背影，喃喃道："江湖依旧还是那个江湖啊，因为有这些一代接着一代的少年人。"

司空长风背着行囊，提着长枪，走了小半个时辰，忽然听到一阵悠扬的琴声。他转过头，发现是一座茶楼之上有人在抚琴，他轻叹了一声，低声喃喃道："要不要去呢？"

犹豫了许久之后，司空长风还是转过身，朝着相反的方向走去，又走了小半个时辰才停下脚步，他抬起头，看着上面的那块牌匾——百花楼。

司空长风咽了咽口水，刚刚在学堂里和天下闻名的陈儒先生都能对话随意，可此刻却站在这百花楼门口踌躇不敢进。

"哟，这不是司空公子吗？"一个充满了戏谑的声音响起。司空长风扭过头，便看到了那日在这百花楼内恨不得杀了自己的屠晚屠二爷。

"是你？你……"司空长风想了半天也没想到对方的名字。

"我叫屠晚，天启城千金台的二当家，赏脸的兄弟们叫我一声二爷。"屠二爷这一次倒是有几分客气，"上一次雕楼小筑的比酒，我也有幸在旁边看了。你那位百里兄赢得很漂亮啊，当初在千金台第一次见到他，我就知道他不一般。他今日没有来？"

"他随先生远行去了。"司空长风回答道。

"哦哦哦。"屠二爷露出了几分暧昧的微笑,"所以今日你是一个人来享福的?"

司空长风脸色一红,急忙摇头:"不是,不是,我不过是……想来听一听风姑娘的琴。"

"哦。"屠二爷收起了笑容,"后来风姑娘和我们解释了那天的事情,不过是一场误会罢了,那日我鲁莽了,和司空兄道歉,大家都是同道中人,既然听琴,不妨一起吧。"

"那就有劳了……"上一次来这百花楼是雷梦杀亲自带着,而且有百里东君做伴,虽然尴尬但总归跟着就行了。这一次司空长风犹豫许久,好不容易盼来屠二爷这一个救星,内心其实早就乐开了花。

两人便同时踏进了百花楼,屠二爷轻车熟路,与众女子谈笑风生,司空长风则全无那潇洒少年之感,一路扭扭捏捏,左闪右躲,才跟着屠二爷上了楼。楼上依然是那一座高台,高台之外白纱垂下,其中有一女子坐在那里,轻抚古琴。

"姑娘,是上次来过的那位公子。"有侍女看见了司空长风,急忙掀开幕帘,走了进去,与那风秋雨说道。

风秋雨露出一丝意味深长的笑容:"哦?他来了。这次是一个人?"

"和那讨人厌的屠二爷一起来的。奇怪了,他们怎么会厮混到一起的?"侍女困惑不解。

风秋雨轻轻点了点头:"那就是一个人来的。"

无名荒山,百里东君停下马车,仰头喝下一口酒,回头望着远方,怅然道:"此行也走了不少路了,不知道司空长风那家伙在天启城里怎么样了……"

"那小子命硬,不必担心他。"南宫春水坐在马车中运气,周围依旧是那白雾缭绕,真气膨涌,神仙得不能再神仙。

"师父,您有时候真像是个神棍,很多事情只要看一眼就能观想过去未来,您还说他以后能成为枪仙呢。"百里东君笑道。

南宫春水叹了口气:"都说了不要叫师父了!不过我是个神棍

不假，我精通望气寻龙术，算命很准的，就比青城山上的吕素真、钦天监里的齐天尘差那么一星半点。"

百里东君耸了耸肩，一脸不信："那您算算司空长风现在在做什么？是练枪呢，还是喝酒？"

"都不是。"南宫春水运功完毕，长吁了一口气，伸出右手装模作样地掐指算了半天，最后一本正经地说道，"我算他今日有桃花劫，正在渡劫呢。"

"哈哈哈哈哈，桃花劫。"百里东君顿时笑得合不拢嘴了，"师父您太不了解司空长风了，他这个人啊，才不会有桃花呢。"

南宫春水挑了挑眉："哦？是吗？"

在路上行了小半个月，一直在山林之间赶路，这一日南宫春水忽然改了路线，打算去附近的小镇上暂时落脚。百里东君自然喜不自胜，因为他实在是受够了每日吃野果干粮，那一坛秋露白也被喝完了，另外有一坛，百里东君犹豫了很久也没打开，这次去镇上正好开开荒。

"南宫兄，你的功力恢复多少啦？"百里东君试探着问道。

南宫春水微微一笑，长袖一抬："要不咱俩来比画比画？"

百里东君一甩马鞭，马车急速往前行去，他摇了摇头："那就不必了。"

不过小半个时辰，马车就驶进了小镇之中。小镇名千月，虽然不大，却也算繁荣，道路两旁小贩叫卖声不断。百里东君找了一处酒楼，让小厮把马车停在了院内，自己和南宫春水找了个靠窗边的位置坐了下来。

"小二，你们这儿有什么酒？"百里东君坐下就问。

南宫春水笑而不语，一身白衣静静地坐在那里，如若一块美玉。

小二一看二人就知道他们身份不同寻常，许是过路的贵人，不敢怠慢："公子，我们这镇上没什么名贵的好酒，一般只卖些自家酿的米酒，也不知道公子看不看得上？"

百里东君笑了笑："自家酿的都是好酒，你们这酒可有名字？"

"哪有什么名字，小镇上家家都酿这种酒，所以这酒就跟我们镇同名，就叫千月酒。"小二回道。

百里东君点了点头:"那就来一壶尝尝,再来一只烧鸡,一斤卤牛肉,几个小菜。"

"馋肉了?"南宫春水忽然道。

百里东君挠了挠头:"南宫兄要吃点什么?"

南宫春水摇了摇头:"我实在不能沾荤腥,就蹭你几杯米酒简单喝喝吧。"

百里东君恍然大悟:"难怪这几日南宫兄每日要避开人烟,只吃些野果。"

南宫春水不置可否,扭头望向窗外,看着人来人往的小镇,似乎在想着什么。

酒菜很快就上了,百里东君先倒了两杯米酒,随后拿起自己的那杯一饮而尽,他舔了舔嘴唇笑了笑:"千月酒,清新可口,还真不错。"

原本在一旁颇有些紧张的小二立刻喜笑颜开,连连点头称是,心想这两位贵客可真是好说话,上次城里来了几个大户,喝了这酒嫌弃淡而无味可是破口大骂。

南宫春水收回了目光,拿起酒杯饮了一口,随后放下:"这样的酒,也能入得了你的口?"

"好酒分很多种。有的酒虽然品相好,那是因为酿酒的材料用得很好,可惜酿酒的人却不用心,最后酿出的酒一股子铜臭味。而这种家酿的酒,虽然普通,但很干净,我很喜欢。"若是别的,百里东君或许不敢跟这个一百八十岁的老怪物侃侃而谈,不过对于酒道,他还是有几分信心的。

南宫春水又饮了一杯,没有再说话。

许久没有见到肉菜的百里东君又喝了几杯米酒之后,便不再克制自己了,将桌上的那只烧鸡和那碟牛肉风卷残云地在片刻间解决完毕,最后又要了一壶酒和一斤牛肉,慢悠悠地吃了起来。

"我们来这里不是为了吃的。"南宫春水伸出手指轻轻敲了敲桌面。

百里东君吞下一口牛肉:"我们来这个小镇,是有目的的?"

"快点吃完吧,我带你去一个地方。"南宫春水说道。

"明白。"百里东君立刻伸手唤来小二,"麻烦再给我三斤卤牛肉,和这剩下的一起包起来,再给我准备两坛这个米酒,都放到我的马车上。"

小二连连点头:"得嘞。"

百里东君站了起来,丢了一个银锭给小二,随后跟上了已经起身往门口行去的南宫春水:"南宫兄,到底来这小镇要做什么,还卖个关子?"

南宫春水也不说话,领着他在千月城里左转右转。百里东君看他似乎对这小镇颇为熟悉,心里不由生起一个猜测:李先生之前早就来过这个小镇。

"到了。"南宫春水在一家铁匠铺前停了下来。

有一个胡子花白,看上去年纪不小的铁匠正在那里打铁,可虽然年纪大了,但那一身虬结的肌肉却丝毫不输给青壮男子,他听见了人来的声音,也不抬头:"要锄头、铁锹还是犁?"

"要一把刀,好刀。"南宫春水微微含笑。

那铁匠停下了手中的锤子,抬起头,望向南宫春水,目光锐利。

百里东君察觉到了一丝陡然升起的杀气,手忍不住按在了剑柄上。

"你是谁?"铁匠沉声道。

南宫春水淡然自若:"是故人吧。"

铁匠微微皱眉,仔细打量了一下他:"你叫什么名字?"

"南宫春水。"南宫春水笑容若春水般舒展。

铁匠眉头又更皱了一分:"你不姓李?你和那家伙年轻时长得一模一样,你是他的私生子?"

南宫春水挠了挠头:"他在你心里是那种会有私生子的人吗?"

"当然,那个骚包。"铁匠放下铁锤,拿起腰间的旱烟,慢慢地点上,放到嘴边猛吸了一口,"他有十个私生子,我也不奇怪。"

百里东君手从剑柄上松开,拼命忍住才没有笑出声来。

南宫春水微微有些尴尬:"前辈这样说朋友,可不厚道。"

"进来说吧。"铁匠推开铁匠铺里的后门。百里东君往里一看,才发现后面是一处人家的院落。铁匠将二人领了进去,又将那门轻轻合上，看起来颇为谨慎。

"放心吧，就我们两个人。"南宫春水无奈道。

"两个最多金刚境的毛头小子，什么胆子让你们来找我？"铁匠冷哼一声。

百里东君急忙抱拳道："在下百里东君，是学堂李先生的弟子。"

"又收一个弟子？"铁匠手中那烟杆轻轻往百里东君脸上一挥。

百里东君急忙出剑一挡，竟被那小小的烟杆重重地打开了，他一愣，不知为何铁匠突然出手。可铁匠却又是冷哼一声："剑法平平，可拿着的这柄剑倒是不错。名剑山庄仙宫品，真是糟践了。"

若是放在乾东城，此刻的铁匠铺估计已经被百里东君给砸烂了，可毕竟出门在外，在天启城里又见识了一番天外有天，如今的百里东君，性子可是好了很多，他皮笑肉不笑："这位铁匠师傅这么看不起我们金刚境？不知您是什么境界？"

"我不是看不起金刚境，我只是看不起你的金刚境。"铁匠抬脚往地上重重一踏，把整个院子都给震了一震，"因为，我也是金刚境。"

南宫春水微微含笑，百里东君则是大为震惊。那个瞬间铁匠身上爆发出来的气势远胜于自己，可为何也只是金刚境？

"世人皆以为一品四境就能简单划分天下武学，真是荒谬。我不过普普通通一凡人，逍遥不得，自在不行，只有这一身金刚，刀剑不侵。小子，你要挑衅我，还早了三十年！"铁匠猛地吸了一口旱烟，重重吐出。

百里东君被其声势所震慑，竟一时不知该如何回答。

"百里东君，这位是兵神罗胜。"南宫春水忽然道，他的语气轻松随意，可也就是这一句话，让原本紧绷的气氛忽然舒缓开来了。

百里东君重重地吐了口气："很有名吗？"

那被称为兵神的罗胜忽然间怒目圆睁，抬起烟杆作势就要砸下。

南宫春水疑惑道："天下前三的兵器铸造大师之一，大名鼎鼎的兵神罗胜，你没有听过？"

百里东君一脸无辜："我为什么要听过？"

罗胜忽然笑了起来，不知是怒极反笑还是觉得百里东君很可笑，

总之笑声中透露出几分阴寒："好！好！李长生收了个好徒弟！"

南宫春水叹道："罗兵神有所不知，这位百里兄，第一次见到李先生的时候，就喊着要揍李先生一顿，只因为对方当着他的面，喝了他最想要喝的酒。"

罗胜瞥了一眼百里东君，神色稍缓："胆子不小！"

"所以罗兵神，他并不是故意挑衅，他只是……"南宫春水敲了敲自己的脑袋，"这里不太好。"

罗胜抽完了最后一口烟，将烟杆子插在了腰上，忽然换了话题："说吧，你们来找我是做什么？李长生那个家伙不会给我安排什么好事。"

"李先生让你给这位百里东君打一把刀。"南宫春水笑道。

罗胜闻言冷笑："还真是不客气。"

"罗兵神，这是李先生送给你的。"南宫春水从怀里拿出一块玉佩递给了罗胜。

罗胜看到那块玉佩，忽然像是失了神一般，凝视许久才缓缓伸出手拿过，端详半天，缓缓道："这……这是她留下来的？"

"李先生说，他也是寻了许久。"南宫春水幽幽地说道。

罗胜急忙将那块玉佩收到怀里，同时意识到了刚刚的失态，轻轻咳嗽了一下，整了整衣襟，看了一眼百里东君："小子有一柄仙宫品的剑不够，还要从我这里拿一把刀，看来你是准备要学李长生的双手刀剑术了。他的双手刀剑术，刀术讲究霸蛮，剑术重在清逸，一重一轻，合力无敌。你的这柄仙宫品的剑当得起清逸二字，那我就赠你一把足够霸蛮的刀。"

百里东君还没说话，南宫春水就率先开口了："看来罗兵神有存货。"

"年前有人送来一块天陨，我用那天陨打了一对刀剑，剑已经送人了，刀还在。"罗胜走回屋内，随后扛着一个长木箱走了出来，他走到二人面前，将长木箱重重地砸在了地上。

"看来分量不轻。"南宫春水啧啧感叹了一句。

罗胜一掌把那木箱的门劈开，从里面拿出了那把长刀直接丢给了百里东君。百里东君急忙伸手去接，可却几乎没拿住，差点就摔在地上，他用尽全力抢了一下，惊叹道："这么重！"

只见那把天陨所铸成的刀通体乌黑，宽厚巨大，与那轻盈秀丽的不染尘形成巨大的反差。百里东君又随意地挥了一下，凛冽的刀风瞬间在地上留下了一条长长的痕迹。

"这把刀叫什么名字？"百里东君欣喜道。

"我和剑心冢那个家伙不一样，兵器铸好的那一刻，和铸造师就已经没有关系了，它叫什么名字，应由佩带它的人取。"罗胜沉声道。

南宫春水摇头轻笑："罗兵神总是不忘和剑心冢李素王抬杠啊。"

"谁和他抬杠！我只是看不惯他那故作风雅的样子，剑就是剑，还取什么听雨、观雪、望花、闻风，风雅四剑，呸！恶心！"罗胜怒道。

百里东君将那长刀展在自己面前，手掌轻轻拂过，颇有些爱不释手："既然我的剑叫不染尘，那么这柄刀就叫……就叫……就叫……"

百里东君忽然有些后悔自己当年读书时太过于偷懒了，若是谢宣站在这里，怕是十个名字都取好了，而他却语塞了。

"洗尽铅华见本心，红尘深处不染尘。你的刀就叫尽铅华吧。"南宫春水想必是看不下去了，出言建议道。

"好，那就叫尽铅华！"百里东君收起长刀，满意地点了点头。

"既然今日收了刀，那么奉李先生之命，今日开始你就不用再练那《绣剑十九式》了，你开始练刀法。"南宫春水说道。

百里东君一喜："什么刀法？"

"拿去。"南宫春水从怀里丢出一本刀谱。

百里东君伸手接过那本刀谱，只叫上面写着五个字：《五虎断山刀》。

《五虎断山刀》与《大罗汉拳》《绣剑十九式》并列江湖三大废物武学。

刀法一共八十式，据说练成之后——打个鸡没问题。

就连兵神罗胜都没崩住，大声嘲笑道："李先生就教他这个？

小子,不是我挑拨离间,定是你上次说要揍他,他心怀恨意,故意捉弄你呢。"

百里东君侧首道:"还有没有稍微厉害一点的刀法?"

"五虎断山,不够威风?不够霸气?"南宫春水摇头叹道,"等你练几日,再与兵神罗胜过几招,就明白其中道理了。"

百里东君似懂非懂地点了点头,罗胜则是微微皱了皱眉,想了一下话中意思忽然道:"怎么,你们拿了刀还不走,要在我这里住下?"

## 第七章 · 双手刀剑

夕阳西下。

原本还颇有些喧闹的小镇，顿时安静了下来，而平时此刻还回响着打铁声的罗氏铁匠铺也已经空无一人了。铁匠铺后面的院子里，倒是多了两位客人。三个人坐在石桌上，面前摆着几道很不讲究的小菜和一壶看起来更不讲究的酒。

罗胜郁闷地倒了一碗酒："你们要住几日？"

"三日。"南宫春水默默地坐着，不喝酒也不吃菜。

"三天不耽误赶路吗？"百里东君忍不住问道。

南宫春水在心中叹了口气：我给你找了天下难寻的拳师练手，你竟然还嫌时间太长？他摇了摇头："此去唐门不远了，试毒大会则还有一段时间才开始，不着急。"

罗胜不耐烦地撇了撇嘴："你们留在这里要做什么？"

"李先生一直夸先生拳法过人，我受了伤，不能陪百里兄过招，所以只能劳烦罗兵神了。"南宫春水缓缓道。

罗胜往嘴里丢了一粒花生米，不屑地看了一眼百里东君："就他？和我过招，不怕把他打死吗？"

百里东君给自己倒了一碗酒，拿起来一

饮而尽,可刚入口就察觉到不对,这与他白日里喝的那小镇米酒可截然不同。这是真真正正的烧刀子,味浓烈,似刀杀,酒量普通的人喝一口就能睡一夜,可百里东君是什么人?一碗烧刀子下肚,他不过脸色微微泛红,不仅不惧,眼神中还透露出了几分兴奋:"好烈的酒,自从离开乾东城,许久没喝过这样的酒了。"

罗胜饶有兴趣地看了他一眼:"扛不住可不要硬撑。"

"再来。"百里东君又给自己倒了一碗,与罗胜手中的酒碗轻轻一碰,便是又饮一杯。

南宫春水默默给自己倒了一杯水。

酒逢知己千杯少。

或许原本互相看不顺眼的两个人,就要靠着这酒,成为好友了。

"想不到你年纪轻轻,竟是海量。自我搬来这破镇子,就只能喝那味道淡出鸟来的米酒,后来我实在忍不住,就自己给自己酿酒。后生,你说我这烧刀子,酿得如何?"罗胜已经喝下五碗烧刀子,可却只是微醺。

百里东君的脸已经一片潮红,他放下酒碗,摇头道:"酒不行,酿得太糙了。"

罗胜不怒反笑,连连点头:"挥锤子的手,拿去酿酒,怎么能不糙啊。"

百里东君又饮了一口,摆了摆手:"酒虽糙,酒中气质却在。饮酒知其主,罗胜先生,您撑得起兵神二字。酒中,竟是豪情!"

罗胜朗声长笑:"哈哈哈哈,好!果然江湖还是那个江湖,少年老了,还有新的少年。"

百里东君对着空中朗月举起酒碗,眼神已经有些迷离了,他长笑:"不!"

罗胜微微一愣。

南宫春水依旧微微含笑。

"真正的少年,是不会老的!"百里东君抬手将碗中酒一饮而尽。

南宫春水忽然开口了:"今日这酒喝得也差不多了,连日赶路,我们也得休息了。"

方才百里东君的话说完之后，罗胜的目光微微有些黯淡，他点了点头："也好。"

百里东君正在兴头上，自然不答应："不行不行，再来！酒局才刚刚开始，怎能宾客尽散！兵神老爷，我们来划拳！"

"划拳就不必了，要不练练拳吧。"南宫春水笑道。

罗胜微微皱眉："你似乎是有备而来。"

南宫春水不置可否，只是望向百里东君："如何？你用用新练的绣剑十九式，对一对兵神老爷的霸拳。"

"王八拳？"百里东君疑惑道，他站了起来，摇摇晃晃地走到院落中央，拿着手中的剑瞎晃了几下。

"绣剑十九式？"罗胜冷笑一声，也站了起来，"这样的剑法，能练出什么门道来？"

百里东君抬剑一挥，眼神中的那股迷离顿时烟消云散，他笑道："师父说他有一位朋友，练绣剑十九式练成了剑仙。我觉得，我也可以。"说完后，他便纵身一跃，一剑劈下！

绣剑十九式，在顷刻间只化为一式！

"滚！"罗胜一拳挥出，狠狠地打在了那柄不染尘之上。

于是百里东君便连人带剑整个飞了出去，地上被那拳气留下一道长长的痕迹，百里东君撞到了墙上，几乎就要晕过去了。

只有一拳。

却如开天，正如劈地，不讲道理，不留余地。

打得百里东君脑子一片空白。

罗胜往地上吐了口唾沫，冷笑道："剑仙？"他扭头望向南宫春水，发现这个年轻人依然还是一副笑眯眯的样子，他忍不住奚落道，"学堂李先生收的徒弟，何时这么不济了？除了酒量之外，就没有别的可取之处了。"

南宫春水看了一眼摔倒在那里的百里东君，幽幽地说道："还没有结束呢。"

罗胜扭过头，只见百里东君此时以剑抵地，竟又一次地站了起来。罗胜明白自己刚才那一拳的威力，虽然没有下死手，但打得普通金刚境站不起来是绝对没有问题的。

百里东君直起身,伸了个懒腰,身上的骨头噼噼啪啪地作响,他打了个酒嗝,甩了一下剑,喃喃道:"早就说师父是骗人的,什么绣剑十九式,根本没有半点用。不管了,还是用自己的剑术跟师父证明,练那破剑法根本就没有用啊!想要名扬天下,自然要用名扬天下的剑法!比如,西楚剑歌!"

百里东君竖起长剑,剑气横流,整个人身上的气势再次发生变化!

"我就用这一剑,让兵神老爷看看,什么是少年风流!"百里东君忽然掠出,长剑抡出一道月光,刺破这暗夜的长风,直逼罗胜而去。

"西楚剑歌?李长生的徒弟还会西楚的剑法?"罗胜眼神中透露出几分好奇。

转瞬之间,剑已至。

"滚!"罗胜又是一拳挥出。

百里东君于是连人带着剑,以及那少年风流,全都重新撞回了墙上,只是这一次头一歪,彻底地晕了过去。

所谓霸拳,就是不讲道理,不留余地。

罗胜转过身,当着南宫春水的面往地上吐了一口唾沫:"少年风流?"

月明星稀。

被打成一摊烂泥的百里东君倒在屋里呼呼大睡,南宫春水却独自坐在屋外,望着夜空,似乎在思考着什么。

"你与他很像。"兵神罗胜原本已在屋内睡下了,可辗转多时难以入眠,便想起来抽袋烟,可一推开门,就看到南宫春水站在月下发呆。

南宫春水笑了笑:"罗兵神也睡不着吗?"

"别叫我罗兵神,在这个小镇上,我就是一个铁匠。"罗胜坐在台阶上,点燃了烟袋,放在嘴边用力地吸了一口。

南宫春水看了一眼侧屋的方向,随后问道:"罗兵神觉得李先生的这个关门弟子怎么样?"

罗胜缓缓吐出一个烟圈,露出一个难得的笑容:"天生武脉,李先生从哪里找来这种怪物的？而且一身体魄是药修所得，不然我刚刚那一拳，寻常的人早就境界崩坏，半死不活了。"

"他出身乾东城，是镇西侯百里洛陈的独孙，一身药修是儒仙古尘的功劳。"南宫春水轻轻一拂袖。

罗胜心中微微一震，无论是百里洛陈，还是古尘，都是值得震惊的名字。

"很了不起对不对？百里洛陈的独孙，儒仙古尘唯一的传人，学堂李先生最后的弟子。"南宫春水笑若春水，"但是我们这位公子最了不起的地方，就是一点也不觉得这些了不起。他觉得了不起的事，是以七盏星夜酒，强登雕楼小筑；是自己靠着手中剑，最终名扬天下。"

罗胜将烟杆在台阶上磕了磕："这有什么了不起的，不靠父母靠自己，不过是本来就应该的事情，有什么好拿来炫耀的。"

"那更了不起的是，他真的能做到这些事。"南宫春水转过身去，"我们不妨来打个赌。"

"李长生当年也和我打过赌。"罗胜幽幽地说道。

南宫春水挥了挥手，朝着屋内走去："我姓南宫，名春水。"

次日清晨。

百里东君在浓烈的日光之下睁开了眼睛，他只觉浑身像是散了架一般的剧痛无比，睁开眼就用完了所有的力气，连站起来都做不到了。

南宫春水正坐在一旁喝粥，吸溜吸溜得似乎很有滋味："你醒啦？"

百里东君挣扎着爬了起来："南宫兄。"

"喝一碗？"南宫春水递过去一碗粥。

百里东君接过那碗粥，费了好大力气才拿起来喝了一口。出乎意料的是，粥是冰凉的，带着淡淡的桂花香，一口入腹，只觉浑身的真气都流转起来了，昨日被那一拳打下的疼痛顷刻间就消失殆尽，他急忙又喝了一口，一小会儿就把整碗粥都喝进肚中了。

南宫春水笑着摇了摇头："真是暴殄天物。"

百里东君从晚上跳了下来，放下碗，急忙问道："南宫兄，那

罗胜真是金刚凡境？昨日那一拳，若他下狠心，杀了我都行！"

"错了。"南宫春水伸出一根手指，轻轻晃了晃。

"嗯？"百里东君一愣。

"不是一拳，是两拳。"南宫春水放下碗，喝了口茶，之后又缓缓说道，"一品四境是死的，人是活的。金刚境讲究的是武人练成身如金刚之体，若有人就愿意停留在这金刚境，反复捶打自己的身体，那么金刚杀逍遥，未尝不可能。今日与罗胜练拳，争取多撑几招。"

"还要打啊？"百里东君苦笑。

南宫春水点了点头："你以后不是要练刀吗？与罗胜对招，以后对你的刀术大有好处。"

百里东君疑惑道："他用的不是拳法吗？为什么会对我的刀术有好处？"

"唉，笨。"南宫春水叹了口气，"或许李先生应该收那个叶鼎之为徒弟的。"

"叶鼎之。"百里东君低声重复了一下这个名字，也不知这家伙现在回到南诀没有，他们再次相聚，又会在何时？

这一次，百里东君便在院中练刀，练那一共八十式的《五虎断山刀》。南宫春水则在屋内静心打坐，练那一身云雾缭绕的模样被罗胜看到了，罗胜走过百里东君身边的时候悄声问道："李长生这私生子练的是什么武功？怎么吞云吐雾的？"

"哦，这个叫仙人行气八荒独尊功。"百里东君一边挥刀一边随口乱诌。

罗胜眉头一皱："这名字这么长？"

百里东君长刀一转，舞得虎虎生风，虽然在罗胜看来，这刀法真的是笨拙到了极致，但是百里东君却越练越起劲："名字越长才越霸气啊，据说练成之后，就能羽化登仙，八荒独尊了！"

"这么厉害？"罗胜冷笑一声，推门出去，拿起铁锤，开始打铁。

造出传世霸刀的兵神罗胜，打出了一把耕地的锄头，不知是大材小用，还是返璞归真。

之后，又是几碟小菜，一壶浊酒。

三人中，百里东君和罗胜饮酒闲聊，南宫春水静坐不语。

罗胜倒是打心眼里慢慢喜欢起面前这个叫作百里东君的后生了，百里东君则是一喝酒就打开话匣，许是白日里被南宫春水提及了叶鼎之的缘故，就开始说起了他和叶鼎之相识的故事。罗胜一边听着一边点了点头："剑仙雨生魔的弟子吗……"

"罗兵神认识？"百里东君微微眯起眼睛。

"打过。"罗胜放下了酒杯，站了起身，伸了个懒腰，身上的骨头噼里啪啦作响，"来，我们今日也该打一打了。"

百里东君也站了起来，右手拿刀，左手握剑，站在院子中央，凝聚全神看着罗胜，他今日可没有像昨日般昏沉，一股气全提上来了。

罗胜踏出一步，一拳打了过来。

不讲道理，不留余地。

霸拳！

百里东君整个地把手中兵器往上一抡。

左手握剑，剑法名《绣剑十九式》。

右手拿刀，刀法名《五虎断山刀》。

他也终于明白了，为什么学双手刀剑术需要学这两门武功了，因为双手刀剑术的平衡太难掌控了，若想入门，便只能从这最简单的武功入手。

只是武功简单，人却不简单。

一口真气提上，刀剑齐舞，挡住了罗胜的第一拳！

"好！"罗胜又挥出一拳。

"喝！"百里东君刀剑一旋，又挡住一拳，却也同时被逼退十余步。

"不错！"声音还未落地，罗胜人已到了百里东君面前，抬手一拳，将他整个人打飞了出去。

百里东君又一次被重重地打到了墙上，只是这一次在晕倒前，他来得及多说了一句话。

"原来，你用的是刀法，不是拳法！"

"武功到了一个境界之后，重要的不再是形，而是意。将无形

刀意化作有形之拳,他是世间第一人也是唯一之人,所以我让他给你喂拳,也是想让你借机窃取一些他的刀意。"南宫春水喝着那碗不知加了什么灵丹妙药的冰粥,云淡风轻地说道。

彼时,是他们住在这里的第三日了。

加上刚来的那个夜晚,他已经被打了四次了,一次比一次接住的拳要多,昨日更是整整过招了十七式,但也一天比一天打得狠了,昨天打得自己真气大乱,几乎就要怒起拆了这铁匠铺了,然后就被罗胜的第十八拳打晕了。

百里东君是死也不打算接那碗冰粥,一个劲地摇头:"我今天就在这里躺着,让我躺个够。"

"放心吧,今日不打了,我们该启程去唐门了。"南宫春水说道。

百里东君半信半疑地接过那碗粥:"这就完了?"

"李先生和兵神罗胜的情谊不算浅,但也只够那么几拳,你已经用得差不多了,至于他的刀意你能记住多少是你的造化了。"南宫春水拍了拍百里东君的肩膀,对方顿时疼得龇牙咧嘴的,"不过不管怎么样,行走江湖多被打一打总是好的。长锋易折,这个道理你要懂。"

百里东君急忙喝下治疗有奇效的冰粥,身子才终于舒服了一下,他摇头:"江湖上哪能尽遇到这种能一拳打死我的人。"

"这你就错了,我们要去唐门,唐门的人连一拳都不用,就能杀人。"南宫春水幽幽地说道。

百里东君倒是没被吓着,只是撇了撇嘴:"用毒吗?那他们可做不到。"

南宫春水愣了愣,随后恍然:"差点忘了,你是毒仙子温络玉的儿子。"

"南宫兄认识我的母亲?"百里东君疑惑道,昔日李先生曾经纵横江湖,或许真的与自己的母亲相识。

"你母亲很漂亮的。"南宫春水淡然一笑,"李先生他很喜欢。"

百里东君浑身起了一阵鸡皮疙瘩,一口喝完冰粥从床上跳了下来:"不多说了,赶紧走吧,我怕了这个地方了。"

他起身推开门,就看到罗胜正站在那里等着他,他吓得一哆嗦:

"前辈，南宫兄说今日不打了！李先生和您的情谊，不值得您出这么多拳！"

"废话！若是只看在李长生的面上，第一天那一拳你们就该滚蛋了。"罗胜冷哼一声，"今日一别，此生应该没什么机会见了，希望你用好我打的那把刀，希望有朝一日，我在这小镇，也能听到那柄刀的故事。"

百里东君听出罗胜语中的期盼，急忙抱拳道："东君记下了。"

南宫春水走了过来，靠在门边，懒洋洋地打了个哈欠："那么就走吧。"

原本寄托在酒楼的马车已经停在了门口，百里东君掀开马车的幕帘，发现里面整整齐齐地摆了三坛酒，一坛是他们从天启城带来的秋露白，一坛是在小镇酒楼里买的千月米酒，可还有一坛……

"别想了，是罗胜搬来的烧刀子，路上米酒喝淡了，就喝口烧刀子辣辣嘴。"南宫春水笑了笑，跳上了马车。

百里东君急忙回头，却看不到罗胜的身影了。

"他这个人就是这样的。"南宫春水拍了拍身边的酒坛，"其实很重感情，但是却又不敢表露感情，不然也不会错过小蛮丫头。"

"小蛮丫头？就是那个玉佩的主人？"百里东君想起了初见时南宫春水送给对方的玉佩，也正是因为那块玉佩，罗胜才愿意赠予那柄刀。

"对！她后来嫁给了剑心冢的李素王，也就是李心月的母亲，雷梦杀的丈母娘。"南宫春水说道。

"那也不小啦，你还叫人家丫头。"百里东君挥了挥马鞭，马车缓缓前行。

"一直就是个小丫头，死的时候也才二十五岁，还是个丫头。"南宫春水轻轻地叹了口气。

"死了？"百里东君难得地从南宫春水的语气中听到了惆怅。

"其实和罗胜没什么关系的，可罗胜却觉得是自己的错，所以以这小镇为自己的牢笼，把自己关了起来。"南宫春水拿起百里东君的那柄长刀尽铅华，轻轻抚摸着。

"自己给自己设了牢笼啊。"百里东君虽然并不知道罗胜的故

事，但也感到了几分惆怅。

"我也一样。"南宫春水忽然朗声笑道，"不过我以这天地为牢笼，不生不死，不毁不灭！这多有趣……也多无趣啊。"

百里东君挠了挠头："南宫兄你这就有点嚣张了。"

南宫春水摇了摇头："这可并不是嚣张啊。"

山水之上，一辆马车缓缓前行。

驾车的是个满面春风的少年人，腰间挎着如玉美剑，身边放着霸气长刀，一手握马绳，一手拿酒壶，偶尔仰头喝一口，极尽风流。

马车内坐着个小神仙，运起功来雾气腾腾，闭眼之后便去神游万里，睁眼之后武力就能更进一分。

这一段江湖路就又开始了。

百里东君一路上都在回想着那个小镇上的罗胜。

江湖原本是死的，有了那些江湖人的故事，才是活过来的江湖。

而在遥远的北方，四季飞雪的极北之地，坐在椅子上的残废中年人正在一次次地推演着两个年轻人未来的走向。

他已经算了三日了。

身旁两个年轻人第一次见到中年人如此长时间地推演一件事情，他几乎已近痴魔，手上的速度越来越快。

"飞离，要让无相使停下来吗？"一个年轻人问道。

飞离皱眉犹豫着，如果再不停下，那么中年人很有可能就会走火入魔，到时候后果就不堪设想了。

"结束了。"正当两个年轻人犹豫不决的时候，中年人终于停下了手，长舒一口气，他擦了擦额头上的汗，瘫倒在了椅子上。

两个年轻人垂下头，静静地等待他的结果。

"叶鼎之。"中年人声音喑哑，"把他炼化成魔。"

"谨遵无相使法令！"两人同时跪地。

此时的北离已然入冬，天启城已经下了第一场雪。

而南诀却依然闷热潮湿，暴雨总是忽然而至。

南诀的一座小城，暴雨倾盆而下，身形高大却面目秀美的男子撑开了那把绣着恶龙图腾的黑伞，仰头看着北面的方向。

"据说李长生那家伙离开天启城了，带着你的那位朋友百里东君一起。"他平静地说道，"没有李长生所在的天启城，我如果要强行带走一个人，虽然要付出一些代价，但要做到也并不难。"

听他说话的人坐在一旁小屋的屋檐下避雨，一身白衣翩翩，没有沾点半点雨水，他摇了摇头："我自己去。"

撑伞的男子笑了笑，心道：还是那么倔啊。

他们第一次相遇的时候，是他奔赴千里来拜师，一直从北蛮走到了南诀，手里握着一封已经被汗浸得字迹难辨的书信。可面对着天下有名的魔头剑仙，南诀昔日的第一高手雨生魔，那个少年却一点也没有畏惧的意思。他还记得少年那天倔强的眼神和倔强的话："这封信真的是你的弟弟雨生田所写，也真的是荐我做你的弟子，如果你不信，那我便走，但不要当我是骗子。"

最后雨生魔只回了他一句话："雨生田不过是个废物，他有什么资格推荐别人做我的弟子？"

叶鼎之转头就走，走出一步，就被一只手按住，再也无法迈出一步。

"但是你有资格做我的弟子。"雨生魔一字一顿地说道。

一下子也过去了好多年啊。

雨生魔轻轻转了转手中的伞："如果光凭你自己，那么等到你有那般实力的时候，你心爱的姑娘已经嫁人了。"

叶鼎之心中微微一动，衣袖之上沾了一片雨水。

"师父，我想练魔仙剑。"他犹豫了许久，终于还是说道。

雨生魔叹了口气："魔仙剑需要以身入魔，师父我不愿意你重蹈我的覆辙。"

叶鼎之咬牙道："可如师父所说，我的时间不多了。"

雨生魔脚下轻轻一踏，溅起些许水花，他伸出左手轻轻一揽，将那水花收入掌中，随后往后一甩。

那长街末尾忽然出现的剑客急忙用剑去挡那迎面而来的水珠。

他的剑很快、很准，稳稳地挡住了那些水珠。

只不过水珠击穿了长剑，留下了七八个窟窿，也击穿了那剑客

的胸膛,留下了七八个窟窿。

鲜血缓缓地流了出来,剑客最后留给世间一个不堪的眼神,随后缓缓倒地,摔在了地上。鲜血流淌开来,很快和雨水混为一体了。

叶鼎之轻叹了一声,雨生魔不过轻描淡写地一击,就仍需要他多年的苦练才能追上。

"我当年打不过李长生,所以去练了魔仙剑,一年时间,功力涨了六成,但还是打不过李长生。"雨生魔忽然震了震伞柄,那伞面上的雨水顷刻间凝聚而下,竟缓缓聚成了一条水龙的形状,在雨生魔手中扭动旋转,"你想比师父强,就不要走师父的老路。"

叶鼎之望向长街的镜头,那里出现了一名刀客。

刀客身形魁梧,穿得破破烂烂的,戴着个勉强遮雨的斗笠,满脸胡茬,扛着一把斩马大刀,像是一尊门神一样地拦在长街尽头。

"你离开南诀的这几年发生了很多事,想必你也知道了。"雨生魔忽然说道。

叶鼎之点了点头。

剑仙雨生魔被女刀仙烟凌霞所败,南诀第一高手之位易主,雨生魔负伤逃离,从此下落不明。有很多传言都说他死了,直到数月之前,雨生魔忽然出现在天启城,大战学堂李先生,对着整个天下昭告着他的归来。随后雨生魔也没有特地隐匿自己的行踪,大摇大摆地从天启城一路往南诀行来。谁都能知道,他是为什么而来的。

战烟凌霞,重得南诀第一之位。

"刀客凌云。"雨生魔望着长街尽头的那名魁梧汉子,沉声说道。

刀客挥了一下手中的斩马大刀,掀起一片雨水,他的声音低沉暗哑:"据说那一战之后,你的境界大跌。"

"是一跌千里,差点连金刚凡境都不保。"雨生魔左手一挥,将那条水龙握在手中。

刀客拉了拉自己的斗笠,轻轻咳嗽了一下:"那你此番回来,是回到了当年的境界?"

"若只是回到了当年的境界,那么不过是再求一败罢了,我又何苦？"雨生魔心想这个人真是嘴太笨了。

刀客点了点头："久仰剑仙大名，凌云也想求一战。"

"若赢？"雨生魔微微侧首。

"则代替雨先生与烟凌霞一战，夺那南诀第一之位。"刀客沉声道。

"若败？"雨生魔一笑。

"愿死！"刀客一挥斩马长刀，掀起满街风雨，一刀斩来！

叶鼎之转过身，一身白衫已被风雨全部打湿，他微微皱眉。

刀客凌云，几年前便是能排进南诀前十的高手，他与剑仙雨生魔有一战之力吗？

雨生魔叹了口气，伞面微微一抬，手中那柄凝成游龙状的水剑冲天而起，破近那一街风雨，直逼刀客而去。刀客挥刀一挡，整个人被打退了十丈开外，他放下刀，头上戴的斗笠已经一分为二。

只是一招便分出了胜负。

暴雨骤停。

雨生魔收了伞，转头和叶鼎之说道："走吧。"

玄风剑，恶龙罩。雨生魔根本连自己的武器都没有用出。

叶鼎之点了点头，甩了甩衣襟便和他往长街的尽头走去。

刀客凌云像是一尊雕塑一样地站在原地，一动不动。

两人走过他的身边，叶鼎之扭头看去，能看到凌云额头上的汗水正如雨淋般地往下淌着。雨生魔并没有杀他，却给他造成了巨大的恐惧。

"徒弟，刚刚那一剑，学会了吗？"雨生魔没有看刀客，直接从他身边走了过去。

叶鼎之转头跟了上去："看清楚了九分。"

"不差，这一路上会有不少这样的人来送死，每次我都只出一剑，你可都要看好了。"雨生魔说道。

叶鼎之点头："好。"

"除了最后一剑，那一剑不许看。"雨生魔最后说道。

雨生魔拿着一把伞，带着个小徒弟，几天时间，就走过了小半个南诀。

一路上没有刻意隐藏行踪,甚至可以说是有些招摇过市,叶鼎之最后建议要不要在身上插一面旗子,上面写着"雨生魔在此",雨生魔当然并没有理他。

十步杀一人,千里不留行。这是昔日诗仙留下的传说。

藏剑不露身,千里赴一战。这是如今的雨生魔要做的事。

于是整个南诀的高手都出动了,有人直奔烟凌霞所在的洞月湖,希望有幸见到绝世一战,而更多的人选择拦路,以雨生魔为踏石,得到问鼎南诀第一的机会。

因为谁都知道,烟凌霞很少与人动手,直接去找她,只能吃一个闭门羹。

一路上,光是曾上过百晓堂武榜的高手就来了三个,另外大大小小在南诀也算得上宗师的也至少来了十余个。雨生魔不管是谁,不拔自己的玄风剑,而是信手拈来,以水为剑,以木为剑,以叶为剑,并且只出一剑,一剑便是制胜。

然而,只胜,却不杀。

被世人称之为"魔头剑仙"的雨生魔,这一次异常的克制和留情,引来南诀议论纷纷。

难道几年的销声匿迹之后,现在的雨生魔转性了?

当然,还有很多并不值得雨生魔出手的人,都被他身边的叶鼎之给解决了,雨生魔传人的声名,也开始慢慢传了出去。

"师父,按照这么下去,走到洞月湖,我们是不是得累死?"叶鼎之跟在雨生魔身后,无奈地抱怨了一句。

"杀人之前需要磨剑。"雨生魔却是这样回他。

两个人穿过一片树林,看到一片野湖。

湖边有一长者正在垂钓。

叶鼎之拍了拍额头,无奈地叹道:"又来……"

雨生魔微微皱眉:"这老头……"

叶鼎之这一路上还是第一次看到雨生魔脸上露出这样的表情,不由地好奇地多看了那老者几眼,老者抬起头,也看了叶鼎之一眼。

剑一样的锋芒乍起。

平静的湖面瞬间泛起涟漪。

雨生魔往身边踏了一步，缓缓道："陈老头。"

叶鼎之在瞬间的呼吸凝滞之后长舒了一口气，身后也是冷汗淋漓，他低声喃喃道："是天玄老人。"

南诀武学泰斗陈天玄，成名已整整六十载，虽然未曾登过武学顶峰，但当年和他一同叱咤江湖的那一代人，如今也只剩下他一个了。

"雨狂徒。"天玄老人摸了一下自己的白色长须，朗声道。

雨生魔举起那把伞拍了拍叶鼎之的肩膀，示意他退后："你去林子里躲一会儿，我去会会这老头。"

"这老头，很厉害？"叶鼎之一边退一边忍不住说道。

雨生魔说得简略："杀你不过一抬手。"

叶鼎之耸了耸肩："那不如师父，师父连手都不需要抬。"

待叶鼎之走进树林之后，雨生魔便纵身一跃，落在了天玄老人的身边。天玄老人笑着转过头，继续在那里悠然垂钓："雨狂徒啊，我们这也是整整七年未曾见过了。"

"你是武学泰斗，我是魔头剑仙，见面无非打架，不见也罢。"雨生魔望着湖面，平静地说道。

"听老朽一声劝，回头吧。"天玄老人叹了一口气。

"你是什么东西？我为什么要听你的劝？"雨生魔冷笑一声，倒也配得上天玄老人口中这"狂徒"二字。

南诀北离，黑白二道，谁敢不给天玄老人面子？

李先生肯定不给，天玄老人算个屁。

雨生魔也不给，李先生我都敢打，你天玄老人有没有资格在我面前摆谱？

天玄老人却也不恼："你这一路上，只胜不杀，只随手借剑，从未拔剑，是在养剑吧？剑气养足，杀意养够，再出一剑，就是惊天骇地了。"

雨生魔转了一下手中的长伞："你是不是觉得自己很聪明？别人都看不透，被你看透了？"

天玄老人神色不变，继续问道："如果我与你动手，你能保证不拔玄风剑吗？如果一拔，你的气便泄了。"

雨生魔不置可否地笑了笑:"老东西活了这么多年不是白活的。"

"北离这些年仗着有个李先生,总压过我们南诀一头,南诀武道气数本身就逊色于北离,这一次你与烟凌霞一战,无论谁胜,势必两败俱伤,对我们整个南诀是很大的损伤,所以老朽再劝你一句,回头吧。"天玄老人语气诚恳。

但雨生魔却狠狠地"呸"了一声:"南诀又是个什么东西!"

天玄老人手中的鱼竿轻轻晃了一下,湖面泛起微微涟漪:"这是要一意孤行了?"

雨生魔将手中的伞用力地插在了地上,整个湖面瞬间归于平静:"老头子你动手,我或许真的要拔剑,但若是我拔了剑,一定杀你!你能逼我拔剑,那你能活着回去吗?!"

天玄老人皱眉:"你要杀我?"

"你以国家大道来约束我,可为了国家大道,你愿意死吗?"雨生魔冷笑着说道,"不要以为一把年纪了,就有资格站在高处说道理。你要是个肯为国家大道牺牲自己的人,那你早就活不到今日了!"

天玄老人寒声道:"你这是何必?是为了树林里的那个年轻人吗?"

雨生魔拿起插在地上的伞,转过身去:"还是那句话,你是什么东西,来问我问题?"

天玄老人不再说话,任由雨生魔离去,他轻轻抬起鱼竿,叹了口气。

今日是注定钓不到鱼了。

因为整个湖里的鱼都浮了上来,肚皮朝天,刚刚雨生魔那一击,让整个湖里的鱼都晕死了过去。

"还是那个狂徒啊。"天玄老人幽幽地叹道。

雨生魔继续往前走去,随后大喝一声:"跟上来。"

叶鼎之从树林中走了出来,看了天玄老人一眼,天玄老人也扭头望他。

两人再次对视,可这一次叶鼎之已全然感受不到那利剑般的锋芒。

像是一柄剑，忽然钝了。

"今日过后，天玄老人就真的是一个老人了。"雨生魔晃了晃手中的长伞，轻描淡写地说道。

雨生魔剑闯南诀的事情传遍了整个南诀，也很快传到了北离。

就连在山林间赶路的百里东君也听到了几个偶遇的江湖人在热烈地讨论着这件事。他又惊又喜，惊的是叶鼎之一回到南诀，就又面临如此强敌，喜的是至少听到叶鼎之的消息了。

"南宫兄，剑仙雨生魔是个什么样的人？"百里东君咬了一口野果，靠在马车上幽幽地问道。

"雨生魔啊，他以前有个名字叫雨狂徒，因为他很狂、很傲，他年轻时行走江湖，赢过很多武功远胜于他的人，就是靠着那一身狂气，只是很可惜他遇到了李先生，李先生比他更狂。"南宫春水用手指敲着木板，望着南诀的方向。

百里东君无奈："你不要经常这样有意无意地夸一下自己。"

南宫春水摇头："我是夸李先生，不是夸自己。今生的我，要做一个儒雅翩翩的少年郎，不为天下纷扰，只为美人折腰。"

"你都一百八十岁了，还想着美人？可真是不怕把腰折了。"百里东君这几日已经慢慢不再把面前这人当成李先生了，只当成和自己年纪相仿的南宫春水来看。

"雨生魔其实年轻时就长得很帅，之后练了魔仙剑都快比女人还美了，可惜了，他不懂儿女情长，不然怎么会舍得千里提剑，去杀烟凌霞呢。"南宫春水仰头喝下一口淡雅的米酒。

百里东君疑惑道："烟凌霞怎么了？"

南宫春水露出一丝暧昧不明的微笑："很漂亮。"

"真不怕折了腰。"百里东君坐在马车上，一甩马鞭，朝着前方行去。

南宫春水抬头看了看树上，那里站着一个人，白衣蒙面，正盯着他们，他一笑："这人跟我们多久了？"

"从昨夜就跟着了，一开始是两个人，后来先走了一个。"百

里东君立刻回道。

南宫春水挑了挑眉:"我还以为你一直没发现呢,怎么?就这么让人跟着?传出去有些丢人啊。"

百里东君扭头看了树上那人一眼:"从身法上看,应该是温家的人,估计是我母亲派来的。"

"难怪你让他跟着,但我不喜欢被人跟着,把他赶走。"南宫春水打了个哈欠。

百里东君手中马鞭一甩,往树上一抽,逼得那白衣人猛地退了出去。百里东君大吼一声:"滚!"

南宫春水扭过头,看着路边的树木,忽然感慨了一句:"真漂亮啊。"

自从离开千月小城,他们已经在路上走走停停,快有小半个月了,这一路上树木越来越茂盛,种类越来越多,珍奇异兽也是时常相见,百里东君自小生活在西面,这些场景已经见怪不怪了,他们已经正式进入了北离西面的领地,而唐门所在的地方,叫锦城。

天府之国,锦城。

"九天开出一成都,万户千门入画图,草树云山如锦绣,秦间得及此间无。听过这首诗仙所写的诗吗?"南宫春水又喝了一口酒。

马车停在了山腰之上,恰好能望见整个繁华的锦城。从上往下看,锦城的繁华程度与天启城相比,似乎都没有逊色太多。

"我活了这么多年,听了这么多年天府之国的名头,还是第一次见到锦城的样子。"百里东君手持马鞭,感慨道。

"乾东城距离这里并不远啊,锦城是西部重城,镇西侯的孙子连天府之国都没有来过?"南宫春水微微笑道。

"锦城有唐门啊!我母亲说天启城我都可以去,锦城不能来。现在我刚从天启城出来,就又来了锦城,可真是要感谢南宫兄。"百里东君的心情和当日奔入天启城有些类似,有些小小的激动,握着马鞭的手都忍不住颤抖起来了。

南宫春水笑了笑:"你母亲是对的,去天启城也不要来锦城!这里太危险了,毕竟唐门里,有着这天下唯一有可能杀死我的人啊!可是,走,怕什么呢!"

百里东君微微一愣，李先生太强了，强到每个人都认为他是无敌的，可是在这唐门，有着能够杀死他的人？但他只是犹豫了一下，随后微微一笑，对啊，怕什么呢！

"驾！"百里东君一甩马鞭，朝着山下急速行去。

来吧，就让我看看，唐门究竟有多可怕！

在百里之外，另一队马车正在缓缓地前行着。

"温步平，你还真是人如其名，一步一步走得稳又平，我躺在这马车里都快睡着了，就不能快一些？"一脸无奈的温壶酒躺在马车里，忍不住抱怨道。

长相憨厚的温步平并不理会他，只是紧紧地拉着缰绳，生怕马儿自己跑起来，他叹了口气："我有什么办法？我们和别的门派又不一样，别的门派到了，唐门尽地主之谊招待一下也就罢了，我们温家先到了，唐门提防我们，我们提防唐门，何必呢？我算好时间，最后一刻到那里，才是刚刚好。"

温壶酒打了个哈欠："我知道啦我知道啦，你做事就是太谨慎。"

"你狂放，我谨慎，这样温家才能越来越好。"温步平很耐心地说道。

温壶酒用手捂头，表示和这个人根本无法交流。

"吁。"温步平忽然一拉马绳，直接停了下来。

温壶酒一愣："怎么？索性连走都不走了？"

"你派出去的人回来了。"温步平说道。

温壶酒立刻爬了起来，掀开帷幕，看到白衣蒙面的温家弟子正站在马车前，他急忙问道："找到他们的行踪了？"

那温家弟子点头："找到小公子了，但是没有看到李先生的身影，小公子正和一个年轻公子同行。"

"李先生不在？"温壶酒一愣，"那他们此行要去哪里？"

"看方向是锦城。"温家弟子微微皱眉。

"锦城？他们要去唐门！"温壶酒惊道，"温林呢，温林还跟着吗？"

"对，我先回来报信，他还一路跟着。"温家弟子回道。

温步平想了一下,说道:"我有一个不太好的猜测。"

温壶酒一步掠出:"他和李先生分散之后,被那人挟持了,如今去锦城凶多吉少,我先行一步了,你自己慢慢赶车吧!"

## 第八章·蜀中唐门

唐门。

方方正正两个字,隶书所写,挂于大门之上。

这扇大门,则至少有三丈宽,五丈高,红漆所涂,威严壮丽。

两旁的院墙,延绵出几十丈之外,而院之长,亦是一眼望去,无可见头。

唐门虽在江湖上以隐匿著称,但是这处宅院却绝不低调,甚至有些嚣张,这绝不是一处大宅院所能形容的……而是一个家族,一座锦城里面的城中城。

"南宫兄,唐门这宅院……可比我们镇西侯府还要大。"百里东君忍不住感慨道。

马车中的南宫春水却没有理会他,只是掀开幕帘道:"你听到什么了吗?"

百里东君竖起耳朵仔细一听,随后眼睛一瞪,立刻一转身,伸出两根手指,夹住了一粒飞针。那飞针极细无比,不仔细看几乎无法辨认。

"唐门梅花针,这是最简单的暗器了。但是你做错了一点,就算再有把握,也不要用手去接唐门的暗器。"南宫春水正色道,"上面很有可能有剧毒。"

百里东君将那根针甩在了地上,四下环顾:"为什么我们来此,不仅没有人迎接我们,迎面而来反而就是一根要杀人的针?"

"如果真要杀人,就不是丢来一根针了。"南宫春水放下帷幕,退到了马车中,"往前去,和他们说我们是天启学堂过来的,以你的身份,唐门也不敢拦你。"

"好。"百里东君正要挥起马鞭,可不知道为何突然刮起一阵疾风,他急忙伸手捂了捂眼睛,可是又有一阵风刮起,他一愣,猛地抬头。

刚刚有人从他身边掠过。

他急忙转身掀开帷幕,马车之内已经空空如也,南宫春水已经不在其中了。他跳下马车,四处看了一眼,发现角落里有个黑色的身影正挟着南宫春水快速离去。

"该死!"百里东君怒骂一声,没有半点犹豫,立刻从马车上跳了下来,几个纵身往前追了过去。那黑衣人在拐角处带着南宫春水一步跃起,直接就跃进了院墙之内。百里东君一惊,这院墙如此之高,寻常人的轻功根本跨不过去,可此人竟然一步就做到了。他猛地一提气,运起那轻功三飞燕,但仍是还差了一寸,他急忙伸出手,一把抓住了院墙。

于是整个人就这么挂在了上面。

"该死!那人带着一个人还能飞这么高,怕不是妖怪吧?"百里东君咬牙怒喝一声,终于一个翻身,勉强翻了过去,但因为勉强翻过去,一口气忽然泄了,整个人猝不及防地就摔到了地上。

"痛死我了!"百里东君哀号一声,随后站起来,揉了揉自己的腰,急忙扭头望去,便见一个黑衣少年正站在院子中,冷冷地望着自己。百里东君立刻拔剑指向他:"你把我朋友带去哪里了?"

黑衣少年没有理会他,只是淡淡地说道:"擅入唐门者,杀。"

"你们有人在外面挟持了我的朋友,我进来找你,你还敢贼喊捉贼?"百里东君怒道。

黑衣少年微微皱眉:"你在说什么?"

"我给你两个选择,第一,把我朋友交出来;第二,我揍你一顿,然后你把我朋友交出来。"百里东君嘴角一扬,"你选吧。"

"白痴。"黑衣少年长袖一抬,一支朱颜小箭就射向百里东君。百里东君一惊,他不过是嘴上说说,哪晓得对方直接就下了杀手，于是手中长剑一甩，立刻就将那支朱颜小箭斩为两截："我剑下没有无名之鬼，报上你的名字。"

"唐门唐怜月。"黑衣少年纵身一跃，已经到了百里东君的面前。

百里东君一剑甩去："稷下学堂，百里东君。"

"砰"的一声，唐怜月的拳头撞上了百里东君的不染尘，发出了一声清脆的声响。

百里东君一惊，心道：难道这人的拳头和刀剑一样硬了？可再仔细一看，却发现唐怜月手中亮莹莹的，竟是握着一柄几乎透明的小刃。他长剑一抬，将唐怜月打开，随后长剑一转，又冲着唐怜月刺去。

院子中走进两名中年男子，看到此情此景不由一愣。

"此人是谁？"其中一名留着小胡子的中年男子疑惑道，"竟然能和怜月不相上下？"

"怜月连暗器都没有用，不过是一柄指尖刃，没有用全力。"另一名男子一笑。

留着小胡子的中年人仔细观察了一下百里东君，眉头微皱："你能看出这个年轻人用的是什么剑法吗？"

另一名男子看了几眼，摇了摇头："这剑法平平无奇，你见过？"

"我当然见过，这是绣剑十九式，世上最平凡的剑法。"中年人摸了摸自己的小胡子，饶有兴趣地看着百里东君，"绣剑十九式也能用出这样的风采，这个年轻人不一般啊。怜月，他是谁啊？"

唐怜月没有回头，他以寸许指尖刃对抗百里东君的三尺长剑，却游刃有余，丝毫不落下风："闯入者。"

"什么闯入者，我刚才不是报过名号了吗？我叫百里东君，来自稷下学堂！"百里东君已经将那十九招剑法来来回回打了两遍了，却依然破不开那柄小刃，心中已隐隐有些怒火。

"百里东君？"小胡子中年人一惊。

"稷下学堂！"另一名中年人沉声道。

"看来你就只有这套剑法，就这样吧。"唐怜月失去了兴致，足尖一点往后一掠，袖口一抬，一张红帖飞了出去。

"阎王帖,不可!"留着小胡子的中年人大喝一声,但已经晚了,身为唐门师范,他们比谁都清楚,此刻谁也赶不上唐怜月的阎王帖了。可是稷下学堂来的人,就这么随随便便杀了,那可是天大的麻烦,更何况,此人还姓百里!他正思虑间,身旁那位中年男子已经一步掠出。

"谁说我只会绣剑十九!"百里东君猛然起剑。

又瞬间回鞘。

阎王帖一分为二,从他的身边划开,像是两个刀片一般嵌入了墙内。

赶过去的中年男子收身落地,站在了唐怜月和百里东君的中间。

那名留着小胡子的中年人又摸了摸自己的胡子,幽幽地说道:"剑术,瞬杀?"

唐怜月的袖口微微一动,手中已经多了一把梅花针。留着小胡子的中年人走上前,伸手将唐怜月正准备抬起的手按了下去。

"福禄叔?"唐怜月微微皱眉。

留着小胡子的中年人笑了笑,上前一步行礼道:"小兄弟和镇西侯世子百里成风是什么关系?"

百里东君收了剑,回道:"那是家父。"

那站在他们中间的中年男子和小胡子中年人对视了一眼,前者往后退了一步,后者则立刻脸上堆满笑容:"原来是赫赫有名的镇西侯府小公子。"

"我叫百里东君,从学堂而来,游历至此,与镇西侯府无关。"百里东君谨慎地看了他们一眼,虽然这两个中年人自始至终都很礼貌,但直觉告诉他,对上那个一身暗器的黑衣少年,也比对上他们要好。

留着小胡子的中年人笑着回道:"在下唐福禄,这位是我的师弟唐天禄,还有那位,是唐门本代弟子唐怜月。小公子光临唐门,未曾通报,所以才有了这次的误会。对了,天下皆知小公子是随着学堂李先生外出游历的,不知李先生是否也在唐门之内了?"

名为唐天禄的中年人此刻已经全身紧绷,学堂李先生潜入唐门却无人所知,那可不是一件普通的事了。

"师父……他不在,他要去一个地方,已经先行一步了。我和我一个朋友一起来的,我们一同来看唐门的试毒大会,但是方才在唐门之外,他被人带走了,就从那里。"百里东君指着那院墙,"从那里翻了进来,我正要追上去,却被这个唐怜月拦住了。"

唐福禄一愣,转头问道:"怜月,可见到有人进来?"

"我听到动静过来的时候,只见到这个百里东君。"唐怜月收起了梅花针,语气仍是冷漠。

百里东君没好气地回道:"那你还拦我?还不快帮我找我朋友?"

唐怜月微微扬起头:"擅入唐门者,杀。既然那人擅入唐门,我们自然会找到他,而你……"

唐福禄轻轻咳嗽了一下:"百里小公子既然是来看试毒大会的,自然是客人,不算擅入,而且唐门有人闯入也算大事,小公子请放心,我们现在立刻派人进行全庄搜索,定会帮小公子把人找到!你看如何?"

"我也一起去!"百里东君回道。

唐福禄尴尬地笑了笑,摇了摇头:"唐门内部,除本门弟子外,不可随意行走,就连此次来参加试毒大会的贵客们,也只能在别院休憩,还请小公子随我们去别院,这里有消息,定会第一时刻通报给你。"

"不行!"百里东君摇头。

唐福禄叹了口气:"复姓百里的人,性子都是这么倔的吗?"

百里东君腰间按着剑:"我朋友在你们这里被人带走了,甚至带走他的人很可能就是唐门的人,你让我此刻去休息,你脑子是不是有病?"

"血口喷人,那就不行了。"唐福禄微微俯身,"看来要得罪了!"

无论是学堂李先生,还是镇西侯府的百里洛陈,都是响当当的名字。可唐门,同样名扬天下,也不见得就会怕了他们。唐天禄冷笑了一下,袖中真气流转。他们二人自小一起习武,如今早已心意相通,一起出手,自信能在一招之内就制服这个桀骜不驯的

学堂小公子,像唐怜月说的那样杀了自然不行,但给点小教训看来是必需的了。

"起!"唐福禄一个纵身,已经跃到了百里东君的面前,身法之快,令人惊叹。百里东君急忙起剑去迎,只见那唐福禄手中拉开一条纯白色的丝线,一把就捆住了不染尘。百里东君猛地一拉,可锋利若不染尘,却无法斩断那根白色丝线。

"小公子,看这里。"唐天禄已经到了百里东君的身边,伸出一掌,作势就要打晕百里东君。

如果是一个月前的百里东君,自然只能束手就擒,但此刻的百里东君,还有一招!

他还有一把刀,就在背上!

刀名尽铅华。

兵神罗胜所打。

百里东君左手猛地拔出了那柄长刀,一刀劈去。

大开大合,刀法粗犷,名五虎断山刀。

"啪"的一声,长刀落地。

唐天禄猛退,避开了那一刀,愣住了。

唐福禄也愣住了。

百里东君长剑一甩,趁势将那不染尘抽了出来,足尖一点,往后撤了三步,双手刀剑一挥,气势十足,他冷哼道:"以多欺少,以老欺幼,这就是唐门的待客之道?"

"两位叔叔,若是不行,还是怜月来吧。"唐怜月忽然说道。

唐福禄冷笑一声,长袖一挥:"闪开!方才怕伤了他,于是只用了天蚕丝,但既然小公子执意抵抗,那么……就休怪我们下狠手了。"

忽然一声口哨声响起,就在那院墙之上。

唐福禄猛地转过头,只见那人一身白衣,腰间挂着一个酒壶,坐在院墙之上,望着下方一脸讥笑。唐福禄一愣:"他在那里多久了?"

唐怜月耸了耸肩:"从你们动手的那一刻,他就在那里了。如果方才百里东君没有挡住你们的突袭,他就已经出手了。"

"小师兄本事不错。是老太爷的关门弟子？"白衣人从院墙之上一跃而下，落在了百里东君的面前。

"是你！"唐福禄看着白衣人的后背，大惊道。

白衣人身上绣着大大的三个字——毒死你！

温家家主的继承人——温壶酒。

"舅舅！"百里东君喜道。

温壶酒挠了一下他的头："李先生教得不错，比当时离开天启城时可强多啦。"

百里东君晃了晃手中的刀剑："还不止于此呢。"

"剩下的下次再看吧。"温壶酒转过身，望着唐福禄和唐天禄，笑了笑，"认得我是谁？"

唐福禄退了一步："温先生。"

"就你们两个，也敢打我外甥的主意？他的父母不在，今日你们刚才的冒犯，就由我来惩罚吧。"温壶酒摸了一下腰间的酒壶。

唐天禄和唐福禄对视一眼，脸色都不太好看，他们虽然辈分不低，但论武功，在唐门里根本排不上号，怎么可能是温家家主继承人的对手！

唐怜月忽然往前走了几步，站在了唐天禄和唐福禄身前，望向温壶酒，语气淡定："擅闯唐门者，杀。"

江湖上总有很多山峰，高不可攀。

但也总会有初入江湖的少年，想要跨过这些山峰，大多数都失败了，可也有那么几个成功了，于是成了新的山峰。

因为有这些少年，所以有江湖，所以这个江湖才会这么了不起。

唐怜月那语气冷漠的一段话，唐天禄和唐福禄都以为已经触怒了温壶酒，可温壶酒实际上一点也不生气，甚至还有点高兴……和欣赏。

因为他，曾经就是这个天不怕地不怕的少年啊。

"你再说一遍你的名字。"温壶酒微微含笑。

"唐门唐怜月。"唐怜月袖口微微一抬。

"速度很快。"温壶酒抬起手，两根指头夹住了一根透骨钉，"但是要对付我，还早了几年。"

唐怜月瞳孔微微缩紧，身子下俯。

"准备跑了？"温壶酒笑了笑，一眼就看穿了唐怜月的意图。

唐怜月额头上已沁出汗珠，除了唐门老太爷和几个师兄外，他还是第一次遇到这样的对手，对方不仅是厉害，而且是实力上的绝对压制。

"跑是对了，你要是存心想跑，袖子里的那百八十号暗器一起丢出来，我还真不一定能抓住你。不过这毕竟是唐门的地盘，我还真能杀了你不成？"温壶酒拍了拍百里东君的脑袋，将他拉到前面来，"这人是唐门唐老太爷的关门弟子，你是学堂李先生的关门弟子，老太爷和李先生算是一个辈分，你们相互认识一下。"

"为什么要认识他？一个大男人叫什么怜月，娘了吧唧的。"百里东君皱眉。

唐怜月也是一脸冷漠："李先生又如何？姓百里又如何？"

"相逢于江湖，都是大好少年，自然要认识一下。算了，你们还不懂。"温壶酒振了振衣衫，笑道，"好了，你可别紧张了，我好歹也是江湖上有点名气的，会欺负你一个小辈？给我们备上两间客房，我们不在这里待着便是了。"

唐怜月微微侧首："凭什么？"

唐天禄急忙上前把唐怜月往后一拉，唐福禄往前踏出一步："温先生、百里兄弟，随我来便是。"

温壶酒点了点头，百里东君正欲说话，却被温壶酒伸手止住："别慌，一会儿到了别院再说。"

见两人走远，唐天禄长舒了一口气："还好把他给送走了。"

唐怜月沉声道："我们在唐门，为什么要怕他们？"

"不是怕，而是没必要惹麻烦。这两个人都是天大的麻烦，那个百里东君来头不小，而后面那个人，你一定要记住了，他姓温，老字号温家，温壶酒。"唐天禄缓缓说道。

听到最后那个名字，唐怜月的神色终于有了波动："他就是温壶酒？"

"是，温家的人向来低调，很少在江湖行走，只有温壶酒是个例外。寻常的温家人，为了避嫌也绝对不会入住唐门，可温壶酒开口就要客房,你知道为什么吗?"唐大禄叹了口气,自问自答道,"因为他本事大!本事大过天,就不怕天塌下来!"

唐门别院。

唐福禄微微鞠躬:"试毒大会就在明日正午时分,到时候自会派人来这里迎接二位。至于百里小兄弟的那位朋友,天禄已经安排唐门弟子在门内搜寻了,如果有消息定会第一时刻来此通报。但请二位少安毋躁,不要在唐门中行走,若要离开,可请值守弟子带你们出去,不要擅自行动,给彼此增添不必要的麻烦。"

温壶酒点了点头:"知道了,放心吧,没人愿意在唐门中随便走,你们的机关术和暗器一样阴险。"

唐福禄呵呵一笑,没有说什么,转身便要离开。没人想和温壶酒单独在一起待那么久,因为最后怕是怎么被毒死的也不知道,就算他姓唐,他在唐门,也没这个胆量。但温壶酒还是喊住了他:"等等。"

"怎么了……"唐福禄身子一硬,没有转身。

"告诉唐灵皇,我来了。"温壶酒笑道。

"那是自然。"唐福禄立刻朝前行去。

百里东君挠了挠头:"母亲说宁遇阎王,莫惹唐门,可唐门的人见到你怎么怕成这样?"

温壶酒耸了耸肩:"唐门大小弟子几百人,不怕你舅舅的能有几个?"

"那唐灵皇又是谁?"百里东君问道。

温壶酒想了想:"就是那不怕你舅舅的几个里面的一个。"

"好吧。"百里东君点了点头,随后猛然想起这些都不重要,他急道,"我朋友被人带入唐门,然后就消失了。"

温壶酒转过头,神色严肃:"我方才便想问你,你不是和李先生同行吗,怎么身边忽然换了个人?我一开始以为那个人挟持了你,才急匆匆地赶过来。"

百里东君犹豫了一下,才回道:"李先生有事先去西面一座城池了,与我同行的公子是李先生的朋友。我们本想来这试毒大会凑一凑热闹,然后去找李先生会合,可没想到一到唐门门口,他

就被人挟持走了。我追着那人进了唐门,但方才被人拦住,便跟丢了。"

温壶酒看出了百里东君那片刻的犹豫,但没有追问下去,只是低头思索了一下:"你那朋友武功如何?"

百里东君想起前几日兵神罗胜说他二人都是金刚境,立刻回道:"与我应该差不多。"

"能那么轻易带走他,这个人怕是天境的高手了。别急,我们想在唐门中寻人的确不可能,但它可以。"温壶酒伸出左手,一条小青蛇缠绕在它的手指上,他吹了个口哨,"你身上有那人常用的东西吗?"

百里东君想了想:"马车中有,我先去让唐门的人把我的马车给牵进来。"

温壶酒点了点头,一条小红蛇缓缓爬到了他的右手之上,百里东君笑了笑。青红双蛇,是自小由温壶酒驯养的,嗅觉极其灵敏,先由青蛇靠着嗅觉去寻人,等寻到人之后,再派出红蛇去寻,这个方法温壶酒屡试不爽。百里东君就这么被逮着过好多次,自然知道其妙处。

夜幕降临。

温壶酒和百里东君坐在屋内,看着烛火下的那条红色小蛇安安静静地躺着,没有半点挪动的意思。温壶酒皱了皱眉头:"这唐门看来还真大,绕了这么久了还没转完。"

百里东君有些疲累了,昏昏欲睡,但一想到真实身份为李先生的南宫春水下落不明,仍强打起精神支撑着。

"你先休息吧,小红若是有动静了,我便喊醒你。一会儿面对的可是天境高手,不好好休息一下,一会儿可就帮不上忙了。"温壶酒劝说道。

"好,若是有消息了,舅舅一定要第一时间叫醒我。这个朋友,对我来说很重要!"百里东君正色道。

"睡吧。"温壶酒笑着一挥手,袖中粉末洒出,百里东君只吸了一口,就"啪"的一声倒在了桌上。见百里东君睡着了,温壶酒又定睛看着那条红蛇。那条红蛇忽然身躯一颤,温壶酒猛地直起身子，但很快那条红蛇的头就垂了下去，随后软软地趴在桌上，比起方才，还要更加无精打采了。温壶酒伸手点了点那条红蛇的头，喃喃道："小青莫非被你逮着了？"

唐门。

某处僻静的小院中。

拿着烟杆的老人伸手掐住那条青色小蛇的脖子，随后优哉游哉地抽了口烟，缓缓吐出口后，才看向已经奄奄一息的青蛇："温家的小玩意儿，也敢在我唐门的地盘上乱走？"

一身白衣翩翩的少年郎打了一下老人的手，从老人手中接过那条青蛇，轻轻抚摸了一下，语气对老人颇为不敬："品质多么好的一条青蛇，温家一定当宝贝一样养到现在吧，你把它杀了，那条红蛇该怎么办？"少年郎一边说着一边逗弄着手中的青蛇。青蛇拼命想要逃出它的手掌，少年郎在它脑袋上轻轻点了一下，它就晕了过去。少年郎笑了笑，把它收入袖中。

老人冷笑一声："你手底下的人命怎么也有上千条了吧，现在珍惜一条蛇的性命？"

"这你可就说错了。一百年前塘沽关一战，我就杀了一万人。"少年郎云淡风轻地说着这难以令人相信的事实，"那时候，你的父亲都还没出生呢。"

老人将烟杆在桌上使劲磕了磕："在江湖上，人人尊称我一句老太爷，没想到在这里被你一个少年郎摆资历，说出去还真没人敢信。"

"你要说出去，那可真有人敢信，但问题是，你敢说出去吗？"少年郎语气淡然，却满是威胁的意味。

老人微微皱眉："我能杀了你。"

少年郎点了点头："我信。"

老人的眉头皱得更紧了。

"所以我来找你啊。"少年郎笑脸盈盈。

老人原本刀刻般的皱纹仿佛变得更深了，他又往烟杆里加了些烟丝，靠在烛火边点燃后重重地抽了一口，沉默了许久，才缓缓道："唐门传承也有三百多年了，如今到我手上，也算得上江湖最顶

尖的族派之一了……"

"你怎么老了以后话这么多？你年轻的时候不是最不爱说话，看不惯就一把飞刀劈死吗？"少年郎不耐烦地打断了他。

老人重重地叹了一口气："唐门……"

"你这老头叹什么气？真是烦死我了，江湖三大家的一家之主，在这里垂头丧气的。什么宁遇阎王，莫惹唐门，阎王听了想流泪。"少年郎一副恨铁不成钢的模样。

老人将烟杆一甩，怒道："我不敢！"

少年郎笑了笑，拍了拍老人的肩膀："放心吧，这个世上除了你以外，也只有我那个小徒弟知道我的身份。没人来找你麻烦的，或者你可以……借刀杀人啊。"

老人看了一眼少年郎，揣摩着他话中的意思。

少年郎也轻叹了一口气："你和我琢磨那么多做什么，你是一只老狐狸没错，可我是成了精的狐狸，你再能想，想得过我？你唐门家大业大，我也不是说能灭就能灭的对吧？"

老人顿时觉得多了几分底气："就算是李先生，要灭我唐门，也未免有些太小看我们了。"

少年郎点了点头："所以说嘛，我最多就是去雷家堡坐一坐。你知道我有一个徒弟姓雷，曾被雷家堡寄予厚望的。我就这么拔一拔雷家堡，拔到武林盟主怎么样？"

老人轻轻咳嗽了一下："刚才我们说到哪儿了？"

少年郎朗声长笑："几百年了，唐门总是一个样，提到姓雷的才觉得事情严重，真是相爱相杀。"

锦城之外。

有不少马车正在源源不断地入城，都是明日来参加试毒大会的江湖门派，几乎都是十几个人一个队伍，最少的也是三四个结伴而行。一个抱着长枪的少年混在人群之中，显得有些格格不入。他站在唐门的门口，看着他们一个个被接引进去，却也不急，无聊时便晃一晃挂在长枪上的酒壶。

"今日若是见不到我，那药就不够吃了，就要死在这里了，担心不担心？"一个温和的声音响起，背着药箱的儒雅中年人出现在长枪少年的身后。

长枪少年转过身，望向那个中年人。中年人穿着一身虽然有些旧却洗得干干净净的灰衫，背着一个药箱，身上散发出一股淡淡的药香味，真有几分悬壶济世的神医模样。长枪少年语气破天荒地对这个救命恩人和善了几分，只是说的内容依然咄咄逼人："怕什么，死于江湖，也总比死于磨药好！"

"看来去了一趟天启城，还是没能磨去你的锐气啊。"中年人叹了口气，摸了摸自己的那缕长须，"我的好徒弟，司空长风。"

"对不起，你可不是我的师父，辛百草。"司空长风没好气地回道。

辛百草笑了笑，丢出一个药瓶给司空长风，随后朝着唐门走去："算了算了，吃完这瓶药后咱们就分道扬镳吧，以后行走江湖要是见到和你一样不知天高地厚被人快打死的倒霉家伙，记得用我教你的手艺救那么几个，也算是不辜负我教你那点半吊子医术了。"

次日清晨。

百里东君迷迷糊糊地醒了过来，他睁开眼从床上爬了起来，发现温壶酒正端坐在桌前，望着面前已经沉沉睡去的那条小红蛇。

"舅舅……"百里东君心中有一个不好的预感。

温壶酒将小红蛇收入袖中，叹了口气："小百里啊，看来咱们这次是真的遇到麻烦了。"

此时，门外响起轻轻的叩门声，温壶酒侧首："谁？"

"温先生、百里公子，试毒大会半个时辰后就要开始了，还请用过早膳之后，随在下去毒麟院那边。"一个年轻的声音在门口响起。

"进来吧。"温壶酒随后压低嗓子与百里东君说道，"见机行事，不要冲动。"

百里东君努力平复了一下自己的心情，点头道："好。"

推门而入的是一个年轻的唐门弟子，让下人们将早点送到屋内后就侧身站在屋外，耐心地等待两个人用餐。屋外已熙熙攘攘有一些人声了，想必是准备参加试毒大会的人已经陆续出发了。

可是温壶酒拿起茶杯后却是眉头微微一皱，他听到的，不是隔

壁人的脚步声,而是……隔壁之人忽然摔倒在地的声音。他看了一眼眼前的茶杯,笑了笑:"原来如此。"

那名神色一直很淡然的唐门弟子眼角微微抽搐了一下。

百里东君有些烦躁,加上有些口干舌燥,仰头使劲灌了一口茶水。

那名唐门弟子嘴角总算露出一丝难以察觉的笑容。

随后百里东君咕噜咕噜地在嘴巴里漱了半天,一口吐在了地上。他是世家出身,早上原本应该用细盐洗牙的,可是出门在外没有那么多讲究,但漱个口总还是必需的。

那名年轻的唐门弟子此刻的表情就着实有些耐人寻味了。

温壶酒笑了笑:"你也发现了?"

百里东君仰头猛地又喝了一口茶,随后长舒一口气,疑惑道:"发现什么了?"

那名始终观察着这边动静的唐门弟子已经不知到底该不该笑了。

温壶酒晃了晃茶杯,对那门外的唐门弟子说道:"杯中下了毒吧?试毒大会试毒大会,自然不是那么容易就可以去参加的。只不过用这种小伎俩来对付我温壶酒,是不是有点太小看我了?"

唐门弟子不敢言语,心道你那个傻呵呵的外甥不是一饮而尽了吗?

温壶酒鼻子在茶水上嗅了嗅,笑了笑:"眠美人。"随后伸出筷子夹起一个包子看了一眼,又说道,"锥心梦。"之后又拿出一个勺子在那碗粥里搅了搅,耸了耸肩,"恨不归。"

"很了不得的毒药吗?"百里东君想必是饿坏了,在那里又喝粥又啃包子,吃得不亦乐乎。

门口那年轻的唐门弟子看得目瞪口呆。温家未来的家主随随便便就认出这顿早餐中下的毒药,并不值得惊讶,可这百里东君把藏了毒药的早餐吃得这么津津有味,也太过于匪夷所思了。

温壶酒笑了笑,看着百里东君狼吞虎咽的样子摇了摇头:"你母亲到底把你调教到什么地步了?"

"毒药嘛,跟糖果有什么差别?"百里东君吃完最后一口包子,又倒了满满一杯茶，咕噜咕噜一口气喝进了肚中，之后拍了拍肚子，躺在椅子上很是满足。

"还有正事要做，没时间休息了。"温壶酒终于将手上捧着的那杯茶喝了下去，随后右手食指轻轻一抬，一股黑烟从指尖冒出。

百里东君耸了耸肩："舅舅你这就差几分意思了。"

"我小时候和你母亲在家族里也算不上多被看中，没那么多珍贵的药罐子泡。"温壶酒起身走到门口，笑着望向那名唐门弟子，"带路吧。"

唐门弟子急忙退了一步，微微鞠躬："好！"

他们走出房间，发现房门都被打开了。有些房间里走出的人，谈笑风生，淡定自若；但也有的是被人抬出来的，送到唐门指定的地方治疗了。

辛百草和司空长风此刻正相对而坐，一人饮茶，一人喝粥，不急不慢。

辛百草喝着茶，轻叹一声："你们唐门的待客之道，真是差了几分意思。"

门口的唐门弟子倒是一点都不脸红，回道："唐门的门，可不是那么容易踏进的，没点真本事在这里就回去，也是替他们着想。"

"放心吧，进去的人，也一个都死不了，因为有我。"辛百草放下茶杯，望着面前的司空长风，"喝完了吗？"

司空长风脸色通红，头顶不停地冒着白气。他其实喝下第一口粥就已经觉得不对劲了，此刻更是腹中绞痛，几乎就要晕过去了，但他硬是忍着不和辛百草求助，反而将一整碗粥都喝了下去，此刻正在用真气强行将那些毒逼出体外。

"用真气逼毒，真是没有比这更笨的办法了。"辛百草从怀里掏出一颗药丸，"这个药丸叫避毒丸。我方才就是吃了这个药丸，所以现在就算再来三壶这个茶，我全部都喝了也一点事都没有。"

司空长风不言语，闭上眼睛，努力运起浑身真气，额头上青筋暴起，头上的白气一下子变黑一下子变红一下子变紫，倒是看得辛百草饶有兴趣，他冲那门口的唐门弟子挑了挑眉："怎么样？你觉得他能行吗？"

"你们的早餐中下了四种毒,他已经解了三种,还剩下一种最难解的。"

那唐门弟子忽然神色凝重了几分:"但是我奉劝这位小兄弟一句,现在要么放弃,让唐门来治疗,要么赶快吃下先生这颗药丸,不然毒要是没解,我们这边再救也晚了。"

辛百草又喝了一口茶:"你觉得他听得进去吗?"

司空长风猛地睁开眼睛,一双瞳孔已经变成蓝色。

"放心,只要不死,我就能医,你放心大胆地用真气去逼!"辛百草沉声道。

"呼。"司空长风忽然长吁了一口气,一股腥臭味在房间里弥漫开来。

那唐门弟子挥手扇了扇,点了点头:"四种毒,这位公子已经都解了。"

辛百草收起桌上的药丸,笑道:"不错。"

天启皇宫。

一处僻静的小屋。

屋顶有紫烟冒出,紫气原本为贵,有帝王、圣人之象,可那紫烟却毫无恢宏之感,反而带着几分诡异之气。

不过那紫烟很快就缥缈无踪了。屋外候着一名穿着黄衣的中年男子,面白无须,眼神中透着几分阴冷。他见到那紫烟消失了,才轻轻推开屋门,走了进去。

屋中的坐榻上坐着一个中年男子,穿着一身紫衣蟒袍,皮肤比起年轻女子来说还更要细腻几分,一双眸子蓦然睁开,带着几分妖邪和狠厉。

"大监!"黄衣男子急忙走上前。

被称作大监的中年男子缓缓吐出了一口气,随后长叹道:"学堂李先生,不愧是公认的天下第一,那么久过去了,当时的那一掌,今日才算真正好了。"

黄衣男子皱眉道:"李先生真的恐怖至此?"

中年男子点了点头:"当时我坐在轿中,他从轿外走过,我用虚怀功试探他，他直接手掌一翻，用掌气打破了我的虚怀功，直接伤到了我的经脉。"

黄衣男子疑惑道："可是钦天监国师大人也和他过招了，却听说修养了两天就安然无事了。"

"国师齐天尘和李先生是一路人，他们不可能真的交手。"中年男子摸着手中的玛瑙戒指，沉声道。

黄衣男子点了点头，没有再说话。他自小就和这位被称作大监的人一起长大，清楚他的武功，在这天启城中，如今能和大监浊清公公交锋的，自李先生走后，也就只有国师齐天尘了。当年太安帝四处征战的时候，浊清公公也在军中，当时的他虽然年轻，却以凶狠成名，一手碎心挫骨的功夫震慑了小半个天下，至今不少人都还说着，在天启城的皇宫中，住着一个心狠手辣的魔头。

"你今日来找我是何事？"浊清大监抬眉道。

黄衣男子凑过去说道："有一个人想见你。"

浊清大监望着门外："他已经来了？"

"是。"黄衣男子点头。

"你觉得他的胜算大吗？"浊清大监低头笑了笑。

黄衣男子犹豫了一下，最后点了点头："论身世来说，他的希望如今是最大的。"

"如果他的希望是最大的，就不会来找我了。"浊清大监依然淡淡地笑着，"他的才能不如景玉王，更不如那个还不愿意称王的琅琊王，一个身世罢了。如今的皇帝大人，曾经的身世很好吗？"

"是是是。"黄衣男子冷汗直流，连连称是。

"可是只有这样的人，才能受我们的掌控啊。"浊清大监仰起头，"谁能驯服那个琅琊王殿下？李先生！可我并不是李先生，我们要寻的可不是明君啊。"

黄衣男子一愣："大监的意思……"

"昏君岂不是更好？"浊清大监大笑道，"让他进来！"

黄衣男子点了点头，走出屋外，一直走到了院子之外。一顶金顶的轿子正停在那里，轿子上绣着神鸟大风的图案，这是只有萧氏皇族才能使用的图案。穿着青衫的男子从轿子上走了下来，他

的心中有些不悦,毕竟很少有人能有资格让他等那么久。

"青王殿下。"黄衣男子低声唤道。

"怎么了?浊洛公公?"青王微微皱眉。

被称作浊洛公公的黄衣男子叹了口气:"一会儿青王殿下见到大监的时候,可不能这一副心不甘情不愿的样子啊。"

青王心中一怒,但随后长舒了一口气,眉头渐渐舒展开来,露出一个灿烂的笑容:"掌册监大人,这样子如何?"

浊洛公公转过身,想着大监说的"昏君",忍不住笑了笑:"青王殿下,随我来吧。"

青王殿下随着浊洛公公往里走去,他在宫中住了很多年,却还是第一次来大监浊清的住处。大监浊清从小就做太安帝的伴读,更是曾经随太安帝一起出征过,地位在宫中非比寻常,可所住的宫殿却处于宫中一个极为偏僻的地方,又破又小。他对外称自己喜静,但宫里却有着各种各样的传言,最玄乎的一个就是说浊清大监在练一门邪功,邪功需要童子之血,所以经常有人能在此处听到婴儿的啼哭声……

青王感觉周围凉飕飕的,忍不住打了个哆嗦。

屋内有些昏暗,浊清大监坐在坐榻之上,看到青王进来,并没有下跪行礼的意思。这是太安帝对他的特赦,见帝王都可以不跪,更何况是一个王爷。

"青王殿下忽然造访,所为何事?"浊清大监侧首道。

青王殿下清了清嗓子,找了个椅子坐了下来,说道:"萧若风,他要入府了。"

浊清大监淡淡地"哦"了一声:"然后呢?"

青王殿下微微有些着急:"他一入府,就是名正言顺的琅琊王了,届时景玉王和琅琊王他们两兄弟的气焰不是更盛了?"

浊清大监微微一笑,低头摸着那枚玛瑙戒指:"琅琊王是陛下封的,他自己不愿入府,是为了不抢兄长的风头,也算让青王殿下白捡了个便宜。如今他不过是把属于他的东西,真正放进口袋罢了。青王殿下这么急,又有什么用呢?"

"那我就这么被压过一头?再这样下去,到时候立储,哪还有我的份！"青王急道。

浊洛公公在一旁擦了擦额头上的汗，心道：不是让你态度好一点了吗！

但是浊清大监却似乎不在意，只是幽幽地反问道："你当年是怎么当上青王的？"

"因为……"青王咬了咬牙，"因为我查处叶氏谋乱有功！"

"哈哈哈哈哈哈。"浊清大监忽然大笑起来，笑得青王头皮发麻，笑得浊洛公公起了一身的冷汗。

"好一个查处谋乱有功。"浊清大监一拍大腿，"那还有一件大功勋，你要不要？有了这件功勋，我保那立储卷轴之上，写着你的名字。"

"是什么？！"青王忽然站了起来。

浊清大监却没有直接回答，只是伸出一根手指，遥遥指着门外的方向："这一次你的功勋，在西面。"

当年太安帝登基便是靠着西面的功勋，二十万大军压城，应是攻破了西楚号称万世坚固的国门，一代风流王朝就此湮灭于世间。如今北离再西面过去的领土，便是西域那众多的佛国。那些大大小小的佛国，早已是北离的藩属国，而且每一个佛国，面积甚至都比不上北离的一座大城，素来贫瘠，人民都生活在苦难之中，所以历朝历代都没有想过要把那一片土地纳入领地之中，太安帝自然也没那个打算。

青王虽然算不上绝世之才，却也绝不愚笨，自然不会以为浊清大监所说的西面的功勋是讨伐西域佛国，他脸色凝重："如果失败了，我必死无疑。"

浊清大监给自己倒了一杯茶，慢悠悠地喝了一口："你当不了皇帝，也是必死无疑。或者你可以学一学你的承德皇叔，装疯卖傻一辈子，或许萧若瑾和萧若风两兄弟心一软，就不杀你了。"

青王脸色阴晴不定，似乎依然没有下定决心。

"李先生走了，临走之前把学堂祭酒先生的位置让给了山前书院的人，你知道这代表什么吗？"浊清大监伸出一指，轻轻扣了扣桌子，"这代表李先生已经决心离开天启城了。当年帮助太安

帝一起打下江山的人，叶羽死了，满门抄斩就剩下一个儿子在南诀逃命；李先生走了，打算云游世间不管天下琐事；只剩下最后一个，手握重兵，镇守国门，可是国门之外哪有悍敌？他要挡谁？在皇帝眼里，他才是悍敌！这不是乱世征伐的年代，想要功勋就自己造出混乱，杀了他，龙封卷轴上，我保证写着萧燮的名字！"

听到最后的时候，青王萧燮紧紧地握住了双拳，额头上已是汗如雨下，他咬了咬牙："谢大监指路。"

"但是他最不好杀。"浊清大监微微含笑，似乎在说一些无关紧要的事情，"我会让浊洛帮你，你不能拿着刀自己去杀一个被称为杀神的男人，你要让天下人去杀他，就像当年你对叶羽做的那样，不过这一次……可没有那么容易。"

青王萧燮长吁了一口气："我明白了。"

"去吧，这不是一朝一夕的事情，你需要至少半年的谋划，我等你的消息。"浊清大监微微抬手，示意浊洛送客。

萧燮站了起来，随着浊洛公公一同往屋外走去，大监浊清自始至终都没有从坐榻上起身的打算，可以算是傲慢到了极致，但是萧燮却已经从一开始的不满到如今的坦然接受了。

他的确有那个魄力。

"掌册监大人。"青王萧燮坐进了轿子中，和轿外的浊洛公公说话，"有一句话我方才不敢问大监，现在我问你，为何大监要如此做？"

浊洛公公不置可否，没有回答这个问题，只是伸手替青王拉下了轿子的幕帘："大监等青王拜访，已经等了很多年了。"

浊清大监又慢悠悠地给自己倒了一杯茶。

里屋之内，有两个人慢慢走了出来。

一个瘦瘦高高，衣衫空空荡荡，随风而飘，像是一根竹竿。

一个矮矮胖胖，穿着一身花衣，绣满铜钱，仿若市井奸商。

"虽然三言两语就能被迷惑，但好歹也有一身狠劲和胆气，并不算太不济。"瘦高男子看向屋外，评价着方才所见的青王萧燮。

"我就是选中了他的狠。"浊清大监喝了一口茶，"但是和百里洛陈比起来，这种狠太不值一提了，就像是小孩子们争夺陀螺时的凶狠和一个人拿着刀一路砍下几百颗头颅的凶狠去做对比。"

"当日，我们曾有杀死百里洛陈的机会。"矮胖男子露出了富家翁般的笑容。

"在乾东城杀百里洛陈？你们太天真了！所以才会被古尘打伤，连天外天都不敢回。"浊清大监冷笑了一下。

站在他面前的这一胖一瘦二人，正是当日在乾东城被一剑打伤，五年之内都无法恢复功力的天外天四尊使之一的无法无天。他们原本可以一路返回天外天，可如今掌权的无相使素来与他们不和，两人权衡再三，最后找到了天启城大监，达成了一桩交易，而浊清大监也答应用自己的虚怀功帮他们疗伤。

"托大监的福，如今只要半年时间，我们兄弟二人就能恢复功力，甚至比当日还要更强。"瘦高的无法抱拳道。

"半年。"浊清公公笑了笑。

"既然在乾东城杀不了他，那就在天启城杀他。"矮胖的无天依然满面笑容。

浊清公公望着屋外，笑了笑："高处不胜寒啊，人站得越高，也就摔得越惨。我曾经听人说过那个叫百里东君的少年人，比酒胜过雕楼小筑，纵马扬鞭，绕城喧嚣而去，真是听着都恣意啊。不过若他的背后不再有镇西侯府，不再有学堂，那么还会如此恣意吗？"

无法和无天相视一眼，微微皱眉。

"学堂那些自以为风流的少年郎啊，这次就连同百里洛陈，一起毁掉吧。"浊清公公朗声长笑道。

无法和无天在心中同时叹息，果然在芳华正好的时候被割了做太监的人，都不会是什么正常人，和这样的人做交易，真是得留心啊。

站在屋外的掌册监浊洛听到屋内传来的笑声，也不由得打了个寒战。一开始师兄只说过要抓住权势，可现在要做的，分明是乱国乱朝的杀头之事啊……

青王萧燮坐在轿子中，虽然已经远离了那个屋子，但背后依然冷汗直流，他拿出手帕不停地抹着额头。当年叶羽将军谋逆案，

明明是父皇做好了一切,然后把刀子递给了自己,自己只是会了意,一刀递了出去罢了。可如今他要做真正的执刀人,去杀一个更凶狠的人,那个人可是沙场之上令人闻风丧胆的杀神,就连当今的皇帝陛下都不敢轻易动的人啊!

"成了,就真的能当皇帝了。"萧燮将湿漉漉的手帕收了起来,冷不丁地说了一句。

## 第九章 · 抬手神游

唐门。

百里东君与温壶酒一起走到了唐门的毒麟院,然而院子里的人并没有昨日众门派入唐门那般的多,看来不少人已经折在方才的小试验之中了。百里东君扭头打量了一下四周,发现昨日遇到的那个唐门少年唐怜月正站在高台之上,边上站着三个中年人,似乎是唐门今日试毒大会的主持之人。他们四人中三个穿着黑衣,唯有最中间那个神色严肃的中年男子,穿着一身金衣。

"那个穿着金衣的叫唐灵皇,是如今唐门对外的掌事者,据说暗器用毒均是唐门年轻一辈中的第一。其他三个都是他的师弟,那个你昨天对招过的是关门小弟子,他与你对决虽然没有掉以轻心,但也没有用全力,之后遇到他还是要小心些。"温壶酒与百里东君说道。

百里东君疑惑道:"关门小弟子?谁的关门小弟子?"

"自然是唐老太爷。"温壶酒打量了一下四周,并没有看到老太爷的身影,看来今日的试毒大会,唐老太爷并没有打算现身。

"唐老太爷很老吗?"百里东君问道。

"的确很老,已经六十岁了。不过唐老太爷不是指他的年纪,而是唐门家主的代称。如今的唐老太爷,三十岁就当上门主,这一

声老太爷,已经叫了三十年了。"温壶酒笑了笑,"如果今日还没有你那朋友的消息,我会亲自拜会老太爷。"

百里东君点了点头,方才唐门弟子过来传信,依旧没有南宫春水的消息,他心里不禁有些着急,本不想来参加这试毒大会,但温壶酒劝他,他的朋友在试毒大会前离奇失踪或许和试毒大会有关,不如静观其变。

院子中的人慢慢多了起来,温壶酒一一和百里东君介绍,那个是五毒门,这个是毒神教,那个是云枯派,还有什么不死门、枯骨教,反正这些用毒的门派每一个名字都凶狠异常,不是带毒字,就要带个死字,生怕别人不知道他们是用毒的一样。

"我们就不一样了,我们和善,老字号温家,温文尔雅的温。"温壶酒微微含笑。

然而他和百里东君范围五步之内,没有一人,院子里的所有人都避开了温壶酒,乍一看,就像所有的人将他们二人围了起来一般。

无论门派的名字再凶狠,任何一个也不敢站在温家人的身边,更何况那个人穿着一身标志鲜明的衣服,那大大的"毒死你"三个字,证明了此人可是温壶酒,温家这一代最难对付的人。

"舅舅你确定?"百里东君挠了挠头。

"都是些成见!"温壶酒不满道。

"对不起,让让。"一个和善的声音在人群后响起。那些凶神恶煞的毒门弟子看到此人一脸憨厚,姿态谦卑,自然没有给好脸色,但碍于身在唐门之中,咒骂了几声,还是把路给他让开了。那人便一路走到了温壶酒的面前。

"你来了,还真是赶巧,不晚一步,不早一刻。"温壶酒瞥了他一眼。

"步平舅舅?"百里东君喜道,这个血缘关系并不是那么近的舅舅和他关系可是非常好,自己的那条白琉璃在温家的时候,就是温步平日常喂养的。

温步平对他笑着点了点头,随后转头和众人打招呼:"温家温步平。"

众人又往后退了两步,方才咒骂他的人,心里已经在琢磨要不要先走一步了。

温家温步平，很少露面于江湖，江湖上常人不识，但混迹毒门的都知道，温步平是这一代温家最好的炼毒师。

"各位。"穿着一身金衣的唐灵皇朗声喝道。

全场寂静。

"江湖之上，用毒被称为诡道，不为世俗所承认。我们唐门，暗器第一，用毒第二，曾不被江湖人所待见，然如今提起唐门，天下英雄又有谁敢不服？诡道明道，本就是江湖成见，毒能杀人，亦能救人。今日在此，便邀请天下毒门，一起参加这试毒大会，互相交流毒道。"唐灵皇说话中气十足。

温壶酒在下面一直冷笑："百里，你觉得这像不像江湖上那些骗子组织，在号召别人入会？"

百里东君笑道："舅舅你这是嫉妒。"

温步平也是轻轻摇头："我们温家不爱出风头，只有你舅舅一定要和别人争高低。唐门在这里办试毒大会，有执牛耳的架势，你舅舅自然不服。"

"这是我唐门药人。"唐灵皇大喝一声。

只见一个带着青铜面具的男子从高台之上缓缓走出，面具之下的瞳孔已经溃散，一看就知被下了毒，失去了原本的意识。

"他本是江湖大盗，被我唐门擒得，经我们唐门多年锤炼，如今已是百毒不侵之身。这边是我唐门对各位的考验，若台下各位有人能以毒毒倒他，那么，便有资格对我唐门出一个考验。试毒大会，请各位先试一试唐门的毒，再让唐门试一试你们的毒。"唐灵皇望向台下众人，目光凛冽。

"好大的口气。"温壶酒起身就要跳上台。

"先等等。"温步平急忙一把按住温壶酒，"不要急，老字号温家，怎么能是一开始就上场的？"

唐门这一段话可以说是非常嚣张了，对于从江湖各地奔来的毒门众人，真是非常不客气了。不过这就是唐门，唐门要是讲客气了，台下的众多门派才应该害怕了。

那带着青铜面具的江湖大盗站在台上，似乎有些茫然。唐门众

人已经退到后面坐了下来,只剩下那个号称百毒不侵的面具人在那里呆呆地望着台下众人。

"谁来?!"有人高喝道。

台下人声攒动,但谁都不想做第一个上台的人,毕竟毒这个东西和药一样,讲究对症下药。在对这个青铜面具人的体魄还没有确实了解的情况下,谁都不愿意轻易试之,都想让别人先探探虚实。

半响之后,才终于有人耐不住了,一步踏到了台上。

"有意思。"温步平一笑。

"果然是五毒门。"温壶酒耸了耸肩。

站在台上的是一名女子,穿着一身黑衣,体态婀娜,以黑纱遮面,一双年轻的眸子里却藏着无限风情。

五毒门,一门皆女子,比天仙还美,比蛇蝎还毒。

他们最善合欢之术,传言有取阳补阴的邪门毒术,专挑那俊秀儒雅的少年书生,在对方欲仙欲死之时,取其眉心一血,以炼其毒,毒为情人蛊。

用一血养一蛊,邪到极处,毒到极处。

好在那青铜面具人瞳孔溃散,已经失了神智,不然如今在一个体态婀娜、眉眼生情的秀丽女子面前,怕是还没动手,就被美人之毒毒倒了。

"身材真好。"温壶酒舔了舔嘴唇。

"鲜嫩欲滴。"憨厚老实的温步平却是和温壶酒一唱一和。

百里东君自视自己在男女之事上是个谦谦君子,但此刻看到那女子竟也有些心痒,腹中有股说不出的热流在流淌……

"别担心,这毒女子练了媚术,不是你定力不够,这场中怕是有不少人现在都恨不得扑到台上去。但是看看就好,千万别动手,别碰她,不然怎么死的都不知道。"温壶酒仰头喝了一口酒,压了压心中的悸动。

温步平呵呵一笑:"对于五毒门的女子,你舅舅可是很有研究的。"

"多嘴。"温壶酒冷哼一声。

台上那女子从腰间掏出一把短刃,短刃上闪着紫光:"我的这把刀可是涂满了毒药的毒刃，毒名钩吻，中了它，世上无人可解，就连我们五毒门也一样。"说完后，她就将小刃放在了唇边，作势就要一舔。

"怕不是个傻子。"百里东君一愣。

"我怎么会舔呢？我若是死了，你们该有多难过啊。"女子微微侧首，往台下一看。

百里东君与她对视，脸微微一红："她在看我？"

"一眼看众生，够媚。"温壶酒笑道。

女子转过头，望向面具人，一眸子的风情万种，却依然看不透那浑浊迷茫的眼神。女子咬了咬牙，纵身一跃而出，手中利刃冲着面具人猛地划去。

可面具人虽然失了神智，却依然有着本能的反应，侧身一躲，就躲开了那匕首。

女子腿一伸，作势就要将面具人踹倒，可一脚踹去，却被一脚踢了回来。女子点足后撤，疼得龇牙咧嘴。

"下毒也得有些高明的手法，那女子的媚术对这面具人无效，身手又差了那么几分意思，怕是胜不了了。"温壶酒叹了口气。

"该死！"女子低喝一声，退到台边，双手一扬，手中竟又多了两把匕首。

"这是要用飞刀啊。"百里东君惊呼道。

女子一个转身，黑衫飘起，长袖一挥，三道银光陆续射出。

飞刀，飞刀，又见飞刀。

"太慢了。"温壶酒摇头。

只见面具人快速地躲闪着，三柄飞刀依次从他身边划过，直逼后面的唐门众人而去，但他们都安稳地坐着，面无表情。

忽然台下人群中发出一声呼喊。

只见飞刀忽然回撤了。

这柄飞刀竟然是回转。

"圆月飞刀？"有人疑惑道。

在空中去而复返的飞刀手法可不多见，最有名的就是那圆月飞刀，可是五毒门的小姑娘，怎么会如此高明的暗器手法？

百里东君眼尖,看到了虚空中的那一道银光,他说道:"有根丝线。"

"眼力不错啊。"温壶酒夸赞道,"的确是丝线,能承受住一把飞刀的重量,是五毒门的蜘蛛丝。"

面具人也察觉到了,伸手一把握住了三根丝线,往后猛地一扯。五毒门的女子立刻就放了手,嘴角露出一丝冷笑。

"既然是五毒门的蜘蛛丝,丝上必定有毒。"温壶酒叹了口气。

就这么结束了?他望向唐灵皇,唐灵皇依然面无表情。

面具人将三把飞刀丢在了地上,抬起手掌,看着那缠绕在手中的丝线。丝线在他的手上灼烧起来,最后化作一摊黑水,淌在了地上。

"这是?!"温步平低声一呼。

"不对!"温壶酒眉头一皱,"这是佛门的金刚护体功法,我曾经毒过白马寺的一个和尚,他就是这样将毒物直接烧成黑水的。唐门抓来的江洋大盗,还会佛门武功?"

"大师兄。"高台之上的一名唐门弟子转头唤唐灵皇。

唐灵皇抬手挥了挥:"先等等。"

五毒门的女子原本以为一击已经得手,可是对方却一掌就化去了自己的毒,她不禁有些懊恼。

"林秀,退下吧。"有个中年女子的声音在台下响起,想必是台上姑娘的师长。

被换作林秀的年轻女子咬了咬牙,忽然俯身。

"不可!"台下的中年女子大呼。

可林秀却置若罔闻,手重重地往地上一按。

无数的小虫从她的袖中爬了出来,疯狂地冲着面具人跑去。

若不是亲眼所见,谁也想象不到,一个年轻姑娘的身体之中,竟然藏着如此多的毒虫。

方才对这姑娘满脑子污秽念头的台下一众男子,此刻不禁头皮有些发麻了。

"当年那女子也是这般吓人吗?"温步平调侃道。

温壶酒冷笑:"这叫百蛊噬心术,只传嫡系弟子。五毒门上下齐用，就是万蛊噬心阵，能灭一个门派，你说话可小心点。"

毒虫冲着青铜面具人狂涌而去，可那面具人却张开嘴，猛地一吸，竟将那些毒虫一股脑地吸入了嘴中。

不等你来咬我，我先把你吃了。

"疯了吧！"林秀一惊，一只毒虫入腹就够人受得了，何况是一口气把这所有的虫都吞进腹中，怕是整个身子都会被钻空吧。

可面具人竟然一边咬，一边吐，那些蛊虫竟被他硬生生地咬成了渣子，吐在了地上，最后还用脚使劲地踩了踩。

"好恶心……"百里东君一阵作呕。

"其实没什么恶心的，蛊虫都是半死之物，身子早就干了，就跟嚼树根没什么差别。"温壶酒说道。

温步平和百里东君同时用奇怪的眼神看向他。

温壶酒急忙解释："我没吃过啊！"

温步平和百里东君转过头，摇头叹息。

"我真的没吃过啊！"

三人交谈间，无计可施的林秀已经被忽然暴起的面具人一拳打飞到了台下。百里东君见状，立刻跃起，在空中稳稳地接住了那姑娘。

温壶酒伸手扶额："不是说了，千万不要碰她吗……"

百里东君扶着那五毒门的林秀稳稳落地后，听到温壶酒的话急忙一把放开她。

那林秀落地后眉头微微一皱，对那百里东君怒目而视。

"姑娘你们门派不会有哪个男人碰了你就要么杀死，要么娶了你的说法吧？"百里东君惴惴不安。

林秀秀目圆瞪："你想得美！"

百里东君又急道："那你也不是从小修炼毒功，以至于浑身上下，无所不毒，只要轻轻一碰就会染上剧毒吧？"

林秀看着面前这人，白衣胜雪，秀气风雅，本来还颇有些好感，没想到自己是遇到了一个傻子，她没好气地回道："你才浑身有毒！"

百里东君长舒了一口气，转头对温壶酒说道："舅舅你到底在

紧张什么?"

温步平一脸笑意,忍不住调侃道:"你舅舅这是一朝被蛇咬,十年怕井绳,你不用管他。"

百里东君淡淡地"哦"了一声。

"秀儿,回来。"一个蒙着面的中年女子站在十步之外,沉声唤道。那中年女子手中拄着一根金色拐杖,拐杖之上爬着五条颜色各异的长蛇,煞是恐怖。

温壶酒脸色微微一变,温步平倒是憨厚地笑了笑:"温壶酒,来的是那小柳的姐姐呢……"

林秀点了点头,转身便要离去,可又猛地一回头,望向百里东君:"你方才说到我可能会嫁给你的时候,为什么一脸惊恐?"

百里东君一愣,不知该如何回答。

"你不喜欢我?"林秀秀眉一翘。

百里东君猛地连连点头。

这可把林秀气得不行,作势就要拉下自己的面纱:"那我就让你看看我的容貌,看你还喜不喜欢我!"

"不可。"温壶酒急忙一把捂住百里东君的眼睛。

"舅舅……"百里东君疑惑道。

"你若看了她的容貌,就真的要娶她了,这次是真的!"温壶酒低声喝道。

"秀儿!"中年女子举起拐杖重重地落在地上。

林秀把手放了下来,又狠狠地瞪了一眼百里东君,最后一跺脚,终于还是离去了。

"记好了,这位姑娘叫林秀,以后绕着点走。"温壶酒把手收了回来。

百里东君挠了挠头:"素闻江湖险恶,原来险恶到如此几步,不小心看一眼就得一生负责啊。"

"哈哈哈哈,你若是被五毒门的姑娘缠上,这一生也算没有白过,就是日子短一点了。"温步平哈哈大笑。

百里东君一脸茫然:"为啥日子短一点?"

"这身子骨……吃不消啊。"温步平长叹一声。

"闭嘴,看台上。"温壶酒正色道。

随着五毒门林秀的探路,现在一个接着一个门派已经跑到台上进行挑战。但那面具人却一直稳稳地站着,凡是想用兵器伤他再下毒的,都根本无法近他的身,而以水为毒、以气为毒的,则都被面具人一股脑地吞到了肚子里。

"难怪一个面具严严实实的,唯独露出一张嘴巴,原来是个吃毒的。"温步平依然笑得憨憨厚厚,似乎并不着急。

"一下子吃了十几种毒药,还站得那么稳,唐门若真能炼出这样的怪物,那对于我们可不是什么好事。"温壶酒眉头微皱。

坐在高台上的唐怜月嘴唇微动,发出极轻的声音:"大师兄……"

唐灵皇的眉头也是越皱越紧:"我自有分寸。"

云中派的少掌门在台上站了许久,与面具人相隔六步之远,不进也不退,只是默默地站着,最后终于长叹了一口气,从台上走了下来。

"他这是做什么?"百里东君不解。

"云中派下毒讲究虚无缥缈间,你别看他就是傻站着不动,但其实已经下了三道毒了,对方却一点反应都没有。"温壶酒解释道。

百里东君"啧啧"连叹,再次深刻地感觉到了江湖险恶。

"是不是到我们登场的时候了?"温步平看着高台。

"不,是我登场的时候了!"温壶酒一步踏在台上,举起腰间的酒壶,仰头就是一口。

人群中有个持枪的少年,原本已觉得这场试毒大会有些无趣,可此刻却浑身一震:"是他!"

他身边的药王辛百草歪了歪脑袋,一脸不屑:"又是这个爱出风头的家伙。"

"我负责制毒,他负责用毒。虽然上台的只是他,代表的却是我。"在江湖上名声不显的温步平缓缓说道。

场下响起一片喝彩声。

如今能砸了唐门这场子的,也就只剩下老字号温家了。

温壶酒喝完酒,擦了擦嘴巴,忽然一步掠出,直逼面具人一掌

打去。

温家最直接的下毒手法——毒砂掌！

温壶酒可是冠绝榜四甲，江湖之上赫赫有名，就算不用毒，只靠一身武功也能横走江湖。

但是却被面具人一掌接住了。

温壶酒忽然张嘴，方才喝进嘴中的酒就变成了一团水汽，冲着面具人扑面而去。

随即面具人就像忽然失了力道，原本接着温壶酒的掌垂了下来。温壶酒见状，轻轻抹了一下胡子，一根胡须被抹下刺出，擦过面具人的脖子，留下一条浅浅的血痕，最后再一掌毒砂掌，把面具人打飞了出去。

"好！先用一剂醉梦往生卸去他一身内劲，再用一剂芳华刹那见血封喉，最后补上一掌毒砂掌，这还不死，就是大罗金仙了。"温步平得意道。

百里东君感慨道："这毒药名起得还挺风雅。"

"当年我们温家三杰，一人制毒，一人用毒，还有一人专门取毒名，配合默契，温门无敌。"温步平笑道。

"还有一人是谁？"百里东君疑惑道。

"是你娘。"温步平语气平实，不然就真的像是在骂人了。

那面具人轰然倒地。

温壶酒摸了摸腰间酒壶，正欲再喝一口。

可面具人忽然又笔直地站了起来，那浑浊的眼睛慢慢地清晰起来了。

"好毒。"他忽然说了一句话。

声音很轻，只有台上的人听到了。

温壶酒大惊，怒道："唐灵皇，这是你唐门拿江洋大盗炼的药人？你唐门好大的威风，能抓来这样的金身罗汉！"

唐灵皇拍案而起，纵身一跃落在了温壶酒的身边，他转头，望向面具人，沉声道："你是谁？"

唐灵皇和温壶酒齐名多年，一个是唐门翘楚，一个是温家奇才，高下之争已有多年，而他们站在同一边，却是第一次。

高手出手，过招一次，就是高低。

眼前这面具人高不高？

冠绝榜四甲温壶酒一出手，便知名扬天下的唐门也养不出这样的药人。

而唐灵皇更是早就看得一清二楚，他们唐门所蓄养的药人，是以毒化毒，才能抗天下毒，而不是靠一身真气护体，成就佛门金刚身。他方才一直不出手，不过是想再看一看这人的虚实罢了。

面具人目光慢慢变得清晰、澄澈，若一汪春水。

"是你！"百里东君方才就觉得面具人的身形有些眼熟，此刻看那眼神，竟是一眼认了出来。

昔日的学堂李先生，今日的南宫春水。

面具人摘掉了面具，露出一副年轻俊秀的面孔，他笑了笑："温家，真的好毒啊。"

唐灵皇和温壶酒都微微有些惊讶。

方才此人展露出的武功，已近乎佛门金身罗汉了，没有数十年的捶打，怎么可能拥有这样的体魄？可眼前之人，为何会如此年轻！

不，不能说是年轻。

只能说是年轻得太恐怖些了。

"此处不好，太小，打不自在。唐门最大的地方在哪里？梧桐院？去那里吧！"南宫春水纵身一跃，朝远处奔去。

台上唐门众弟子相视一眼，眼中满是惊骇。

唐门梧桐院，那是唐老太爷清修的地方，除老太爷亲传弟子外，寻常唐门弟子都不能踏入半步。

唐灵皇和温壶酒没有半点犹豫，立刻提步跟了上去。百里东君也从台下跃起，点足一掠，跟了上去。

台下那原本已经够惊讶的抱枪少年，更是眼珠子都要瞪出来了。

"百里东君，你怎么在这里？"抱枪少年打招呼道。

百里东君闻言扭头，听出了那熟悉的声音，却一时找不到人，只能大呼："司空长风，快来帮忙！"

于是司空长风又提着长枪跟了上去。

药王辛百草叹了口气，他可不想和唐老太爷打交道，所以不想

踏入那梧桐院,但略微一犹豫后,还是跟了上去。

台下众门派一时之间还没反应过来台上的变故,但就算反应过来的,也没有一个打算跟上去。唐老太爷的梧桐院,谁没事愿意踏足那里?不要命了?

于是,在一众人陆续跟了上去之后,最后只有台上年纪最小的唐怜月站了起来,一步跃起。

他本以为世上年轻人,数他最绝世。

即便见到了那双手刀剑、恣意嚣张的镇西侯府小公子,他依然觉得不在话下。

可方才那年轻人做的,至少他唐怜月做不到,还远远做不到。

他也不恼,就想看看,这年轻人到底是谁?到底还能有多大的本事!

梧桐院的确大,至少比容纳天下毒门的毒麟院还要大出三四倍。南宫春水落入院中,眼神澄澈,笑容和善,若春水,似春风。

"我叫南宫春水。"他的语气云淡风轻。

温壶酒和唐灵皇落在他的面前,却一个个都浑身真气翻涌,如临大敌。

"我是个儒雅的读书人。"南宫春水依然语气和善。

温壶酒和唐灵皇吸了一口气,没有说话,显然并没有相信南宫春水所说。

百里东君随后赶到,急忙出言阻止:"舅舅,这就是我与你所说的,在唐门之外被人劫走的朋友,自己人!"

唐灵皇瞥了一眼温壶酒,冷笑道:"原来是你的自己人!"

温壶酒擦了擦额头上的汗,少有地对百里东君厉声道:"你这朋友若是会被人这么轻易劫走,那么那个人,差不多就是天下第一了!"

百里东君疑惑道:"什么意思?"

温壶酒皱眉望着一脸春风笑意的南宫春水,沉声道:"你这朋友有古怪!"

南宫春水笑着对百里东君摇了摇头,百里东君一愣,只能退了一步,不再说话。

可空长风等人依次落地。司空长风与百里东君对视了一眼，没有说话，只是站在了他的身边。辛百草往前一步，则站在了温壶酒的身边。那唐怜月则站在最后，在唐灵皇开口之前，暂时选择冷眼旁观。

"哟，采药的，你也来凑热闹？"温壶酒大概是用尽全身力气，才开了个玩笑。

辛百草能感受到一阵强大的压迫感从那俊秀的年轻人身上传来，他的武功不差，但可算不上太好，勉力道："怕你们两个被打死。"

唐灵皇则仔仔细细、上上下下地打量着南宫春水，最后说了一句让场中所有人都震惊的话。

"你为何只有金刚凡境？"

让两个逍遥天境的冠绝榜高手如临大敌，吞进那数十种毒物也面不改色的人，竟然只是金刚凡境？这也太过于匪夷所思了！

温壶酒其实方才也探了许多次对方的境界，得到的结论和唐灵皇一样，可这南宫春水带来的压迫感可绝非普通的金刚凡境能够带来的。对于温壶酒这样的天境高手来说，区区金刚境，单手可杀！

"看不起我的境界吗？"南宫春水笑了笑，随后一抬手，"这又如何呢？"

抬手之间，气象自在，地上无敌。

瞬间跨境，入自在地境。

温壶酒和唐灵皇一身长袍无风自扬，辛百草则抵御不过，往后退了一步。

"这是什么人啊……"温壶酒第一次对自己的出手没有把握。

唐灵皇转头瞥了一眼梧桐院中那间正屋的房门，外面已经闹出了这么大的动静，可里面的唐老太爷依旧为所不动。

老爷子……这该不会是你找来的麻烦吧？

"还不够？"南宫春水一笑，再抬手。

人间不够，天上逍遥。

人间可见至高境，逍遥天境。

温壶酒和唐灵皇汗如雨下。不过梧桐院之中，只有他们觉得压迫感如此之深。三步之外，百里东君等众人并无感到任何异样。

从压迫感中退出来的辛百草却心有余悸,感慨道:"是个高手啊。"

百里东君在心中叹了叹,他当然知道,这是个高手啊。

又何止高手啊!

南宫春水叹了口气,又伸出手掌,作势要往上挥:"要不再抬抬?"

众人皆惊。

可谓大惊失色!

正屋的房门猛地打开,抽着旱烟的白发老爷子望着这边,虎视眈眈。

天境之上,仍有玄境。

世间千万人,无人见过。

那是番怎样的景象?

天上地下,唯我独尊!

"人间太无趣,天上太寂寥,唯有我凡世仙人走,世上最逍遥。"

南宫春水一字一句念得缓慢、淡雅,做足了一个儒雅读书人的模样。

可是敲在堂内众高手心间,却如惊雷拍打,字字震心。

因为他的手真的就那么往上一抬,天上惊雷乍起,南宫春水闭上眼睛,忽入神游,万里而行。

在那缥缈沧海间,云海缭绕处,有一座若隐若现的孤岛,有一白发老人坐在孤岛高山的云雾之间,正对着一副棋盘,棋盘之外,却无对弈之人。老人似人似仙,忽然仰头,一身白袍无风自扬。

微微含笑的儒雅读书人从天而降,一步坐在了棋盘前,随意便落下了一子。

"蓬莱枉觅瑶池路,不道人间有幔亭。蓬莱岛主,许久不见了啊。"儒雅读书人伸手一挥,便拨开那些云雾。

于是便看到苍山之下,有一白衣胜雪的俊秀男子,正在坐观沧海,山崩不动。

"几十年未曾相见了。"白发老人也落下一子,"为何忽入玄游?来此逍遥?"

"想念老友,来此相见罢了。"儒雅读书人似乎对棋局失了兴致，不再落子。

白发老人朗声长笑："世上独有的两个老怪物，是该多见见。"

"非也非也。"儒雅读书人摇头，"只有你是老怪物，我是潇洒读书人。你照照镜子，再看看我，好好琢磨琢磨自己的话。"

"不要绕弯子了。你百年不肯入神游，今日竟破了禁忌，神游万里来找我，必有重要的事。"白发老人叹了口气。

"瞒不过你啊。其实这一次，我是来告别的。"儒雅读书人依然微微含笑，若春风拂过，春水轻流。

他们几十年未曾相见，再度重逢，为何却是告别？

老人却并不疑惑，只是回道："世间最远就是蓬莱，你要去哪里，来我这蓬莱岛告别？"

儒雅读书人微微一笑："我要去一个女子的心里。"

老人摇了摇头，早知道就不问这个问题了。

"我收了很多徒弟，每一个都很喜欢。如果有一天，他们能到你这里，请他们喝一杯酒。"儒雅读书人笑道。

老人从桌上拿起一个精致小巧的白玉酒杯："我的酒很贵的。"

儒雅读书人则拿出一个大碗，放在桌上："我是说这么大的一杯！记在我的账上。"

老人笑了笑："可你不是都要告别了吗？"

儒雅读书人咧嘴一笑："所以这账还不了了。世上坏账死账那么多，就不允许我赖一本？"说完后，他瞥了瞥那正在观海的俊秀男子，那男子这一次竟回头了，冲着这边微微一笑。

"虽然不是江山代有才人出，但至少隔几代出一个啊。在我之后，天下第一就是他的了。"儒雅读书人幽幽地说了句，"只是蓬莱岛太寂寥，不如早日回我人间逍遥。"

"知道了，你走吧。"老人脸色一沉，猛地一挥袖。

儒雅读书人便凭空消失在了那里，神游而去，转瞬便又是万里。

别处已是冬风萧瑟，此处却始终四季如春。

唯有那高高耸起的山头上，有着百年不化的积雪。

一座秀气的小城城头，站着一个一身红衣的秀美女子。

朱唇微启，眉心有痣。

"千秋无绝色,悦目是佳人。"

那佳人原本看着苍山雪发着愣,可眼前却忽然出现了一个儒雅读书人,带着一股得意春风。

"许久不见了。"读书人一拂袖,茶花飞扬。

红衣女子一愣:"你是谁?"

"我叫南宫春水。"儒雅读书人缓缓道,"是你的相公。"他咧嘴一笑,不再矜持。

红衣女子手迅速按住了腰间的剑,怒斥道:"滚!"

儒雅读书人却不理会,只是吸了吸鼻子,闭上了眼睛:"人间已是大雪坪,此地仍吹春日风啊。"

红衣女子微微皱眉,犹豫了一下后说:"你是……他?"

儒雅读书人睁开眼睛,点头笑道:"我是他。"

"为何我一说是你相公,你就猜到了是他?是不是你也已经把他当成了你的相公?哈哈哈哈,唯有我凡世仙人走,世上最逍遥。逍遥有三,江湖有酒,江湖有友,江湖有美人。"

红衣女子怒起拔剑,冲着面前的读书人就是一剑刺去。她的剑法很快,不是寻常女子的花拳绣腿,就算是剑道大师见到了,也得赞叹几句,而且很狠,没有一点犹豫。

反正你若是他,我必定伤不了你。

你若不是他,出言不逊,伤了也就伤了。

可剑却从读书人身子中穿了过去,如刺虚空。女子一愣,急忙收了剑往后撤了一步。

"还是这么脾气不好。"读书人摇头叹道。

女子怒道:"你究竟是谁?!别给我装神弄鬼,不过是一些幻术障眼法罢了。"

儒雅读书人凑上前,几乎就要和红衣女子脸贴脸了。红衣女子脸微微一红,踉跄着撤了一步。读书人伸出手作势刮了一下她的鼻子,虽然只是轻飘飘地划过,他笑道:"我们很快就会再相见的,娘子。"

一朵不合时季的茶花飘然落地,眼前却已空无一人。红衣女子四下环顾,却哪还有刚才之人的半分踪迹。

去了很远的路，说了很多的话，见了几个想见的人。

本该过去很多的时间。

但在这唐门梧桐院内，却不过一个吐息的时间。

南宫春水吸了一口气，闭上了眼。

南宫春水吐了一口气，睁开了眼。

便已经神游而回。

只是一个吐息间，唐灵皇和温壶酒已经感觉身子之中真气正在暴走，随时都有可能走火入魔，就连站在那里原本稳如泰山的唐老太爷，手中的烟杆子也忽然断了。

这就是神游玄境。

三个逍遥天境围着他一个，却连喘息的机会都找不到。

南宫春水依然笑若春风，可春风中却带着剑气。

"来吧，一起来吧。用你们最强的毒，最狠的毒，能杀一城人的毒，尽情地毒我吧！不要留手哦，不然……"南宫春水眉毛一挑，"我就杀了你们。"

"我杀了你们。"

平淡甚至带着几分笑意的语气，这个你们包括冠绝榜高手温壶酒、唐灵皇，也包括早就已经半退江湖的江湖宿老唐老太爷。

但他们都没有觉得这是一个笑话，甚至觉得这可能就是一弹指的事情。

毕竟谁也没有真正对决过神游玄境的高手。

那可是无人达到过的武道顶峰。

"来！"南宫春水一跃而起，长袖微翻，便有雷霆气概。

唐灵皇点足一掠，忽然抬手一扬。

无数的暗器朝天飞起。

唐门梅花针、朱颜小箭、菩提血、阎王帖、生死轮！

唐灵皇几乎将袖中所有的暗器都甩了出来，那些暗器飞至空中，又铺天盖地地压了下来。

"万树飞花。"司空长风喃喃道，他只在传说中听过这唐门的绝世暗器手法。据说在万树飞花的攻势下，被攻击之人无处可躲，无从可退，当唐门的人用出来的时候，这就已经是个死局了，更

何况这个人是在唐门至少排前三的唐灵皇!

百里东君则已经看绝了,唐灵皇那眼花缭乱的暗器手法自然一绝,但更绝世的却仍然是那泰然自若的南宫春水,他一拂袖压下一半暗器,但另一半却仍然朝他的身上砸去。

只听到"叮叮叮"的声音,所有的暗器就像是砸到了一个巨大的铜钟上,都很快地摔落在了地上。

南宫春水一笑,浑身皮肤上散出一丝淡淡的金光。

"这是什么武功?"百里东君疑惑道。

司空长风皱着眉头,不敢说话。

唐灵皇一愣,惊道:"金刚不坏神通!"

无坚不摧、万毒不侵、金刚不坏、至刚无敌,佛门至高武学——金刚不坏神通。

"果然是佛门人吗?"温壶酒在唐灵皇使用万树飞花的时候,已经在瞬间掠到了南宫春水的身后,抬起一掌就朝着南宫春水打了下去。

南宫春水又是一笑,忽然身形退到了六步之外,让本以为一击可以得手的温壶酒落了个空。温壶酒一掌劈空,急忙调整身形,点足一掠,撤到了唐灵皇的身边,他重重地喘了口气,说道:"道家绝学,灵虚步。"

"这究竟是个什么人,怎么能同时精通佛门、道家两门绝学?"唐灵皇沉声道。

"金刚不坏神通、灵虚步,只有这两门武功,就算杀不死别人,但至少可以保证怎么也不被别人打死。而他,至今还没有真正的进攻。"温壶酒微微皱眉。

"进攻?"南宫春水点了点头,"好的。"

温壶酒和唐灵皇退了一步,唐老太爷依然站如泰山,分毫不动。

"尽铅华、不染尘。"南宫春水忽然说了两个莫名其妙的词,"来!"他伸出手。

百里东君身边的那柄长剑和长刀都在瞬间出鞘,从温壶酒和唐灵皇身边穿过,飞到了南宫春水的手上。他左手持剑,右手拿刀,轻轻一旋,整个人就飞了起来。

双手刀剑舞！

真如绝世舞者般的翩然起舞，每一步都像是踩在鼓点之上，刀剑轮回，公子浅笑，可以说是说不尽的风华绝代了。

可是，在温壶酒和唐灵皇的眼中看来，却是凶险无比。

唐灵皇的暗器接连出场，温壶酒的毒掌一掌化作十九掌，可却是一退再退！

"金刚不坏神通虽然号称无敌，但只要外门功夫，都有罩门，你唐门有一样暗器，破天下一切罩门！"温壶酒忽然厉声喝道。

"破了罩门又如何？神游玄境的人，一根针，杀不死他！"唐灵皇冷哼道。

"我有《三字经》。"温壶酒一字一顿地说道。

唐灵皇立刻心领神会。

百里东君和温步平则是心头一怔。温家弟子都有一味《三字经》，那是他们每个人独有的一门毒药，除非大难临头、生死一线，不然绝不会轻易使用，因为那是他们最后的杀招！

"我信你！"唐灵皇怒喝一声，从怀里掏出了一个事物。那东西扁平如匣，长七寸，厚三寸，上用小篆字体雕刻：出必见血，空回不祥；急中之急，暗器之王。

唐门，暴雨梨花针。

唐灵皇手放在匣中，便要按下。

温壶酒忽然振臂一挥，将身上的长袍给脱了下来，他伸出一指，在长袍的后面猛地一划，那用黑墨写成的"毒死你"三个字竟被那一指给划了下来，融成一线墨水。

这就是温壶酒的《三字经》了。

毒——死——你！

唐灵皇猛地按下那暗器匣，二十七根银针激射而出，温壶酒手指猛地一划，那一线墨水猛地打在了银针之上。

黑色的银针直逼南宫春水而去。

这是唐灵皇第一次在世人面前使用暴雨梨花针，也是温壶酒的《三字经》第一次对人使用，可他们却像是演练了几百上千遍一样的默契。

因为是对手,所以无比熟悉。

因为在死局,已经退无可退。

南宫春水迎着银针盲卜,忽然大吼:"看清了吗?"

不知在对谁说,但百里东君和司空长风都同时点了点头。

南诀。

滂沱大雨。

雨生魔撑着那柄伞站在湖边,望着湖对岸的那座竹楼。

湖名洞月湖,竹楼里住着南诀如今的第一高手,烟凌霞。

"徒弟,还记得刚来南诀时我对你说的话吗?"雨生魔忽然问道。

站在雨生魔身后的叶鼎之微微皱眉:"哪一句话?"

"看好我这一路的每一剑,除了最后一剑。"雨生魔沉声道。

叶鼎之却是摇了摇头:"弟子不想错过那一剑。"

"这一路来我虽然没有明面上指导你剑招,但每次我出剑一次,实则便是教你一次。一路我杀了十三个人,你的剑术也就提了十三次,但这最后一次不一样,我会对烟凌霞用十三剑,每一剑你都可有所悟,但第十四剑不能看,你一定要记住。"雨生魔猛地吸了一口气,"不然功亏一篑。"

豆粒大的雨滴敲打着雨生魔的伞面,声音盖过了叶鼎之的回答,他没有听清,只是微微仰头。

湖的对岸,有一个穿着绿衣的女子正在踏着湖面款款行来,如履平地。

唐门。

时间仿佛静止了。

只因那步入神游玄境的南宫春水轻轻一挥袖,二十七根飞针便停在了空中,既不再往前,却也不下坠。

暴雨梨花针,破天下武功一切罩门。

可此刻却一寸也没有向前。

这就是神游玄境了!

温壶酒和唐灵皇在心中同时叹了一声,这是真正的技不如人,怕是学堂李先生来此,都不一定对付得了这个人吧。

"这就放弃了?"唐老太爷冷哼一声,忽然纵身一跃,穿过两人,直逼南宫春水而去。

南宫春水笑了笑,忽然道:"就到这里了。我有那么多徒弟,你们两个小子是最幸运的了。这一场对决旁观,胜练武十年!"

南宫春水忽然扯袖,二十七根银针瞬间飞出,全都打入了他的身子中,他嘴角微微一扯,似乎感觉到了几分疼痛。

而唐老太爷已经掠到了他的身前,伸出手轻轻地按在了他的头顶。

"够毒了吧?"南宫春水忽然道。

唐老太爷点了点头:"天下间再也找不出比这还要毒的毒了。二十七根暴风梨花针会带着温家的《三字经》,在你的气穴中四处乱窜,连带着方才你吞下的那些毒一起发作,我再给你一记仙人抚顶,你就可以往生了!"

"那就有劳了!"南宫春水嘴角微微含笑,似乎有种淡淡的满足。

唐老太爷长吁了一口气,忽然道:"你不会后悔吧?"

"不会杀我吧?"

"如果后悔了,那便只杀我一人,不要连累唐门。"

傲视整个江湖的唐老太爷,语气中却满是忧愁。

"啰唆。"南宫春水忽然抓起唐老太爷的手,一把按在了自己的头上。

仙人抚我顶,结发受长生。

那也把这长生拿走吧。

"砰"的一声,真气相撞,唐老太爷猛地向后退去,衣袖已经破烂不堪,露出枯瘦的手臂,上面血迹斑斑。

温壶酒和唐灵皇则都是一脸惊骇,刚刚发生了什么?

南宫春水很明显是早就已经挡住了那暴雨梨花针,但方才又刻意泄掉了自己的真气,自愿挨了二十七根针,而唐老太爷最后那一掌以及两人的对白,很明显是两个人早就约好的。

"百里东君,此人究竟是谁?"温壶酒看向百里东君,神情从未有过如此严肃。

"老太爷,此人你早就认识?"唐灵皇垂首对唐老太爷说道。

辛百草则看上去要轻松得多,他看了看司空长风,疑惑道:"看样子你似乎也认识他。"

唐怜月则默默地走上前,似乎想要一窥究竟。

"站住!"百里东君怒喝一声,拦在了他的面前,手中无刀也无剑的他伸出一拳,面向众人,最后望向唐老太爷,喝道,"你把我师父怎么样了?!"

师父?

百里东君的师父?

稷下学堂,李先生!

司空长风也掠了过去,长枪往地上一扎,沉默地拦在了众人面前。

温壶酒恍然大悟:"难怪难怪,世上应该也只有李先生有如此能耐了!只是……李先生就算平时驻颜有术,不过是三十岁的模样,可怎么一下子变成一个少年了?难道是易容?"

"易容术从来骗不过唐门的脸,不是。"唐灵皇摇头道。

"返老还童?"辛百草眼睛一亮,"有意思了。"

唐老太爷瞥了他一眼:"药王先生好像知道了些什么。"

"上古有大椿者,以八千岁为春,以八千岁为秋。我听说过的那门武功,叫大椿,是已经绝迹江湖的逍遥御风门一派的武功。此门武功修炼需以药石为引,并倾一门之力培养,才能百年得一绝世之才可修此功,练成之后,每半甲子便会返老还童一次。但这到底还是传说,我没有亲眼见过。"辛百草缓缓道。

百里东君表情微微一变。

温壶酒瞬间就抓到了这微妙的表情,看来辛百草所说的没有错了,李先生必定是出自那早已绝迹的逍遥御风门,练的就是那门可以返老还童的大椿神功。

"是啊,大椿。八千岁为春,八千岁为秋。人啊,总是惜命短,可是真给你八千岁,谁有耐得住那寂寞呢?你爱的人会一个个死去，最后只剩下你独自一人……"唐老太爷感慨道。

"我爱的人还活着呢。"一个声音忽然打断了唐老太爷的话。

刚刚那一击之下，应该是必死无疑的南宫春水忽然睁开了眼睛。他睁开了眼睛，眼睛中流淌着一丝紫色，他伸了个懒腰，一身骨头噼里啪啦乱响，又打了个哈欠，便带来一阵大风，吹得院中大树沙沙作响，他随后又长吁了一口气，一阵黑烟从他口中吐出，随后他便长袖一挥，将那黑烟打散。

"舒服啊。"他仰头喝道。

温壶酒低声问道："老太爷，是李先生让你安排这个局的？"

唐老太爷冷笑一声："不然呢？难道这尊菩萨是我自己请进府的？"

"他求什么？"这次发问的却是唐灵皇。

那边的南宫春水则在做着很多奇怪的动作，打哈欠、伸懒腰、运气、挥拳、纵起飞落……

百里东君和司空长风守在他的身边，虽然奇怪，但李先生喜欢做的奇怪的事多了，他们也习惯了，便只是看着。

辛百草则饶有趣味地观察着南宫春水，毕竟长生不死对于医者来说可是千百年来最重要的一件事，他看了许久似乎看出了些门道，低声喃喃道："他在卸功？"

唐老太爷点了点头："是！李长生这次来找我，第一件事就是求我帮他卸去这一身大椿神通，我一个人做不到，只能用天下奇毒来破他身上的逍遥御风门的药石之术，再由他之后卸去一身神通。另外，他还特地让我安排了这一场对决，无论是试手的人还是旁观的人，在武道方面都能更进一步，算是他此次的报答了。"

那边，南宫春水忽然收手了，他运起收掌，一身锋芒终于退了下去，神游玄境所带来的压迫感瞬间消失，他笑了笑，望向众人："大家好，我叫南宫春水，是个儒雅的读书人。"

## 第十章·西去雪月

南宫春水微微含笑，满面春风，可对面那些人却都一个个心事重重的样子，不知道该如何回答。南宫春水愣了愣，看了一眼百里东君："你方才……"

百里东君急忙道："唐老太爷全说了！"

南宫春水微微眯起眼睛，露出一丝狐狸的狡黠，望向唐老太爷："老太爷？"

唐老太爷神色尴尬，要说揭露身份，没忍住说出来的是百里东君，不过他只说了"师父"两个字，至于南宫春水的来历和目的，的确是自己说的。他狠狠地瞪了一眼百里东君，沉声道："是他们猜出来的，老爷子我不过是解释了几句。"

"罢了罢了。"南宫春水一拂袖，"没什么大不了的。不过今日之后，我与那李长生可就彻底摆脱了联系，我便只是南宫春水，半甲子之后也不会变成什么别的人了，此生便是南宫春水了！"

"南宫兄，"百里东君倒是早就习惯了这个说法，"那我们接下来……"

"西去西去。"南宫春水从怀里掏出一条小青蛇，原本晕乎乎的小青蛇直起身子摇了摇脑袋，慢慢清醒了过来，随后从他的手指上弹了起来，跳到了温壶酒的手掌上，"这个还给你。"

温壶酒急忙将那青线小蛇收了起来，随

后抱拳道:"李先……哦不,南宫兄!"

"乱了乱了,百里东君叫我南宫兄还差不多,你这年纪,叫我南宫就好。"南宫春水抱拳回礼道,"温先生?"

温壶酒急忙摇头:"不敢不敢,这段时间劳烦南宫照顾我们家东君了。"

"他照顾我还差不多,更何况我是他的师父,你是他的舅舅,论关系谁更亲还不一定呢。"南宫春水看了一下众人,发现他们神色微微有些异常,笑道,"我是南宫春水,不代表不能收百里东君为徒啊。这样吧,百里东君你就是我的大徒弟了。拿着枪的那个,司空长风是吧,你就做我的三弟子吧,不过需要等你的二师姐入门之后。哦,你的二师姐,就是雷梦杀的女儿,她可是天生剑胚啊。"

"贱胚?"百里东君一愣。

南宫春水伸手敲了敲百里东君的脑袋,拿起地上的不染尘和尽铅华插回了鞘中:"是宝剑的剑。"

"要走了?"唐老太爷眯起眼睛。

"不走等着在这儿吃晚饭啊?"南宫春水笑着望向司空长风,"既然相遇,这次便随我们一起去吧。"

百里东君心中一喜,立刻兴奋地望向司空长风。可司空长风却在欣喜之外更多了几分犹豫,他想了想,摇了摇头:"我还有承诺没有完成。"

"去吧。"辛百草忽然开口了。

司空长风一愣:"为何?"

"你的病早就好了,你这段时间吃的药丸不过是一些巩固气血的……"辛百草笑道。

司空长风点了点头:"我知道。"

辛百草一愣,随即恍然:"差点忘了,你跟我学了这么久的医,也应该能看出来了,既然看出来了,为何还愿意继续跟着我?"

司空长风正色道:"不喜欢学医是一回事,承诺又是另一回事!"

辛百草点了点头从怀里拿出了一本书,递给了司空长风:"拿着看吧，若哪一天你读透了这本书，也就算你完成了你的承诺，反正在药王谷，你一身怨气，反而不易于学医。"

"说完了吗？"南宫春水温和地打断道。

虽然他自称南宫春水，但是李先生的威严犹在，辛百草急忙退了一步，恭敬地说道："先生，请。"

"读书人被叫作先生，倒也没什么毛病。"南宫春水低声喝道，"东君！"

百里东君点头应道："我去牵马。"

"不行，太慢了，太慢了。"南宫春水伸手指了指天，"我们飞着去。"

"我等了许久，我已经迫不及待了。"

"不远了不远了，就在西面，走！"

"唐老太爷，你知道我要去哪里，事后派人把马车给我送过来，马车上可还有好酒，也添几坛唐门的醉红尘吧！"

说完这些，南宫春水一手抓住百里东君的肩膀，一手抓住司空长风的肩膀，忽然看了一眼站在后面一直沉默不语的唐怜月，说道："以后我的弟子们都会名扬天下，你是能与他们竞争的人，唐门有你，三代不灭。"

"你是算命的？"唐怜月似乎不领情。

"也干过几年这行当。"南宫春水拎着百里东君和司空长风提步一掠，便踏风而去。

掠出唐门之外，南宫春水就松开了手，独自朝着西面狂奔而去，一路之上，大笑不止，恣意飞扬，竟是江湖豪情。百里东君和司空长风不甘示弱，也提起一股真气，奋力赶上，竟也没有落下太多。他们以为是南宫春水刻意在等他们，但他们不知道的是，一场无关他们的对决之后，他们的武学境界虽然没有明显的变化，但却有一个很重要的地方变了。

武道之中，已有大气象。

三人乘风西去，翩然已是百里。

南诀。

洞月湖。

大雨骤停。

穿着绿衣的女子手中长剑已经断了，衣袖之上血迹斑斑，她面无表情："我输了，可你却要死了。你求的，不应该是一个南诀第一高手的头衔。"

雨生魔笑了笑，摸着手中的玄风剑，恶龙罩已经被烟凌霞一剑劈断了，便只剩下了这柄剑，他将剑递给了叶鼎之："让你不要看最后一剑，可你还是看了吧。"

叶鼎之点了点头，脸上泪水纵横，说不出话来。

"不必哭。我练魔功那么多年，身子已经被反噬得差不多了，就算今日不来此求死，也活不过半年了。"雨生魔像是一个父亲般慈爱地摸了摸叶鼎之的头，"既然你看到了那一剑，便要当得起那一剑的传承。别忘了北边有个老头子，你师父一辈子也没能赢过他，你要争口气，赢过他的徒弟。"

叶鼎之哽咽道："徒儿记下了。"

"不要找烟凌霞寻仇！"雨生魔留下了这最后一句话，往后撤了一步，纵身一跃，踏浪而去。

江湖人不知雨生魔从何而来。

雨生魔亦不想让江湖知道他终于何处。

只是在遥远的北离，乘风西去的南宫春水忽然扭头，看了一眼南面。

"师父在看什么？"

"似有故人离去。"


南宫春水站在城下，仰头望去。

城门之上写着"下关"二字。

百里东君仔细想了想，南宫兄一直念叨的明明是"雪月城"才对，怎么上面写着"下关"，莫非他们这一路跑得太开心了，跑错地方了？

"徒弟啊，师父我有点紧张。"南宫春水咽了咽口水。

百里东君和司空长风相视一眼，神色尴尬，并不知道该如何回答。

"这座城啊，以前叫大长和，是一座很小很小的城，地处偏僻，唯独风景优美，一直与世无争。后来来了四个绝世之人，本来打算退隐江湖，路经几次觉得此处风景着实不错，就结庐住了下来。可是绝世之人，自然有绝世之才，岂是那么容易隐退的，于是就吸引了越来越多的人来这里，这座城也就越来越大，最后分成了两座城，上关和下关，上关风、下关花、苍山雪、洱海月，四处盛景并称，人们就叫它雪月城。那四个绝世之人中三个人都没有留下后代，唯有一名剑仙一直有一脉相传，为雪月城代代城主。传到这一代是一名女子，喜穿红衣，眉心有一点朱砂，今年二十九，面容绝世，剑法通天……"南宫春水一口气说了一大段话，最后竟是低头笑了笑，"我很喜欢的。"

百里东君挠了挠头："师父，您这是真的紧张啊。"

南宫春水疑惑道："怎么？"

"人一紧张就容易话多，师父您活了快两百年了，也不能免俗啊。"百里东君笑道。

"有人来了！"司空长风一把握住长枪，微微俯身。

"别紧张，别紧张。"南宫春水急忙按住了司空长风的手。

果然有一名女子从城墙之上一跃而下，稳稳地落在了地上，一袭红衣，眉心一点朱砂，面容绝世，手里拿着一柄一看就不是凡品的长剑，一切都和南宫春水的描述一致，只是这一剑的剑尖却是指在了南宫春水的额头上。

"你究竟是谁？"女子神色阴冷。

南宫春水抖了抖衣袖："在下南宫春水，洛姑娘，许久不见了。"

女子微微眯起眼睛："我们见过？可我不记得我认识一个叫南宫春水的人。"

"当年相见时，我还不叫南宫春水。"南宫春水袖口一甩，就将那女子的长剑握在了手中，"不过当年初见时，洛姑娘倒也是这么不客气的拿剑指着我。"

"果然是你！"红衣女子微微皱眉，神色中透露出了几分愤怒，"你还来做什么！"

"师父，您说着喜欢人家，可是人家好像不怎么待见您啊！"百里东君忍不住说道。

"胡说，我和洛姑娘可是两情相悦，当年可是私定过终身的！"南宫春水将剑递回给了红衣女子。

"你个浪荡子、负心汉！"红衣女子接过剑，又是一剑挥了过去，只是被南宫春水双指夹住，再也不能逼近一寸。

"你天下第一，我杀不了你！但我也不想见到你！"红衣女子愤怒地抽回了手，转身朝着城内飞掠而去。

"师父，您当年做了什么对不起人家的事？"百里东君忍住没笑出来。

司空长风抱着枪转过身，不忍再看。江湖传言李先生一生醉心于武道，从未有过男女之情，看来果然是假的，不仅是假的，这个李先生还是个浪荡子、负心汉。

"你知道的，既然定了终身，就要坦诚相待，所以我把我练大椿功的事情告诉了她，然后她问了我一个问题。"南宫春水怅然道。

百里东君和司空长风相视一眼，不解道："什么问题？"

"那你之前有过几任妻子？"南宫春水微微摇头。

"您怎么说的？"百里东君说道。

"也就三任啊。"南宫春水无奈道，"我这么洁身自好的人，一世当然就是一世的妻子。她听完后，脸色微微有变，但还没有发作，只是问了第二个问题。"

百里东君和司空长风也觉得方才那个回答没有问题，若一个人活了一百多岁了，才有第一个妻子，那才是有问题吧，百里东君点了点头："又问了什么？"

"她问，那她之后，我还有几个妻子呢？"南宫春水叹了口气，"这个问题换成你们怎么回答？"

百里东君微微皱眉，感情方面，他可一窍不通，虽然早早地就认定了自己钟爱一生的人，可毕竟与人连正常的交谈都没有过，他想了半天，说道："要是我我就说未来的事我也不知道，我想现在好好地爱你。"

"不妥不妥。"司空长风打断道，"要我就说在你之前，我以

为男女情爱不过是相伴一时的东西,一方死了便结束了,但遇到你之后,我觉得感情是可以跨越时间的界限的。经你之后,我便再无妻子。至于几十年以后……那自然把这段话再换个女子,再说一遍。"

南宫春水拍了拍司空长风的肩膀:"我白活一百八十年,我该唤你一句师父。"

司空长风急忙摆手:"不妥不妥。"

"我当时喝醉了,就说了一句。"南宫春水叹了口气,静默了许久才说了下一句,"我说,那哪算得完啊……"

司空长风和百里东君呆若木鸡。

"之后她就把我赶走了,声称这辈子都不会再见我。现在我回来了,带着我的决心。走!再去见她!"南宫春水纵身一跃,跃上下关城的城墙,俯瞰城内。

两边商铺蒸汽浓浓,街边的小姑娘举着花满面春风,一股淡淡的酒气飘满全城,依然是那个最美好的雪月城啊。他一跃而下,乘着下关城的风,朝着前方直掠而去。

"给我拦住他!"红衣女子看到那个身影远远地飘了过来,怒喝一声。

十六名高手从她的身边掠过,回声喝道:"好!"

她真的很生气很生气,为什么当年这个男子能说出那么缺心眼儿的话,为什么现在的他明明比自己老那么多,可看上去比自己还年轻,为什么他可以装作若无其事,为什么他……

过了这么多年,才回来!

南宫春水踏城而行,不过半炷香时间就已经到了下关城的尽头,那里有一座高高的塔,直耸入云。

塔高十六层,上写三字——登天阁。

登天阁之外,仍是凡城,过了登天阁,方能见雪月。

十六位来自雪月城的高手已经在阁上恭迎了。他们一个个都是退隐山林在此修养的江湖好手,最低的就已经是金刚凡境巅峰了,而越往上走,境界越高,最顶上那几层阁中几位老人,更是到了真正的逍遥天境。

可谓真正的，一步登天！

可这算什么？

南宫春水甩了甩衣袖，空手登楼，一步，直登十六层！

登天阁十六层内，哀号遍野，一众高手刀剑尽毁，被打得爬都爬不起来了。

这种情况，很多年前也出现过，当年的小姐，刚刚十九岁。

十六层上的镇阁长老认出了这个久违的好朋友，捂着胸口说道："怎么又是你？"

南宫春水冷冷地瞥了他一眼："当年老城主让你来拦我，现在小城主让你来拦我，我也说一句，怎么又是你？"

镇阁长老皱着眉头打量了一下他，疑惑道："你怎么没有变老，反而更年轻了……"

"因为我是……仙人啊。"南宫春水纵身一跃，一头撞破阁顶，站在了登天阁之上。

百里东君站在登天阁之下，目瞪口呆。他想起当时在天启城，还是李先生的南宫春水也是这么一头撞破了酒阁的屋顶，站在了酒阁之上。

"师父这铁头功，有点厉害啊……"

南宫春水站在登天阁之上，一身衣袍在风中猎猎飞扬。他清了清嗓子，忽然咳嗽了一下。

城内众人都仰起头，望着天。

打雷了？

"师父这狮吼功，也很厉害啊……"百里东君忍不住说道。

司空长风咽了咽口水："这哪是狮吼功……"

南宫春水就这么在众人的仰视下振了振衣袖，一身的神仙气派，他很满意现在的氛围，笑了笑，忽然朗声道："洛水我来啦！"

雪月城中，红衣女子也仰头望着天，面无表情。

"你当年说比起江湖武夫，更爱学堂书生，后来我执掌学堂，天下问谁都称我一声学堂李先生。而这一世，我叫南宫春水，只做一名儒雅读书人。当年你问了我一个问题，我回答错了，现在我来重新回答一遍了。我此生以后便只有你一个妻子，遇到你之

前,我觉得男女情爱不过是相伴一时的东西,一方死了也便结束了,但是遇到你之后,我觉得感情是可以跨越时间的界限的!"南宫春水继续朗声高喝。

沉默许久,那雪月城中终于传来了一个女子的声音:"等几十年之后,再把这话换一个女子,再说一遍吗?"

百里东君转头看向司空长风:"司空,你是老手啊?"

司空长风脸微微一红,无端就想起了天启城里那个抚琴的女子,随后假装不在意地接道:"我哪知道随口一说,就把所有的情节猜到……"

"不会的。"登天阁之上,那个声音继续含笑而起,"因为我就剩下这一生了。这一生六十年,便只与你度过,一生终了,便是终了!"南宫春水的声音忽然变得很温柔。

但是雪月城里,却是一袭红衣,像是火苗一样,忽然蹿了起来,一下子,就蹿到了登天阁之上。

雪月城城主洛水站在那里气喘吁吁,好半天才憋出一句话:"你这话什么意思?"

南宫春水一振衣袖,满面春风:"大椿功我散了,从此以后我就与常人一样,生老病死,一生一世。"

"一生一世是这么用的吗?"洛水微微皱眉。

"我与你站在一起,就可以这么用。"南宫春水言辞坚定。

洛水摇了摇头:"真是个傻子啊。"

不妙!南宫春水一愣。

当年她也是这么说的,然后自己就被赶走了……

"所有人都羡慕的长生不死,就这么自己不要了。其实,我当年只不过是生气,不是真要你散去这一身大椿功的。"洛水低头抹了抹眼泪,"你还是重新练起来吧。"

"大椿功散了就不能练了,我的师父、门派早就不在了,也没人能帮我练了。"南宫春水语气云淡风轻,像是说一件不打紧的事情。

洛水抬起头,怒目而视:"你是故意的!是故意让我心中有愧!你是报复我!"

南宫春水哑口无言，女人啊女人，自己就算再看一百年的书，也无法摸得透她们的心思。

"你这么冲动，不会后悔吗？"洛水忽然又转怒为喜，抬头望着南宫春水，一双眸子亮盈盈的，就算南宫春水是一棵一百八十岁的老树，也会心动。

"不会的。我虽然现在一百八十多岁了，但自从遇见你之后，我就觉得，我依然还是那个少年。"南宫春水走上前一步，"少年人做事，本该冲动，此生不悔。"

"那就不悔。"洛水走上前，伸手抓住了南宫春水的手。

两人对视一眼，携手纵身一跃。

一袭红衣，一袭白衣，从登天阁之上一跃而下，往那雪月城翩然而去。

"这就是书上经常愿意写的有情人终成眷属？"百里东君喃喃道。

"为一个女子放弃长生不死，也的确是书上才会写的故事啊。"司空长风也跟着感慨。

两人都微微点头，回味着这个故事，只是半晌之后，两个人忽然发现有些什么不对。

"所以有情人终成眷属后……"百里东君皱眉道，"就不管我们了？"

风萧瑟，两个少年望着雪月城的大门，心中颇有些惆怅。

司空长风叹了口气："看来是的，这个师父……忘记我们了。"

"那我们还能怎么办……去找他呗。"比司空长风要更习惯南宫春水作风的百里东君叹了口气，随后便跟着司空长风往雪月城内走去。

雪月城外，有个提着一把硕大无比的大刀的年轻男子，正在剔牙。

"有拜帖吗？"年轻男子懒懒地问道。

"没有。"百里东君老老实实地回答。

年轻男子挥了挥手，指了指边上："没有拜帖，请先登阁。"

登天阁，十六层，十六个高手。

十六个被他们的好师父打趴下的高手。

虎视眈眈。

雪月城内，一身白衣的南宫春水步伐轻盈，似乎是终于了结了一桩人生大事而内心轻松，至于还在城外苦苦等候的那两个弟子……早就被抛到了九霄云外。

倒是红衣洛水还记得他们，问道："方才与你一起来的那两个人是谁？"

"我的徒弟。"南宫春水微微含笑。

"那你就不管他们了？"洛水疑惑道。

"碍眼。"南宫春水挑了挑眉，"而且他们也应该要习惯一下没有师父的日子了，让你的登天阁好好招待一下他们吧。"

"如何招待？"洛水挥了挥手，从道旁立刻跑来了一名侍从。

"我那两个徒弟，不打到十六层，不能进城。"南宫春水笑道。

"得令。"雪月城的侍从立刻退了下去。

洛水幽幽地说道："登天阁十六层，你能一气呵成，直上登顶，你的徒弟们也行？"

"当然不行，最多到十四层，再往上会被揍的。"南宫春水朗声长笑，说不出的开心得意。

雪月城外，那个拿着大刀剔牙的守门人放下了刀，看着面前的百里东君和司空长风。

那两个人似乎并没有登阁的打算，百里东君虽然脾气比在乾东城里收敛了很多，但本性难改，此刻他的心情已经很不好了。

打登天阁要打十六层，我把你打趴了走进去，不就打一个人就够了？

我百里东君在乾东城书读得一般，算学可是学得很好的。

"打吧。"司空长风晃了晃手中长枪。

守门的年轻人站了起来，身形魁梧，竟比百里东君和司空长风都高了一个头，他朝着地上吐了口口水，随后眉毛一扬："看来你们想要直接打我？那也可以！打登天阁，打不过就走，打得过就进，讲规矩。打我？要么打死我进去，要么被我打死，埋了。"

百里东君用胳膊肘撞了一下司空长风："这个人要打死我们呢。"

司空长风脚步往地上重重地一跺："那就如他所愿，打死他！"

"有意思。"守门的年轻人扛起了刀，俯视着百里东君和司空长风。

"城主有令。"雪月城的侍从从城内走了出来，"两位公子需登上十六层，才能入城！"

"怎么是十六层？"守门的年轻人竟也有些惊讶，转头问道，"不是十层就可放行吗？是城主本人下的命令？"

"是那个刚刚闯城而入的年轻男子……"侍从挠头道。

守门的年轻人点了点头，转过头继续看向百里东君和司空长风："我刚刚说的依旧有效，杀了我，依然能进去。"

"那男子和城主……"侍从第一次见城主和一个男子如此亲近，想必就是传说中当年与城主私定终身的男子了，他带来的人，总不能拿刀杀了。

"我不管。"守门的年轻人冷哼道。

百里东君和司空长风相视一眼，同时转过身，朝着登天阁走去。

"李先生真的这么坑？堂堂的天下第一，在我听过的事迹里，都是绝世大英雄啊……"司空长风低声抱怨道。

"你知道一个人活了一百八十年是会很无聊的，所以不做些更无聊的事情，很容易撑不下去……学堂李先生，是我此生遇到过最无聊的人，雷废话都没他无聊。"

"雷废话是谁？"

"灼墨公子雷梦杀。"

两个人边聊边走，完全无视了身后虎视眈眈的守门人。守门人问旁边的侍从："这人和方才闯城的男子是什么关系？"

侍从想了想，回道："听那男子说，这两个是他徒弟。"

守门人嘴角露出一丝冷笑，随后朗声喝道："阁里的各位听好了，现在这两人来闯阁，是方才那人的徒弟！"

师父来完，徒弟又来？

这是不把我们放在眼里？

登天阁上，众人气息已经调理完毕。方才南宫春水闯阁虽然一气呵成，但是只是气势惊人，手上都留了情分，所以他们很快就恢复到了一开始时的状态。

百里东君和司空长风走到登天阁门口，一个手持长刀的中年男子就站在那里候着他们，男子身形健壮，目光如炬，声如洪钟："你们两个小子要来闯阁？"

"你上还是我上？"百里东君没好气地问了一句。

司空长风想了想："还是你吧，一般不是厉害的人后出手吗？"

"可真有脸。"百里东君上前一步。

"别太嚣张了！"中年男子怒道，他虽然是这登天阁第一层的守阁人，武功最为不济，不过是金刚凡境罢了，但靠着一身横练功夫，也能胜过一些境界高于自己的人，方才被南宫春水一拳打趴也就认了，这两个徒弟，休想这么容易过去！

"让开。"百里东君拔出了不染尘，猛地一劈。

剑光划过。

中年男子手中的刀瞬间断成了两截。

好快的剑法。司空长风一愣，比起在天启城中，百里东君的剑术似乎又进步了不少。

"走！"百里东君一脚把中年男子踹飞。

中年男子摔在了地上，脑子砸到了墙，直接晕了过去，晕过去之前还说了句话："真是见鬼了。"

"这局我来！"司空长风提着长枪率先上了二楼。

一剑，一枪，直上十楼！

年轻的守门人望着登天阁上传来的声响，舔了舔嘴唇："果然是有点本事啊，不过十层之上，每上一层，可就真的比登天还难啊！"

登天阁，十一层。

百里东君的剑被挡了下来，他笑了笑："一剑不成，那就再来一剑。"

"铛"的一声，依然被挡了下来。

百里东君撤后一步，剑柄在手中微颤，虎口有些隐隐作痛，他抬起头，一个瘦小的身影从十一层深处走了出来。那人长得很瘦小，可手中却提着一个硕大的流星锤，方才就是那流星锤打回了百里东君的长剑。

"有点意思了。"百里东君笑道。

矮瘦的汉子甩了甩手中的流星锤，没有和百里东君搭话的意思，只是目光在百里东君身上上下扫动着，似乎在寻找出手的时机。

司空长风皱眉道："这个人不好对付。"

极北之地。

千里冰原。

一辆雪白的马车踏起一地冰屑快速地前行着，持着马鞭的青衣女子轻轻拉了拉自己的面巾，试图挡住那些铺面而来的冰屑。

"还要多久？"青衣女子沉声问道，冰原上的温度低到不可想象，若不是一直用内力抵抗，怕是不过一个时辰，体内的血液都会被冻成冰碴。

"马上了。"马车内的女子掀开幕帘，望着前方。

这里就是真正的天外之天了，终年落雪，冰川林立，别说是动物，就连树木都没有办法在这里存活下去，远处都是万丈之高的冰山，谁也不知道冰山之后还会有什么，因为从来没有人能够走到那里。

甚至可以说，这里就是这天下西北角的尽头了。

"到了！"马车内的女子忽然抬头道，那里是一座低矮的雪山，在雪山的半山腰之上有一个山洞。

"这该如何上去？"青衣女子停下了马车，看着上方有些隐隐担忧。

"你在这里等我？"马车内的女子走了出来，她穿着一身白色狐裘，肤若凝雪，走出几步，头发上也沾满了雪屑，倒是很快就和这片冰原融为了一体。她仰起头，忽然纵身一跃，一步一步踏在雪山之上，冲那半山腰直掠而去。

青衣女子瞪大了眼睛，虽然她一直都知道小姐在努力修炼武功，但没有想到，竟然已经到了这个地步。

白衫女子不出片刻就从山下掠到了那山洞旁边,只可惜山洞已经被风雪堵住了,她没有犹豫,一甩袖一掌打在了洞口的地方。

风雪飞扬,三尺之厚的冰雪瞬间被打散了。

白衫女子收回手,仰头看着山洞顶端慢慢显现出来的四个字。

廊玥福地。

"父亲。"白衫女子低声唤道,"十年了。"

距离她的父亲闭关入廊玥福地已经整整十年了。入廊玥福地前,父亲就说过,这一次闭的是死关,要么出来后席卷天下,要么就死在廊玥福地之内。如今十年已过,一个人就算武功再怎么高强,十年不出关,那么后者的可能性无疑是更大了。

女子低下头,廊玥福地被一扇铜铁所铸的金属覆盖,唯有角落里有一个小洞,应该就是打开这廊玥福地的机关。白衫女子猛吸了一口气,随后手上升起一团紫气,手猛地一挥,往那小洞中一掌拍去。

铁门纹丝未动。

"还是不行吗……"女子低声喃喃道,随后她抬起头,秀目一瞪,手中紫气再转,运起比刚才更甚数倍的真气又是狠狠地砸进了洞中。

这一次铁门狠狠地颤动了一下。

然后女子就被整个地打了出来,她摔倒在地,吐出一口鲜血。

青衣女子在下面看到此景,忍不住惊呼道:"小姐……"她有些懊恼,所以说当时就不该轻易放走那个百里东君的,不知道小姐到底在犹豫些什么!要打开这扇门,就应该把那个小子早早地抓来这里啊!

登天阁,十四层。

百里东君左手持剑,右手拿刀,累得气喘吁吁。

"剑法是绣剑十九式,刀法是五虎断山刀。"十四层的守阁人是个拿着长棍的年轻和尚,看着百里东君,神色有些不耐,"你这是故意挑衅我?"

百里东君这是有苦说不出,老爹那里学来的瞬杀,小先生萧若风那里偷学过来的天下第三，都已经使出来了，打败了第十层那个使流星锤的家伙后又连破三层，但到了这一层，就是打不过面前的这根长棍，最后连压箱底的双手刀剑术都使出来了，结果又只会那两门最普通的武功，那又有什么办法……

谁让自己有个只会坑徒弟的师父呢？

"要不我试试。"司空长风嘴角一扬，抡起长枪走上前，"这位大师，怎么称呼？"

"圆泽。"年轻和尚沉声道。

"少林武僧圆泽？"司空长风一惊，"你不是已经死了吗？"

"少林武僧圆泽的确死了，我现在是雪月城圆泽。"圆泽和尚一抡长棍，冲着司空长风迎头砸了下来。

司空长风迎着长棍却没有回避，右手长枪一挥，竟也打了过去。

圆泽眉头一皱，心中疑惑道：这小子的枪法莫不是想要两败俱伤？

这么一想，他的长棍竟微微地慢了一分，然后只见司空长风左手一扬，竟从腰间掏出一根短枪，生生地挡住了他的一击，随后右手长枪挥落，在圆泽的肩膀边堪堪擦过。

"好险……"百里东君低呼一声。

司空长风收回双枪，得意地看了圆泽一眼。

圆泽笑了笑："好！长短不平枪，有几分意思。"

"只是几分？"司空长风手中长枪轻旋。

"枪是好枪，枪法也是好枪法，只可惜，火候还差了太多！"圆泽猛地一跃而起，手中长棍狂甩，舞出一道又一道的棍法。

扫、拨、云、架、撩、戳、劈、舞花、挑、点……

眼花缭乱！

"夜叉棍法！"司空长风急忙挥起双枪应对。他听说过少林寺的这门棍法，变化万千，狠辣决绝，他的长短不平枪虽然攻守兼备可在如此铺天盖地的棍势之下，竟只剩下了守。

"长短不平？你心中此刻可有不平？可你……又能如何！"圆泽长棍一挑，将司空长风猛地打退了三步。

"司空长风。"百里东君忽然低声道，"让他打得再尽兴些！"

司空长风点了点头，虽然不知道百里东君想要做什么，但这个家伙自从入了一趟天启城就变得活络了很多，想必是有什么办法了，于是自己再次向前，用出了自己最狠最强的那几次枪法，打得圆泽和尚也连退了三步。

"好好好！"圆泽和尚大喝三声，长棍猛敲三下，打得司空长风虎口发麻。

"不够尽兴！"百里东君怒喝。

司空长风一咬牙，把那短枪一丢，抢起长枪就是一顿猛打，哪管什么防守，让我打得痛快！

圆泽也打得越发凶了，最后十八式棍法用完之后，将那银月枪成功挑飞，他嘴角一扬："你输了。"

"你太入神了。"忽然一声冷喝在他耳边响起！

圆泽和尚猛地转头，就要再度提气，可是一个刀柄砸了过来，把他一下子打晕了过去。

百里东君收起长刀，轻叹了一声："一个打不过，那就两个一起打呗。"

司空长风俯下身，发现那和尚果然被敲晕了，不由得对百里东君竖了个大拇指："有一手啊。"

"哈哈，我可不是当日在乾东城里那个什么都不懂的百里东君了。"百里东君微微一笑，"一点小伎俩，不成敬意。"

两人将那和尚从地上抬了起来，找到靠墙的角落放了下来，随后便走上了十五层。

空无一人。

百里东君呵呵一笑："莫不是怕了？"

司空长风摇头："不要掉以轻心，我们先上第十六层看看。"

登天阁，十六层。

两个灰袍老人正在喝茶，一个面白无须，手指修长；另一个则身形魁梧，一身肌肉比起楼下的武僧圆泽也毫不逊色，留着长长的胡须。两个人一人捧着一个茶杯，看着一脸茫然的司空长风和百里东君，冷笑了一下。

"怎么有两个人？"百里东君疑惑道。

那魁梧的老人放下了茶杯，冷哼了一声："不过是些小小的伎俩。老朽乃登天阁第十五层守阁人，落风钟。"

"老朽乃登天阁十六层守阁人，落念瑟。"另一名老人也放下了茶杯，幽幽地看着两个人。

百里东君只觉得一个头两个大，司空长风退了一步，已经做好了迎战的准备。

"既然你们两个一起上，那我们两个，也就一起上了。"落风钟站了起来，他性格火暴，方才被南宫春水一步登阁已经弄得一肚子火气了，现在又有两个小子来挑衅他们，早已经按捺不住了，他脚重重地往地上一踏，左手推出，一股真气喷涌而出。

"克制点，克制点。"面容相对和善的落念瑟笑着安抚道。

"再克制，雪月城的脸面就没了。"落风钟推出一掌，光那掌风就把百里东君逼得往后退了一步。

百里东君皱了皱眉，咽了咽口水："司空长风，这……怎么打啊……"

司空长风拿出了长短双枪，叹了口气："这人的境界……"

"老朽不才，不过入逍遥天境三年之久。"落风钟沉声道。

落念瑟也站了起来："我比我的这个老朋友要勤奋些，所以入逍遥天境十年了。"

南宫春水是怪物，所以能完全不把这些普通的天境高手放在眼里。可放眼江湖之上，就算是高手如云的天启城，入逍遥天境十年的都可以算得上屈指可数。这雪月城一座破阁就这么多高手？

"两位老英雄成名多年，不会以大欺小吧？"司空长风到底比百里东君经验丰富些，知道这些老家伙一个个把名声看得很重，所以故意这般刺激对方。

那落念瑟笑了笑："看两位小兄弟武功不错，怕在江湖也混了点年岁了，可听过我们两位的名字？"

司空长风皱着眉，以他的阅历，江湖中的高手可都记了个遍，可的确没有什么落念瑟、落风钟什么的，当下了然，这两个人必定是隐姓埋名，在此隐居！所以就算事后自己在外面宣扬他们以大欺小，也不会对他们有任何的影响。

"既然来了,总要打,废话别说了!"落风钟早已经按捺不住了。

落念瑟伸手拦住了他,望着百里东君和司空长风,依旧是温和地一笑:"再给说一句的机会吧。"

司空长风一皱眉,脑中瞬间闪过了十几种说辞,该如何避免这一场几乎没有赢面的对决,又能顺利地从这里离开进入雪月城呢?可当他还没有决定的时候,百里东君率先开口了,他一脸诚恳地望着两位老人:"别打脸可不可以?"

"白痴!"司空长风怒道,原来百里东君还是乾东城那个百里东君,一点长进都没有!

"可以可以。"落念瑟朗声长笑,一步跃出。

落风钟忍了半天的拳劲也终于按捺不住了,一拳打出。

百里东君和司空长风倒也有几分少年郎的血气,明知不是对手,可又哪里愿意就这么束手就擒?百里东君不管三七二十一,直接就甩出了最强的西楚剑歌,司空长风的长枪若蛟龙腾起,发挥出了平日里十二分的威力。

然后就被落念瑟一手抓住了一个肩膀,往下重重地一泄,就将两个人的真气一下子泄了下去。

随后落风钟一拳挥至,便将两个人给直直地打飞了出去。

百里东君摔在地上,捂着脸哀号:"不是说不打脸吗?"

"闭嘴吧你。"司空长风没好气地骂了一句,随后站了起来,抡起长枪又迎了上去。

"临危不惧,大好儿郎。"落念瑟笑道。

"有多好?"落风钟一拳打飞了司空长风的长枪,随后一手抓住了他的喉咙,一拳接着一拳朝着他身上打去,"怕不怕?"

"不怕!有本事打死我!"司空长风对着他怒目而视。

落风钟又是一拳:"怕不怕?"

司空长风咬着牙:"不怕!"

落风钟冷笑了一下,随后索性把司空长风丢到了地上,一通拳头脚法招呼上去:"怕不怕?怕不怕?怕不怕?!"

"怕怕怕怕怕,说怕可以不打吗?"司空长风双手抱头,终于是好汉没有做到头。

"不可以。"落风钟继续一拳砸去，把刚刚被南宫春水羞辱的气愤全都发泄了出来。

百里东君看得目瞪口呆，正欲上前帮忙，却有一身灰袍拦在了自己面前，那面容和善的落念瑟依旧带着淡淡的笑意："不要急，你这里有我。"

"先生，不用问，我怕。"百里东君老实道。

"风钟的武功太狠了，放心，我的不这样。"落念瑟笑道。

百里东君咽了咽口水："不是拳打脚踢？"

落念瑟伸出了那根修长的手指晃了晃："我只用一指。"

"信你才有鬼嘞！"百里东君从地上蹿了起来，拔腿就跑。

落念瑟一笑，一跃而起，拎住百里东君的衣领直接就摔在了地上，随后一指点在了百里东君的眉心。

他倒的确没有说谎，就真的只用了一根手指头。

只是下一刻，百里东君就倒在地上浑身痉挛，他只感觉身体中有千千万万的蚂蚁在爬，经脉寸寸断裂，那种疼痛，无异于蚀骨噬心。

雪月城内。

南宫春水烧了一壶茶，慢悠悠地倒了一杯，递给了面前的人。不过片刻工夫，身处雪月城，仿佛身在自己的家中一般。

坐他面前的人阴沉着脸，却也不好意思发作，毕竟他跟着百里东君等人一路，知道面前的人是曾经的学堂李先生，也知道他的实力有多么强大，自己就算再托大，也没有办法和他去掰手腕。

"离火？"南宫春水见对面的人有些出神，轻声开口道。

一身红衣的洛水落在门口，晃悠着手中的树枝，颇有些不满。两个人才相处没多久，怎么突然冒出来一个老家伙？

镇西侯府影护卫离火缓过神来，点了点头："李先生。"

南宫春水挥了挥手："南宫春水，南宫春水。"

离火方才见百里东君等人直上登天阁，本来想跟上去看一看的，却被南宫春水派来的人"请"到了这里，此刻仍对孤身一人的百里东君很是担忧："南宫兄，我有任务在身，不妨长话短说……"

"回乾东城去。"南宫春水点了点头,直截了当地说道。

离火一愣:"为什么?"

"你让我长话短说,我便只说这直接的意思了,还是你想让我说得更清楚些?"南宫春水慢悠悠地喝了一杯茶。

洛水笑了笑,不愧是自己喜欢的男人,说话就是霸气。

离火摇头道:"侯爷让我护卫小公子周全,这是我的承诺。只要侯爷不收回成命,我就不会离开。"

"东君啊,被保护得太好了!"南宫春水忽然叹了一声。

离火一愣,犹豫了一下却还是没有说话。

"他出生于镇西侯府,母亲家又是老字号温家,第一个师父是西楚儒仙,第二个师父是学堂李先生,几个兄弟,不是雷家堡本代第一人,就是北离皇族最受器重的皇子,可谓是不管走到哪儿都顺风顺水,就算到了凶险无比的天启城,也不过就像是玩了一圈罢了。"南宫春水笑了笑,"在这样环境中成长起来的人,会成为和他爷爷一样的英雄吗?"

离火皱了皱眉,回道:"可侯爷也并不想要让小公子成为和侯爷一样的人。"

"可侯爷护得了他一时,护得了他一世吗?若有一天镇西侯府不在了,温家不在了,我不在了,那么你觉得就算东君一身武艺是逍遥天境,又有何用?他习惯了自己打不过的时候,身后就有人顶上,可若直接就跌入生死险境呢?"南宫春水忽然喝道,"百里东君入天启数月到现在,哪一次境界提升最快?那便是在天启城中学堂大考,列入死地之时!不知生死,何谓江湖?如果镇西侯这点道理都不懂,那么镇西侯府昌盛之日,最多再撑三年!"

离火听得满头冷汗淋漓:"可若是小公子真的死了……"

"那便死了。"南宫春水冷哼道,"那就怪百里成风那小子不济,只生出这一个儿子。"

"当年世子妃在生下小公子的时候,镇西侯府遭刺客突袭,虽然击杀了刺客,但世子妃却被伤了,此生都无法再生育。"离火叹了口气,"这本是侯府的秘密,但既然南宫兄话都说到这里了,便只能说了。所以小公子对于侯府来说,真的很重要!"

"那镇西侯就没有别的儿子给他生孙子了吗？"洛水幽幽地问了一句。

离火摇了摇头："侯爷发妻早亡，未曾再娶，只有世子爷一个儿子。"

南宫春水叹了口气："真麻烦啊！说不听是不是？你就把刚才那些话告诉百里洛陈，他若是不愿意，你再回来，我就不赶你走。这里来回乾东城不过十日，十日之内，我保你家小公子无忧。"

离火眉头紧皱，依然在犹豫。

"我南宫春水保他无忧，若他还死了，你一个离火在这里，还能有用？"南宫春水一甩袖，把离火打到了门口，"走！"

"走吧。"洛水笑了笑。

离火抱了抱拳，转身离开。

"这么看重你的那个徒弟啊。"洛水转头望着南宫春水。

南宫春水叹了口气："我刚才说的都是真的！如果他不成长起来，那么……镇西侯府会消失，老字号温家也一样。"

登天阁内。

司空长风和百里东君被打得摔在地上爬不起来。

落风钟和落念瑟收了手，冷冷地望着他们。

"南宫春水，你个混蛋！去哪里了啊！"百里东君倒在那里哀号道。

落风钟冷笑："打不过就找人来帮忙？现在的江湖少年郎就这么点本事？"

南宫春水当然没有回应百里东君，百里东君终于选择了妥协。

他一直都知道镇西侯府在他身旁安排了一个影护卫，这个影护卫在乾东城、天启城几次都出现过，他不是白痴，早就察觉到了，但他并不想要在这样的庇护下生活，所以每一次都拼尽全力也不希望他现身，只是这一次，他终于还是妥协了。

真的，没有办法了啊。

百里东君站了起来，一扫方才的狼狈，变得很淡定，他叹了口气，最后冷冷地说道："出来吧。"

落念瑟和落风钟同时感觉到了那语气中的一丝阴冷，都往后退

了一步，四处望了一眼，等待敌人的现身。

然而，只有一阵凉风吹过。

百里东君愣了一下，随后喊道："出来啊！"

落念瑟用气息探寻了一下四周，上下两阁之内，并没有其他人。

落风钟冷笑道："出来什么？倒是喊出来啊！"

百里东君陷入了绝望，看来不仅是自己的师父抛弃了自己，就连自己的家人都抛弃了自己……他长吁了一口气，最后冷笑道："他已经在你们的身后了，真正的高手，气息会这么容易被发现吗？"

落风钟猛地转头，一拳打去，可哪里有人的身影！

片刻间，躺在地上的司空长风一跃而起，和百里东君一同直奔登天阁下而去。落风钟急忙转身欲追，却被落念瑟伸手拦住："追什么，怕不是真的要打死他们？"

今日有南宫春水一步直登十六层，震撼全城。

亦有他的两个徒弟直坠十六层，连滚带爬。

百里东君和司空长风奔到登天阁下时已经筋疲力尽，两个人背靠着背躺在那里，连站起来的力气都没有了。

"司空长风啊，这算是咱们跪得最惨的一次了吧？"百里东君呼呼地喘着气。

司空长风咬了咬牙："我最惨的时候是马上就要死了，可现在我觉得我已经死了。你还能动吗？"

"刚刚是最后一股气了，我觉得我的骨头都是软的，使不上劲。你呢？"百里东君问道。

司空长风长吁了一口气："我的骨头可不软，我觉得我的骨头被打碎了，一块一块的。"

"看来你们两个还有点能耐，竟然打到了最上面。"拿着大刀的年轻守门人不知何时站在了他们的面前，俯首看着他们，脸上带着几分戏谑的笑。

百里东君疑惑道："你怎么知道的？"

"这个用枪的应该遇到的是落风钟老爷子，老爷子的摧山掌刚猛无比，当年罗山大盗就是被他一拳打得此生都站不起来的。至于你，遇到的是洛忘瑟老爷子，绵阴指下手很轻，后劲却是无穷，绵柔阴毒，却又蚀骨噬心。"守门的年轻人围着两个人转了一圈。

"这位好汉，在下乃镇西侯百里洛陈的独孙。"百里东君忽然说道，"有一事相求，不知可否？"

"百里洛陈，好大的名气啊！"守门年轻人的语气中，没有半点钦佩之意，反而还有几分嘲讽。

"我的师父方才进城去了，你也看到我现在这个样子，行动不便，可以帮我传句话给他吗？"百里东君语气诚恳，对比平时的他，甚至可以算是低声下气了。

守门年轻人冷笑："让他来这里救你？"

"不是的。"百里东君闭上了眼睛，又重新睁开眼睛，"帮我和他说一句——去你大爷的！"

守门年轻人先是愣了一下，随后朗声长笑，眼神中竟难得有几分赞赏之意，他点了点头："好！你师父叫什么名字？"

"南宫春水。"百里东君回道。

守门年轻人立刻转过身，提上一口气，便用出了纯正的佛门狮子吼："里面的南宫春水给我听着，你两个徒弟让我给你带句话！"

雪月城内的南宫春水笑着放下了茶杯，站了起来摇了摇头："唉，我的这两个弟子啊，终究还是……"

"他们说，去你大爷的！"

南宫春水的身子僵在了那里，洛水捂嘴扑哧一声就笑了出来。

"罢了罢了，就让他们被打死吧。"才走到门口的南宫春水又扭头走了回来。

洛水笑道："被两位老爷子这样折磨，可真的会死哦。"

"既然他们敢这么嚣张，说明离死还远。"南宫春水冷哼了一声，"我要不要也回句话？"

洛水点了点头："你不是自诩读书人吗？来一句文雅一点的。"

南宫春水转过头，对着屋外朗声道："那你也和他们说一句，那就一别两宽，各自安好吧！"

"这糟老头子！"百里东君最后怒骂了一声，随后就晕了过去。

司空长风抬头看了一眼守门的年轻人，犹豫了一会儿后低声

道:"大哥……"

下关城。

一座古旧的小宅子中,庭院里放着一个大大的浴桶,蒸汽腾腾。

"好舒服啊……我要舒服死了,舒服死了……"

"百里东君,你好歹也是侯府贵胄、世家公子,能不能有点出息!不过是泡个热水澡罢了!"

"你有出息你别叫唤啊,反正我舒服死了,登什么阁,不登了!啊……"

"别瞎叫唤,听着恶心。"

"啊啊啊啊啊……"

百里东君和司空长风两个人脱得赤条条的,躺在大浴桶里,闭着眼睛,感觉那已经散了架的骨头又一点点拼好了。

普通的热水泡澡当然没有这样的功效,那个浴桶里可是放了许多名贵的药材,都是现在坐在边上,一脸嫌弃的那个守门年轻人方才大把大把地丢进去的。当然看这个宅子的寒酸劲儿,百里东君和司空长风只当那些是普通的疗伤中药,没有多放在心上。

"大哥,感谢救命之恩啊。"百里东君仰天躺着,"要不进来一起快活快活?"

"不必了。"守门人敲了敲手中的刀,目光凛冽。

司空长风看了一眼那柄在月光下闪闪发亮的刀,感慨道:"这位大哥,今日对我们真是救命之恩啊!敢问大哥尊姓大名?"

"我叫洛河。"守门人回道。

司空长风点了点头,随后眉头微微一皱,望向百里东君:"你还记得南宫春水来这里找的那个女子叫什么名字吗?"

"听他说过,叫洛水……"百里东君猛地睁开了眼睛,"洛水、洛河!难道说……"

"那是我姐姐。"洛河漫不经心地说道。

"你姐姐不是雪月城城主吗?你怎么就住这破地方?"百里东君疑惑道。

"这地方怎么了?"洛河骂道,"不愿意住,滚!"

"大哥,不是这个意思。"司空长风急忙打圆场。

"对对对，哥，我们就是觉得您一身贵气，这里配不上您的身份。"百里东君和司空长风一唱一和，毕竟他们刚吃了大苦头，如今寄人篱下，怎么着也不敢太嚣张。

"靠天靠地靠父母，赢了不好看！"洛河没好气地说道，"人生在世，只靠自己！我姐姐是城主又怎么样，我就凭自己活，凭自己的刀活！"

难怪今日自己自报家门的时候，对方一脸不屑，自己怒骂师父的时候，他倒露出了几分赞赏，竟是这样的一个怪人。不过这样的怪人，百里东君倒是很欣赏，他点了点头："我如果早日有你这觉悟，今日就不会被打成这样了。"

洛河冷笑："晚些时候雪月城又派人来传话了，打不过登天阁十六层，就让你们滚，以后别叫他师父了。"

百里东君一个仰头倒在了浴桶里，呆呆地看着天空："这不是要我命吗……"

司空长风皱眉道："那怎么办……"

"怎么办？"百里东君又一个翻身，溅起不少水花，"那就打呗！"

月明星稀。

洛河已经躺在里屋睡着了，他让了一间别屋给百里东君和司空长风。然而，百里东君虽然身子疲累，可躺在那里，却始终无法入睡，直到听到身边司空长风的呼吸声慢慢变得平缓之后，他便起身，独自走到了院中。

月光照在他的身上，感觉有些微凉。百里东君长吁了一口气，拿起了身边的长剑。

"师父……"他轻声唤道。

百里东君此生有过两个师父，一个是西楚儒仙古尘，一个是稷下学堂李先生，两个师父在他心中的地位举足轻重。李先生让他精进，而要说他的启蒙师父，仍然还是那个一身白衣，喜欢玩弄幻术的老人。

"我教了你问道于天，但想必你也听说了，真正厉害的另一式，那招叫大道朝天，我会用给你看，但这是我的大道，你真正的大道，

你自己走!等有一天你走出自己的大道的时候,你就一定会像你说的那样——名扬天下!"

古尘的话犹然还在耳边,百里东君摸着手中的不染尘,喃喃道:"我自己的大道……是什么呢?"

他回想起那日在唐门之中,南宫春水举手一抬,便入逍遥天境,起手再抬,又是神游玄境,举目间万物惊惧,苍天变色。他在一旁看着,有一种奇怪的感觉。自己当时仿佛是从整个战局中抽离出来了,并没有被南宫春水的境界所压制,又像是整个地融入了战局之中,任何一丝细节,都像亲身经历的。他知道这是南宫春水故意为之的,而那一战观完,他总觉得心中有一股力量在喷涌而出,却又总抓不住那个点,以至于心里痒痒的,说不出的难受。

"不管了,再练练!"百里东君一甩长剑,起身便是剑舞。

西楚剑歌!

此处无人,他便再也不必藏私,将那儒仙所传的西楚剑歌淋漓尽致地用了一遍,最后落地收剑,心中猛地升起一股剑意,他一喜,怒喝:"大道朝天!"

可一剑挥出,气势却是骤减,只带得院内的小树微微地摇晃了一下。

"这就是天下第一的剑术,大道朝天了?"一个带着几分嘲讽的声音响起。

百里东君转过头,看着司空长风披散着头发靠在门边,百里东君收了剑:"把你吵醒了。"

"不算吵醒,我方才也没睡着。"司空长风打了个哈欠,向前走了几步。

百里东君就与司空长风在台阶上坐了下来。百里东君将剑放在一旁,忽然问道:"司空长风,我想和你聊一个问题。"

司空长风点头:"你说。"

"我想和你聊聊,道。"百里东君一本正经地说道。

司空长风吓了一跳:"你这是想当道士了?"

百里东君苦笑了一下:"我说认真的呢!我师父说他的大道和我的大道不一样,可师父的大道是什么我不懂,我自己的大道是什么，我却寻不到，所以想问问你？"

"以前我认识一个读书人，他和我说过一些话，大抵是天地无人推而自行，日月无人燃而自明，星辰无人列而自序，禽兽无人造而自生，此乃自然为之也，何劳人为乎？"司空长风思索了一会儿，继续说道，"大概是指，道是自然而成。所以我猜，你不用刻意去寻自己的道，遵从本心就好。"司空长风指了指自己的心。

百里东君想了想，还是摇了摇头。

"因为我来也空空，去也空空，所以就姓司空，也愿化作一阵长风，一去不归，所以我给自己取名就叫司空长风。我原本想象的一生，是提着一杆枪，骑着一匹马，就这么在天下间游荡，最后醉死在一处寺庙。我觉得这就是我的道，不在乎从何处来，也不在乎终于何处。"司空长风笑了笑。

百里东君忽然心生好奇："司空长风你说自己是个孤儿？"

司空长风点了点头："对啊。"

"你从没见过自己的父母？"百里东君又问道。

"连听都没听说过。"司空长风摇头。

"那你小时候是怎么活下来的，有人收养？"百里东君又问道。

司空长风继续摇头："也没有。"

"不可能啊，一个刚出生的婴儿，没有人抚养是不可能活下来的。"百里东君斩钉截铁地说道。

"我有记忆的那天，是从一个破庙中醒来，周围空无一人，我走到街上，饥肠辘辘，四处游荡。后来有一个衣衫破烂的少年给了我一张饼，问我是谁，我说我不知道，他说我以后就跟他混了。我不知道自己几岁，但那少年和我一般高，他说自己十三岁了，我便也当自己十三岁。我的生命，是从那天开始的。"司空长风漫不经心地说道，仿佛是在说和自己不相关的事情。

百里东君却是大惊："你这不是孤儿，你这是失忆了啊！你没想着回忆一下？"

"以前试图想过，但每次努力回想，头就会痛得很厉害。后来就释然了，就算遇到了药王辛百草，我也没有求他帮我恢复记忆。我方才也说了，我不在乎从何处来，也不在乎终于何处，这已经

是我的道了。道这个说法太玄乎，说通俗点就是处世准则。"司空长风耸了耸肩，"没什么大不了的。别说我了，继续说你吧，你的道呢？"

百里东君挠头："我小时候不爱习武，喜欢酿酒，父母不允许，爷爷却很纵容我，我也乐得自在，之后就遇到了酿酒术天下顶尖的古尘师父。后来师父死了，我下定决心开始习武，之后便成功拜了天下第一的学堂李先生为师……"

司空长风打断道："你这是在炫耀？"

百里东君急忙摇头："我只是觉得我的人生好像太顺利了，我唯一没有实现的，就是把那个漂亮的神仙姐姐娶进门。至于师父让我寻的道，我好像一点都没有摸到，就只是觉得，就这么顺理成章地活下去了……"

司空长风点了点头，拍了拍百里东君的肩膀："或许这就是南宫春水让我们闯登天阁的原因吧……你过得太顺利了！"

## 第十一章 · 复仇天启

南诀。

洛溪山。

叶鼎之躺在半山腰上,叼着一根狗尾巴草,仰头望着天,身后是一间盖了一半的茅草屋,看来是他以后要栖身的地方了。他伸手去旁边拿酒壶,可拿过之后晃了晃,却已是空空如也,他笑了笑:"没酒了。也罢,喝过了那家伙的酒,这些酒,还真是喝不惯了。"

忽然有一阵琵琶声响起。

叶鼎之微微一挑眉,却依旧没有起身。

"少主。"四个身影落在了他的身后:一人手握长笛,一人怀抱琵琶,一人拿着二胡,还有一个腰间绑着一管玉箫,正是那日随着剑仙雨生魔一起闯天启皇城的四个人。

叶鼎之依旧懒洋洋地躺着:"你们来了。"

"少主所要的剑谱,我们已经带过来了。只是主人说过,不准许少主练魔仙剑。"紫衣人沉声道。

叶鼎之耸了耸肩:"你们上一次来找我时说什么?"

"主人生前有命,在他死后,我们四人就全凭少主差遣。"那手握长笛的紫衣人缓缓道,语气诚恳,并没有半点不满的意思。

"既然供我差遣,怎么还管起我练剑来了?"叶鼎之挥了挥手,"留下剑谱,你们

走吧。"

"走?"紫衣人将剑谱放在了地上,眉头微微一皱。

"我知道你们都是师父当午救下的,为了报恩这么多年一直留在他的身边,但我不是师父,他死了,你们也就自由了。走吧,我一个人在这里就好。"叶鼎之双手枕在头下,望着天上朗月,也就是北面的方向。

为首的紫衣人犹豫了一下,摇头:"主人的命令,不敢违背。"

"师父让你们供我差遣,现在我差遣你们离开,你们又不愿意,你们这才是真正的违抗命令啊。"叶鼎之终于从地上站了起来,转身看着那四个人。

为首的紫衣人叹了口气:"那少主在这里结庐而居,为的又是什么呢?"

叶鼎之拔起了那柄插在土中的玄风剑,轻轻一旋:"自然是练剑。"

"练剑为的又是什么?"紫衣人再问道。

叶鼎之一愣,没有回答。

紫衣人垂首道:"我明白了。"

叶鼎之笑道:"怎么你就明白了?"

"我们四人将前往天启城,在那里隐匿行踪,为少主的复仇做准备,只等少主剑成的那一日,莅临天启城,吾等自竭力相助。"紫衣人抱拳道,随后转身带着其他三人迅速地离开了。

"还真是懂人心……"叶鼎之摸着手中的剑,"知道我一直看着北方,是对那里有所牵挂啊。"

"牵挂"二字,自然指的不仅仅是仇恨那么简单。诚然,天启城有着他一定要杀死的那个人,但上次天启城一别,也多了一个一定要再相见的人。

"留给我的时间不多了。"叶鼎之举起手中的玄风剑,猛地一旋。

再过不到五个月,天启城里那个喜欢听自己讲故事的姑娘,就要穿上红妆,嫁给不喜欢的男人了。

那一日,自己必须赶到天启城。

必须入逍遥天境。

师父，对不起了。

还有，百里东君，我要抢的人，是你师兄未来的皇嫂，到时候你会对我拔剑相向吗？

北离。

雪月城。

百里东君持剑和司空长风交错而过，两人都已满头是汗，气喘吁吁，可神情却是极为亢奋的。

"就是方才那个感觉了。"百里东君低喝道。

司空长风抹了一把汗，长枪一抡："唐门之中，见南宫春水抬手入玄游之后，心中就有一股气一直散不去，方才终于找到了那股气。"

"再来！"百里东君怒喝，长剑一闪，和司空长风长枪相撞，发出清脆的一声。

"吵死了！"一声怒喝响起，两人扭过头，发现披头散发的洛河扛着大刀站在那里，一双眼睛通红通红的，似乎被他们从睡梦中吵醒了。

百里东君急忙收剑："抱歉抱歉，我们二人声响太大了，把你吵醒了，我们这就去睡！"

"睡什么睡！"洛河抡起大刀，"我看你们打得很尽兴，不妨加我一个。"

"啊？"百里东君一愣。

"啊个屁！"洛河嘴角一撇，纵身一跃，长刀抡出一个半圆，随后猛地劈了下来。

"好霸气的刀法！"百里东君也不甘示弱，不染尘微微一抬，便挡住了那柄长刀，只是刀势过强，百里东君连人带剑划出了将近十步。

"还没完呢！"洛河又是一刀劈来，一刀接着一刀，那把大得出奇的长刀在他手上就像是一根绣花针一样灵活，一张密集的刀网逼得百里东君在院子里四处逃窜。司空长风很识趣地退到了一

边,看着这一出好戏,笑道:"百里东君,怎么被打得完全没有办法呀。"

百里东君退到墙边,足尖一点,高高掠起,手中不染尘在月光下闪过一道凛冽的光,他笑骂道:"该轮到我了!"

剑影在院中不停地闪烁,一道又一道,很快就撕开了那张霸道无比的刀网。

洛河微微一愣的工夫,长刀已经被一剑挑开,他急忙往后一退,不染尘从他的胸前堪堪划过。

百里东君一笑,又是一剑掠起。他的父亲百里成风精通瞬杀剑法,但以前的他只学会了瞬杀剑法的拔剑式,虽然偶尔能够出奇制胜,只是在平常的对决中,若是一击不成,就再无后招了。而在今夜,他终于领悟了瞬杀剑法的后一式——瞬影式。

"好!"洛河的刀势一点点地被压了下去,可他的心情反而更好了,仰头暴喝一声,身上衣衫瞬间碎裂,露出了暴涨虬结的肌肉。

司空长风哑然失笑:"爆衣式?"

原本就身形魁梧的洛河更显庞大了,他一刀挥去,撞在了百里东君的长剑上,随后硬生生地把百里东君从院中打飞了出去。

"洛河兄,太凶悍了吧!"司空长风感慨道。

洛河转头望着司空长风,似乎是已经兴起,指着司空长风喝道:"接着,你来。"

"还没完呢。"一声长喝响起,百里东君从院外高高掠起,连人带剑飞了回来。

"看我一剑——天外飞仙。"

天外飞仙是早已失传的一式剑招,传说中,它如青天白云一般无瑕无垢。此剑招居高而击,一剑下击之势辉煌迅疾,拥有连骨髓都冷透的剑气,剑之锋芒可怕到不能抵挡!一道剑光斜斜飞来,如惊芒掣电,如长虹经天,是绝世之人才能用出的绝世之剑。

百里东君还有这样的本事?

司空长风一惊,洛河更是一惊,如果那真是天外飞仙,那么两个人就算同时出手,也拦不下来。

雪月城中,穿着一身青衫坐在高阁上吹风的年轻少年郎笑了一下，仰头喝了一口酒，笑道："天外飞仙，我都不会。"

百里东君一剑西来，气势汹汹，一足踏在院墙之上，正欲再起，可忽然歪了歪脖子，整个人从墙头栽了下来。

洛河抬头望去，只见一袭红衣的女子持剑平扫，一道剑气荡平整座下关城，她站在墙头，轻斥道："宵禁，莫喧！"

百里东君一个跟头栽在了院中，仰头看着那红衣女子，犹自惊叹着刚刚那一剑的霸道，喃喃道："师父自己厉害，找个喜欢的姑娘也这么厉害。"

洛河见到红衣的洛水，立刻想把刀藏起来，可无奈刀太大，院中又一片空荡荡的，只得满面通红，垂头道："阿姐。"

"把衣服穿上吧。"洛水看到这个弟弟有些头疼，没有再多言，一人一剑就那么飘然而去了。

司空长风走过去用胳膊肘撞了一下洛河："还练不？"

洛河垂头丧气，扛着大刀回了屋："不练！"

百里东君从地上爬了起来，整了一下衣衫，笑道："一开始那么嚣张，原来是个怕姐姐的。"

两人也放下兵器，回屋休息，一睡便睡到了第二日。

日上三竿。

百里东君迷迷糊糊地醒了过来，从床上爬了起来，走到院中，又将那西楚剑歌练了一遍，只觉得神清气爽，浑身上下说不出的舒服。司空长风比他醒得更要早一些，枪法已经练完了，坐在一旁，顿觉腹中一阵饥饿，说道："我们去吃饭吧。"

洛河从屋内走了出来，没有带那把大刀，穿着一件青衫，一副主人家的语气："收拾一下，带你们出去吃好吃的。"

"几日没喝酒了，有没有什么好喝的酒？"百里东君问道。

洛河听到"酒"字，竟破天荒地露出了一丝笑意，伸出一根手指转了转："风、花、雪、月。"

落霞酒肆。

这是传说中下关城最好的酒楼，虽然搁在天启城，也不过是街边小酒肆的水准，但放在这纵马一炷香便能穿城而过的下关城，倒也的确是少见的。更多的所谓酒肆，就是在路边摆几个凳子，支一个小棚。

"久等了,汽锅鸡。"小二将一个土陶蒸锅放在了桌上。

百里东君夹起一块鸡肉,咬了一口,赞叹道:"嫩、鲜,不过……酒呢?"

洛河耸了耸肩:"小二,来一坛风花雪月。"

小二笑了笑,冲着洛河挑了挑眉:"洛少爷,既然要酒,还不得来些下酒菜?汽锅鸡未免太过淡了,店里新进了一批好货物。"

"哦?说来听听。"洛河意味深长地笑了一下。

小二看了一眼洛河,随后看向百里东君和司空长风,将手中白布往后一甩,兴冲冲地说了起来:"看二位客官相貌堂堂,年轻气盛,日后必定能飞黄腾达。我店里刚好今日有这道菜,名飞黄腾达,二位可有兴趣?"

"下酒菜而已,上吧上吧。"百里东君爽快地说道,不就是银子吗?他有得是!

司空长风多了个心眼,问道:"先别急着上,飞黄腾达,乍听之下我是一头雾水,还请小二细说下是个什么东西?"

"如今是初冬,也就是秋后,俗话说秋后的蝗虫跳不起来,待收完稻谷以后,我们这边都要放把小火烧烧田地,火一过躲在地底下的蚂蚱们就会蹦出来,农民们把它们抓回家后往开水里一烫,然后再晒干运到我们这里,我们拿油一炸,于是便有了这道飞黄腾达。"小二笑道。

百里东君微微皱眉:"蝗虫……岂不就是……"

"是蚂蚱。"司空长风接道。

百里东君胃中一阵恶心,连连摆手:"换一道,换一道。"

"那就来一盘竹鼠肉吧,比猫还肥的竹鼠,味道香甜、肉质软嫩……"小二舔了舔嘴唇,"油水很足。"

百里东君不怕天,不怕地,不怕江湖魔头,更不怕朝廷鹰犬,但最怕的东西就是老鼠,管你什么竹鼠、田鼠,就听他怒道:"滚!"

小二皱眉:"那蝎子呢?"

司空长风笑着问洛河:"这边的吃食果然很特别。"

小二想了想:"蚕蛹、知了也是有的,但这个季节,味道不是最好的。"

百里东君摇头："我看我们还是换家店吧。"

洛河笑了笑，决定不再捉弄他们了，便和小二说道："一坛风花雪月，炒几个野菜，再来一份菌菇宴。"

小二迟疑惑道："菌菇宴？洛少爷，这花费可不小啊！"

百里东君一听是菌菇，好歹是正常的东西，立刻扔出一个大银锭："不缺钱，来！"

很快的，小二就搬上来了一坛风花雪月，只见那酒澄澈可见底，乍一看就像是刚捞起来的泉水一般。百里东君舀了一碗，放在鼻边闻了闻，有一股淡淡的茶花香，随后又喝了一小口，只觉得清冽甘甜，唇齿留香，就像是这座南部小城给人的感觉一样，很配那四个字——风花雪月。他很满意，点了点头："回去帮我要一张酒方。"

"没问题，这酒下关城人人都会酿。"洛河招呼道，"吃菌菇。"

就着酒，吃着新鲜的野菌菇，三个年轻人越聊越是投机。一个时辰之后，酒坛已经见空，菌菇也已经吃完，洛河站了起来，朗声道："老板，再来一坛！"

百里东君拼命地摇着头，他觉得有些眼花，脑袋昏沉沉的，可是风花雪月明明是淡酒，这样的酒，他喝十坛都不会醉的。

司空长风忽然傻笑起来，看着远方喃喃道："嘿嘿嘿……好多小人，好多小人……"

"哪来什么小人啊……"洛河戏谑地笑了一下，转过头看着窗外，随即眼睛一点点地瞪大，"明明是龙啊……"

"龙？"百里东君笑着站了起来，"我怎么看到的是仙人？"

无数白衣仙子从云端之上飘落，白衣如雪，剑落如雨，她们对着百里东君，浅笑翩然起舞。

倾城绝世。

而在无数仙子之中，又唯有那一位最为夺目，就算周围都是绝世之容，却仍然掩不住她的光芒。她对着百里东君一笑，春暖花开。

"我们又相见了。"百里东君笑着走上前。

"呔！"洛河忽然大喝一声，一声喝止，眼前幻象竟皆退散。

他回过神来,发现司空长风和百里东君仍然一脸痴笑,尤其是百里东君正一步步地往外行去,他急忙一把拉住百里东君,随后转头对小二说道:"今天的蘑菇是怎么回事?!"

下关城附近的确盛产野菌菇,一般的野菌菇味道鲜美,可供食用,却也有一些蘑菇是含毒的,吃了以后就会产生各种各样的幻觉,人在幻觉之中往往会做出一些可怕的事情。洛河毕竟从小生长在这里,入幻境以后很快就意识到了问题,才得以顺利抽身。

小二急忙走上前,拿勺子舀着碗里的蘑菇,喃喃道:"不会啊,都检查过的。见鬼!怎么会有红牛肝和见手青?!"

红牛肝、见手青,这两种都是有名的毒蘑菇。

"厨子呢?"洛河摸着脑袋,有些头疼。

小二急忙跑进后厨,只见厨师被结结实实地绑在那里,后厨被打开了一个洞,想必凶手早已逃之夭夭。

百里东君推开洛河的手,正欲走上前,却看到眼前的仙子们又都乘云而起,瞬间消失得无影无踪。他回过神来,扭头环顾四周,疑惑道:"方才是发生了什么?"

"你中毒了。"洛河说道。

百里东君摇头:"不可能是毒,刚刚那是一种奇怪的感觉,我看到了幻象。"

洛河指了指桌上的蘑菇:"有人偷偷调换了我们的蘑菇,把普通的蘑菇换成了毒蘑菇。"

百里东君走过去,看着桌上的蘑菇,微微皱眉。他从小在药罐子里泡大,出身温家的母亲温络玉找遍了各种珍奇的药材,早已将百里东君的身体泡得百毒不侵了,就是唐门甚至于温家,不动用非常的手段,也没法毒倒他,又何况这小小的野生毒蘑菇呢?

坐在凳子上的司空长风也依然在傻笑:"嘿嘿……小人,小人……"

"别小人小人了。"洛河走过去不耐烦地拍了一下司空长风,他也觉得奇怪,他因为自小吃蘑菇长大,所以有抵抗力,为何百里东君也能这么快恢复如初?他问急匆匆走上来的掌柜,"有什么办法吗?"

"只能等，一会儿就过去了，也没什么大碍。"掌柜紧张地回道。

"人抓到了吗？"百里东君抬头道。

"跑了……"掌柜垂首道。

"奇怪，既然想要加害我们，怎么只换了一些毒蘑菇？这些蘑菇就算吃得再多，不过就是一些幻象，死不了人。"洛河喃喃道。

百里东君一掌把司空长风拍晕，把他背了起来，皱眉道："我们先回去吧。"

又来了！这奇怪的感觉。从柴桑城开始，他总觉得有一双眼睛在盯着他，这种感觉只有与南宫春水在一起的时候才会消失，而此刻，这种感觉又出现了。

下关城中。

有两人擦肩而过。

"得手了吗？"

"得。"

下午时分，司空长风才醒了过来，他挠了挠太阳穴："怎么了？我刚好像做了个梦，梦到了好多小人。"

"练枪。"百里东君把他的枪丢了过来，"我们得快点去登阁了。"

司空长风接过枪，揉了揉眼睛："这么着急？"

两人便在这院子里又重新比练了起来，那个耍刀的洛河却没有出现，因为他此刻又跑回了雪月城门口守门。

"弟弟，叫姐夫。"一个白衣翩翩的少年郎站在他的身边，笑着调侃道。

"滚！"洛河的回答倒是一点也不客气。

"上次见你时你还是小屁孩，你说你想学刀，家里偏让你练剑，你很不开心，于是我就送了这把大刀给你。这么大的情谊你都忘了？"南宫春水笑道，"这可让我好生失望啊！"

洛河惊诧地抬起头，他本以为这个少年郎又是姐姐不知道从哪里招惹来的贪色之徒，在他心里，他唯一认可的姐夫就是当年那个武功绝世但是却被姐姐赶走的李长生，可眼前这人……洛河冷笑道："你当我瞎？"

南宫春水叹了口气,伸手夺过洛河的大刀,在那里甩了一番,竟和洛河的刀法一模一样,他耍了一通后将刀丢了回去。

"真的是你?"洛河接过大刀,打量了一下南宫春水,仍是不太相信。

南宫春水耸了耸肩:"当年骗了你,混元刀法配合混元功没错,但并不是爆衣以后才更厉害。"

洛河脸色铁青,这几年他碎了多少套衣服……但他也没有立刻生气,毕竟李先生对于他来说,是很值得钦佩的一个人,虽然怎么也没法和眼前这个年轻人联系在一起。

南宫春水走过去拍了拍他的肩膀:"但是这样很浪漫。"

夜幕降临,洛河提着一篮馒头回到了小院,他将馒头往地上一放,看着已经筋疲力尽的百里东君和司空长风,缓缓道:"我有一个想法。"

百里东君和司空长风相视一笑,同时摇头:"我们真打不动了。"

七日之后,百里东君和司空长风重上登天阁,落风钟和落念瑟还是坐在那里慢慢地喝茶。落念瑟看了他们一眼,幽幽地说道:"不错不错,不过才几日工夫,进步很大。"

落风钟放下茶杯,站了起来,气势汹汹地看着他们二人:"还真能一步登天?来比画比画。"

落念瑟喝了一口茶:"还是老规矩,二对二?"

"不!"一声高喝响起,百里东君和司空长风让开了一条路,洛河扛着那柄大刀从后面走了出来,他笑了笑,"是三对二,我也来闯阁。"

百里东君拔出剑来:"不过我有一个建议,今日我们赢了以后,对外可要说我们都是单独上来的,一人登阁,独上高楼!"

司空长风长枪一甩:"那是自然!"

四月之后,春暖花开。

乾东城,镇西侯府。

百里成风放下手中的红帖,手指在上面轻轻地扣着。

"又遇到什么烦心事了?"温络玉从屋外走了进来,声音温柔。

"天启城送来的请帖，景玉王纳侧妃，邀我们前去观礼。"百里成风缓缓道。

温络玉盈盈一笑，在百里成风身边坐了下来："不过是一个王爷纳侧妃，也值得我们镇西侯府大老远跑一趟？"

"原本不应该，但这个侧妃是影宗宗主的女儿。"百里成风苦笑道。

温络玉微微一皱眉："就是那个护卫萧氏皇族的影宗？他们竟然和皇家结亲，这可是百年来第一次啊！"

"这些都不重要，但是影宗宗主当年还不是宗主的时候，随军出征，救过我一命。"百里成风皱了皱眉头，"这是他的独女出嫁，邀我去观礼，我不想拒绝。"

"叶将军已经死了，李先生也从天启城里离开了，你身为镇西侯府的世子，孤身去天启城，太危险了！"温络玉摇头道。

"所以在喜帖里还夹了封信，还有个人邀请我回去，说是有要事商谈。"百里成风笑道，"这个人倒是个老朋友了。"

"七皇子？"温络玉顿时会意。

百里成风笑了笑："他已经入住王府，如今是琅琊王了，他是景玉王的胞弟。如今朝堂之上，长皇子派、青王派和琅琊王派三足鼎立，这琅琊派行事最为光明正大，上次乾东城与其一见，我也对他很是欣赏，所以……"

"可是父亲说过，不得涉及党争。"温络玉提醒道。

百里成风瞳孔微微缩紧："不是我们想涉及党争，只不过这朝堂的格局在重新洗牌，镇西侯府想要屹立不倒，必须有所行动了。"

"算了，这些事情我弄不明白，不过那位琅琊王是东君的师兄，他会不会让东君也回天启城呢？"温络玉忽然问道。

百里成风笑道："信上最后一句就说了，他说他也给东君递了喜帖，但是东君会不会去，还得看李先生的意思。"

"说李先生呢。"温络玉幽幽地说道。

"这是要我们安心啊。"百里成风望着远方，意味深长地说道。

雪月城。

一辆马车停在城边，红衣飞扬的洛水坐在马车之中，白衣如雪

的南宫春水则手持马鞭，腰挂酒壶，一副要远行的样子。

"洛河，我不在的日子里，你可要坐好城主之位哦。"洛水笑盈盈地说道。

身材魁梧的洛河站在一旁垂头丧气，姐姐这一走，不知猴年马月才会回来，他印象中的姐姐不是这样的啊，他挠了挠头："姐姐，你究竟何时才回来啊？"

"我与你姐姐去成亲，成完亲就回来。"回答他的却是南宫春水。

"成个亲出去做什么？雪月城里摆个喜宴，全城人都来祝贺，热热闹闹，开开心心，你给我三天，保证完成！"洛河仍然就不死心。

"你姐姐的婚礼怎么能那么庸俗？我和你说，离海之上有一座仙岛，仙岛之上便是天门，走过天门便见仙子迎风而立。我要让那些仙子为我们奏乐，朝霞即是红联，天地便是父母，我与你姐姐便在天地之间拜天地，岂不美哉？"南宫春水仰头喝了一口酒。

"别吹牛！"洛河怒喝道，"你这人满嘴花言巧语，就是你骗我姐姐走！"

"孺子不可教也。"南宫春水叹了一口气，随后一跃而起，一把握住了一杆破风而出的长枪，猛地一挥，连人带枪将人甩了出去，又一个侧身，堪堪躲过一柄长剑，接着腰间酒葫芦一甩，又将那用剑之人打飞了出去，最后他伸手接过飞回来的酒葫芦，仰头又喝了一口，潇洒至极。

偷袭不成的司空长风和百里东君落地之后微微一停顿，又蓄力而起。南宫春水叹了口气，伸开双手，分别抓住两个人的肩膀，往上一旋，于是一脚踏在司空长风的肩膀上，一脚踏在百里东君的肩膀上，硬生生地将两个人压在了地上。他晃了晃手中的酒壶，叹了口气："偷袭不成，还想着正面进攻？我怎么有这么两个笨徒弟！"

百里东君苦笑道："师父您马上就要走了，我们二人不趁此多学点，还待何时啊？"

司空长风用枪抵地，还想再战，却被南宫春水更用力地踩了一脚。南宫春水从怀里丢出一张喜帖，扔在了地上："知道你们二人没事做，我给你们安排了一个任务。"

"这是师父您的喜帖？"百里东君疑惑道。

"天启城景玉王你们还记得吗？"南宫春水问道。

司空长风摇头，百里东君也是一脸茫然："哪位啊？"

南宫春水长叹一声："就是萧若风他哥哥，他要纳侧妃了，邀请我前去观礼，我没有工夫，你们两个就代表我去吧，不然雪月城里太安逸，我怕你们两个又废了。"

"跑这么老远就看别人娶亲？没意思，不想去。"百里东君坦诚道。

司空长风也觉得好没意思。景玉王，听名字很了不起，可和他有什么关系呢？

"你不想见见自己的老朋友？萧若风和雷梦杀他们？"南宫春水问道，"不想和他们较量较量，看谁的武功更强一些了？"

百里东君心中一动，立刻点头："去！"

南宫春水点足一掠，重新落到了马车上，猛地一挥马鞭："可不要在天启城里丢了你们师父的脸。"

洛水坐在马车上，轻声道："放心吗？他们这一次入天启城，身边可没有李先生了。"

"终归是要自己长大啊。"南宫春水再一挥马鞭。

司空长风拔出了插在地上的枪，问百里东君："怎么那么快就答应了？"

百里东君看了看手中的剑："我觉得他说得对，是时候看看我们的武功究竟到了什么地步了。"

千里之外的南诀。

草庐之中，一个年轻俊美的男子走了出来，他已经背好了行囊，拿好了佩剑。

"北离，天启城，很快就要再次相见了。"


天启城。

景玉王府。

虽然距离婚期还有半个月，但是王府上下已经尽是婚宴的氛围

了。不过是个侧妃罢了,原本不应该有这么隆重的婚宴,但据说景玉王尤其宠爱这个还未入门的侧妃,以至于早早地就已经把她接入了府中。

王府一座僻静的后院中,还未过门的景玉王妃坐在石桌上,抬头呆呆地看着天空,她像是在问别人,也像是在自言自语:"他会来吗?"

院中除了她以外,还有那个配着竹剑的少年洛青阳。洛青阳听到了她的问题,却没有回答。

谁也不知道他会不会来。

但洛青阳知道,就算他来,结局也早已经注定了。

"我希望他来,也希望他不来。"虽然没有人回答她,但景玉王妃已经自顾自地说了下去,"他来了就证明我没有被辜负,可他来了,我怕最后的希望也从此没有了。师兄,我是不是有些自私?"

洛青阳紧紧地握着手中的竹剑,几乎要把整个剑柄都捏碎了。

"如果当年蒙上面就好了,就不会被他看到了。"景玉王妃叹了口气。

洛青阳轻轻摇了摇头,光蒙上面又怎么足够,光是那一双顾盼生姿的眼睛,就足以倾倒众生啊。

皇宫。

御书房。

太安帝与大监浊清公公相对而坐,正在对弈。

"影宗宗主和皇室结姻,这种事自我北离建朝以来,一次都没有出现过,但瑾儿向我提亲的时候,孤还是同意了,你觉得是为何?"太安帝落下一子,轻声道。

浊清大监摇头道:"圣上之心,奴才怎能揣测得到。"

"和孤在这边何必说这些场面话,你心思素来最重,你会猜不到?影宗护卫皇城多年,自建国就开始,由八柱国之一的易将军所创,但是影宗必定只能生活在暗处,而且总是干着操刀的事。易将军当年忠心为国,从无二心,但是忠心一代传一代,能有几代?"太安帝冷笑一声。

浊清大监缓缓落下一子："至少到目前为止，他们还未有过二心。"

"有过二心的，否则当年孤为什么能当上皇帝！影宗帮了不少的忙。"太安帝笑了笑，"他们早已不是纯粹的萧氏守护者了，他们早就涉入了党争。上一代孤选择了他们，这一代瑾儿选择了他们。"

"结党营私，是杀头的罪。"浊清大监眉头微皱。

"除了开国先祖，谁不是靠党争获得的皇位？"太安帝冷冷地望了浊清一眼，"既然瑾儿选择了这一步，那孤就推他走这一步，别太过分就行了。"

"那青王殿下那边？"浊清大监试探着问道。

"他最近似乎消停了很多，这样也好，孤就给他一片封地，让他远远地离开天启城。瑾儿可能会杀他，但风儿不会。"太安帝笑了笑。

"陛下似乎尤其喜欢琅琊王殿下？"浊清大监幽幽地问了一句。

太安帝放下了棋子，微微侧首："你在揣测孤的心意。"

浊清大监立刻站起，往后退了一步，跪倒在地："奴才不敢！"

伴君如伴虎。

学堂之中，萧若风和雷梦杀正在比试。

"别老用那几招自创的剑法，拿出你的看家本事——裂国剑法。"雷梦杀一指弹飞了萧若风的长剑，悠然道，"说真的，你那几招什么天下第三、天下第几的，让我媳妇看到了，可得好好笑话一番，太搬不上台面了。"

"我萧氏祖传的裂国剑法，可是我压箱底的功夫，就被你这么轻而易举看去了，太亏了。"萧若风长剑一放，一收，长风划过，从雷梦杀的鬓边擦过。

"师父回你的信了吗？"雷梦杀足尖在萧若风的长剑上一点，随即高高掠起，一拳挥去。

萧若风往后退了一步，眼见雷梦杀在原地打出了一个大坑，长剑一旋，将烟尘破去："师父没回，百里东君回了。"

"他说啥？"雷梦杀手指一弹，一颗霹雳子飞掠而出。

萧若风将那霹雳子打到一边轰然炸裂,收了剑退了一步:"他半句没提婚事,就说回天启之后要和我们好好切磋一番。"

"看来从师父那里学到了不少本事。"雷梦杀笑道,"不过他还不知道在天启城会遇见自己的父亲吧?"

"我本不想把东君牵扯到这件事情里,但他毕竟是镇西侯府唯一的继承人,有些事情避免不了的!"萧若风叹了口气。

千里之外的乾东城,一辆马车带着几十骑骑兵正在缓缓出城。

温络玉与镇西侯百里洛陈站在城头,目送着他们离去。

"只带着这几十骑去天启城,真的没有问题吗?"温络玉的言语中带着几分忧虑。

百里洛陈仰头道:"当年我横扫这片大陆的最开始,身边只有九个士兵。"

"成风一直想,他这样做,是不是让自己的父亲失望了。"温络玉柔声道。

百里洛陈沉吟了许久,随后摇了摇头:"成风没有做错,如果他没有我当年的本事,那么就永远躲在这里不要离开,但如果他更胜于我,他理应去拿自己的天下!"

温络玉愣了一下,随后轻叹一声:"要是成风听到,他会很高兴的!"

"成风一直渴望超越我,这种渴望会让他变强,也会给他带来危险。"百里洛陈皱眉道,"他需要一直保持冷静。"

温络玉点了点头:"对了,据说李先生也会带着东君去天启城。"

百里洛陈沉声道:"不可能的,李先生这一生都不会回到天启城。"

"为何?"温络玉一愣。

"没有为何,但是我知道。"百里洛陈转头,"因为他和我说的。"

温络玉也转过了头,在他们的身后,站着两个年轻人。

一个是女子,红衣如火,面容绝色。

一个是男子,白衣如雪,儒雅俊秀。

"世子妃好,我叫南宫春水。"白衣男子微微俯身,"路过此地,我与侯爷也算是旧友,来此与他叙叙旧。"

温络玉习武多年，一眼就看出了眼前这白衣男子的不同寻常，而白衣男子也丝毫没有隐藏自己实力的意思，一抬首，便是睥睨天下的意思。

又过了七日。

天启城依然如往日一般平静，至少在表面上看来是这样的。

洛青阳在这一日走出了王府，漫无目的地在皇城中随便乱逛。他花了整整六个时辰，从天明走到了天黑，把天启城的几个要道都走了一个遍，最后走到了皇宫口。他从怀里掏出了一块黑色的腰牌，腰牌上写着一个"影"字。守门的侍卫立刻退到了一边，恭恭敬敬地垂首道："请。"

"这人是谁？"待洛青阳走远后，有一守门侍卫低声问道。

另一名侍卫看了洛青阳的背影一眼，低声回答："是皇帝陛下亲选的贴身护卫，但一直还未正式赴任，据说以后陛下打算培养他成为禁军统领。"

"看着也没什么了不起啊，感觉年纪还没我儿子大。"方才提问的守门侍卫不屑道。

"手中拿着影字牌的，没有一个是好惹的。"另一名侍卫沉声道。

皇宫分前殿和后宫，而前殿两旁，还有偏门三十二房，洛青阳就走到了西边十六房最里面的那间屋子。他轻轻推开门，一个老人坐在其中，似乎一直在等着他来。

老人须发皆白，但眼神依然锐利得像是一只苍鹰。

"师父。"洛青阳垂首道。

"今日好雅兴啊。"老人手指轻轻地敲着桌面，"把天启城都逛了个遍。"

"师妹大婚在即，我害怕有所闪失，所以查看了一下天启城的影卫据点。"洛青阳轻声道。

老人笑了一下："能有什么闪失，难道就凭借那个姓叶的小子？"

洛青阳神色微微一变，没有说话。

"你没有告诉我，但我也能知道。"老人收起了笑容，眼神冰冷。

"徒儿只是觉得这件事已经解决了,不必禀报给师父。"洛青阳垂首道。

"解决了?你没有杀了他,师父我教给你的是这样的解决吗?"老人冷哼一声,重重地拍了一下桌子。

"徒儿错了。"洛青阳说道。

"那个姓叶的,是剑仙雨生魔的徒弟。如今天启城中没有李先生,雨生魔若想闯城,没有谁自信能以一己之力将他拦下来,但是前几日我得到消息,雨生魔已经死了,所以你回去告诉那丫头,别指望别人来带她走。"老人语气冰冷。

洛青阳微微抬头:"师父,您就真的如此绝情吗?"

"绝情?我们影宗这么多年来只能存在于暗处,如今你被陛下选中成为明卫,你师妹被景玉王选为侧妃,我影宗这么多年才等到的机会,岂能因为儿女情长而放弃?"老人皱眉道,"我知道你喜欢你师妹,但你的功夫是我教的,你想把她带走,我现在就可以给你机会!对我拔剑,杀了我!"

洛青阳微微侧身,他今日没有带那把竹剑,腰间挂着一把狭长的铁剑,他手微微触过剑柄,到底是没有握上去,他摇头道:"徒儿不敢。"

"儿女情长。"老人似乎对这个结果并不惊讶,低喝道,"男儿应该有更高远的志向!"

"我想要成为天下第一!"洛青阳忽然道。

老人大惊,他虽然豪情万丈地说着高远的志向,但自己也没有高远到想要成为天下第一!天下第一是什么样的存在?学堂李先生!

洛青阳转过身,推门走了出去,低声喃喃道:"这样我就可以想喜欢谁,就喜欢谁了。"他不知道老人是否清楚地听到了,但他却不想继续这番对话了,推开门,径直地走了出去。

"今日让你过来是告诉你,七日之后,婚礼结束,你就到陛下身边做你该做的事!"老人的声音犹在耳后,洛青阳一甩手,就把门给合上了。

月明星稀。

洛青阳一个人走在僻静的大街上，两旁的店铺都已经关了门，他走到了一座火神庙外，忽然大声道："出来吧。"

戴着恶鬼面具，一头白发飞扬的男子从屋顶上跳了下来："上次我与你说，只要想要找我，找个破观烂庙随便大喝一声，我就会出现，你还真当真了。"

"你为什么找我？"洛青阳低声道。

"因为你很有趣，我们百晓堂对任何有趣的人都感兴趣。二十年后的天下三甲，应有你一席之地。"面具男掏出一个本子，上面画着洛青阳拔剑的样子，"好了，你的问题问完了，那么该问我的问题了，你为什么找我？"

"帮我送一样东西给别人。"洛青阳沉声道。

面具男笑道："我们百晓堂情报通天，但送东西这事却很少做啊。"

"你可以提条件。"洛青阳认真地说道。

"那你以后要为我做一件事。"面具男回道。

"可以。"洛青阳点头。

"你不问是什么事？"面具男问道。

"不必了。你是个很聪明的人，你让做的事，我必定不会拒绝。"洛青阳伸出手，"所以，成交？"

"你的话真的很少。"面具男伸出一只手，与他拍了一下，"成交。"

"这个卷轴你拿去。"洛青阳从怀里掏出一个卷轴，递给了面具男，"交给一个叫叶鼎之的男人。"

面具男接过了卷轴，作势便要打开。

长剑瞬间出鞘，抵在了他的喉咙上。

"你不能看！"洛青阳一字一顿地说道。

"不过是天启城影卫的护卫图，我百晓堂有一份比你这更详细的，你信不信？"面具男将卷轴放了下来，随后伸出一根手指，将那柄剑轻轻拨开，"要不送我们百晓堂的那一份？"

"就送这份。"洛青阳看向面具男。

"好好好，怕了你了。"面具男退了一步，晃了一下手中的卷

轴,"那就送这一份了,不过你这可是杀头的罪哦。"

"你的话真的很多。"洛青阳把方才面具男说他的话还给了对方。

面具男耸了耸肩,转过身:"看在你和我的交易这么爽快的份上,我告诉你一个情报吧。叶鼎之已经离开南诀了,正在一路奔向天启城,不出意外,那一日他一定会出现!"

洛青阳也转过身:"我知道的。"

他知道那个男人,就算隔着千山万水,也一定会回来的。

"天启城,我回来了!"一声怒喊忽然在天启城的上方炸响。

与此同时,一身青衫,骑着火红色烈马的百里东君策马在长街上奔驰,司空长风则悠悠然然地跟在他的身后,没有追上去,只是笑了笑,随后往西面的方向扭头看了一眼。

"谁在天启街头纵马?!"巡街校尉怒喝一声,持着剑拦了上去。

是一张熟悉的面孔,因为这不是这个年轻人第一次在天启城纵马扬鞭了,也因为上一次这个年轻人一马观城的时候,是学堂李先生为他执鞭。

此时的百里东君却想起自己第一次在天启城中纵马的时候,刚巧就是被李先生拦下来的,可是现在天启城没有李先生了,谁还能拦我?

"谁还能拦我!"百里东君一挥马鞭,直奔学堂而去,忍不住把心中的那句话给喊了出来。

直到一道白影落下,把百里东君直接从马上拉了下来。那白影将百里东君随手丢在了地上,随后打了个呼哨,那匹原本有点发狂的火红色烈马顿时安静了下来,奔出几步后又转头走了回来,甚至发出了一声雀跃的嘶叫。

"虽然是匹马,却比地上这个畜生有良心。"白衣人伸手摸了摸红色烈马的头。

百里东君从地上站了起来,看了白衣人一眼,惊讶大过惊喜:"百里成风!"

"百里成风也是你叫的？"百里成风伸手重重地在百甲东君脑袋上打了一下。

追着百里东君赶来的巡街校尉原本见百里东君被人拉了下来，正准备上去抓他，可看了一眼那个白衣人，立刻停下了脚步。

这个人，他们也认识。

三日之前，天启城对其的到来举行了极其盛大的欢迎仪式，三位小王爷亲自相迎，这可是外宾使臣到访都不一定会有的礼遇。至于这个人的身份，也很快地在天启城传开了。

镇西侯府世子。

镇西侯是如今北离仅存的一位一品军侯，而百里成风是镇西侯唯一的儿子。

镇西侯的名声有多响？虽然很多年他都没有现身天启城了，但是杀神的名号，依旧很响。

"世子爷。"为首的校尉急忙行礼。

"你们是要抓他？"百里成风指了指百里东君。

校尉犹豫了一下，没有承认，也没有否认："文官二品、武官四品以下都不得在城中纵马。"

百里成风笑了笑："这人没有官职。"

校尉还摸不透镇西侯世子和这个年轻人的关系，一时有些骑虎难下。

"百里成风，是不是老爷子没有来，所以你敢这么嚣张！"百里东君指着百里成风怒骂道。

"父亲的确没有来，现在还在乾东城，你最好消停些，不然你搬救兵也来不及。"百里成风笑道，"天启城的大牢，不知道比起侯府的暗房，哪个更舒服些？"

百里东君犹豫了一下，忽然展颜一笑，非常乖巧地冲百里成风喊了一句："爹。"

这可吓得巡街校尉虎躯一震，立刻躬身道："原来是侯爷的家事，那我们这边就不打扰了。"说完之后不等百里成风反应，一挥手带着身后的人一溜烟地跑了。

百里东君见他们一走，神色立刻一变，冷笑道："世子爷好大

的威风。"

"这威风不是你的,也不是我的,是千里之外那个老头子的。"百里成风瞥了他一眼,"既然遇到了,就走吧。"

"去哪儿啊?"百里东君一脸困惑。

"你以为我为什么来天启城?和你一样,参加景玉王的婚礼。萧若风邀我们先去学堂一聚,看你这架势,不也是去学堂?怎么,还要装作不认识?"百里成风冷哼道,"在乾东城你可以乱来,可这是天启城,你给我老实点!不然不用我动手,你爷爷也得收拾你!"

司空长风从马上跃了下来,牵着马走了过去,他看到百里成风,恭恭敬敬地鞠了一个躬。他从小听江湖故事长大,这位世子爷少年时跟着百里洛陈四处征战的事迹他也听了不少,自然不敢和百里东君一般造次,反而是十分敬重。

"你是东君的朋友?"百里成风问道。

"晚辈司空长风。"司空长风垂首道。

"一起走吧。"百里成风挥了挥手,转过身,拍了一下百里东君的背,"遇到我这么不开心?离家半年多了就没点思乡之情?"

"思念爷爷和母亲是有的,思念你就没了。"百里东君做了个鬼脸,流露出了几分孩子气。

百里成风摇了摇头:"自作孽啊!"

若说溺爱,百里成风对这个孩子也是极其溺爱的,并不比自己的父亲百里洛陈要少半分。在百里东君十岁之前,两个人的相处不像父子,更像兄弟,以至于百里东君渐渐地也就越来越不怕这个父亲了。后来百里成风意识到自己再这样下去,会养出一个败家子的时候,却也晚了,因为自己不管怎么假装严厉、假装发怒,都不会被这个儿子放在眼里。不过方才他拍了几下,探了一下百里东君的武学根基——

果然,既然姓了百里,怎么可能成为败家子呢!

"你和老爷子不是最讨厌天启城吗?不过是个王爷娶侧妃,你大老远跑来干吗?"百里东君漫不经心地问道。

百里成风冷笑:"不过是个王爷,你这话被别人听到,恶意宣扬一下,就是满门抄斩的罪。"

"放心,在他嚼舌头前,就被我斩了。"百里东君拍了拍腰间的剑,"我现在武功还不错。"

"于是就被我一把给拉下来了?"百里成风耸了耸肩。

"你那是偷袭!算不得数!"百里东君怒道。

"难道一个人想杀你,还会事先跑到你的面前大喊一声我要杀你吗?"百里成风回道。

司空长风一路只是笑着,没有说话,只觉得这对父子的相处方式着实有些有趣。

三个人就这样走了小半个时辰,终于走到了那座宅院之前,远远隔着,就能闻到一股书墨味。

百里东君抬起头,看着上方"稷下学堂"四个字,吸了吸鼻子,闭上了眼睛:"感觉做了场梦,又回到这里了!"

## 第十二章 · 少年闯城

稷下学堂。

自从李先生走后,学堂很久没这么热闹过了。北离八公子中的五位——灼墨公子雷梦杀、清歌公子洛轩、柳月公子柳月、墨尘公子墨晓黑以及风华公子萧若风,都在正堂之中等待着。

今日景玉王大婚,而对方也是北离皇族百年来最隐匿的影宗传人,天启各方势力当然得有所表示。而学堂,早已不知不觉成了一方势力。

百里东君三人走进了学堂,发现有一中年儒生不在正堂之内,反而坐在院中看书。他穿着一身朴素的灰色长袍,看到百里东君他们走进来,微微一笑:"回来了。"

就像是学堂的老先生看到远游归来的学子一般。

百里东君不知为何,心情忽然一下子变得很好,点头道:"陈先生,我回来啦。"

司空长风上一次来天启城得陈儒照顾不少,急忙上前道:"陈先生!"

陈儒打量了一下他,笑道:"不错,看来你遇到你的师父了。"

百里成风轻轻咳嗽了一下,他身为镇西侯府世子,地位非凡,可进入这个院子后,陈儒对其他两个人十分热情,反而对他倒是视而不见。

陈儒终于转头看了他一眼："世子爷？"

百里成风笑着望向这位高调赴任后，行事却出奇低调的学堂祭酒陈儒："陈儒先生，今日不去婚宴吗？"

陈儒站了起来，抖了抖衣襟："怎么？我这一身太过寒酸，不适合去参加婚礼吗？"

百里成风笑了笑："只是一个感觉。"

"我答应李先生主持稷下学堂，又没说还要去参加什么王爷的婚礼，我没兴趣，自然不去。"陈儒挥了挥衣袖，退到了一边，"他们在堂内等你们，去吧。"

百里成风点了点头，径直地往里走去。百里东君路过陈儒身边，撇了撇嘴："我也不感兴趣。"

陈儒挑了挑眉："那可未必。"

大堂之内，萧若风和雷梦杀早已闻讯走到了门口相迎："世子！"

"王爷。"百里成风也躬身行礼。

百里东君则一步从还在弯腰的父亲身边走过，大剌剌地拍了一下萧若风的肩膀："几个月没见，师兄你胖了！"

萧若风也不在意，冲他挑了挑眉："听说你功力大增，要和我们比画比画？"

雷梦杀拍手道："可以可以。看你那回信，我这几日早就忍不住想要揍你一顿灭灭你的威风。来来来，就在院中比画一下，让我看看师父教了你些什么了不起的本事。哟？还多了一把刀，师父的双手刀剑术都传给你了？"雷梦杀一口气说了一长串话，脸不红，气不喘，真是名副其实的多言公子了。

"来就来！"百里东君一脸跃跃欲试的样子。

"给我消停点。"百里成风冷哼一声，一手按住百里东君的脑袋，"要想胡闹，也得过了今日。"

萧若风侧身退到一边："世子说得对，你们先休息一下，再过一个时辰，我们就可以出发了。"

景玉王府。

满目锦红。

马上要成为真正的景玉王妃的易文君端坐在床上,盖着红色的盖头,沉默无言。

屋外,人来人去,声音喧哗。

屋内,唯有她一人,安静得可怕。

虽然从第一天开始,她就想要逃离这场婚事,但是直到这一刻,她才真正地感受到了内心的恐惧。过了这一日,她就是尊贵的景玉王妃了,按照父亲的说法,未来或许还会成为皇妃。如果天启城是座牢笼,那么王府、皇宫,就更是牢笼中的牢笼了。

她不想要那样的生活。

她想去那江湖,山高海阔,像那少年人说的一样。

她手心冒汗,愈发地觉得慌乱了,她抬起头,终于唤了一声:"师兄!"

却无人回应。

于是她又喊了一次,却依然无人回应。

自打她记事以来,只要自己遇到危险,师兄都会第一时间出现,自己被送到景玉王府之后,师兄更是寸步不离,但是到了最后一刻,为什么他消失了?

"师兄……"易文君的手紧紧地攥着床单。

天启城外十里,有一人策马而立,遥遥地望着那座巨大的城池,仰头喝下了壶中的最后一口酒。

天启城,我又回来了!

他将酒壶一把丢在了地上,猛地一挥马鞭,冲着天启城狂奔而去。

而天启城中,也有一个身影走了出来,一身白衣,腰挂长剑。

两个人在离天启城还有一里的地方,不期而遇。

叶鼎之停下了马,俯身望着他:"你让人带给我的东西,我已经看过了,多谢。"

"不必谢。"洛青阳从怀里拿出一块黑巾,蒙住了自己的面庞,转身望向天启城,目光凛冽。

叶鼎之愣了一下:"你这是做什么?"

洛青阳沉声道:"天启城中也有不少人认识我,我不想有不必要的麻烦。"

叶鼎之哑然失笑："我是说，你也要与我一同去做那件事？你不怕你的师门了？"

洛青阳点了点头："这件事我筹谋许久了，不然也不会有你看到的那份卷轴。不过只有一次机会，所以我一直等到了今天，就算你不来，我自己也会去，但两个人，成功的概率总是大一些。"

"大一些是多少？"叶鼎之问道。

洛青阳沉默了一下："或许能多走过一条街吧。"

叶鼎之笑了笑："第一次听你说这么多的话！不过我有一个问题，最后如果成功了，功劳算你的还是我的？"

"看师妹的意思。"洛青阳犹豫了一下，说道。

"怕你不成？"突然多了一个帮手，也多了一个对手，叶鼎之的心情却依然不变。

洛青阳递了一块黑巾给叶鼎之："戴上。"

"不必了，我本就是要杀头的重犯！上一次匆匆一见，这一次就让天启城好好记住我的脸！"叶鼎之傲然道，"走。"

洛青阳点头："好。"依然是那一副少言寡语的样子。

于是，两个少年郎同时往天启城行去，一个骑着马，一人徒步而行，但都带着他们的剑。

萧若风走到门口，看了看天色，随后对百里成风说道："世子，要不此时我们去见一下皇兄？"

百里成风点了点头："景玉王现在方便？"

"自然是方便的，新郎官嘛，又不需要做什么。"萧若风笑道。

百里成风站了起来，看了百里东君一眼："你在这里等着！时辰到了，和几位公子一起过来！"

清歌公子洛轩微微一笑："一会儿我带小师弟过去。"

"麻烦公子了。"百里成风转身，走到了萧若风的身边，"那就叨扰王爷了。"

"是我们叨扰才对。"萧若风笑了笑，走出了门去。堂内几位公子依旧坐着默默地喝茶，只有雷梦杀也跟着走了出去。

百里东君皱了皱眉头,用胳膊撞了一下司空长风:"我怎么感觉他们有事瞒着我?"

"不是瞒着你,只是告诉你没有用。"洛轩笑道。

百里东君撇了撇嘴:"那肯定不是什么好事。"

"再过几日,我便要离开天启城了。"洛轩忽然道。

百里东君一愣:"为何?"

"师父已经走了,我们也算学成归家。我和柳月、晓黑都会离开,下次再相见,便是在江湖。"洛轩看了一眼其他两人。

百里东君没有听出话中意思,在洛轩身旁直接坐了下来:"那不是很好?天启城有什么好的,也就我们学堂还行。雷梦杀呢,他家不是江南霹雳堂吗?他不归?"

"他早就被家族放逐了,不过他自己也不想回去。"洛轩喝了一口茶,"东君啊,其实我们啊,是大人了。"

百里东君忍不住扑哧笑出了声:"洛师兄,你这话怎么听着这么逗呢?"

"我也觉得有些好笑。"洛轩也笑了笑,"只不过最近老是想,柴桑城那一次或许是我们最后的少年时光了。很多事情,现在已经不一样了。"

百里东君愣了一下,终于听出了洛轩语气中的那丝怅然,他疑惑道:"是不是最近天启城里发生了什么?"

"这小半年,无事发生。"戴着白色斗笠的柳月公子忽然道。

"只是到了该分离的时候了。"接话的却是通体着黑的墨尘公子。

百里东君忽然觉得堂中的气氛有些不对,这才想起来方才的陈儒先生也是话中有话的感觉,他皱眉想了一下,也没想出所以然,索性也就不想了。

一辆马车从学堂中缓缓驶出,百里成风坐在马车内,看着对面的萧若风和雷梦杀,说道:"看来几位公子另有打算?"

"我们是师兄弟,但毕竟不是亲兄弟。有的人喜欢征战沙场,有的人喜欢游历江湖,没有办法强求。"萧若风笑道。

"可惜了。"百里成风微微摇头。

"其实如果我不是身在皇家,我也会做出和他们一样的选择,所以我很能理解他们的做法。"萧若风微微一叹。

百里成风看了一眼萧若风的眼睛,发现他神情真挚并不像在说谎,心中微微一动。

"侯爷为什么选择我们?"萧若风眼神忽然变了,刚刚那些情感在瞬间就消散无踪,变得忽然不像萧若风自己。

百里成风也收回了眼神,微微垂首:"不是父亲选择了你们,只是我选择了你们。"

雷梦杀朗声长笑:"这句话就有意思了。不是镇西侯选择了我们,而是世子选择了我们?这个意思是说镇西侯还有可能选择别人?"

"不,这句话的意思是,镇西侯府接下来的所有事,由我说了算。"百里成风眼神中闪过了一道锐利的光。

萧若风和雷梦杀相视一眼,三个人都没有再说话。不过学堂距离景玉王府却也不远,马车只行了小半个时辰就到了王府的门口。萧若风从马车上踏了下去,立刻就有一名侍卫迎了上来:"王爷!"

萧若风看他神色不对,微微皱眉:"发生了什么事?"

"有人似乎正在闯城。"侍卫低声道。

萧若风一愣,天启城并未闭城,若想进城,直接入城就好了,何来闯城一说?除非那个人……萧若风低声道:"他是往这边来的?"

"是。"侍卫点头。

"影宗的人呢?"萧若风问道。

侍卫四顾看了一眼,百里成风犹在马车上没有下来,雷梦杀打了个哈哈:"看来发生了什么有趣的事情。"

侍卫凑到了萧若风的耳边:"那人是有备而来,一路都避开了影宗,已经入城一半了才被发现,如今影宗正在拦截,但是……"

"来人是谁?"萧若风想到了最关键的这个问题。

"一个人是朝廷钦犯,就是叶氏逆党的后人叶鼎之,还有一人蒙着面,不知道是谁,但剑法很高超。"侍卫低声道。

"知道了。"萧若风点了点头,转身对百里成风笑道,"耽误

侯爷时间了,我现在领侯爷进去。"

百里成风这才从马车上踏了下来,他若无其事地问道:"发生了什么事?"

"小事,二师兄你帮忙处理一下。"萧若风冲雷梦杀使了个脸色。

雷梦杀耸了耸肩:"要我出手?果然是小事啊。"

萧若风没有回话,引着百里成风往王府内走了进去。雷梦杀把那侍卫拉了过来:"说吧,什么麻烦的事儿?"

那侍卫便又将方才的话说了一遍,雷梦杀的脸色越听越阴沉,最后长叹一口气:"果然是要杀头的小事啊!"

叶鼎之和洛青阳背靠而立,衣襟上已经满是鲜红色了。叶鼎之苦笑:"这就是你说的最安全的一条路?"

"换一条路,可能你我都死了。"洛青阳的语气依旧很淡然。

"你说这些都是你的同门,只能伤,不能杀,可他们似乎不知道。"叶鼎之拿剑轻轻一晃,"他们每一招都是要杀我们。"

"我不杀,你尽量。"洛青阳身形一动,已经提着剑冲了出去。

叶鼎之往地上吐了一口血痰,骂道:"还真是个榆木脑袋!"

"从这里去王府,还有三波埋伏,但如果慢了,会有源源不断的人赶来。"洛青阳沉声道。

"那我可要杀人了!"叶鼎之恶狠狠地说道。

学堂之中,有一名小童飞速地推门而入:"公子!公子!"

众人认得那是柳月公子的侍童,也没有拦他,赶紧让开了。那小童冲进屋内,气喘吁吁:"公子不好了!"

柳月公子轻轻挥了挥手中折扇,摇头叹道:"怎么就不好了?"

"有人在闯城!"小童低声道,"直奔景玉王府而去,影宗派人拦截,伤了好几个了。"

"什么人这么胆大?"柳月一惊,问道。

"叶……叶……"小童努力地回想着那个名字。

百里东君笑了笑:"不会是叶鼎之吧?"

小童猛地一拍手:"对!就是叶鼎之!"

百里东君大惊失色:"还真是叶鼎之?他去景玉王府做什么?"

洛轩也是微微皱眉:"当年叶氏谋逆案,是青王办的案,景玉王从头至尾都没有参与,叶鼎之若为报父仇,不该是去景玉王府。"

"先去看看再说。"百里东君哪里还会理会这些,提了刀剑就往屋外走去。

司空长风疑惑道:"叶鼎之是谁?"

"一会儿再说,先找到他!"百里东君急匆匆地走进了院中。

柳月转头看向洛轩:"镇西侯世子不是让你看着他,就这么放他走了?"

洛轩摇了摇头,立刻跟了过去。

陈儒不知何时已经回到了院中,在那里安安静静地看书,他看到百里东君走了出来,也不惊讶,只是道:"去找叶鼎之?"

百里东君点头:"先生好像早就知道了。"

"你知道叶鼎之这次来是做什么吗?"陈儒反问道。

百里东君知道叶鼎之的身世,犹豫了一下:"报仇?"

陈儒摇头道:"报仇应该去青王府,你们还这么年轻,心中不该只有家国仇恨,不妨多一些儿女情长。"

百里东君忽然想起叶鼎之走的时候,李先生曾和他说了一些叶鼎之走之前的故事,因为李先生说话总是天马行空,他还以为是笑话,现在才忽然觉得,或许是真的,他愣了愣:"所以叶鼎之这次来,是抢亲?"

"对,抢亲。"陈儒手中捧着书,好奇地问道,"我想知道你此行去是帮他还是拦他?毕竟一边是你师兄的哥哥,一边是你出生入死过的兄弟,这很难选。"

"所以那个要出嫁的姑娘,喜欢的是谁?"百里东君问道。

"姑娘心中所想,我不知道。"陈儒缓缓道,"不过她和叶鼎之初次相见的时候,曾让叶鼎之带她离开。"

百里东君笑道:"一个姑娘都让别人带她走了,自然是喜欢了。既然她喜欢叶鼎之,那我帮谁还不够明白吗?我自然帮叶鼎之。"

"果然你选择站在了叶鼎之的一边。"陈儒点了点头,想必是百里东君方才的话印证了他心中的猜想。

百里东君摇头，仰头望着天，沉声道："不，我是站在了爱情的这一边。"

陈儒一笑："这就有点伟大了。"

"本来就是嘛，一个强抢民女，一个两情相悦，我需要帮谁，还用想吗？司空长风，你怎么看？"百里东君忽然对司空长风问道。

司空长风提了提枪："快些吧，不然一会儿怕是晚了。"

"走！"百里东君点足一掠，朝着院外掠去，司空长风也立刻跟了上去。

"少年人真好啊，做出一个决定，只需要一个最简单的理由。"陈儒转头看向神情复杂的洛轩，"是不是有些羡慕？"

洛轩叹了口气："他父亲让我照看好他。"

"算了吧，拦不住的。当年如果有人拦着你去救顾剑门，那也一样拦不住。"陈儒幽幽地说道。

洛轩望着百里东君离去的身影，似乎有些出了神。千里去救顾剑门，似乎不过是昨天的事情，却又像是非常遥远的事情了。

如果说影宗像是一张蛛网一样地覆盖了整座天启城。

那么此刻这张蛛网正在被两柄锐利的剑给撕开。

天启城皇宫之中，老人从那间阴暗的屋子中走了出来，他看着身边那战战兢兢的影卫，沉声道："是那个叫叶鼎之的？"

"没错！他的通缉令张贴过，学堂大考时也有很多人见过他。"影卫垂首道。

"那另外一个人是谁？"老人问道。

影卫低头，有些犹豫："那人蒙了面巾，无法确认身份。"

"无法确认身份，就是你们心中已经有一个猜测了！为什么不敢说？！"老人低声怒喝。

影卫急忙跪地："是……是洛师兄。"

"洛青阳，呵，真不愧是我的好徒弟。"老人冷笑一声，没有再理会身边的影卫，朝着皇宫之外走去。

而另一处，洛青阳和叶鼎之都已经汗如雨下。叶鼎之感觉握着剑的手都开始颤抖了，他低声问洛青阳："这一批打完，还有几批？"

"最后一批了。"洛青阳的声音也有些虚弱,"影宗在天启城最厉害的影卫团之一,护卫景玉王府,代号鹰眼,一共六个人,不好对付。"

叶鼎之举起剑:"我还留了点压箱底的功夫,现在看来还不能拿出来。景玉王府应该还有别的高手压阵吧?"

"景玉王并不精通武艺,但是他有一个弟弟,叫萧若风,师从学堂李先生。"洛青阳回道。

叶鼎之挑了挑眉:"是他啊。"

"管他那么多呢,本来九死一生的事情,拿命拼了吧。"洛青阳再一次提着剑杀了出去。

叶鼎之朗声笑道:"很难得见你这么大声说话!"

"有什么办法呢?他们一批一批地来,但我们只有两个人,没有谁会来帮我们的。"洛青阳高高跃起,挥剑一劈。

"谁说没有人来帮你们!"有一个人的声音远远地传了过来。

叶鼎之心中一喜,猛地转头。

一个少年郎,背着一刀一剑稳稳落地,还有一个枪客紧跟着也追了上来。

"我们就是你的援兵。"百里东君拔出了长剑,指着面前的影卫,冲叶鼎之挑了挑眉。

叶鼎之一笑,有些意外:"你怎么来了?"

"你怎么提前没有告诉我?"百里东君伸了个懒腰,"抢亲这么有趣的事情,应该叫上我啊。"

当日柴桑城,百里东君空手一人站在西南道群雄面前,是为了抢亲。

今日持剑背刀,站在天启城的影卫面前,又是一次抢亲。

只不过两次抢亲,都不是为了自己的姑娘。

百里东君叹了口气:"我的姑娘啊,是不是要闯了天启城,才叫名扬天下!"

洛青阳收了剑退了回来:"你们是谁?"

"在下百里东君。"百里东君抱拳道。

洛青阳一愣:"李先生的弟子?那你们二人可不能暴露自己的

身份。我们要抢的是皇妃,不仅仅是杀头的罪,是灭门的罪啊!"

百里东君想了想,撕下一片袖口将自己的脸蒙了起来,摇头叹道:"看来这一次名扬天下没有戏了。"

司空长风也学着他的样子将自己的脸遮了起来,长枪一甩:"看这些人的架势,能活下去就不错了!"

洛青阳低声道:"叶鼎之,你带一个人往前去,这里先交给我们。"

叶鼎之点头道:"多谢了!这么多年你陪在她的身边,她怎么没喜欢上你呢?"

洛青阳少有地暴喝道:"闭嘴!"

叶鼎之一笑,提着剑往前掠去。

司空长风冲百里东君使了个眼色,百里东君立刻追了上去:"怎么你也开始用剑了?"

"师父传给我的。"叶鼎之淡淡地说道。

洛青阳一剑挥出,将试图追上去的那些影卫打了回去。为首的影卫退了一步,低声道:"洛师兄,你的剑法独此一家,就算蒙了面又有什么用!"

洛青阳叹道:"既然知道我是谁,便不要拦我的路了。"

"既然洛师兄执迷不悟,那就不要怪我们了!"为首的影卫厉声道。

六位影卫同时掠出,银光一闪,对着洛青阳同时出剑。

司空长风长枪一甩,与洛青阳的长剑同时挥出,与那六人缠斗到了一起。

景玉王府百丈之外,六个人站在屋檐上,两人持剑,两人带刀,一人握着流星锤,还有一个拿着一把锁链镰刀。手握镰刀的男子望着飞奔过来的两个人,笑了笑:"看来洛师兄被拦下了,也好,我可不想和洛师兄打,他的剑法太吓人了。"

叶鼎之和百里东君落地,叶鼎之仰头,低声道:"这就是洛青阳说的最强影卫团,鹰眼。百里东君,你的武功比当时的三脚猫功夫要强多了吧?"

"要不试试?"百里东君一掠而出,身形一闪,很快就飞到了屋檐之上。

"好快!"手持镰刀的男子惊喝一声。

银光一闪,"叮"的一声。

男子挥出镰刀,被一剑打得退了出去。

瞬杀剑法,拔剑式。

"乌鸦,可别还没出手就折了。"手握流星锤的汉子嘲笑道。

被称为乌鸦的男子吸了口冷气,仰起头,却见那百里东君的身形瞬间消失了,再次出现的时候,已经提剑杀到了他的面前。

"再见。"百里东君长剑一挥,随后点足一退,回到了叶鼎之的身边,"一个,搞定。"

手持镰刀的男子从屋檐上摔了下来,惨叫一声后便晕了过去。

叶鼎之大笑道:"李先生真是有点石成金的本事。"

"听着不像是夸我呢。"百里东君伸了个懒腰,举剑指着屋檐之上的那几个人,"下一个,谁?"

手持流星锤的魁梧汉子幽幽地说道:"这小子和我们挑衅呢!"

一名持着长剑,身材婀娜的女子扭头道:"乌鸦,不要玩了。"

倒在屋檐之上的男子一声不吭。

"真的很无聊。"女子摇头道。

于是那被称为乌鸦的男子一下子从地上蹿了起来,他舔了舔嘴角的血,眼神中透露出了几分凶戾:"臭娘儿们,就你话最多。"

女子冷笑:"打不过别人,就把气撒到我身上?"

乌鸦轻轻地挥动着手中的镰刀,冲着百里东君勾勾手指:"来!"

百里东君上前一步:"那就来。"

叶鼎之手中玄风剑一挥:"一起。"

百里东君转身摇了摇头:"你的剑留在最后再出,只要我还站着,你就不需要动手。"

另一边,司空长风的肩膀上被刺了一剑,脚上也被划了三剑,洛青阳的身上也挂了不少彩。不过在他们的身后,影卫们都已经躺在了地上,兵器散落了一地,没有了反抗的能力,为首的那名影卫看着洛青阳轻轻摇头:"没有用了,洛青阳,你阻止不了的。"

洛青阳咬了咬牙,继续提起了剑:"我知道的,但是如果不试一下,这辈子都会一直后悔的!"

"师兄是喜欢小师妹的吧。"为首的影卫低声道。

"是的。"洛青阳低声道。

为首的影卫还欲说话,可忽然住了嘴,他仰头望着洛青阳身后的方向,神色中有几分惊恐,他低声道:"师兄……跑!"

洛青阳猛地转身,一身黑衣白发的老人站在那里。

虽然只有一个人,却有着一整支军队的气势。

司空长风察觉到了来人的危险,继续握紧了手中的长枪,低声道:"这人是谁?"

洛青阳上前一步,将司空长风拦在一边:"你去追他们,这里就交给我。"

司空长风愣了一下,看了一眼那老人,又看了一眼浑身是伤的洛青阳,皱眉道:"这个人不好对付!"

"我比任何人都知道他不好对付,因为他是我的师父。"洛青阳苦笑道,"但是放心吧,他不会杀我的。"

"好。"司空长风没有犹豫,转身掠走。

老人看了司空长风一眼,冷笑道:"这就是你的同伴?抛下你就这么走了?"

洛青阳手中握着剑,眼中带着光:"因为这本就该是我一个人的事情。"

老人收回了目光,长叹一声:"青阳,我对你很失望!"

洛青阳低头思索了一会儿,随后抬起头:"师父,我也对您很失望!"

"你要对我拔剑吗?"老人看着洛青阳手中的剑。

"我一直在想,会不会有一天对师父拔剑,我想那一天到来的时候,我就再也不畏惧师父了。"洛青阳一手按在了长剑之上,"我就敢去追寻自己喜欢的事物了!"

那一年,天启城下了几十年来最大的一场雪。

朱门之内,火炉终日不断,莺歌燕语,酒池肉林,依旧是一派繁荣景象，然而天启路边，却竟是冻死之骨，只不过第二天就会被廷尉收走，一车一车地运到城外的乱葬岗上。很多人都不知道第二天还能不能活下来，但是仍然有越来越多的人往天启城里涌，因为在天启城运气好还能活下去，在别的地方，便只有等死的命。

洛理就是在这一年来到天启城的。那一年他九岁，祖上在天启城开国时也是立过功勋的将领，在当地也算是个贵族，然而家道中落，父亲病死，几个哥哥分了家产四处逃亡了，只拿到一点可怜银两的洛理就这样来到了天启城，但是一个九岁的孩子，如何在这样一座虎狼之城中活下去！

那一天，他偷偷潜进了一名富商的宅院里，偷了几十个馒头塞在身上，但是在出来的时候被人发现了，于是就一路狂奔，十几个家丁就拿着棍子在后面追着。只是十几个馒头对于这样的富商来说，又算得了什么？

洛理也是这样想的，直到被逼到了巷子中无路可走，并看到那些凶狠的家丁拿着棍子走来的时候，他才想明白。

他们为的不是那十几个馒头，只是享受这种欺辱人的快感，享受那虚妄的居高临下的感觉。

洛理拔出了藏在怀里的匕首，那是父亲留给他的唯一一样东西："谁再过来，我就杀了谁！"

家丁们大笑了起来："那你就杀啊。"

洛理咬了咬牙，一步蹿了出去。

血光一线。

为首的家丁笑容慢慢凝固在了脸上，他不可置信地低头看了一眼，然后就发现有鲜血从脖子上一点一点地流了下来，很快就浸湿了他胸前的衣襟，他摸了摸脖子，然后就栽倒在了地上。

"我叫洛理，祖上为笑虎将军洛泽！"洛理咬牙道。

他知道也许他很快就死了，所以他第一次说出这句一直想说的话。

他是洛理，名将之后，不是什么死在街边都不会有人理会的小人物！

那些家丁起先感觉到了恐惧，但这种恐惧因为人数的优势，很快就变成了愤怒。他们举起了自己的长棍，疯一般地砸了下去。

洛理闭上了眼睛，低声道："父亲……"

然后他的衣领就被一把拉住，只觉身体被人往后猛地一推，就从那群乱棍之下逃了出来。他惊讶地转过头，就看到了一身黑衣的中年男子拿着剑站在那里。男子拍了拍洛理的脑袋："是笑虎将军的割喉剑，你没有说谎。"

洛理大惊："你认识洛泽？！"

"开什么玩笑，笑虎将军都死了几百年了。"中年男子摇了摇头，"到底还是个孩子啊。"

那群家丁大怒，有一人喝道："我们徐府的闲事，你最好不要管！"

中年男子看了眼地上的人，神色冷漠："孩子力气不大，地上这人还有救，再拖一拖就真的死了。"

方才那人还想再骂，却被人一把拉住，低声道："好像是官府的人……"

"官府的人？"

"最近听说了一些事情……总是还是不要惹得好。"

中年男子拍了拍腰间的剑："你们可以再试试，但我的力气很足，出剑就是杀人。"

家丁们犹豫了一下，背起了地上那人，很快就转身走了。

中年男子低头看了一眼洛理，用手摸了一下他的骨骼："是个习武的好料子，来天启城多久了？"

"半年。"

"一个人？"

"嗯。"

"一个孩子，能在天启城活半年，韧性也不错。"中年男子拍了拍他的脑袋，"以后注意点吧。"

然后洛理就看着他一点点地走远了，直到快要消失在长街尽头。

洛理忽然很想哭，上一次哭还是父亲死的时候，之后就算在天启城几次快活不下去了，他也没有哭过，但这一次，他真的很想哭，到最后，他视线有些模糊了，也不知道那男子到底走没走。就当洛理准备转头的时候,有一双宽厚的大手按住了他的头。

"以后你跟着我吧,我教你武功,但我有一个条件,你要替我守护好我们影宗。"

"什么是影宗?"

"你以后会知道的。对了,你叫什么名字?"

"洛理。"

"这个名字不好,以后你就叫洛青阳,因为你很快就会平步青云,明堂东向。"

"洛青阳……"洛理低声念着这个名字。

多年后的天启城,似乎就是当年那条长街,又似乎不是。

还是那两个人。

只不过一个已是卓然少年,一个已是白发老人。

这些年,师父真的老了很多,八年的时光,在他身上像是过去了二十年。

"出剑吧!"老人怒喝。

洛青阳长袍纷飞,手中长剑重重地砸在了地上,随后猛地朝天一挥:"得罪了,师父!"

那一刻,躺在地上的一众影卫全都瞪大了眼睛。

虽然洛青阳是这一代影卫中最强的存在,但是他们却也从来没有见到过这样的洛青阳。

剑气在那个瞬间暴涨,虽然远远隔着,都能感觉到那种刀割般的疼痛。而洛青阳也并没有收敛这些剑气的意思,他的眼神开始变得通红,纵身一跃,接过了天上的剑,居高临下,俯视着老人。

老人点头:"很好!你入了逍遥天境,为师应该恭喜你。没有备别的礼物,便送你一剑吧。"

洛青阳抓住了空中的剑,猛地劈斩而下。

剑气长虹,贯穿了一整条长街。

老人白发飞扬,起剑而舞,在周围画起了一个圆,生生地挡住了洛青阳的长空一剑。

"还不够!"老人大喝。

"啊!"洛青阳继续暴喝,剑气之势更盛,几乎就要将老人的那个圆给生生地打破了。

"你曾答应过我,要护卫影宗。"老人沉声道。

"但师妹不该成为影宗的牺牲品!"洛青阳提剑一挥。

那个圆终于出现了缝隙。

可是洛青阳的剑气似乎也到了尽头,他抬头看了一眼景玉王府的方向,随后闭上了眼睛。

景玉王府。

茶已经喝完了三盏。

景玉王还欲再续,可百里成风却挥了挥手:"该聊的便聊到这里了吧。"

景玉王愣了一下,点了点头,笑道:"好,世子爷是个敞亮的人。"

百里成风看了一眼萧若风:"看琅琊王来回进出了几次,外面的事情并不顺利吧?"

萧若风摇头笑了笑:"让世子见笑了。"

"影宗是一股很重要的势力,远比常人想象中更重要,景玉王可不要错过了。"百里成风轻声道。

"当年皇帝陛下亲自指婚,撮合叶将军的大女儿叶熏然和世子爷,只是最后世子爷拒不从命,而是娶了江湖出身的温家温络玉,当时是预料到了将军府的结局吗?"景玉王幽幽地说道。

萧若风神色一变,不知兄长为何忽然会说这样犯了忌讳的话。

百里成风神色不变:"我与熏然自小相识,彼此只当对方是兄妹,从未有过儿女之情,而我见到络玉的第一眼,就发誓此生非她不娶了。"

"既然世子是为爱成婚,又为何把本王想得这么势利呢?"景玉王笑道,"本王原本的确是怀有目的,但见到她的第一面,本王就已经下了决心。九弟,外面的事情,不容有失!"

萧若风点了点头:"或许这件事世子爷能帮上忙。"

百里成风眼睛微微眯了起来:"我能帮上忙?"

"虽然小师弟蒙了面，但是那把不染尘，还有传白世子爷的瞬杀剑法，真的很好辨认。"萧若风叹了口气。

百里成风愣了一下，随后低声骂道："真会坑他老子！"

景玉王府之外，仍然一片祥和，拜喜之人络绎不绝，朝廷大小官员、天启城贵胄豪商，基本都涌了进来，但是附近那条僻静的长街上，却已经鲜血满地。

百里东君一手持刀，一手拿剑，衣衫之上尽是鲜血，面前已经倒下了三人，却还站着三人。

正是方才那拿着镰刀的男子、持剑的女子，还有手握流星锤的汉子。

"双手刀剑术。"拿着镰刀的男子将手中的血抹在唇边，"倒是低估你了，但是你已经筋疲力尽了吧。"

百里东君努力调整着呼吸，但是如对方所言，双手刀剑术的确很耗费体力，他方才那一轮挥斩之后连胳膊都有些抬不起来了。

叶鼎之沉声道："百里东君，你做得已经够多了，剩下的就交给我吧。"

百里东君将手中的刀重重地插在了地上，单手执剑，拦住了叶鼎之："说了你最后再出剑。男女之爱，兄弟之情，都是世间最纯粹最美好的东西，但是这世上却总有一些人，为了肮脏的目的，为了自己的私心，要玷污它们，今日我百里东君在这里，便要誓死守护这些东西！叶鼎之，你只要记住一点，以后若是我也遇到了这样的事情，拔剑来救我，因为我也不想错过我喜欢的姑娘啊！"

百里东君仰起头，望着屋顶刚刚赶来的同伴，笑道："司空长风，你有喜欢的姑娘吗？"

"有的。"司空长风抱着枪，望着远处的方向。

"可惜洛河那小子不在，不然我们三个联手，谁还能打得过我们？"百里东君挥剑指着剩下的三个影卫，"看好了，接下来的阵势，可是只有天下第一才见过。"

话音未落，百里东君和司空长风已经一同掠出。

一剑一枪，组成一道密网，猛地就扑了下去。

在雪月城，他们曾双人合力，无数次地对南宫春水发起过偷袭，

虽然一次都没有成功过,可那毕竟是南宫春水,而面前的这三个影卫,什么天启最强影卫团——鹰眼。

不值一提!

"走!"百里东君一剑打开了流星锤,怒喝道。

叶鼎之没有犹豫,冲着景玉王府快速奔去:"放心,只要我不死,你和你心爱的姑娘,便能在一起!"

"那可别死了啊。"百里东君笑道。

司空长风手臂被镰刀划过,但长枪也重重地敲在了那个人的头上,他侧身躲过一剑,踉踉跄跄地往后退了几步,感觉眼前有些花,身子摇晃了几下才勉强站住,于是苦笑道:"看来我高估自己了,连站都站不住了。"

"那就看我的。"百里东君左脚往地上重重地一踏,"其实我有一个秘密,一直没有告诉你。"

"什么?"司空长风问道。

"我能入逍遥天境了。"百里东君的青衫无风自扬,一瞬间整个人身上的气势都发生了变化,"虽然很勉强,但是撑个一时半刻没问题。"

"逍遥天境?就这?"一声冷笑响起,百里东君心中暗道一声不好。

百里成风忽然出现在了影卫的身后,那手持镰刀的乌鸦看了他一眼,问道:"你是谁啊?"

"这两个人我带走了,他们不会继续去景玉王府,你们走吧。"百里成风淡淡地说道。

乌鸦冷笑:"你凭什么命令我们?"

"那就躺下。"百里成风的衣袖微微抖动了一下。

似乎有长剑出鞘的声音。

但是剑却仍在鞘中。

乌鸦的身子轰然倒地。

司空长风咽了咽口水,低声道:"百里东君,你老爹的武功有多高啊?"

百里东君的手微微颤抖:"我哪知道,他在家怕爷爷怕母亲也怕我，我只知道他剑法挺快，哪知道出剑快成这样了。"

剩下两名影卫相视一眼，立刻退到了一边。

百里成风望向百里东君："为什么？"

"里面那姑娘和我朋友两情相悦，我来抢亲。"百里东君沉声道。

"抢亲？"百里成风缓缓走上前，"我年轻的时候也干过这件事。那年我想娶你母亲，但你外公不同意，因为你母亲已经许给了岭南许家的长公子，于是他们成婚那天我就去抢亲了。"

百里东君退了一步："可看父亲这个样子，似乎不打算帮我？"

"我那天抢亲当然成功了，你知道为什么吗？"百里成风停住了身。

百里东君第一次见到父亲这样与自己说话，无论是言语还是神情，都冰冷得可怕，他微微俯身，没有回答父亲的提问。

"从许家长公子，到许家掌门，到许家供奉，每一个都被我的剑打倒了。"百里成风傲然道，"我能抢走你的母亲，除了两情相悦，更因为，我够强！"

景玉王府。

叶鼎之落在了那座熟悉的后院，空无一人。

"易文君。"他轻声唤道。这是个有点陌生的名字，细细想来好像是他第一次真正地唤出这个名字。

不出所料并没有人理会他，整个景玉王府此刻张灯结彩，热闹非凡，可在这里却没有一点人气，似乎已经有一些时日没有人住了。叶鼎之原本打算离开，可才走出几步，忽然抬头。

有一个人坐在屋檐上喝酒。

这个人叶鼎之并不陌生，差一点，这个人就会成为他的师兄。

琅琊王，萧若风。

"要不要上来喝杯酒？"萧若风拍了拍身边的位置。

叶鼎之低头笑了笑："我赶时间。"

"我也等着参加一会儿的婚礼，一杯酒的时间还是有的。"萧若风倒了一杯酒，放在了自己的身边。

叶鼎之也没有犹豫,一掠而上坐在了萧若风的身边,将那杯中酒一饮而尽。

"其实当时我很看好你,也希望你成为我的小师弟。"萧若风也喝了一杯酒。

"差点成为师兄弟的情谊也只够一杯酒了吧?"叶鼎之放下酒杯。

萧若风叹了口气:"你是叶将军的后人,我敬重叶将军,如果可以,我们能不能不打这一次?"

叶鼎之望着不远处灯火明亮的地方:"那里有个姑娘在等我,我不想让她失望。"

"你不是我的对手。"萧若风沉声道。

叶鼎之摸了摸腰间的剑:"那也得打过才知道。"他从屋檐之上一跃而下,拔出手中剑,举向萧若风。

是学堂小先生如何!是北离琅琊王又如何!

萧若风看着手中的剑,那是被列为天下十大名剑的昊阙剑,被称为人间正气第一剑,但自己今日的出剑,能否配得上正气二字?权势、大局,真的要比个人的情爱来得重要吗?他摇了摇头,一把拔出昊阙剑,落在了地上,冲着叶鼎之微微垂首:"请。"

叶鼎之抬头望向萧若风,眼神忽然像是被瞬间点燃一般,闪烁出萤火一般的光芒,那种炽烈的光芒之后,又隐隐透出一股紫色。他微微俯身,之后猛地一跃而起,手中的长剑玄风横劈而下。那剑势中带着千钧雷霆之势,萧若风不敢硬接,急忙后撤。而叶鼎之横劈未中,立刻收剑继续追击。萧若风挥剑回击,可每一次出剑都被叶鼎之狠狠地打了回来。两人才一出手,萧若风就被狠狠地压制住了。

叶鼎之参加学堂大会时萧若风就一直很关注他,当时的他虽然强,但也不过是自在地境的程度,可半年之后,两人再次相逢,叶鼎之竟然压制住了半年之前就入了逍遥天境的萧若风?

"你练了魔仙剑。"萧若风看着叶鼎之瞳孔中的那抹紫色,沉声道。这是一门优势很明显可缺点也十分致命的剑术,李先生曾经和他们提起过。雨生魔能成为南诀第一是因为这门剑术,但身体却遭遇了强烈的反噬，每日都得忍受蚀骨噬心的痛苦。

叶鼎之咧嘴一笑："是又如何？"

萧若风轻叹一声，长剑一甩："起！"

李先生所传剑法，飞剑势！

昊阙剑一掠而出，直逼叶鼎之而去。

叶鼎之却也不退，迎着昊阙剑直接冲了上去。他的身法鬼魅奇快，巧妙地避开了昊阙剑，闪到了萧若风的面前，举起玄风剑："结束了。"

"你太小看我了。"萧若风右手一挥，昊阙剑回到了他的手中，横剑一挡退了三步，"修炼魔仙剑的雨生魔打不过我师父，你也同样打不过我。"

"闪开！"叶鼎之怒喝一声，长剑再度劈下。

萧若风原地一转，昊阙剑忽然长鸣。

剑势忽变。

大开大合！

不再是萧若风一贯的君子之气的剑，而是充满沙场征伐之气的剑术。这就是真正属于萧若风的剑，北离开国皇帝所传的剑法——裂国！

"你以为你能赢？"萧若风一剑把叶鼎之打退了回去。

"可你修炼了魔仙剑，这就证明，你觉得自己不能赢！"萧若风又一剑卸去了叶鼎之浑身的剑气。

"因为觉得不能赢，所以才兵行险着！才孤注一掷！"萧若风一剑又一剑，如狂风暴雨劈斩而下，"所以雨生魔赢不了李先生，你也赢不了我！"

战况忽变，叶鼎之被打得连连败退，才刚起剑就被一剑打下，那心中提着的一股剑气一瞬间就如洪水决堤，倾泻而出。他重重地喘着粗气，不一会儿已经退到了墙边。

"起！"萧若风起剑一抬，剑气陡增，一瞬间就将气势涨到了最强。

"走，或者死！"萧若风狠狠地说道。

叶鼎之忽然笑了起来："是，我觉得自己赢不了，所以孤注一

掷,但我和师父是不一样的。他赢不了,便是去等下一次机会,但我赢不了,就在这一次继续想办法赢!"

叶鼎之将剑甩在地上,双手张开,在嘴中沉声吐出那四个字。

"不——动——明——王!"

金刚怒目,邪魔退散。

"不可!"萧若风惊呼道。

不动明王功,能逆境杀人,使用此功之人能在瞬间激发起身体中所有的力量,能将自己的武功强行提升一个境界,但是反噬却是极大,很多人用了一次后就功力尽失,有的人甚至在运功途中就筋脉寸断而亡。叶鼎之在使出魔仙剑之后,还用出了不动明王功,无异于雪上加霜!

"我没有退路了,反正我不会走,要不就死了吧。"叶鼎之一步一步往前走着,每走一步,地上都能留下一个很深的脚印。

萧若风叹了口气:"你这是何苦!"

叶鼎之长吁了一口气:"我感觉到了从未有过的力量,来吧,让我看看,你究竟拦不拦得住我!"

"可惜了。"萧若风摇头。

他是真的可惜,大好少年,名将之后,却真的可能折在这里了,这非他所愿。

但每个人都有值得自己坚守的东西,叶鼎之有,萧若风也有。

再次拔剑。

天境之争!

## 第十三章·铩羽而归

天启城。

无名长街。

洛青阳的剑断裂成了两截,摔落在了地上,他跪倒在地上,仰头看着自己的师父,沉默不语。

老人的衣衫已经破烂不堪了,但手上犹然握着剑,眼神依然如同鹰一样锐利,他也看着跪倒在地的洛青阳,沉声道:"结束了。"

洛青阳挣扎着,试图想再握住那柄断了的剑,可才握到,整个人就已经失力向前面倒去。老人一脚踩住了他的手:"我希望你以后可以明白,当自己还不够强的时候,不要试图去挑战你做不到的事情。"

"师父,饶了洛师兄吧。"旁边的一名影卫忍不住说道。

"多嘴!"老人抬手一挥,将那名影卫打了出去。

洛青阳低声道:"杀了我吧。"

"杀了你?你不想着以后终有一日,来找我复仇?终有一日,把文君带走吗?输了就要死,真是弱者的作风。"老人叹了口气,将他手中的剑一脚踢开,"你不是说你想成为天下第一吗?"

"的确,你是我影宗这几十年来最强的弟子了。"老人轻轻抬起脚,随后又重重地落了下去:"但还不够强!"

253

洛青阳神色痛苦不堪,老人又使劲地碾了碾:"你要变得更强!"

洛青阳努力地抬起头,看着不远处灯火辉煌的那所宅院,他低声道:"师妹……"

老人收回了脚,转过了身,手臂轻轻一挥:"把人带走吧,让人给他疗伤,但拷上锁天链,没我的命令,谁也不能放他出来!"

"是!"身后的几名影卫急忙上前把洛青阳拉了下去。

片刻之后,老人长叹了一口气,随后拉开了胸前的衣襟,上面已满是剑痕。他咬了咬牙,从怀里掏出一瓶金疮药,往上面发狠一般地倒:"这小子这个年纪,这样的剑法真是恐怖啊。天下第一,或许真的有戏。"

一里之外的另一处长街,百里东君的手颤抖得越来越厉害了。

站在他对面的父亲,一共出了三次剑,但每一次都只能听到剑出鞘的声音,却看不见真正的剑招,直到现在剑仍在鞘中。

只是百里东君第一次听到剑出鞘声的时候,司空长风手上的长枪就已经被一剑打飞了。

他第二次听到剑出鞘声的时候,他的衣袖拉开了一条口子。

他第三次听到剑出鞘声的时候,他的鬓边有一缕头发飘然而落。

"这才是真正的拔剑式。"百里成风沉声道,"百里东君,你还……差得远呢!"

百里东君微微后退了一步,咽了咽口水:"老爹,又不是你结婚,你这么上心做什么?"

"我只是想让你知道,年轻人在反抗大人的时候,得先想想自己是不是逾越了那条坎。"百里成风咧嘴笑了一下,"如果还没有,不妨再等等!"

"再等等喜欢的姑娘就生孩子了。"百里东君尝试说一些打趣的话,来缓和现在这紧张的情绪。

"那就恨生不逢时吧。"百里成风的衣袖轻轻一抖。

百里东君目光一凛,他就在等这一刻!百里成风错就错在不该为了显示实力连出三剑,就算第一剑百里东君看不到,后面那两剑,他也看出了一些端倪。

至于这第四剑。

能接住！

瞬杀剑术·拔剑式。

"噌"的一声，百里东君的剑也出鞘了。

然后又是"叮"的一声，两柄剑撞在了一起。百里东君仰起头，笑道："接住了！接住了！"

百里成风神色不变，只是立刻回剑，然后人就消失在了原地。百里东君心中一惊，猛地回头，可父亲的剑已经抵在了自己的喉间。

瞬杀剑术·瞬影式。

"父亲，能不能再给个机会？"百里东君嬉皮笑脸地说道。

百里成风目光冷然。

"百里成风，你个不要脸的家伙，你的话不就是说打不过就先别打吗？那等你能打过的那天，你老了，姑娘也老了，你再拿着剑去抢人家老婆？你怎么不抢人家女儿做老婆呢！你这就是混账话，这种事怎么能等，当然是一鼓作气，一气呵成！"百里东君见百里成风不说话，立刻又变回了乾东城里的那副纨绔模样，开始破口大骂。

"小心我回了乾东城和爷爷说出你这样的无耻行径！"百里东君终于使出了撒手锏。

"这一次，你爷爷帮不了你，因为这些话，是他和我说的。"百里成风笑了笑，"他说完之后，我就把整个许家给打翻了。我不用等，我已经够强了。"

百里东君愣了愣："那你去的时候，你爹有没有拦你？"

"父亲没有阻拦我，也没有派兵随我一起去，只是在我走之前请我喝了碗酒。他说就算不能得到一个儿媳妇，也不想失去唯一的儿子。"百里成风回道。

百里东君琢磨了一下，怒道："那不就是没有拦你！怎么换到你这儿就不行了？"

"如果有一天，你有喜欢的女子了，就算全天下都不同意，我都会与你一起提着剑打得他们同意。"百里成风的眼神中忽然柔和了几分。

百里东君哑口无言，这拿着剑指着自己的老爹，怎么忽然变成了一副慈父模样？

"只可惜，今日事关别人喜欢的女子，与我百里成风没有关系！"百里成风长剑一转，敲了一下百里东君的后脑，把他敲晕了过去。

"喂……"百里东君刚察觉到不对，就眼前一昏，身子一软倒在了地上。

百里成风走上前将他背了起来，一架马车此时悄悄地驶入了长街，百里成风将百里东君丢到了马车内，又看了一眼躺在地上的司空长风："一起走吧，别想那些鬼主意了，再给你十年，也不是我的对手。"

司空长风不甘心地拿起长枪："但若是被百里东君知道我还没被打趴下，就跟着对手走了，岂不是会被嘲笑十年？"

"那你就陪着他一起吧。"百里成风看都没看他一眼，手中的剑猛地一甩，反向而出，剑柄重重地砸在了司空长风的脑袋上，对方瞬间就晕了过去。百里成风走上前，又把他的身子拎了起来，丢到了马车上。

"年轻人话多，主要还是打得少。"

百晓堂武榜中有一榜为良玉榜，评定天下年轻人的武学修为，各大宗门年轻弟子都很期待能够在榜上有一席之地。萧若风曾经在榜上占据了多年的第一位，直到近几年因为过了入榜的年纪才把位置让给了别人。但他现在很确定一点，下一次换榜，良玉榜首甲必是眼前的这个人——叶鼎之。

"还差一点，还差一点！"叶鼎之狂风暴雨般的剑势依然没有停下来，将萧若风的裂国剑法压制得毫无施展余地。

萧若风一剑一剑被打到了角落里，额头上已经全是汗水，他眯起眼睛，想要找到那剑网中的一丝缝隙。

但是没有缝隙，叶鼎之的魔仙剑配上不动明王功，甚至有几分雨生魔的风采了。

那就等！

这样的剑势，还能持续多久！

萧若风一直是个很有耐心的人，耐心到就算圣旨赐了王位，他也能等上好几年才正式搬入王府。

"还不够吗！还不够吗？！"叶鼎之的眼睛一瞬间火红，一瞬间又泛出紫色，他已经没有多少思考的能力了，他听到远处似乎有锣鼓声响起，他听到那个女子低低的叹息声。

再快一点。

再快一点。

是不是只要再快一点，就可以了。

"停下吧。"萧若风低喝一声，"以你现在的状态，就算打赢了我，也坚持不到离开天启城！放弃吧！"

放弃吧。

是啊，自己当年也是这样放弃的。因为年纪太小，所以只能看着父亲母亲一个个地被斩首示众。这么多年过去了，自己还是没有变，长大了，学了武功，却还是救不了想救的人。只能放弃，只能徒留遗憾。

可我不想这样。

"放弃！我这一生都不想再放弃了！"叶鼎之仰起头，眼神中的狂热一点点地散去，重新变得澄澈而坚毅，"决不放弃，不死不休！"

"好！"萧若风心中升起一股敬佩，感觉自己的血液也沸腾起来了，"是叶将军的儿子！"

王府之中那间最安静的屋子，终于有一名侍女轻轻地推开了那扇门。

"小姐，时辰差不多快到了。"侍女怯声道，她有些害怕，因为传说中这位景玉王妃的出嫁并不是那么的情愿，而景玉王妃的武功还很高，她怕对方迁怒于自己，一掌就把自己打死了。

但是红盖头之下的易文君语气却很淡定，她轻声道："屋外可有什么动静吗？"

侍女不解，微微皱眉："锣鼓声已经响了……"

"不是问这些,我是想问,婚礼一切还顺利吗?"易文君换了个问法。

侍女并不清楚外面那些风云诡谲,在她看来,一切都有条不紊地进行着,毕竟是王爷府的纳妃盛礼,谁敢怠慢?她回道:"挺顺利的,只等把小姐迎到礼堂了。"

这句话之后,易文君就没有再说话,只是默默地坐着。侍女揪着自己的衣角,更是紧张了,却也不敢开口催促对方。

两个人就这么耗着,耗到外面等候的大管家忍不住大喊了一声:"吉时将到!"

易文君仍然没有说话。

侍女终于忍不住了:"小姐……"

"我想再等等。"易文君忽然道。

侍女犹豫了一下,问道:"等多久啊?"问完之后,她就想哭了,屋内的未来王妃不好惹,可是屋外的大管家也不好惹,她也是毫无办法。

易文君忽然道:"你会唱歌吗?"

侍女更是一头雾水了,但她也不敢不应:"奴婢只是会一些俗曲,不登大雅之堂……"

"天启城最有名的那首坊间小曲《蝶恋花》可会?"

这在天启城,只要到了及笄之年的,都会哼上那么一两句,侍女自然也会,回道:"会。"

"唱一曲来听听吧。"易文君缓缓道。

侍女做了个万福:"奴婢遵命。"

侍女的声音很好听,想必也是王府精挑细选过才来侍奉未来王妃的,但是应是还未经情爱之事,所唱之曲,虽有其表,但未有其意,好在歌词婉转,声音清澈,倒也有几分意思。

槛菊愁烟兰泣露,罗幕轻寒,燕子双飞去。

明月不谙离恨苦,斜光到晓穿朱户。

昨夜西风凋碧树,独上高楼,望尽天涯路。

欲寄彩笺兼尺素,山长水阔知何处?

一曲作罢,易文君终于站了起来,问道:"屋外还是没有动静吧?"

侍女转头看了一眼,大管家带着花轿依然站在那里,除了神色中又多了几分不耐,并没有任何变化。她回道:"都……很好呢。"

"很好。"易文君笑了一下,伸出了手:"不等了,扶我过去吧。"

萧若风将手中的昊阙剑重重地插在了地上,他呕出一口鲜血,吐在了地上。他很久没受过这么重的伤了,但他却觉得很畅快。

因为很久也没有打过这么爽快的架了。

"你赢了。"萧若风用手拄着剑,才勉强地站着。

叶鼎之收回了自己的剑,没有回答萧若风的话,只是朝着院子的出口缓缓走去。他的步伐有些缓慢,眼神也渐渐溃散起来了。

"我赢了。"他忽然站住了身,低声重复了一遍。

然后就眼前一黑,整个身子往前栽了过去。

萧若风叹了口气,一切从一开始就已经注定了。魔仙剑配上不动明王,就算叶鼎之功力再强上几分,直接从自己这里走过,最后也不过是大闹一番婚礼,最后力竭被抓。而自己在这里拦住他,才能真正救下他的性命。萧若风打了个呼哨,院外有一名穿着轻甲的魁梧兵士走了进来。

"啸鹰,帮我把他带走,装进我的马车里,小心别人跟踪。"萧若风沉声道。

"你的伤不轻,还要参加婚礼?"兵士将叶鼎之扛在了身上,冲着萧若风问道。

"我必须去参加婚礼,这场婚礼上的一切必须是最正常的,正常到根本没有任何事情发生过。"萧若风脱下了自己身上血迹斑斑的长袍,问道,"有没有衣服可以借一件穿穿?"

"我只有战甲,你要穿着战甲去参加婚礼吗?"兵士回道,语气中并没有半点对一个王爷的敬畏。

"算了,我去兄长那里拿一件,得快一些了。"萧若风将剑收回鞘中,努力调整了气息,假装步伐很稳地朝着院外走去。

"活着真累。"兵士耸了耸肩。

　　玫瑰花瓣一路铺满了整个景玉王府，易文君坐在花轿之中，听着外面的锣鼓声、祝贺声、谈笑声、喧闹声，心里却无比平静。

　　如同死水一般的平静。

　　就算真的不敢抱有希望，可当真的发生的时候，仍然是巨大的失望。

　　花轿从别院到景玉王府，不过是一炷香的时间，但易文君却感觉像是走完了这一生般漫长。她回想了从小到大发生的那些事情，第一次见到洛师兄，第一次和父亲一起习武，第一次去天启城之外执行任务，第一次踏上高山，第一次遇见大海，第一次被父亲斥责，第一次对洛师兄失望，第一次遇到叶鼎之……

　　"到了。"大管家低声道。

　　花轿停了下来，易文君叹了口气，心中暗道：罢了。接着她将自己的气血慢慢地凝结了起来。

　　在礼堂之上经脉寸断，吐血三升而亡，虽然不太好看，但也能让那些人好好地感受一下自己的不屈吧。她笑了笑，踏出了花轿。

　　若不是红盖头遮着，人们便能看到此刻她脸上决绝而阴冷的笑容，这可不是一个马上要拜堂的女子应有的笑容。

　　可惜他们看不到，依然按照礼节，缓缓地将易文君引向堂内。

　　礼堂之内，萧若风和景玉王站在一起，萧若风的脸色有些苍白，时而忍不住轻轻咳嗽一下。景玉王皱眉道："没事吧？"

　　萧若风摇了摇头："小事。兄长去迎你的新娘子吧。"

　　"哈哈哈，好。"景玉王瞬间就调整了情绪，转头望着门口。景玉王长得算不上俊秀，但带了几分皇家的庄重坚毅，也是很多皇家贵胄小姐青睐的对象。

　　易文君走到了堂内，景玉王伸出手牵住了她，往礼堂走去。

　　终于是结束了。看着景玉王牵着易文君的手，萧若风长舒了一口气，可只是一瞬间，他就猛然发现，易文君的手中经脉凸涨，这是在强行汇聚真气。易文君此刻只有两个打算，一个就是暴起杀了景玉王，一个就是自杀！

　　顾不得婚宴礼节了！萧若风作势便要过去制住易文君。

　　可忽然，礼堂之外传来一声怒吼。

众人同时转头，就连景玉王和易文君都停在了那里。

"喝啊！"那种怒吼再响，传来的方向似乎很远，还在景玉王府之外，可那声怒吼实在是太响了，传到众人的耳边，仍是轰然炸响的感觉。

"喝啊！"吼声再起。

易文君双手攥住衣角，心中默念道：是他，是他，他来了。

景玉王府之外，背着叶鼎之的魁梧兵士有些无奈，他背上的这个家伙明明连命都快没了，可却不知道什么时候清醒了过来，还发出了那般不甘的怒吼。堂内的人都觉得有些响，而这声音就在他耳边，他几乎就要被震聋了。

"没用啦。"魁梧兵士拍了拍他的头，"你连路都走不动了，还怎么去抢亲？"

"喝啊！"叶鼎之咬着牙，看着景玉王府的牌匾，眼睛瞪得快要渗出血来。

只是一步之遥了，一步之遥。

可为什么还是停下了！

"喝啊！"叶鼎之不甘心，他恨自己不够强，恨自己做不到！

景玉王府的侍卫很快就迎了上来，兵士掏出了琅琊王的随身令牌，赔笑道："不好意思，突然就疯了，我马上就把他带走。"

"喝啊！"叶鼎之仰起头，用出了全身的力气，最后声音都嘶哑了。

"别喊了。"兵士拍了一下他的脑袋，终于把他拍晕了过去，他冲着那些侍卫笑了笑，朝远处的马车走去。

怒吼声很快就消失了，堂内的人低声私语了几句，却终究一切回归到了正常。萧若风眯起眼睛望去，易文君手中的筋脉已经恢复了正常，他长吁了一口气，也不由得心中更多了几分愧疚。

自己这也算是为了一己私利，毁了两个人的幸福吧。

不过至少在最后一刻，易文君知道了，她并没有被辜负。

只要他还活着，她还活着，一切就没有完。易文君垂首想着。

"还好吧。"景玉王低声问道，声音温柔。

"行礼吧。"易文君回得毫无感情，既不温柔，也不愤怒。

景玉王府之外,兵士将叶鼎之丢在了马车上,猛地一挥马鞭:"如果不是你,我也可以吃那十二盏的婚宴呢。"

马车扬长而去,兵士哼着军中的歌谣,嘹亮却又怅凉。

"虽然吃了都想吐出来。"兵士笑了笑,"如果可以,我想吃你的婚宴呢,有酒和烧鸡就好。"

另一辆马车则徐徐开进了天启城招待贵宾的会馆之中。百里成风从马车上走了下来,望着远处,也是悠悠叹了口气。

如果年轻二十岁,他会和这些年轻人一起拔剑吧?

马车内传来了一声低吟,百里东君微微睁开了眼睛,他在梦中被几声怒吼所震醒,可他已经离开景玉王府很远了,理应听不到那么远的吼叫声。他挣扎地想要走出马车,可脚下脱力整个人摔在了地上。

"小公子……"车夫急忙上前扶他。

百里成风转头望着他:"不甘心吗?可是你能有什么办法?"

百里东君低声喝道:"滚。"

"把他们带回乾东城,将小公子锁起来,另外那个愿意留下就留下,不愿意留下就让他走。"百里成风对车夫说道。

车夫犹豫了一下:"那侯爷那里?"

"我会去解释。"百里成风看了看百里东君,"知道你娘把你炼成了百毒不侵的体质,软骨散对你没有用。老陈,给他套上天龙锁。"

车夫一愣:"天龙锁?!"

"套上!"

这个天启城看似平静的夜里,一场盛大华丽的婚礼在王府之中顺利地完成了,两架马车从天启城内奔跑而出,一个带着琅琊王府的令牌,一个挂着镇西侯的军旗,谁都不敢阻拦。

少年们就在这一日相聚,也在这一日分离,他们终究没有达成自己的心愿,而从这一天起,他们也将走向不同的方向。

黑暗中的人则看到了自己最想要的结果,在蠢蠢欲动。

天启城外,慕云山,风晓寺。

这座寺庙从上往下俯瞰，能看遍整个天启城，但是因为地势太高，寺中僧人也不多，就一个方丈带着一个小沙弥，方丈一不给人看姻缘，二不帮人算财运，所以这里香火不旺，几乎很少有人来。

穿着轻甲的魁梧兵士坐在那间靠崖小屋的台阶上，看着那个小小的天启城，仰头喝了一口酒，他听到身后有动静后，也没有转头，只是说道："叶鼎之吗？我们同姓，我叫叶啸鹰，不过我和你没什么血缘关系，我出生在一个普通的村子里，村子就叫叶家村，但我从小就听叶将军的故事，我很敬重他。"

叶啸鹰低头笑了笑，没有继续说下去，因为一柄剑抵在了他的后颈上。

"你是谁？"明明叶啸鹰已经介绍过自己了，但是叶鼎之仍然问了这个问题。

"我现在是个百夫长，带一个小队，偷偷取了名字叫叶字营。对，我的目标就是它能和当年的叶字营一样叱咤沙场！"叶啸鹰伸出一根手指，将自己后颈的那柄剑轻轻拨开，"你再用气就真的死啦。"

叶鼎之手中的剑掉在了地上，他的确半点力气都没有，只能斜靠在门上才没有倒下去。

"头儿是个有钱人，给你用了至少十几种灵丹妙药，你的伤不是问题，调理个十几日就好了，但是魔仙剑和不动明王，我劝你以后不要用了。"叶啸鹰自顾自地说着，"我知道你这次这么孤注一掷是因为有后手，剑仙雨生魔的那四个侍从早就潜入天启城了，但是他们没来得及赶来帮你，因为我带了十几个虎贲郎把他们拦下了。"

叶鼎之冷哼一声，他方才就已经猜到了。

"最后再介绍一下，我叫叶啸鹰，籍籍无名之辈，但我以后会成为名将的。"叶啸鹰站了起来，看着下方的天启城，"你就算了，成为名将可惜了，你就成为天下第一吧。"

叶鼎之沉声道："为什么不杀我？"

"因为你不是敌人，更多的就交给头儿和你说吧。"叶啸鹰转过身，笑着拍了拍叶鼎之的肩膀，"好好活下去。今日我们相见一事，

不能告诉任何人,你也就当我们从未见过吧。"

一身紫衣锦袍的男子也走进了这座小院,他的脸色有些苍白,似乎也受了不小的伤。

"琅琊王!"叶鼎之望着他腰间那柄天下闻名的昊阙剑,从牙缝里挤出了这几个字。

叶啸鹰耸了耸肩:"剩下的你们聊吧。"他望了萧若风一眼,然后从小院之中走了出去。

萧若风和叶鼎之相对而立,一个神色淡然,一个眼睛里都快渗出血来了,但两个人都没有说话,只是沉默了许久。最后萧若风走了过去,在方才叶啸鹰坐的那个地方坐了下来。那个位置很好,可以俯瞰整个天启城。

"很恨我吧。"萧若风低头苦笑了一下。

叶鼎之看着自己摔落在地上的剑:"你觉得呢?"

"你觉得这天启城繁华吗?"萧若风指了指下面的那个天启城。

叶鼎之不明白他问这话的意思,自然也没有回答。

萧若风当然也不需要他的回答:"它被称为万城之城,集天下荣华于一身的城。可是越美丽的东西,也就越容易破碎。"

"在有些人的眼里,天启城的组成是三十二乐坊、六十四酒廊、豪赌天下千金台、冠绝北离长玉楼,可在我的眼里,天启城的组成是一个皇宫、三个王爷府、五大监、钦天监、淮玉侯府、六部尚书府、太师府、藏在暗处的影宗、驻扎城外的皇卫军,种种势力错综复杂,以至于很多时候,我都无法以自己的喜好评断事情。不管你信不信,若是能够随心所欲,我昨日会与你一同拔剑……但我不能,因为我是琅琊王!"

萧若风顿了顿道:"我自幼就喜欢随军,最早那些时候,我是最喜欢往叶家军的军营里跑的。你小时候我还见过你,但你应该不记得了。叶将军死的时候,是我第一次随军出征,很遗憾等我赶回天启城的时候,一切都已经成了定局。因为我自幼随军,所以我知道很多别人不知道的事情。北离繁华的背后,是北面骁勇善战的蛮族,他们地处荒凉,吃不饱饭,一个冬天过去,会死掉几十万的人口。"

"我在北蛮生活过很多天，我比你知道这些。"叶鼎之打断道。

萧若风笑了笑："是！所以你也应该知道他们对北离虎视眈眈，已经做了多年南下的准备了。我们南方是南诀，对我们骚扰不断，之前他们自己的朝堂不稳，难成大器，如今却也不一样了。而我们北离呢？最善战的将军被灭门了，最有威势的军侯远远地离开了朝堂，父皇年纪一天比一天大了，皇子之中，长皇子无能，青王阴险毒辣，我和兄长出生卑微，天启城其实一击就可破。这个时候，必须要有人站出来稳定局势，才能为以后北蛮和南诀的入侵，做好准备。"

"这件事情，只能我和兄长来做，所以我们需要在天启城取得优势。我们的背后没有豪门大族支持，便只能找那些暗处的势力，比如易姑娘出生的影宗！这一次联姻，便是为了把景玉王府和影宗牢牢地绑在一起。"萧若风抿了抿唇又道，"我说的这些，没有一个字是骗你的。我也想与你拔剑站在一起，但我不行，因为我是琅琊王，北离萧氏的琅琊王！"

叶鼎之靠在门边，沉默了许久都没有说话。

萧若风叹了口气，站了起来，往院外走去，直到他快要踏出去的时候，叶鼎之才终于开口了。

"我去过北蛮，也在南诀住了很多年，对于我来说，北离并没有什么值得我去爱的地方，这里先是埋葬了我的亲人，这一次又抢走了我的妻子……当然我明白你说的这些，毕竟我出身将军府，这样的为了所谓的大义而舍弃小爱的事情，我见过不少，甚至父亲当年可以反，却也为了所谓的大义去赴死。"

"我虽然明白，却不认同。如果我是当年的父亲，我一定起兵，再比如下一次在天启城中你我相见，我一定杀了你！"叶鼎之正色道，"请你记好了！"

萧若风笑了笑，低声道："我知道的。"他摸了一下腰间的剑柄，随后往屋外走去。

这样的自己，真是令人讨厌啊。

慕云山下，叶啸鹰持着双刀站在那里，他嘴上叼着一根稻草，略带调笑地看着面前的那些人。来者全都白衣佩刀，看着拦在山

下的叶啸鹰，神色愤怒。

"护着一个叛党后人，叶啸鹰你有什么目的？"

叶啸鹰笑了笑："叛党后人闯天启城的时候，你们没出现，现在倒是出现了，真是有趣。"

前来抓捕叶啸鹰的那批人足足有十余人之众，而叶啸鹰只有一人，但那些人仍然犹豫不敢向前，因为他们都听过叶啸鹰在军中的盛名，或者说，恶名。

两方对峙间，萧若风也从山上走了下来，他看着面前的那些人，微微皱眉。

这群白衣武士他再熟悉不过了，因为就是他帮兄长招募起来的，是现在景玉王府最重要的一批门客。

"王爷。"为首的白衣武士急忙行礼。

萧若风阴沉着脸，走上前，将手中的昊阙剑插在了地上。

"为大义，我愿与昔日好友背道而行，我愿强行散人姻缘，我不惧世人畏惧于我！但也是为大义，叶鼎之不能死，这是我的底线！"

声音洪亮，震得在场众人身躯一震。白衣武士们相视一眼，立刻收了刀，匆匆地退了下去。他们很清楚萧若风这些话是说给谁听的，也明白此刻的他们，只需要带话就行了。

叶啸鹰将自己的双刀收入了背上的刀鞘中，笑道："头儿，你的兄长会不会有些不太高兴？"

萧若风瞪了他一眼，神色不满："我现在，也真的很不高兴！"

"说真的，你认为是为了大义，但我觉得你的兄长和青王、长皇子是并没有区别的。"叶啸鹰依然带着若有若无的笑意，"虽然很不中听，但得说给你听。"

萧若风眼神黯淡了一下，没有接话。

"走，喝酒去。"叶啸鹰耸了耸肩，拍了拍萧若风的背，"一醉解千愁。"

七日之后。

慕云山的风晓寺中走出来一个带剑的少年，他最后看了一眼天启城，握了握拳头，然后转身离开。

"成为天下第一，然后回来。"他低声说了一句。

风晓寺的方丈看着他离去的背影，轻呼了一声："阿弥陀佛。"

"忘忧大师，您说他能成为天下第一吗？"叶啸鹰从寺内走了出来，笑着问道。眼前的这位风晓寺方丈虽然在普通人眼里很是寻常，但在江湖上却十分有名，据说佛道精深，能观想过去未来。

"一念成佛，一念成魔。"忘忧大师垂首道。

"大师又高深了？"叶啸鹰挠了挠头，"书读得少，听不懂。"

忘忧大师笑了笑："叶施主是有慧根的，岂会听不懂。"

叶啸鹰撇了撇嘴："我只是想，等到他成为天下第一的那一天，是不是年纪也就大了，到时候景玉王妃也人老珠黄了，来天启城找她还有什么意义呢？"


乾东城。

一辆华贵的马车穿进城门，直奔镇西侯府而去。

侯府之内，镇西侯和世子妃温络玉已经在院中等候。马车停下，车夫从马车上跳了下来："侯爷、世子妃。"

"东君呢？"百里洛陈皱眉道。

车夫有些犹豫："就在马车之内，但是奉了世子的命令，绑了天龙锁……"侯爷对这位独孙的疼爱众人皆知，就算得了世子的命令，车夫心中仍然惴惴不安。

"把他带下来。"百里洛陈沉声道。

车夫急忙应了一声，转身将马车上的百里东君和司空长风都带了下来。两个人都绑了天龙锁，行动不便，一路奔波了几日，两人皆蓬头垢面，倒像是真的囚徒一般。车夫原本以为百里东君见到侯爷就会开始哭嚎，像是以前的每一次一样，可这一次百里东君见到百里洛陈却十分平静，没有哭嚎着痛骂百里成风，也没有怒斥着让人解开天龙锁。

"东君啊，受苦了！"百里洛陈叹了一声。

温络玉用手帕遮面，几乎就要哭出来了。

"爷爷。"百里东君平静地说道。

百里洛陈挥了挥手："解开他的天龙锁。"

　　车夫急忙上前先把百里东君的天龙锁解开了,接着又去解司空长风的锁。司空长风比起百里东君还多喝了一味软骨散,解了锁就整个人瘫倒在了地上,只剩下百里东君依然跪在那里,神色淡漠。

　　"这一次,你父亲下了狠心,爷爷已经答应从此镇西侯府的事由他掌管,所以这一次你便只能听你父亲的了。你父亲说,需要关你两年禁闭,你可有不满的?"百里洛陈轻叹道。

　　百里东君摇头:"东君并未有任何不满,全听爷爷和父亲处置,我只有一个要求。"

　　"你说。"百里洛陈点头。

　　"我不希望关在镇西侯府的后院,我在乾东城里其实还有一个落脚处,还请爷爷把我关在那里。"百里东君垂首道。

　　百里洛陈自然知道他说的是哪里,没有犹豫,立刻说道:"好。"

　　"我的这位朋友,待他伤好之后,还请送他离开乾东城。"百里东君看了一眼地上的司空长风。

　　"嗯,好。"百里成风应道。

　　这是爷孙俩第一次以这样的情绪说话。这十多年来,百里洛陈一直希望自己的这个孙子能够过上平凡安稳的生活,可终归未能如愿。该来的一切终归还是来了,那个没心没肺的乾东城小霸王终究还是离开了。

　　"谢爷爷了。"百里东君忽然长跪在地,狠狠地磕了一个头,"这一次,给爷爷添麻烦了。"

　　百里洛陈走了过去,将百里东君扶了起来,拍了拍他的肩膀:"能添什么麻烦!事情我都听说了,你做得虽然不是那么的对,却也没有任何的错,就算错了,爷爷我担着就是了。我可不是叶羽那样的傻子,谁要动我家人,我就杀他全家,就算是皇帝也一样!"

　　百里东君终于还是没有崩住,眼泪夺眶而出:"爷爷!"

　　"既然平安回来了,便听你父亲的话,他也是希望你能成长,你不要怪他。"温络玉走上前抱住了自己的儿子。

　　乾东城。

　　时隔大半年之后,百里东君再次踏入了那座院落。

身后的门很快就关上了，传来了锁链碰撞的声音。百里东君置若罔闻，只是看着院子中的那棵枯树。他幼时最喜欢喝醉了酒躺在树上闻着花香打瞌睡，它有时候是桃花树，有时候是梨花树，还有些时候是桂花树，全凭借师父的喜好，但是儒仙古尘已经不在了，所以终归变成了最平凡的模样。

　　西楚国树——凤凰桐。

　　"凤凰非梧桐不栖啊。"百里东君摸了摸那棵枯树，低声道，"师父，我回来了。"

　　自然没有人回应他。

　　百里东君笑了笑，从屋里拿出一个小铁锹，开始在那棵枯树下面挖，很快就挖出了一个小坑。小坑之中藏着两坛酒，百里东君伸手就提起了一坛，那酒上还有人题了字——转梦生。

　　"师父，这一坛酒你说等我长大了才能喝。"百里东君拿开酒封，酒香瞬间就飘满了整个院子，他猛地一吸鼻子，"我在回来的路上已经满十八了，是否可以喝了？"

　　也依旧没有人回应他。

　　百里东君将酒放下，走回屋内，拿出了两个碗，自己倒了一杯，又倒了一杯放在一旁。

　　"师父，与您共饮。"

　　"好嘞。"有一人接过了那碗酒，很不客气地一饮而尽。

　　百里东君大惊，他虽然一直都在说话，可他知道古尘早已经身死，不可能会真的回答他！那么是谁一直悄悄地潜在院中，而他却悄然不觉！

　　"那么惊讶干什么，你不是让师父喝，我不是你的师父吗？"那人放下酒碗，擦了擦嘴角的酒水，笑着望向百里东君。

　　面容俊秀，笑若春水。

　　"南宫……南宫春水？"百里东君惊道。

　　"师父的大名你是越叫越顺耳了啊。"南宫春水笑道。

　　百里东君急忙垂首："不……师父，师父您怎么会忽然出现在这里？"

　　"我云游四方，刚好云游到这里，就来看看我的徒弟啊。"南

宫春水又给自己倒了一杯酒,"怎么?在天启城吃了瘪吧,要不要师父帮你出口气?把你父亲打一顿?还是教训教训萧若风那小子?影宗那老头就算了,一剑杀了就是。你一句话,师父帮你出气。"

百里东君沉吟许久,苦笑一下摇了摇头:"不必了。"

"怎么?离开了师父才多久,现在怎么变得这么垂头丧气的,以前的豪情哪里去了?"南宫春水笑着挠了一下他的头,"师父是过来人,我有一句话要告诉你。"

"什么话?"百里东君抬头道。

"只要没有死,一切就还没有完!"南宫春水大笑道。

百里东君一脸无奈,这对于他来说还真是,他都快活了两百年了。

"听说你要在这里被禁足?打算做些什么?"南宫春水问道,"不想的话可以和我回雪月城,镇西侯还拦不住我。"

"不必了。"百里东君摇头,"我就在这里待着吧,一个人安安静静地想一想。"

"只是想吗?"南宫春水幽幽地说道。

"师父……嗯,古尘师父屋子里有很多书,他之前让我也看,我从前不喜欢,现在反正也没事做,不妨看一看。"百里东君低声道。

"还有呢?"南宫春水继续问道。

百里东君摸了摸身边的不染尘:"练剑!"

南宫春水点了点头:"对了,百晓堂发武榜了。你这一次是良玉榜首甲,没有给学堂丢人。唐家那个叫唐怜月的小子,只排二甲。"

"叶鼎之呢?"百里东君抬头道。

"叶鼎之失踪了,可能连百晓堂也没找到他的行踪,所以武榜上没有他的名字。"南宫春水瞥了他一眼,"怎么?害怕他死了?"

"不会,我相信小师兄。"百里东君扭开了头。

"行吧,山水依旧,再会有期。希望此番禁足之后,能看到一个不一样的百里东君。"南宫春水又喝了一杯酒,"转梦生,真的好喝啊!留下一坛吧,等下次再喝。"

"下次是什么时候?"百里东君问道。

"等你成为天下第一。"南宫春水一跃而起,消失在了院墙之上。

百里东君喝了一杯转梦生，咂巴了一下嘴，品了一下那酒，也品了一下"天下第一"这四个字，随后把酒重新封上，丢进了那个土坑中，用铁锹将那些土重新填进去后站了起来，走进了屋内。

古尘昔日的古琴就安安静静地被放在桌子上，百里东君走过去看了一眼，伸手轻轻一抹，抹下一层厚厚的灰尘，他笑了笑："要不也练练这古琴吧。"

镇西侯府。

持着长枪的少年骑着马站在那里，望着面前的镇西侯。

镇西侯有着杀神之名，无论在北离还是南诀，人人都对之敬畏，司空长风却与其对视，丝毫不惧："镇西侯府要把百里东君关多久？"

"这是我们侯府的家事，不必和司空公子说吧？"百里洛陈神色阴沉，"司空公子还是走好自己的路，今日再不出乾东城，明日就不给你这机会了。"

司空长风轻甩长枪："素闻镇西侯当年在战场之上骁勇无比，人人闻风丧胆，现在看来，不过也是胆小如鼠。百里东君不过是为兄弟仗剑而出，一不曾杀人，二不曾作乱，何至于要被软禁起来？你们镇西侯府功勋之大，还怕一个小小的景玉王吗？！"

"逞口舌之快，信口雌黄的小儿！滚！"百里洛陈猛地一挥手，侯府院墙之上，几十名弓箭手同时引弓欲射。

司空长风本还想再骂几句，可看到那闪着寒光的箭头，想了想"杀神"的恶名，终究还是掉转马头，猛地一挥马鞭，只是行出几十丈后朗声道："我还会回来的！"

等成为他们口中的枪仙，再回来救百里东君。

百晓堂武榜中的良玉榜第四甲，司空长风。

"这还远远不够！"

南宫春水躺在屋檐之上，看着司空长风策马穿城而出，手中银枪流光一闪，笑了笑："我看中的徒弟，果然都不一般啊！"

## 第十四章 · 惊龙之枪

天启城。

百花楼。

屠二爷往嘴里丢了一颗花生米，嚼了嚼后觉得索然无味，终究还是忍不住问身边的丰腴少妇："紫姐，今日姑娘还是不出来弹琴吗？"

穿着紫衣的丰腴少妇莞尔一笑，以扇遮面："二爷你每日都来问，我都不好意思回了。姑娘这些日心情不好呢，怕是还得再等等了。"

屠二爷叹了口气："这没滋没味啊！"

少妇凑到屠二爷耳边轻轻吹了口气："二爷呀，我们百花楼内漂亮姑娘那么多，曲听不了……可以开个荤嘛……"

屠二爷闻言，打了个激灵，浑身一颤道："那可不行那可不行。我屠二爷清清白白处子身，若是在这里开了荤，被风姑娘知道了，以后哪还会愿意见我！"

"处子身？"紫衣少妇笑了笑。

"至少在这百花楼里可没开过荤。"屠二爷有些心虚，急忙补充了一句。

紫衣少妇站了起来："得嘞，那二爷就在这里喝喝酒吃吃花生米吧，至于那风姑娘啊，不管你是处子身也好，百战不屈身也好，都不会……来见你的啦。"

"这话伤人，伤心了。"屠二爷叹了口

气,又往嘴里丢了粒花生米,喝了口酒,满是忧愁。

紫衣少妇正要离开的时候,一名穿着绿衫的婢女忽然走了过来。

婢女长得很寻常,身段也很寻常,但屠二爷瞬间瞪大了眼睛,就连紫衣少妇都露出了几分惊讶的神色。

因为这是风秋雨的婢女!

"紫姐姐。"婢女对紫衣少妇行了个礼,随后望向张大了嘴巴的屠二爷,"敢问这位可是千金台的屠二爷?"

那句话叫什么来着?

精诚所至,金石为开!

屠二爷连连点头:"正……正是!"

"风小姐有请!"婢女盈盈一笑。

"紫姐,听到了没?风小姐请。"屠二爷猛地一拍桌子站了起来,"屠晚等候多时了!"

婢女就在整个百花楼惊讶的目光中将屠二爷领进了最里面的一间屋子中,风秋雨就坐在那里,一身白衣,恍若仙子临世。

屠晚感觉自己的手都有点微微颤抖了,他结结巴巴地说道:"风姑娘,在……在下屠晚。"

"屠二爷坐。"风秋雨莞尔一笑,轻轻一挥手,"喝茶。"

屠晚坐了下来,感觉异常的口渴,急忙拿起边上的茶杯咕噜咕噜地喝了一大口茶,放下茶杯后他长舒了一口气:"不知风姑娘忽然找我……可有什么事?"

"二爷是千金台的二当家,我虽然很少出门,千金台的名号却也常常听到的。"风秋雨缓缓说道。

屠晚得意地一笑:"哈哈哈,那是,我们千金台很有钱的,只要姑娘愿意,我可以把整个百花楼买下来送给你。"

"不必了。"风秋雨微微一笑,"我只是觉得千金台在天启城势力如此之大,应该知道一些别人不知道的事情。"

屠晚恍然,正襟坐了坐:"原来风姑娘找我,是想问一些情报。"

"前几日我听说有人在天启城中纵马。"风秋雨也喝了口茶。

屠晚眉毛一挑,没有接话。

"他们说是随李先生一起游历的学堂小弟子百里东君,而在百

里东君身后还跟着一个拿着枪的少年……"风秋雨继续说道,"但第二日,就没有人看到他们了。"

屠晚笑了笑:"姑娘是想知道他们去了哪里?"

"二爷是个聪明的人。"风秋雨笑道。

"这件事说小了就是小孩子的闹剧,说大了可是杀头灭门的大案。若是别人问我,我自然不会说,但既然是风姑娘问了……"屠晚清了清嗓子,"那自然是言无不尽。"

风秋雨与绿衫婢女说道:"以后屠二爷来听曲,留雅座,不需要提前到。"

绿衫婢女微微俯身:"是。"

屠晚满脸的得意劲藏都藏不住,正要开口说一些废话,就被风秋雨无情地打断:"还请屠二爷告知他们的去处。"

屠晚被打断后神色有些悻悻然,却也立刻说了下去:"我听我兄长与人私下说的。那天晚上景玉王大婚,其实是有人前来抢亲的。虽然具体是谁不清楚,但那些人中的确有百里家的小公子,以及风姑娘上次单独见过的那名枪客,他应该是叫司空长风。不过这个抢亲失败了,并且失败得悄无声息,以至于天启城中几乎没有人知道,就算知道的,也因为太过于空穴来风而根本不敢提。百里家的小公子应该是被镇西侯府的人带走了,司空长风与其一道,应该是一同走了。"

"受伤了?"风秋雨问道。

"应该伤得不轻,但不会死。这次镇西侯府派了自家世子爷来天启,以那位世子爷的作风,不会让自己的人死在这里。那天夜里,也的确有一架镇西侯府的马车出城了,此刻,想必已经回到乾东城了。"屠晚说道。

风秋雨喷了一声,露出了几分恼怒的神情:"都回来了,却去抢别人的亲!"

乾东城外的昆前山,司空长风策马而立,将一片叶子放在自己的唇边,轻轻吹响。

是那首江南月。

这次去天启城，司空长风其实也是有些私心的，想去再见一见那个琴声动人的女子。他刚去天启城的时候见过一次，离开的时候又见了一次，而再相见就是第三次了。第三次相见，也总该说一些憋在心里许久的话了。可惜，最后到了天启城，打了一场架，输了后就被人给带走了，真是令人遗憾啊！

一曲作罢，司空长风伸手一挥，那片叶子随风飘散，他一拉缰绳，掉转马头，便欲离开。

一个白衣如雪的儒雅公子站在那里，冲着司空长风耸了耸肩："少年郎这曲声很惆怅啊，听得老夫我都有点怀念自己的老家了。"

司空长风急忙从马上跳了下来："师父！"

南宫春水笑道："见到师父这么激动？怎么样，要不要师父替你们出出气，先把镇西侯揍一顿，然后策马千里奔赴天启，把皇帝老儿揍一顿？"

南宫春水说的就像句玩笑话，司空长风也根本没当真，只是悻悻地摇了摇头："哪敢为这种小事叨烦师父。"

"杨柳阴阴，儿女情长，可是大事哩，不过不是你的事倒是真的。"南宫春水笑问道，"接下来要去哪里？"

"想再走走这江湖，磨砺一下自己的枪法，等到功成之后再来乾东城，把百里东君带走。"司空长风回道。

南宫春水点了点头："志向还是有的，只不过磨砺枪法，拿什么磨砺呢？就你那来来回回八式还是九式的追墟枪？"

"可我只会追墟枪。"司空长风无奈道。

"傻，你只会追墟枪，可你有世上最厉害的师父啊！"南宫春水一副恨铁不成钢的表情。

"师父会追墟枪的剩下几式？"司空长风喜道。

南宫春水愣了一下，随后忍不住骂道："你怎么来来回回就记得这追墟枪？你已经拜天下第一为师了，怎么就不想着点更厉害的枪法？比如——惊龙变！"

司空长风大惊："惊龙变！"

"枪起！"南宫春水手轻轻一抬，司空长风腰间的长枪已经一个飞旋来到了他的手中，接着他将枪往天一指。

忽然百丈之内，狂风大起。

树叶沙沙作响，地上飞沙走石。

师父到底是师父，一抬枪就有这样的威势。

"来！"南宫春水长枪一抡，将那些狂风全都聚集在了枪尖之上，他猛地一挥。

风破。

地震。

南宫春水在一片风沙中破枪而出，手中长枪若一杆游龙般活了过来，只见百丈之内鸟雀仓皇逃去，天空之上，似亦有云彩变色。

这才是真正绝世的枪法！

能惊万物，能动天地。

所以才叫惊龙变。

也就是江湖传说中最厉害的几门枪法之一。

素闻李先生刀剑双绝，通双手刀剑之术，原来枪法竟亦是这么神乎其神！

"惊龙变啊！"南宫春水朗声长笑一声，忽然纵身一跃，连人带枪忽然变成一条银色蛟龙在空中盘旋。

司空长风看得目瞪口呆。

那些银色蛟龙朝天猛啸一声，忽然朝着司空长风扑了过来。司空长风知道那是南宫春水所化，面不改色，一步不退。

蛟龙在离司空长风只剩一寸之时猛地停了下来，忽然再度化作了南宫春水。南宫春水将手中长枪往地下猛地一扎，插进了土中，站起了身，拍了拍手中的土："可看清了？"

"一共三十三式，除了最后那一招化龙，都看清了。"司空长风吞了吞口水。

"最后一招是幻术，不是枪法，看得清就有鬼了。"南宫春水得意地挑了挑眉，"不过看得清不代表学得会，不然打一架别人就把你的枪法学去了。我要陪妻子遨游天下，没有时间教你武学，但以你的天赋，本就不需要教，这本枪谱拿去。"南宫春水从怀里掏出一本古籍，丢给了司空长风。

司空长风接过，急忙行礼："多谢师父！"

"你啊，是我的徒弟里最幸运的。"南宫春水忽然道。

司空长风不解："师父何出此言？"

"我剑法天下第一，刀法天下第一，拳法天下第一，掌法天下第一，但是这枪法，还真只是寥寥。百里东君、萧若风刀剑用得再好，又岂能超越我？但你不一样了，你以后成了枪仙，那可就是天下独一无二的枪仙了。"南宫春水拍了一下司空长风的肩膀，"你说你是不是很幸运？"

司空长风苦笑："师父可真是高看我。"

"我可真不是高看你，百里东君出身名门，萧若风出生皇家，叶鼎之是将军之后，可你一个浪客，以天地为师，也能与他们并肩，你是不是很了不起？"南宫春水转过身，挥了挥手，"别让我失望，下次再相见，要带着百里东君一起来。"

"必然！"司空长风拔起了地上的长枪，眼神坚毅。

南宫春水走下山，有一架马车停在那里等他，一身红衣的洛水望着远处，有些愣愣出神。

"看什么呢？"南宫春水轻声道。

"你的徒弟们都这样了，你还有心思游山玩水吗？"洛水问道。

"这样不是最好的吗？"南宫春水笑道，"有整整两年时间让他们不受叨扰，静心习武，且心中都有一个坚定的目标，等待两年之后，就是乘云化龙之时了。"

"这么自信？"

"毕竟我的徒弟嘛！"


天启城外，慕云山，风晓寺。

小沙弥背着一个小行囊，一脸气鼓鼓："师父我坚持不住啦！"

"这么一个小行囊，你都坚持不住？"老和尚叹了口气。

"师父我是想到我要背着这个行囊走几百里路，就坚持不住啦！"小沙弥抱怨道。

"我们出家人还怕吃这点苦？"老和尚问道。

"我们出家人这不能吃，那不能吃，怎么就苦需要吃？"小沙弥小小年纪，但说话倒挺利索。

"无禅啊,你觉得说了这么多,师父就不走了吗?"老和尚反问道。

小沙弥扭过头:"师父的脾气比山下那头人黑牛还倔,说走肯定走。"

"那你还说什么呢?"老和尚笑道。

"说还不能说啦。"小沙弥往山下走去。

"无禅啊,其实那寒山寺挺好的,风景优美,人杰地灵,那里山不高,不像风晓寺上山下山都要一个时辰,而且离城里也近。你知道寒山寺下那个姑苏城,虽然不比天启城大,但比天启城要有趣得多。春日街头,卖花、斗虾、跳板子、杂耍古玩,你喜欢的都有,而且那里的糖葫芦特别好吃,等到了师父就给你买两串,一串吃,一串看,你说怎么样?"老和尚循循善诱。

小沙弥没有理会,自顾自地走着,但是脚下却像生了风,越走越快。

老和尚叹了口气,遥遥地望着远方。

其实都这把年纪了,谁想走那么远的路啊,只是当年看到那个年轻人,只觉得可惜了啊!

好好的年轻人,原本一身浩然气,可如今却多了几分魔意。

不好,不好啊!

一个老和尚,穿着破袈裟;一个小沙弥,背着个小行囊。

老和尚脸上笑眯眯,时常絮絮叨叨地说一些佛经上的大道理,小沙弥扭过头:"不听不听,王八念经。"

"我是王八,你岂不是小王八?"老和尚伸手拍了一下他的脑袋。

一老一少,就这么其乐融融,千里之地,跋涉多日,竟已经走了一半。

"师父,您也不拿份地图,就这么能走到寒山寺吗?"小沙弥终于说出了这个困惑。

"不急不急,还有要事要做。"老和尚笑道。

两人走过一条河,跨过一座山,小沙弥嚷着要好好休息一下,老和尚这一次倒也没逼他,就在那里停了下来。

主要是山下坐着一个人，脸色不太好。

小沙弥认出了他，那不就是在风晓寺里住了许久的那个年轻人吗？那人脾气不太好，也不爱说话，只听说叫什么叶鼎之，是个抓住了要被杀头的人！

"你跟踪了我一路，到这里也该是个头了吧。"叶鼎之冷冷地抬起头，望着老和尚。

"这么巧，叶施主也在这里，既然相见，不妨同行？"老和尚和善地一笑。

"素闻忘忧禅师佛法高深，可什么时候却成了北离皇朝的鹰犬，负责这跟踪之事了？"叶鼎之冷哼道。

"阿弥陀佛，叶施主此言可差矣了。老衲正是因为不喜欢天启城，所以才远行遁走的啊。不过路上着实无趣，我又不通武功，所以才希望与叶施主同行。"忘忧禅师一脸诚恳。

小沙弥愣了愣："师父您没和我说要和他同行啊。"

"你别说话。"忘忧禅师眯眼一笑，一把按住了小沙弥的脑袋。

"我为什么要与你同行？"叶鼎之站了起来，往前走去，只是走出三步，忽然回头，手上银光一闪，直逼忘忧禅师而去。

忘忧禅师分毫未动，任由那飞箭从鬓角边擦过，一箭射穿了一片落叶，钉在了身后的大树上。他点了点头，轻呼道："阿弥陀佛，吓死我了。"

小沙弥却原地一顿，身上气势忽起，那小小的拳头往前一推，正指叶鼎之。

虽然只是略有些雏形了，但是叶鼎之却一眼看出了那是佛家第一外门武学——金刚伏魔神通。叶鼎之微微眯起眼睛："原来师父不会武功，徒弟却是个未来的高手。"

忘忧禅师摇头苦笑："叶施主说笑了。"

"滚！"叶鼎之怒喝一声，转身离去，"我不需要什么同行之人，自己的路一个人走，我早就习惯了！"

"叶施主莫急。"忘忧禅师踏出一步，瞬间就来到了叶鼎之的身后，身法之快，与叶鼎之的师父剑仙雨生魔都不相上下。

叶鼎之猛地拔剑，转过身，剑势如暴雨般劈下："还说你不会武功?"

　　那忘忧禅师的身法极其诡异，脚下步伐若雨点踏出，身子总能以奇怪的方向扭曲，将叶鼎之的每一招每一式都完美地躲开，但他只是躲，却一直没有反击，脸上依然带着和善的笑容："叶施主，老衲真的不会武功，只是能躲、能跑，还能……"

　　"能什么能！"叶鼎之一剑劈下，眼神中闪出一道紫光。

　　忘忧禅师心中一动，暗道：果然如此。他退后一步，微微一笑："我还能困！"

　　他左手手掌轻挥，右手伸出一指指天，心中佛号轻念，最后在那叶鼎之持剑抵在他的喉咙之时，大喝道："般若心钟，落！"

　　只见一个铜钟幻影忽然从天而落，正正地砸在了叶鼎之的身上，将他连人带剑困在其中。

　　忘忧禅师点足一掠，退了三步，随后口中念念有词，低声说着一些佛经。

　　心钟之中的叶鼎之眼中的紫色渐渐退去，重新变得澄明起来，他长吁了一口气，将手中的剑插在了地上。

　　铜钟幻影渐渐散去，忘忧禅师双手合十，又呼一声："阿弥陀佛，叶施主还是与老衲同行吧。"

　　叶鼎之收回了地上的剑，低头道："为什么会如此？"

　　"魔仙剑走的毕竟是魔道，以前叶施主心中坚定，一心有所求，但是苦在求不得，所以心境不稳，随时会破碎，破碎之后魔道侵蚀，便有了如此结果。"忘忧禅师垂首道，"老衲与叶施主同行两年，两年之后，叶施主心境稳固，便不怕魔道反噬了。"

　　"为何帮我？"叶鼎之问道。

　　"佛家之人不就是应该普度世人吗？老衲见到叶施主，叶施主有难，老衲便需要帮忙，这又需要什么理由呢？"忘忧禅师回道。

　　叶鼎之收起了方才的傲慢，神色中多了几分尊重："叶某此行没有目的，其实不知去往何处。"

　　"姑苏城城外有座寒山寺，那里的方丈圆寂前写了封信邀我去那里接替他。姑苏城是座好城，寒山寺也是座好寺，老衲打算去那里，叶施主既然不知去何处，便与老衲一起去那里吧。那里离大启城很远，没有人会打扰你。"忘忧禅师说道。

"只需要两年对吗？"叶鼎之问道。

"最多两年。"忘忧禅师回道。

"两年之后，我的魔仙剑便不再会有反噬？"叶鼎之又问道。

忘忧禅师轻轻摇头："不仅不会反噬，还能更进一个境界。"

"好！"叶鼎之点了点头，转头继续往前走去。

忘忧禅师拉着小沙弥跟了上去，小沙弥终于找到机会开口说话了："师父师父，原来您真的很厉害啊！竟然能凭空变出那样一座大钟来！师父您能凭空变出一个糖葫芦来吗？"

"不能。"忘忧禅师有些头疼。

小沙弥皱了皱眉："那师父您能教我这个变大钟的功夫吗？"

忘忧禅师没有回答，只是反问道："你的金刚伏魔神通练得很好了吗？"

"师父，我们为什么要帮这个人啊？"

"师父方才不是说了，出家人度世人，见到了所以就要帮。"

"师父我想吃糖葫芦，你帮帮我……"

"……"

"出家人就不是人了？"

"……"

叶鼎之转过头，皱眉道："再走半个时辰，前面有个小镇！"

小沙弥吓得立刻就躲到了师父的身后。

半个时辰后，小沙弥拿着叶鼎之在镇子上买的糖葫芦，跟在他的后面屁颠屁颠的，一口一个叶大哥，气得忘忧禅师连连摇头。

没出息的小和尚！

清晨时分。

依然是叶鼎之在前面走，忘忧老和尚和小沙弥在后面跟着。他们这样走，亦走了有十几日了。

小沙弥终于问出了心中的困惑："师父师父，为什么不是他跟我们去寒山寺，反而是我们一路跟着他走呢？"

"我去过姑苏城，虽然没见过寒山寺。"叶鼎之忽然回头，看了小沙弥一眼。

小沙弥立刻又缩回了师父的后面。

当日在小镇上,本来一串糖葫芦之后,小沙弥就已经把叶鼎之当成了心中的大哥,可是叶鼎之却似乎不领情,一路上依然是冷冰冰的,小沙弥的热情被浇了冷水,喊了几天后还是退缩了。

"师父,叶大哥怎么看起来这么凶啊?"小沙弥低声问道。

忘忧大师笑了笑,摸了摸小沙弥的光头:"这不是他的本性!我看他是下了决心,这两年不再亲近别人,因为他以后要做的事,很可能会遭遇天之难,他不想祸及身边的人。"

小沙弥似懂非懂地"哦"了一声。

叶鼎之忽然放慢了脚步,等忘忧大师跟上来之后沉声问道:"大师,您住在风晓寺,纵观天启城,我想问您一些事,不知道您是否知道?"

"你想问你的同伴如今的去处?"忘忧大师问道。

"是。"叶鼎之点头道,"我当日原本想问琅琊王,但心中咽不下那口气,所以一直憋着,可这一路上,我四处打探,发现天启城那件事根本就没有传出一点讯息……好像,没有发生过一般。"

"你的那几位朋友,洛青阳被影宗带走了,应该是关起来了,不过他是影宗宗主最得意的弟子,也是皇帝陛下钦点的护卫,所以风头过去了,影宗宗主就会把他放出来,但估计会与他立什么协定。百里东君被百里成风带走了,目前被禁足在乾东城。司空长风也一同去了,但是前几日从乾东城出来了,目前在四处磨砺。你师父的那几位家奴,被叶啸鹰击退后就藏匿起来了,现在还在天启城。"忘忧大师似乎对每个人的行踪都了如指掌。

叶鼎之微微眯起眼睛:"我以为大师最多只知道他们在天启城中的结果,可没想到,竟然连他们现在的踪迹也这么清楚?"

忘忧大师指了指树上的麻雀,微微含笑:"是鸟儿告诉我的。"

叶鼎之嘴角一撇,却是不信。

忘忧大师耸了耸肩,冲着小沙弥撇了撇嘴。

小沙弥追了上去:"真的真的,我师父能和鸟儿说话的,不对不对,不仅是鸟儿,山禽走兽、鱼虫花草,师父都能坐在那里和他们说一下午呢。"

"那是你师父骗你呢。"叶鼎之懒得搭理道。

"你师父才骗你呢！师父除了每次说给我买糖葫芦是骗人的，其他时候都是认真的。"小沙弥围着叶鼎之开始打转，"我是说真的！师父您现在给他表演一个！"

忘忧大师依然含笑而行，不发一言。

叶鼎之忽然想到，若是他们在天启城闹出这么大的动静，却完全被压了下来，那么……是不是易文君也根本不知道这件事？不知道自己来过，不知道自己甚至都走到了景玉王府！

他脸上原本浮起的那一点点笑容瞬间消失殆尽，小沙弥依然在那儿絮絮叨叨，他一把拎起小沙弥的衣领，给甩在了身后。

"给我安静点！"

小沙弥又躲到了忘忧大师的身后："师父，他又开始了。"

忘忧大师看在眼中，眼神中流露出了几分担忧，他轻捻佛珠，低声道："一念成魔啊！"

"师父师父，我们还要多久才能到啊？"小沙弥见师父又讲听不懂的话了，立刻打断道，"我都走累了。"

"累什么累，你走几个时辰就睡一觉，我看你一点都不累。"忘忧大师拍了拍沙弥的小光头，"今晚应该就能走到了。"

小沙弥一惊："这么快？"

"你师父我练的是神足通，年轻的时候一日千里都不是什么问题。"忘忧大师看了一眼叶鼎之，"叶施主的轻功是南诀第一高手雨生魔教的，只要他愿意，他早就已经到姑苏城了。"

"那我呢？我是不是也很厉害？"小沙弥兴奋地跑起了圈，"我跟上你们的速度了！"

"你忘了你睡觉的时候了？那个时候师父我才运起神足通，叶施主也用了轻功，至于现在呢，是在散步呢。"忘忧大师慢悠悠地抬了抬步子。

"那我睡觉的时候是师父背着我？"小沙弥好奇地问道。

忘忧大师冲着前面的叶鼎之挑了挑眉："是叶施主。"

"叶大哥！"小沙弥立刻撒开腿又跑上去了，围着叶鼎之转啊转。

"走开。"叶鼎之不耐烦地骂道。

"叶大哥,刀子嘴豆腐心,啦啦啦。"小沙弥快乐地往前跑去。

叶鼎之转过头,无奈地看了忘忧大师一眼:"为什么他这么开心?"

忘忧大师笑了笑:"因为他无牵挂。"

日落时分,小沙弥终于趴在叶鼎之的背上睡着了,他们也终于走到了寒山寺的门前。一个中年僧人带着寺里不多的几个年轻和尚在门口恭恭敬敬地迎候他们。

忘忧大师是名满天下的佛道大家,而寒山寺不过是姑苏城外一座不满十人的小寺,能候得这样的大师前来做住持,自然是不敢有任何的怠慢。

叶鼎之将身上的小沙弥给放了下来,那中年僧人立刻上前接过,并且接引他们往里走,可叶鼎之却挥了挥手:"我去姑苏城里找个客栈。"

忘忧大师微微皱眉:"叶施主难道这两年都要住在客栈中?"

叶鼎之看了看远处,似乎有一片农田,指了指那边问道:"那片农田是谁的?"

那中年僧人立刻应道:"是寒山寺所有。"

"我就在那块农田边,结庐而居。"叶鼎之看了忘忧大师一眼,"这样大师应该可以满足吧?"

忘忧大师苦笑道:"何必弄得这么麻烦?"

"我欠人欠得太多了,可自己却什么都没有拿回来,无法回报,不想再继续欠了。"

一列骑兵回到了乾东城,为首的人穿白甲配长剑,正是此番代表镇西侯府入天启参加景玉王婚宴的世子百里成风。虽已进了乾东城,他却仍然一刻不停,长挥马鞭直奔镇西侯府而去。

镇西侯百里洛陈今日也没有去军营,在府内等候着他。

世子妃温络玉坐在一旁,脸色阴沉,似乎不太好看。

"阿玉,一会儿稍微控制一下。"百里洛陈看出了她神色中的不满,安抚道。

"父亲放心，自然不会太过火。"温络玉皮笑肉不笑地笑了一下。

"父亲大人。"百里成风一步踏进了正厅之中，"儿子回来了。"

百里洛陈正欲开口，只见身边白影一闪，温络玉已经蹿了出去，一掌打在了百里成风的胸口。

"夫人。"百里成风瞪大了眼睛，眼看就要被掌风打出去了。

百里洛陈摇了摇头，手掌一挥，正厅外的三扇大门瞬间合拢，才挡住了百里成风的去势。

"夫人有话好说啊！"百里成风哀号道。

"你说我给你下个三寸灰，还是五更死好呢？"温络玉飞掠过去，一脚踩住了百里成风的胸膛。

百里洛陈以手扶额："不是说好不会太过火的吗？"

百里成风刚刚入府之前摆出的一副庄严郑重的神色荡然无存，连连哀求："夫人饶命，夫人饶命……"

"让你去天启城参加婚宴，让你去打儿子了吗？让你把儿子带回来给他关禁闭了吗？人家抢个亲怎么了，你当年不抢亲，现在有他吗？你不是老骂他没出息吗？现在他子承父业了，你还不满意了？"温络玉骂道，"你现在去把他放出来！"

"不行啊！这两年对于东君的成长很重要，他已经不是个孩子了！"百里成风不肯松口。

"好啊，那我也让你成长成长！"温络玉手中荧光一闪。

"三……三寸灰！"百里成风大惊，"夫人莫冲动！"

百里洛陈轻轻咳嗽了一下，沉声道："你们夫妻二人的事情，自己私下解决就好了，我在这里等成风，可不是为了看你们吵架的。"

温络玉咬了咬牙，收回了手，站了起来："我在后院等你。"

"我今天睡兵营！"百里成风立刻从地上爬了起来。

"好啊，那你以后就给我在兵营待着！"温络玉瞪了他一眼，推门走了出去。

百里成风见她走了，长吁了一口气："东君现在这脾气，都是她给惯的。"

"还有我给惯的。"百里洛陈手轻轻敲了敲木椅的把手,"这一次天启抢亲,东君要帮的人是叶大哥的儿子?"

"我问过琅琊王,身份确认无疑,是当年失踪的叶叔叔独子,现在叫叶鼎之,与东君在上次的学堂大考中相识。"百里成风急忙回道。

"没想到这么多年过去了,叶大哥竟然还有后人留在世上。他现在还安全吗?"百里洛陈问道。

"琅琊王已经将他送出天启城了,说会护他周全。"百里成风回道。

"帝王家的话,不可信。派些人去寻他,暗中保护他,当年我没能救得了叶大哥,现如今叶家的这点血脉,我一定要保住。"百里洛陈微微眯起眼睛。

百里成风点了点头:"明白!但是我觉得这个萧若风,是值得相信的人!"

"那萧若瑾呢?"百里洛陈忽然道。

百里成风想了想,回道:"如父亲所言,就是那帝王家的人。"

"果然是如此!琅琊王是天纵之才,心中亦有仁德,可这样的人却往往无心帝位。只有景玉王萧若瑾这样的,才会想要握住权力。"百里洛陈幽幽地说道,"小心一点他。"

百里成风垂首道:"明白。"

"要去看一下东君吗?"百里洛陈站了起来,"我可第一次看到他能在一个地方待那么久。"

"算了吧,估计他不太想见我。"百里成风叹道。

"如果你不出手,那么他和叶鼎之可就都得死!你为什么不与他说清楚呢?"百里洛陈往门外走去。

百里成风摇了摇头:"毕竟还是个孩子,说了不听。"

"你刚不是说了,他已经不是个孩子了。随你去吧,难得你肯狠心。"百里洛陈推开门,"随我去兵营?"

百里成风苦笑:"我还是回后院吧。"

古尘旧宅。

没有了古尘的幻术遮掩,旧宅已经成了人人可以接近的地方,但因为一整圈士兵的驻扎，百丈之内仍然无人敢接近。那些士兵一开始以为捞了个好差事，不用在烈日下操练，只用每天围在这里乘乘凉，聊聊天就够了。

可很快，他们就叫苦连天了。

因为旧宅之中，最近每天都有人在弹琴。

弹得真难听啊！

那弹琴之人却浑然不觉，却是越来越兴起，琴声如铁马踏破荒原，如长风呼过昆仑，如巨浪打落鲲船，一天比一天澎湃壮阔，但千百种豪迈，却汇集成一种难听的曲调，逼得外面那些士兵晚上睡觉时候耳边都传来幻听之声，从梦中惊醒。

"等下次去百花楼，还容得下司空长风吹那破叶子？我这琴弹得也能算国手了吧？就连那什么秋水，都自愧不如吧？"百里东君闭上了眼睛，一曲完毕，仍然陶醉在那豪情之中，久久不能自拔。

院子外的兵士长吁了一口气，一个个满头大汗，脸色苍白。

终于是弹完了。

百里东君睁开眼睛，手又按在了琴弦之上："兴致来了，那就再来一曲！"

"铮"的一声。

院中飞鸟惊起。

百里东君的手疯一般地在古琴之上乱扫起来。

"大风起兮云飞扬，威加海内兮归故乡！"

好曲、好歌、好豪情！

我百里东君为何如此优秀！

院墙之外，有一辆马车静静地停靠在那里，穿着绿衫的侍女握着马鞭皱着眉头，回头道："小姐，你听过比这还难听的曲子吗？"

马车中的女子微微一笑："听过的。"

侍女眉头微蹙："小姐你在哪里听的？绿儿怎么不知道？"

"昨日听的啊，昨日晚上的那一首，才是真正的难听啊！"女子含笑道。

姑苏城，小沙弥跟着忘忧大师在喧嚣热闹的大街上兴奋地乱逛。

忘忧大师曾和他说过姑苏城在豪华程度上，不比天启城逊色，虽然此言有些夸张，可在小沙弥看来，这姑苏城比天启城可强多了。

世人眼中之繁华在于赌场多不多，乐坊多不多，商铺多不多。

可在小沙弥无禅看来，却是卖花、斗虾、斗蛐蛐的多不多，街边糖葫芦多不多，湖上游船多不多，而这些，姑苏城真的很多。

比起恢宏庄严的天启城，姑苏城要市井很多，也要温柔很多，最明显的就是两边的暖阁上，那挥着手绢、香气扑鼻的姑娘们，真的很温柔啊。

忘忧大师拉着无禅匆匆走过，低声连呼："阿弥陀佛，阿弥陀佛。"

"叶大哥怎么不和我们来？"无禅抱怨道。

"你认了人家当大哥，人家可没认你做小弟，你倒是一口一个大哥说得顺嘴。"忘忧大师笑道。

无禅指着那边的糖葫芦，说道："那师父您给我买一串糖葫芦，然后再给叶大哥买一串糖葫芦，我带回去给他。"

"人家可不想吃。"忘忧大师回道。

"心意要到。"无禅走了过来，对小贩说道，"我要两串糖葫芦。"

小贩看了他一眼，问道："可是姑苏城外寒山寺的小师傅？"

无禅点头道："是的是的。"

"可我从没见过小师傅。"小贩疑惑道。

"我和我师父新来的。"无禅看着那些糖葫芦舔了舔嘴巴。

忘忧走了过去，从怀里掏出两个铜板。原本他们出家人吃饭全靠化缘，可糖葫芦又不是剩菜剩饭，忘忧只得一脸心疼地递了过去："便给他两个吧。"

小贩看了一眼忘忧，心想果然是传说中要来此处的佛家大师，长得就一脸佛家气派，只可惜那递出两个铜板时的神情，着实有些丢人。

回寒山寺的路上，无禅已经把手上的糖葫芦吃得一干二净了，现在正晃着手上的另一串，找到了正在农田边搭草房的叶鼎之。

"叶大哥叶大哥，我给你在姑苏城外带了串糖葫芦。"无禅兴奋地喊道。

叶鼎之头都没回一下："我不爱吃，你自己留着吃吧。"

无禅小心翼翼地说道："那……我吃了？"

"吃吧。"叶鼎之挥了挥手。

无禅哈哈一笑，举起糖葫芦就跑开了。忘忧大师呼了一声佛号，走到了叶鼎之的身边："叶施主。"

"大师。"叶鼎之转过身，尊敬地回了一句。

"这几日可还好？"忘忧大师问道。

"没有大碍。"叶鼎之回道。

忘忧大师皱眉想了想："没有大碍，就是有小碍。如果我没有猜错，这几日叶施主的太阴穴、太虚穴，每到午时三刻，都会隐隐作痛，如有针扎一般，就算用真气舒缓，也毫无效果。老衲说得可对？"

叶鼎之略有些惊讶："大师连这都能够料到？"

"我毕竟不能随时陪伴叶施主身边，我有一门佛家剑法，不是什么高深的武功，但有佛门金刚力，长久练习能帮助叶施主修补心境。"忘忧大师拔出了地上的玄风剑，"剑仙雨生魔之剑，果然不同凡响。"

叶鼎之问道："忘忧大师不是说自己不会武功？"

"老衲的确不会。"忘忧大师轻轻一挥长剑，往边上一丢，"无禅。"

无禅嘴里嚼着糖葫芦，把签子一丢，跑过去接住了那柄对于他的身高来说有些过长的剑，步伐晃了晃，口齿不清地问道："可是大力金刚剑？"

"不然呢？"忘忧大师笑道，"糖葫芦也吃了两串了，该出点力了。"

"那你们可就看好了！"无禅举起长剑，一招一式认认真真地挥了起来。他的剑法比起叶鼎之来说当然是很稚嫩，但叶鼎之细观这套剑法，惊觉自己还没有练，现下也觉得浑身上下比起前几日要舒坦了很多，有一股纯阳之气在体内流淌，当下便知忘忧大师所言不虚。只是看就有此功效，若是真的练了，想必困扰自己的那些问题，自然迎刃而解。

"可看清了？"无禅收了剑，一脸得意地问道。

"就你这剑法，也敢在叶施主面前显摆？"忘忧大师拿走了他手上的剑，递给了叶鼎之，"早晚各练一次。"

无禅疑惑道："叶施主剑法很厉害？"

叶鼎之接过玄风剑，看了一眼无禅："你想试试？"

无禅从地上抓了一把落叶："我往天上一丢，你能每一剑都打中这些飞叶吗？"

"你可以试试。"叶鼎之转过了身。

"来啦！"无禅轻轻一跃，把所有的叶子都往天上一丢。

"铮"的一声，玄风剑出鞘。无禅一抬头，树叶已经没有了，他再低头，玄风剑分明还在鞘中。

叶鼎之低头继续砍木头。

回寒山寺的路上，无禅忍不住大喊道："师父师父，叶大哥不仅武功好，还会变戏法啊，能把那些树叶都变没了。"

"那不是戏法，是剑气。叶施主的剑气太强，把那些树叶都打成了灰烬。"忘忧大师解释道。

"那我以后也能有这么强的剑气吗？"无禅问道。

"你可以用拳，你的拳风，也可以做到。"忘忧大师说道。

无禅忽然停在原地，朝着路旁的大树猛地一挥拳。

金刚伏魔神通！

树叶沙沙响了一下。

忘忧大师挠了挠一脸沮丧的无禅的头，继续往前走去："现在还早呢。"

两个人走出十步之后，一片树叶摇摇晃晃地落在了地上。

一双女子的绣花鞋踩在了树叶上，向着和师徒二人相反的方向走去。

叶鼎之擦了擦额头上的汗，将斧子和木桩子丢到了一边。造房子还真是个体力活，比和天境的高手过招还要累啊！他拿起了玄风剑，想起了方才的那套大力金刚剑，依样画葫芦地打了一套。

一套打完后，一声嗤笑响起。

"好蠢笨的剑法啊。"是一女子的声音。

叶鼎之立刻收了剑,警惕地转过身。

一身紫衣的女子站在那里,戴着一个斗笠,紫纱垂下,看不清真实的面貌。

"你是谁?"

"我叫玥卿。"

## 第十五章 · 天外之天

叶鼎之与那紫衣女子相对而立，叶鼎之手轻轻地按住了剑柄："你从何处来？天启城？"

"我来自极北之地的天外之天。"玥卿笑道。

叶鼎之一愣，北离之人对于天外天一无所知，就连八公子都不知道其来处，可是叶鼎之却是知道的。因为他早年混迹蛮族，而蛮族与这女子所说的天外天，其实是挨着的，只不过那里终年落雪不停，有千里冰原，比起蛮族来说，环境更为恶劣，他们是曾经的武国北阙的遗民！北阙虽然疆域不大，子民也不多，比起北离、南诀来说只是个边陲小国，但是人人习武，战力雄厚，所以被称为武国。十几年前在北离军神叶羽和杀神百里洛陈的合力之下，北阙已经被划入了北离的疆域，但他们并没有被灭国，遗民逃到了更北面的极寒之地，自称天外天，只不过再也不与北离有半点联系，只和蛮国有些许的联络。

"天外天找我做什么？"叶鼎之神色中依然保留着些许警惕，因为当年灭了北阙的，正是自己的父亲——军神叶羽。

"前人的恩怨，就交给前人来断吧。叶将军灭北阙，也是奉皇命，而北阙残族能够死里逃生，也是因为叶将军的按兵不动。叶公子不必为此而警惕我。"玥卿笑了笑,"我来找叶公子,只是因为我们身上都有对方想要的东西。"

"哈哈哈,我叶鼎之如今身上还有别人想要的东西?"叶鼎之朗声笑道,透露着些许悲凉。

"有!叶公子是天生武脉,这样的奇才百年来我们也很难碰到几个,其实叶公子并不知道,早在你第一次入天启城时,就曾与我们天外天相遇过了。"玥卿笑道。

叶鼎之微微皱眉,随机想了一下,顿时恍然,立刻拔出了玄风剑,指着玥卿:"那个用判官笔的家伙,是你们的人?"

"魂官飞离,的确是我们派去天启城的。"玥卿点了点头,"不过遇见叶公子是个意外,他发现了叶公子的天生武脉,所以下手有些着急了,请叶公子勿怪。"

叶鼎之并没有放下手中之剑:"天生武脉,对于你们有何用?"

"叶公子应该听说过我们北阙皇族有一门功法,叫虚念功。这一门功夫只有天生武脉之人可以修得,就连北阙皇族都不是世世代代都能修习的。如今我们的宗主玥风城闭关修行虚念功,始终未出,我们需要一个同样习得虚念功的人,将他从死关之中救回。我们在天下间四处寻找,最后便找到了叶公子。"

"玥风城,他还没死?"叶鼎之皱眉道。玥风城是北阙的旧主,传闻中他应该与北阙的宫殿一同被烧成了灰烬。

"对,他还没死,还等着回到北阙的故土。"玥卿说道。

叶鼎之将剑收了回来,笑了一下:"那你们身上有我需要的什么东西?"

"我们已与蛮族传信多年,等我们宗主出关之时,便是蛮族铁骑南下之时!到时候我们天外天三十六宗族也将会再度集结南下,届时虚念功大成的宗主拥有不逊色于学堂李先生的绝世武功,而剩下的宗门之人,也都是能以一敌千的高手。如今北离已经没有军神了,杀神百里洛陈与天启皇族也早已背道而驰,北离到时候将不复存在!"玥卿沉声道。

一片静默。

只是山间飞鸟惊鸣。

这片大陆上至今为止仍然被称为最强盛的国家北离，在这个女子的口中，竟然很快将不复存在！

叶鼎之笑了笑，转过身："我虽然痛恨萧氏，但我还不至于把北离的几千万百姓牵扯到我的恩怨中来。蛮国铁骑南下，你知道会有多少人死吗？"

玥卿反问道："那你知道当年北离讨伐北阕，又死了多少人！"

"用一个更大的错误去掩盖之前的错误，我做不到。"叶鼎之沉声道，"你走吧，我就当你没有来过。"

玥卿叹了口气："我就住在姑苏城中的胧月客栈，若是你改变了主意，就来找我。"

"走吧，我不会来找你的，我也劝你们不要再打北离的主意，北离没你们想象中的那么简单，蛮国也是。"叶鼎之提醒道。

玥卿转过身，风吹起紫纱，露出了下面的绝世容颜："我们天外天，也没有叶公子想的那么愚蠢。"

千里之外，乾东城。

"小姐，无相使那边的命令，是放弃百里东君，把所有的希望寄托在叶鼎之身上，可绿儿不明白，小姐为什么要一直不放弃百里东君？"绿衫侍女问道。

"你希望我们重回故土吗？"白衣女子问道。

绿衫侍女摇头："绿儿出生时就在天外天，从未见过北阕，只听长辈们说过，那里很美、很温暖。"

"我也记不清了，我当时太小，所以我有时候想，是否天外天也很好？那里虽然很冷，但也很安静，不像北离这里，总有那么多的纷纷扰扰。"白衣女子叹道，"你知道，打仗会死很多的人，若想重回北阕，那我们就也会失去身边的很多人。"

绿衫侍女一愣："所以小姐来找百里东君是想……"

"我想，或许他可以阻止这一切！我想将父亲大人从死关中救出来，却也不想要出现战争。百里东君对于北离并没有那么大的怨恨，我觉得他可以帮我。"白衣女子缓缓道。

绿衫侍女略微有些惊讶："我只知小姐和无相使不和，只是利益上的相左，没想到竟是这样的原因。"

"无相使他们想要回到北阕，究竟是为了宗民们的生活，还是为了自己的权欲，谁又知道呢？我只知道若是蛮族和北离开战，那么不管最后谁获胜，北阕都不可能真正的复兴，更何况，我总觉得无相使有什么在瞒着我们。"

"什么？"

"关于虚念功，关于父亲大人的出关，关于我们寻找叶鼎之和百里东君他们真正的目的和结果，这一切，似乎都没有那么简单！"

姑苏城，胧月客栈。

玥卿将斗笠放了下来，给自己倒了一杯茶，幽幽地说道："魂官飞离，无相使他可真的很心急。"

飞离从暗处走了出来，笑着摇了摇头："无相使一点也不着急，他只是害怕二小姐太过于着急。"

"怎么？在你们心里，我就是那么沉不住气的人？"玥卿喝了一口茶，语气中略有不满。

飞离急忙摇了摇头："当然不是！只不过叶鼎之真的很重要，无相使难免谨慎一些。不知二小姐今日一见，可有什么收获？"

"我用寻气术探了他，的确是先天武脉没错，不过他如今心境不稳，似乎随时有入魔的可能，所以虽然他这一次拒绝了我，但要不了多久，我想他就会来找我，如果……"玥卿推开窗户，望着远处，"没有那个和尚的话。"

"和尚？"飞离微微挑眉。

"寒山寺忘忧，是很厉害的和尚吗？"玥卿问道。

"原来忘忧大师竟然入了寒山寺！寒山寺不过是座小寺，比不得少林、白马这些大寺，但是忘忧大师却是公认的佛家大宗，如果他在，那的确会很麻烦。"飞离叹了口气。

玥卿又问道："怎么个麻烦法？"

"据说忘忧大师最善窥心魔，也最善解心魔，所以叶鼎之如果被他看着，那么很有可能他就是来为叶鼎之解心魔的。"飞离忧道。

玥卿眼神中闪过一丝狠厉："那就杀了他。"

飞离摇了摇头："据传忘忧大师擅佛法六通，早年还受邀入过少林寺武阁，观书三年才出。"

"佛法六通?又是很厉害的武功吗?"玥卿很少入北离,对于这些事真的是一点都不了解。

飞离苦笑:"佛法六通可远没有武功那么简单,玄之又玄,妙之又妙!据传忘忧大师对学堂李先生虽不能胜,但有六成把握可不败,所以忘忧大师,真的是很难对付!"

玥卿微微皱眉:"所以我们不能等。"

"天启城倒是有消息传来。"飞离忽然道。

"天启城?"玥卿一愣,"什么消息?"

"二小姐应该是问谁传来的消息。无法无天两位尊使消失了近一年之后,终于传信给了无相使,他们原本还将希望放在百里东君身上,但经过无相使的点明,他们将在天启城,为叶鼎之做一些事情。"飞离嘴角露出一丝冷笑。

"无法无天二位尊使和无相使不是素来貌合神离吗?他们会听无相使的话?"玥卿皱眉道。

飞离幽幽地说道:"有时候也由不得他们做选择。"

玥卿不再多问,转问道:"他们会做什么关于叶鼎之的事情?"

"当然是叶鼎之最想做却还做不到的事情。"飞离笑道。

"我们要帮他?"玥卿微微眯起眼睛。

"然后再让他跌入万劫不复!"飞离转身,"二小姐有事可以随时传书给我,但切忌轻举妄动!我们等了这么多年了,不在乎再等上两年。"

"两年?"玥卿幽幽地说了一句,"无相使的耐心可真好,两年的时光,对于我这个年纪的女子来说,可真的太久太久了……"

飞离笑了笑,推门走了出去。


千里之外,乾东城。

白衣女子将脸上的面纱揭了下来,却是与那姑苏城中的玥卿十分相似,只不过玥卿的眉眼间多了几分阴狠,而这里的白衣女子却要柔和许多。

她们本就是姐妹,一个叫玥瑶,一个叫玥卿。北阙亡国的那一天,她们一个四岁,一个三岁,对于故国的印象都是模糊的,但是玥瑶接受了天外之天的极寒冰冻，玥卿却听人说起那温暖繁华的北阙，总是无比神往。

"小姐还是这么的好看。"绿衫侍女为白衣女子梳着头。

"今年二十有四了，百里东君似乎前几天刚满十八吧，我比他大了六岁呢。"玥瑶淡淡地说道。

绿衫侍女笑道："小姐琢磨这个干吗？你又不是真看上那个愣头小子了，更何况以小姐的容貌，说是十七绿儿也是信的。"

"油嘴滑舌。"玥瑶接过梳子，自己梳了起来，"不过现在是不是还太早？"

绿衫侍女一愣："小姐，什么还太早？"

"与他相见，是否还太早？"玥瑶像是在问绿衫侍女，又像是在问自己。

"小姐要与他相见了？不过现在的确整个北离都知道百里东君的名字了，那可是良玉榜首甲啊，年轻人里的天下第一。"绿衫侍女的语气中多了几分赞叹，"虽然他这个人看着愣愣的，但没想到还挺厉害的。"

"不，还是不够，良玉榜算什么，冠绝榜才是真正的厉害。"玥瑶笑道，"多少年来，有多少人是曾经良玉榜上的天之骄子，可最后却终其一生都没有摸到冠绝榜的那道门槛。"

绿衫侍女皱眉想了想："所以是不见喽？"

"见，至少把他弹琴给教会了。"玥瑶伸出一只手，在脸上轻轻抹了一下，"不过不能以这幅容貌去见他。"

绿衫侍女恍然大悟："绿儿明白了。"

北阙易容术，也是天下无双的。

旧宅之中，百里东君放下了古琴，终于有些意兴阑珊了。

他可是昔日的乾东城小霸王，如今也是横跨北离游历过许多地方的人了，从来都是耐不住寂寞的。当日说禁足就禁足不过是憋着一股对百里成风的气，哪知道百里成风顺水推舟，还真给自己下了两年的禁足。爷爷也真是的，自己嘴硬，他就不能心软？还有自己的母亲温络玉，看起来对百里成风凶得很，实际上呢，心疼百里成风可比心疼自己要多很多了。

"可真无聊啊。"百里东君又去院中练了一会儿剑,随后躺在地上,仰头看着天。他想起了繁华的天启城,美丽的雪月城,自己称王称霸的乾东城,还有那杀机四伏的西南道……

两个时辰过去了,天上只有三只麻雀飞过。

百里东君咂巴了一下嘴,语气中更加多了几分无奈:"要是有个人来陪我就好了。"

又过去了一日。

百里东君还是躺在那里晒太阳。

古琴什么的已经被蒙上了一层灰,刀剑什么的,插在边上的土中和他一起晒太阳。

这样无趣的生活,何时是个头啊!

在这个时候门被轻轻叩响了。

自打他被禁足以来,除了每天小门里会按时按点放进来一些吃喝,从来没有人来找过自己,百里东君立刻警觉地抬起头:"谁啊?"

"听你的声音,似乎是午觉刚刚睡醒?"屋外传来一声略带嘲讽的冷笑。

"百里成风!"百里东君一下子从地上跳了起来,"你还有脸来找我?"

百里成风冷哼道:"我就好奇你这次一声不吭就领了罚在这里安稳待着,是开窍了还是想和我斗气,现在看来都不是,敢情你找了个地方偷懒。"

"谁偷懒了?我在里面又练琴又练剑的,有本事你进来,咱俩比画比画。"百里东君从地上拔出了不染尘。

百里成风微微皱眉:"练琴?"

旁边的士兵全都一脸苦笑,心想他好歹安稳了几天,世子爷可千万别不开眼,若是让小公子表演一段来听听……好在百里成风没有这个兴致,只是不屑地说道:"学琴你一没天赋,二没老师,能弹出什么妙音来?"

"我没天赋?"百里东君怒喝道,"竖起耳朵好好听听!"他起身就要去屋里抱琴。

"够了!"百里成风厉声喝道,"我来这里,不是听你弹琴的,我来这里是问你，为什么要禁你的足，你想好了没有？"

百里东君神色渐渐凝重起来，他望着院门，沉声道："因为我为我的朋友抢亲，可对象却是天启城的王爷，这会给镇西侯府带来极大的不利。"

"你错了！你为朋友抢亲，这件事没有错，就算如你所说会连累到镇西侯府，你也依然可以去做，你错的只是还不够强！你做了自己还做不到的事情，而你却承担不了失败的后果，这就是罚你在这里禁足的原因！"百里成风沉声道，"你爷爷一直不希望你牵连到这些复杂的事情中去，但你既然自己选择走入了，那你就得做好准备。两年的时间里，你可以提前出来。"

百里东君抬首道："如何做？"

"你告诉门外的这些兵士，你能杀我。"百里成风说道，"他们便会来侯府找我，到时候我便来这里找你，若你真的可以做到了，你就可以从这里走出去。"

百里东君一把按住了腰间的剑："我现在……"

"只有一次机会！我可不是什么闲人，也没时间经常来这里找你聊天！反正你记好了，若想提前出去，就让人给你带话。"百里成风打断了百里东君的话，声音严厉，"我很期待你找我的时候，能给我看到你真正的能力。"

百里东君不满道："百里成风……"

"别再直呼我的名字了，我是你爹！"百里成风终于按捺不住了，"看样子在天启城把你打得还不够疼。"

百里东君撇了撇嘴，没有理会。

半晌过去，屋外没有动静了。

百里东君忽然觉得有些意兴阑珊，他大概知道百里成风也是料到自己的愤懑最多支撑那么几天，特地过来刺激一下的，可是有什么用呢？百里东君把不染尘往地上一丢，继续躺倒在了地上，望着天空发呆。

发着发着呆，一个苹果忽然就从天上砸了下来。

百里东君一张嘴，把苹果咬住了。他站起身，把苹果吐到了手上，骂道："谁啊？"

"我!"一声温柔的声音响起。

百里东君扭过头,只见院子中的那棵枯树上不知何时坐了一个身穿白衣的女子,手里掂着一个小苹果。

"你谁啊?"百里东君疑惑道。

女子秀目一挑:"我是你父亲给你找来的古琴老师,也是督促你在此习武的监视人。"

"滚!我都说了我天赋异禀,要什么老师,回去领了银子走吧。"百里东君不耐烦地说道,"你来之前也不在天启城里打听打听,我百里东君的老师,有坚持过三天的吗?"

女子眼睛一转,仿佛片刻后就要泫然泪下,她看向百里东君,语气楚楚可怜:"我好不容易寻得一份差事……"

"废话怎么那么多!"百里东君掂了一下手中的苹果,一把丢了出去。

"怎么这么不懂得怜香惜玉呢?"女子一挥手就把那个苹果接在了手中。

百里东君一愣,方才他虽然没用什么真气,但是能够这么轻而易举地接住自己丢出去的苹果……这个女子,看来不仅仅是一名琴师这么简单。

"怜香惜玉?"百里东君笑了一下,"我只怜惜我喜欢的女子,其他的女子,都给我离远点。"

"原来是这样!公子是怕一个屋檐之下,我们孤男寡女相处,以后传出去要是让你喜欢的女子知道了,她或许会很不开心。"白衣女子从树上跳了下来。

百里东君耸了耸肩:"或许她也不在乎。"

"哦?"

"不过我在乎啊!"百里东君挥了挥手,"滚滚滚。"

"我看这间宅子也不大,以后公子住东屋,我住西屋,日落之后,我便在西屋不出,公子看这样如何?"白衣女子缓缓道。

百里东君愣了一下:"你就这么缺这笔钱?"

"缺的。"白衣女子点了点头。

百里东君向前走了几步,低声道:"姑娘你从这里出去,到钱柜坊找他们的何掌柜，百里成风给你多少银了，你跟掌柜要双倍！拿到钱就离开这里，我也不和百里成风说，就假装你每日在这里上课如何？"

白衣女子摇头："做事要讲究诚信的，公子若是这样不实诚，以后被喜欢的女子知道了，可不敢轻易相信公子哦。"

"你要教多久？"百里东君不耐烦地问道。

白衣女子伸出两根手指："两年。"

百里东君倒吸了一口冷气："好好的姑娘，两年大好时光，就浪费在这破院子里？"

白衣女子轻轻地点了点头："和公子在一起，我不觉得是浪费时光呢。"

百里东君浑身一抖，起了一身鸡皮疙瘩。

"公子既然已经会弹琴，想必已学会识谱？"

"什么是谱？"

"公子不知什么是谱，那琴是如何弹出来的？"

"自然是兴致到了，起手就是佳音。"

"什么佳音，这叫乱弹琴！"

"你不懂！"

"小女子别的懂得不多，这音律懂得还真的不少。公子是习武之人，自然知道剑有剑招，刀有刀法，枪有枪诀，那琴，自然也有琴谱。"

"你好烦，你听过我弹琴吗？就在那里妄自而言。"

"几日前，我在附近的洛川客栈住过几日，有幸听过。"

"如何？"

"我入住洛川客栈那一日，客栈已是爆满，只留一间空房。我从客栈出来那一日，客栈却已空无一人，公子知道为何？"

"客栈死人了？"

"不，是公子的琴，太难听，吓跑了所有人！客栈老板本想告到官府，可看这里重兵把守，那些兵士也都一个个默默忍受，心想这里住的必是要人，所以只能打碎了牙往肚子里咽。"

百里东君看着白衣女子的眼睛，白衣女子也回望着百里东君。

话能骗人，可眼神却很难骗人。

女子的眼神中透露着四个字——绝无虚言。

百里东君有些泄气地躺在椅子上：“那就不学了。”

"公子这琴是谁留下的？"女子问道。

百里东君回道：“是我的师父。”

女子轻抚古琴，手指轻轻拨动了一下，眉毛一挑，赞叹道：“此琴可非凡品，小女子斗胆猜一下，这琴应叫九霄。”

百里东君一愣：“这你都知道？”

女子轻轻笑了一下，手指摸着琴尾："上面刻了诗句，'九霄风起惊雷现，长龙卧春千年眠'，这应是天下四琴之一的九霄琴，材质我方才摸了，绝对不是赝品。不过小公子说谎了，这琴的主人是昔日儒仙古尘，可古尘在西楚灭国那日就已经死了，以小公子的年纪，他不可能是你的师父。"

百里东君犹豫了一下，还是道："不管你信不信，儒仙真的是我的师父。"

"可是儒仙的徒弟，怎么连谱都不识呢？要知道当年儒仙纵横江湖，一琴一书箱一袭白衣，行走天下，多少绝世女子为之倾心。"女子笑了笑，"我虽然没有见过，却也神往。"

百里东君皱了皱眉："师父当年真的这么风光？"

"天启三十二乐坊，六十四乐姬，有四十个爱他爱得要死，你说风光不风光？"女子叹道，"只可惜儒仙生来逍遥，虽与其中一名女子相恋，可终归没有相成，成为江湖之上的一件憾事。"

百里东君想起了自己放在天启城里的那壶酒，也终于明白了那壶酒的含义，他点了点头，想起师父昔日的容颜，不禁有些伤感，只是伤感之后，他忽然醒悟了一件事："你们女子都喜欢这样的？"

"北离八公子中的雅公子洛轩，一人一箫，风流世间，爱慕他的女子比爱慕其他几位公子的女子加起来还要多，你以为是为何？只可惜这些年江湖之上一直没出现一位能和儒仙媲美的琴公子。你想，一把琴，琴中藏剑，琴声起，长剑出，那是怎样的风流？什么样的女子能够不为这样的公子所倾心？"白衣女子缓缓说道。

百里东君低头想了想："这样想来，倒也是。"

"公子爱慕的女子，是好雅兴之人吗？"女子问道。

百里东君猛地一拍大腿："那自然是！"

"那等公子学成之时，我可就得加钱了。"白衣女子笑道。

百里东君终于站了起来，朗声道："好！那我就跟你学琴，但我不要学那些软绵绵的乐曲，我要学一些有气势的！"

白衣女子忽然俯首，手指在琴弦之上，猛地一扫而过。

"大风起兮云飞扬，威加海内兮归故乡！"

女子高喝，琴声乍起。

忽有一阵长风从屋间穿过，吹起院外的沙土。

百里东君垂首道："敢问先生大名？"

女子手微微抬起："我叫王月。"

"拜见先生王月。"百里东君俯下身，行礼。

儒仙教了百里东君酿酒，李先生教了百里东君武艺，这位女子却也有幸，能与两位绝世之人并肩，成了百里东君在琴艺上的老师。

"那我们就进行今日的第一课。"

"什么？"

"识谱。"

"先生，能不能不识谱，直接弹？"

"不能！还有，不要叫我先生，叫我王姑娘就好。"

"好的王姑娘，请问要识几日？"

"这个月都是学识谱，识谱是根基，没有一日就成的道理。"

"那学琴需要多久？"

"两年。两年之后，保证你风流世间，万千姑娘相随。"

"我不要万千姑娘，我只要那一个。"

"你还真是痴情啊！那姑娘到底哪里好？"

"长得好。"

"性格呢？"

"不知道。"

"家世呢？"

"不知道。"

"那你到底喜欢她哪里？"

"不是说了吗？长得好啊！"

"……"

这一个月，屋外围守的兵士终于过了些安静的日子。院子里出奇安静，虽然偶尔能传来一两声琴音，但都很轻柔，而且很短暂，那般狂风暴雨的琴音终于没有再出现。他们都以为是世子爷上一次的到来给了这个小公子一点打击，内心中对这位未来的镇西侯更多了几分崇敬。可是一个月后，院子中的琴音终于再次炸响了。

依旧如狂风暴雨。

依旧如铁马踏破荒原。

多了点规则，也多了几分技法，但是没有变的，是难听。

"哈哈哈，王姑娘，识谱一个月，我可有进步？可弹出了佳音？"百里东君问道。

王姑娘眉头紧皱，叹道："朽木不可雕也。"

"开个玩笑，我就是憋得慌。"百里东君的手在琴弦之上一阵乱滚，"让我爽一爽，难听就难听吧。"

王姑娘看着百里东君闭上眼睛，一脸陶醉的样子，悄悄背过身去，偷偷地笑了一下。

世间多少少年郎，白衣琴音自诩风流，可这一刻，闭目乱弹琴的青衣少年，才是真风流啊！

天启城。

景玉王府。

一身锦衣的新任景玉王妃正坐在她的别院中，望着天空静静地发呆。

侍女们都远远地站在一边，望着这个奇怪的王妃。

她可以算是如今最得宠的王妃了吧！自从她入府之后的这几个月，景玉王去别的王妃那儿的次数，十中有一罢了，但是这个王妃却从来不曾笑过，每日都是冰冷的神色。她不像有的王妃那般温和有礼，却也没有嚣张跋扈，只是冷漠，对谁都是冰冷而疏离的。

"太医到了。"有一名侍女上前轻声道。

景玉王妃轻轻咳嗽了一下，她这几日身体有些不适，总是无端的恶心，也吃不下东西，虽然推辞了几次，但景玉王仍然传来了太医。

"让他过来吧。"景玉王妃扶了扶额头，略有些疲倦。

太医走了过去，小心翼翼地放下药箱，来之前他就听闻了这个王妃有些古怪，便多了几分谨慎，他小声道："王妃，我帮您把一下脉。"

"其实能有什么，最多是染了点风寒。"景玉王妃懒懒地说道，将手伸了过去。

太医伸出手指按了上去，片刻之后便神色微变，他急忙问道："王妃这几日可是经常呕吐，食不下咽？"

"是。"景玉王妃神色中多了几分不安。

太医长舒了一口气，神色竟是大喜："王妃这脉象如珠般圆滑，有力而回旋，快速而不停滞，这是……喜脉啊！"

侍女们闻言，立刻全部下跪道："恭喜王妃！"

太医也急忙下跪，连声高喝："恭喜王妃！恭喜王妃！"在王府这样的地方，母凭子贵，只要为王爷诞下一男半女，地位立刻就不同寻常了，对于每一个王妃来说，这自然是一件天大的好事，更何况这位王妃入府不过数月就能怀有身孕，那简直就是大幸了！

景玉王妃却如遭雷击般震住了，她站了起来，身子微微有些摇坠，苦笑道："喜……喜脉？"

太医急忙起身扶住她："王妃最近可切记注意好身体啊！"

景玉王妃扭过头，看了他一眼。

眼神中没有半点喜悦，却是浓浓的怨恨。

太医吓得一惊，急忙想要松手，却已经来不及了。

景玉王妃一把抓住他的手，将他往身后猛地一甩。太医飞了出去，撞在院墙之上后倒在了地上，连声哀号。

"王妃！"一名侍女急忙上前拉住景玉王妃，她是那日引着景玉王妃走向礼堂的那名侍女，也为王妃唱过一曲《蝶恋花》，是这里少有的知晓王妃心事的人，也是难得能与王妃说上几句话的人。

景玉王妃看了她一眼，眼神中的愤恨渐渐地消了下去，只是更

多了几分悲凉,她叹道:"为何要如此呢?"

"王妃,有喜脉,该是喜事啊!"侍女劝道。

琅琊王府。

琅琊王萧若风骑马出府。

景玉王妃怀有身孕的事情很快就传遍了天启城,但是这条喜讯之内的其他讯息,比如景玉王妃似乎并不太高兴,比如为景玉王妃诊出喜脉的太医被打成了重伤,却只传到了琅琊王府。

景玉王昨日才去了银都,今日就出现了这样一件大事。

"真是头疼啊!"萧若风挠了挠头。

他可不太想见那个厉害的女人,本来王兄外出,自己去见王嫂就不合礼度,更何况他对那女子心中可都是愧疚啊!不过却也没有办法。

"琅琊王到——"景玉王府的管家朗声长喝,然后擦了擦额头上的汗。

萧若风笑着看了一眼老管家:"你好像早就在等着我来这里?"

老管家长吁了一口气:"除了王爷您,谁还能在这个时候帮到老奴呢?"

"如何了?"萧若风问道。

"王爷娶的这个王妃武功太高了,我们进不去……"老管家无奈道。

"早就劝过王兄了。"萧若风耸了耸肩,穿过老管家的身边,走进了王妃的别院之中。

一众侍女跪在屋外,不敢进去。

萧若风几步之下穿过众人,推门而入。

然后便是一掌打了过来。

萧若风笑了笑,腰间长剑一起,将那一掌打了回去,随后轻轻一旋,将门扣上。

"嫂嫂,何必如此?"

"谁是你的嫂嫂!"

景玉王妃又是一掌打了过来,掌风呼啸,有排山倒海之势。难怪王府之中没有人能够制住她。萧若风收起长剑,也推出一掌。

"卸！"萧若风大喝一声。

景玉王妃一愣，想要抽掌，却似乎被萧若风的手紧紧地黏住了，她往后一拽，萧若风也整个人往后一进。随后萧若风伸出两掌在景玉王妃肩膀上轻轻一扣，彻底卸去了她的掌力。

景玉王妃无可奈何，只得退到一边，坐在了椅子上，说道："你是李先生最厉害的徒弟，我打不过你。"

萧若风笑道："王妃嫂嫂也是好身手。"

"你来这里做什么？"景玉王妃问道。

"听闻嫂嫂有了身孕，来看望嫂嫂。"萧若风垂首道。

景玉王妃冷笑一声："是怕我想不开，一气之下毁掉自己腹中的孩子？"

"成婚了是一回事，有了孩子又是另外一回事，王妃嫂嫂心中始终耿耿，若风我自然不敢懈怠。"萧若风依然恭恭敬敬。

"你走吧。"景玉王妃用手揉了揉太阳穴，"我易文君没有你想得那么决绝，也没有你想得那么软弱。"

"这个孩子，嫂嫂会生下来的，对吧？"萧若风试探着问道。

"至少我不会主动毁掉他。"景玉王妃眼神冰冷，"当然，如果上天愿意带走他，我也不希望有人拦着。"

"罪孽啊。"萧若风长叹一声。

"滚！"景玉王妃再度暴起，一掌打在了萧若风的胸膛之上。

这一次萧若风没有躲，硬生生地挨了一掌，随后连退几步，吐出一口鲜血。

"为何不躲？"景玉王妃问道。

萧若风没有回答，只是转过身，低声道："谢过王妃嫂嫂了。"

"滚！"景玉王妃怒道。

"抱歉。"萧若风微微俯首，随后推门走了出去。

千里之外，姑苏城外。

叶鼎之长剑落日，草庐崩坏。

"定！"一身黄色僧袍的老僧从天而降，手掌微微张开，猛地往下一压。

硕大的般若心钟幻象陡起，将叶鼎之整个人笼罩在其中。

老僧低声快速诵着经文，心钟之上，也隐隐有金色的经文闪烁。

叶鼎之的眼神渐渐由紫色转变成正常的瞳色，手中的剑猛地往地上一插，一阵狂风忽起，将那心钟打得粉碎。

忘忧大师双手合十，轻呼："叶施主心魔难除，为何不放弃这魔仙剑呢？"

"我的心魔是因魔仙剑而起吗？"叶鼎之反问道。

忘忧大师轻轻摇头，没有回答。

叶鼎之闭目，回想起师父雨生魔生前的那最后一剑，那重回南诀第一的一剑。

那一剑，原本雨生魔不肯让他看，可最后他仍旧是看到了。

那一剑，是放下心魔的一剑，放下执念的一剑，虽然不再有魔意，却充满了死气，是至死才能挥出的一剑。

生于魔，所以绝世，却也只能是最后一瞬。

如果自己不能救她，不能让她与自己携手天涯，那是否可以凭这至死一剑，让她一人独游世间？

方才叶鼎之就是在尝试练习这样的一剑，才导致自己无法控制体内气息，此刻他气息平稳下来，却也有些心有余悸，方才的那一剑，的确自己还远远未能掌控。

"多谢大师了。"叶鼎之拔出了地上的剑，这一句多谢倒是诚恳。

忘忧大师轻叹一声，犹豫了一下还是未曾开口。

"那一剑，至少现在我不会轻易尝试了。"叶鼎之看了一眼手中的剑，"求死之剑，无法练，只能真的用出的那一刻，才能懂。"

"既有生路，何绝死路？"忘忧大师问道。

叶鼎之笑了笑："生路何在？"

"放。"忘忧大师沉声道。

"不放！"叶鼎之转身，将手中的剑一丢，看着面前被自己一剑震塌的草庐，无奈地笑了笑。

忘忧大师转身离去。

片刻之后，一身紫衣的女子出现在了那里，她依然戴着斗笠，布纱垂下,看不清具体的容貌。

天外天,玥卿。

"练剑把房子都练塌了啊。"玥卿笑道。

"你又来做什么?不是让你走了吗?"叶鼎之头也没回,捡着地上散了一地的木头。

虽然叶鼎之语气不善,玥卿却并不在意,只是走上前,帮着叶鼎之捡了起来:"那老和尚劝你放下,终归说到底,他就算不是萧若风的人,也是向着天启城那边的。而我这边,不但不会劝你放下,还会帮着你,把你想要的东西拿回来!"

"我要的东西,我自己拿就是了。"叶鼎之接过玥卿手中的木头,"姑娘你还是走吧,我们终究不是一路人。"

"我和你不是一路人?难道那老和尚是?"玥卿微微有些恼怒。

"也不是。"叶鼎之抬起头,望着西面的方向,"在那最西面的地方,有一个与我同路的人,只可惜我连累了他。"

乾东城。

古尘旧宅。

百里东君躺在院子里晒着太阳,发着呆。

"在干吗?"王月走上前问道。

"今日剑也练了,琴也练了,在想一个人。"百里东君回道。

"你心爱的姑娘?"王月笑了笑。

百里东君摇头道:"我又不是那闺阁里思春的少女,哪能天天就想着心上人。我在想我的一个朋友,也不知道他现在怎么样了!"

"什么样的朋友?"王月问道。

"是一个看起来潇洒不羁,但实际上心里藏了很多事的家伙。第一次见到他的时候,有点讨厌他,觉得这个人一副什么都了然于心、成竹在胸的样子很讨厌,后来才知道,他不过是经历了太多的事情,所以对于有些事能看淡,可如果有一件事情他看重了,那就真的是看重了。上一次和他见面,是我们一起去抢婚亲,抢他心爱的女子。"百里东君缓缓说道。

王月好奇道:"那女子喜欢他吗?"

"当然!那女子被家里强迫嫁给一个王爷,大家都惧怕那王爷,

没有人去帮他，但我不怕，我去了。"百里东君苦笑了一下，"可惜啊，打不过别人，我被带回了这里关了起来，他就不知道了，但百里成风说他也没死，被人带走了。"

"出去之后第一件事做什么？"王月问道。

百里东君攥紧了拳头："当然是找到叶鼎之，然后再去抢那个姑娘！"

"可是姑娘已经出嫁了啊！"王月幽幽地说道。

百里东君一笑："出嫁了又如何？"

"等你从这里出去，都过去两年了，到时候她就已经成为别人的妻子两年了，或许还生下了孩子，已经习惯了她的丈夫、她的家庭，那个时候再想把她抢走，可就没有那么容易了。"王月缓缓道。

百里东君一愣："那怎么办？"

王月笑了笑："对啊，那怎么办？"

百里东君思考了一下，说道："那我就问叶鼎之，让叶鼎之再偷偷去问那个女子，要是女子说干，那我们就干，要是女子说算了，那我们就找个地方喝酒，一醉方休。"

"你做事从来都是这么简单直接的吗？"王月问道。

"这个天下太复杂了，所以我想简单点。"百里东君笑道，"我那个朋友其实也是很复杂的，好在感情这件事上，他很简单。也不知道他如今究竟身在何处，不知道这一次的失败，会不会给他造成太大的打击。"

"我帮你去问问？"王月试探道。

百里东君挠了挠头："我那个朋友是北离的谋逆之后，抓到是要杀头的，王姑娘你一个乐师，又从哪里探他的消息？算了，就耐心等这时间过去，以他的本事，一定可以熬过去的！"

在少年们避世而居的这短短的时间内，世间的种种，正在悄然发生着改变。

八个月后，景玉王府正妃胡错杨诞下景玉王的第六子，此子诞生之初，号啕如雷，王府震惊，琅琊王亲自取名萧楚河。

又是过去两个月,最受宠爱的侧妃易文君诞下景玉王的第七子,侧妃易文君拒绝了景玉王和琅琊王两人定下的名字,而用了自己的师兄洛青阳取下的名字——萧羽。

景玉王府连得两子,可谓大喜之事。这两个月后,朝中达官贵族们纷纷前来祝贺,只不过他们只见到了那出生时就号啕如雷、震惊王府的六王子萧楚河,却没有见到七王子萧羽。

侧妃易文君自诞下萧羽那日便称身子有恙,一直居于自己的寝殿之中,谢绝了所有的访客。

直到一只信鸽飞到了遥远的极寒之地。

坐在椅子上的天外天无相使打开了手中的纸条。

易文君诞下景玉王第七子,名萧羽。

"时间到了。"无相使手指轻轻一动,那张纸条在他手中瞬间化为灰烬,"飞盏。"

身穿白衣、身形高大的男子出现在了院落中,他的肩膀耷拉着,眼角也耷拉着,一副很没有精神气的样子。

"你前去天启城,找到无法、无天两位尊使,告诉他们,离开的时间已经够久了,该出来做点正经的事情了。"无相使幽幽地说道。

飞盏有气无力地点了点头:"好,需要我们做什么?"

"把景玉王妃易文君从天启城里带出来,送到姑苏城外寒山寺边,让她与叶鼎之重逢。"无相使抬头望着远方,"恋人重逢,前缘再续,多么美丽的故事啊!"

飞盏微微侧首,随后足尖一点,从院墙之中翻了出去。

半个月后。

天启城皇宫,紫烟殿。

一个高高瘦瘦,一个矮矮胖胖,两个中年男子正坐在屋外晒着太阳。

这里是整个北离守卫最森严的地方,但是这两位不属于这里的男子却已经待了好几个月,因为这里是紫烟殿,大内第一高手浊清公公的地盘,没有任何人敢轻易踏足这里。

人不可以,鸟可以。

有两只布谷鸟停在了枝头,接连鸣叫了两声。

无法和无天对视了一眼,然后两只布谷鸟一同叫了第三声。

无法叹了一口气:"看来好日子是要到头了啊!"

无天耸了耸肩:"真不想听那个人的命令。"

"可事实证明,我们几个人中,唯有他,才能真正地领袖天外天。"无法摇了摇头,"走吧。"

"两位要去何处?"浊清公公站在紫烟殿门外,幽幽地问道。

"大监,实不相瞒,天外天已经派人来寻我们了,我们必须出宫一见。"无法说道。

"出宫不是件容易的事,偌大的北离皇宫,除了我以外,仍有不少的高手,你们贸然出宫,很容易被人发现,我送你们出去吧。"浊清微微笑道。

无天一愣,看了无法一眼。两个人虽然来天启皇宫投靠这位大监许久了,但是始终未能看透这位大监的心思,对于他,提防更多于倚靠,如今他们两人要与天外天相见,他又要一同前去,却是打了什么主意?

"请吧。"浊清微微侧身。

无法思索了一会儿后叹道:"既然大监有兴致,那么便一同前行吧!只不过这一次我们也不知道究竟来与我们相见的人是谁。"

"或许我知道呢?"浊清大监幽幽地说道。

一辆马车徐徐地驶出宫外,宫人皆知那是大监浊清的座驾,侍卫例行公事地排查了一下,就予以放行了。

天启城,何成当铺。

无精打采的年轻人就这么无精打采地坐着。

就算是那一胖一瘦、一矮一高两名熟悉的中年男子踏入当铺,他的神色也没有太大的变化,只是淡淡地说了一句:"二位尊使来就来了,还带什么……客人。"

无法和无天对视了一眼,他们也没想到无相使这次竟然派出了这个人。魂官飞离,性格豪爽,能和整个天外天的人都相谈甚欢;魄官飞盏,性格冷漠,练千念神钟功,一身丧气,谁见谁躲,出了名的不好打交道。无天笑了笑:"是一位重要的盟友,不过他先在门外马车里等候，等我们谈完了之后，他才会进来。飞盏你这次前来，是带了无相使的手令？"

"是！无相使让二位放弃百里东君。"飞盏依然低着头，耷拉着肩膀，耷拉着眼睛。

"为何？"无法问道。

"两位尊使在天启城，自然听过一个人，他叫叶鼎之。"飞盏低声说道，"无相使认为，他才是更好的选择。"

"叶羽的后人，无相使可真的会选人！"无法冷笑道，"只不过无相使想如何做？"

"叶鼎之第一次入天启的时候，认识了如今的景玉王侧妃易文君……"飞盏依然低着头，声音轻缓无力。

半炷香之后，无相使的计划已经叙述完毕。

无法摇头道："若论攻心之术，的确还是无相使厉害，和他比起来，我们两兄弟却是差远了。"

"此计还需二位保密。"飞盏微微抬首。

"不必你操心。"无法和无天已经转身走了出去。

浊清大监坐在轿子之中，摸着手中的玉扳指，低着头似乎在思考着什么事。

无法和无天掀开幕帘走了进去，无法笑道："可真不凑巧，这一次来的人，偏偏是那个最讨人厌的人，这样的人，大监不见也好。"

"不妨，我独自去见他便是。"浊清忽然仰起头。

幕帘微微一动。

浊清已经走进了当铺之中，无法和无天根本连反应的时间都来不及。

飞盏依旧坐在那里，垂着头，仿佛后颈那里的骨头被打断了一般，他有气无力地说道："没想到这一次入天启，竟能见到大名鼎鼎的五大监之首浊清公公。"

"**魂官飞离，魄官飞盏**，天外天中仅次于四尊使的人物，能见到你，本座也很高兴。"浊清大监微微一笑，在他面前坐了下来。

"大监是要见我吗？怕是飞盏没有这个荣幸。"飞盏低声说道，"大监真正想见的，应该是无相使。"

"天外天四尊使中,本座最想见的,的确是无相使,当然无相使还不值得本座用那么大的力气去见,我要见的,是你们的皇帝陛下。"浊清大监微微抬首,"当年城下与他一见,他的风采,我可至今难忘啊!"

飞盏猛地抬头,眼神中终于流露出了一份狠厉:"看来无法无天两位尊使告诉大监的可不少。"

马车之中,无法无天二人神色凝重。

无天擦了擦额头上的汗,他身形矮胖,在这逼仄的马车中坐了许久,已经浑身是汗了,他微微皱眉道:"这个太监,究竟有什么所图?"

无法叹了口气:"虽然一直觉得他不简单,但似乎我们把他想的还是太简单了!"

"一个太监,命根子都没了,还想搅起什么样的风雨?"无天语气中微微透露出几分鄙夷。

"可不要小看太监,历史上多少朝代都是被这些个太监给搅得天昏地暗!就连北离皇朝也曾出了个祸乱朝纲的大太监,称九千岁,在他死后,北离皇族还立了规定,历任五大监,在先皇驾崩新皇登基之后,都得被派去驻守皇陵,以防止再有这样的事情出现。"无法幽幽地说道,"浊清大监武功不凡,权力也不低,自然不会甘心真去守那什么皇陵。"

无天冷笑:"北离皇族自己愚蠢,那么大的权力为何偏偏要给这几个太监。"

"太监是内臣,原则上是皇帝的自己人,比起把权力交给野心勃勃的外臣,太监们的确更让这些帝王们省心。不过这个浊清,怕是第二个九千岁。"无法缓缓说道。

当铺之内,飞盏站了起身,冲着面前的浊清大监垂首道:"大监的话,回去之后,飞盏必当转达。"

"好!"浊清大监将一张纸条放在桌上,"作为一份礼物,这里藏着四个人,你去找他们,把你的计划告诉他们,他们必会全力助你。"

"他们是高手?"飞盏问道。

"比起他们的武功来说，他们的身份或许更重要。他们是剑仙雨生魔的四个家奴，早在上次叶鼎之抢婚的时候就已经潜入了天启城，可是被琅琊王的势力拦了下来，此后一直在天启城中伺机而动。你们要做的事情，正是他们要做的事。他们四人武功不弱，却也算不得多强，可重要的是他们的身份。他们把易文君带到叶鼎之的身边，和你们把易文君带到叶鼎之的身边，可有很大的不同。"浊清大监沉声道。

飞盏沉吟片刻后收起了桌上的那张纸条："飞盏明白了。不过回到天外天后，无相使一定会问一个问题，飞盏不妨现在就问了。"

"你问。"

"大监为何如此？"

"因为我想要天下乱。"浊清大监伸出一掌，轻轻握紧，"有些东西，只能在乱中才能取得。"

飞盏垂首行礼："恭送大监。"

"很快会再相见的。"浊清大监转身走了出去，他走出当铺，掀开马车的幕帘。

无天使劲地擦着汗，笑肉不笑道："大监聊得如何了？"

"相谈甚欢。"浊清大监坐进了马车中，朗声长笑。

马车徐徐而行，重新往着宫门的方向行去。

当铺之中，飞盏打开了面前的纸条，上面写着四个字——平乐乐坊。

夜幕降临，天启城的其他地方慢慢地安静下来，但是乐坊之中，灯笼方才点起，姑娘们才刚拿起手中的红帕，琵琶声、琴声、笛声阵阵响起，这里的故事才刚刚开始。

横背长剑的男子行走在乐坊之中，神色冷漠，耷拉着肩膀，对那些呼唤着自己的莺莺燕燕视而不见，对那些暖红色烛火下的红衣起舞也只是冷冷地瞧上了一眼，他只是一直走到了长街的尽头，才在那家乐坊的门口停下了脚步，他转身，抬起头看着"平乐乐坊"几个字后踏了进去。

里面与任何一家乐坊一样，都是丝竹不绝于耳，舞姬起舞绝世，公子美姬觥筹交错，整个大厅之中，温暖且弥漫着一股难以名状

的香味。男子是一张陌生的面孔,但没有人在意他,毕竟这里是天启城最有名的乐坊区,多少世家公子赶来天启,只为来此感受一下真正的盛世繁华。可男子的目光却穿过了那些堪称绝色的舞姬,他穿过人群,走到了角落里一名琴师的面前。

琴师是一名中年男子,穿着一身白衣,面相儒雅,虽然感受到了有人来到了他的面前,却依旧没有抬头,低头认真地抚着琴。

"秦先生。"横背长剑的男子低声道。

琴师依旧没有抬头,手轻轻一扫琴弦,低声道:"公子认错人了。"

"不会有错,秦先生,我是专程来找你的。"男子说道。

"公子来乐坊,不找女子,找我一个男人做什么?"琴师微微一笑,左手仍在抚琴,右手却已经悄悄探到了琴下。

"噌"的一声。

一柄剑插在了琴师的手边。

男子仰起头,一双眼睛耷拉着,看上去十分没有精神,说的话也是无精打采的。

"我不是来杀你的!我知道你们几位是剑仙雨生魔的家奴,如今效忠于叶鼎之。我想,我们可以做一个交易。"

琴师收回了手,男子的剑也重新回到了鞘中。

平乐乐坊之内,琴声、鼓声、箫声、笛声依旧不绝于耳,红衣的舞姬也终究曼妙而舞。

只是谁也没有注意到,乐坊中少了一名琴师。

乐坊之外,横背长剑的男子和琴师并肩而行。琴师始终都在观察着身边的这个一身丧气的男子,希望寻觅到一丝破绽,最后破局而出,可是男子虽然一副骨架散了的样子,但是仔细看去,身子却如同一座固若金汤的城池,毫无破绽。

"公子从哪里而来?"

"天外天。"

"公子为何要帮我们?"

"我不是要帮你们,只是要帮叶鼎之。"

"为何?"

"敌人的敌人，便是朋友。"
"公子要如何帮我们？"
"闯景玉王府，劫走侧妃易文君。"
"公子有这个把握？"
"既然来了，绝没有会输的道理！"

走出乐坊三里之外的一间小屋，中年琴师推开了门，他的三个同伴坐在其中，并不友善地看着面前的年轻男子。

"我知道你们并不信任我，毕竟我们从来没有见过，但是我知道你们已经别无选择。"男子微微抬首，"要不与我一起，不然天启城的校尉很快就会来到这里。"

## 第十六章·王妃出城

三个月前,太安帝出访西域佛国。

虽然行程极为隐秘,且有重兵护卫,但是消息仍然被南诀窃听了去。一路之上,有几十波杀手在伺机而动,大部分在还没有接近大军的时候就已经被解决了,但是仍然有最顶尖的那几位杀手,几乎接近了太安帝的营帐,然而却再没有办法再前进一步。

一月之前,太安帝重回天启城。

一个名字开始在城中渐渐被传了开来——洛青阳。

这位原本不知名的影卫,据说在太安帝出使期间,以一剑之威护得太安帝周全。南诀派来的杀手,就算突出重兵的重围,也被他斩杀于营帐之外,而他也很快地被封为禁军副都统,一跃成了天启城的风云人物。当然,关于他的风云事迹却远不止这些,很快人们又知道了他是景玉王府侧妃易文君的师兄,也是这位得景玉王万千宠爱的侧妃唯一亲近的人。今日太安帝便给他放了一日的假,准许他去看望自己的师妹和师侄。

洛青阳从正宫之中走出来的时候,便遇上了大监浊清。

洛青阳对着这位真正的大内第一高手浊清大监垂首行礼:"大监。"

浊清大监也点了点头:"洛都统今日是要出宫吗?"

"陛下恩典，准许我请了一日假，去看望自己的师妹和小师侄。"洛青阳回道。

浊清大监笑了笑："洛都统对自己的这位师妹，情谊可真是不浅，若是当年景玉王没有遇见令师妹，想必……"

"大监说笑了。"洛青阳低头打断道。

浊清大监朗声笑了笑："是我多言，是我多言，那便不打扰洛都统了，告辞。"

"应是洛副都统才对。"洛青阳纠正道，随后从浊清大监身边走过。

浊清大监依旧微微含笑，对洛青阳的顶撞并不在意。洛青阳却也一脸淡漠，面对这位人人畏惧的魔头毫无恐慌。

"有意思！不出十年，便是胜过我的大内第一高手了。"浊清大监低头摸着手中的玉扳指，幽幽地说道。

紫烟殿。

无法和无天又换上了太监的服饰，准备再度出宫。

掌剑监浊洛陪在他们身边，今日他会在暗中协助，而大监浊清则依旧留在宫中，不亲自出手。看来这位大监虽然野心不小，但明哲保身的功夫，也是一流。无法和无天原本以为今日就不会见到浊清了，可是正欲出门之前，浊清却回来了。

"大监。"无法和无天一愣。

"今日行动，有一个人需要注意。"浊清对着二人说道，"禁军副都统洛青阳今日会在景玉王府之中。"

"洛青阳？听闻他剑术不错，这次太安帝出行，一路之上都是他护行。"无法一惊。

无天苦笑："那岂不是又多了个麻烦！"

"不，不是麻烦。"浊清笑道，"不仅不是麻烦，还是个大大的好事。"

琅琊王府。

萧若风轻轻打开手中那张纸，看了一眼后收了起来。

雷梦杀从屋外走了进来，看到萧若风的神情不太好，疑惑道："怎么了？一天天苦大仇深的，和当时学堂中的你可真是判若两人。"

"雨生魔那四位仆从，动了。"萧若风轻叹一声。

雷梦杀一愣，随后皱眉，立刻转头出去对侍从喝道："找叶啸鹰，集结队伍，暗中观察景玉王府！"

"恰好是刚诞下小王子的时候，他们就动了，这背后一定是有人在暗中作祟。"萧若风沉声道。

"又是他们，天外天？"雷梦杀疑惑道。

萧若风点了点头："应该就是他们，但我还有一种感觉，除了天外天，还有一股势力就夹在其中，这股力量来自朝堂。"

"青王？"雷梦杀皱眉道。

"或许不是。"萧若风站了起来，"走，去景玉王府。"

景玉王府之中，洛青阳随着侍女往别院行去。洛青阳曾在景玉王府之中住过很长一段时间，对于这里并不陌生，只不过侍女们却没几个见到过这位大内高手。那名侍女悄悄打量着洛青阳，发现这名副都统虽然传闻中是个厉害的人物，但是本人却长得挺清瘦儒雅的，不由得多看了几眼。

"为何一直看我？"洛青阳忽然问道。

侍女羞红了脸，低下了头："奴婢只是好奇。"

洛青阳也不追问，立刻就换了个话题："师妹……王妃她最近怎么样？"

"王妃还是那样不喜欢别人照顾，只留了一个奶妈和几个奴婢，相比于正妃那边上上下下几十个人照顾……"侍女看到洛青阳神色一变，急忙解释道，"不是王爷偏心，王爷也派了很多人过来，但是都被易王妃赶走了，说自己就可以，奴婢们也实在没有办法了。都说易王妃听副都统的话，就连七王子的名字也是副都统起的，还请副都统帮奴婢们和王妃说说。"

洛青阳安静地听了一会儿，最后点了点头："我尽量。"

两个人就这么沉默地走了一会儿，快到别院的时候，洛青阳忽然问道："生完孩子后，王妃有没有更开心一些？"

侍女犹豫了一下，原本主子的事情他们这些下人哪敢胡乱议论，可面前的这位温和的副都统大人却给人一种莫名的好感，她想了想还是说了："依旧不爱与人说话，说开心是没有的，反而有时候那眉头皱得更紧了。"

"是吗？我知道了。"洛青阳推开院门走了进去，便听到了孩童哭泣的声音，洛青阳走进屋内，里屋便有声音传来："师兄，你来了。"

里屋之内是一张大床，易文君躺在床上，橘黄色的幕帘垂下，看不清她具体的模样。洛青阳正打算往里走去，却见那侍女急忙向前拦道："副都统，这可不行……"

洛青阳愣了愣，立刻往后退了一步，他顿时明白过来，如今易文君已经是王妃了，她的里屋，除了景玉王以外的男人都不再有资格踏入，他笑了笑，对里屋的易文君说道："我先去看看羽儿。"

易文君轻叹一声，却也只是说道："好。"

洛青阳看着放在摇篮里的萧羽，萧羽也不哭泣，只是瞪大了眼睛打量着面前的这位师伯。易文君躺在里屋的床上，仰着头也不知道在想些什么。

两个人就这么静静地相处着，就像是他们之前相处的那很多个日月一样。

侍女们觉得有些奇怪，却又觉得有些莫名的和谐，也都不作声，静静地站立在一旁。

直到夕阳西下，洛青阳才站了起来："我得回宫了。"

易文君问道："师兄下一次什么时候来？"

"我也说不准，皇帝陛下难得放我一日假，下一次怕是要等许久了。"洛青阳淡淡地说道。

易文君也轻轻点了点头："我知道了。"

忽然洛青阳转过头，身躯一震，微微俯身，一把用手按住了剑柄。

杀气陡起。

屋里的侍女们惊呼一声，往后退去，他们不明白这位看似儒雅的禁军副都统为何突然发难。

摇篮里的萧羽忽然大声啼哭起来。

屋门被人打开，四个紫衣人站在门口。

"你们是谁?"洛青阳厉声问道。

为首的紫衣人说道:"在下秦月寒,我们是叶鼎之主上派来救易姑娘离开的。"

"叶鼎之?!"易文君一惊,从床上跳了下来,一把掀开帷幕,从里屋走了出来。

"他人呢?"洛青阳问道。

紫衣人回道:"主上如今身在姑苏城,因为琅琊王的缘故不敢轻易现身。我们四个人本是雨生魔大人的家奴,大人死后我们便追随叶鼎之为主上,那日我们被萧若风的人马困住,未曾前来相助,但洛都统曾在那日与主上并肩作战,想必今日不会难为我们。"

洛青阳皱眉想了一下,这四人叶鼎之的确与他提过,也知道原本在上一次的天启城之战中他们会前来协助,于是皱眉道:"我凭什么相信你们?"

秦月寒想了一下:"主上前几日曾传信给我们,说若是我们寻得机会,能见到易姑娘,让我们带一句话,就说,他说过要带你去看的山,带你去见的水,总有一日会实现的,希望易姑娘再等两年!"

易文君一笑:"的确是他会说的话。"

"但我们今日寻到了一个机会,这两年主上与姑娘都不必等了。"秦月寒笑道。

"机会?"洛青阳长剑一出,"那还得问我手中的剑答不答应。"

剑气陡起,门窗碎裂。

屋内所有的侍女们在一瞬间都晕了过去。

秦月寒等四人退了一步,同时拔出了武器,但是很快洛青阳就收剑回鞘,他那一剑,只是击晕了屋内其他所有的人。

"你想走吗?"洛青阳转头问易文君。

易文君毫不犹豫地点了点头:"想。"

"好。"洛青阳也回得简洁,"那就走。"

"怕是还不能走。"一个低沉的声音传来,众人转身,发现有一个人正持着剑站在门口。

琅琊王,萧若风。

洛青阳踏出一步，穿过四个人，来到了院中："你们带着师妹离开。"

萧若风垂首道："你如今贵为禁军副都统，却要做挟持王妃的事吗？"

"又如何？"洛青阳反问道。

"这些日子一直都传言说洛副都统剑法超人，那就让我来见识一下吧。"萧若风纵身跃出，一剑挥出。

洛青阳一个侧身，那柄狭长的剑也冲着萧若风劈去。

两人交错而过。

"果然是高手！"萧若风心中暗道一声不好，自己就算能胜过这个洛青阳，但也绝对不是片刻的事情，眼看那边四个人已经带着易文君离开了，萧若风朝天发出一支令箭。

手持双刀的魁梧汉子抬头看着那支炸开的令箭，苦笑了一下："我倒是想过去啊！"

这支全员配着双刀，自称叶字营的小队，上一次缠住了叶鼎之的四个帮手，可这一次却被一个人拦住，寸步难行。

那个人耷拉着肩膀，眼角也下垂得厉害，整个人看起来无精打采，一身丧气，可是就是这么一个人站在那里，把他们所有的刀都打了回去，堪称不动如山。

天启皇宫中，一位老人睁开了眼睛。

就算易文君已经顺利地嫁入景玉王府了，但影宗依然没有放松对她的监视。那四个人将易文君从王府中带离的消息，很快地就传到了老人的耳中。

"杀！"他的指令很简单。

天启城的影宗再次出动。

"是影宗啊，当年随军出征的影子杀手，我当时可杀了不少呢。"矮矮胖胖且穿着一身铜钱花衣的无天皮笑肉不笑地说道。

"难怪影宗那老头要把女儿嫁给景玉王联姻！当年一战之后，影宗人才凋零已经这样了吗？"瘦瘦高高像是一根竹竿的无法收回了自己的手，面前一个人翻倒在地，胸膛上多了一个窟窿。

"我们又不是那些无知的少年郎，就靠这些人，也想拦住我

们？"无天虽然身子肥胖，可行动却极为灵敏，一跃而起将藏在高处的一名影宗之人拉了下来，一脚踩断了他的脊椎。

天外天四尊使中的两位，不论在武功还是杀意上，都不是叶鼎之和洛青阳这两人可以相比的。

一路出城而去，血溅满地。

老者愤而拔剑，从天启城皇宫直奔城门。

四家奴护着易文君往城门的方向行去，易文君坐在马车之中，未曾看到外面的场景。秦月寒看着身后的那一高一矮二人手法凶狠，不由得微微皱眉。雨生魔被称为魔头，他们跟随多年，自然见过不少血腥场面，可这二人给他的感觉，却令他有些不安。

"易文君，回来！"一个浑厚的声音在耳边炸响，老者身形犹在三里之外。

易文君身子微微一颤："是父亲！"

"给我回去！"老者已经站在了城头。

马车正要行去城门。

老者一剑劈下，剑势汹涌如潮。

那一高一矮二人同时一跃而起，冲着老者的剑打去。

"砰"的一声，两人落在了马车之上，冲着老者微微一笑。

老者没有料到对面竟有如此高手，持剑退后，他皱眉看着马车上的那两个人，低声道："是你们？你们竟然还没死！"


乾东城。

一片落叶飞下。

屋中琴弦微动，百里东君微微一抬眉，落叶被切成两片。

王月从屋中跑了出去，从地上捡起了那片被一分为二的落叶，看了看落叶上的切口，平整光滑，就像是被利剑一剑劈开一样，她喜道："不错不错，已有小成了。"

百里东君笑着轻抚琴弦："这下出门背着一把琴，琴声就可以伤人，真真威风了。"

十日前，百里东君从古尘的遗物中翻出了一本古籍，一开始以为是个古琴谱，可封面上却写着《琴中剑》。百里东君翻看了几页发现竟然是本武功秘籍，上面记载的武功能以琴声发动剑气，可十步之外在对方毫无防备的情况下以琴声杀人，他尝试着练了几日，今日试了一下，没想到成效不错。

"不愧是儒仙，竟有这等武功。"王月赞叹道。

"儒仙……"百里东君愣了愣，却是微微皱了皱眉。

"准备好了吗？"王月对着屋内的百里东君大喊道。

百里东君轻轻一扣琴弦，就算是做大了。

"来吧。"王月将手中的一捧落叶撒向空中。

百里东君手轻轻一抚，便是一曲轻快灵动的曲子，看来这将近一年的时间里，他的琴技的确大有进步，但是关键的却不是琴声，如果眼尖的人能够看到，随着琴声而起，空气中似乎有一股无形的气在迅速波动。

"铮"的一声，百里东君猛地抬头，问道："如何？"

王月从地上捧起了那一把落叶，笑道："一共二十三片，全都斩断了。"

百里东君满意地点了点头，可随后眼睛忽然瞪大。

王月的白色面纱处忽然出现了一处淡淡的裂痕，她轻轻一抬头，大半张面纱就这样飘了下来。

百里东君闲暇时曾在茶馆听过一些才子佳人的小说，这个时候女子面纱落下，往往就是露出一张倾国倾城的面庞，然后男子便一见倾心，此生难以忘怀，但是……

王月有一双明亮灵气的眼睛，可就只有那双眼睛了……鼻子和嘴巴都平平无奇，脸上还有些小麻子，着实只能算是相貌平平了。

"王姑娘，你的脸……"百里东君犹豫道。

王月急忙一把将面纱握住，挡住了自己的脸。

气氛忽然有些尴尬。

百里东君笑了笑："其实我有一事不解，王姑娘为何总要戴着面纱呢？"

王月眼神中微微有些恼怒，瞪着百里东君："为何不能戴面纱？"

一般戴面纱有两种情况：第一种就是太美了，害怕太过于招摇，

为人所妒；第二种就是太丑了，害怕被人嘲笑，丢了颜面。这王姑娘不美不丑，甚至毫无特色，也值得戴一张面纱？

当然百里东君没有这样说，他只是点了点头："有点神秘感，挺好挺好。"

王月背过身，冷冷地说道："对啊，我戴着面纱，公子还以为我是什么绝色女子，就会愿意上我的课，听我的琴，不赶我走，对吗？"

百里东君连连摆手："没有没有，姑娘可不要误会啊。"

王月依旧背对着他："没有吗？那我怎么觉得公子的语气有些失望。"

这将近一年的时间，两人在一栋宅子里同吃同住，且没有任何外界的干扰，很容易产生出一些男女之间的情愫，只是百里东君把这解释为好友之间的一种小温暖，并且在一有奇怪的想法出现的时候就背剑诀，以坚守自己对心中那位神仙姐姐的爱恋……只是他想象中的王月，相貌不应该如此平凡才对，毕竟她琴声动人，声音好听，为人也算温柔，甚至有时候还有一些小可爱……

等等！等等！

百里东君猛地摇头："没有的事！王姑娘你这就是小人之心度君子之腹了！"

"胡说！"王月怒道。

百里东君身子一颤，这还是这位琴师第一次这般不满地说话。

可下一句话，王月的语气就重新变得温和了："我这明明是以女子之心度君子之腹。"

百里东君挠了挠头。

这话……接不下去啊。

"我去屋内，拿旧衣服重新做一块面纱，你不要进来。"王月忽然朝着自己的屋子走去。

百里东君叹了口气，无奈地在院中坐了下来。

忽然有人敲了敲门。

现在不是吃饭的点，谁来敲门？

"谁啊？"百里东君不耐烦地问道。

"你爹。"屋外的声音并不友善,像在骂人。

百里东君搬了条竹椅,坐到了门边,没好气地说道:"就在这里说吧,我还打不过你,现在不想看到你。"

屋外的百里成风气得差点就要拔剑,但最后还是忍住了,他低声道:"我怕你这一年在里面就是偷懒睡觉,没半点长进,所以来试试你的斤两,我进来了。"

百里成风正欲推门而入,却被百里东君一脚顶住:"急什么!要试斤两,不用进门也可以。"

百里成风疑惑道:"你又搞什么把戏?"

"别进来!"百里东君踹了门一脚,随后猛地退回屋内,将那把琴抱了出来,手轻轻一弹。

琴声乍起。

剑气飞溅。

院外的百里成风猛地退了一步,惊道:"这是什么武功?"

"我的儒仙师父传下来的武功!"百里东君猛地扫动琴弦,便是一曲波澜壮阔的《水云曲》。

百里成风一惊,腰间长剑已经掠出,在他手中猛地飞舞,将那些剑气都给挡了回去。百里东君虽然气势很足,那些剑气乍一看也很是威风,但到了百里成风面前,却不如真正的剑那般强横,只听百里成风笑道:"只是花架式啊。"

百里东君也感觉到自己拼命挥出的剑,被轻而易举地挡了下来,心中不悦,手中抚琴的速度越来越快,可外面的百里成风却游刃有余,甚至还悠闲地吹起了口哨,气得百里东君把琴放了下来,连连摆手:"没用没用,不打了。"

百里成风笑道:"你在琴下藏剑,琴声中出剑气,的确是高明的手法。这样的剑术我都不曾见过,但是你才刚练过,有了气,却还未成形,不急于一刻,需要多多练习才是。"

"这剑术……厉害?"百里东君问道。

百里成风点头:"不寻常。"

"好,那我再练练。"百里东君点头道。

百里成风忽然想道:"对了,你这琴怎么忽然弹得这么好了?"

百里东君一愣:"不是你……"

"我什么?"百里成风疑惑道。

百里东君犹豫了一下:"不是你的那些下属觉得我弹琴太难听了,折磨了他们吗?我根据师父留下的古籍拼命练了许久呢!"

百里成风依旧纳闷:"你没学过琴,还懂看谱?"

百里东君冷笑一声:"我有个师兄叫洛轩,北离雅公子,他教我看个谱不行?"

"行吧,你现在也会弹琴了,不是以前那个废物了。"

"你说谁是废物?"

"还有一年的时间,希望下次再见的时候,你的剑法能和你的琴声一样,进步这么多。"

百里成风离去之后,百里东君在院中的石凳上坐了下来,给自己倒了一杯水,就这么慢慢地喝着。

一杯水刚好喝完,王月从屋里走了出来,又换了张面纱遮住了脸,她问道:"方才有人来了?"

"嗯。"百里东君点了点头,"父亲方才来了。"

"他和你聊了些什么?"王月随意地问道。

百里东君笑了笑:"什么也没问,就是试探了下我现在的功夫,他说《琴中剑》是门不错的武功,但我还需要多多练习。"

王月淡淡地"哦"了一声:"就没聊别的啦?"

"没了,同他有什么好聊的。"百里东君挥了挥手,"继续帮我练那《琴中剑》。"

王月笑了笑:"练《琴中剑》可以,但是你得把今天的琴给先练了,十首曲子,一首都不能弹错哦。"

"唉,一年后再相见,我的朋友们是不是一个个武艺超绝了,而只有我,只是学会了弹琴!"百里东君叹道。

王月拿起手中的琴谱轻轻敲了敲百里东君的脑袋:"什么叫只是学会了弹琴,应该是'竟然学会了弹琴'才对!"

百里东君眯了眯眼睛:"好好!"

离海之边。

有一名穿着布衫的少年举起了手中的长枪。

天空之中乌云密布，电闪雷鸣。

离海之上，波涛翻滚，一望无人。

远处的地方，有一些渔民好奇地打量着这个奇怪的少年，方才风雨还这么大的时候，他们已经有人去劝过少年了，但少年却只是友好地表达了自己的谢意，然后执意留在那里，让渔民们赶紧离开。

"待会儿一个浪打下来，人就没了。"一名中年渔民抽了口烟，长叹一声。

"也不知是哪家的孩子，想不开要来这里寻短见。"另一个年纪小一些的渔民轻轻摇头。

分明是一个很俊俏的少年郎啊，看着也不像是有心事的样子，为什么要想不开呢？

天空中一道惊雷划过。

少年一把握住了手中那杆银白色的长枪。

风雨飘摇，少年却稳如泰山，分毫不动。

一个巨浪忽然掀起，整整有八层楼那么高，像是一个巨大的怪兽跃天而起，然后猛地打了下来。

"来了！"少年猛地仰起头，手中长枪一抡。

少年十丈范围之内，风雨皆停。

风雨都聚集在了他的枪尖之上。

他朝天一指，就将那片巨浪给刺穿了。

海水打下，少年十丈之内，未有半点沾湿。

远处的渔民们已经看呆了，抽着烟的中年渔民感慨道："原来是个砥砺武道的少年郎啊。"

旁边那年轻渔民问他："为何要来这里砥砺武道？"

"说书的不是总爱说，以人逆天，才是武道之终吗？"中年渔民缓缓道。

"还不够！"少年郎忽然大吼。

那片离海似乎回应着他的怒吼，滔天巨浪再度掀起，打下！

一层又一层。

接连不息。

少年郎手中长枪疯一般地狂舞，巨浪层层打下，他的衣衫却依旧干净如常，但那种强大的压迫感却令他有些喘不过气来。

渔民们远远地望去，只觉得少年似乎已经被海浪给彻底吞噬了，再也看不到他的身影。

直到那一声呼喝响起。

"惊——龙——变！"

一条水龙穿破了巨浪，朝天而去。

少年郎挥舞着长枪，纵身跃起，落下，长枪舞出枪花，一朵两朵化为百朵千朵，牵引着那水龙将所有的浪涛一股脑儿地全都打回了海中。

依旧电闪雷鸣，只不过离海之上，却有瞬间的平静。

少年扛着枪从岸上走了下来，暴雨忽然落下，少年郎终是淋了一身的雨水，但他看上去确实心情很好，一边走着一边朗声笑着，他走到了那些已经目瞪口呆的渔民们面前。

方才在他们心中还是想要寻短见的脆弱少年，如今却是神仙一般的人物了。

"大哥，附近哪有不错的客栈，能喝到美味的鱼汤？"少年郎抖了抖身上的雨水，"有些冷了。"

那年轻渔民急忙道："公子不嫌弃，去我家便是，今早刚打上来的鱼，熬鱼汤是正好。"

"那便不客气了。"少年却也没有拒绝，这令那位年长一些的渔民有些意外，他印象里的这些江湖高手，不都倨傲得厉害，哪肯屈尊到渔民家里吃饭的？可他不知道的是，这名江湖少侠，可都是从小浪迹四方的，去别人家里蹭一顿吃的，那是家常便饭。

"公子……"年长渔民忽然唤道。

"别叫公子了，听着别扭，我从来不是什么公子，直接叫我名字吧，我叫司空长风。"少年笑了笑，露出一口大白牙。

姑苏城外，一辆马车急速地前行着。

一矮一胖两个男子下了马车，遥遥地望着马车离去。

一个耷拉着肩膀的年轻人从后面走了上来："换了五波人马绕

开他们，可以确定，他们没有跟上来。"

"那我们的任务完成了？"矮胖的无天问道，"但如果仅仅是这样，那不就是成就了一段姻缘，恶心了一下景玉王而已？接下来的事不需要我们了？"

"接下来的就交给我们了，这种龌龊的事情，不敢劳烦两位尊使。"有一个年轻人从路的另一边走了过来，他嘴角微微扬起，整个人看上去都很精神。

"魂官飞离？"高瘦的无法微微眯起眼睛，语气中带着几分讶异。

魂官飞离，魄官飞盏，这一次的行动竟然两位神官都参与到了其中！

飞离笑了笑："你们也不必回天启城，一路西行回天外天吧，接下来，就等着恭迎宗主出关吧。"

无法微微皱了皱眉头："你刚说交给你们负责，这一次两位神官要一起动手？"

"不，我与你们一同回天外天。"魄官飞盏沉声道。

飞离点了点头："我这边另有人协助，两位尊使还是早日回天外天筹谋大计吧。"

无法和无天对视一眼，冷哼一声，与其说是一起回天外天，魄官飞盏担负的作用，更像是监视吧。

"那么就希望飞离你，不要辜负我们。"无法冷笑道。

景玉王府。

连日赶回来的景玉王萧若瑾在屋内急切地走来走去："找到了没有？找到了没有？！"

叶啸鹰摇了摇头："没有！这一次他们似乎是有备而来，一路上都有人接应拦截，我们的人没有追上去。"

"废物，都是废物！"萧若瑾怒喝道。

萧若风喝了一口茶，低声道："叶鼎之没有这么大的势力，有人在帮他。"

"洛青阳，那天那个洛青阳呢？他帮助那些人逃跑，我要去父

皇那里参他一本，治他的罪！"萧若瑾长袖猛地一挥，煞气凌人。

萧若风摇头："不行！王妃被人劫走，若是传了出去，整个景玉王府都会成为天启城的笑话，更不能让父皇知道！从今日起，便说易王妃染了重病，不方便见人，易王妃寝殿之人亦不得出府。"

"叶鼎之呢？对了，只要找到叶鼎之，一切就好了！当日你不是带走他了吗？他现在人在何处？"萧若瑾问道。

叶啸鹰悄悄地背过身，冷笑了一下。

萧若风平静地说道："出了风晓寺后，便没有再派人跟着他，如今他在何处，还得去查。"

"可笑！"萧若瑾猛地一拍桌子，"当初就应该杀了他！你心怀仁慈觉得他是你师弟的朋友，是叶将军的后人，一定要留他的命，好，我就留他一条命，可我没让你把他放了，放了也不派人跟着，弄得现在如此狼狈！"

"比起叶鼎之来说，皇兄现在应该担心的不是那些真正劫走易王妃的人吗？"萧若风低声道。

萧若瑾的愤怒慢慢地平息了一下，他冷静地思考了一下，缓缓道："势力不仅仅是雨生魔留下的那么简单？"

"自然没有这么简单。"一个老者推门而入。

萧若瑾一愣："岳丈大人？"

萧若风微微鞠躬："易先生。"

影宗宗主易卜。

易卜沉声道："那日我曾追至城门，原本有机会拦下那架马车，但是有两个人出现拦住了我。这两个人，我曾经见过。"

萧若瑾急道："是谁？"

易卜眼角微微瞥了一下叶啸鹰，叶啸鹰耸了耸肩，走了出去，随手将门合上。

"当年皇帝陛下还是皇子的时候，曾经率军征伐过北阕，我当时也随军出征，就在那里我见过他们。"易卜低声道，"北阕虽然是边陲小国，但却因人人习武而被称为武国，原本以为不出一月就能攻下的国门，整整打了三个月才耗得他们筋疲力尽，可就在即将成功的时候，北阕国使出了最后的办法。"

"什么办法？"萧若瑾问道。

"北阕国国主之下，有四位护法，武功极为高强，都是逍遥天境的高手。当年他们就派出了这四个人，试图暗杀此行带军的首领，也就是皇帝陛下和军神叶羽。当时有两人，一个矮胖，一个高瘦，他们来刺杀皇帝陛下，那时我就与他们交过手。他们那一次没有得手，三日之后，国门也终于被打开了，北阕就此灭国，被纳入北离的疆土，但是确实有一些人在混乱中逃走了，那两个人应该就是当年的漏网之鱼。"易卜说道。

萧若瑾一愣："所以说，暗中帮助叶鼎之的，是北阕余孽？真是讽刺，当年北阕被灭国，可都是军神叶羽的功劳。"

"当年北阕频繁骚扰边境，且和蛮国暗通曲款，北离出兵也是为了自卫。叶将军带军征伐，一路之上都十分克制，战争虽久，但伤亡比起当年讨伐西楚却少了许多。北阕被纳入北离之后，那些旧民也都还算归顺，也都是叶将军的功劳。"萧若风顿了顿，继续说道，"但是这一次，北阕旧族帮助叶鼎之，却肯定与这些无关，这背后或许有什么阴谋。"

"什么阴谋？"易卜问道。

萧若风推开门，对着屋外守候的叶啸鹰说道："去找雷梦杀，这件事只能托他走一趟了。"

稷下学堂。

雷梦杀坐在院中百无聊赖，昔日的北离八公子，其余人都已经离开天启城四处游历了，原本热热闹闹的学堂内院如今只剩下了他一个人。

"唉，怀念当年的潇洒时光啊。"雷梦杀伸了个懒腰，站了起来。

"昨日你偷了懒，让你去拦人你为何磨磨蹭蹭，赶到的时候人都跑了？"叶啸鹰从院外走了进来，看着一脸懒散的雷梦杀。

雷梦杀笑了笑："你在说什么？我可听不懂，我可是马不停蹄地就过去了，无奈人家跑得太快啊。"

叶啸鹰撇了撇嘴："琅琊王下了命令，让你去找叶鼎之。"

"什么？！"雷梦杀大惊，"为什么是我？"

"他手底下都是我这样的军伍之人，只有你出身江湖，武功高

强,要在茫茫江湖找人,的确是需要你,最重要的是,他呀,只信你。"叶啸鹰走到雷梦杀身边低声道。

"你的意思是……"雷梦杀心情突然变得非常不好。

"找到叶鼎之后该如何做,是杀是留还是按兵不动,就交给梦杀兄一人决断了。"叶啸鹰笑了笑。

雷梦杀以手扶额:"我们的这位琅琊王,还真是体贴啊。"

"呼,终于搞定了。"叶鼎之擦了擦额头上的汗,看着新搭好的草庐,露出了这一年来少有的笑容。

小和尚无禅坐在旁边的木桩子上,正在吃着糖葫芦:"我说叶大哥,费那么大工夫干吗?直接住到寒山寺去不就行了?师父说了,靠东边那间禅房留给你,你可以偷偷喝酒,但不能吃肉,师父就当没看到。"

两个人相处了也有一年多了,无禅对这位叶大哥的性格也算是了若指掌了,虽然他总是黑着一张脸,但其实比谁都好说话,怎么都不会生气,就是有时候练功练着练着就会把房子拆了。

"我在这里挺好。"叶鼎之很快就收起了笑容,冷冰冰地说道。

"唉,一个人住多孤独啊!"无禅叹道。

叶鼎之瞥了他一眼:"那也比和一帮和尚住一起要好。"

"我明白了!叶大哥,你是不是晚上悄悄带姑娘回这里啊?也是,到了我们寺里就不方便了,太阳下山后就不允许姑娘入内了。"无禅拍了拍脑袋。

叶鼎之冷哼道:"这都被你猜到了。"说完后他转过头,望着那辆忽然停在那里的马车,手轻轻地触过剑柄,但看到执着马鞭的人就又放下了。

无禅舔了舔糖葫芦:"叶大哥你来客人了?"

叶鼎之微微皱眉:"你们怎么来了?"

手握马鞭的正是自己如今的四位家奴之首琴师秦月寒,他们之前奉他的命令潜入天启城,后来在抢亲一战中被叶啸鹰率人拦了下来,之后双方就失去了联系。

秦月寒笑道:"当日公子入天启城,我们四人武功不济,没有帮上什么忙，此后就一直留在天启城，而前几日，我们受贵人相助。"他一跃跳下马车，手轻轻将幕帘一拉，只见一名女子从马车中踏了出来。

叶鼎之还记得他们初次相见的场景。

当时他从院墙之上被人打落，躺在地上等死的时候，就看到她站到了自己的面前。

那天她穿着一身白纱长裙，肤色洁白如雪，也不知是因为他受了伤眼有些晕，还是那女子肤色太白，天上的月光又太亮，第一次相见时他觉得这女子的身上似乎笼罩着一层白光。

然后才慢慢看清，然后就更是震惊。

他在过去的十几年里去过很多地方，见过王妃公主，见过江湖侠女，也遇到过诗书绝世的才女，邂逅过名扬天下的花魁，但都比不上那一刻见到的她。

挂在天上的月亮，怎么就到了人间，化成了人形呢？

只不过这一次重逢，那容颜绝世的仙女却没有那天温柔的笑意，却是微微皱着眉头，很有点不满："你带过多少姑娘回这草庐？"

叶鼎之还停留在那重逢的震惊中，等到易文君这一问才回过神来，他先是诧异了一下，自己何曾带过女子回来？后来才反应过来，是无禅方才的话被易文君听到了。

可无禅却依旧舔着糖葫芦，一副事不关己的样子，只是呆呆地看着易文君，感慨道："原来山下的女人真的都这么好看啊……"

"我让你胡说！"叶鼎之一把揪起了无禅的衣领，在那颗锃亮的小光头上噼里啪啦一顿乱打，"小和尚嘴巴抹油，信口雌黄，毁我清誉，坏我名声，今天我就替你师父好好管教你！"

无禅急忙用手护头："我错了我错了，我以后再也不乱说了。"

叶鼎之松开衣领，把无禅丢到了地上，最后一脚踹开，冲着易文君挠了挠头："我真没有，我在这里就是每天练剑、盖房子，还有想你。"

易文君捂嘴笑了笑，眉头总算舒展开来了。

叶鼎之有些着急："那天你婚礼我去了，我没有忘记我们的约定！你师兄与我一起的，我们杀到了王府前，我最后都进了王府，

但是琅琊王武功太高了,我打不过他,所以我最近一直在努力习武,等到我能打过他的那一天,我一定会回去找你!"

易文君摇了摇头:"等那个时候啊,我是不是都该老了?"

"你不会老的。"叶鼎之摇头。

"不会老?那我岂不是妖怪?"易文君说道。

叶鼎之依旧摇头:"你是仙女。"

无禅从地上爬了起来,听到了这段对话后抱了抱拳:"告辞。"

秦月寒也调转马头:"主上你们慢聊,我们回头再相见。"

"多谢了。"叶鼎之望着秦月寒,很认真地说道。

秦月寒笑了笑,猛地一挥马鞭。

众人离去后,叶鼎之看着易文君,易文君也看着叶鼎之。

看了许久许久,也不曾有人再说话。

金风玉露一相逢,便胜却人间无数。

秦月寒驾着马车来到了姑苏城外的春福河,那个叫飞盏的年轻人约他在此处相见,说还有一些事情要与他商量,并叮嘱自己在见到叶鼎之后除了把易文君交给他以外,什么都不要说,所有的一切等这次相见后回去再说。

但是春福河边,却没有那个总是耷拉着肩膀的年轻人,只有一个精神气很足,拿着一本册子、一根小笔,正在画风景的年轻人,还有一个穿着紫衣、带着面纱的女子。

秦月寒停下了马车,四个人从马车上跳了下来。

"秦先生?"年轻人收起了画笔,抬头问道。

秦月寒点了点头:"敢问飞盏公子何在?"

"我叫飞离。"年轻人答非所问。

秦月寒却是一愣:"你们是兄弟?"

"很不像对吧?他看着一身丧气,我却是个翩翩公子,但我们做的事却是相反,他救人,我……"飞离笑了笑,露出一口白牙,"杀人。"

秦月寒等四人猛地退了一步:"为何?"

"因为……"飞离幽幽地说道。

"说那么多做什么!"紫衣女子一跃而出,手中长鞭一挥,打得秦月寒连退二步。

剩下三人立刻转身欲跑，却见飞离手中的朱红小笔已然换成了一根判官笔，大笔一挥就将三个人打了回去。

"要是你们的主人看到这根笔，一定觉得很熟悉，毕竟他差点死在这根笔上。"

寒山寺。

转动着佛珠的手忽然停了下来，坐在蒲团之上诵经的忘忧大师微微扬起头，皱了皱眉："你是说有个女子来找叶鼎之了？他还很高兴？"

"那岂止高兴啊，简直就是……"无禅转动了一下眼珠，想了半天说道，"简直就像我见到糖葫芦一样。"

"那女子长什么模样？"忘忧大师沉声道。

"画上的仙子什么样，那姐姐就长什么样！"无禅兴奋地说道，"都说这姑苏城里的女人美，可和那姑娘一比，可真是差得远呢。"

"师父去叶公子那里看看，无禅你待在寺里不要离开。"忘忧大师忽然站了起来，转瞬之间就来到了门外。

无禅一愣，急忙转过身："师父。"

忘忧大师手一回，门已经合上了，他提步一跃，就冲着叶鼎之草庐的方向赶去。

忘忧大师曾和李先生、萧若风等人都是好友，再清楚不过天启城暗地里的防卫是多么的森严，易文君一个人根本无法逃出来，而叶鼎之在这里又未曾离开过，所以必是有人帮他把人给带了出来。什么样的人能有这样的本事？！如果真有这样的帮手，为何上一次叶鼎之入天启城时，他们没有出现！

一身僧袍随风狂舞，忘忧大师从寒山寺到了山下草庐，只用了不到半炷香的时间。

日已西沉，月亮缓缓升起。

在这白日和黑夜交际的时间里，叶鼎之正独自坐在院外，看着天空发呆。

忘忧大师一步踏下，声势凌人。

无论是之前风晓寺相见，还是来姑苏城的这一路相随，忘忧大

师永远是一脸淡淡的笑意,温和友善,但此刻的他,却有罗汉之势。

山野间,草木皆惊,鸟兽遁走。

叶鼎之却只是微微抬起头,伸出一指放在指边,轻轻道:"嘘。"

忘忧大师踏出一步,脚下泥土陷下一寸。

叶鼎之却视若无睹,只是轻声道:"她睡着了。"

月光轻盈铺下,忘忧大师那狂舞的僧袍终于是轻轻落下,一身气势乍然而止,他双手合十,轻呼佛号。

"兴许是一路赶来,舟车劳顿,也可能是一颗悬着的心终于是放了下去,所以刚进屋里没多久就睡下了。"叶鼎之微微笑着,摇了摇头,"不管如何,大师等她这一觉睡完,可以吗?"

忘忧大师退了一步,摇了摇头:"老衲方才情急了。"

"难道大师不是受了琅琊王所托,来这里把文君抢走的吗?"叶鼎之问道。

忘忧大师轻轻摇了摇头:"老衲只是觉得此事有蹊跷,所以来这里确认一下。"

叶鼎之看着插在一旁的剑,笑道:"我还以为终于要和大师打上一架了。"

"不知易姑娘是被谁带来的?"忘忧大师问道,"老衲与无禅隔几日就会下山一次,叶公子从未离开过,所以应当是易姑娘自己跑出来的。可是天启城和景玉王府守卫森严,老衲不知易姑娘是如何做到的?"

"大师可知我的师父是谁?"叶鼎之问道。

"南诀剑仙雨生魔,老衲当年与他也曾有一面之缘。"忘忧大师说道。

叶鼎之点了点头:"师父当年行走江湖,收有四个家奴,师父对他们有救命之恩,他们便发誓此生都侍奉师父。师父死后,他们便跟随着我,我不愿意他们跟着,就派他们去天启城帮我守着文君。"

"易姑娘是他们救出来的?"忘忧大师问道。

叶鼎之敲了敲剑柄:"是啊!这样的大恩大德,如同再造,他们也就报了恩情,此生就不必跟着我了。"

忘忧大师微微皱眉:"这四位……武功很高?"

叶鼎之摇头:"说高也不高,天启城我也闯过,他们必然做不到,所以我在这里等他们,他们说晚些时分会回来找我。"

"好。"忘忧大师便在叶鼎之身边席地坐了下来。

两个人就这样静静地坐着。

一夜之后,无人到来。

忘忧大师站了起来,轻轻拍了拍衣服上的尘土:"看来他们四人是不会来了,或许是因为老衲在此吧。叶公子,老衲先行离去了,若是此事有变,定要来寒山寺。"

叶鼎之愣了愣,沉吟片刻后点头:"好。"

忘忧大师抬步离去,片刻之后便入了山林,他一边行走一边轻声叹息。

"望天涯,天涯不远,呼海角,海角眼前,叹天地咫尺,无由在一起,今宵明月可鉴,两心相知。"

昨日他的确是打算先带走易文君,再静观其变的,只是那女子酣睡屋内,男子独坐院中,安静而温暖的那种爱意,让他也不由得软下了心来,只是……这真的是一件好事吗?

草庐之外,叶鼎之也站起了身,望着渐渐升起的晨阳,心中也微微有些担忧。那四位家奴这些年来随侍雨生魔身边,从来不曾出过什么纰漏,昨日说了会回来那便一定会回来,现在一直不归怕是出了什么事情。

直到一声马嘶声忽然传来,叶鼎之急忙转身,就看到一匹枣红色的骏马奔驰而来,他急忙伸手拉住缰绳,将其强行停了下来。他看了一眼,马背上绑了一架古琴,正是秦月寒从不离身的那一架。他皱了皱眉头,取下了那架古琴,轻抚琴弦时发现一封信夹在琴弦之上。

叶鼎之将古琴放在地上,取出了那封信,急忙打了开来,可信上却只有寥寥几句话。

"与主上匆匆一见,却不得不提先离去,后有追兵,马上而至,吾等四人将继续南行,将其引入南诀,随后吾等四人将分四路而行,引开追兵,一年之后相约洞庭湖边相见,再来寻见主上。此行有

叶将军昔日旧友相助,吾等不知他们性命,入姑苏前也已分道扬镳,但应有重逢之时,主上莫急!秦月寒。"

叶鼎之收起信封,思索了许久之后,轻声道:"父亲的……旧友?"

此时屋内忽然传来一声轻吟,叶鼎之的思绪才终于收了回来,他转过身,推门而入,轻声道:"醒了?"

景玉王府侧妃被人劫走,这个消息足以震动整个天启城,但是这个消息甚至都没走出那座别院。那座别院以王妃忽染怪病而被封了起来,任何人不得进出,每日进出的饭菜都由景玉王的亲兵亲自送进去,而七王子萧羽则被送了出来,交由正妃抚养。

或许有些人已经看出了点端倪,放在往日,是一定要好好做一番文章的,比如那座青王府里的年轻王爷。景玉王萧若瑾和琅琊王萧若风这一件事做得如此谨慎,就是害怕青王府寻到几分踪迹,以此借题发挥,到时候不仅整个景玉王府颜面尽失,就连太安帝都会问罪下来。

奇怪的是青王府已经许多日没有人进出往来了,每日的早朝青王也都告病没有参加,直到有一日,青王终于从府里走了出来,他面色红润,器宇轩昂,根本不像是有病的模样,然后就乘着马车进了宫。

出发时天色才是午后,回来时已经是日落黄昏。

青王出发时一脸郑重,回来时似乎如释重负,带着微微笑意。

这些细节都被人记录下来,传回了景玉王府。

"你说他是进宫通报了文君的事情吗?"萧若瑾问自己的弟弟。

萧若风摇头:"景玉王府的事,他青王从哪里知道?他若是去说了,岂不是说自己不顾朝政,去窥探其他王爷的家事了?这事就算有人告到父皇那里去,也不该是他。"

"那会是什么事?"萧若瑾有些不安。

"等明日早朝吧!"萧若风叹道。

次日早朝,太安帝称有恙,未曾出现。

可前一日,太安帝现身后并无任何异样。

众人议论纷纷。

直到午后，御史台七御史被传召入宫，夜深后才返回。

第二日早朝，太安帝依旧称有恙退朝。

"看来是有大事要发生了啊！"臣子们已经嗅出了一丝危险的气息。

景玉王府，两位王爷坐立难安，就连一向冷静的琅琊王萧若风都有些不安了。

因为他记得上一次这样的情况出现后没几天，大将军就被指谋逆入狱，满门灭族。

"这一次是冲着我们来的？"景玉王问道，很明显太安帝这几日行事的奇怪与那一日青王入宫觐见脱不开关系，而青王最大的死敌，就是他们。

萧若风叹了口气："怕是如此了！"

第三日早朝，太安帝依旧没有出现，但是午后下了一道圣旨。

朝野上下，皆惊。

镇西侯百里洛陈被指谋逆，指令御史台七御史联合彻查此事。

因百里洛陈多年前平叛有功，暂不收监，但须应召入京，随行之人不能超过十人。

圣旨已经快马加鞭，八百里加急派人送去了。

宣旨的是个颇有资历的太监，在宫里有一定地位，但依旧是抱着掉脑袋的心情上路的。

杀神百里洛陈，若他真的要谋反，还不直接一刀宰了自己？如果他不是要谋反，平白无故遭了这样的污名，也不得一刀砍了自己？说来说去都是一个死字啊！那个百里洛陈，可是出了名的吃人不吐骨头。

之后又是看似风平浪静，实则暗潮汹涌的一日。

景玉王萧若瑾坐在屋内喝茶，只是那捧着茶杯的手难以察觉地颤抖着，他低声道："九弟，莫不是我们和镇西侯府结盟的事情，被透露出去了？"

"不该如此。"萧若风摇头道，"我们与百里成风不过是面谈过一次，从未有过书信往来，也不曾签过什么协定，就算百里洛

陈出了事,也和我们上次与百里成风的会面没有关系。"

"可是拿百里侯爷动刀子……"萧若瑾喝了口茶,"这位青王殿下的胆子,可是真大!"

萧若风微微皱眉:"那我们的这位父皇,却也愿意有这样胆子大的儿子。"

"王爷……"管家跌跌撞撞地冲进了屋子。

萧若瑾放下茶杯,神色不悦:"什么事至于这样?"

管家战战兢兢地说:"宫里李公公来了……领着圣旨来的!"

萧若风和萧若瑾对视一眼,萧若瑾推开管家,走出门,正色道:"圣旨来了就是来了,我堂堂景玉王府,圣旨接的还少了?"

"王爷,这圣旨虽是送来景玉王府的,却不是下给王爷您的。"一个尖锐的声音响起,身穿蟒袍的李公公已经率人来到了正厅之前。

萧若瑾面色微微缓和,笑道:"李公公。"

"景玉王爷好。"李公公也是一笑。

"公公说圣旨虽然是送来景玉王府的,却不是给本王的,这是为何?"萧若瑾问道。

李公公目光微微一瞥,萧若风向前踏了一步,笑道:"看来这封圣旨是给我的。"

"的确是给王爷您的。二位王爷向来焦不离孟,我前脚去了琅琊王府,见不到王爷,便知琅琊王殿下定是来了景玉王府。现在既然见到王爷了……"李公公举起圣旨,"那就接旨吧。"

萧若风和萧若瑾急忙跪下,垂首听旨。

李公公却将圣旨轻轻递给了萧若风,低声道:"这是密旨,陛下虽然传咱家来传旨,可咱家也不知道这旨意是什么,还是王爷自己看吧。"

萧若风接过圣旨,苦笑道:"李公公,这圣旨,可有些烫手啊!"

李公公叹了口气:"咱家虽不知圣旨上的内容,但见陛下书写时可是眉头紧皱,思虑良久呢……"

萧若风摇头:"李公公这话听得我更是心惊啊!"

"那咱家就告辞了,不为王爷添堵。"李公公轻甩拂尘,垂首告退。

等待李公公一行人离开后，萧若风急忙打开圣旨，快速扫了一眼，眉头却是越皱越紧。

萧若瑾问道："是什么？"

"父皇说有六百金吾卫已经在天启城外候着了。"

"候着？父皇要做什么？"萧若瑾紧张道。

"他命我今日启程，去往乾东城。把百里洛陈从乾东城带到天启城的这个重任，父皇说唯有我能做到。来回只给三十日的时间，片刻都不能耽搁！"萧若风收起圣旨，长叹一口气。

萧若瑾摇头苦笑："青王这一招，也是真狠啊！"

## 第十七章·军侯之怒

八百里加急的圣旨已经到了乾东城的城外,可负责此事的太监却停下了马,在城外的一间路边茶铺坐了下来。

"公公,已经在城外了,为何忽然停了下来?"护卫的侍从是个年轻的金吾卫,站在年长太监的身后,困惑地说道。

"一路辛苦了,来,喝杯茶。"年长太监叹了口气。

年轻的金吾卫犹豫了一下,还是在年长太监面前坐了下来。太监先给自己倒了一杯茶,又给面前的年轻人倒了一杯。金吾卫急忙接过那茶杯,他听说过这位公公,在宫里当差多年,颇有名望,这些深宫里的大太监,往往心机深沉,不好接触,但是这一路赶来,金吾卫对这个年长太监的印象倒还不错,他喝了一口茶,继续问道:"公公,咱们……"

年长太监轻轻挥了挥手,止住了金吾卫的问题:"都已经赶了这么久这么远的路,又何必急于这一时呢?"

年轻的金吾卫也算是有几分眼色,总归是没有问下去,仰头将那茶水一饮而尽。

年长太监却喝得很慢,一口一口,似乎在细细地品味。他在宫里当差四十年,上等的茶叶喝过不少,对这路边茶铺的茶怎会有什么兴致,他之所以不进城,不过是……害怕!

"你家中在天启城里不是很有地位吧?"太监忽然问了一句。

金吾卫愣了一下,随后苦笑了一下:"公公是如何看出来的?"金吾卫一般都是天启豪门官阀之子最喜欢去的地方,一来虽然从军,却不用上战场,不用担心丢了性命;二来身处皇城,圣恩隆厚,晋升总是最快的。很多人都把这一步当作一个台阶,而他这个位置却是家人拖尽关系,花了不少钱才求得的,因为家世平平,平日里在金吾卫中一直受到排挤和鄙视,有好的差事也从来轮不到他,只有这一趟的差事,是顶头上司直接指派的。

太监叹了口气:"若是有好的家世,又怎会讨得这样的差事。"

金吾卫心中一惊,问道:"公公何出此言?"

那太监却已经不理他了,自顾自地又喝了一杯茶:"若不是师父当年斗不过那大太监,我也不至于沦落于此啊!不知情的见一面,叫一声公公,也算尊敬,可到头来,还不是被推出来送死。"

金吾卫越听越是困惑,也越听越是心惊:"公公……"

"走吧,去见见百里侯爷。"年长太监站起身,笑道,"你知道我们见的这位侯爷当年有一个绰号吗?"

"什么?"

"杀神。"

镇西侯府。

百里东君和百里成风正在堂间等待,他们方才知道一位来自天启城的大太监进了乾东城,并且手挟圣旨,直奔镇西侯府而来。他们在天启城里也有探子,天启城的消息传到乾东城也不需要几日,可这一次……

"这位皇帝陛下的速度可是真快啊!"百里成风冷笑道。

毫无预兆。

一道圣旨就到了乾东城。

"不会是好事啊!"百里洛陈幽幽地喝了一口茶。

"圣旨到!"一声尖锐的声音响起,身穿灰色常服的中年太监走进了内堂,身边站着一名持刀的侍从。

百里洛陈和百里成风冷冷地看着他们,面无表情。

在那名年轻的金吾卫想象中,圣旨所过之处,应该是众人跪拜,

垂首而迎的,可怎么大堂之内一片死气沉沉,两位正主都一脸寒意。

"大胆,见圣旨为何不跪?!"侍从一手按在刀柄上,怒斥道。

百里洛陈微微侧首,瞥了那金吾卫一眼。

金吾卫心中一凉,握着刀的手开始不由自主地颤抖起来。

宣旨公公闭上眼睛,轻轻叹了一声,真是白费了自己方才的一番点拨。

百里洛陈清了清嗓子:"你去问写圣旨的那位陛下,我为何不跪!"

宣旨公公急忙低喝道:"退下!镇西侯爷战功赫赫,十年前就已获隆恩,可带刀入宫,面圣不跪,你小小年纪,知道些什么!"

侯爷不跪,侯爷的儿子也能不跪吗?金吾卫想了想,还是没把这句话给问出来。

百里成风冷哼一声:"我们乾东城地处偏僻,远离天启,也是很多年没接到过圣旨了。"

"程公公,许久未曾相见了。"百里洛陈忽然说道。

那宣旨公公愣了愣,说道:"没想到当年只有几面之缘,侯爷竟然还记得老奴,老奴荣幸之至……"

"就别说这些了,圣旨拿着也怪沉的,直接宣吧。"百里洛陈挥手打断道。

程公公点头道:"是是是。"他打开圣旨,强行镇定了下来,毕竟他混迹官场几十年,念圣旨的时候依然声音浑厚,"奉天承运皇帝敕曰:今御史台上书弹劾镇西侯百里洛陈,称其勾结叛党,大逆不道,试图谋反。念镇西侯多年平叛有功,故暂不收监,随天启钦差入京接受御史台审讯。钦此……"

百里洛陈的目光越来越寒,程公公的声音也越来越小声,最后念完后,他收起圣旨,擦了擦额头上的汗,说道:"接……接旨吧。"他右手还拿着圣旨,但百里洛陈和百里成风都没有向前接的打算。

"有意思啊有意思!"百里洛陈忽然笑道。

程公公拿着圣旨,汗流浃背,只觉得百里洛陈的话语里都是刀子。

百里成风扭过头,面向自己的父亲,只问了两个文字:"接吗?"

程公公和那金吾卫都是心中大惊。

"接吗？"代表的可不是手拿不拿圣旨那个意思，如果不接，那镇西候这边就是坐实谋乱之名，怕是即刻就要起兵了。

那他们二人，还能活着离开乾东城？

百里洛陈走回了自己的座位，坐了下来慢悠悠地喝了口茶："接吧。"

百里成风伸手拿过了那道圣旨，程公公如释重负，往后退了一步。

然后百里成风忽然往前进了一步，挥出就是一掌。

那程公公却也练过多年功夫，一身阴绵内力在大内也是排上号的，但是却被百里成风一掌打飞了出去。金吾卫怒道："吾等是天启来使，你怎可出手伤人！"

百里成风冷哼道："太监！"


一只飞鸟落入了庭院之中。

百里东君把中午吃剩的一些米粒丢在地上，鸟儿便垂首去啄。

王月坐在屋内，抚着琴弦，看着眼前的这一幕。

今日的百里东君似乎有些不太寻常。

"有心事？"王月问道。

百里东君叹了口气："是啊！我想到世上有这么多的女子喜欢着我，可我却只能喜欢一个人，不由得替那些女子觉得有些遗憾啊！"

王月听完后先是愣了一下，随后喝了一口水，全都吐在了地上。

"你这是在做什么？"百里东君问道。

"如果是我一人，只要吐口唾沫就行，但既然你说那么多女子，那我就代表那么多女子狠狠吐上一口，说一句——呸。"王月冷笑道。

百里东君"哈哈"干笑了几声，随后忽然问道："王月，你身边有没有人忽然就变了？"

"变什么？突然喜欢上你？"王月忍不住讽刺道。

百里东君却没了开玩笑的意思，很认真地说道："我有一个朋

友,曾经是我很敬仰的一个人,他虽然出身朝堂,却有江湖侠客之风,他很冷静,能够运筹千里之外,帮助自己的好友渡过难关,可是有一天,忽然觉得他离我很远了。我另一个朋友,心上人被人抢了,抢我朋友心上人之人不占情不占理,只是占着自己的权势,但是我很敬仰的那个人,这一次却选择拦我们的路。"

"为什么?"王月问道。

"那个抢人的人是他的哥哥。"百里东君顿了顿,又说道,"但这绝对不是原因,他不是那种徇私的人,所以我想亲眼见一见他,问他一下。"

"这个答案很重要?"王月又问道。

百里东君点了点头:"很重要!我从乾东城千里赶路去往天启城,不仅是学武,也要学很多道理。稷下学堂,那是天下第一学堂,而那个人,是我的小师兄。我学的道理中,没有一条说可以靠着权势抢别人所爱。如果小师兄学过,那他就应该告诉我!"

百里东君一连说了三句话,声音洪亮,掷地有声。

王月没有回答,只是抚了一曲,悠悠扬扬,算是回应了。

那只落入院中的飞鸟吃完了地上的米粒,起身打算飞走了,百里东君却一把抓住了那只鸟,从他的腿上拿出一个小竹管。

王月的眼睛微微一眯,她刚刚就注意到那只鸟上藏了信件,还以为百里东君没有察觉,现在看来只是百里东君故意没有打开,王月微微垂首,假装不去在意。百里东君却无所谓地打了开来,从上到下看了下那纸条,最后冷笑道:"还真是有意思。"

王月没有应声。

"你不好奇吗?"百里东君问道。

王月笑了笑:"我来这里只为教公子弹琴,别的事,我可不管。"

"我虽然在很多人眼里,不过是个纨绔公子,可是这么多年,我在侯府之中也有了那么一两个心腹,他们不听我父亲的,也不听我爷爷的,只听我的。我与他们说,如有要事不得不告,就飞书进来。这一年多,我还是第一次收到飞书。"百里东君叹了一口气,"所以你说这事是有多严重!"

"再严重,侯府有侯爷和世子爷,公子放心便是。"王月依旧不问是何事。

"你就真的不好奇吗?这件事,恐怕我父亲和我爷爷还真不一定搞得定。"百里东君无奈道。

王月微微抬首,终于还是问了:"哦?那是什么事?"

百里东君将那纸条放进嘴里,吞了下去,随后轻轻地摇了摇头:"真的是件很重要的事,不能告诉你。"

王月愣了愣,随后又喝了一口水,然后站了起身,吐在了庭院里。水在地上溅起,有几滴洒落在了百里东君的长袍上。百里东君轻轻一甩,不满道:"你一女子,怎么做出这等粗俗的行为?"

"你一男子,我不问你时你百般引诱,我问你时你避而不谈,无聊至极!"王月骂道。

百里东君站了起身,问道:"有人曾经和我说过,女人啊,就喜欢我这样外表风流倜傥、一表人才,可私下却有趣逗乐,没个正形的。他说有的世家公子太端着,便让人觉得有距离、有压力,而有的江湖男子,则太轻佻,也不可靠,而我百里东君,有钱又有颜,幽默又风趣,乃人间第一等妙人。"

王月气极反笑:"到底是什么人能说出这么无耻的话?更无耻的是,你还相信了。"

"就是方才我和你说的那个小师兄说的,有一次醉酒后和我说的。他其实就是那种很端着的人,不过喝醉酒以后不是。"百里东君咧嘴笑了笑。

一队军马行入了乾东城。

他们穿着精美的轻甲,骑着高大的枣红马,行军整齐,且各个行军之人都样貌年轻,颇有风流之气,引得人人侧目。

这就是整个北离外表最精致的一支军队——金吾卫,他们只归皇城所有,护卫皇城安宁,其中多为世家公子,很少远行,更是从没打过仗。

乾东城里有破风军的士卒正在路边酒铺上喝酒,看到后都放下了手中的酒碗。

"头儿,这是哪来的军队?敢在乾东城纵马?"

　　为首的破风军将领眯起了眼睛:"萧氏皇族……金吾卫?"
　　"金吾卫?金吾卫不在天启城里待着,跑来我们乾东城做什么?"
　　"是啊,来我们乾东城做什么……"破风军将领拿起酒碗,猛地喝了一口。
　　两个举着旗帜的骑兵从他们身边掠过,上面那杆旗帜上,一只大鸟展翅而飞,栩栩如生。
　　萧氏皇族的族徽——神鸟大风。
　　为首的将军忽然停住了马,身后五百金吾卫同时停了下来。
　　将军摘下了头盔,露出了那张年轻的面庞,他仰起头,看着门前府邸的牌匾——镇西侯府。
　　上一次来这里的时候,他戴着斗笠,穿着学堂的白色大袍,不代表萧氏皇族,只代表学堂弟子,可这一次,却不一样了。
　　再次踏入乾东城的,是琅琊王,萧若风。
　　镇西侯府。
　　百里成风连同府内所有兵士持刀站在屋外,他们一身铠甲,目光如炬,一把长刀擦得比雪还要亮。
　　破风军的破风刀,从来都是最雷厉风行的,只要百里洛陈一声令下,他们就会提着刀出门,任对方是什么琅琊王、金吾卫,不过就是刀起刀落的事情。
　　杀了以后祭起他们百里家的军旗,破风军直逼东边的天启城而去,赢了北离就姓百里,输了就马革裹尸,简单、粗暴、直接,就如当年的杀神百里洛陈,就如当年北离最令人恐怖的军队——破风军。
　　百里洛陈推门走了出来,穿着一身红色长袍。
　　百里成风将刀插入土中,单膝跪地,身后百名兵卒同时跪地。
　　铠甲摩擦的声音整体有序,回响在院落之中。
　　如果百里洛陈出来的时候是穿着一身军甲,那百里成风已经提着刀冲出去了,可是百里洛陈穿着的却是一身长袍。
　　"父亲,您真要去天启城吗?"百里成风低声道。
　　百里洛陈叹了口气:"人活在这世上,便是有如此多的不得已啊！"

"父亲，您老了。"百里成风依旧垂着头。

百里洛陈微微侧首："哦？我老了吗？"

"当年父亲在战场时曾和我说，哪有那么多不得已，一枪扫过去，一切就都有结局了。"百里成风仰起头，眼神中闪着光。

所有的兵士同时握紧了手中的刀，他们都曾听闻破风军万甲持刀踏破西楚国门的故事，每一个都对当年杀神百里洛陈的风范心神往之。

百里洛陈笑了笑："不是现在的我老了，是当年的自己太年轻了。天启城的使者已经在侯府之外候着了吧？"

"城中有杀人刀九百，府内有亲兵一百，萧若风剑术虽高，却也不是儿子的对手，只要父亲一声令下，明日插在城头的便是我百里氏的军旗！"百里成风厉声道。

"你是不是……"百里洛陈的手轻轻地搭在百里成风的肩膀上，"等这一天等很久了？"

百里成风垂头道："儿子不敢。儿子只是觉得，父亲这一去天启城，怕是凶多吉少！"

"当年我每一场仗，都是凶多吉少，但还不是活到了今天！"百里洛陈振了一下长袍，"都别跪着了，你们想要建功立业，很快就会有机会了，但不是在今天，你们的刀，也不该对准自己的国人。"

百里成风也站了起来，将刀收了起来："既然父亲已经有了决心，儿子便相信父亲。"

"出去见一见那位王爷吧。"百里洛陈笑了笑，朝着外面行去。

金吾卫已经到了镇西侯府门前许久，可大门却一直紧闭，不曾打开。

副将略微有些不满："这镇西侯府派头也太大了，我们可是天启来使，却让我们等了这么久！"

萧若风笑了笑，没有说话。

副将继续说道："就算撇开天启来使这个名头，光是王爷您的身份，他百里洛陈也应该出城相迎！"

侯府的大门在此时缓缓打开。

萧若风的手轻轻地触过剑柄,他早就已经做好了最坏的打算。

大门打开,萧若风的一滴汗珠从额头上滚了下来。

那里只站着两个人,穿着红色长袍的百里洛陈和穿着轻甲腰挂长刀的百里成风。

"怎么堂堂一个侯爷,穿那么大红的颜色。"副官低声笑道,带着几分嘲弄的意思。

"你应该庆幸你离得远,若是百里洛陈听到了的话,他可能会杀了你。"萧若风手从剑柄上放了开来,拉了一下马绳,"镇西侯当年有许多绰号,比如杀神,比如血衣侯,当他穿出这一件血衣而不是战甲的时候,虽然表示他今天不打算杀人,但仍有一身杀气,聪明的人不会在这种时候惹怒他。"

副官低声道:"我们是天启来使,他难道敢杀我们?"

"素来听闻金吾卫都是废物,这几日看下来,果真是废物。"一向性格温和的萧若风难得很不客气,冷冷地看了他一眼,就策马向前,朗声道,"侯爷!"

百里洛陈垂下头,声音洪亮:"琅琊王殿下!"

"可能进府一叙?"萧若风问道。

百里洛陈点头道:"殿下若要进来,自然欢迎。"

萧若风笑了笑,从马上跳了下来。

另一名年纪稍长些的副官忧道:"镇西侯这话的意思是,只让王爷一个人进去啊!"

那名年轻点的副官刚被萧若风训斥了一句,低声道:"看王爷这架势,可要自己去闯一闯了。"

"我进去一会儿,你们在这里等我。"萧若风果然说道。

那名年长的副官劝道:"王爷孤身涉险,若是出了什么意外,我们怎么和陛下交代?"

萧若风摇头笑了笑:"若我出了什么意外,你们应该也死了,还交代什么?"

两名副官心中都是一冷,他们虽然这一路上有些忐忑,可看琅琊王总是一副淡然镇定的样子,以为这趟差事并没有传说中的那么可怕，可现在听萧若风亲口说出来，才知道真的是九死一生的差事。

萧若风跨进大门之内，百里洛陈笑道："一年多前，成风与你见面，相谈甚欢，回来还和我说多了一位不错的盟友，可没想到现在再次见面，却是这样的关系。"

萧若风苦笑道："朝堂之上，风云难测。"

大门徐徐合上。

"上一次见面，王爷从我这里带走了我的儿子，这一次又要带走我的父亲。"百里成风冷哼道。

萧若风垂着头，看不清脸上的神色："上一次我带走你的儿子，但平安地送回来了，这一次，我也尽力做到！"

"王爷会帮本侯吗？"百里洛陈问道。

"只要侯爷真的没有做过。"萧若风沉声道。

"本侯若真的做过，王爷如今已经是个死人了。"百里洛陈幽幽地说道，"王爷希望我们何时出发？"

萧若风仰头看了一下天："今晚月明风清，适合赶路，不妨就今晚吧。"

"萧若风！你不要太过分了！"百里成风怒喝道。

"今夜的月真好，适合饮酒。"

百里东君仰望着天上的月亮，倒了一杯酒，递给了王月。

"也适合离别。"

他又轻轻补了一句。

王月举起酒杯，饮了一口，若有所思。

"王月，虽然有些不舍，但到了告别的时候了。"百里东君饮了一口，语气中满是怅然。

王月放下酒杯，神色不变："两年之期还未到呢，为何要告别？"

"上次父亲来这里，我与他曾经聊过几句话。"百里东君微微一笑，"我试探了他几句话，果然他并不知道你的存在，你来这里，根本就不是父亲授意的！"

王月笑了笑："你从那个时候就发现了？"

"其实很早就发现了，你藏得不深。"百里东君笑了笑。

王月脸上也是挂着淡淡的笑意："那为什么不揭穿我？"

百里东君叹了口气，又是饮了一杯："不想伤了你的心啊！"

王月一愣："你说什么？"

百里东君自顾自地说了下去："我知道乾东城中不少人都爱慕我，想要接近我，你既然能躲开重重防守来到这里，想必是付出了不小的努力。你每日认真教我弹琴，与我说话，也算解了我在这孤院里的寂寞。你很好，但我还是要说一句……对不起，我有喜欢的人了。"

王月伸出手指，抵在额间使劲揉了揉，话语中满是无奈："你就真的……觉得自己这么好？"

"不是我觉得自己这么好，只是你们啊，都觉得我这么好。"百里东君微微摇头。

"你就不觉得我别有居心，偷偷潜入这里，是为了接近你，找机会杀了你？"王月忽然问道。

百里东君目光一冷，扫了一眼王月，随后展颜一笑："别闹了别闹了，你根本不会武功，我试探过很多次了，凭你想要杀我？我……"

忽然传来一阵很细微的声音。

这种声音在冬日里经常能听到，像是冰，忽然裂了。

百里东君一低头，看到手中酒杯里的酒水迅速凝成了冰块，又裂了开来。

他猛地一抬头，一股寒风扑面而来，掀起了他额间的头发，然后一根手指轻轻地按在了他的额间。

那根手指莹白如玉，冰冰凉凉的。

那股凉意透过额间，渗入百里东君的脑内，他才瞬间清醒过来，急忙连退了三步，手迅速地拔出了石桌边的长剑，低喝道："你是谁？！"

"我是王月啊。"女子盈盈一笑，纵身一跃，手轻轻地扶住百里东君的后脑。

百里东君手中握着剑，却没有动手，因为他觉得王月身上并没有半点杀气。

两人四目相对,只是一瞬间,仿佛过去了四季。

百里东君也不得不承认,"相貌平平"的王月,有着一双很漂亮很漂亮的眼睛。

"你……"百里东君微微张嘴。

王月猛地收回手,足尖一点,退到了墙边:"你什么你,你啊,以后行走江湖要小心点,漂亮的女人,可是很会骗人的!"

"但你……不漂亮啊。"百里东君有些出神。

王月愣了愣,摇了摇头:"是个傻子。记住我的话,以后要小心。"说完纵身一跃,翻到了院墙之上。

下面驻守的兵士被惊醒,纷纷拔刀,大声喝道:"上面的是谁?"

"王月,还会再见吗?"百里东君忽然道。

"会的。"王月回道,随后纵身一跃,踏着下面那些兵士的肩膀,一路掠了出去,迎着晚风,她撩了撩鬓边的发丝,轻声喃喃道,"等你名扬天下的那一日吧。"

偌大的宅子,终于又只剩下了一个人。

百里东君坐了下来,脑海里满是刚才对视的那一幕。

"有一双很好看的眼睛啊!"他拿起桌上的酒杯,喝了一口。

虽然酒杯中没有酒,不过心脏却似喝了很多酒似的,噗噗噗地跳个不停。

"这感觉……"百里东君愣了一下,随后猛地站起了身,一跃而起也落在了院墙之上,只是哪里还有那名女子的身影。

"小公子,方才那是刺客吗?"下面有兵士问道,"我们已经派人去追了。"

"不必了,是我的朋友。"百里东君喃喃道。

正在此时,一辆马车缓缓地行进了巷子中,停靠在了路边。兵士们看了一眼,急忙下跪,因为马车的车棚边写着"百里"二字。一身血红色长袍的老人从马车上走了下来,他看了一眼站在墙上的百里东君,笑了笑:"我还以为你在这里住得挺安分,怎么还是爬墙翻屋啊!"

"爷爷,这真的是意外,我在这里,每日都是弹琴练剑。"百里东君挠了挠头。

"下来和爷爷散会儿步吧。"百里洛陈招了招手。

百里东君挑了挑眉:"我老子不让我出去。"

"你老子的老子让你赶紧下来!"百里洛陈回道。

"得嘞!"百里东君一跃而下,落在了百里洛陈的身边。

宵禁之后街上无人,一老一少就这么沿着长街散起了步,随行之人都很识趣地远远跟在后面。

"东君,这么多年来,你父亲管你,你母亲管你,唯独你这个旁人最畏惧的爷爷最宠你,你知道是为何吗?"百里洛陈问道。

百里东君想了一下,说道:"爷爷是不想让我与您和父亲一样,活得那么辛苦,想让我做一个自在恣意的人。"

"是,你很聪明。"百里洛陈点了点头,"人老了以后,就会觉自己年轻时缺失了很多东西,就想要自己的子孙可以获得。"

"但爷爷,自在恣意却也是不一样的。"百里东君忽然道。

百里洛陈微微侧首:"哦?如何不一样?"

"我不想做自在如意的世家公子哥,想做那恣意妄为的江湖侠客。"百里东君笑道。

"江湖侠客?"百里洛陈微微眯起眼睛。

"不想有什么朝堂世家的束缚,只要拔剑纵情,笑傲江湖。"百里东君仰头看着天上的月亮,"也要知恩义、懂真情,守护自己的爱人、家人、朋友。"

百里洛陈想了一下,随后点头笑道:"好,好!"

"所以爷爷,百里家有事,孙子我,已经磨好剑了。"

五百金吾卫护送着一辆马车从乾东城狂奔而出。

威震天下的血衣镇西侯此刻坐在马车之内,圣旨之上仅允许他带上十名随从,这对于当年出征至少都是十万大军相随的侯爷来说,着实有些寒酸了,但更寒酸的是,百里洛陈只带了五个人。

一个满脸油光、大腹便便的中年大汉,随行拿着一个包裹,里面放着七把大大小小的刀,自称祖传的"七星刀"。他的刀法很厉害,却不是杀人,而是切肉。他在镇西侯府里无人不知无人不晓,人家见面都尊称他一声王师傅或者王厨，至于名字早已不知了，但他一定是整个侯府最有名的厨子，最厉害的一道菜是烤全牛，活的牛送进来，过一夜，第二日正午便可开宴。

坐在中年大汉边上的却是截然不同的一个人，约莫三十左右的一位女子，穿着一身白衣，身材丰腴，面容姣好，尤其是眉宇间的那股风情，怕是世间腰杆最硬的男子，也不由得为其折弯了腰。王厨光是坐在她的身旁，就已经觉得浑身燥热了，但却是目不斜视，不敢多看一眼。侯爷丧妻也有几十年了，这么多年来愿意正眼看一下的女子，绝对没有几个，可偏偏这名女子算一个，乾东城万月阁唱小曲唱得最好的阿姐——苏媛。

苏媛倒也没有看他，苏媛的目光就一直在对面那少年的脸上没有挪开过。坐在她对面的少年，剑眉星目，面如冠玉，好一副小说话本里写得翩翩公子的模样，可偏偏一张脸冷得不行。苏媛看他，风情满满；他看苏媛，却是一脸冷漠。少年郎的腰间放着一把剑，看上去倒是成色不凡，只可惜和这弱不禁风如美玉般脆弱的少年放在一起，怎么都觉得不过是拿来装饰的绣花枕头罢了。

少年的旁边，则坐着一个老头，老头在侯府里人人都认得，可却从来没和别人打过交道，因为他每日的工作只有一件——喂马，还只是喂镇西侯的那匹马。老头大概是许久没和这么多人坐在一起了，怎么看着都有些手足无措的样子，坐在那里一会儿挪一挪位置，怕不小心碰着干干净净的少年郎挨一顿骂，一会儿搓搓手，偷瞄几眼面前的俏娘子，过过眼瘾也舒服，最后再看看自己侍奉的老侯爷……

老侯爷自从上了马车后就一直闭目养神，一句话也没有说，最后鼾声轻轻响起，倒是睡着了。

"你干吗一直看着我？"第一个开口说话的居然是那名佩剑少年。

苏媛捂嘴一笑："公子不看我，又怎么知道我在看公子呢？"

"那你知道我边上这老头一直在看你吗？"佩剑少年反问道。

苏媛眼睛都没有转一下："那自然知道。"

"咳咳。"百里洛陈似乎从睡梦中醒了过来，轻轻咳嗽了两声，

"别说话,吵我睡觉了。"

养马的老头终于找着了机会,急忙说道:"侯爷,您把我找来干吗?我还得回去喂马呀,追风除了我,谁喂的草它都不吃啊!"

百里洛陈眼皮也没有抬一下:"就是因为追风来了,所以把你带来了!"

一声马嘶在马车之外响起,养马的老人眼睛一瞪,应是听出了那熟悉的声音。

马车之外,一个年轻人骑着一匹纯黑色的烈马越过了所有的金吾卫,一骑当先直接冲到了最前面。

两名副官正在那里闲聊,年轻的那位语气中满是不屑:"不是说镇西侯百里洛陈被称为杀神吗?座下有七杀将、九浮屠、十三鹰击,一个个在传言里都是万人敌的角色,怎么这一次带来的不是厨子就是老头,还有一个花花娘子,一个兔儿相公,真是可笑。"

年长的那位摇头叹道:"你说的那七杀将,九浮屠,都是多少年前的往事了,有一大半已经折在了战场上,剩下的这么多年也是老的老、死的死了,哪里还能随侯爷同行。不过镇西侯这次带的这几个人,我倒是也没看懂。"

"你能看懂?那你岂不也是侯爷了?"年轻人骑着追风黑马掠过两位副将身边,冷哼一声。

年长的副官看了那年轻人一眼,见其相貌平平,拥有一张完全记不住的脸,可偏偏身上有一股难以名状的气势,把他一下子就压了下去。

年轻人没等他回话,就策马行到了领军的首领边上。

"兄弟……"年轻人笑了笑。

"大胆!这可是琅琊王殿下,陛下的七皇子,北离萧氏皇族贵胄,你敢称兄弟,你也姓萧吗?!"年长副官大骂道。

萧若风微微侧首,看了一眼年轻人,若有所思。

年轻人抱拳道:"在下萧雷洛,殿下英姿飒爽,令人神往。"

两位副官相视一眼,心中暗道:还真的姓萧啊!

萧若风笑了笑,态度倒是很好:"你好啊。"

"不如你好,不如你好。"萧雷洛猛地一挥马鞭,调头而去。

"这小子也太嚣张了，镇西侯为什么要带这样一个浑小子一起来？"年轻的副官愤愤不平。

萧若风望着前方，忽然道："我倒觉得，他有点像我一个朋友。"

天启城。

青王府。

"我们的琅琊王殿下，如今应该已经找到镇西侯了吧。"青王殿下坐在凉亭中，周围全是莺莺燕燕。

"回禀殿下，根据消息，已经在来的路上了。"侍从垂首道。

青王点了点头："对了，我看你前几日带出去的金行通票，数额可真是骇人啊。"

侍从想了想，回道："那也没有办法，毕竟我们要杀的人……"

"好吧，虽然你和大监都告诉本王，世上就没有他们杀不了的人。"青王叹了口气，"可是本王还是很担心啊，毕竟那个人的身边还陪着萧若风！"

"殿下就请放心吧，这九百里的路，百里洛陈一定走不完了。至于萧若风……"侍从微微抬首，"也是一样。"

青王勾起身边一名艳丽女子的下巴："哦？"

侍从垂首一笑："毕竟要送他们上路的人是——暗河。"

乾东城外不远处的山顶之上。

"你说老爷子是不是疯了，这样的单子也敢接？"留着一抹小胡子的年轻人一边往前走着，一边把玩着手中的那把小刀，眼神中满是玩味。

他的身边是一个背着油纸伞的男子，男子容貌俊秀，目光凛冽，没有搭小胡子的腔。

小胡子收起小刀，摸了摸那撇胡子，眼睛微微一眯："你真的没有心吗？我们这次要杀的是百里洛陈啊，那可是闻名天下的镇西侯，就连老爷子当年都佩服得很！"

"你错了。"背伞男子停住了脚步，从怀中掏出了一张纸，打开看了一眼，"上面让我们杀的不止百里洛陈，还有萧若风。"

小胡子笑了笑："我记得他，学堂小先生。"

背伞男子收起了那张纸，补充了一句："北离琅琊王。"

"无趣啊，和你这样的人一起搭档，虽然总是能很快完成任务，可真是没劲得很。"小胡子伸了个懒腰。

两个人走到了山边，俯身望去。

浩浩荡荡的一队金吾卫护送着那架马车急速地前行着。

小胡子右手一个翻转，那柄匕首在手指间旋转着，他猛地一停，指着为首的那个轻甲骑士："萧若风！"

"他是此行的关键！我们先派二十个苏家剑手冲碎马阵，杀尽这些不堪一击的金吾卫，然后我出手，拦住那个琅琊王，你去马车那边，杀了那个老侯爷，最后我们会合，合力围杀萧若风。"小胡子伸出匕首，在自己喉前轻轻一划，"简单干净利落，半个时辰就能完事。"

"近三十年来暗河最大的一桩单子，在你口中怎么这么简单。"背伞男子难得地轻笑了一下。

小胡子眯了眯眼睛："杀人嘛，从来都是最简单的事情。"

"如果真这么简单，他能活到今日吗？"背伞男子问道。

"试一试不就知道了？"小胡子耸了耸肩。

萧若风策马行在最前面，速度越来越快，边上那两名副将却有些气喘吁吁了。他们本就是不擅行军的金吾卫，千里奔袭而来已经是筋疲力尽了，可没料到萧若风到了乾东城，却是连一夜都没有休息，直接就返程上路了。他们虽然心中有怨言，但是萧若风毕竟是王爷，他们也不敢多说半句，可萧若风越行越快，他们却真是有些跟不上了。

年长的副官擦了擦额头上的汗："王爷，陛下给定的日子真的这么紧吗？这样连日奔波，怕是大伙儿都受不了了。您也知道，我们金吾卫虽然日日操练从来不曾懈怠过，可赶这么远的路，却真是头一次。"

年轻一点的副官则是面色苍白，连话都说不出来了。

"过了前面那座小山，我们就地扎营。"萧若风扬鞭指了指前方。

"是。"年长的副官仰头喝了一口水,急忙跟了上去。

马车之中,百里洛陈依旧闭目养神,其余四人则是正襟危坐,相对无言。那个骑着追风马的年轻人兴许是累了,把马丢给了一个金吾卫,自己也钻进了马车之中。

"真是累死人了,军队行军都是这么不要命的吗?"年轻人甩了甩胳膊,"可把我累坏了。"

百里洛陈睁开眼睛,伸手揉了揉自己的太阳穴:"这速度放在当年我的直属营的话,可是会被军法处置的,太慢了!不过对于这些娇生惯养的金吾卫来说,已经是很难得了。琅琊王萧若风治军的确是有一套,短短几日就能逼他们能所不能。"

年轻人笑了笑:"他自己在前面跑那么快,后面的人难道还敢不追上去?"

百里洛陈拿起随身的水囊喝了口水,随后说道:"他这么急,怕是已经猜到了。"

"猜到了什么?"年轻人问道。

"此去天启城,可不是赶路那么简单。"百里洛陈笑道,"既然要他来护送,自然是因为有人要杀我。"

百里洛陈话音一落,那带着长剑的俊秀男子眉毛瞬间一紧,身上杀气陡起。

负责养马的老人则一脸苦相,哀怨地看了百里洛陈一眼,大概是在心中暗自责怪这个老侯爷,怎么这样的黄泉路还要带上自己一起走。

能做一手好菜的王厨倒是一点也不害怕,说道:"谁能杀得了侯爷!"

风情万种的苏媛则是上上下下打量了一番那个能和侯爷平起平坐,相谈甚欢的年轻人,可是那张脸却真的是毫无特色且索然无味,看了一会儿后她还是转过头,看面前风流俊俏的少年郎了。

年轻人耸了耸肩:"天启城那个人,这么害怕吗?"

"就……就地扎营!"两名副将高喝一声,勒马而立,他们都已经气喘吁吁,没有半点力气,说完后就从马上跳了下来,牵着马退到了一边。

身后的五百金吾卫也都从马上跃了下来,整齐有序。镇西侯的马车也停了下来,有人上去通报:"侯爷,今晚我们就在此扎营歇息,那边营帐搭好后,我们便派人过来迎候侯爷。"

"去吧。"年轻人回道,"夜里风冷,营帐搭得暖和些。"

"明白。"

两个副将停在一边喝水歇息,年长的那位四下打量了一下,忽然道:"你有没有觉得很奇怪……"

年轻的那名仰头喝了三大口水才缓过气来,一脸困惑:"哪里奇怪?"

"他们好像都不太累。"年长的副官仔细扫了几眼,发现金吾卫们正在原地扎营,井然有序,动作迅捷,除了零零星星几个人瘫倒在地上外,其他人似乎对这连日的奔波都没有太大的疲倦感。

"李兄的部下着实厉害啊!"年轻副官感慨道。

"放屁!我的部下什么德行我不知道?我这一次奉命只带了十三个部下过来,那边躺在那里的就是,剩下不都是谢德你的人吗?"

那名为谢德的副官也是大吃一惊:"我……我也只带了二十二人啊,我一路上还以为其他人都是李兄你的部下!"

"到底怎么回事?!"年长副官猛地转头,看向萧若风。

萧若风却手中按着剑,看着前方,目光冷然。

名叫谢德的年轻副官想要走上前把这奇怪的事情通报给琅琊王,可当他踏出第一步的时候,萧若风忽然一把按住了腰间长剑,怒喝道:"全军戒备!"

五百金吾卫至少有四百人同时拔出了身上的刀,一人两柄,刀光赫赫。

剩下几十名四顾茫然,还没有反应过来,但也由不得他们反映了。

两边的树林里忽然传来"沙沙"的声音,十余名穿着黑衣的剑客从其中一跃而出,冲入了人群之中,剑光冷然,有人瞬间负伤倒下,剩下的金吾卫则立刻挥刀相迎。

"王……王爷……"谢德声音有些颤抖。

"握紧你的刀,别被杀了!虽然我知道你们金吾卫都是些废物,但也是我北离军马男儿,不该死在这里!"萧若风似乎对这突然到来的袭击并不惊讶,只是仰起头看着迷雾之中忽然出现的那个年轻人。

年轻人摸了摸脸上的那撇小胡子,笑道:"看来对我们的到来你并不惊讶啊!"

萧若风微微俯身:"我听过你们的名字——暗河。"

年轻人手指轻轻一转,一柄短刃已经被他握在了手中,他嘴角微微扬起:"苏家,送葬师。"

"送葬师?那你的同伴应该也来了。"萧若风微微眯起眼睛。

一个撑着伞的年轻人从另一边走了出来,遥遥地望着那辆马车,眉头微皱,似乎在思考着什么。

送葬师看了一眼萧若风手中的剑:"昊阙,天下名剑第八,人间正气第一剑啊!"

执伞鬼的目光似乎微微凝了一下,不过只有短短的一瞬,萧若风却注意到了,往后退了一步,防止两人同时出手。

送葬师察觉到了萧若风的动作,摇头道:"放心吧,我的这位同伴,对一切事情都不感兴趣,唯独对名剑,有那么点偏好,他看你的剑,就真的只是看一眼罢了。你的对手只有我,他有另外的事情需要做。"

萧若风微微垂首:"暗河的杀手,话原来是这么多的吗?"

"不对!"执伞鬼忽然道。

送葬师微微侧首:"哪里不对?"

执伞鬼看着穿梭在金吾卫之中的苏家剑手,缓缓道:"根据情报上所言,我们的对手是天启城的金吾卫,他们虽然装备精良,但武力却是极弱,不堪一击,但是……现在的他们,似乎并没有那么弱。"

送葬师看了一眼,发现虽然苏家剑手身法鬼魅,剑术阴狠,但是却遭到了极其猛烈的反抗。那些金吾卫一个个手持双刀,奋勇异常,不仅躲开了那些鬼魅的撒手锏,还整齐有序地将镇西侯的马车围了起来。苏家剑手很快就被逼退了出去,对那铁桶般的防

御并没有太大的办法。

马车之中,镇西侯百里洛陈微微点头:"萧若风这家伙,果然早有准备。"

"这不是金吾卫!"送葬师皱眉道,"他在路上偷偷换人了。"

"对,他们是我萧若风座下的虎贲郎!"萧若风一跃而起,手中昊阙剑银光一闪,对着送葬师一剑劈下。

送葬师手轻轻一挥,一柄小刃硬生生地挡住了萧若风的长剑,他的眼神中闪过一丝狠戾:"好!让我看看李长生最得意的弟子,到底有多大的本事!"

萧若风心中却微微一惊,这个杀手看似轻佻,但是那一柄小刀甩得却是凶狠异常,他的反应速度和内功底子也不容小觑,远比自己想象中要强得多,而边上那个执伞鬼,传言中还要更可怕一些!

"可别走神了!"送葬师怒喝一声,短刃从萧若风胸前划过。

萧若风长剑一抖,怒喝道:"昊阙!"

昊阙是剑名,亦是剑气。

萧若风脚尖轻轻一划,三丈之内,剑气起!

送葬师冷笑着飞速闪躲着那些剑气,整个人几次挥着手中的小刃扑上来。他和寻常武夫很不一样,他似乎是一头凶兽,而那柄指间刃,就是他的爪子。

"苏暮雨,下一步该怎么做,你可仔细想一下!"送葬师手中的小刃在昊阙剑身上猛地一划,随后微微一俯身,左手一掌冲着萧若风打了过去。

萧若风点足一掠,随后高高跃起,长剑举过头顶,随后猛地一挥,从天而落。

剑气刚猛,有睥睨天下之势。

"好剑法!"执伞鬼忽然开口道。

"你还挺有闲心。"送葬师退到了他的身边,背上已被汗水浸透,方才站的地方已然成了一个大坑。

萧若风却没有停住身,一剑又是劈了过来。

执伞鬼猛地抬起头,望了萧若风一眼,眼神冰冷。

随后那把展开的伞忽然收了起来，执伞鬼足尖轻轻一点。

不好！

萧若风心中暗道一声，急忙收剑，往后撤了一步。

然后执伞鬼就从他的身边一跃而过，直冲马车而去。

醉翁之意不在酒！

萧若风急忙想要转身，却被一掌给打了回来。

"继续玩。"送葬师冷笑道。

执伞鬼身形如疾风，很快地就掠到了那铁桶军阵前。

"退下。"他低声道。

所有的苏家剑手立刻退后。

执伞鬼一脚踏在一名金吾卫的头顶之上，随后急掠而出，直冲马车而去。一路之上金吾卫中不缺有猛者拔刀欲拦，却根本连他的衣角都来不及碰到。

"杀气近！"马车之内，其貌不扬的年轻人猛地扬头。

"其势如何？"百里洛陈半眯着眼睛问道。

"长虹贯日。"年轻人回道。

"哦？"

"却只一瞬之辉。"

"你去。"百里洛陈睁开眼睛，望着那如同美玉一般的少年。

少年瞬间而动，拔剑而起，冲出马车。

其余众人端坐如初，唯有那风情满满的苏媛小娘子，眼神一直跟了过去。

"放肆！"马车之外，如玉少年发出一声惊天动地的怒喝。

双剑相撞。

少年跌回马车之内，嘴角有血丝沁出。

一切发生，不过十个弹指。

执伞的杀手猛地回撤，比起来时速度还要更快上几分，一路退到了百丈开外。

"如何？"送葬师问道。

"退！"执伞杀手没有停留，继续往前行去。

## 第十八章·秋水不息

萧若风收了剑,走到了马车边,低声说道:"惊扰侯爷了。"

百里洛陈语气平静:"来的是何人?"

"是暗河的杀手。"萧若风回道。

"暗河?我倒是听过这个名字。"百里洛陈淡淡地说道。

马车之内,其他几人的神色却有微微的变化。

终于将胸口瘀血呕出的美剑少年擦了擦嘴角的血迹:"刚才那人的剑术……我只能接一剑。"

"一剑就够了。"百里洛陈拍了拍他的肩膀,"有时候生死也不过就是一剑的事情。"

"侯爷好好休息,我去安排接下来的事。"萧若风说道。

"琅琊王殿下。"百里洛陈忽然唤道。

"侯爷何事?"萧若风停住了脚步。

"这些人是你的兵?"百里洛陈问道。

"算是吧,从他们进入金吾卫的那天起,就被我选中培养了。"萧若风回道。

"不错,可有名字?"

"虎贲郎。"

"好。"

萧若风这才开始环顾现场,发现方才一番混战,对面十几名杀手还是带走了一些金吾卫的生命。有一些人正在那里收拾尸体,还有不少人都抹了眼泪，那些抹眼泪的大多是普通的金吾卫，他们都以为这只是一趟普通的差事，可没想到只是一炷香的时间，却经历了一番生死。

名叫谢德的年轻副将不顾年长副将的阻拦，走到了萧若风的身边："王爷，还请坦诚告知，这一趟差事，究竟有几分凶险，我们兄弟也好做准备。"

"不必做什么准备，我方在明，对方在暗，对方要杀人，我们要护人。和之前一样，时刻戒备，兵马不歇，早日回天启！"萧若风回道。

谢德犹豫了一下，没有说话。

萧若风拍了拍他的肩膀："既然从了军，便要做好准备。"

谢德低声道："我入金吾卫已经三年了，今年才升的副将，家里人以我为豪，我不想死在这里。"

"你从军是为了什么？"萧若风忽然问道。

谢德垂着头，没有说话。他心里有些害怕，尤其是刚刚一场战斗，面对那些神出鬼没的杀手，他连拔剑的勇气都没有，如果再来一次，自己怕是没有那么好的运气了。

"是为了上阵杀敌？"萧若风说完后看谢德许久没有回应，不由得摇了摇头，"想来肯定不是！那难道不是因为金吾卫不用上阵杀敌，只需要待在秩序安定的皇城，最安全，晋升也最快？可是你忘了，金吾卫不是不用上阵杀敌，当皇城被攻打的时候，你们是最后的防线。"

谢德心中惊慌不已，不知道萧若风此言何意，回道："北离国力强盛，陛下廉政爱民，天启城怎么会被攻打？"

"外面打不进来，那么从里面打出去呢？"萧若风幽幽地说道，"努力活下去吧，如果你经历这次生死之途还能活下去，那么下一次，你会比你那些还在皇城里养尊处优的同伴们，有更大的机会！"

马车之中，相貌平平的年轻人正在为美剑少年运气疗伤，一炷香之后，美剑少年的脸色从一开始的苍白渐渐地有了血色，他长长地吐出一口浊气，说道："多谢了。"

"喝口酒,有助于气血流转。"年轻人递过一个酒壶。

美剑少年看了一眼,犹豫了一下后摇了摇头:"谢了。"

年轻人收回酒壶,自己喝了一口,笑道:"不骗你的。"

"阿晨有洁癖,你刚嘴对嘴喝过,要人家怎么喝。"百里洛陈笑道。

"哪有这么多的讲究。"年轻人耸了耸肩。

"这位兄台,能给我喝一口吗?"王厨忽然说道。

年轻人看了王厨一眼,见他满脸油光,鼻毛外露,愣了一下后眉毛一挑,将酒壶往腰间一塞:"喝完了喝完了,下次下次。"

喂马的老人掀开车窗,往外面看了一眼,感慨道:"死了不少人啊……"

"这还只是开始吧。"年轻人拍了拍自己的酒壶,"感觉只是一次试探,琅琊王这一手偷梁换柱撑了一次,还能不能再撑一次?"

"狡兔三窟,琅琊王又岂会只有这一手。"百里洛陈微微一笑,"我们不妨就这么……静观其变。"

几里之外,两名杀手并肩而行,朝着与这一队人马截然相反的方向行去。

"这么简单就放弃任务了,这不是你的作风啊!一次不成就再杀一次呗,十六个剑手不够,让总堂再派十六个过来。"送葬师话语不停。

执伞鬼却一路沉默,又走了一里地后才说道:"出发前,家主给了我命令。"

"什么?"送葬师问道。

"一击不成,退。"执伞鬼回道。

两人穿过一片树林,面前是一片大湖,湖边站着三个人。

站在中间的那人须发皆白,却身材最是魁梧,一把金背大砍刀抵在地上,气势不凡。

"苏暮雨、苏昌河。"那人沉声道,"都说你们是苏家这一代最厉害的杀手,怎么……这么轻易就败了呢?"

"哎哟,我道是谁呢……"送葬师苏昌河正欲开口,却被苏暮雨伸手拦住。

外暮雨微微垂首："谢二爷。"

被称作谢三爷的刀客提起了地上的刀，扛在了肩膀上："总堂知道这次任务艰巨，怕你们这些小辈完成不了，所以派了我来。你们回总堂复命、领罚吧。"

"我想知道这是总堂的命令，还是三叔您的命令？"执伞鬼苏暮雨缓缓问道。

"有区别吗？"谢三爷微微挑眉。

"那就祝三爷早日凯旋。"苏暮雨拉起还想开口挑衅的苏昌河，穿过那三人，朝前掠去。

"我们苏家的事，谢家什么时候有资格插手了？"苏昌河愤愤不平。

"谢三爷是谢家仅次于家主的第二号高手，与他相争划不来，而且家主的意思是，这一趟差事是烫手的山芋，我们出手是因为大家长的指派，如今既然有人愿意来接，那就抛给他。"苏暮雨说道。

"杀百里洛陈啊，名扬天下的事情！"

"错了，不是名扬天下，是成为天下人的靶子！"

晨起。

天空还刚露出一点鱼肚白，浩浩荡荡的金吾卫就已经拔营而起了。

为首的依然是那一长一少两名副将，年轻的副将眼神却已经发生了变化。

"殿下和你说了什么，怎么觉得只是过了一晚上，你好像充满了……斗志？"

"不，我只是觉得他说得对。"年轻的副将狠狠地挥了一下马鞭，"事已至此，活下去才最重要！"

远处的矮山上，持着刀的魁梧老人目光冷然。

"追上去吗？"

"派十几个谢家弟子跟着，偶尔骚扰一下就行。"

"过了龙安郡就一路都是官道了，不好动手。"

"那就在龙安郡动手，但不是对这帮人动手。"

"三爷何意?"

"苏家仗着大家长姓苏,这些年气焰太旺了,不把我们谢家放在眼里,也不把慕家放在眼里。"魁梧的老人转过身,一个穿着一身白衣,脸色苍白,身形消瘦的男子忽然出现在了那里,男子出现得很突然,整个人身上也有一股令人很不舒服的阴诡之气。

"谢三爷,昨夜趁着去埋尸体的时候,有七个人已经悄悄离军而去了。"男子声音低柔。

魁梧老人身边的男子眼睛微微一眯:"慕家,慕阴真。"

"阴真是慕家这一代最擅长追踪的高手,如果没有他在,我们或许真的会中计。"魁梧老人笑道。

"随军人中,必有一人是易容高手,谢三爷可莫要认错了!"慕阴真提醒道。

"放心吧,龙安郡,必是他们葬骨之处!"魁梧老人摸了摸手中的刀。

三日之后。

龙安郡,东来客栈。

一行商人从马车上走了下来,一个身着华丽的富态商人,带着一个丰腴貌美的女子和俊秀白净的少年坐在一桌,剩下两个相貌普通的年轻人、一个粗犷大汉、一个佝偻老人坐在隔壁桌。

"真是好看的少年郎啊,怎么看都看不倦。"丰腴美人用手捂着下巴,看着身边面色苍白的少年,眼神中满是柔情。

可少年却看不到美人,只看到客栈里的人慢慢地都退了出去,然后又慢慢地进来了一些新的人,再然后点菜喝酒,正常得不能再正常了。

富态商人轻轻咳嗽了一下:"点一些吃的吧。"

粗犷大汉正在看墙上挂着的菜单,越看眉头皱得越紧,最后忍不住骂道:"破地方弄的破菜单,没一道菜可以吃的,咱们走!"

他起身站了起来,然后一个挂着白毛巾的小二就伸手把他按了下去。

"客官不要急,墙上的菜单自然只是给普通的客人看的,但我看几位都是贵客，自然有不一样的菜单招待。"小二微微一笑。

"哦？什么菜？"大汉喝道。

"生食猴脑如何？"小二依然笑道。

"猴脑？什么猴？"大汉一愣。

"自然是镇西侯！"小二手中毛巾一甩，直奔隔壁桌的富态商人而去。

那俊秀少年瞬间拔出了放在桌上的长剑，一剑劈去，却被毛巾整个卷住。小二轻轻一甩，将那整柄剑都钉在了墙上。

"早说不要弄这些有的没的了，直接打了不就是了。"那坐在一旁的年轻人站了起来，抬起一拳就朝前挥了过去，"来来来，干就完了！"

小二被那拳风一震，立刻退出了七丈之外。

店内其余五桌，十六名客人全都拔出了藏在袖中的刀。

一共十六柄，全是刀，没有剑。

"换了一拨人啊。"年轻人扫了一眼。

另外一个年轻人抓了一把自己的脸，将一张人皮面具丢在了桌上："苏家走了，这一次来的是暗河谢家？"

"琅琊王殿下好眼力。"一个豪迈的声音响起，身形魁梧的白发老汉从门外踏了进来，手中拿着一柄巨大的金背大砍刀，煞是显眼。

萧若风按着手中的剑，低声道："这个人不好对付！"

"好不好对付你们现在还说没有资格说。"小二将手中毛巾一丢，从袖中掏出两柄细长的苗刀，"先与我过个手吧。"

富态商人也摘下了人皮面具，低声骂了一句："这面具戴得可真闷得慌。"

旁边那丰腴美人眉毛一挑："侯爷，您这话说得可是不动听了。我苏媛做的人皮面具，那是业内有名的舒适、透气、无异感，您这话一说，可耽误了我生意！"

百里洛陈干笑了一下："我说的是心理上的，与苏姑娘你的手艺可没关系。"

那店小二见他们二人自说自话，没人理他，不由得有些恼怒，

使劲地咳嗽了一下:"二位,现在不是打情骂俏的时候吧?"

苏媛瞥了店小二一眼,没有说话,那边的王厨倒是一直看着百里洛陈。

"去吧。"百里洛陈叹了口气,"许久没看你的刀法了!"

王厨点了点头,向前一步,看着那店小二:"你用刀,我也用刀。"

"刀,何在?"小二微微皱眉。

王厨拿起随身携带的那个包裹,猛地一抽,银光一闪,七柄大小不一的刀插在了他面前的饭桌上。

年轻人低头扫了一遍,微微皱眉:"七……七把菜刀?"

"是!我在侯府之中就是用他们来做全牛宴,七把菜刀,能够完美地肢解一头成年肉牛。"王厨双手抱胸,傲然道。

寻常江湖人看到面前的人拿出七把菜刀来打架,那么一定会觉得很好笑,可是那手持双刀的店小二却笑不出来,因为他很懂刀,所以他知道面前的这几把刀。

"破军、廉贞、禄存、文曲、巨门、武曲、贪狼,这是七星刀!你姓王?"店小二微微后撤了一步。

王厨一愣:"你竟然认得这七把刀?"

"昔日破风军中有一名伙夫长,只负责伙食,从不上阵杀敌,但有一次后方营地遭人偷袭,他却带着七把菜刀出手,将为首的那名敌将硬生生地剔成了一具骨架,后来大家才知道,他是镇西侯的七杀将之一,叫王绝。"店小二缓缓说道。

王厨点了点头,伸手拔出了最大的那柄破军刀:"是的,他是我的父亲。"

王厨提着那把破军刀一刀斩下,那名店小二却也不示弱,双刀齐挥迎了上去。王厨的破军刀虽然气势不凡,但却显得略微有些笨重,一举一抬并不够灵活,反而那店小二的双刀轻盈快捷,很快就占了上风。

"七杀将?"店小二冷哼一声。

王厨退到一边,伸出那把破风刀猛地从桌上一扫,竟把其他六柄刀全都打飞了起来。他将破军刀插在地上,一把握住细长的贪狼刀,随手一甩,将对面的两柄苗刀打飞了出去。随后手上齐舞,一柄刀丢起，又接过另一柄，清脆的敲打声不停响起，除了破军刀，其他六柄刀在他手上交叠而起，变幻莫测，一时把那店小二打得连连败退，只有招架的份。

"不错的刀法。"魁梧老人沉声赞叹道。

站在他旁边的中年汉子皱眉道："唯有暗河傀儡术和苏家的十八刀阵能有这般灵巧的手法。"

"暗河和苏家，为何分开来说？"魁梧老人寒声道。

中年汉子急忙垂首："三爷恕罪，是谢河失言了！"

身为谢家魁首之一的谢三爷冷哼了一声，看着面前的那几人，在心中默默盘算了起来。那名店小二已经算是暗河的二品杀手，剩下堂内十六名谢家刀手则是三品，自己身边这个中年汉子沉浸谢家斩魂刀法多年，已是一品好手，加上自己，原本以为已经胜券在握，可是就这个其貌不扬的厨子所展现的武力而言，剩下那些人怕也不好对付！

百里洛陈虽被称为"杀神"，但其闻名于世的是杀伐决断的领军能力，本身的兵马武艺在战场上也绝对出众，但论武功，却是难以和江湖人相提并论。那个持着剑的俊秀少年应该是重伤未愈，勉强有一战之力，不足为惧。方才说过话的叫苏媛的女子，似乎精通的是易容术，应该也不是问题。至于琅琊王萧若风，虽然年纪轻轻入了逍遥天境，着实令人惊叹，却也不见得能过得了自己的刀。而剩下的那两个人，那个其貌不扬的年轻人身处险境，却一副不过如此的样子，怕是不会比琅琊王萧若风弱太多，但自己身边这位谢河制住他问题也不大，至于那个养马的老人……

老人突然站了起来，转过身，望着身后的那十六名刀客，叹了口气："侯爷，我已经很老了。"

百里洛陈笑道："我比你还大一岁，我都未曾谈老。"

十六名刀客中走出一人，看着老人："你莫不是也是什么七杀将的亲戚？刚才那人说是七杀将的儿子，我看你这年龄，怕是七杀将的父亲吧。"

一阵哄笑响起，虽说人不可貌相，但这个一脸沧桑的佝偻老人，实在不像是个深藏不露的高手。

萧若风看了一眼旁边的年轻人:"你觉得如何?"

"我在侯府住了十几年,王厨的刀工我是见识过的,杀牛没问题,杀人应该也行。不过这个老人,倒真的只会养马。"年轻人笑道。

萧若风眼睛微微一眯:"住了十几年?"

百里洛陈在这个时候轻轻咳嗽了一下:"这么多年只养马,不会觉得无趣吗?"

老人嘴角一勾:"我本就是个马夫。"

为首的暗河谢家那刀客举起了手中的长刀:"你这么老,应该也活够了,死了不亏。"

"你又没活到我这么老过,怎么知道我不想再多活几年?"老人依然垂着头,佝偻着背。

"可我杀过不少的人。"谢家那刀客冷笑一声。

"哦?有多少?"老人忽然抬了抬眉,看了他一眼。

只是一瞬间,气势陡变。

谢家那刀客心中一惊,他也曾为暗河杀过不少人,本身就是戾气很重的人,可是老人那一眼,却看得他心里发寒。那一眼不仅仅是杀气,更是一股寒意,一股杀了很多人之后才会有的那种对生命的漠然感。

老人看了他一眼,随后又看了他身后的其他十五人,伸出一个手指指了一下他们,然后往回一勾:"你们,一起上吧。"

"有意思了。"坐在萧若风旁边的年轻人眼睛一亮。

为首的谢家刀客神色却是郑重起来:"前辈贵姓?"

"想问我的底细了?"老人佝偻的背一下子抬了起来,他双拳紧握,猛地一挥,忽然身上的骨头噼里啪啦地响了起来,整个人的身形一点点地变大。

萧若风一惊:"这是……"

老人枯皱的皮肤慢慢变得紧实起来,原本干瘪的身体变成了虬结的肌肉,整个人仿若返老还童一般年轻了数十岁,方才比面前的刀客还矮上一分,可此刻却整整地高出了刀客一个头,原本低眉顺眼的脸,如今看着却是凶神恶煞。

"三爷！"谢河低呼道。

谢三爷皱着眉头微微点了点头："没错，是天罡神通。"

面对老人的谢家刀客微微后撤了一步，他听说过天罡神通，那是比少林寺金刚伏魔神通更加刚猛的外门功夫，纯阳真气不仅流于体内，更显于表象，练至顶峰时甚至能脱胎换骨，重塑其身，是仅仅逊色于金刚伏魔神通的天下第二外门武功。他看了一眼身后的同伴，他们也将手缓缓地按在了刀柄上。

以一人对他们十六人，方才听着仿佛天外夜谈，可如今看来，却似乎不像是老人托大了。

老人用手轻轻按下体内最后流窜着的一口真气，随后缓缓吐出，他目光狠厉，再也不是那个低眉顺眼的养马老人了，他的声音也如震天般响："我的确不是什么七杀将的亲戚，我就是七杀将，我叫陈虎。"

萧若风身体一颤，却也是吃了一惊。在场其余众人听到这个名字，更是震惊。

陈虎，昔日镇西侯座下七杀将之首。

可他虽为七杀将，却其实没有任何军衔，若真的探究下去，他不过是个军队里的马夫，唯一不同的是，他一开始负责养的是百里洛陈的马。虽然出生卑微，但是军中的大小将军都愿意听他的，因为他的杀伐决断，比起百里洛陈有过之而无不及。

西楚国边界一战，坑杀三十万将士，就是他的手笔。

"你杀过多少人？"

"我第一次就杀了三十万。"

一个如玉少年、一个风情舞女、一个粗犷厨师，还有一个养马老人。

百里洛陈这一趟出行总共带了这四个人，每一个看着都像是累赘，可每一个都展现出了惊人的实力。

王厨七把菜刀耍得眼花缭乱，将那暗河双刀客压得气都喘不过来，另一边的陈虎更是赤手空拳，以一人战十六人，展现出了令人惊叹的能力。

"一个打十六个，这我可真没想到！"坐在琅琊王身旁的那个

年轻人似乎有些坐立不安了。

"当年陈虎虽然拒绝了所有的军衔奖赏,但在军中威望却仅次于镇西侯爷,兵士们不好称呼其为将军,却也不敢直呼他的名字,便给他取了个绰号……"萧若风意味深长地看了陈虎一眼,"叫万人敌。"

"万人都敌了,十六个人算什么?"萧若风又道。

百里洛陈笑了笑,没有说话。

"西楚灭国以后,陈虎就再也没有现过身了,有人说他早就死了,原来是一直在侯爷的府上养马。"萧若风望向百里洛陈。

百里洛陈瞥了陈虎一眼:"他本来就是一个马夫,不打仗了,在家替我养马,不是再正常不过?"

萧若风微微点头:"侯爷说得是。"

萧若风此刻心里正盘算着当前的情形。面前的敌人只剩下那白发苍苍的魁梧老人和背着一把血红色长刀的中年汉子,目前来看,老人的刀法应该是最强的,至少不会比前几日遇到的那名苏家杀手弱,和自己相争,应该在伯仲之间,就看剩下的那个中年汉子,自己身边这个年轻人能不能应付得了了。不过百里洛陈此行应该不止带了这四个人,暗处应有影卫相随,看他的样子,应该是有恃无恐,只是时间拖下去,或许暗河那边也留着后手。

名为谢河的中年男子拿出了他的那把血红色的长刀,低声道:"三爷,我去吧。"

"好。"谢三爷点了点头。

"虽然是杀手,但走得倒是单打独斗的套路,不错。"年轻人笑了笑。

萧若风看了他一眼,然后他又回看了萧若风一眼。

你看看我,我看看你。

谁都没有往前踏出一步。

谢河微微皱眉:"你们是打算一起上吗?"

萧若风微微皱眉,侧首道:"小兄弟不上去展露一下功夫?"

年轻人眼睛一瞪:"殿下,负责保护侯爷的可是你,你打算自己就躲在后面看?"

"他们那边首领还未出手，我现在出手，如果他对侯爷不利，我如何防备？"萧若风反问道。

年轻人拍了拍胸膛："这不是还有我吗？"

萧若风苦笑道："小兄弟这么自信？"

年轻人点了点头："那边王厨已经占尽上风，陈虎老伯光说气势已经赢了，殿下出手，胜过对面这人，也不是问题，至于那个白发老头，我也可以拿下。"

"百里东君，你真这么自信？"萧若风忽然道。

年轻人一愣："你什么时候知道的？"

萧若风叹了口气："天下间脸皮这么厚的人，我可不认识几个，你恰好算其中一个。为何不以真面目见我？"

"懒得见你。"年轻人冷哼道。

"是因为我拦了你和你好兄弟抢亲的计划？"萧若风问道。

年轻人一把撕下了脸上的人皮面具，露出了那张年轻俊秀的面庞，他将面具丢在了桌上："对，我就是看不惯！"

萧若风笑了笑，拍了拍百里东君的肩膀："那就没错了，我也看不惯。"

百里东君一愣，旁边桌上的百里洛陈微微眯了眯眼睛。

"但是没办法，看不惯也要做。我出生时身上就带着枷锁，做不到如你这般自由自在，我觉得你没有错，如果我是你，也会这样做，也会看不惯破坏了一桩好事的我，可是没办法，有些事，总是有人要承担的。"萧若风拔出了昊阙剑，向前踏出一步，"世上的很多事都能以好坏评定，可是世上的人却很难以好坏区分。你可以对我这个小师兄失望，但不要觉得我是个恶人就好。我知道你可能不再相信我了，但我有一句话必须要告诉你！这一次，你的爷爷一定不会死！路上不会死，到了天启也不会死，我萧若风可以在这里承诺你。"萧若风一脸坚定，"除非，我先死了。"

百里东君愣住了，百晓堂评萧若风为风华难测，说的就是他行事沉稳、心思缜密，是北离八公子中想得最多的人。很多人都以为这是因为他的性格，但熟悉萧若风的其他几位公子却都明白，如果可以，萧若风宁可当一个自由自在的江湖游子。只可惜他出

生在皇家，成长于军中，有自己的责任和束缚在身，很多事情考虑得太多，不能随心所欲，所以在朝堂，他是行事沉稳坚毅的琅琊王，在学堂，他仅是代先生执事的小先生。

百里洛陈走到了百里东君的身边，拍了拍他的肩膀："你的这个师兄，是个不错的师兄。"

萧若风抬起了手中之剑，往前走去："可惜对不起叶鼎之，也对不起易文君。"

谢河看着萧若风手中之剑："名剑昊阙。"

"剑为何有名？"萧若风忽然问道。

谢河不解："何意？"

"因为剑客有名！"萧若风一剑斩下，"我叫萧若风，师从学堂李先生。"

谢河抬起手中之刀，挡了一下后退了三步，他微微俯身："我叫谢河，我的刀名血河，幸会。"

"好！"萧若风怒喝一声，手中昊阙剑忽然震鸣起来，响彻整个大堂，他纵身跃出，昊阙剑划出一道几近完全的圆。

"好强的剑气！"百里东君惊叹道。

百里洛陈点了点头："北离皇族中，他应是近几十年来最强的！不过你方才说，最强的那个留给你，你这么有信心？"

百里东君笑了笑："我现在觉得师兄对付那个老头也定有胜算，但话说出口，自然不能收回，不过爷爷您得再稍等一会儿。"

"等？"百里洛陈眉毛轻轻一抬，"那也要对方愿意等啊！"

局面忽然有些微妙。

无论是萧若风、陈虎，还是王厨，都已经稳占上风，可对方却也发了狠，只是不求获胜，只求缠斗而已，所以就算他们占了上风也一时无法结束战斗。

而此刻，站在谢三爷面前的，一个是已经受伤的少年剑客，一个是精于易容术的女子，还有并不擅武功的百里洛陈，以及那个暂时还摸不清门道的年轻人，以谢三爷的能力，一刀取下百里洛陈首级……

可以试试？

玉剑少年一把按住了自己腰间的长剑，低声道："侯爷放心，我一定……"

"你就算了吧。"苏媛盈盈一笑，"这一次，一刀都接不住的。"

少年皱眉道："这么说来，你有办法？"

苏媛指了指站在前面的那个年轻人："这不是有他吗？乾东城小霸王，百里东君。"

百里东君笑着望向面前的谢三爷："这位老爷爷，是要动手了？"

谢三爷低头看着面前的少年郎："暗河谢家，谢三。"

"镇西侯府，百里东君。我有两个师父，一个叫古尘。"百里东君忽然一振衣袖，张开臂膀。

"儒仙古尘？"谢三爷一愣。

"还有一个，叫李长生。"百里东君微微笑道。

谢三爷眯了眯眼睛："的确都是响当当的名字，但是你是不是有些不太了解我们暗河，用师门来压我们，未免有些太小看我们了！暗河存在数百年，可不是一个儒仙和一个学堂先生，就能镇得住的！"

"你错了，我说这些不是想用师门吓唬你，只是想告诉你……"百里东君张开的臂膀猛地往上一抬，"我很强！"

酒楼中所有放在角落里的酒坛轰然炸裂，酒水纷纷滚涌而出，大堂之内，在一瞬间酒香四溢，但那些酒水却没有洒在地上，反而往天上而去。

"我曾见诗中所云，大河之水天上来。"

所有的酒水汇聚成了一条水流，随着百里东君张开的臂膀，缓缓地流在了空中。

"是不是这么个情形？"百里东君傲然道。

百里洛陈笑道："诗仙当年风采，一剑斩断黄河，你这小小溪流，也配在这里吟诗？"

百里东君耸了耸肩："我还小嘛……"

谢三爷抬起头，微微皱眉："这是什么武功？"

"儒仙所传，秋水不息。"百里东君手往下猛地一砸。

那一条小小的酒河忽然奔涌而下,如同咆哮的水龙,冲着谢三爷直冲而下,而酒河之中,还留着几分剑气。

萧若风眼睛微微一瞟,笑道:"虽然比作诗仙的确是差了几分意思,但也有几分高手风范了。"

"雕虫小技。"谢三爷提起了他的那柄金背大砍刀,一刀就把那酒河劈成了两半,那些许剑气,更是被斩得一干二净。

百里东君手轻轻一撩,又是一挥。

一条酒河分成了二道,二道分成四道,四道分成八道。

秋水诀,遇水则强。这是当年那个面具男和自己说的,自己苦修两年,就在今日看看成效了!

"据说昔日诗仙曾说过,希望一剑一酒走江湖,所以我想了下,可不可以……酒就是剑,剑就是酒。"

那八道细小的酒河慢慢凝成剑的模样,最后剑身已出了,剑柄却还差强人意,百里东君却已经运功运得满头是汗了,他低声道:"算了算了,差不多得了。"

百里洛陈的眼神中却慢慢流露出了几分赞赏:"这还稍微有点意思。"

谢三爷抬起头看着那八道剑气滚滚的酒河,笑了笑:"的确是些令人惊讶的小把戏,但是年轻人,我也要告诉你一件事,天下武功……唯快不破,唯猛不败!只凭一刀,就可破万法!"

刀出。

闪!

"落!"百里东君振臂一挥。

八道酒河猛地落下,那一瞬间,小小的酒河似乎真的成了天上而来的大河之水,酒气弥漫,剑气也弥漫。

压下。

瞬间化为酒雾。

谢三爷站在酒雾之中,身形已经看不分明。

美剑少年咽了咽口水:"赢了吗?"方才百里东君那一连串的招数的确让他大开眼界,他之前只听过这个镇西侯府小公子是个混世魔王,却没想到在武学上竟然有这样的造诣,不由得生起了几分敬佩。

百里东君退了一步，长吁了一口气："知道厉害，却不知道这么厉害！"

刀光一闪。

酒雾被一刀劈了开来。

谢三爷将刀扛在了肩膀上，笑道："年轻人，内功不错，剑气也很足，心思也很巧妙，但是……还是太弱了。"

"这位爷爷的确强，但我弱吗？"百里东君微微一笑。

谢三爷一愣，喉中忽然一股腥甜，一口鲜血呕出，他将大刀抵在地上，伸手抹了一把嘴角的血，看了一眼，皱眉道："你下毒！"

百里东君一振衣袖："我还有个母亲，姓温。"

"好，老字号温家，你的招数还真多。"谢三爷左手猛地垂下，指尖之处慢慢变成了黑色。

"内力逼毒？"百里东君一愣，他倒是没想到面前的这个老头，不仅刀法厉害，内功竟也强到这种地步。百里东君在用毒方面不过是略有学习，连温家的寻常弟子也不一定比得过，方才只是借助秋水诀锦上添花，实则并没有那么强，若老人强行用内力逼毒，却也不是太难。

谢三爷将左手手指在刀刃上轻轻一划，黑血涌出，流淌在了地上，他拔出了地上的刀，指着百里东君："小子，还有什么招数，一并用出来吧，我倒想看看，你还有什么能耐！"

百里东君叹了口气，摇头道："这位爷爷武功盖世，我可真是黔驴技穷了。技不如人，技不如人啊！"

"放屁！你剑气竟藏于酒水之中，想必剑法也不错，我们正面对招，与其借酒用剑，不如直接拔剑。你方才弄得那么大阵仗，不过就是为了拖延时间罢了。"谢三爷冷笑道，"说吧，这么拖延时间，是为了什么？"

百里东君往门外看了一眼，忽然道："我有救兵。"

"侯爷。"苏媛轻轻唤了一声，她的手缓缓放到了腰间，那里似乎藏着一个物件。

百里洛陈轻轻摇了摇头:"再等等,东君说的救兵,应该不是你想的那样。"

谢三爷冷笑道:"现在救兵都还没到,还能赶到吗?他的速度来得及吗?"

"来得及,当然来得及。"百里东君斩钉截铁地说道,"因为他是,一阵风!"

谢三爷正准备挥刀的手放了下来,他冲着百里东君点了点头:"好,我给你一点时间。"

百里东君一愣:"一点时间是多久?"

"就大概是一阵风从城门处刮到这里的时间。"谢三爷缓缓道。

苏媛看了百里洛陈一眼,幽幽道:"这位爷,有些托大啊!"

百里洛陈笑了笑:"他并不是托大,他只是想在心境上压过东君一头,一阵风的时间过了,救兵仍未至,那么东君不仅是武功比不上他,就连心中的那股气也卸下去了,到时候不过是刀起刀落的事情了。"

百里东君抬头望向屋外,眉头紧皱。

谢三爷闭上眼睛休养生息,片刻之后吐出一口浊气:"风已过了半城。"

百里东君忽然走到门口,朝天怒吼道:"司空长风,说好的午时相会,午时已过三刻了,杀头的都该抬刀了,你的人呢?滚到哪里去了?!"

无人回应。

谢三爷直起了身子,手放在了刀柄上。

忽然一阵急促的马蹄声传来,百里东君欣喜地望去,只见远处一匹白马之上,一个衣着落拓,头发随意地用一根马尾草扎起的浪客持着长枪,朝着这边奔驰而来。

浪客虽看着落魄,但面目却是神俊异常,踏马而来,当得起"春风得意"四个字。

"喊什么喊,我说了来便会来,这点耐心都没有?"

百里洛陈依旧坐在他的凳子上,慢悠悠地喝了口茶:"甚好甚好,和东君一样,都是少年英才。"

苏媛眼珠子一转:"虽然不是什么粉雕玉琢的小公子,却也别有一番风味啊!"

美剑少年翻了好大一个白眼。

"这就是你的救兵?"谢三爷转身举起了刀。

百里东君不再看司空长风,也转过了身:"是!他无父无母,去也空空来也空空,所以取姓司空,又愿化作一阵长风,一去不归,所以他叫司空长风,是我的师弟。"

司空长风从马上一跃而下,持着长枪落在了百里东君的身边,恰巧听到了那"师弟"二字,不由得有些头大,他叹道:"我认识你的时候,你连剑都不会用,如今却仗着入门早几天,称起师兄来了?"

"事实如此,你能怎样?"百里东君得意地一挥手,"不过你这来得也太慢了,再晚来一盏茶的时间,我恐怕尸体都凉了。"

"乾东城距离东及海市府那么远,你的信到的时候就没剩几天给我了,我一路昼夜不停地赶路,现在脚都在哆嗦,你还抱怨?我好不容易过几天安生日子,又要来和你拼命,我图啥?"司空长风看了面前那魁梧老人一眼,心中一凛,"这老头看着有点本事,什么境界?"

"至少是个逍遥天境吧。南宫春水说天境之中也有四品,九霄、扶摇、大逍遥、半步神游。我觉得萧若风只有九霄,这个老头却有扶摇了。"百里东君拔出了腰间的不染尘,"总之,不好打!"

"放心,我最近练了点新的绝技,勉强还够看。"司空长风一挥手中的银月枪,"要不,让我先试试?"

"你想试就试,反正方才我试过了,没有你我绝对打不过的。"百里东君耸了耸肩。

司空长风眼睛一亮:"我若赢了,你叫我师兄。"

"年轻人,不要太过于狂妄了。"谢三爷举起了刀,"人生中的最后几句话,最好还是说些有意义的。"

刀落。

山崩之势。

方才谢三爷说是给百里东君一阵风的时间,又何尝不是给了自

己一阵风的时间,他刚刚凝目聚神,已经聚集起了一股刀气,只等这一刻,呼啸而出。

百里东君直接点足退到了门外。

司空长风却不退,持枪前行。

他以人间绝境锤炼枪法多日,如今正需要一块好好的磨枪石,来让他的枪法百尺竿头更进一步,而面前这个人的刀,用来磨枪却是正好。

"风来!"司空长风抡起长枪,迎上了那山崩般的刀势。

百里东君眼睛一亮,司空长风的枪变了,因为他之前的枪法一枪一势虽然强,但都跳不出那追墟枪的圈子,来来回回不过那么几招,可这次一出手,就是风云聚变的架势,手中的那一杆枪也真的就变成了一条游龙,面临那强悍的刀势不退反进,硬是压过了对方一头。

谢三爷冷哼道:"有几分本事。我听过这套枪法,惊龙变。"

百里东君也赞叹道:"司空长风你这枪法突飞猛进啊!"

司空长风一言不发,长枪飞起落下,枪尖之处啸声长鸣,他一步不停,一鼓作气,一口气挥出了十三式枪法,谢三爷不甘示弱,挥刀来挡,两人威势都十分惊人。不过片刻,堂内除了百里洛陈那一桌不知靠着什么方式始终保持着片尘不沾外,其他地方的桌椅都被刀气、枪气绞得粉碎,相比起来,另外几人的对阵倒显得没有那么的激烈了。暗河的人心里其实很清楚,他们这一次能否成功,如今仅靠谢三爷一人了,他若胜,他们便还有机会,他若输了,就算他们拼尽全力,最后也只能铩羽而归。

司空长风一顿长枪,傲然道:"这一套枪法,我在海边巨浪之中,已经日夜反复练习了一年。"

他的面前,却已经没有了谢三爷的身影。

百里东君惊呼道:"他在上面!"

司空长风猛地抬头,却见一把大刀猛地落下,他退后一步,堪堪躲过,可胸口的衣衫却被刀气震得粉碎,身上也留下了一道浅浅的血痕。

"这套刀法,我在深山虚无之地,已经练习了五十年!"谢三爷沉声道。

龙安郡城门中的一间茶铺中,三个人正在那里喝茶。

一个背着伞,一个把玩着手中的一把匕首,正是那日出手的暗河苏家杀手,执伞鬼苏暮雨和送葬师苏昌河,而第三个人则戴着斗笠,身形瘦高,看不清面目。

"苏喆老叔,什么事能把您从总堂请出来?"苏昌河笑道。

"我来泽里搜丝。"苏喆嘴里嚼着槟榔,嚼完后又猛地吸了一口旱烟,随后满足地吐出了一口气,"好寺轮不到我。"

苏昌河无奈地笑了笑:"老叔您这官话我听了这么多年还是听不太懂。"

"收尸?看来总堂已经放弃谢三爷了。"苏暮雨淡淡地说道。

"谢家辣些人都是撒子,就凭他们也想撒百里洛陈?百里洛陈似个什么怪物,暗河三位家祖粗来才擦不多。"苏喆在地上吐出了一口槟榔渣子,随后又塞了一个进去,"谢三辣撒子,死定了哦。"

苏昌河微微皱眉:"我还是不懂,既然明知道杀不了,但为什么还要走这一趟?"

苏喆又抽了一口烟,准备继续说,却被苏暮雨挥手打断:"喆叔,还是我来说吧。"

"里说里说,我再抽个烟。"苏喆挥了挥手。

"几乎同一时间,大家长那里接到了两个单,一单是要杀百里洛陈,一单是要救百里洛陈。两单出价都很是不菲,但是大家长决定接第二单,因为第二单的客人,身份更尊贵。"苏暮雨缓缓道。

"哦?可是暗河向来一单不接二主,接了一主后,第二人出再高的价也不会变节。这一次是什么改变了那老头的主意?"苏昌河好奇地问道。

"第一,因为杀百里洛陈本身太难了;第二,只要第二个雇主下定了决心,那么第一个人就几乎是必死之局了。将死之人的钱,大家长觉得那就赚了吧。"苏暮雨解释道。

"那谢家这些人……"苏昌河幽幽地说道。

苏喆又吐出一口渣子:"谢家辣些人,最近有点不安分啊!"他站起了身,放了一个银锭在桌上,身后拿过他的武器,竟是一个佛门法杖，上面套满了金环，拿起的时候发出叮叮当当的声响。

"真像催魂的铃声。"苏昌河淡淡地说道。

客栈之中。

司空长风被一刀逼退，百里东君急忙挥剑迎上，他的剑法一招一式，简简单单，平凡无奇，在座之人都无比熟悉，那就是最粗浅的武夫都会耍弄几下的《绣剑十九式》。

"小子，可别小看我了！"谢三爷不再藏拙，每一次出刀都带着杀势。

"你也别小看我的绣剑十九，这可是天下第一所传的绣剑十九！"百里东君一跃而起，长剑落下，却只剩下一个影子。

真正的剑在谢三爷的身后。

瞬影剑法。

"落！"司空长风一枪落下，直逼谢三爷的脑门。

谢三爷猛地背过身，微微俯下，将大刀往背上一扛，挡住了那一枪一剑，再猛地往上一抬，将两个人打了出去。

长桌之上，百里洛陈低声问道："是友？是敌？"

苏媛的耳光微微动着，似乎在探寻着什么，她低声道："还不知道。"

"如果是敌，不要犹豫，当即杀了！"百里洛陈沉声道。

苏媛一扫方才的轻佻放浪，神情严肃，手中握着一把银针，眼神跟着屋顶上那微小的动静而动。

司空长风擦了擦额头上的汗，无奈道："百里东君，我觉得我们都已经成长为高手了，但是为什么每一次遇到的对手，都一个比一个变态呢？"

百里东君长剑一挥，朝天一指："那我有什么办法！天妒英才吧。用你最强的那一招枪法。"

司空长风点头："好。"

另一边，萧若风的剑已经收回了鞘中，挥血红色长刀名为谢河的男子倒在了血泊之中，王厨也用那店小二尸体上的衣服擦干净了自己的七把厨刃，陈虎以一战十六，已经杀了一半，另一半半退半战准备逃跑了，只有谢三爷这边还胜负未分。谢三爷退到了门边，将手中的令箭放入了空中。

一朵花在空中炸开。

苏喆微微抬头，叹了口气："看来似结束了。"

百里东君收剑起舞，终于在最后关头用出了他的西楚剑歌中最强的一式——问道于天，整个人连人带剑化作一道长虹，直逼谢三爷而去。司空长风手中银枪也发出了一道真若龙吟般的呼啸，当头砸下，惊天骇地。两人合力，这一次谢三爷退无可退，只能用出自己最强的一刀。

真正反复锤炼过五十年的刀！

百里东君和司空长风真的就这么被挡住了，不论他们再怎么天赋异禀，再如何师从名门，终究还是有着实力与经验上的绝对差距，但是自始至终，整个人防御固若金汤的谢三爷，却终于出现了一丝破绽。

萧若风抓住了这一丝破绽，立刻俯身握住了自己的剑。

但有人比他更快，一根银簪从屋顶之上落下。

"是友！"苏媛惊喝一声，手中银针一把飞出。

萧若风也挥剑追了出去。

那根簪子落在了谢三爷的脑颅之上，那一把银针扎满了谢三爷的胸口，都是必杀之势，但谢三爷没有停。

他的刀仍然在动，逼向百里东君和司空长风。

百里东君和司空长风躲闪不及，但是就在这一刻，萧若风拦在了他们的面前。

昊阙剑出鞘。

谢三爷连砍了十一刀，萧若风便迎了十一剑，四个人从门口一直退到了角落里。百里东君和司空长风一口气缓了过来，退到一边准备再次出手，谢三爷却终于停了下来，眼神一点点暗淡了下去。他其实早就应该死了，可最后却只凭借着心中的那一股杀意在生死的边缘上挥出了绝强的十一刀。

萧若风长吁了一口气，手慢慢垂下："没想到强到这个地步，如果以一敌一，我不一定是对手！"

苏媛足尖一点，一掌打穿屋顶，落在了上面，可四下环顾，那

个在最后关头出手的人却已经混入了脚下行走的人群中,根本无法寻找出来了。

萧若风走到了百里洛陈的身边:"刚才谢家那人发了令箭,怕是还会有援兵来,侯爷我们现在立刻动身吧。"

"暗河啊,只是如此吗?"百里洛陈站了起来,微微一笑。

苏媛从屋顶上落了下来,冲着百里洛陈轻轻摇了摇头:"找不到了。"

百里东君拔出了尸体上的那根玉簪,眉头微皱,低声道:"这根簪子……"

"你的小情人?"司空长风打趣道,"不过一年没见,路上见根簪子都能眼熟了?"

百里东君没有理他,只是将簪子收到了怀中。

"走吧,随后会有人通知这里的郡守,这里不必管他了,不过还得劳烦陈虎先生先留在这里,看住这些杀手。"萧若风转头看了一眼那仅剩的六七名暗河谢家杀手。

陈虎笑了笑:"没时间,我现在杀了吧。"

忽然一阵叮叮当当的金属碰撞声传来,众人急忙转头,才发现一个瘦高瘦高戴着斗笠的男子拿着一根长长的佛杖走了进来,佛杖之上串着一个个金色的圆环,在风中轻轻摇曳。

所有人都屏住了呼吸,手都不由自主地握住了身边的武器。

男子轻声笑了一下,将手中佛杖用力一抡便插入了土中,他俯下身,伸手合上了还未瞑目的谢三爷:"撒子啊!"

百里东君离他最近,此刻已经满头是汗,握着剑的手甚至有些控制不住地微微颤抖。

"似个棱才。"男子微微侧首,像是在看百里东君。

萧若风缓缓咽了咽口水,沉声问道:"敢问这位前辈尊姓大名,来此何意?"

"我叫苏喆。"男子很努力地把自己的名字说得很标准,"里就似琅琊王,久仰大名。"

"你是苏家的人。"萧若风微微俯身,"看来这场架还没有打完。"

虽然瘦高男子只是一人到来，但是场中众人却都感觉到十分的棘手，且不说这个人一出现就给了众人远超过于谢三爷的威势，就他们自身而言，刚经历过一番苦战，如今也有些筋疲力尽了，可瘦高男子却是摆了摆手："不打不打。"

萧若风一愣："不打？"

百里东君汗如雨下："既然不打，能不能收一收你的杀气？"

"抱气抱气。"苏喆轻轻一甩手。

百里东君顿觉身上重负一下子小了下去，缓了口气往后退了几步，他心中默默惊叹道：真是好厉害的家伙！

众人就这么看着这个奇怪的斗笠男子，这个斗笠男子却在堂中随意地乱转，直到转到了百里洛陈那边，可却是转头对着那貌美娘子苏媛说道："这张面皮不错。"

苏媛表情僵硬，似乎有些紧张："你的面皮呢？为什么要藏起来？"

"老啦，丑啦，不像你，这么多年还是这么我见犹怜。"苏喆伸出手挠了挠苏媛的脑袋，"在外面过得可还好？"

苏媛咬了咬牙："很好！"

"那就好，你们走吧。"苏喆走到了剩下的那几名暗河杀手身边，"这些人我就带回暗河了。"

萧若风抱拳道："随君所愿。"

"是个聪明的王爷，我觉得你以后能当皇帝。"苏喆缓缓道。

百里东君忽然道："你的官话怎么忽然说得这么好了？"

斗笠下的男子沉默了一下，随后大笑道："撕态了，撕态了。"

堂内众人没有再犹豫，立刻收拾了东西退了出去，既然暗河这边已经不想再打了，他们自然不会傻到纠缠不休，毕竟暗河只是刀，真正挥刀想让他们死的人，在天启城。

众人退出去之后，剩下的几名谢家杀手开始收拾尸体，苏喆找了个还算干净的地方坐了下来，又掏出怀里的烟杆，点着后幽幽地吸了一口，随后缓缓吐出，就这么默默地抽了许久，直到最后他轻轻地举起烟杆在地上磕了磕："这么多年过去啦……"

离去的马车之上,百里洛陈笑着望向脸色依旧苍白无比的苏嫒:"怎么样?多年之后重见故人,感觉如何?"

苏嫒长长地吐出一口气,似乎心有余悸:"方才那个苏喆,是当年苏家的第一高手!"

"我知道的,斗笠鬼苏喆嘛。"百里洛陈淡淡地说道。

苏嫒点了点头:"想起当年的经历,我现在后背也都是汗啊!我以为当时的那些人都死得差不多了,却没想到还能遇见熟人。"

"放心吧,你已经不是暗河的人了,就算是斗笠鬼,也不能抓你回去。"百里洛陈看了一眼百里东君,"你在做什么?"

因为司空长风的到来,这一架马车已经坐不下了,王厨和陈虎便去了隔壁的马车,这里除了百里洛陈和苏嫒,就只剩下了百里东君、司空长风和那个带剑的少年。百里东君在来的路上买了一支笔,买了一卷纸,正在那里无比专注地画来画去,听到百里洛陈的话后仍然没有抬头,只是一边画一边问司空长风:"像不像?"

司空长风一边看一边皱眉,最后犹豫道:"好像不是特别像?"

"葫芦里卖的什么药?"百里洛陈笑着问道。

"马上要去天启城了,需要有新的帮手啊!光一个司空长风还不够,我得请一尊大神出来。"百里东君得意地说道。

百里洛陈眼睛一亮:"一尊大神,难道是你师父?"

天下第一的李长生,那就真是大神了。

百里东君看向苏嫒:"你很会做人皮面具对吧?"

苏嫒一愣,随后点了点头:"自然,但是只看一幅画怕是不够,最好是见过真人。"

百里东君摇头:"真人会来,那还用面具做什么!不过就算真人来了,也不长这样了,但你放心,我的画画得很像,根据我的画做,准没错!画完了,你看。"

百里东君将那幅画递给了苏嫒,苏嫒接过看了一眼,眼珠子差点掉下来,她沉吟半响:"这是谁?"

"天下第一,学堂李先生。"百里东君笑道,"你没见过,自然不认识。"

苏嫒愣了愣:"学堂李先生我倒是真的有幸见过……但你这……

如果不说，我还以为画中是陈虎老爷子呢。"

百里洛陈看了那幅画也是哭笑不得："我见过的李先生虽已中年，却是风流俊逸，令人神往的，你怎么画成了一个糟老头子呢？"

百里东君挠了挠头："本来就是个臭糟老头子啊！"

马车之外，忽然有一个声音传来。

"说谁是糟老头子呢！"

恍若惊雷炸响。

"为什么这个世界上有些人就跟神仙似的，不提他时天南地北也找不到，提他的时候转眼之间就能出现在你眼前？"百里东君看向司空长风。

司空长风摇了摇头，表示不赞同："我觉得不是有些人，只是有个人！"

两人同时转过头，看着马车之外，低头道："师父。"

一个穿着白衣，风朗俊逸的男子应声推开了帷幕，一步踏了进来。

在苏媛眼里，整个马车顿时蓬荜生辉。

虽然那配玉剑的少年已经算得上俊秀如玉了，但和踏进马车的这个年轻人比，还是相形见绌了。若只说容貌，进来的那白衣男子也不见得要更加出色几分，只是身上的那一股翩然仙气和风流之气，是玉剑少年远远都比不上的。

"我听到有人说我是个糟老头子？"白衣男子微微含笑，语气温和。

绵里藏刀罢了。

百里东君尴尬地笑道："南宫春水当然是翩翩佳公子，我说的是李长生呢，和师父您没有关系的。"

南宫春水点了点头，拍了拍百里东君的肩膀，似乎是欣然接受了这个说法："说得有几分道理。"他一个侧身，坐到了百里洛陈的身边。

玉剑少年神色不悦："大胆！"

南宫春水看了他一眼，随后笑道："这是七杀将里剑杀黎城的孙子？是个剑客胚子，但是比起我两个徒弟来，资质还是差了

些的。"

"好在心性稳固,比起我那孙子,可是强多了。"百里洛陈捋了一下胡须,垂首道,"仙师。"

南宫春水挑了挑眉:"侯爷。"

百里东君一愣:"爷爷……你们认识?"

"仙师当时来过乾东城,与我见过,这一次,我也是特地修书一封到雪月城,请仙师来走这一趟。"百里洛陈缓缓道。

南宫春水大笑了几声:"侯爷啊侯爷,其实这一遭我真不需要走,不过是个天启城,不过是个太安帝,你还搞不定?七御史那七个孬种还真敢治你的罪?"

"当年他们能弄死叶兄,这一次要弄死我,岂不也是势在必得?"百里洛陈回道。

南宫春水冷笑道:"叶羽那小子,就是个愚忠的家伙,士为知己者死,可姓萧的那个王八蛋,是他的知己者吗?他为了所谓的忠诚,坦然赴死,还带上了一家老小,当年他若是誓死不从,听他手下的话,杀出天启城,然后来乾东城找你合兵,再然后抬手一挥,天下现在姓叶?姓百里?反正不姓萧!"

苏媛和那玉剑少年听得是胆战心惊,虽然不知这个年纪看着和百里东君他们一般大的师父是个什么身份,但这么一口一个"叶羽那小子""姓萧的王八蛋",还满嘴都是谋权篡位之事,着实是有些太大逆不道了,更何况,萧家那琅琊王就在外面行马,若是被他听到了,那百里洛陈这罪还没到天启城,不就可以直接治了?

但是南宫春水却是轻轻敲了敲车窗,语气随意:"外面萧家那小王八蛋,你有没有什么意见?"

萧若风轻轻咳嗽了一下:"仙师在里面说了什么?我在外面听不清……"

"你啊,最没意思了!"南宫春水不再搭理他,也无视了苏媛那两人煞白的脸色,又望向百里洛陈,"但是侯爷你不一样啊,叶羽是军神,你是杀神,他以仁治军,你以杀治敌,对叶羽那一套,对你行不通,你是给你皇帝你也不想当,但要杀你,你十个皇帝都要杀的那种人。萧家那王八蛋不傻,他把你叫过去,就是威慑一下，告诉你们镇西侯府，不要山高皇帝远，就自己当起土皇帝来了，然后，再给自己的几个儿子铺铺路。"

"铺铺路？"百里洛陈微微一笑。

"一条阳关道，一条杀头路。"南宫春水笑着抹了抹脖子。

百里东君疑惑道："所以这一次去天启城，我们问题不大？"

"大问题没有，御史台嘛，都是孬种，那些真真假假的证据，能治你的死罪，也能治你无罪，全看萧家那王八蛋的想法。现在御史台比你们更头疼呢，侯爷你这是真正的烫手山芋了。"南宫春水笑了笑，"但是明面上问题不大，暗地里却难免杀机涌动，所以呀……"

"所以呀……"百里东君和司空长风对视了一眼，不知道南宫春水接下来想说什么。

"所以我就来了啊。"南宫春水不知从哪儿掏出一把折扇，轻轻敲了下百里东君的脑袋，随后扇子一打开，扇书四个字——春风得意。

"师父最近生活挺不错啊！"百里东君半嘲讽地说道。

南宫春水看向苏媛："这位貌美的小娘子，听说你人皮面具做得不错？"

苏媛一愣，心想你叫我姨都差不多了，还叫我小娘子？不过想到他连皇帝也不放在眼里，自己也就坦然了，她盈盈一笑："还算精通。"

南宫春水伸手拿过方才百里东君画的那些画，看了一眼，眼神中流露出了几分嫌弃，三下两下撕得粉碎丢出了窗外，随后对百里东君一伸手："笔拿来。"

百里东君蛮不情愿地把笔和纸递了过去。

南宫春水接过指和笔，眼睛看也不看，手上的笔飞速地转动着，笔墨飞扬，不一会儿那张纸上已经出现了一张清晰的人脸，他低头看了一眼，把笔一丢，把那幅画递给了苏媛："就按照这个做。"

苏媛低头一看，却是大吃一惊。

"这这这……这是名家手笔啊！"

只见那张纸上的人脸仿佛是活着一般，你看他时，他就在看你，

嘴角的那丝笑若有若无,那双风流满满的眼睛在你看他的同时,也在看着你。

"可这画中人看着也不过是四十不到,和小公子画的那老人是同一人吗?"苏媛疑惑道。

"李先生武功天下第一,驻颜有术,虽然年过六十,看着也不过是三十多岁的模样。东君那小子是瞎画的,你不要管他,就按南宫仙师所画的做吧。"百里洛陈缓缓道。

## 第十九章 · 三入天启

"想不到我短短两年时间，竟然三入天启。"百里东君拿着从南宫春水手中夺来的折扇，坐在马上悠然地挥着，语气中也带着那"春风得意"四个字。

"我曾经有一个朋友，也曾经三入天启，一人一剑独闯入城，三千铁骑军不能挡。"

"他闯城做什么，也抢亲吗？"

"第一次喝醉了酒，与我打了个赌。第二次，是他的小友死了，因为皇帝的错，所以他想杀皇帝。第三次，是来救我。"

"杀皇帝这个厉害了，成功了吗？"

"没有，不过我知道他当时是有机会的，只是自己放弃了。仅仅是最后离开的时候，在朱雀门上留下了一道剑痕。"马车里的男子笑道。

"好想见一见那剑痕。"策马行在百里东君身边的司空长风忽然道。

"看不到了。时过境迁，改朝换代，没有人记得他的剑了，不过人们都记得那首诗——十步杀一人，千里不留行；事了拂衣去，深藏功与名！"

马车之内，忽然涌出一股莫名的杀气。

百里东君和司空长风心中一凛，明白了师父所说的朋友竟是几百年前名震天下的诗剑仙。据说那位诗剑仙醉酒后跳入水中抓那倒映出来的月亮，最后淹死了，这样的结局

是有些诗意却也满含悲怆。听师父的语气，想是曾经有一段刻骨铭心的往事。

一行人和率先离开的金吾卫会合，就这么浩浩荡荡地进入了天启城。

所有等候在城门处的各府暗卫在一瞬间出动了。

百里洛陈随金吾卫入天启，琅琊王萧若风和百里洛陈之孙百里东君随侍左右，五百金吾卫护送其旁，并无异样。

御史台、尚书府、钦天监、大理寺、景玉王府、青王府，最后送到了天启皇宫御书房内。

"没有别的了？"太安帝对这个结果并不惊讶。

"没有了。"暗卫点了点头。

外面似有脚步声匆匆传来，太安帝微微抬首："何事？"

另一名暗卫走进了御书房内，垂首道："马车之中，还有一人！"

青王府。

脾气不好的青王早已大发雷霆。

"不是说暗河出手，从未失手吗？那百里洛陈怎么就这么大摇大摆地来了！"

"本王送了那么多金银财宝，就是这样的结果？"青王继续怒道，"你现在就派人去找暗河，要么趁着百里洛陈才刚刚到，趁早杀了，要么我就拆了他们的破暗河！"

然而，他的怒喝谁都回应不了，无论是在天启城里动手杀百里洛陈，还是找暗河报仇，都是不切实际的想法。最后青王的情绪慢慢地平复了下来，他低头问跪在下面的人："大监那边怎么说？"

"大监那边送来一张纸条，上面只有一个字。"

"什么？"

"等。"

一个黑衣剑客从门外走入，表情有些焦急："殿下，百里洛陈的马车已经到了行馆，但是马车上……"

百里洛陈的马车行到了行馆外面，按照皇帝陛下的意思，百里洛陈在这段时间里只能入住行馆，同时接受御史台的调查和询问，外面派金吾卫把守，严禁任何人随意进出，所以城门之外，这里是第二个暗卫云集的地方。百里东君和司空长风站立在马车两旁，掀开了帷幕，美妇苏媛和佩剑少年先下了马车，随后百里洛陈就走了下来。

一切看似都很正常。

直到百里洛陈又转过了身，对着马车恭恭敬敬地一垂首。

看来马车之内还有一人，但什么人值得百里洛陈为其弯腰？！

于是一个风流翩翩的中年男子走了下来，一身白衣，满头白发。

消息再次像纸片一样传了出去，传遍了整个天启城。

天下第一李长生，他回来了！

中年男子狠狠地伸了个懒腰，随后打了个喷嚏："这里的空气啊，还是那么难闻。"

司空长风问百里东君："你说哪一日我们能和师父一样，打个喷嚏，整个天启城就震一震？"

百里东君笑了笑，伸出两根手指："再有两年，最多了。"

"这么有信心？"李长生过来搭住两个人的肩膀，"天启城啊，不过尔尔。"

皇宫之中，整个北离最位高权重的男子沉吟了许久，最后淡淡地说了一句："真的是他吗？"

"属下曾见过李长生数次，容貌确是李长生无误。"

"查！"

"遵旨！"

皇宫深处，另一个男子也在烟幕弥漫中睁开了眼睛，他刚刚练功完毕，身上的气息流转到了最舒服的时候，可却听到了一个让人很不舒服的消息。

"大监，李长生……他回来了……"

浊清大监长吐一口气："李长生……他不是说再也不回天启城了吗？查！我不信他真的回来了！"

"是！"

青王府。

青王的声音近乎绝望了。

"李长生！李长生为什么回来了？李长生就算回来，为什么要

和百里洛陈在一起?他为什么无缘无故要和我作对?!"

这些问题同样没有人能够回答他。

"殿下莫急,李长生……陛下那边不是也很顾虑吗?这一次他和百里洛陈一起出现,岂不是给了我们机会将他们一网打尽?"

青王看了一眼自己的这位属下,冷笑道:"你倒是很聪明。"

那名属下急忙低头:"都是为王爷分忧!"

"分你个头!"青王跳了起来,一拳打在他的脑袋上,"李长生是什么人,一网打尽?大内全部高手加上国师出马,都留不住他,你指望我去杀了他?"

行馆之内,有二人走出。

一人是江湖浪客,本就只是顺路而行,和镇西侯府没有半点关系。

另一人则是学堂弟子,回到天启,只因学堂求学,不为家事国事。

所以软禁令对他们并不起作用,天启城对于他们来说,想去哪里就去哪里。

他们一同踏出行馆之后,一枪一剑,悠悠然然走到了天启城御史台的附近,长枪扎地,长剑震鸣。他们也不打算进去,也不打算离开,就是这么站着,在御史台的两侧,像两尊门神。

杀气震天!

"这么多的卷宗,已然看了一月了却仍未看完!"一名须发皆白的御史将手中的卷宗摔在桌上,一脸愤懑。

另外一名年轻御史则是轻轻摇了摇头:"青王这是秘密调查了多久,才能拿到这么多关于镇西侯谋逆的证据!"

"证据?这些也叫证据?"坐在那里翻阅卷宗的一名清瘦老御史冷笑道,"镇西侯与南诀程曦大学士的书信往来也算证据?程曦和镇西侯本就是儿时故交,书信往来说的也不过是家中琐事,硬要说成里通外国吗?"

"二人在两国都身居高位,书信往来确实不妥!"另一名神情严肃的中年御史沉声道。

"我呸！"清瘦老御史跳了起来，怒骂道，"镇西侯也叫身居高位？说是什么一品军侯，率军驻守北离西门，但是朝中大事，他何曾知晓半分？更何况南诀在南，镇西侯在西，南诀要打我们北离，难道要绕道千里从西域打过来吗？"

其他御史顿时噤声，唯有那神情严肃的中年御史皱眉道："徐老，可要注意莫要妄言！"

清瘦老御史骂道："妄言个屁，我就妄言了，你去陛下那参我一本啊！别以为我不知道，你和青……"

"徐老！"须发皆白的老人轻喝一声。

清瘦老御史自知失言，长袖一甩，不再说话。

"所以，该怎么判？"场中最年轻的那名御史放下了手中的卷轴，很认真地问道。

"当然是据实判！这些卷宗虽然没有确凿无误的证据，但是，疑罪从有，尤其是谋逆之罪！"神情严肃的中年御史将手中卷轴一甩，声音掷地有声。

"好一个正气凛然的陈御史，吾等真是汗颜啊！只有你为国为民，我们都是孬种，不如回家一块豆腐撞死得了。"清瘦老御史冷笑道。

"徐老，我与你说正事，莫要和我胡搅蛮缠！"中年御史喝道。

"好啊，那你去和陛下说，百里洛陈，杀！你有这个胆子吗？"清瘦老御史回道。

"我们七御史一同查此案，自然要七人一同上书才行！"中年御史回道。

说话间，另外有一高一矮两名御史推门而入，脸色煞白，似乎在外面受到了什么惊吓。

"发生了什么？"须发皆白的老御史问道，他身为七御史之首，此刻对外界的一草一动最为敏感。

踏入门内的矮御史擦了擦额头上的汗："御史台外来了两个门神，一个拿剑，一个拿枪，煞气凌人，刚刚入门我还以为他们会追上来杀我们！"

"什么人敢来御史台撒野？找金吾卫去！"老御史怒道。

"可人家毕竟什么都没做,不过就是站在那里不动罢了。"矮御史望向那名高御史,"老高,那个用剑的年轻人似乎拉住你说了句话,他说了什么?"

高御史犹豫了一下,说道:"他说,客已至,何不速见?"

"什么客?"老御史疑惑道。

高御史叹了口气,说道:"那年轻人我见过的,学堂李先生的小弟子,叫百里东君,也是镇西侯府小公子,百里洛陈的独孙。他的意思就是镇西侯已经来了,你们要见,就赶紧去见。"

老御史苦笑道:"我们不想见他,他倒是急着见我们。你们……谁去?"那一高一瘦两个御史率先往后退了一步,老御史再转身,那个年轻御史又开始低头专注地看起了卷宗,剩下方才针锋相对的两位御史犹然站在原地。清瘦老御史伸手指了指那中年御史:"陈御史正气凛然,鬼神不惧,由他先去见百里洛陈,最为合适不过。"

陈御史转头道:"徐老不是一直仰慕百里侯爷吗?这一次侯爷竟然来了,你不先去拜见,我怎好赶了先。"

清瘦老御史还欲说话,却听到角落里有人骂道:"谁啊?吵死了!"

众人转头,发现散落的卷宗之中探出了一个脑袋,头发凌乱,微微眯着眼睛,张嘴先打了个酒嗝,随后那人打开了砸在身上的卷宗,晃晃悠悠地站了起来,手中还拿着一个酒葫芦,他看了众人一眼,发现每个人的眼神似乎都有些怪怪的:"你们看我做什么?"

为七御史之首的那名白发老人捋了捋胡须,点了点头,轻声道:"你去!"

御史台外。

百里东君上上下下打量着面前的这个中年男人。

一身绿色御史的官服不假,只不过穿着歪歪斜斜,像是强行套上的,头发零零乱乱,像是刚刚一觉睡醒被拉起来的,还有堂堂一个御史,腰间怎么还挂着个酒壶?不过这一点,倒是正对百里东君胃口,他笑了笑:"你是御史?"

"御史胡不飞,幸会幸会。"胡不飞整了整官服,摸了摸自己的两撇小胡子。

"随我们去见我爷爷吧。"百里东君说道。

"你爷爷是谁？"胡不飞一脸茫然。

百里东君一愣："里面的人没和你说吗？我爷爷就是镇西侯百里洛陈！你们御史台不是在查他吗？如今我爷爷人已经到了，你们还不赶紧派人前去？"

"打扰了。"胡不飞抱了抱拳，转身打算开溜，却被司空长风伸手一把揪住了衣领。

百里东君疑惑道："里面的人怎么和你说的？"

"他们说门外有一酒中豪杰，闻我御史台酒仙之名，前来赠酒……"胡不飞回道。

"酒中豪杰是没错了，不过赠酒还得去了行馆，有一杯敬酒，有一杯罚酒，你喝哪一杯？"百里东君问道。

胡不飞整了整衣领，清了清嗓子："那就请吧！"

半个时辰，行馆之内，相坐无言。

百里洛陈笑了笑："你们怎么请来了这位大人？"

胡不飞并不说话，只是慢悠悠地喝着酒，一如刚才所言，就是来喝酒的。

百里东君挠了挠头："这是御史台派来的啊！"

胡不飞咂巴了一下嘴，赞叹道："好酒！可惜啊，我家夫人说了，一天只能喝一斤，今日的份额已经喝完了。侯爷、小公子，告辞！"

那喝得醉醺醺的胡不飞站了起来，摇摇晃晃地往门口走去，快走到的时候忽然加快了步伐，终于连装都懒得装一下了。

"胡御史，酒喝完了，还可以喝茶嘛。"百里洛陈幽幽地说了一句。

胡不飞推开门，魁梧强壮的王厨站在那里，腰间插着一把大砍刀，旁边的台阶上坐着瘦小的老头陈虎，正在慢悠悠地抽着旱烟，他放下烟杆，朝地上吐了一口痰："喝茶。"

胡不飞只能摇了摇头，退回到了座位上。苏媛扭动着纤细的腰肢，配上了一壶茶，清香弥漫。

"上好的碧螺春，茶香盖一盖你的酒香，回去后好交代一些不是吗？你家那位，可是凶得很啊！"百里洛陈喝了一口茶。

胡不飞尴尬地笑了笑:"侯爷还记得她呢……"

"那是万万忘不掉的!"百里洛陈笑道。

百里东君微微有些疑惑,自己的这个爷爷除了对自己以外,对其他人都是严肃冷漠的,尤其是这朝廷文官,是他最讨厌的,可对于这个有些荒唐的御史,倒是挺客气,言语之中竟然还有几分亲近,于是他问道:"爷爷与这位御史大人曾经见过?"

"他的父亲叫胡成,你小时候他抱过你,还有印象吗?"百里洛陈问道。

百里东君一愣,随后想了一下恍然道:"哦,是那个喜欢念诗的老爷爷来过我们乾东城,官还挺大的!"

百里洛陈缓缓道:"龙云阁首席大学士胡成,生前在我心里是仅次于太师董祝的北离第二脊梁。"

"国之脊梁啊……"百里东君笑了笑,忍不住打量了一下胡不飞。

真是看不出来半点遗传啊!

"御史台派你来我倒是挺惊讶的。"百里洛陈忽然将话题转回了正事上,"我听说你被调到御史台后,就没做过一日正事。"

胡不飞笑了笑:"御史台本来也没什么正事啊!我啊,只是没做事,他们啊,做的也不是正事。"

"这话说得好,当浮一大白。"百里洛陈喝了口茶。

"唉,喝什么茶嘛……"胡不飞抱怨了一句,又喝了一口。

"御史台那帮废物不敢来见我,觉得我是个烫手山芋,接也不是,丢也不是,所以派了你来。你在朝中如今无人拉拢,无人看重,不过是一个子承父荫的败家子罢了。你来这里,什么也问不到,无论是好的,还是坏的。"百里洛陈缓缓道。

胡不飞点了点头:"那是自然的。"

"但你不问,我却要说。"百里洛陈幽幽地说了一句。

胡不飞一把捂住了耳朵:"我不听我不听!"

"需要我让人把你的耳朵给拧开来吗?"百里洛陈将茶杯放下。

"侯爷您说,我记着……"胡不飞从袖子中掏出了一个本子和一支笔,他伸出舌头,将那根笔在舌头上使劲蘸了一下。

百里东君看了一眼那根笔，通休乌黑，笔尾镀金，看这做工倒是件稀罕物。

"御史台，阎王笔，催人命。"百里洛陈眼睛一瞟。

胡不飞笔轻轻一甩："希望侯爷的话可以不要太多。"

"本侯有杀人刀十万，镇守国之西门，勿有乱国之心。"百里洛陈语气温和。

胡不飞神情严肃，下笔如飞。

这第一句话算是安了他的心，十万镇西军无疑是百里洛陈身上所拥有的朝堂最顾忌的事物，他上来就说了"勿有乱国之心"，算是给了他们一个定心丸。

"本侯此番入天启，世子百里成风代掌镇西军。吾子尚武，性格冲动，但事前吾已告知吾儿，无论此番，生死何回，镇西军切不可轻举妄动。"百里洛陈顿了顿，喝了口茶。

百里东君在一旁低头偷偷笑了笑，这句话爷爷可是说得非常漂亮了。单看这句话的意思可谓是谦恭有礼，可是字里行间之中，藏着的却满是威胁。

"本侯无乱国之心，七御史监察百官，明察秋毫，吾信必能还吾之清白。吾愿与诬告者，当庭对质，只求一清白之名。愿将吾之所愿，上达陛下，本侯万谢。"百里洛陈放下了茶杯，看着胡不飞，温和地说道，"这些话，不多吧？"

胡不飞收了笔，后背却已湿透，他苦笑了一下："侯爷一字千金，再多说几句，我就手抖得写不下了。"

"那便走吧，御史台那些老头肯定还等着你呢。"百里洛陈看了百里东君一眼，"你送一下胡御史。"

夜间清冷安静，百里东君和胡不飞在长街上并肩而行。

胡不飞倒是率先开了口："我听说当日你在雕楼小筑中，以七盏星夜酒胜了秋露白？"

"没错。"百里东君回道。

"想喝。"胡不飞坦诚道。

百里东君笑了一下："若是判我爷爷无罪，莫说七盏，送你七坛又何妨？"

胡不飞朗声长笑，随后拍了拍百里东君的肩膀："那这酒我是喝定了！"

"哦？"百里东君疑惑道，"你们七御史已经有决判了？"

"镇西侯的罪，七御史有什么资格治！我不能说太多，但是请小公子放心，侯爷此番入天启，定能安然无恙而归，只不过……百里小公子还是要小心危险啊！"胡不飞意味深长地说道。

百里东君点了点头："自然！我此行，便是为了保护我爷爷而来，定不能出半点差错！"

胡不飞摇了摇头："不是，我的意思是，百里小公子，注意自己身上的危险。"

"我身上的危险？"百里东君疑惑道。

胡不飞忽然转身，行了个礼："小公子就送到这里了，再过两条街就是御史台了，胡某自己前去便是。"

百里东君便也回了个礼："那请小心。"

胡不飞走出长街，往左一拐，再过一个拐角就入了御史台的长街，可他忽然在那里站住了身。

一扫早前醉醺醺的荒唐模样，此刻的他，眼神坚毅，气宇轩昂，更见两间长袖飞扬，似有几缕清风飞扬其中。

他拿出了自己的那根阎王笔，望向前方。

面前阎王笔，小鬼皆退散。

都说书生何可惧，但是书生中仍有那看起来儒雅翩翩，实则鬼神不惧的狠辣角色。

胡不飞喝下了腰间壶中的最后那口酒，心中想道：自己能算那样的角色吗？

两名黑衣人持着刀从夜雾中走出，站在了他的面前。

"告诉我们百里洛陈与你说了什么，我们不会杀你。"其中一名黑衣人沉声道。

胡不飞细细品味了那最后一口酒，砸了吧一下嘴后说道："滚！"

"敬酒不吃吃罚酒？"黑衣人冷声道。

胡不飞叹了口气："怎么都是这套说辞，就没有新鲜点的吗？

我不想吃敬酒，也不想喝罚酒，只是尝尝自己的酒，不行吗？"

黑衣人低声道："把他带走！"

两名黑衣人同时一掠而出，手中银光一闪。胡不飞摇了摇头，从怀里掏出了那根精致的毛笔，轻轻一划。

长街尽头的屋檐上，百里东君低声道："果然是个扮猪吃老虎的！"

"天启城真是太大了，随随便便一个人都是这样的高手。"司空长风从他身后走了出来，看着长街那边发生的事情，感慨道。

"那两个人应该都是青王派来的吧？"百里东君沉声道，"就是他想置我们百里家于死地！不过方才那个姓胡的醉鬼和我说，我爷爷此次必然没事，要小心的反而是我……这是为什么？"

"我也不知道，或许师父能够明白？"司空长风摇头。

百里东君耸了耸肩，站了起来："不管了，到时候看吧。"

胡不飞整了整衣襟，走出了那条长街，来到了御史台之前。御史台之内果然灯火通明，看来真的所有人都在等着他。他撇了撇嘴，收起了那根毛笔，大摇大摆地走了进去，走到正府，推门而入。

几个正在打瞌睡的御史一下子惊醒了过来，那位清瘦的老御史跳了起来："回来了！"

神情严肃的中年御史则一直低头认真研究着那些卷宗，见到胡不飞进来，却也不惊讶，淡淡地问道："百里洛陈与你说了些什么？"

胡不飞打了个哈欠，将手中一个小本丢了出去："我懒得说，你们自己看吧。"

清瘦老人率先扑上前，接过了那个小本，惊讶道："百里洛陈还真与你说了？"

"怎么？若是真的以为我只会空手而归，那么你们还一个两个辛辛苦苦等在这里做什么？"胡不飞嘲讽道。

七御史之首的白发老人沉声道："都别喧哗了！徐老，你念一下上面写着什么。"

清瘦老人点了点头，开口念道："本侯有杀人刀十万，镇守国之西门，勿有乱国之心。"他顿了顿，看了众人一眼。其他人都微微点头，这开头的一句话，还算像样。

清瘦老人舒了口气,继续往下念道:"本侯此番入天启,世子百里成风代掌镇西军。吾子尚武,性格冲动,但事前吾已告知吾儿,无论此番,生死何回,镇西军切不可轻举妄动。"

众人脸色瞬间阴沉下来,为首的老人轻轻咳嗽了一下:"你继续往下念。"

"本侯无乱国之心,七御史监察百官,明察秋毫,吾信必能还吾之清白。吾愿与诬告者,当庭对质,只求一清白之名。愿将吾之所愿,上达陛下,本侯万谢。"清瘦老人合上了那本小册子,脸色极差,"镇西侯这是什么意思……"

"这话可以有很多种意思啊!"为首的老人意味深长地说道。

"放屁!这话就一个意思。"胡不飞很不耐烦地打断道。

所有人一起转头看着他,他当着众人的面对七御史之首出言不逊,可众人看他却不是因为责怪他,而是等着他说出那个意思。

胡不飞自然也说了下去:"百里侯爷就一个意思,他没有乱国之心,但他你要杀他,他镇西军十万,直指天启,说打就能打!"

众人的目光一下子微妙了起来。对于胡不飞的话,他们现在可不能说任何的想法,不管说什么,都是错的。为首的老人拿过了那个本子,走到了烛火间,将那册子放在火上烤了起来。七个人就一同看着那个册子被烧成了灰烬,许久没有人说话。直到最后老人走到了门边,轻声道:"明日我去面圣。"

天启皇城,御书房。

清晨,日光大好。

太安帝正在那里慢悠悠地练着字,下方一个老人跪在那里不愿起来。

"陛下,此案难判,还望陛下明示!"老人高呼道。

"我萧氏治国自有国律,你御史台监察百官,以国律为纲,何事不可判,何人不可查?你跪在这里,让孤给你明示,怎么?孤说谁有罪,谁就有罪?孤说谁无罪,谁就无罪?那要律法做什么,要你御史台做什么?张诚重,我看你是老糊涂了!"太安帝放下了手中毛笔,斥道。

老人抬首道:"陛下,我御史台是有监察百官之责,可是百里侯爷他手中握有十万强兵，任何判决都会引起北离震动，臣不敢随意乱判啊！"

"张诚重，你就说，你们手中的卷宗，能说他谋逆吗？"太安帝问道。

老人犹豫了一下："可说，亦可不说……"

"哦？"太安帝挑了挑眉。

"百里侯爷的确在很多时候无视国法，行事专横，在那乾东城更有西国皇帝的做派，但是说到实事之上，却无谋乱之举……臣不知……该如何界定。"老人叹了口气，"而且昨日他与御史台一名御史说了一些话……他说……"

"不必说我也知道，就是说他没有谋乱的心思，但你们若是真说他有，他就反给你们看，绝不犹豫。"太安帝笑了笑，"我和他从小相识，并肩作战几十年，我比你们了解他。他和叶羽不一样，他兵法差了叶羽很多，宽容天下的心也差了很多，但是心里那股狠劲，我和叶羽加起来也比不过他。"

"陛下，那……"老人满头大汗。

"我说了，按律法据实判，无谋乱之举，就是没有谋乱，至于有无谋乱之心……你不妨去问问孤的那些儿子们，何人不有！"

太安帝觉得自己的话已经说得很明白了，但是那张诚重依旧低着头，跪在那里不肯走。太安帝叹了口气："你也是两朝重臣，国之栋梁，怎么只会一些耍赖的功夫？"

张诚重叹气道："陛下既然已经帮臣解决了一个难题，那么……还有另一个呢……"

太安帝拿过毛笔，在上面写下了一个字："废。"

张诚重双手颤抖，连声道："不至于如此啊！陛下！"

"我是说你，废物！"太安帝骂道。

张诚重低头道："陛下说得是陛下说得是！青王殿下此番检举，也是为了国家社稷着想。虽然事实证明百里侯爷没有谋乱之实，但那些证据也全都是据实呈上，没有诬告之说，不宜罚得太重，更何况皇子与一品军侯生此嫌隙，对社稷长久稳定十分不利，最好大而化小，小而化之，不要提及青王的名字，只说暗中给些惩罚就好，至于惩罚如何，私下罚个两年年俸，便已足够了。"

向御史台告一个一品军侯的状，不是小事，既然一品军侯最终无罪，那么告发此案的人便成了"诬告"，自然要受到惩罚，寻常的削官降职都是小事，可放在这位王爷殿下身上，就算断案无数的张诚重也不敢轻易就定了。

太安帝笑了笑，在那个"废"字上又画了一笔，他看了张诚重一眼："你不知道怎么判？你方才不是一五一十都说得明明白白了？该怎么判，该怎么做，既然都想好了，那么就去吧。"

张诚重愣了愣，犹豫道："真的可以？"

"滚！"太安帝骂道。

"遵旨！"张诚重急忙站了起来，逃也似的往外奔去，一边跑一边擦汗，嘴里还喃喃念道，"幸之，幸之！"

"浊清。"太安帝忽然扭头道。

等候在门外的大监浊清走了进来。

"晚上陪孤出宫一趟吧。"太安帝低声道。

"奴才遵旨。"浊清垂首道。

"也不好奇要去哪里？"太安帝问道。

浊清笑了笑："如今天启城中，又有哪个人值得陛下亲自去见？"

"好！当初孤让你刻意接近老三，劝他去罗列百里洛陈的罪证，可如今孤却直接赦免了百里洛陈的罪，让老三陷入了两难之境，你可知道为何？"太安帝又问道。

浊清依旧摇头："奴才哪管这么多，陛下要我做，我便做了。"

"老三这人做事太狠，也太急，孤看他最近不安分，给点教训罢了。"太安帝若无其事地说道。

浊清点了点头："是。"

"当初你是不是以为孤打算立青王为储？"太安帝问道。

浊清双手拢在袖间，顾左右而言他："夜间微寒，我让奴才们去备件袍子。"

日落月起。

行馆之中，一日无事，无人来访，无人外出。

百里东君和司空长风练了一天的武功，百里洛陈品了一天茶。

"爷爷，我待得无趣，想去趟学堂。"百里东君说道。

一旁的李长生笑道："学堂里你的那些旧相识都已经走了，就连雷梦杀都被琅琊王派出去了，你去学堂做什么？只有山前书院那个家伙在。"

司空长风点头道："我倒很想见一下先生。"

百里洛陈看了看天："明日吧，我觉得今日有客人会来。"

于是，众人又百无聊赖地吃了一顿晚饭，吃完晚饭坐在院中喝茶吃点心闲聊。李长生抬头看了看空中的圆月，很有兴致地吟着诗："俱怀逸兴壮思飞，欲上青天揽明月。"

百里东君和司空长风相视一眼，同时拔出了身边的武器，一跃而出，拦在了百里洛陈的前面。

院子的入口处，站着一个穿着紫衣蟒袍的男人。

他给百里东君的感觉，就像是天上的那圆月一般。

明亮却又阴冷。

男人伸出一根洁白无瑕的手指，指着百里东君，缓缓道："你就是百里东君？"

百里东君微微俯身："是又如何？"

"浊清公公。"百里洛陈喝了一口茶，"别来无恙啊！"

"奴才拜见百里侯爷了。"浊清行了个礼，回道，"托侯爷的福，还活着呢。"

"大监来见我，有何贵干？"百里洛陈眯眼道。

浊清笑了笑："奴才哪有资格拜见侯爷。"话说完后，他侧身站在一旁，微微躬身，然后就见一个披着一身灰色长袍的男人从后面走了出来。男人看上去年纪和百里洛陈差不多大，只不过面容儒雅一些，更像是一个读书人。

百里东君和司空长风相视一眼，此人看起来倒没有那被列入"魔头榜"的浊清公公一样可怕。

"跪下！"百里洛陈沉声道。

百里东君一愣："为何？"

"跪下！"百里洛陈从凳子上站了起来，"拜见皇帝陛下。"

百里东君和司空长风恍然大悟，虽然对面前的这个太安帝并没有太大的敬意，但他们仍然俯身下跪道："拜见陛下。"

李长生则依旧抬头看着月亮，似乎只能见天上物，看不到人间事。

"免礼吧。"太安帝挥了挥手，随后看了一眼百里东君，话却是对百里洛陈说的，"听闻你的这个独孙英武非凡，还是李先生的关门弟子，今日一见，果然不寻常。"

百里东君和司空长风退到一边，百里洛陈走向前："臣如今是戴罪之身，陛下来这里见臣，有些不妥啊！"

"什么戴罪之身！有人愚昧，受人蛊惑参了你一本罢了。你陪孤征战多年，怎会有谋反之心！那些人，事后孤一定重重地治他们！"太安帝正色道。

"你啊，演得太假了。"百里洛陈笑着摇了摇头。

太安帝也笑了："就算看出来了，就一定要说出来？"

"去屋里谈吧。"百里洛陈轻轻一挥手。

太安帝点了点头，起身走了几步，随后又看了一眼坐在那里的李长生，低声唤道："李先生？"

李长生依旧抬头看着天，头都没回一下，只是说道："滚！"

太安帝眉头轻轻一皱，看了浊清一眼，浊清点了点头。

里屋之中，百里洛陈亲自给太安帝倒了一杯茶。

太安帝接过茶杯："你以前不是最讨厌喝茶的吗？说人生没酒不行。"

"老了。"百里洛陈给自己倒了一杯，"年轻的时候就喜欢酒，浓烈、直接，可不知道哪一天开始就喜欢喝茶了，醇厚、有回味。"

"我也一样。"太安帝喝了口茶，"我们啊，都老了。"

几十年前，两个人一人干下一碗酒，提刀上阵，谁也不知道还能不能一起回来，却将自己的后背都交给了对方守护。

现如今，两个人一个是坐在龙椅之上的北离君王，一个是镇守一门威震天下的一品军侯，却是一人一口茶，相距三步，说着一些意味深长的话，完全忘了何为真心。

是从什么时候开始的呢？

是从他登上皇位的那天就开始了，还是直到他终于把刀对向了他们最好的兄弟……

百里洛陈默默地想着，思绪忽然飘得很远。

"接下来的事情，还是需要交给年轻人啊！"太安帝幽幽地说了一句。

百里洛陈回过神来，笑了笑："陛下真的是很看重那个儿子啊！"

"你觉得如何？"太安帝问道。

"心思缜密、武功高强，为人也不错。"百里洛陈回道，"如果放在战乱的时候，属于振臂一呼，就有万千军马相随的那种人。"

太安帝点了点头："孤有十几个儿子，可在孤看来，其他的所有人加起来，都比不过他！"

"难得李先生也很看重他。"百里洛陈说道。

太安帝神色微微一变，随后叹了口气："可惜啊！他有一个缺点，他太善良了。善良，对于一个普通人，是很重要的事，但对于一个皇子，善良，太多余了！"

百里洛陈望着窗外，良久之后才说道："之前成风虽然代表镇西侯府与景玉王和琅琊王交好，但毕竟只是他的意思。此行来天启，琅琊王一路相随，甚至以生死相护，没有半点保留，而且还说出了保我们镇西侯府这样的承诺。此遭之后，只要镇西侯府自己没有谋乱之心，那么我们就会一心支持琅琊王。陛下，真可谓用心良苦了！"

"洛陈，请记住你方才说的话。"太安帝眉头微微一皱。

"哦？"百里洛陈眼睛一眯，"要我记住的，是琅琊王三个字吧。"

"是！"太安帝点头，"不是别人，是琅琊王！"

"好！"百里洛陈沉声道。

太安帝又喝了一口茶，清了清嗓子，说道："最近南面有些不安分啊！西楚亡国几十年了，西域那边都是佛国，没有征伐之心，你说镇西军是不是该变成镇南军了呢？"

"陛下,我已经老了。"百里洛陈低声道。

"你不会老了,你以前说过,就算哪一天你死了,手里也要握着刀!放心,多年前的事情不会重现,这一次你不仅能安然无恙离开,你还会被加封。"太安帝沉声道,"孤封你君武侯,镇守两方国门,世袭罔替!"

屋外,百里东君、司空长风和那大监浊清相对而立,百里东君好奇地问道:"听说你武功很高,当年随军出征,杀了不少人,还被称为魔头?"

浊清微微一笑:"尚可。"

百里东君伸出一掌:"试试?"

"你?"浊清看了他一眼。

司空长风向前踏了一步:"再加上一个我?"

"陛下在屋内,我们在屋外过招,不敬。"浊清笑了笑,"总有机会的。"

"不过招,只是试试。"百里东君手指一点,引出壶中一柱茶水,朝着浊清大监一指。

"秋水诀啊。"浊清大监手指轻轻一划,那柱茶水瞬间结为冰柱,摔落在了地上。

"雕虫小技。"李长生冷笑了一下。

浊清大监微微俯首:"在先生面前,自然都是雕虫小技。"

"要不我试试?"李长生问道。

浊清大监摇头道:"当年先生就试了一手,杂家用了一年才调息过来,现在可不敢随意乱试了。"

百里东君好奇地问道:"你这凝水成冰的是什么武功?"

"凝水成冰的武功有很多,天山寒冰掌就能做到。"浊清大监笑道,"的确如先生所说,是雕虫小技。"

百里东君摸了摸腰间的剑,舔了舔嘴唇:"还是想试试。"随后往前踏了一步。

"回去!"浊清大监一甩长袖。

百里东君又退了回去。

门在这个时候打了开来,太安帝和百里洛陈从里面走了出来,太安帝走到浊清身边，低声道："走了。"

"恭送陛下。"百里洛陈微微垂首。

太安帝和浊清走到了门口，太安帝坐上了马车，幽幽地问道："如何？"

"无论是声音、形态，甚至于说话的语气，都和李长生很是相像，但奴才这么多年见过不少次李长生，曾奉陛下之命在宴席上仔仔细细观察过他，因而我能看出李长生的这张脸是人皮面具，很多微小的细节都完全不一样，所以奴才能确信，此人不是真正的李长生。"浊清回道。

"那就好！如果李长生真的回来了，事情可就麻烦了！"太安帝长舒了一口气，"百里洛陈胆子比当年也是小了太多，竟然用假的李长生来恐吓孤……真的李长生如今还是没有消息吗？"

"离开天启城后就没有人再见过他了，有传言说他去了南诀。"浊清回道。

"南诀吗？"太安帝眯了眯眼睛，"百里洛陈的那个孙子呢？你方才似乎在试探他的武功，如何？"

"此子无畏，假以时日，必成大才。"浊清回道，"不愧是李长生的关门弟子。"

"古书中说，君子之泽，三世而斩。百里家倒是一门三代，一个比一个要人才，只是朝中世家，三代，太久了！他这一次，就别离开天启城了。"太安帝手指头轻轻地敲着膝盖，"就还是让青王做吧，做得干净利落些，你明白我的意思吗？"

"遵旨！"浊清垂下头，看不清脸上的神色。

百里东君和司空长风终于重新回到了学堂，李先生没有同行，两个人并肩走在学堂之中，忽然觉得有些陌生。

如今的学堂，书声琅琅。

没有了那些剑法卓绝、武功滔天的八公子坐镇，学堂却没有半点冷清的神色，琅琅书声下，穿着白衫的书生们捧着书卷走过，口中争论的竟是书中夫子所言，这和他们印象里的学堂可是大不一样的。

什么时候,学堂真成了苦读圣贤书的地方了?

"真该让师父来学堂看一看……"司空长风感慨道。

百里东君笑了一下,想起之前邀李长生来时他神色间的那股不屑,想必是早就猜到了此情此景吧。

山前书院院监陈儒,果然还是有一些本事的。

"两位回了天启城,终于想到回学堂看一看了?"带着几分笑意的声音响起,百里东君和司空长风转过身,只见一身灰衫的中年儒士正捧着书卷站在那里。

"先生。"百里东君抱拳道。

司空长风则是弯了弯腰,语气十分恭敬:"陈先生。"

当时司空长风小住在学堂之中,陈儒传了他一套长短不平枪的功夫,对他帮助许多,更是为他指明了一条拜师之路,他在内心里对陈儒是十分感激的。

陈儒点了点头:"不错,不过相隔一年多,却和当初都有云泥之别了。"

百里东君笑道:"先生看一眼,就能辨云泥啊?"

"人身上其实都有一股气,精通望气之术的人看他人,看气就行,不必看人。"陈儒笑了笑,引着两人往里院行去,一路之上郁郁葱葱,似乎是栽了不少竹子小树。百里东君一边看着一边感慨道:"学堂啊,真的不一样了……"

"其实是一样的。风从虎,云从龙,学堂以后还会出现像你们一样的英才。"陈儒笑道,"我有信心!"

司空长风垂首道:"先生之才,必定可如愿!"

"看来我不在的时候,你们相处得很不错。"百里东君幽幽地说了一句。他当日随李先生离去之后,司空长风本也打算离开,却被陈儒和谢宣留了下来,三个人之间相处一段时间,彼此都颇为欣赏,也渐渐相熟了,百里东君虽然听司空长风提起过,但毕竟未曾经历,他对陈儒的印象还比较模糊。

陈儒在院中找了个竹椅坐了下来:"你们此次入天启,是随百里侯爷一同来,为了有人状告镇西侯谋逆一事吧?"

百里东君点头道:"对啊,本来我此刻应该正在闭关练剑。"

"练的什么剑？"陈儒问道。

"琴中剑。"百里东君做了个拨动琴弦的动作。

"好功夫！"陈儒点了点头，"不过此行你算是白来了，百里侯爷肯定不会被治罪。"

"为何？当年叶将军功勋如此之高，不也被夷三族了吗？"百里东君问道。

"人不一样，时间不一样，自然不能同日而语。"陈儒从竹椅上站了起来，又从角落里拿出一根木棍，"当年杀叶将军是为了稳固皇权，可如今杀百里侯爷，却是逼着北离战乱四起啊！"

百里东君舒了一口气："虽然昨夜之后，已经放了一些心，但听陈先生说出来之后，还是更放心了些。不过陈先生，您拿棍子做什么？"

"不是都说这一年练了什么厉害的武功吗？"陈儒一扫方才的儒雅模样，冲着两人挑了挑眉，"比画比画？"

百里东君大笑了几声，按住了腰间剑柄："还是先生爽快，昨日那太监和我们扯了半天，就是不动手。"

"人家明明动手了，还把你打退了。"司空长风嘲笑道。

"太监？"陈儒一愣。

"大监浊清。"百里东君微微俯身。

"铮"的一声，长剑出鞘。


青王府。

青王坐立难安，等候着来自御史台的消息。

直到下午时分，才终于有信使踏进了青王府的大门。

青王喝了一大口茶，走上前："如何？"

信使摇了摇头："陈御史只说了四个字。"

"你还给本王卖关子！直接说事，谁管他四个字五个字！"青王一脚把信使踹翻在地，"直接说！"

"是是是，属下失言！"信使急忙垂首，"陈御史说，此事难成！"

"难成？父皇不想杀百里洛陈？"青王退了三步，瘫倒在了椅子上,"不,这怎么可能?!当日本王去宫中见父皇,和他说百里洛陈谋逆之事的时候,他明明是很支持的,怎么到了现在,只差一步的时候,他却忽然不支持了?"

"为何难成?"青王身边的侍从问道。

信使摇头:"陈御史不愿意说。"

"哼!我们青王府还没有垮台,他就急着撇清关系吗?"侍从怒道,"不愿意说?那他收那些银子的时候,怎么没有不愿意?"

青王右手拄着额头,轻轻挥了挥手,有气无力地说道:"你先退下吧。"

"是是是!"信使如蒙大赦,急忙站起来往回走,可是才走出几步,就退了回来。

侍从怒道:"又怎么了?"

信使抬头看着前方喃喃道:"有……有客来……"

"什么客现在来?滚!"青王没好气地说道。

"王爷火气这么大?朝中之事风云变化,起起落落,都只是一时之势,不争一时得失,才能立于长久不败之地啊!"一个略显尖锐的声音在门边响起。

青王一愣,随后猛地抬头:"是你来了!掌册监浊洛公公!"

当初就是这个掌册监接近他,为他和大内最有权势的浊清大监牵线,其后也是浊清大监为他指明了一个凭借扳倒百里洛陈来获取圣心,最后得到皇储之位的办法。可以说,如今他所做的这一切,都是浊清大监一手谋划的,可是在这最关键的一段时间里,浊清大监却像是消失了,给到青王的消息永远是一个"等"字!

"终于等到你了!"青王的语气可以说是咬牙切齿。

浊洛公公笑了笑:"大监也是觉得时机等到了,所以让我来这里见王爷。"

学堂之中,百里东君和司空长风收起了兵器,擦了擦额头上的汗。

陈儒则轻轻拍了拍衣袖上的尘灰,微微一笑:"不错。"

司空长风索性将长枪一丢,整个人躺在了地上:"我们两个费了半天劲，力气都没了，先生左手一掌，右手一拳，未曾出三步之外，哪里不错了……"

百里东君走过去，倒了一大杯茶后一饮而尽："先生不是读书人吗？这么能打？"

"我毕竟是山前书院的院监，山前书院屹立江湖百年不倒，哪能都是读书人？我是这一代的护院人，当然能打！"陈儒走到了百里东君的身边，也给自己倒了一杯茶，"而且别看我看起来很是轻松，其实啊，也累得很。"

"看不出来。"司空长风苦笑。

"毕竟是读书人，山崩于前而面不改色，累，也要藏心中。"陈儒饮下一口茶。

百里东君忽然道："那您走了，山前书院下一代的护院人是谁？"

"谢宣啊！"陈儒笑道。

百里东君一愣："他？他除了读书，还会打架？"

司空长风挠了挠头："他说自己不会啊！"

"现在不会，可总有一天是会的。"陈儒幽幽地说道。

"太安帝他，是想立琅琊王为太子吧！"百里东君忽然道。

司空长风一惊，就算远离朝堂如他，也知道这句话代表着什么，他低声道："东君！"

陈儒轻轻一顿足，一阵风从脚尖掠出，方圆三十丈之内，一阵尘起，他微微点头："无人。"

"先生也怕提这些？我师父可是不怕。"百里东君神色不变。

陈儒仰头看天："李先生是超脱了凡俗的人，我不一样，仍是人间儒生。你为何会有方才所言？"

"我只是想到，让我们千里迢迢跑这一场，究竟谁会得到好处？"百里东君手指轻轻地敲着石桌，"叶将军之事后，皇帝和爷爷的关系本就算不上和睦，此番要御史台查我爷爷，不管如何，都只会让关系更坏。他若治我爷爷的罪，还能理解成下狠心想要收回军权，可他偏偏不打算治我爷爷的罪，那么他为了什么？告状的那位王爷此后会是我们镇西侯府的眼中钉，可护送爷爷来的琅琊王,一路之上恭敬有加,杀敌退敌,用生命换我爷爷安全……他日后必定是我们镇西侯府青睐的对象,而有我们镇西侯府的支持,胜过这天下的任何一位王侯!"

"分析得不错。"陈儒点了点头。

"皇帝也支持党争?"百里东君挑眉道。

"太安帝当年难道不是这般获得皇位的吗?"陈儒喝了一口茶,"就聊到这儿吧。"

百里东君退后一步,微微俯首:"知道了,先生。"

"这一年你真的变了很多,不仅是武功上,以前的你,可不会关心这些事。"陈儒看了百里东君一眼。

百里东君笑了笑:"这一年我在古尘师父的旧宅中住着,看了许多他留下的旧书。我以前不爱看书,现在想想还是先生您说得对,书中自有天下。"

"书中可知天下大,而天下究竟有多大,还得看自己脚下的路。"陈儒低了低头,"我来天启,也是想再开拓一下自己的天地。"

"许久没在学堂中吃饭了。"百里东君坐了下来,"晚饭就在这里吃了,先生觉得如何?"

"自然是好!"陈儒挥手道,"长风。"

百里东君四处环顾了一下:"还是有些冷清啊!雷二哥、洛轩哥他们都不在了。"

"清歌公子、柳月公子和墨尘公子都离开天启云游天下去了,他们生性属于江湖,不属于朝堂。"陈儒喝了口茶,"天启城的风向马上就要变了,留在这里,衣衫总是会弄脏的!"

"那先生……"百里东君好奇地问道,"也会支持琅琊王吗?"

"我是读书人,在哪儿都一样。"陈儒叹了口气,"而且琅琊王啊……他的处境可是十分为难!"

"不提了,烦心事。对了,雷二哥去哪了?听你所言,他可没去云游天下。"百里东君问道。

"雷梦杀的梦想是建功立业,战场之上得功勋,天启这条路是他自己选的,早已经不能回头!"陈儒沉声道,"他离开天启,是因为奉了命令,去找景玉王妃易文君的下落。"

"易文君，她走了？"百里东君瞬间站了起来。

"被人劫走了！那些人武功很高，动作也很迅速，景玉王府和琅琊王府几乎都没有来得及做出反应，人就已经离开天启城了，据说那些人最后到了南诀，然后就下落不明了。雷梦杀奉命出去寻她，至今还没回来。"陈儒缓缓道。

百里东君皱眉道："是叶鼎之做的吗？"

"暂时还不知道。那些人的实力太强，影宗宗主亲自出手都没能够拦下来，我认为不是叶鼎之做的。"陈儒沉声道，"但我觉得，此事会和叶鼎之有关系，甚至易文君最后去的地方，就是叶鼎之所在的地方！"

"这样吗？"百里东君坐了下来，低头沉吟道。

"你好像不是很高兴？"陈儒问道。

百里东君轻叹一声："总觉得……有些不安……"

天色很快就暗了下来，三个人就在院子里简单吃了顿晚饭，相比于陈儒口中已经出世可称圣人的李先生，他自己倒是过得清减多了，不过是一壶水酒，几个小菜，遥想李先生当年，顿顿有烧鸡，美酒不能少，真的是有些无趣啊……

百里东君咂巴了几下嘴，放下了筷子："我要回去了，司空长风，你今夜就留在学堂吧。"

"啊？为何？"司空长风疑惑道。

百里东君拍了拍他的肩膀："陈先生也算是你半个师父，许久未见，今晚好好讨教下武功，我们可能很快就要离开天启城了。"

"你们走，我还可以留着啊……"司空长风愣了愣。

"就这样吧。"陈儒按下了正欲站起来的司空长风，"路上小心！"

百里东君垂首道："先生放心，不会死！"

## 第二十章 · 巅峰之战

待百里东君踏出门之后,司空长风终于忍不住问道:"先生,东君为何故意要单独回去?"

陈儒眼睛往角落里微微一瞥:"看来他自己也已经察觉到了。"

角落中一袭白衣衣角飞扬,司空长风抬头一看,惊道:"师父!"

站在那里的正是李长生,他走到石桌边,先是看了一眼桌上的饭菜,露出了几分鄙视,再是看了看百里东君离去的方向,叹道:"是啊,不过这一次,他似乎想独自应对!"

司空长风不解道:"师父、陈先生,你们在说什么?"

"这一场纷争,太安帝不会动百里洛陈,但是我猜,他必定不会容下百里东君。君子之泽,三世而斩,对于北离萧氏来说,百里家的子孙,太优秀啦。"李长生打了个哈欠。

"东君有危险!"司空长风拿过长枪就要往外面走。

"莫急!"陈儒伸手拦住了他,看了李长生一眼。

李长生笑了笑:"别急,等。"

学堂之外,百里东君大踏步地往前走着。好像不管何时,他的出手总有人相助,雷梦杀、温壶酒、萧若风、叶鼎之、李长生……有他们在自己的身后，不管多强大的敌人出现，他都可以无所顾虑、无所畏惧，但是他们总有一天会不在自己的身边……终有一天，游走江湖，他的身边除了自己的刀与剑，再无他人！

"那么这一次，就让我看看，我的极限在哪里吧！"百里东君按出了腰间的不染尘，大喝一声，冲进了面前的长街之中。

那里站着一名身形魁梧的刀客，带着渔民一般的竹斗笠，微微俯首，杀气陡起。

"百里东君？"刀客低声道。

"就是你要来杀我？"百里东君俯身用手按住剑柄。

"是！"刀客沉声道。

"你也配！"百里东君一跃而出，一个瞬间，剑就已经到了刀客的面前。

瞬杀剑术。

百里东君从父亲那里习得这一套剑法已经许久了，但这一次他第一次用得如此迅猛、直接。

他从踏出学堂的那一刻，就在积累着心中的一股剑气，只等着这一刻——拔剑！

两人交错而过。

"铮"的一声，不染尘已经回鞘。

"啪"的一声，刀客的斗笠被一剑劈成了两半，摔落在了地上，而他的刀，不过只有一半的刃身被拔了出来。

"好剑术！"刀客嘴角僵硬地撇了撇。

"你的刀，我倒是见识不到了！"百里东君沉声道。

刀客收回了拔了一半的刀，足尖一点，急退三步，退到了墙边。他擦了擦嘴角的血迹，扬起了一张被一道刀疤贯穿的脸，冷笑道："公子莫急啊！"

一阵箫声忽然在墙头响起。

在这凉夜之中，婉婉动人，却也透露着几分肃杀之意。

一个持着玉箫的青衣男子站在了刀客身后的墙头，一个彩衣女子随后出现在他的身边，随箫声翩然而舞。刀客向前走出一步："是

的,我们就是'箫韶九成,凤凰来仪'!"

百里东君不为所动。

"江湖杀手榜上排名第四,我是刀客九成。"刀客补充道。

百里东君摇了摇头:"没听说过。"

百里东君并没有说谎,他习武不过短短数年,且一直没有真正行走过江湖,对这些根本没有什么了解,更何况,他一入江湖,接触的就是天下第一李长生、山前书院院监陈儒这样的人物……杀手榜上排名第四?

算什么东西!

百里东君一跃而起,长剑瞬出,直接就冲着那"凤凰"而去。

一身彩衣的女子盈盈一笑,伸出一只彩袖,冲着百里东君的长剑卷去。

"花里胡哨。"百里东君看都不看,长剑猛挥,将那些彩袖斩得粉碎。

只是长袖落下,银针飞出。

百里东君猛退,长剑一挥,将那些银针打落,站在了他们对面的屋檐上。

彩衣女子笑了笑:"公子的本事就只是一招瞬拔剑吗?真不够看呢……"

"不够看?"百里东君一笑,微微一个俯身,转瞬间再度掠到了彩衣女子的身边。彩衣女子一愣,急忙一袖子打去,可是那百里东君的身影却已经瞬间消失。

"够不够看!"百里东君一剑挥落,将那女子的彩袖就斩去一半。

"小心,是瞬影剑术!"站在墙下的刀客一跃而起,一刀把百里东君的剑打了回去。

"哟,刀拔出来了?也不过如此嘛!"百里东君足尖一点,轻轻一旋,"再看这一剑!这一剑是从我师兄那里学的,名曰天下第三!"

剑势已起,百里东君继续道:"我师兄说,我们的师父李长生有一剑招名叫天下第二,他不如师父,只可称天下第三,也就是说,李先生之下，剑术之下，便唯有他萧若风……我不服，还有我百里东君！你们，不够看的！"

剑气猛然厚重若泰山，横压直下！

彩衣女子和那刀客瞬间被剑气打得摔落了下去，随后稳住身子，却被那剑气强压而下，全都直不起腰来。

百里东君怒喝道："我就是要压得你们抬不起头来！"

"萧韶！"彩衣女子低喝道。

一声清婉的箫声再次响起，像是空中的风，忽然被人用手轻轻揽了一把。

那股压制而下的剑气，陡然消散。

男子站立在一旁，闭着眼睛，轻轻地吹动着玉箫，风微微掠过，吹起了他的几缕额间发。

彩衣女子和刀客终于得了一个喘息的机会，点足往后急掠而去。

百里东君笑着望向那个男子："原来你才是正主。"

男子不看他，依旧忘情地吹着玉箫。

百里东君想起了清歌公子洛轩，他似乎也会这魔音惑耳的功夫，虽然他没有教过自己如何破解这功夫，但总归一切出自那支玉箫……

打碎了即是！

不染尘剑光一闪，已经来到了男子的面前，但是忽然被一个其他的兵器夹住了，那兵器有点像一个爪子，也有点像农田里用来犁地的钉耙，拿着它挡在男子面前的，却是一个孩子。

"所以，你就是来仪了？"百里东君笑了笑。

"箫韶九成，凤凰来仪"，江湖上的人，还真是做作啊！

说起"做作"二字，百里东君不由得想起了自己的那位师兄清歌公子洛轩，每逢出场必先奏乐，现身后必要撒花，撒花后定是微笑，微笑后便是拈花，拈花后便是一句——

"你好，我是清歌公子洛轩。"

比起面前这些人带着渔人斗笠装高人，穿着彩色花衣名凤凰，还有个临敌吹曲的，清歌公子可谓在做作这方面，有过之而无不及了。

那么自己以后的出场该是什么样的呢?

必定是要喝酒的吧?

百里东君拿起腰间的酒壶,仰天先是喝了一口,他的酒壶是白玉所制,一看便不是凡品,那四人看到百里东君的这个动作,都吓了一跳,生怕那酒壶之中藏着什么厉害的杀器。

但百里东君真的只是喝了一口酒罢了。

总要有一句开场白吧。

我是百里东君?太寻常了,总要有些称呼。我是清歌公子洛轩,我是琅琊王萧若风,我是学堂李先生……那自己呢?我是乾东城小霸王百里东君?不行不行,这个名号以前还行,现在实在是叫不出口了,天下那么大,乾东城算什么?小霸王算什么?爷爷都叫杀神呢!

位于生死之间的百里东君,就这么走了神。

可那"箫韶九成,凤凰来仪"四个杀手却都不敢轻举妄动,都以为面前的这个奇招百出的年轻人在筹划着什么。

一时之间,气氛有些怪异。

四个人站在原地,屏气待动。

百里东君微微皱眉,陷入沉思,忽然一个想法闪过脑间,百里东君微微一笑,右手举起不染尘,左手拿起酒壶仰头就是一口,他将酒壶放下,微微一笑。

"你们好,我是酒仙,百里东君。"

"什么?"众人一愣。

"哈哈哈哈,妙哉!"百里东君一剑闪到那刀客身边,"你先退下吧!"

刀客怒喝一声,拔出长刀,直逼百里东君而去。

百里东君长剑一挥,看也不看,便将他的刀打落在地,随后猛地一脚,把他踢飞了出去。

刀客被一脚踢飞,撞在了石墙之上,顿时晕了过去。

百里东君又喝了一口酒,看了一眼那彩衣女子。

彩衣女子眼睛却是一亮,微微一笑,柔声唤道:"公子……"

那眼睛中似乎有一抹妖冶的红色闪过。

百里东君身形一滞。

彩衣女子眉眼更是温柔了："公子，可好生不知怜香惜玉啊……"

百里东君的目光也柔软了起来，将剑慢慢地放了下来。

彩衣女子踏出几步，走到了百里东君的面前，伸出一手轻轻地勾住百里东君的下巴，娇媚地说道："真是一个好看的少年郎呢……"

石墙之上，持着玉箫的男子再度吹起了一曲勾魂瘆人的曲子，那持着奇怪武器的小童站在他的身边，警惕地看着下方的场景。

"那人应该中了凤凰的媚术了吧？"小童低声道。

男子却没有回答，只是那曲子，调子越吹越是高昂。

彩衣女子的指尖泛出一道银光，停留在了百里东君的咽喉上。

"可惜了啊……"

彩衣女子手轻轻一划。

百里东君的喉咙却在此时猛然往后缩了一寸，随后百里东君张口，一口酒水喷了出来，冲着彩衣女子袭去。彩衣女子急退，却仍然被那酒水喷中了不少，她着急地擦拭着，一脸惊慌。

百里东君笑了笑："你应该庆幸遇到的不是我舅舅温壶酒，不然这酒中必定含毒，你的这一张漂亮的脸蛋，可就保不住了。"

彩衣女子有些恼怒，低喝道："你为什么没有中媚术？"

百里东君挠了挠头："我觉得这原因很简单啊。"

"什么？"彩衣女子又往后退了一步。

"你还不够……好看啊……"百里东君一副理所应当的表情，"所以当然诱惑不了我啊！"

彩衣女子一愣，那长剑就已经袭到了她的面前。

墙上的男子手中急动，箫声越发急促，额头上已经满是汗水。

下面这个人看上去如此年轻，可为何内功已经如此浑厚，自己的魔音惑耳已经吹了这么久了，为何一点效果都没有？

彩衣女子左右闪避，也满头大汗，她抬头喊道："箫韶，你在做什么！"

"这个箫声真好听啊，听得我也想踏歌而舞……其实我有一招

很厉害的,起剑而舞,但你们还不够资格。"百里东君轻叹一声,"见不到了!"

长街尽头的角落中,有一持着剑的蟒袍男子低头笑了一下:"这就是青王麾下豢养的杀手吗?'箫韶九成,凤凰来仪',竟是如此不济。"

"所以说青王比不上景玉王,更比不上琅琊王!莫说他们府中的高手,就单琅琊王自己,这里的谁又是他的对手!"他的身边,另一个衣着相同的瘦高男子回道。

"本以为今日只是旁观一下,却没想到真要出剑了……大监真是不待见我,给我这么难办的差事……杀镇西侯的独孙,真是疯了!"蟒袍男子微微摇头。

"我也想为大监分忧,可我武功平平啊!"瘦高男子轻叹道。

"好一个武功平平的掌册监!莫笑掉我的大牙。"蟒袍男子冷哼道。

瘦高男子换了个话题:"你觉得他们还能打多久?"

"十招之内吧,其实从一开始,那个叫百里东君的小子就已经掌握了战局。'箫韶九成,凤凰来仪',靠的就是一个魔音惑耳,一个凤凰媚术,加上九成的一刀夺命,以及来仪的生死出手。百里东君先是直接把他们的刀给打掉了锐气,然后又逼出了他们的生死之棋,期间还故意示弱让箫声和媚术困住自己,再寻机反击,破掉他们的信心……如今这四人,已经自己都不相信自己能够杀掉对方了。"蟒袍男子沉声道,"这个人,如大监所说,不可轻视!"

"我不喜欢杀人,即便你们是为杀我而来。"百里东君看了彩衣女子一眼,低声道,"走?"

女子一边退一边苦笑:"走?任务若失败了,青王又怎会放过我们!"

"哦?青王?有趣的名字。"百里东君轻轻跃起,"那就没有办法了!"

箫声忽然停了。

"凤凰!"男子放下了玉箫,大喝一声。

但是彩衣女子的喉咙却已经被不染尘抵住了,她退到墙边,瞠入了双眼，望着百里东君。

百里东君微微垂首："生死一念之间。"

男子从高墙之上跳了下来，声音急促："公子！还请公子不要杀她！"

"你还挺重情义？"百里东君似笑非笑，"这个时候难道不应该抛下她，赶紧逃命吗？"

那幼童微微俯身，双手攥紧了那奇怪的兵器。

"莫要妄动！"男子低声斥道，随后转头对百里东君讨好地一笑，"公子，我与凤凰自小相识，相依为命二十年，早已经难以割舍，还请公子高抬贵手，放我们一条生路……"

"如果现在你们用剑抵着我的喉咙，然后我求你们放我一条生路……"百里东君眉毛一抬，"你们会放过我吗？"

男子沉默不语。

那幼童脸上怒气更甚。

彩衣女子苦笑道："箫韶，你们走吧，不必管我。"

男子神色不忍，虽已知此事难以扭转，却仍然不甘心，说道："如果公子愿意放凤凰一条生路，吾等四人以后就是公子的奴仆了。"

"我不需要奴仆。"百里东君摇头道，"既然自己那么不愿意死，那么为何要夺走别人的性命呢？你们的命是命，别人的命也是命，每个人都有家人、朋友，他们死了，会有人为他们难过。"

男子叹了一声："人在江湖，身不由己！"

"放屁！"百里东君啐了一口，"我认识的江湖人，他们都只随本心做事，身不由己，不过是为了获取利益的借口罢了，江湖偌大，哪里没有容身之处！"百里东君收了剑，独自走到一边。

男子一愣："百里小公子这是？"

"逃吧！他们现在可能只是想一心杀我。不会太顾及你们，趁此机会，赶紧逃吧……"百里东君背过身去，不再看他们。

那小童眼睛一亮。

这一刻的百里东君，在他看来，浑身上下皆是破绽。

男子一把按住了小童，右手轻轻一揽，将那彩衣女子拉了过来，他低声道："凤凰，先去把九成扶起来。"

彩衣女子点了点头,走到那墙边,把昏死过去的刀客九成扶了起来。男子警惕地看着百里东君的背影,后背冷汗淋漓,他沉声道:"公子大恩,没齿难忘!"

"江湖很大,此处不由己,便去另一处。"百里东君背对着他们说道。

"箫韶记下了。"男子拉着小童往后退了十步,终于微微放下心来,一个转头便要起身离去。

殊不知,在他们舒了一口气的时候,百里东君也是长舒了一口气——

"第一次用高手的语气说话,真是有些紧张啊!"

但是那"箫韶九成,凤凰来仪"四人才刚刚起身,就见一道剑光闪过。

"留下!"一声怒喝响起。

彩衣女子急忙往下一坠,但被她拎着的刀客九成却被直接斩成了两截。她刚刚落地,就见另一边男子和小童也被那剑气所伤。小童勉强用那兵器挡了一下,随后吐出一口鲜血,倒在地上抽搐不已。

一个穿着紫衣蟒袍的男子从迷雾中走了出来,他低头看着倒在地上的四个杀手,眼神怜悯:"就你们啊,是什么江湖杀手榜来着?"

彩衣女子愤怒地转过身,望向百里东君:"你不是说放了我们吗?"

百里东君转过身,看着那蟒袍男子,神色漠然:"这位公公,穿着一身官服来杀人,是否太过于张扬了?"

蟒袍男子微微含笑:"那又如何?反正见到我的人,都不能活着离开这里!"

"你这么有信心?"百里东君紧紧地握住了手中的剑。

光从杀气上来说,方才那四人和这个穿着官服的太监相比,可真是相距甚远了。

"你是掌剑监,浊森!"名为箫韶的男子沉声道。

蟒袍男子叹了口气:"说出我的名字,不过是加快了自己的死罢了!"

萧韶转过头，对百里东君说道："此人为五大监之一，剑术极高，仅次于大监浊清，公子一人很难应付，不如我们三人联手。"

"罢了。"百里东君摇头道，"与你们联手，一个不留神，你们倒戈一击，用我的命换你们一条生路，那我成了鬼，找谁说理去？"

萧韶瞳孔微微一缩："公子不相信我们？"

"废话！"百里东君冷哼道。

虽然我看着很是善良，方才放了你们一条生路，可只因我不喜欢夺人性命啊！我毕竟曾是乾东城一霸，你们这些龌龊心思，我见得哪里又少了？

萧韶看了一眼凤凰，咬了咬牙："那公子就自求多福吧！"

浊森轻轻地"啧"了一下，似乎有些不耐烦："我方才说的都是废话吗？不管你们做什么，今日只要在这里见到我的人……都要死！"

浊森第二次拔剑。

百里东君依旧冷眼旁观，说实话，浊森的第一次出剑，他背对着他们，没有看到剑身，只是感受到了剑气。

这一次，他看到了剑。

好长的一把剑！

七尺剑！

只有帝王家的礼器才敢造出这么长的剑，平常人用这么长的剑，却是困难异常。

可越困难，也就代表着用出它的时候，越强大！

萧韶一顿地，浑身真气喷涌，他踏出一步，一拳搭在了那柄剑上。

原来他除了魔音之术，内力也如此醇厚。

"跑！"萧韶大喝一声。

凤凰没有半点犹豫，起身一跃，便要离去。

"可怜男子痴情，女子绝心啊！"百里东君幽幽地叹了一声。

"有什么用呢？"浊森收了剑。

萧韶用尽真气，倒在了一片血泊之中，他仰头看着那一袭彩衣

离去,意识渐渐模糊。

"凤……凤凰……"

然后就见那一袭彩衣坠下,重重地摔在了他的身边。

浊森的剑才真正地收入鞘中。

"你若留下来,或许我真的会放你们一条生路。"浊森笑了一下,"毕竟我也曾是个痴情的人啊!"

百里东君看着地上的两具尸体,冷笑:"太监!"

学堂之中,陈儒抬头看着天空,喃喃道:"快要下雨了。"

李长生坐下喝了口茶:"那我们更加可以放心了,那个小子的武功传自古尘,遇水则强。"

陈儒一愣,问道:"他如今的师父不是你吗?古尘的功夫再高,高得过你?你就没有教他点新的本事?"

李长生沉吟了一会儿后点了点头:"有的!我教了绣剑十九式,还有五虎断魂刀法!"

陈儒哭笑不得:"这哪用得了先生教,少林山下小卖铺中十个铜钱一本,童叟无欺。"

司空长风也是不解:"师父您都传我惊龙变这样绝世的枪法了,为何对东君却没有教什么厉害的武功?"

李长生反问道:"他缺厉害的武功吗?"

陈儒想了一下,没有说话。

李长生继续说了下去:"天下剑客无比向往的西楚剑歌,他父亲百里成风所练的瞬杀剑法,古尘自创的秋水诀,温家的毒术……哪一样不足以他横行天下?他缺的不是高明的武功,而是如何运用这些武功!上次西行开始,我就让他苦练最简单的剑法,就是因为……"

李长生顿了顿,司空长风听得很是认真,就连身为山前书院院监和天启学堂祭酒的陈儒也是微微垂首,表情恭敬得很,李长生很满意这个气氛,才继续说了下去:"剑法高低,招数只是其次,剑心才是最重要的!"

"砰"的一声,浊森连人带剑重重地撞在了墙上。

百里东君稳稳落地,手轻轻抹了一下不染尘的剑背,随后一挥,便闪过一道银光。

浊森重重地喘着粗气:"小子,剑法比我想象中要高。"

百里东君抬头看着他:"我真的很讨厌杀人,但今天,我真的很想你死!"

浊森擦了擦嘴角的血迹,眼神中闪过一道红光:"小子,可别太小看人了!天启城大内之中,我的剑,可是能排前十!"

百里东君冷笑:"燕雀!"

浊森一愣:"你说什么?"

百里东君举起剑:"前十又如何?前面不是还有人?何况只是区区大内!天启城有多大,北离有多大,天下有多大,大内前十又如何?真正的天下高手,还不是单手锤杀!而我不同了,我只看这天下!所以我说你,燕雀安知鸿鹄之志!"

百里东君说得激情澎湃,浊森听得却是有些心惊,他问道:"你如今能在天下排第几?"

百里东君想了想:"大概……一百?"

浊森皱眉:"你耍我!"

百里东君笑道:"但很快,我会入百晓堂的冠绝榜,他们都会知道我酒仙百里东君之名。"

"那也得看你有没有以后!"浊森一跃而起,刹那间眼神变得血红血红,七尺长剑竟也隐隐地透着几分血光,冲着百里东君刺了过来。

百里东君一剑迎上,却感觉到浊森那剑气比起方才要凌厉了很多,也要凶狠了许多,他一剑被打开,身子一侧,身形瞬间消失在原地,再次现身的时候已经在浊森的身后。

不染尘一剑劈下。

"叮"的一声,清脆的金属声响。

百里东君一惊,立刻持剑后退。

但那柄带着血光的七尺剑已经斩了过来,虽被他惊险地躲开,但七尺剑之上的血光之气仍然划破了他的衣襟。

"好剑，好剑法！"百里东君落地，赞叹道。

站在长街暗处观战的太监将手拢在了袖中，抖了抖肩膀。

看来今天的这场战斗，就要在这里结束了啊！

浊森望着百里东君，说道："你父亲百里成风，号称杀人不过十剑，你知道为什么吗？"

百里东君皱了皱眉："你还知道我父亲呢！"

"快剑成风，夺命十剑。我曾与你父亲交过手，我输了。"浊森缓缓说道，"他的剑只在一个快字，但是若十剑之后仍然没有得胜，那么此时他的对手就已经完全看穿了他的剑法，所谓的瞬剑杀人，已经不存在了……方才我们一共对了几剑？"

"不多不少，十一剑。"百里东君笑道，"公公是说我已经败了？"

"抱歉了，不会有第十三剑！"浊森怒喝一声，手中七尺长剑的剑身之上闪起妖冶诡异的红光。

红光一闪。

便是血光。

是时候了！

浊森公公露出一起冷笑，躲在暗处旁观的那个太监也是松了一口气。

百里东君在这生死之际，狠狠地握紧了手中之剑。

他已经很久没有用这套武功了，以前他只会这一套武功，他曾用此惊艳了许多用剑之人，也曾因此害得自己的师父身死孤院之中，后来他便藏起了这一套武功，只期待着某一天，他剑心终有所成，再用出这套剑法。

那么，就是现在了？

好！

起剑而舞！

长袖翻飞，剑气横流。

那一道道杀意满满的红光全都被不染尘打了出去，浊森公公的剑越挥越狠，可却再也进不了百里东君五步之内，既然不能进，他就只能退，可是这一退，所有方才的杀势都为之灰飞烟灭。

这是什么剑法？！

这是舞蹈，还是剑法？

为何剑气这么强！

浊森公公冷汗淋漓，越打越是心惊，心中升起一个可怕的想法。

江湖之上有很多剑法是起剑而舞的，但只有一套，那是他们习剑之人，都听过、仰慕过、向往过的，可是这怎么可能呢！那套剑法早已经失传了，可是眼前这个年轻人挥剑的样子，就像再次看到那个男子临世一般。

浊森公公咽了咽口水，颤声道："这该不会是……"

百里东君一剑落在石墙之上，在月下挥剑揽过一道月光："没错，这就是西楚剑歌！"

剑气起！

剑气再起！

浊森公公连退十步，七尺长剑之上的血光瞬剑黯淡了下去。

"你怎会西楚剑歌？！"他惊骇地问道。

怎么会！怎么可以会！

"所以你明白了，为何我看的，是天下了吗？"百里东君左手轻轻张开，右手持剑指地，傲然地望着浊森公公。

角落里的太监长吁了一口气。

西楚剑歌啊，不好办了啊！


"该去看看了。"

学堂之中，李先生忽然站了起来。

"到时候了吗？"陈儒问道。

李先生点了点头："那些替狗皇帝做这些脏事的，无非就是那几个太监，东君如今所学，打一个太监不是问题，但是若来多了，可也麻烦得很啊！"

"天启五大监，每一个都是大内排得上号的高手，东君如今居然能和其中之一相抗衡了？"

"除了浊清那个老怪物，其他人，不在话下。"

忽然有小雨落下。

百里东君站在雨中,一身白衣飞扬,他将右手的剑轻轻一扣,左手拿过腰间的酒壶,仰头喝下一口酒,他笑着看着下方的浊森公公:"我是酒仙,百里东君。"

少年风流气,当如是!

浊森公公摸了一把脸上的雨水,他带着一身杀意而来,本打算直接取了百里东君的人头离去,可他没想到百里东君居然如此之强,强得自己将血河剑法提升到了最强境界,却仍然不能获胜,还被打成了落水狗。

百里东君此刻越风流,浊森公公心中的恨意也就越强。

"浊洛,你还等在那里做什么!"浊森大喝一声。

角落里,一身蟒袍的瘦高太监走了出来,他笑道:"谁能想到,不可一世的掌剑监,会被一个小孩子打得不能还手呢?"

浊森怒道:"你刚刚也看到了,那是西楚剑歌!"

浊洛冲着现在石墙上的百里东君说道:"奴才掌册监浊洛,奴才武功平平,所以方才只敢旁观,不敢出手。"

百里东君笑了笑:"好一个武功平平!"

虽然面前这个刚出现的太监没有浊森公公那般凌厉的杀气,反而是笑眯眯的,一身和气,但直觉告诉百里东君,这个太监,一定更加可怕!如今下了雨,习练秋水诀心法的他,遇水则强,但胜过一个掌剑监,已经用尽了浑身解数,再来一个,只靠这"遇水则强"四个字,怕还是不够。

"我武功虽然不高,但我觉得两个打一个,公子没什么胜算!"浊洛微微笑着。

百里东君左手轻抬,揽过一片雨水,凝结成了一把水剑的模样,他点头道:"一个我打不过,那再加两把剑呢?"

浊森公公冷笑道:"乱七八糟的招数还真多!"

"动手!"浊洛忽然张开双手,周围的雨水在瞬间蒸发成了水雾。

七尺长剑之上再度闪过血光。

浊森公公一跃而起,落在百里东君的身后,血光一闪,斩下后,百里东君的身形忽然消失不见。

百里东君再次现身时已经在十步之外，他刚刚落地，身后就出现一个温和的声音。

"在这里哦！"

百里东君一惊，左手水剑向后一刺。

浊洛公公直接一掌打了过来，那水剑就这么一点点在他的手中蒸发成了水汽，随后浊洛手再轻轻一抬，满袖水雾忽然凝结了一把把冰刃，他轻轻一挥，就冲着百里东君打了过去。

百里东君举起不染尘舞起绝世剑舞，将那些冰刃全都打落在地，他退了五步，止住身后微微抬头，沉声道："武功平平？"

浊洛公公倒是一脸谦逊，将手拢在袖中："不过是一些小把戏罢了。"

浊森公公却是一脸惊讶："冰火掌？你已经练成了？"

浊洛笑道："略有小成。"

"一个打不过，就来两个，这一招我以前也用过，现在看来是报应不爽了，不过啊，你们既然能找来帮手……"百里东君长袖一挥，"我也能！"

"放心，他们不会来了！"

学堂之外，一辆马车静静地停靠在那里。

陈儒面无表情地说道："大监深夜到访，有何贵干？"

马车的帷幕被掀起，一名年轻的太监急忙伸手将马车中的人给搀了下来。

五大监之首，浊清公公。

"自然想与陈儒先和李先生，好好讨教一番。"浊清公公微微笑道。

"看着是不打算让路了？"陈儒冷哼一声。

"这么晚了，又要去哪里？"浊清公公反问道，"我受陛下之命，前来询问学堂近况，陈先生却要赶课吗？瑾宣，这合规矩吗？"

旁边的年轻太监垂首道："回大监，不合规矩。"

陈儒微微皱眉。

浊清的武功深不可测，据说是如今的大内第一高手，而他身边

的这个年轻太监，应当是他的嫡传弟子，也就是未来的大监第一人选——瑾宣。关于这个年轻太监，他也听闻过不少传闻，据说武功仅在浊清之下，比起浊洛、浊森等人不遑多让……看来浊清这是下定决心要堵他们的路了。

司空长风一把握住了长枪，只等陈儒一声令下，就挥枪上前，他不是学堂的人，也不是镇西侯府的人，他所做的，就是挥枪、收枪就可以了。

剑拔弩张间，忽然有个人打了个哈欠，那白发中年人伸着懒腰从陈儒后方走了出来。

"真当我不存在？"

他放开手臂，眼睛无精打采地盯着浊清。

浊清公公笑道："我与李先生同朝为官也有十余年了，虽然我们见面不多，但每一次见面我都印象很深……你很像，但你不是！"

"怎么听着……有点感动？"李长生转头，看了陈儒一眼。

饶是定力稳如陈儒，此刻都忍不住笑了一下。

司空长风更是乐得肩膀不停地抖动。

浊清眼睛微微眯起："你们笑什么？"

"是不是觉得光凭一个陈儒，一个司空长风，打不过你们师徒二人？"李长生忽然道，"虽然我觉得也是，但是一个假扮李长生的人会不会比李长生还厉害？"

浊清摸了摸手中的玉扳指："试试？"

李长生叹了口气："你猜对了，我的确不是李长生，我脸上戴的是人皮面具。"说完后，他伸手一把将脸上的人皮面具给撕了下来，露出一张年轻俊美的脸庞，最多不过十七八岁而已。

浊清一笑，果真如此。

年轻的男子对浊清伸出一手："我叫南宫春水，是个儒雅的读书人。"

然后脚下一顿。

风，忽起。

脚下十丈之内，顿成一片荒芜。

场间众人，最惊讶的莫过于陈儒，几个时辰前，他与李长生相见，相谈了许久，此人无论是言行举止，还是行事作风都和他记忆里的李长生没有半点不同，再加上他与百里东君、司空长风同行，所以自己连怀疑的想法都没有过。

可现在，眼前的这个年轻人又是谁？

陈儒望向司空长风，司空长风挠了挠头，不知道该如何回答，只是说："自己人。"

"好。"陈儒点了点头，可虽说是自己人，但不是李长生本人，终究是少了几分底气，尽管方才这南宫春水那轻轻一顿足，就显现出了天境宗师的气派。

这么年轻的天境宗师啊！

浊清的神色流露出了几分惊讶，但也是一闪而过，他笑道："看来你还有几分本事！"

南宫春水伸了个懒腰："不愧是浊清大监啊，我这一手天境修为也入不了你的眼？"

"半步神游之下，六掌之内可杀。"浊清伸出一掌，语气平静。

陈儒心中微微一动。

神游玄境几乎从未有人达到，逍遥天境之中，修为仍有高低之分，最高的就是半步神游，只是半步神游很少真的出现过，陈儒身为山前书院院监，修为仍只达到了大逍遥境，可听浊清的意思，他已经是半步神游了。

"半步神游啊，不错。"南宫春水点了点头。

浊清右掌往下一翻，身上紫气流转。

"九重虚怀功，当得起半步神游四个字。"南宫春水右手一伸，"那我就压一境，来打你！"

"狂妄！"浊清大清怒喝一声，身形瞬间消失，闪到南宫春水的面前，手掌之中紫气流转，抚顶而下。

浊清大监素来在五大监之中以沉稳谨慎著称，所以话一般不说得太满，他说六掌之内可杀，实则，也便是一掌！

你年纪不过十几，这逍遥天境的门槛最多不过是刚刚摸到罢了，这一掌便足够了！

"借剑一用！"南宫春水同时张开右手，大喝一声。

只不过才说到"剑"字,陈儒的腰间剑就已经夺鞘而出。

陈儒佩剑传自山前书院,名"不言",随身所配已有三十年,早就剑心相通,而这是他头一次自己都没来得及握住剑柄,剑就已经夺鞘而出,直奔那南宫春水而去,可南宫春水双手却忽然缚在身后,只是头轻轻一扬。

长剑飞起,将那紫气弥漫的一掌打退了出去。

"昔日仙人抚我顶,结发受了长生,可你是什么东西?你也配摸我的脑袋?"

南宫春水冷笑道。

浊清被一剑打起,再打起!

原本不过咫尺之距,却被南宫春水这一剑打到了三层楼那么高。

紫气流转,剑气飞扬。

可饶是这样,浊清却仍旧没有退,因为他不愿意退。

神功大成,此一退,只是一步,可境界流泻却可能是八千里!

"你死!"浊清双袖狂舞,一身真气疯狂流转,如山崩之势,直压而下。

那柄清秀细长的"不言"剑终于止了去势,被那一掌接着一掌打了下来,剑身颤抖,眼看就要折了。

陈儒微微皱眉,虽然心中颇有些焦急,可见南宫春水一脸从容,没有说话,便也忍住没有动。

南宫春水看了他一眼:"君子藏器于身,伺机而动,不动如山,动若雷霆……不愧是山前书院的这一代院监!"

陈儒在心里翻了个白眼,心想你个小年轻,方才演了一会儿李长生,还上瘾了不是?在这里一副教训晚辈的语气算怎么回事?

南宫春水在此时抬起头,无可奈何地说道:"够了!"

他伸出一手,一把握住了"不言"剑,随后右手一抡,将那剑气和紫色真气全都打了出去。

长街五里,一条沟壑,三丈之深,陡然而起!

"我们这一次,应当是过往三十年内,最巅峰的一场对决了。"南宫春水的年龄看起来在场间最小,口气却是最大。

浊清收了掌,站在原地。

没有进一步，也没有退一步。

只不过南宫春水气定神闲，他却已经汗流浃背。

"你到底是谁？"浊清低声问道。

"我不是已经说了？我叫南宫春水，是个儒雅的读书人。"南宫春水无奈道。

"你方才的修为，也是半步神游境！"浊清吐出一口浊气，心中的那股郁结之气渐渐散去。

"半步神游也仍然是逍遥天境，我说了压一境和你打，我可没有骗人啊！"南宫春水开口解释道。

"你的意思是，你是神游玄境的高手了？"浊清皱眉道。

"你们这些江湖人，总是爱纠结一些境界，高手四境，一境四阶，是百晓堂那小毛孩子分出来的，你们这些老江湖却一个个都认他……想我当年，天下武学，一共分十七境，每几十年就换一个说法，来来回回其实都没有太大的意义，难不成，两人见面，互报境界，你高我一点，那不用打，你就赢了？还是得看真打！我见过金刚杀逍遥，也见过自在称第一，意义不大的。"南宫春水完全不顾众人的眼神越来越怪异，说得很是兴起，"不过啊，你有一句说对了。"

浊清冷笑："哪一句？"

"我的确是神游玄境的高手！"南宫春水将那柄不言剑丢回了陈儒的剑鞘中，随后手轻轻一压。

浊清大监坐的那辆马车瞬间崩塌，那匹马整个倒在了地上。

浊清大监一愣，随后就感觉到一股强大的力量从天而降，将他整个人都压了下去。他身旁的弟子瑾宣忽然单膝跪地，豆粒大的汗珠一颗颗地往下掉。浊清自己也很不好受，用尽全力才勉强没有弯腰。

"你这徒弟定力还不错，我本来以为会和那匹马一样倒在地上呢！"南宫春水笑道。

浊清艰难地站着，在境界的绝对压制之下，连说话都显得有些吃力了。

"你……你是李长生！"

南宫春水手指轻轻一弹,压制瞬间消失,可浊清刚刚喘了口气,就被那一指给弹了出去。

"要和你说多少遍,我叫南宫春水!"

半步神游之下,六掌之内可杀。

"神游之下,不过一指。"陈儒低声道。

任凭在场众人如何不信,但此刻南宫春水展现出来的境界,的确是货真价实的神游玄境了。

"大内第一高手也不过如此,我先走了。"南宫春水笑了笑,看向司空长风,"你留在天启城,还有很重要的事情交给你做,我留了封信在行馆,信上有我这几年对你的嘱托和一本心法。"

"遵命,师父!"司空长风垂首道。

此刻的南宫春水,白袍飞扬,白发纷飞,神游玄境之威势大开,仿佛仙人临世,这个人时候他说的话,司空长风只有应的份,连提问为什么的勇气都没有。

"东君,我会带走,他会随我在雪月城中修习几年……让你独自留在天启城,却带着东君离开,你会不会觉得师父有些偏心?"南宫春水笑问道。

司空长风摇头道:"师父安排,自有道理……更何况,就算和师父住在一起,师父也……"

南宫春水眉毛一挑。

"也不会教我们的……"司空长风说了下去。

南宫春水长袖一挥,不言剑重新回到了鞘中,点了点头:"孺子可教也。"

如今的学堂祭酒陈儒在心中翻了个白眼,这是多厚脸皮的先生啊!这样也能说出"孺子可教也"的话来……

南宫春水看了他一眼:"陈儒先生。"

陈儒轻叹道:"我们相识这么多年,就不用和我装模作样了吧?"

"哈哈哈哈哈,李长生也好,南宫春水也罢,如今你是学堂祭酒,这一声先生,应当要叫的,山高水远,我们后会有期。"南宫春水抱拳道,随即转过身,看了一眼浊清。

已经是睥睨世间的高手了，却努力了许久也没有憋出一点反击的机会。

"昔日天下武学十七境，我当年到了十四境，如今才算十六境吧，也就是你们所说的神游玄境中的大神游。不用觉得输得冤，我们差的不只是一个境界。"南宫春水对他伸出一根手指，轻轻地晃了晃，"想和我打，先回去再练两百年！"

浊清冷笑道："你还有心思在这里与我说话？你真对你那徒弟这么有信心？"

"其实对他的武功没什么信心，但他不会死的。有的人一看命就厚，有的人一看就心比天高、命比纸薄，比如你。"南宫春水大笑道，"你六岁入宫，心有不甘，三十年练成神功盖世，本以为能横行间，却偏偏遇到了我，真是惨啊……现在的你，我弹指可杀！"

浊清咬了咬牙，却始终无法挣脱那种束缚。

南宫春水一甩袖，浊清感觉浑身一阵轻松，可刚刚抬头，就被南宫春水一掌按住了脑袋。

"我不杀你，就当给太安帝那家伙最后一个面子。我也留了一封信给你，回去好好看一看，要好好看！不然……你有没有听说过神游玄境，可千里杀人？"

浊清双拳紧握，却终究还是低下了头："浊清，记下了！"

"好！半步神游还是有些太过了，大逍遥足够！"南宫春水一掌拍下。

浊清大监瞬间晕了过去，徒弟瑾宣急忙跑过去扶住了他。

"记得提醒你师父，好好看那封信。"南宫春水看了瑾宣一眼。

瑾宣急忙垂首："瑾宣明白！"

陈儒沉声道："真的不杀！两个留着都是不小的祸害！"

"你不是个读书人吗？读书人慈悲为怀，怎么可以杀人？"南宫春水皱眉道。

陈儒按住了腰间长剑："你说的那是出家人，我们读书人若拿剑，杀的都是小人，朝堂之上，一言可诛万人。"

"别杀了，要杀等我走了，你凭自己本事杀。"南宫春水挥了

挥手。

陈儒也就放下了手。

"走了走了。"南宫春水最后看了学堂的牌匾一眼,叹道,"我的小先生啊,我就只能帮你到这里了……"他足尖一点,朝着学堂后面的方向掠去。

司空长风一惊:"师父,东君应当是往前面那个方向走了!"

"我不去寻他,你们去吧,就说我和他在城门相会,我先去见一下你师姐!如果他死了,就路边找个坑埋了,我没这么没用的徒弟!"李长生挥手道。

司空长风一愣:"我师姐?我什么时候有个师姐了?"

深夜,雷宅。

一身白衣的女子坐在月下,看着远处的方向,怅然若思。

雷梦杀这一去,也已经有数月了,如今却仍旧是一点消息都没有传回来,他临行前明显是一身的不情愿,说白了这是一个"强抢民女"的活,但是琅琊王又信不过别人,所以只能让他来走这一趟。

"我来天启可是要当将军的,怎么感觉现在像是个密探了?"

李心月想起了雷梦杀的这句话,不由得笑了。

但是瞬间,笑容就收了回去。

"铮"的一声,一柄长剑从她身旁脱鞘而出,直接落在了她的手中。

"剑心有月,睡梦杀人。"一身白衣的南宫春水落在了院中,嘴角微扬,"心剑合一,果然是敏锐啊!"

李心月冷冷地望着他:"你是谁?"

"在下南宫春水,慕名来见一下心剑传人……和她的女儿……"南宫春水笑得温文尔雅。

李心月身上的剑气却更加凌厉了:"你见我女儿做什么?"

"实不相瞒,我和你女儿有约定,她是我的徒弟。"南宫春水挠了挠头。

"满口胡言!"李心月长剑一挥,心剑万千,冲着南宫春水当头砸下。

南宫春水长袖一挥，任你如潮剑气，全都收入囊中，他退了一步，正色道："我说的是真的！"

李心月却心中大惊，眼前之人如此轻易就化去了自己用了八分剑气的剑，真是功夫深不可测！

"娘亲，怎么了？"房门被轻轻推开，年轻的女孩揉了揉眼睛，一脸困意地看着她们。

"寒衣，快回去！"李心月急道。

南宫春水笑着望向她："寒衣，许久不见了。"

小女孩闻声扭过头望着南宫春水，打量了半天忽然道："李爷爷，您怎么变年轻了？"

南宫春水一愣，气笑道："什么李爷爷……叫师父！"

## 第二十一章·名扬天下

"你的帮手到了吗?"浊洛公公一掌挥下,穿过百里东君的身影打在了地上,整整一丈范围之内瞬间染上了一层霜寒。

百里东君点足后撤,长剑狂甩,漫天剑气穿行在雨水之中,即便是两位大太监联手,也依然不得破,只是这样的剑气,还能支撑多久!

"再快一点!还能再快一点!"

浊森公公停了攻势,忽然退了一步,他长剑一翻,看了一眼剑身。

"怎么了?"浊洛公公问道。

"剑身上,崩了一个口子!"浊森公公沉声道。

"了不得的小子啊!只不过越了不起,越证明了我们今天来杀他,是正确的!"浊洛公公冷笑道,"他必须死!不死,必留后患!"

"他的剑气已经是强弩之末了,他还在等他的援兵。"浊森公公转头看了一眼。

"放心,他不会有援兵的。"浊洛公公低声道,"大监亲自出手,就算是学堂祭酒,但毕竟不是李先生,打不过大监的!"

"可是为什么我有些不安?"浊森公公忽然将剑放下,皱眉看着前方,"你有没有听到……地好像在震?"

"地?在震?"浊洛公公一愣,脚轻轻

在地上一踏，然后看了浊森一眼。

两人同时暴喝一声，一跃而起！

脚下地面整个被掀了起来！

"小白！"百里东君大喊一声。

只见一条通体莹白如玉，身长足有十丈的巨蛇冲破了地面，一跃而起，它冲着跃在空中的二人张开了血盆大口，吐出一口浊气。浊洛和浊森都畏惧那浊气中可能含着的剧毒，在空中一个翻转，跃出了十丈开外。白色巨蛇虽然巨大，可行动却灵活无比，一个转身在地上一转，来到了百里东君的身边，将头垂下。百里东君伸出右手，轻轻地挠了挠白蛇的下巴，笑道："没事，不晚不晚，来得刚刚好。"

"这是……"浊森公公瞳孔微缩。

"头有犄角、身长十丈、通体莹白，这样的蛇天底下只有一条，就是温家已经豢养了百年之久的白琉璃，拥有它的人，理应是温家家主温临。"浊洛公公沉声道。

"这家伙是李长生的徒弟，也是百里洛陈的孙子，怎么还跟温家有关系？"浊森公公疑惑道。

"你一心只练剑，连温络玉是这家伙的母亲都不知道吗？温络玉可是温临最爱惜的女儿，这家伙是温临的外孙啊！"浊洛公公叹了口气，"只是没想到，竟然把温家镇家之宝都送给他了……"

"外公说是送给我当礼物，但我知道，总有一天你还是会回到温家去的。"百里东君摸了摸白蛇的头，"只不过在那之前，还需要你陪我一同……教训一下这些恶人！你们不是说我不会有救兵吗？这就是我的救兵！"

"没想到侯爷一路进天启，不仅有护卫兵士，还有白蛇护驾……可是终究不过是一条畜生罢了！"浊森公公冷笑道。

浊洛却忽然收了掌，低声道："既然到了这个份儿上，就不必再打下去了，不过是两败俱伤的结局。"

浊森一愣："要收手？大监的命令中，可没有收手二字！"

"命令是我传达的，我说收手，便收手了。"浊洛低声道。

百里东君微微笑了一下："你终于发现了？"

浊洛眼睛往屋檐上微微瞥了一下:"藏得可真是深啊!"

百里东君点头:"是很深,甚至连我,都是刚刚发现的。"

"小公子是否愿意就此收手呢?"浊洛又换上了那一副和善的笑容。

"不愿意!"百里东君也是笑得如沐春风,可语气却是冰冷直接,"你想杀我就杀我,杀不了我就想走?"

"那小公子想如何?"浊洛平静地说道。

"再来最后一剑吧!"百里东君朗声道,"这一剑,我会用全力杀你们,你们也用全力来杀我,其后生死伤残,两不相干!如何?"

"既然公子都这么说了……"浊洛双手轻轻一抬,一手水气弥漫,一手霜气缭绕,真正的冰火双重。

浊森公公重新提起了七尺剑:"只此一剑!"

百里东君摸了摸白琉璃的头:"小白啊小白,我创了这一剑,这一剑需要你来配合。"

白琉璃伸出舌头,发出了"嘶嘶"的声音,像是在回应着他。

"据说你是蛟龙之属,等到五百年后,便能入江过海,化身为龙?那我这一招,就叫乘云化龙吧!"百里东君一脚踏在白琉璃的脑袋上,随后高高跃起,长剑一旋,整个人似化身一条长蛇,直冲而下。

白琉璃长尾一扫,将浊洛和浊森二人也逼得连连跃起退后,毫无踏足之地。

屋檐之上,有一女子低低地笑了一声:"真是好臭屁的名字啊!"

不染尘破空而出。

剑气划破长空,发出如猛兽咆哮般的声音。

恍若龙吟!

浊洛也跃在空中,双拳打出。

浊森的七尺剑上血光乍现,也横劈而出。

两个人也都用出了自己的绝杀之术,因为他们发现百里东君的这一剑,缺点太过于明显了。

这一剑，只有进，没有退，只有攻，没有守……

破绽百出！

方才百里东君用了萧若风所创的天下第三和百里成风所传的瞬杀剑法，还有古尘的西楚剑歌，每一招都令人惊艳万分，可毕竟都是成熟的剑客所创，以他这个年纪，以他对剑道的理解，一用出自己所创的剑法，就是如此稚嫩、可笑！

浊森笑了笑，自己的剑术输了，可对剑道的理解犹在百里东君之上。

剑，百兵之君，攻守兼备，才是正道。

剑走偏锋，便是死路一条！

百里东君却浑然不觉，他张开双袖，剑气喷涌而下。

"不好！"浊森低喝一声，想要收回剑势，可已经来不及了。

百里东君的身后不知何时出现了一名白衣女子，长裙翻飞，曼妙得如同湖边的涟漪，那女子伸开双手，左右双手中更是一把耀眼夺目的梅花针。

"我的身后，就交给你来守护了！"

百里东君闭上了眼睛，长剑一落而下！

其实一切的发生，不过是一个吐纳的时间。

吸入一口气，却也有可能一口气就这么咽下去。

变了却了此生。

梅花针悉数飞出，银光闪现。

不染尘剑身之上寒光大盛，随后又渐渐熄灭……

雨停了。

百里东君将剑插在地上，抬头看了看天，长长地吐出一口气。

真正的生死之间啊！

白衣女子也缓缓落地，她一指弹去了衣裳的雨水，微微抬头。她的脸上蒙着一张白色的面纱，看不到具体的容貌，也没有说话，只是穿过百里东君，看着站在那里的两个太监。

浊洛公公收了掌，也是缓缓吐出一口浊气，左右双手的寒暖之气也消散殆尽，他苦笑一声："小公子年少有为，不仅自己武功高深，还有如此佳人护卫在旁……"

"砰"的一声,七尺剑摔落在了地上。

浊森公公单膝跪地,左手使劲地捂住了右手腕处的经脉,但是鲜血仍然是源源不断地喷涌而出,将他附近的那一整片土地都染得通红通红,他摇了摇头,抬头愤怒地看着百里东君:"小公子,好手段!"

"还不够!我本想杀你,可如今,不过是让你无法再用剑罢了。"百里东君收起不染尘,"但我说过这是最后一剑,那么便是最后一剑了!你们走吧,我不杀你们。"

浊森公公冷笑道:"小公子年纪不大,口气却是真大。"

"你这人是不是有毛病?"百里东君冷冷地望了他一眼,"你来杀我,但是杀不掉,我能杀你,现在只废了你一只手,你还在这里不满什么?要滚就滚,不滚我就喊巡街校尉来,你这也算当众杀人了,关你进大理寺杀个头你才乐意?"

百里东君就是这样的一个人,有时候儒雅如世家公子,有时候风流若江湖剑仙,但偶尔,也真是一个乾东城的小霸王,蛮横无理。

掌册监浊洛公公上前扶起了浊森,同时拿起了那把七尺剑:"小公子,告辞!"

"下次见面,还是杀我?"百里东君反问道。

"但愿不是!"浊洛公公拎起浊森,后退了三步,转身抬步离去,一步也没有回头。

长街之外,一辆马车停靠在那里。

浊洛和浊森看到马车之后,身子都微微一颤,那种恐惧是他们无法克制的,几近于本能的一种反应。马车停靠在那里,没有人从上面走下来,只有一个年轻的太监执着马鞭,望向他们。

浊洛带着浊森走了过去,浊森垂首道:"有负大监所托,我们败了!"

马车之内,无人回应。

浊洛背后冷汗淋漓:"大监替我们二人拦住了学堂的那些人,可我们两人合力仍然没能杀得了百里东君,甚至浊森还受了重伤……浊洛愿意受罚,请大监降罪!"

"不必了。"马车之内,传来一个略显疲倦的声音。

浊洛和浊森相视一眼，都有些难以置信。

"百里东君此人以后不必再管了，陛下那边我会去解释，浊森去找陈太医医治下右手……这一次，是我算错了，你们不必自责！"马车中的浊清公公轻叹一声。

浊洛看向瑾宣，似乎想从他身上寻到一个答案。

瑾宣却只是轻轻一扬马鞭，马车就这样徐徐离开。

师父的锐气被一掌按下去了啊！

瑾宣在心中低低地叹了一声。

长街之上，百里东君忽然转身，左手伸出一掌，就要去抓那白衣女子的面纱。

这一招来得极为迅疾，比起方才对阵两位太监的时候，可没有慢上分毫。

女子却像是早就料到了一般，点足后撤，一下子就退到了十步之外。

"你究竟是谁？"百里东君皱眉道，"你从乾东城一路跟随我来了这里？"

女子不言不语，风吹起面纱，容貌若隐若现。

"你的眼睛很漂亮。"百里东君低声道，"很像我的一个朋友，所以我想拿走你的面纱，看看你面纱下的脸……"

"是不是相貌平平？"女子忽然道，声音嘶哑，似乎是刻意装出来的。

"你果然是王月！"百里东君向前一步，"你为何武功这么高？你为何一路跟着我，却不现身？"

女子又退了几步，轻轻摇了摇头。

"别摇头了，你就是王月！"百里东君又往前追了过去，伸手就要抓女子的面纱。

可那女子却一步退到了屋檐之上，裙角飞扬，她冲着百里东君笑了一下。

虽然看不到她笑的样子，但她的眼睛却的确是在那一刻，变成了一弯月牙，然后一个转身，便消失在了那里。

"王月！王月！"百里东君沿着长街一边跑一边喊了起来，可

是无人回应，只有白琉璃扭动着身子快速地跟了上来。

百里东君灵机一动，喊道："小白，你过去把她给我绑起来！"

突然一个人懒懒地打了一声哈欠。

紧接着有一巴掌打在了百里东君的脑门上。

"喊喊喊，瞎喊什么？女孩子是这么追的吗？"南宫春水出现在了他的身后，打了一下他的脑袋后，一把按住了他的肩膀。

"师父，您怎么把面具撕了？"百里东君疑惑道。

南宫春水摸了一下自己的脸："毕竟是假的嘛，李先生已经死了，如今只有南宫春水。"

百里东君点了点头："师父，我有个朋友一直跟着我们，刚刚现了身，我要去把她追回来，问个清楚。"

"问个什么？人家姑娘不想见你，你还硬要揭她面纱？这可不是读书人所为……别追了，走了走了。"南宫春水摆手道。

百里东君一愣："去哪里？回驿站吗？"

"回什么驿站！去雪月城了。"南宫春水一副恨铁不成钢的表情，"这天启城的事到这儿也该了结了，还留在这里做什么？和我回雪月城，以后只做江湖客，不理朝堂事，如何？"

"那自然是好。"百里东君毫不犹豫地说道。

"你家可是世袭罔替，以后能做侯爷的……不做了？"南宫春水问道。

"难道要我领兵打仗？那可做不来……"百里东君摇头。

"侯爷呀，一人之下万人之上，你就这么放弃还真有些不好意思……这样吧，我和娘子说一下，以后这雪月城的城主让你来当，如何？"南宫春水又问道。

"听师父的。"百里东君回道。

"那就走吧！桃李春风一杯酒，江湖夜雨十年灯……我们，回江湖！"

南宫春水白袖纷飞，若仙人驭风，朝着西面方向扬长而去。

百里东君则紧跟其后，路过行馆之后，大喝了一声："走了！"

百里洛陈坐在屋内，一口一口地喝着酒，茶虽醇厚却终究无味……这个时候，还是应该喝酒。

百里家三代都是英雄，列不列王侯，又有何惧？

天启城皇宫之内，太安帝一身金色龙袍随风而扬，他站在皇宫中最高的映月台上，看着远处，叹了口气："国师啊，我这一番谋划，可是有些稚气了？"

白发白须却面如冠玉的国师齐天尘站在他的身旁，轻轻甩了下手中的白色拂尘，笑道："陛下的谋划不算是稚气，都是为了北离，只不过陛下的眼光，终究看的是这几十年。"

"那李长生，看的却是几百年吧！"太安帝叹了口气。

"如陛下所言，天尘查阅了藏书楼里所有的先代古籍，李先生应当是北离护国人！无论是培养出琅琊王这样的绝世之才，还是将天生良才的百里东君收作弟子，都是他的护国谋划！"齐天尘回道。

"世上真有人能活几百年吗？"太安帝喃喃道。

"吾等道门仙家，确实有地仙之流，可活过百年已是不易，能活几百年的，必是付出了常人难以接受的代价，也要接受常人难以承付的责任！"齐天尘沉声道。

"孤明白了。"太安帝轻轻地咳嗽了一下。

南宫春水和百里东君就这么一前一后穿过了天启城的城门，然后就遇到了一匹慢悠悠晃行着的马，马上有个仰头喝着闷酒的年轻人，一边行着一边骂着。

"什么破事都交给我，早知道是这样，还不如回雷门老家，以我的能力，当不上门主，怎么着也是个长老！可恶的萧若风，劳什子的琅琊王，说白了还不是我的小师弟？哦，现在多了一个百里东君了，只能说是我第二小的师弟了，可我是二师兄啊！能不能尊敬我一些，让我去抓逃了亲的小娘子？拜托，这种事六扇门都懒得管好吗？还有那个叶鼎之，那可是我最崇拜的叶羽将军的儿子啊！我能去抓他吗？"

那人边喝边说："唉，晃了一趟江南，美景也是看了无数，反正人是没有的，大不了不当什么将军了，回雷门和老祖宗认个错……"

南宫春水看了百里东君一眼,百里东君摸了摸额头,这个二师兄,就连他这个小师弟,看了都觉得丢脸啊!

南宫春水叹了口气:"雷二!"

听到一个熟悉的声音,一个熟悉的称呼,坐在马上的雷梦杀浑身一颤,整个身子都直了起来,他这才看向前方,打量起面前的两人,先是看到了熟悉的百里东君,他展颜大笑:"小百里,你怎么来了?"随后又看了一眼南宫春水,一脸困惑,"这位小弟是谁?"

"是你大爷!"南宫春水笑骂道。

"还真是虎落平阳被犬欺,长久不在天启城,这小小少年,也敢对我喷粪?"雷梦杀怒道,"我可是灼墨公子雷梦杀,也是学堂二师兄,李先生的亲传弟子!"

"亲传弟子?"南宫春水一下跳了起来,在雷梦杀头上就是狠狠地一拳,把他直接从马上打了下来。

雷梦杀心中一惊。

惊神指、霸雷掌、火雷拳……脑海里各类雷门武学一晃而过,还没想好究竟要用哪一手来教训下这个不知天高地厚的小年轻,然后就又被一脚踢倒在地。

南宫春水拿过百里东君腰间的不染尘,剑不出鞘,直接就往雷梦杀身上打。

"还什么李先生的亲传弟子,在这里跟着小媳妇一样絮絮叨叨,抱怨个啥?琅琊王算个啥,不就是你的小师弟?他让你去抓人,你就去?把他打一顿啊,在这里叽叽歪歪什么!"南宫春水这是完全放下了读书人的架子,指着雷梦杀唾沫横飞。

雷梦杀一边抱头一边就立刻醒悟了过来:"师父,师父,您戴什么人皮面具吓唬人啊!"

"滚!"南宫春水把百里东君的剑递了回去,"滚回你的雷宅去,然后好好在天启城、在北离闯出个花样来!回雷家堡?雷家堡那老头要是敢收你,我打爆他的脑袋!"

"唉,师父您是不知道,"雷梦杀站了起来,一脸懊恼,"那个易文君……"

"放心吧你，很快就没有人在乎这个名字了。"南宫春水叹了口气，"在权势到来的时候，有些人心中哪还留有半点儿女情长！"

雷梦杀看了一眼南宫春水的神色，立刻退了一步，恭恭敬敬地垂首道："徒儿知道了。"

"滚！"南宫春水一脚踹开了雷梦杀，继续往前走去。

百里东君最后看了一眼雷梦杀："二师兄，保重啊！"

"你保重才对！"雷梦杀笑道，"和师父日日待在一起，很痛苦吧？"

百里东君摇了摇头："其实挺好的。"

"嘴硬。"雷梦杀一脸不信。

"珍重啊，二师兄！"百里东君长叹一声。

"珍重个屁！"雷梦杀挥了挥手，"不要说这么沉重的词，总觉得一说出口，这一辈子都不会再相见似的。"

百里东君笑了笑，那怎么可能呢？

一个月后，百里东君随李长生回到了雪月城，风吹满城，四季如春，恰是人间好时候。从此之后，每过三月，百里东君便要负剑出行，去各国游历，三月之后再回来，住上三月再出行，舟而复始，年复一年。

三个月后，太安帝突感风寒，闭朝一月之后，风寒不仅没有变好，反而越来越严重，太医院会诊多次，却一筹莫展，朝中派出使者寻找药王辛百草，却至今没有消息传回。

各皇子开始频繁地密会，就连太安帝的那些兄弟，分封在各地的藩王们也开始蠢蠢欲动。

果真没有人因为易文君的事情再来找雷梦杀，而雷梦杀则将自己的女儿送出了天启城。

李寒衣正式拜入雪月城门下，成了百里东君的二师妹。

这一年，风雨欲来。

一叶扁舟，飘荡于离海之上。

"公子，这年头还出来玩啊？"撑船的老舟子看着眼前的少年郎，一身白衣，腰间佩剑，还提着一个白玉做的酒葫芦，一看就

是有钱的富家公子哥。

"怎么了?"少年郎望着前方,轻声问道。

"如今,世道不太平啊!"老舟子叹了口气,"皇城的太安帝一病不起,好多地方都有人造反,就连天启城里,据说现在也天天都在杀人。"

"那又如何?我又不去天启城。"少年郎笑道,"帮我送到大船渡口就行。"

"公子要出海?"

"是!"

"一个人?"

"不然呢?"

这一年,雪月城大弟子百里东君坐船从东及海市府离开,入离海,寻访仙山。

而千里之外的天启城中,火光漫天。

八位皇子同时参与夺嫡之战,这被后来的史书写作"八王之乱"。病重的太安帝无法再支撑住这个庞大的北离国,躺在病床之上,沉默地看着那一切的发生。

"你其实可以结束这一切。"

"不,我想看看,他究竟会如何做!"

穿着黑衣、戴着斗笠的杀手们走进了天启,从这一天起,天启城的天空便被血光笼罩,无数的朝廷重臣,因为党争而被杀手刺杀……天启城中,人人自危!

琅琊王萧若风在这个时候,为了抵抗这不明杀手的入侵,建立了天启城内卫司。因为杀手来自江湖,所有内卫司四位统领也来自江湖,剑心冢心剑传人李心月、百晓堂堂主、无极棍姬若风、唐门三十年内第一人唐怜月,以及自称无门无派枪法却冠绝天启的少年司空长风,这四人组成了强大的内卫司,在他们合力下,杀手们在给天启城带来短暂的恐怖之后,很快就消失无踪。

这四个人,也从此被称为天启四守护。

各地的藩王也在蠢蠢欲动,镇西侯府世子百里成风便带着两万破风军绕着北离走了一圈。

于是就安静了。

就这样一直到了年末。

百里东君行走在东及海市府的集市上，这一次出海的时间超出了他的预期，如今他的皮肤已经有些黝黑，他找了家酒馆坐了下来，点了一杯酒和几个小菜。

"客官，请问要什么菜？我们这儿的……"

"除了海鲜，什么都行，谢谢！"

隔壁桌的大汉喝了几杯酒，正在唾沫扬飞地说着话："你们听说了吗？前几天晚上，太安帝驾崩啦！"

东及海市府远离天启城，消息传到这儿，怎么也得好几日的工夫，众人齐齐摇头。

"前几天晚上，传闻陛下病情加重，六位皇子结盟在天启城发起兵变！据说一直杀到了平清殿之前，他们以青王为首，这次入宫，就是要逼得太安帝把皇位传给青王！"

百里东君放下了酒杯，竖起耳朵开始听了起来。

"青王？天启城里最厉害的不是琅琊王吗？"

"嘿嘿，我这可是刚从总兵大人那里听来的，后面的故事想听吗？想听，我这酒……"大汉冲着那人挑了挑眉。

众人顿时扭头准备起身。

一个银锭放在了桌上，众人顿时抬起头。

百里东君仰头又喝了一口酒，然后把剑放在了桌上。

"好好说，不要一句假话，说仔细了！"

那一夜，被后世称为"平清殿之变"。

六位皇子孤注一掷的合力一击的确给琅琊王和景玉王带来了很大的麻烦，但最终依然靠着雷梦杀和叶啸鹰率领的虎贲郎和天启四守护杀到了平清殿前。在他们控制住局面之后，从平清殿走内走出了五大监，浊清举起手中的龙封卷轴，就要宣告最终皇位的归属，但是琅琊王萧若风却一步上前，从浊清手中抢过了龙封卷轴，打开看了一眼后便将它撕得粉碎，随后口传先帝遗诏，声音响彻天地。

"传位，三皇子萧若瑾！"

撕毁先帝遗诏，转而口传圣旨，这是大大的不敬，可是没有人敢表示不满，想表示不满的人此刻脖子上都架着刀！唯一可以有资格的是捧出龙封卷轴的五大监，但他们也没有说话，默许了萧若风的行为，大监浊清带着其他四位大监很快就退回了平清殿中。据传当时其实太安帝并没有死去，听浊清将屋外的事情一五一十地说清楚之后，才终于闭上了眼睛，至于他当时心中作何想法，就真的无人可知了。

其实令人震惊的不是萧若风的行为，而是那个卷轴上的名字，理应写着七皇子萧若风，也就是琅琊王他本人才合乎情理！景玉王虽是琅琊王的同胞兄长，但无论是才能还是武学，都远远不及琅琊王！

这个时候，所有人的目光都投向了钦天监。

龙封卷轴的另一封被钦天监所藏，国师齐天尘对此也一言不发，也等于默认了这个结果……

国丧之后，萧若瑾即位，萧若风执掌军权，称北离大守护。

这一年开始，就是明德一年了。

风调雨顺，天下太平。

"是我教出来的徒弟啊，连皇帝都可以让！"

"您教出了一个好徒弟，可北离却失去了一个好皇帝！"

"我为北离护国，这是最后一代了，其后他们的生死存亡，就看自己。"

而这一年，百晓堂再度颁布了武榜。

良玉榜首甲，被一个天下人熟悉的名字所占据——雪月城，百里东君。

他是学堂李先生的关门弟子，也是镇西侯百里洛陈的独孙，这个本来应该在那场夺嫡之战中必不可少的名字，却悄悄地从朝堂之上消失了，只出现在江湖之中。

但是这一次冠在他前面的头衔，却是雪月城。

雪月城是什么？在哪里？

无人得知。

直到一连五年，百里东君始终站在良玉榜首甲的位置上。

直到司空长风、李寒衣，一个个地都成了良玉榜的常客。

他们的名字前面，都写着"雪月城"三个字。

至此，无论人，还是城，都已名扬天下。

"她该来找我了吧？"雪月城的城头，百里东君仰头喝下了一口酒。

（未完待续）

## 番外·英雄美人

"你说,英雄迟暮,美人白头,是不是人世间最令人遗憾的两件事?"

说出这句话的时候,姬虎燮已经足足有六十岁了,可他依旧一身红衣、一柄玉剑,满头青丝飘扬,面容俊秀如少年,而他身旁的李玄,已经是一个垂暮的老人了。他们一起缔造过一个传奇,拉开过一个充满传奇的时代,而如今一个依旧风华正茂,而另一个,则垂垂老矣。

两人坐在一处悬崖之上,望着远处的夕阳,沉默了许久之后,姬虎燮才开口说了这第一句话。

又过了许久,才有了第二句。

"而如今你已迟暮,她也白了头……"姬虎燮叹道,"又何苦要去这一次呢?我若是你,便不去。"

"我们有过约定。"李玄缓缓道。

"约定这件事,本就是拿来反悔的,如果所有的约定都能够履行,那么此刻你我不会坐在这里。"姬虎燮说道。

"别人我不知道,我李玄,从来都遵守约定!"李玄站起身,他虽然已经是一个老人了,但当晚风吹起他的白发之时,依然可见当年的风流之气。

姬虎燮摇了摇头:"你是我此生最后一个还活着的朋友了。"

李玄笑道："可你不止一生，你还有很漫长的岁月要走，会认识一个又一个的朋友，爱上一个又一个的人，而我只有这一生了……所以爱一个人，只有一次机会！"

姬虎燮依旧看着那夕阳："早说当年要把这大椿功让给你，可你又不愿意，自己提着剑走了。你不让我，现在可称长生的就是你，你不让给我，你当年也就不会遇见她！"

"走，去长安了。"李玄不再多言，朝前走去。

"那座城早已不是长安了，谢之则那家伙给他取了个新名字，叫天启。"姬虎燮也起身站了起来。

"在我心里，它只是长安。"李玄点足一掠，朝着山下行去。

"所有人都已经朝前走，而你为什么总要回头看？"姬虎燮大声喝道。

"因为我曾见那长安，醉花梦柳；因为我曾见那佳人，绝世而歌；因为我曾见我一剑，贯穿千古！"

李玄的身影已经看不见了，只有那高亢的声音，依旧狂妄如少年。

是日，天启城中，山雨欲来。

"陛下，有剑从西方而来，直临天启。"钦天监监正张青天站在殿前，对着当今天子说道。

天子打了个哈欠，似乎并不在意："一柄剑罢了，我天启城中高手如云，还有国师你坐镇，会怕这一柄剑？"

"这柄剑，是如今天下第一的剑！"张青天沉声道。

"天下第一？"天子一愣，问身旁的太监，"辟礼，现在的天下第一剑是谁？"

"除了失踪多年的姬先生，应当是诗剑仙李玄。"大监辟礼回道。

"李玄？他来天启城做什么？！"天子一惊。

"当年的李玄，也来过一次天启。"张青天缓缓说道，"那个时候，天启还叫长安，那个时候的长安，也是高手如云。"

"但他仍旧把皇帝给杀了！"天子的手轻轻地敲着龙椅，"天

华之乱……他的一剑,开启了一个乱世。"

"可那个时候,帝君昏庸、官场腐败、民不聊生,他持剑而来,为天下而杀人,当是大英雄!"

"可如今,有孤统管天下,风调雨顺、国泰民安,他还来做什么?辟礼,别让他入城!"

说完话之后,天子便拂袖离去,辟礼躬身相送,随后起身望向张青天。

"世人不知李玄,但我知!他从不会为天下而战,他只会为自己而战,他当年杀皇帝是为了一个女人,如今回天启,还应当是为了那个女人!"辟礼沉声道。

张青天轻叹一声:"可那个女人,现在是太后了!"

"国师有几分把握?"辟礼眯了眯眼睛。

张青天轻轻甩了一下手中拂尘:"李玄是活在过去的人,他至今还不明白,这里如今已不是长安,而是天启,天启城的城墙有多高?"

辟礼笑道:"就像天一样高。"


后宫,清华苑。

"今儿是什么日子了?"身穿华服的女子漫不经心地问道。

"回禀太后,今儿已是三月初七了。"正为其梳妆的宫女回道。

"哪一年呢?"太后打了个哈欠。

"太龙七年啊,太后。"宫女笑道。

太后揉了揉自己的太阳穴,叹气道:"年纪大了,很多事情便也记不清了!太龙七年,那距离天华十三年的三月初七,过去多久了?"

宫女一愣:"天华,那都是前朝的事了,已经过去快四十年啦。"

"快四十年了?"太后看着镜子中的自己,"是整整四十年了吧!"

宫女伸出手指算了算,最后点头道:"太后还说自己记性不好,明明算得清楚着呢。没错,是整四十年了。"

"再过几日就是三月初十。"太后忽然将镜子挪开了,"罢了,这么多年过去，他都忘了吧！"

宫女困惑："太后，您在说什么？"

太后轻叹一声："小碧，我现在是不是看起来很老了？"

"太后您可别这么说，您看起来年轻着呢……"宫女小碧瞬间有些神色慌乱，不知道是不是自己方才的哪句话惹得太后不高兴了。

可太后语气却十分平静，只是摸着自己的头发，又重新将那镜子挪了回来："头发都已经白了，脸上的皱眉也盖不住了，若他真的再见到我，也会认不出我来吧。"

宫女小碧吓得立刻跪了下来，泪水不停地往下掉："太后娘娘可莫要吓小碧，太后娘娘不老，是小的多言了！"

"害怕什么……"太后俯身将小碧扶了起来，随后缓步走到门边，看着天空，"生老病死本就是人间常态，又不会你们多喊几句千岁万岁就真的能万寿无疆。我只是有些遗憾，十八岁时的秦婉月，被称为整个天下最美的女人，我很幸运能在那时遇见他，却也很遗憾，从那时就错过了他。"

天启城外，有一人持剑而至。

那人穿着一件白色的长袍，长袍之上是用水墨写下的诗句——提剑惊风雨，落笔泣鬼神。

诗剑仙，李玄。

当年他持剑入长安，一剑杀死了当年的昏君，导致了震惊天下的天华之乱，正式开启了长达数十年的乱世。

而在这乱世之中，这柄带着诗华之气的长剑，出手不多，但每一次出手，都在改变着乱世的走向。

可当乱世结束，北离成立，这柄剑却悄然消失了。

直到十年之前，李玄再度现身。原来他闭关多年，终于创出了诗剑诀，出关之后，一剑便胜无剑城十三剑豪，成就天下第一剑客之名。

如今四十年过去了，李玄再次站在了这座城池的面前。

只是城楼之上的城名已经改了。

长安不在，天启显现。

一架马车在官道之上疾行着，马车之上，姬虎燮躺着打哈欠："谢之则不喜欢长安，觉得正因为长久的安逸，才会让一个庞大的王朝日渐腐朽，所以他给这座城改名叫天启，所谓繁华，只不过盛世之启。"

赶车的小书童不满道："师父，以您现在的功夫，日行千里也没有太大的问题，干吗一定要把我喊来赶马车？我很忙的，我还要念书，以后考取功名。"

"我懒嘛……"姬虎燮笑嘻嘻地说道，"日行千里，你说得轻松，其实很累的。"

"师父，您是天下有名的大英雄，能不能稍微有点气势？您看师叔，一剑杀至天启城外，我看天都变色了。"书童气呼呼地说道。

"那确实不如你师叔。"姬虎燮幽幽地说道。

"这座城的城墙，似乎又修高了一些。"李玄仰头看着城墙。

城门在此时被缓缓打开，一架深紫色的马车行了出来，马车之上绣着一只腾翅而起的神鸟，正是如今北离国的主宰——萧氏皇族的族徽。一个身穿紫色蟒袍的白发男子从上面走了下来，男子面白无须，看起来有几分瘦弱，但是眼睛中却藏着鹰一般凶戾的光。

"大监，辟礼。"李玄认出了面前的人。

辟礼笑了笑："没想到诗剑仙还记得我。"

李玄漠然地看着他："如今的大内第一高手，自然值得我记住。"

"不知剑仙此行来天启城，所为何事？"辟礼语气极为尊敬。

"我无官无爵，不过世间一散人，我去哪里、去做什么，又为什么要和大监你通报呢？"李玄的语气却显得有些不屑。

"剑仙您去哪里我都可以不问，但天启乃是皇城，剑仙亲临，自然是大事！我身为大监，需要对陛下的安危负责！"辟礼沉声道。

"我这一次对杀皇帝没兴趣。"李玄朗声道。

辟礼微微皱眉，这般大声地提及杀帝之事，本就是大不敬的行为，但他自然不会呵斥对方，毕竟诗剑仙李玄做事，从来不循常理。他只是微微垂首："所以说，诗剑仙您一定要进城了？"

李玄手轻轻一挥，腰间长剑已经落在了他的面前："我不说废话，打吧！"

辟礼一愣，手轻轻一挥，四名剑客从城门之上跃下，来到了他的面前。

"哦？"李玄眉毛轻轻一挑，"君临天下？"

君剑，陈诺。

临剑，西关。

天剑，罗末。

下剑，符监。

四名剑客，手持四柄绝世之剑，乃是这些年北离最负盛名的剑客之四。据说他们中的每一个，都能立一剑之宗，而当四剑合一，便可如其名——君临天下。

陈诺抱拳道："能与前辈试剑，幸之。"

李玄轻轻摇头："剑，君子之器，离世缥缈，可称上器，浪游江湖，可称中器，而落于君王之手，便如尔等之名。"他望向最左边的剑客，"下剑，下贱。"

"住口！"符监怒喝一声，四剑齐出，冲李玄急袭而去。

远处驾着马车的小童惊呼道："师父，那边有好强的剑气！"

"小孩子家家就是没见过世面，这种程度的剑气，跟我和李玄的师父苏白衣比起来，不过就像是小孩子打的喷嚏。"姬虎燮说完后打了个喷嚏，"连看都不值得看一眼。"

李玄也果然没有看，他还闭上了眼睛。

那柄竹绿色的长剑便围着他旋转了起来，形成了一道屏障，那四剑客的剑气再过于浩瀚，也全都被挡了回来。

"堂堂诗剑仙，却不敢正面出剑吗？"陈诺大喝道。

李玄轻叹一声："剑气九万里，一朝破西关！"

"何意？"陈诺手中长剑一挥，聚四人剑气于一剑，一剑贯穿了那屏障，逼到了李玄身前一尺之内。

"没什么，只不过想起了昔日师父的那一剑……我师父杀人也喜欢用浩瀚剑气，压得那满山禽兽抬不起头来，不过我不一样，我杀人不用剑气。"李玄伸出两指，直接夹住了陈诺的长剑。

陈诺一惊，持剑欲进，寸许不移，撤剑欲退，寸步难行。

　　其余三人已将浑身剑气都注入了陈诺的身上，此刻也只能看着陈诺被困在李玄的两指之间，无能为力。

　　"师父说，我的剑和师祖的很像，我的剑，剑意最强！何谓剑意，即杀人心！"李玄忽然睁开了眼睛。

　　君临天下四剑同时崩裂，陈诺等四人全都被击飞了出去。

　　城楼之上，有一老者将手中的酒一饮而尽，随后长袖一挥。

　　一柄古铜色的长剑飞出。

　　他的动作极为潇洒，剑气极为浩瀚，但只飞出了三尺之地，又飞了回来。

　　老者本来举杯欲饮第二杯，此刻却只能急忙丢掉酒杯，长袖一甩，卷住了青铜剑。

　　长袖尽碎，青铜剑摔落在了地上。

　　老者呕出一口鲜血，愤恨地看着面前之人。他本来潇洒至极，饮酒出剑，杀人于百丈之外，可现在酒撒剑落，自己也受了一身的伤，实在狼狈至极。

　　三尺之外，李玄站在他的面前，双手收在身后。

　　"多年未见了，你我都已成老人了。"老者擦了擦嘴角的血迹，"但不知为何，我感觉此刻站在我面前的，仍是当年那个二十出头的李玄。"

　　李玄伸手摸了摸自己的白眉："剑圣先生。"

　　老者轻叹道："成圣之剑，在仙人一剑面前，同样不值一提！"

　　"你错了。"李玄转身。

　　"嗯？"老者不解。

　　"我还未出剑！"李玄往前踏出一步，便又回到了天启城的城门口。

　　长剑依旧插在地上，李玄依旧面色如水，君临天下四人也已经收了残剑离开了，一切就像是从未发生过一样。

　　"我要入城了。"李玄淡淡地说道。

　　辟礼摸了摸手中的玉扳指，他本就没有指望君临天下四剑能够拦住李玄，真正的后手是他们的师父剑圣独孤落，可李玄竟然连剑都没有出，就胜了一直藏在暗处的剑圣，他无奈连："看来我要出手了……"

"你不行。"李玄伸出手指轻轻挥了挥。

"那再加上一个我呢?"手执拂尘的中年道士落到了辟礼的身旁。

李玄微微皱眉:"张青天?"

张青天垂首道:"见过诗剑仙前辈。"

"若是你的师父谢之则站在我的面前,或许还有机会拦住我,你,依然不配我出剑。"李玄摇头道。

"身为臣子,总要尽职。"张青天拂尘一甩,地上一个巨大的八卦之形显现出来,他足尖轻轻一点,有一道紫气流转于八卦形上。

李玄那插在地上的长剑微微颤抖着。

"和谢之则那小子一个德行,来来回回总是那么一个八卦。"李玄对着张青天隔空挥出一指,"但是你的八卦,太小了点!"

张青天推出一掌,一道八卦显现在他的面前,挡住了李玄的一指剑气。

辟礼足尖一点,来到了李玄的面前,缓缓推出一掌。

他这一掌很慢、很柔,乍看之下十分无力,可就是这样无力的一掌,直接无视了李玄身边纵横乱舞的剑气,来到了他的胸膛之前。

李玄侧身一躲,也推出一掌。

两掌相碰,发出一声龙吟般的巨响。

辟礼冷笑道:"你托大了,诗剑仙!"

李玄皱眉:"灭绝神功?"

皇宫之内,正在午睡的太后忽然从梦中惊醒,她从床上爬了下来,神色慌乱:"小碧!"

宫女小碧急忙走了过来:"太后,小碧在,可是做了什么噩梦?"

太后摇头:"小碧,你方才可曾听到什么声响?"

小碧点头道:"方才城门方向传来了一声巨响,像是什么爆炸了的声音,小碧已经差人去打听了。"

小碧才刚说完,就另有一名中年宫女走了进来道:"没什么大事,又是那些江湖人打起来了。"

"江湖人?"太后一愣。

中年宫女挥了挥手里的手绢:"都是些粗俗家伙,太后不必劳心。"

"江湖人!"太后站了起来。

"太后!"中年宫女神色忽然变得严肃,右手悄然间轻轻一翻。

太后抬起头,看着远处的方向,忽然打出一掌,直接将面前的中年宫女给打飞了出去。

小碧吓得一屁股坐到了地上:"太后……"

太后并没有理会她,而是足尖一点,朝着宫门之外掠去。

城楼之上,张青天将手中的拂尘搭在了辟礼的肩膀上。

"你若是一开始就握住剑,我们没有这个机会,但既然你托大,不用剑,那么比拼内力,我们愿意试上一试!"辟礼沉声道。

李玄的脸色很不好看,他被称为剑仙,剑术之上自然是天下第一,可现在辟礼却找准了机会和自己直接比拼内力,长剑在一尺之外,已经来不及握到手中了!

辟礼修炼的灭绝神功,本就是天下数一数二的内功心法,加上钦天监监正张青天的一身功力,辟礼有信心绝对能胜过李玄,可是当他把内力源源不断地注入李玄体内的时候,却发现虽然一开始确实冲击到了李玄的护体真气,但很快,他的那些内力,就仿佛泥牛入海一般,消失在了李玄的体内。

"我这门武功练得不如姬虎燮,但也得了师父三分真传。"李玄淡淡地说道。

"该死!"辟礼急忙抽掌,变为一指。

指尖寒气凛冽,一指寒冰,点在了李玄的眉心。

"太监毕竟是太监,总学些阴寒的武功!"李玄手轻轻一挥,长剑已经握在了手中,他又轻轻一挥,那道寒气便被甩了出去。

这是李玄今日,第一次真真正正握住了长剑。

第一剑,挥去了辟礼的寒冰一指。

第二剑,又破去了辟礼的一身灭绝真气。

张青天跨出一步,拂尘一甩,喝道:"止!"

"砰"的一声，第一道八卦心门已破。

"再起！"张青天猛喝道。

随后一连祭起了几道八卦心门，才勉强挡住了李玄这一剑之威。

李玄仰起头："天启城的城门，还是这么好破啊！"

这一句感慨，听起来是如此狂妄，可从此刻的李玄口中说出，却只有无尽的寂寥……

"大白天的，吵老子睡午觉！"一声粗犷的怒喝在城楼之上响起。

李玄神色微微一变，喃喃道："是你？"

"小玄儿，来天启城不早点打招呼？在这里和这些小辈打什么架呢？"城楼之上，一人扛着一柄大刀现身。

这也是一个老人了，但是身形依旧魁梧，一身肌肉仿佛还是壮年时的样子，那柄金灿灿的大刀，在日光的照射下，更是无比夺目。

"轩辕大哥。"李玄语气中难得地透露出了几分恭敬，这个人和其他人不同，辟礼和张青天只能算是晚辈，而这个人曾和他并肩作战。

刀神，轩辕破风。

北离赫赫有名的开国名将。

"一定要入城？"轩辕破风剔着牙，不耐烦地问道。

"是！"李玄点头。

"入城干吗？能不能去我将军府坐一会儿？"轩辕破风问道，"若只是去将军府，我能做决定。"

"轩辕将军！"辟礼沉声道。

"闭嘴！"轩辕破风喝道。

"不去了，我要直接去皇宫。"李玄直截了当地说道。

轩辕破风无奈地摸了摸额头："你还是那么让人头疼，很多事情，就不能从长计议吗？"

"打了吧。"李玄笑了笑，"反正也好久没和你打过了，你和他们不同，你值得我好好打一架。"

轩辕破风长刀指向李玄："和你打，我就没赢过。"

"这次也一样！"李玄一跃而起。

轩辕破风长叹一声,他已经是个老人了,身边那些朋友一个接着一个地离去,李玄算是活在世上少有的几个故人了,可是有些事情,当他策马入城,被称为大将军的那一天开始,就已经不得不做了,更何况,李玄只能算是故人,不能算是故友。

　　"大风势,九万里!"轩辕破风长刀一挥,刀风呼啸,吹得那城楼之上的兵士们纷纷倒地。

　　"黄泉一梦间,生死两相难!"李玄拂袖一挥,长剑直掠而起。

　　这便是诗剑诀了。

　　诗中有何气,剑中便藏何意。

　　刀剑相碰的那一刻,轩辕破风便知道自己又败了。

　　刀中豪气不复在,剑中诗意却更胜少年之时。

　　轩辕破风在此时猛地转头,怒喝一声:"你敢!"

　　话音未落,一柄青铜色古剑从他身边飞过。

　　辟礼纵身一跃,又对着李玄伸出一指。

　　李玄就算再强,也没办法在和轩辕破风对决之时分神对付其他的绝世高手,而这时候,便不是对决,而是杀人了!这非轩辕破风所愿,他宁死,也不愿意参与此等卑劣之事!

　　剑圣再度出手,是因为方才他剑心已被李玄摧毁,若要重回巅峰,便只能在这里杀死李玄。

　　辟礼出手,是因为天启城城墙要比天高,他便只能赢!

　　李玄轻叹一声,低声道:"要杀人了啊!"

　　"没意思。"一柄如匕首般大小的飞剑掠出,打在了那柄青铜色古剑之上,古剑直接碎成了几十片,摔落在地上化为尘埃,随后飞剑又打了个旋,与那寒冰一指相撞。

　　辟礼一身紫衣蟒袍瞬间化为粉碎,连退十三步才止住了退势,他转头道:"谁?!"

　　一架马车不知何时已经停在了十丈之外,一个俊秀的少年郎把玩着飞回到手中的飞剑,摇头叹道:"真是没意思,就算从长安城变成了天启城,这个地方还是这么的……没!意!思!"

　　辟礼一愣,随后大惊。

　　张青天手微微颤抖:"怎么可能?!"

轩辕破风收刀落地，哑然道："是你？你还活着？"

"是啊，我还活着。"姬虎燮笑道。

他不仅还活着，而且还和当年一样的年轻。当年在乱世之中崛起的英雄们都已经老去了，就连曾经不可一世的刀神轩辕破风也不得不为守护皇城这样愚蠢的任务挥刀了，可他却依然一点变化都没有。

依然俊美如少年。

依然不可一世，看不起世间所有。

李玄手一伸，接住了从空中落下的长剑，淡淡地说道："你来做什么？"

"想来，所以就来了。"姬虎燮伸了个懒腰。

辟礼喃喃道："这……这不可能！世上怎么可能有人不会老？！"

"你说的老，若是指面容之上，那么确实可惜，如今世上只有我一人可以不老。"姬虎燮指了指自己的心脏，"但若是指心，那么真正的少年郎，都不会老，比如我身边的这位诗剑仙，还为一个愚蠢的约定，来闯皇城，我就觉得他没老，甚至比当年更幼稚了！"

张青天苦笑道："看来跟天一样高的天启城城墙，今日还是要被人跨过去了！"

辟礼无言以对。

因为姬虎燮，从几十年前的时候，就已经被世人认定，是比天还要高的男人，他和诗剑仙不一样，姬虎燮站在那里，那么其他人便只有败！

李玄皱眉道："既然愚蠢，你还来？"

"走吧，入城了。"姬虎燮正准备挥起马鞭，动作却停在了那里，他笑道，"看来愚蠢的不只你。"

一名身穿华服的女子立于城头。

女子已经不再年轻了，头发已经花白，想必脸上也满是皱纹了，好在隔得很远，看不分明。

"说出来吧，你们那个愚蠢的约定。"姬虎燮笑道。

"此去一别,不再见面,四十年后,你再跳此舞,我为你题诗,此生情缘便算了了。"李玄喃喃道。

"什么舞啊?"姬虎燮懒洋洋地问道。

"霓裳。"城楼之上的女子回道。

"好嘞。"姬虎燮从马车之中取出了一架古琴,放在腿上,手掌轻轻一挥,"我为你们起乐!"

乐音忽起,城楼之上的女子长袖纷飞,跟着乐音翩然起舞。

她确实不再年轻了,可当她起舞的时候,依然是这座城中,最美的女子。

李玄持剑纵身而起,长剑猛挥,石屑飞舞,天启城的城墙之上,一个接着一个的字显现出来。

场中众人,无论是轩辕破风,还是大监辟礼,已无人敢再多说一言,更别说阻止这大逆不道的行为了。

李玄写着诗,朗声高歌着。

"长安城中初相见,遥遥月色惹人怜。长剑伴我四十载,来世同游花酒间。"

"铮"的一声,姬虎燮将手从琴弦上收了回来,他轻轻摇头:"我还是觉得很愚蠢,既然喜欢,便不能错过,还错过了四十年!"

李玄将那柄伴随自己四十年的长剑插在了天启城的城门之上,随后转身走到了姬虎燮的身边:"走吧。"

他没有看到的是,城楼之上的女子一曲作罢,长袖落地,头发散落,那满头白发已重新变回了一头青丝,脸上的皱纹也一点点地退去,她重新回到了自己最美时候的样子。

原来世上不仅有朝丝暮雪,亦有雪落成花。

只可惜李玄没有再回头,他坐上了姬虎燮的马车,一去不回。

城楼上的女子笑道:"李玄。"

轩辕破风来到了女子的身边,低声道:"太后。"

"李玄!"女子朗声高喝。

姬虎燮手执马鞭:"不回头吗?"

李玄泪流满面:"不回了!我们的约定,只到方才,到了方才,那就是结束了!"

"太后，他已经走了！"轩辕破风叹道。

"轩辕大哥，我后悔了。"女子对轩辕破风说了这最后一句话，随后纵身一跃，从城楼之上跳了下去。

水月湖畔。

姬虎燮躺在一艘小舟之上，看着空中的月亮，他的身旁放着一个酒壶："上一次我们一起在这里喝酒是什么时候？"

李玄坐在岸边的一个小高坡之上，身旁散落了一地的空酒瓶，他摇头道："不记得了。"

"是我们第一次来长安，那个时候我们还没有拜入师父门下，两个寂寂无闻的穷光蛋，在城里待了大半个月也没找到一个落脚的地方，走的那天我们把身上剩下的所有钱都拿来买酒了，结果城里宵禁，巡街校尉追着我们满城跑，我们就只能来这城外的水月湖。"姬虎燮打了个酒嗝，笑了笑，"你当时还骂，说喝酒都只能在长安城外喝，这辈子注定没什么出息了。"

李玄摇了摇头："我至多只能记得我们在这里喝过酒了，你说的那些细节我都记不清了。"

姬虎燮无奈道："你老了，记性也不好了。"

李玄仰头又喝了一口酒："你为什么把这些事情记得这么清楚？"

"因为几年以后，你们一个个都会死，到时候世间就只剩下我一个人了……我记得这些事，那活在这些旧事里的你们，就好像仍然停留在这世间，若连我都忘记了，那么这些事，就像是从未存在过一般。"姬虎燮伸出手，虚空中抓了一把，似乎想握住空中的明月。

"我们又何时在乎过这些？"李玄低声道。

"可是我在乎啊！"姬虎燮喃喃道，"我现在闭上眼，仿佛就能看到十七岁时的我们。当时的我们那么年轻，虽然潦倒，虽然嘲笑自己一辈子都没出息，但喝醉了酒，醒来第二天，依然觉得前路漫漫，有无数的可能等着我们……而今时今日，你成了剑仙，我被称作天下第一，反而觉得一切都这般无趣了呢……"

　　李玄将一个酒瓶丢了下去:"你现在这矫情的样子,倒像个没长大的孩子。"

　　姬虎燮伸手接过,仰头往嘴里倒了倒酒,却发现空空如也,苦笑了一下往边上一甩:"没意思。"

　　夜风轻拂,小舟之下有银色的小鱼游过。

　　姬虎燮咂巴了一下嘴,闭上了眼睛,半睡半醒之间他说了最后一句话:"李玄,你是这世间,我最后一个朋友了!"

　　李玄放下了酒瓶,抬头看着月亮,低声道:"阿虎,我快死了。"

　　他看着沉睡的姬虎燮平静地继续道:"在去见你之前,我去北方杀了那四个魔头中的三个,却也受了伤。"他顿了顿又道,"今日在天启城下,我强行用了诗剑诀,真气已经开始逆流,我活不久了。"

　　但是姬虎燮没有听到这些话。

　　空酒瓶从小舟之上滑落,惊得湖中的游鱼纷纷散开。

　　李玄闭上了眼睛。

　　他方才说了谎,那年的那些事情,他其实都记得。

　　他记得那一夜,姬虎燮喝了一晚上的酒,他舞了一晚上的剑。

　　他确实自嘲了,连喝酒都只能到长安城外的水月湖,怕是这辈子也没什么出息了。

　　却也在最后放出了豪言,既然现在的长安容不下自己,就让自己来容下一个全新的长安!

　　所以才有后来的故事,所以他才遇到了她。

　　长安,长安……

　　真的是一个很迷人的名字。

　　为什么谢之则会觉得不好呢?长久的安宁也许会让一个庞大的王朝一点点地丧失斗志,可长久的安宁,才是所有人的心中所愿啊!

　　李玄站起了身,看中空中的月亮。

　　仿佛看到了一个人。

　　世人眼中的长安之月,便是空中的这轮圆月。

　　而李玄心中的长安之月,是那个长袖起舞的绝世女子秦婉月。

"阿月啊……"李玄低头看着水月湖中倒映出来的月亮,说出了此生的最后一句话,随后他将手中的剑插在了地上,纵身一跃,跳向那池塘中的圆月。

水波弥漫开来,却又很快地消失了。

姬虎燮躺在小舟之上,也只感受到了轻微的摇晃。

他的嘴角微微上扬,想必是重新梦到了他们当年的少年时光。

"长安,我会回来的!"舞了一晚上剑的少年想要喝酒,却发现酒已经被那个醉鬼喝光了。

醉鬼挠了挠头,站起身,朗声道:"长安再大,与这天下比,当如何?"

舞剑的少年笑道:"天下再大,我亦能一剑荡之。"

"真能吹,还是别想这些了,我们也不小了,找个老婆才是正经事!"醉鬼打了个酒嗝。

舞剑少年挠了挠头,脸微微一红:"上次……我见到了一个姑娘……"

## 图书在版编目（CIP）数据

少年白马醉春风之名扬天下 / 周木楠著. -- 北京：中国广播影视出版社，2021.9（2023.9重印）

ISBN 978-7-5043-8595-6

Ⅰ.①少… Ⅱ.①周… Ⅲ.①侠义小说－中国－当代 Ⅳ.①I247.5

中国版本图书馆CIP数据核字(2020)第268669号

## 少年白马醉春风之名扬天下

周木楠 著

| | |
|---|---|
| 图书策划 | 宋蕾佳 |
| 项目统筹 | 王晓赟 |
| 责任编辑 | 宋蕾佳 |
| 责任校对 | 龚 晨 |
| 装帧设计 | 南大古 |

| | |
|---|---|
| 出版发行 | 中国广播影视出版社 |
| 电　话 | 010-86093580　010-86093583 |
| 社　址 | 北京市西城区真武庙二条9号 |
| 邮　编 | 100045 |
| 网　址 | www.crtp.com.cn |
| 电子信箱 | crtp8@sina.com |

| | |
|---|---|
| 经　销 | 全国各地新华书店 |
| 印　刷 | 鸿博昊天科技有限公司 |

| | |
|---|---|
| 开　本 | 880毫米×1230毫米　1/32 |
| 字　数 | 411（千）字 |
| 印　张 | 15 |
| 版　次 | 2021年9月第1版　2023年9月第3次印刷 |

| | |
|---|---|
| 书　号 | ISBN 978-7-5043-8595-6 |
| 定　价 | 48.00元 |

（版权所有 翻印必究·印装有误 负责调换）